Paul L. Maier

Das Markus-Komplott

Roman

Deutsch von
Guthrie Tomson und Cecile Euchenhofer

ONCKEN VERLAG WUPPERTAL UND KASSEL

ABCteam-Bücher erscheinen in folgenden Verlagen:

Aussaat Verlag Neukirchen-Vluyn
R. Brockhaus Verlag Wuppertal und Zürich
Brunnen Verlag Gießen und Basel
Christliches Verlagshaus Stuttgart
Oncken Verlag Wuppertal und Kassel

Die amerikanische Originalausgabe erschien 1994
im Verlag Thomas Nelson Publisher, Nashville, Tennessee

Umschlaggrafik: Dietmar Reichert, Dormagen
Gesamtherstellung: Ebner Ulm
ISBN 3-7893-1590-7
Bestell-Nr. 111 590

PROLOG

Die archäologische Entdeckung drohte, die westliche Zivilisation aus den Fugen zu reißen. Jeder dritte Bewohner dieser Erde wurde davon berührt – etwa 1 800 000 000 Menschen, deren Leben plötzlich und brutal aus dem Gleichgewicht geworfen wurde. Es war etwa so, als würde man eines Morgens aufwachen und feststellen, daß die Woche zehn Tage hätte, daß eine Stunde dreiundvierzig Minuten dauerte oder daß man »1, 2, 8, 4, 5« zählen würde, aber – was einem wirklich den Verstand zu rauben drohte: Niemand war der Meinung, daß etwas daran falsch wäre.

Die Erde gab ihr großes Geheimnis nur widerwillig preis. Denn die Kelle, welche die ganze Welt auf den Kopf stellte, sollte erst im Sommer ins Schwarze treffen. Noch herrschte Frühling im Leben von Jonathan Weber, Professor für Nahostwissenschaften an der Universität von Harvard. Hätte er gewußt, daß seine Hand jene Kelle halten würde, hätte er womöglich auf seinen Forschungsurlaub im Juni verzichtet.

Kapitel 1

Forschungsurlaub: Ein Jahr der Abwesenheit, das manchen Universitäts- und Fachhochschulprofessoren zum Zwecke des Studierens, der Erholung oder des Reisens alle sieben Jahre gewährt wird. Eine Art Sabbatjahr.

»Die größte aller akademischen Vergünstigungen«, pflegte es Jonathan Weber zu nennen, obgleich er in den letzten Jahren zu beschäftigt gewesen war, davon Gebrauch zu machen. Eine Flut von akademischen Artikeln und Büchern war aus dem »fleißigsten Stift des Ostens« geflossen, wie Weber einmal von der *Time* charakterisiert wurde. Wenn Universitätsprofessoren tatsächlich dazu bestimmt waren, zu »veröffentlichen oder zu verrecken«, dann war Weber offensichtlich dabei, die Unsterblichkeit zu erreichen.

Sein größtes Werk, *Jesus von Nazareth*, war im vergangenen Herbst erschienen, gerade rechtzeitig, um den weihnachtlichen Markt zu erobern. Ein Buch von enormer Gelehrsamkeit. Obwohl es überraschend leicht zu lesen war, hatte man kaum erwartet, daß der 580 Seiten starke Wälzer wie eine Bombe auf dem Buchmarkt einschlagen würde, sondern eher daß er sich eigentlich nur in der akademischen Welt verkaufen würde. Statt dessen explodierte die Bombe völlig unerwartet auf dem Massenmarkt, und die Monate seither hatten Webers ruhiges, akademisches Leben durch Medieninterviews und Auftritte, Auszeichnungen, aber auch Kontroversen geradezu aufgewühlt. Ein paar seiner Fakultätskollegen klagten sogar öffentlich, daß diese Popularität die Gelehrsamkeit in den Schmutz ziehen würde – vielleicht sogar die Gelehrten selbst.

Was soll's, dachte Weber. Im Juni, zum Semesterende, würde er diese Schattenseite des Erfolges hinter sich lassen und dem Vorlesungssaal entfliehen. Der Forschungsurlaub sollte seine Erlösung und Austin Balfour Jennings sein Erlöser sein. Monate zuvor schon hatte Jennings, international bekannter

Archäologe an der britischen Schule von Jerusalem, mit folgenden schelmischen Zeilen Webers Anwesenheit in Israel geradezu gefordert:

Wie auch Ihre letzte Publikation bezeugt, scheint es, als hätten Sie wenigstens ein paar der Lektionen behalten, die ich Ihnen, mein lieber Freund, während der Tage Ihres Rhodes Stipendiums in Oxford beigebracht habe. Wie sieht es aber mit Ihren praktischen Erfahrungen aus? Ja, mir ist natürlich bekannt, daß Sie einen Sommer mit Rast verbracht haben, als Sie diesen sagenhaften Friedhof in der Nähe des Toten Meeres ausgegraben haben. Das ist aber nichts im Vergleich zu unseren Entdeckungen in Rama. Am besten besuchen Sie uns im Sommer und machen sich Ihre Hände für einen guten Zweck schmutzig. Seien Sie doch so gut . . .

Rama war der Heimatort des Propheten Samuel. Obwohl es Jennings bislang versagt geblieben war, das Grab des Propheten selbst zu entdecken, so hatte er doch manche Fundstücke von »möglicherweise spektakulärer Bedeutung« zutage gebracht, wie er selbst betonte. Am Schluß fügte er noch hinzu: »Sie müssen einfach kommen und die Aufregung mit uns teilen!«

Solche Ausdrücke entsprachen kaum dem typischen Stil Jennings, dachte Weber, denn sein Mentor aus Oxford verabscheute nichts so sehr wie Sensationsmache. Er war eher ein Meister der gekonnten Untertreibung. Hätte er auf dem Vorderdeck von Kolumbus' Schiff das Land erblickt, so hätte der unerschütterliche Brite wahrscheinlich nur gegähnt. Weber bemühte sich, ihm in einschmeichelnden Briefen weitere Einzelheiten zu entlocken, aber vergebens: Jennings wollte es ihm nur persönlich erzählen, nur in Israel und nur an der Ausgrabungsstätte selbst.

An jenem gesegneten neunten Tag im Juni hatte Jonathan Weber die Prüfungen benotet, seine Seminarpapiere bearbeitet und war mit der Fakultät beim Abschlußumzug durch Harvard Yard marschiert. Auch für Weber war es ein feierlicher Abgang, da sein Forschungsurlaub, die Sommer davor und danach eingeschlossen, nun fünfzehn Monate andauern sollte. An jenem Abend stellte er in seinem Haus im Vorort Weston keinen Wecker und nahm sich fest vor, wie ein verhätschelter Teenager bis spät in den Sonntagmorgen hinein zu schlafen.

Das Klingeln des Telefons war durchdringend, beharrlich und überaus unbarmherzig: »Welch unchristliche Zeit!« murmelte Weber, als er verärgert den Hörer abnahm und etwas stammelte, was wohl der Bedeutung des Wortes »Hallo« entsprach.

»Hier ist die Vermittlung von Vatikanstadt. Ist Dr. Jonathan Weber zu sprechen?«

»Am Apparat.«

»Einen Augenblick bitte. Für Dr. Sullivan.«

Noch bevor seine verschlafenen Gehirnzellen reagieren konnten, hörte Weber – unanständig laut für solch eine Entfernung – die Stimme seines Zimmergenossen aus Universitätszeiten: »Grüß Dich, Jon! Ich hoffe, daß ich nicht zu früh anrufe.«

»Hi, Kevin! Nein, schon in Ordnung.« Aber warum sollte er lügen? Er fügte hinzu: »Obwohl es, verdammt noch mal, erst viertel vor sechs ist.«

»Ach wirklich, aber hier in Rom ist es schon fast Mittag. Ein wunderschöner Tag übrigens!«

»Also, welche Gedanken schwirren durch den Kopf des Priesters Kevin F. X. Sullivan Ph. D., S. J., außer dem Wetter? Ach, entschuldige alter Freund. Endlich werde ich langsam wach. Schön, daß du von dir hören läßt!«

»Wie läuft es mit deinem Buch über Jesus?«

»Kriecht langsam die Bestsellerliste herauf, wenn man es wirklich glauben darf. Weshalb, weiß ich auch nicht.«

»Gratulation! Übrigens, Mondadori hat das Buch gerade in italienisch veröffentlicht: *Gesu di Nazareth*.«

»Tatsächlich? Ich hatte keine Ahnung, daß es so schnell herauskommen würde!« Nun war Weber hellwach. Autoren haben grundsätzlich ein grenzenloses Interesse an ihren veröffentlichten Nachkommenschaften.

»Jon, ich habe gehört, daß du diesen Sommer an einer Ausgrabung in Israel teilnimmst.«

»Richtig. Zusammen mit Jennings in Rama.«

»Wann fliegst du hin?«

»Nächsten Donnerstag.«

»So bald schon? Bin ich froh, daß ich dich noch erreicht habe! Jon, ich muß dich um einen großen Gefallen bitten.«

»Schieß los.«

»Kannst du es einrichten, daß du unterwegs in Rom zwischenlandest?

»Warum? Ich fliege direkt nach Tel Aviv.«

»Es ist . . . außerordentlich wichtig, Jon.«

»Warum das?«

»Nun, darüber kann ich am Telefon nicht reden. Bitte vertraue mir.«

Das hatten wir doch schon, dachte Jon. Zuerst Jennings und nun auch noch Sullivan. Komm in blindem Vertrauen her. Der unergründliche Osten! Dann antwortete er: »Es sei denn, die Sache wäre weltbewegend, Kev, ich möchte wirklich direkt fliegen. Vielleicht beim Rückflug.«

»Jon, es ist für uns einfach unabdingbar, daß du hier einen Zwischenstop einlegst! Und ja . . . es könnte in der Tat weltbewegend sein!«

»Was heißt *uns*?«

»Äh . . . der Heilige Vater und ich.«

»Ja, klar doch! Dann fliege ich weiter nach Moskau zu einem Empfang im Kreml, richtig?«

»Nein. Ich scherze nicht, Jon. Es ist sehr ernst.«

Weber hielt einige Augenblicke lang inne, dann fragte er: »Warum ausgerechnet ich?«

»Erinnerst du dich noch, wie du uns wegen der Sache mit dem Leichentuch beraten hast, wie du die wissenschaftlichen Untersuchungen geleitet hast?«

Weber entsann sich der Tage von Johannes Paul II und wie er den Vatikan davon überzeugt hatte, daß sie das Alter des angeblichen Leichentuchs Jesu – das Leichentuch von Turin – mit Kohlenstoff -14 testen sollten. »Wir haben damals bewiesen, daß das Leichentuch eine Fälschung war, Kevin«, fuhr er fort.

»Macht nichts. Ehrlichkeit währt länger.«

»Wieviel Zeit würdest du brauchen?«

»Nur einen Tag. Natürlich länger, wenn du mir erlaubst, dir noch Rom zu zeigen.«

»Nein, vielleicht ein anderes Mal ... In Ordnung, Kev. Ich werde jetzt bei Alitalia umbuchen und in der Ewigen Stadt zwischenlanden. Wegen der Ankunftszeit rufe ich dich dann später noch einmal an.«

»Danke, Jon! Ich sehe dich bald! Ciao!«

In der Nacht vor seinem nun vorgezogenen Flug nach Rom, strich Weber alle Punkte seiner Muß-noch-erledigt-werden-Liste durch, bis auf den Anruf bei seinen Eltern in Hannibal, Missouri. Nach dem zweiten Klingeln nahm seine Mutter den Hörer ab: »Pastor Webers Anwesen.«

»Wohnt dort nicht auch eine Frau Weber?« fragte Jon.

»Wer, wer ist bitte dran?«

»Ich vertrete die Bostoner Orstgruppe des Verbandes für Frauenrechtler.«

»Jonathan! Oh, Jon, du bist es ... Erhard! Geh schnell zum anderen Apparat! Es ist Jonathan. Oh, Jon, wir sind so stolz auf dich! Mehrere Frauen in der Kirche haben dein neues Buch gekauft und ...«

»Mehrere?« donnerte die geistliche Stimme von Pastor Erhard Weber am anderen Ende der Leitung. »Die St. Louis Post meldet, daß du seit mehren Wochen die Verkaufslisten anführst. Gratuliere dir, Sohn!«

»Nun, es ... so eine große Sache ist es auch wieder nicht, aber ich danke dir, Papa. Also, mein Forschungsurlaub fängt jetzt an, und ich wollte euch noch anrufen, bevor ich morgen nach Übersee fliege. Ich werde auf dem Weg nach Israel in Rom zwischenlanden.«

»Warum Rom?« fragte seine Mutter. »Von Israel haben wir gewußt, aber ...«

»Nun ... unter anderem will der Papst ein bißchen mit mir plaudern.« Seit Sullivan ihn angerufen hatte, wollte er diesen Satz ganz nebenbei in jenem lutherischen Pfarrhaus von Missouri fallen lassen.

»Nun, das ist ... nett, Sohn«, antwortete sein Vater: »Aber warum? Du hast dich doch wohl nicht zum Katholiken bekehren lassen, oder?«

Jon lachte: »Nein, ich werde dir später einen genauen Bericht abgeben. Aber, Mama, schick mir kein Paket voller Traktate, die ich dem Papst übergeben soll, in Ordnung?«

»Haha!« lachte sein Vater leise. »Wahrscheinlich hätte Trudi genau das gemacht! Haha!«

»Nun, ich muß mich sputen. Ihr habt meine Adresse in Israel?«

»Sicher.«

»Jonathan«, unterbrach ihn seine Mutter, »ich ... ich wünschte mir nur, daß Andrea mit dir gehen würde.«

»Tu's nicht, Mutter. Nicht jetzt. Wir bleiben aber in Kontakt. Macht es gut!«

Obwohl sein Flug bereits aufgerufen wurde, schlängelte sich Jon auf dem Flughafen von Boston noch durch eine Gruppe von Reisenden und erreichte schließlich einen Zeitungsstand. Dort kaufte er sich eine New York Times und eilte dann zur Alitalia 747. Schwungvoll ließ er sich in seinen Sitz fallen, um dann die Rubrik »Bücher« der Times aufzuschlagen. Ein zufriedenes Lächeln umspielte seine Lippen. Sein eigenes, drei Spalten breites Foto lächelte ihn an, plaziert inmitten des Beitrags »Autorenporträt«. Die Schlagzeile lautete: »Jonathan P. Weber, Professor der Nahostwissenschaften an der Universität von Harvard und Autor des Buches, Jesus von Nazareth.«

»DAS LEBEN JESU FÜHRT DIE LISTE AN« lautete der in dicken Lettern geschriebene Titel der anschließenden Geschichte. Jon hörte jedoch plötzlich auf zu lesen und faltete die Zeitung wieder zusammen. Eine adlige Witwe mit silberner Mähne, die zu seiner rechten Seite saß, hatte über seine Schulter gespickt und war gerade dabei, die Wirklichkeit mit der Abbildung zu vergleichen.

Nach dem Start rutschte er aus ihrem Blickfeld, schlug die Zeitung wieder auf und las heimlich weiter, als wäre es harte Pornographie. Die etwas pietätslose erste Zeile ließ ihn ein wenig zusammenzucken:

»Jesus!« ist sowohl der Titel des neuen Nummer 1-Bestsellers, als auch die Reaktion der Verlagsindustrie auf das, was möglicherweise das Marktphänomen der Saison werden könnte. Bücher über das Leben Christi sind keine Neuheiten im Verlagsgeschäft – man schätzt, daß allein in diesem Jahrhundert etwa 20000 Titel weltweit veröffentlicht wurden – und es ist bekannt, daß mehr Bücher über Jesus, als über sonst eine geschichtliche Persönlichkeit, geschrieben worden sind.

Was macht also Webers Werk so herausragend? Die kritische Jury tagt noch, aber ein erster Konsens deutet auf die Art, wie er die biblische Erzählung mit frischen Beweisen aus einer stattlichen Reihe antiker Disziplinen ergänzt, ausgehend von der babylonischen Astronomie bis hin zu römischen Provinzgesetzen. Seine Darstellung überspringt aber auch die Grenzen der Konfessionen. Billigung wurde geäußert aus den Lagern der Evangelikalen, der traditionellen Protestanten, der Katholiken und sogar …

Nun, nicht ganz, dachte Jon. Die Fundamentalisten mögen Teile davon natürlich nicht, aber manche von ihnen würden wahrscheinlich sogar Gottes Einrichtungen im Himmel kritisieren! Er wandte sich wieder dem Artikel zu:

Das Resultat könnte das maßgebliche Leben Jesu für diese Generation darstellen. All dies entspringt der Feder eines verhältnismäßig jungen Wissenschaftlers, der ganz und gar nichts von einem Professoren hat. (Der Mann ist erst 43 Jahre alt.) Kein Bart umschmeichelt sein Kinn, kein Grau ist in seiner dunkelblonden Haarpracht zu entdecken. Weber ist mittelgroß und von schlanker, aber solider Statur, somit gut ausgestattet für die archäologischen Arbeiten, denen er in diesem Sommer in Israel nachzugehen beabsichtigt. Seine stahlblauen Augen und sein festes Kinn erinnern so manchen an Robert Redford.

»So ein Blödsinn!« murmelte Jon und stopfte die Times in die Sitztasche vor sich. Diese Verbalkost wurde ihm langsam zu blumig, was nur zu leicht zu Hochmut führen könnte. Keiner kannte seine Grenzen besser als er selbst.

Als seine Sitznachbarin jedoch eingeschlafen war, kehrte er wieder zum Artikel zurück. Die Geschichte konzentrierte sich nun auf die antiken Sprachen, die er gemeistert hatte: Aramäisch (die Sprache, die Jesus und seine Jünger tatsächlich gesprochen haben), Hebräisch, Griechisch und Latein, daneben die modernen Forschungssprachen. Die biographischen Details folgten seinem Werdegang seit den Tagen als Student in Harvard, über Oxford, bis hin zur Promotion in semitischen Wissenschaften an der John Hopkins Universität, bevor sich der Kreis dann wieder schloß und er einen Lehrauftrag an der Universität von Harvard annahm. Dem ICH war aber nicht genug Bedeutung beigemessen worden, dachte Jon.

Das ICH war sein Traum gewesen: das Institut für Christliche Herkunft. Es war eine Interessengemeinschaft akademischer Talente, die vierteljährlich Symposien abhielten, in deren Verlauf manche der weltbesten Akademiker ihre neuesten Entdeckungen darüber vortrugen, wie sich das Christentum im ersten Jahrhundert verbreitet hatte. Mitgliedschaft im ICH war nur auf Einladung möglich, und auf der Liste der Teilnehmer fand man die Namen von wahrhaft blaublütigen Intellektuellen, die geradezu entzückt waren, daß ihre Lehren – mit gebührender Anerkennung – in Jons neuem Buch widergespiegelt wurden.

Geldgeber des ICH war der Philanthrop J. S. Nickel aus Philadelphia, ein Ladenkettenkönig und Laienprediger, der aus finanzieller Sicht alles möglich gemacht hatte. Jon konnte nur hoffen, daß die Widmung in seinem Buch: »Für Joshua Scruggs Nickel und all meine Kollegen am Institut für Christliche Herkunft« als Rückzahlung einer Schuld verstanden wurde.

Das Abendessen an Bord der 747 begann mit Melone als Vorspeise und Tortellini als Pasta-Gericht. Nur ein italienischer Gourmet hätte die darauffolgenden Gänge identifizieren können, die alle von ausgewählten Jahrgängen aus den Weinbergen Italiens begleitet wurden. Jon fand den Nachtisch etwas protzig, wenn nicht sogar riskant – Flammen stiegen gierig aus der »Vesuvio Überraschung« empor – und ein herumspazierender Geiger in Tarantella Tracht kümmerte sich nach dem Essen um die musikalische Untermalung zum Brandy. Offenbar scheute Alitalia keinerlei Kosten für den neuen Direktflug nach Rom.

Bevor die voreilige atlantische Dämmerung das Flugzeug irgendwo über Irland abfangen würde, löschte Jon das Platzlicht und versuchte, ein paar Stunden zu schlafen. Trotzdem schaffte er es nicht, seine Gedanken abzuschalten. Er verspürte ein seltsames Zusammenspiel, ein kurioses Aufeinandertreffen zweier völlig gegensätzlicher Stimmungen: Begeisterung, aufgrund des momentanen Erfolgs, aber auch einen erbarmungslosen Schmerz über den Verlust, der eine gähnende Leere in seinem Leben erzeugt hatte. Was der willkommene, späte Frühling seiner Karriere eigentlich hätte sein sollen, konnte er nun nicht mehr mit jener Person teilen, die ihm am meisten bedeutet hatte.

Warum? Erneut stellte er sich die gleiche, quälende Frage, die seit den Tagen Hiobs im Raum steht. In seinen früheren eher religiösen Tagen hatte er sie Gott gestellt. Aber Gott war eine Antwort schuldig geblieben.

Andrea hatte es verdient, seinen Erfolg zu teilen. Sie hatte bei allem solch eine große Rolle gespielt. Das Fotoalbum seines schlaflosen Verstandes brachte ihn zurück zu jenem Juli, den er, während seiner Zeit in Oxford, in Heidelberg verbracht hatte. Das erste Bild zeigte eine entzückende, zierliche Blondine, die in der Universitätsbibliothek ein Buch streichelte – eine Norddeutsche oder Skandinavierin, waren damals seine Vermutungen gewesen. Das nächste offenbarte das Mädchen bei einer Feier im Roten Ochsen, als sie gerade einen Steinkrug hob und ihm den Bierschaum ins Gesicht blies, nachdem er Zweifel geäußert hatte, daß sie eine Fulbright aus Virginia wäre! (Sie hatte sich geweigert, englisch zu reden, und ihr Deutsch war viel zu gut.) Es folgte eine Ausstellung von Bildern, zunehmende Vergrößerungen einer haarsträubend schnellen Liebesgeschichte.

Es war alles wie ein Wiedersehen mit »Dem Studenten Prinz« von Sigmund Romberg. Die Deutschen mögen so etwas schmalzig nennen, aber jede Silbe dieses alten Universitätsliedes war für ihn und Andrea bestimmt, in jedem Sinne:

> Ich hab' mein Herz in Heidelberg verloren
> in einer lauen Sommernacht . . .

Die englische Sprache würde nie in der Lage sein, die Stimmung jener Worte widerzugeben.

In so einer Nacht, voller brilliant funkelnder Sterne, als sie an der Brüstung des großen Schloßes standen und auf den Neckar hinabblickten, bat er sie, seine Frau zu werden. Sie zögerte, besorgt wegen der verrückten Schnelligkeit ihrer Werbung, aber dann schloß sie ihn in ihre Arme und murmelte: »In einem Jahr würde ich genauso fühlen. Ja, Jon! Ich möchte deine Frau werden . . . von ganzem Herzen!«

Als hätten sie nur auf diese Gelegenheit gewartet, explodierte scheinbar die Hälfte aller Raketen Deutschlands über dem darunterliegenden Tal. Es war das Schloßfeuerwerk, das Heidelberg jedes Jahr veranstaltete. »Das ist wahrlich die passende Untermalung für dieses Ereignis!« sagte Jon und umschloß die schlanke Frau mit einer Umarmung der überschwenglichen Freude.

Nachdem sie geheiratet hatten und nach Baltimore und Cambridge gezogen waren, setzte sich das verheißene Glück mit Leichtigkeit in die Tat um. Andrea erwies sich als vielseitig begabt in ihren Rollen als Hausfrau, Kollegin und Kritikerin, in der Küche genauso wie im Arbeitszimmer. Sie wollte auch Mutter werden, doch sie warteten bis nach der Gründung des ICH. Dann, vergangenen November, kündigte Andrea glücklich ihre Schwangerschaft an. Sie feierten dieses Ereignis mit zweiten Flitterwochen und reisten über Weihnachten nach Davos in die Schweiz.

Sie waren beide hervorragende Skiläufer, waren aber niemals in Davos gewesen. Früh im Dezember hatten Schneestürme die Alpen mit einer ungewöhnlich hohen Schneedecke versehen. Beim Frühstück an ihrem letzten Urlaubstag konnten Jon und Andrea das schallende Donnern der Kanonen hören, mit denen kontrollierte Lawinen ausgelöst werden sollten. Ein warmer Wind aus südöstlicher Richtung belegte, daß dies eine weise Vorkehrung war. Trotzdem hatte jemand eine schwere Schneemasse, die bedrohlich über einen versteckten Hang der schwarzen Abfahrt ragte, übersehen.

Jon rutschte in seinem Flugzeugsitz hin und her. Sein Bauch war gespannt und seine Hände umklammerten die Armlehnen wie zwei Schraubstöcke. Verzweifelt versuchte er, die Vergangenheit in eine andere Bahn zu zerren, eine neue Richtung, in der er und Andrea einfach nach dem Frühstück Davos verlassen und die nächste Maschine nach Hause genommen hätten. Er entwarf sogar ein ganzes Szenario für die Zeit seither, Bilder von Andrea, wie sie vitaler nicht sein konnte und wie sie nun im Nachbarsitz schlief, mit dem Kopf auf seiner Schulter.

Aber nein. Zur Hölle mit der unumstößlichen Vergangenheit! Verflucht sei die Geschichte für ihre Unvermeidlichkeit! Er und Andrea waren fest entschlossen, die schwarze Abfahrt noch zu besiegen, bevor sie Davos verließen. Gerade als sie um eine steile, gefährliche Kurve fuhren, löste sich die nasse Schneemasse von dem gefrorenen Untergrund und fing an zu rutschen, um dann auf sie hinunter zu donnern. Jon, der in einigem Abstand hinter Andrea herfuhr, schrie: »LAWINE!« mit jedem verzweifelten Atemzug seiner Lungen, während er unter einem Felsen Zuflucht suchte. Aber während er hilflos zuschaute, wurde seine kostbare Andrea vom Weg gefegt und unter zehn Metern Schnee begraben. Umsonst waren die »Lavina, Lavina!«-Rufe, die durch das Tal schallten und die Hubschrauber alarmierten, die die Rettungsmannschaften, Hunde und lange Sonden herbeibrachten. Zu spät wurde Andreas unverletzter aber lebloser Körper entdeckt und geborgen. Drei Stunden der Unterkühlung hatten sie umgebracht. Und ihr kleines, noch ungeborenes Kind ebenfalls.

Fast achtzehn Monate waren seit diesem tragischen Unfall vergangen. Monate in denen sich Jon wie ein Besessener gezwungen hatte, das Buch zu vollenden. Er tat es in Gedenken an sie, aber auch, weil die harte Arbeit ihn von der Trauer ablenkte. Und dennoch: Als das fertige Manuskript gewidmet werden sollte, konnte er, aus unerklärlichen Gründen, sich nicht dazu überwinden, in memoriam hinter Andreas Namen zu schreiben. Er beschloß, eines Tages über die Liebe zu schreiben, und ihr statt dessen jenes Buch zu widmen.

Kurz bevor ihn der Schlaf endlich einholte, fragte er sich, ob es wohl einen tieferen Grund gegeben hatte, weshalb er seiner geliebten Frau ein Buch mit einem derart religiösen Thema nicht gewidmet hatte. Vielleicht war es der Zorn auf einen Gott, der »uns beschützt und bewahrt vor allem Übel«, wie Luther es in den Erklärungen zum Glaubensbekenntnis schrieb, aber der an diesem frühen Morgen wohl fest geschlafen hatte? Oder gar nicht existierte?

Aber nein: Ein Mädchen wie Andrea war der Beweis für die Existenz Gottes.

Kapitel 2

»Attenzione i prego! Tutti passagieri ...«

»Achtung bitte: Legen Sie bitte Ihre Gurte an, klappen die Sitztische hoch und stellen Sie Ihre Rückenlehne gerade. Wir werden in Kürze landen.« Die Stimme eines Flugbegleiters dröhnte durch die Kabinenlautsprecher, zuerst in italienisch, anschließend in englisch. Jon reckte sich, um wach zu werden, stellte seine Uhr von 02:30 Massachusetts Zeit auf 08:30 italienische Zeit um und schaute zum Fenster hinaus. Milchfarbene Wolkengruppen teilten sich und offenbarten darunterliegend die zähfließende, grüne Schlange des Tibers, zu beiden Seiten vom Backstein, Stein und Marmor Roms umsäumt.

Es war nicht sein erster Besuch in der Ewigen Stadt, doch schien jede Annäherung an Rom, den Puls höher schlagen zu lassen. Der Stadt ihre Ehrerbietung zu verweigern, bedeutete, den Barbar zu spielen. Selbst in Ketten gelegt, hatte der heilige Paulus auf der Appischen Straße gehalten, um die Wunder der Stadt in sich aufzusaugen. Später kniete ein sächsischer Mönch namens Luther bei seinem ersten Blick auf das »Heilige Rom« auf die Straße nieder, wie auch Heerscharen von Pilgern davor und danach. Das Flugzeug leitete den Kurvenflug über den samtenen Gewässern des Mittelmeers ein und begann den Anflug über die Ruinen von Ostia Antica und setzte schließlich auf der Landebahn des Flughafens Leonardo da Vinci auf.

Gerade als er durch die Paßkontrolle gegangen war, übertönte eine wohlbekannte Stimme den Ankündigungsgong und die Geräuschkulisse im Terminal: »Bienvenuto, Jonathan!«

Jonathan wandte sich um und erblickte ein Paar grüßende Arme und ein lächelndes Gesicht, die manch glückliche Erinnerungen an vergangene Tage in ihm weckten. »Hallo, Kevin!«

Sullivan, der mit einem sommerlich grauen Habit schick gekleidet war, verpaßte Jon eine Umarmung, die den Brustkorb eines schmächtigeren Mannes womöglich zerdrückt hätte. Die Iren sind in allem, was sie sich vornehmen – sogar Begrüßungen am Flughafen – enthusiastisch. Und der dunkelhaarige, gesund aussehende Sullivan paßte kaum ins Bild eines jesuitischen Wunderknaben, auf dessen Rat die Mächtigen der Kurie hörten – Papst Benedikt XVI. nicht ausgeschlossen.

»Nun, Kevin«, sagte Jon, »du siehst aber kaum noch wie der hagere Kommilitone aus, mit dem ich in Baltimore Biere gezischt habe! Unterrichtest du noch im Gregorianum?«

»Ja, und . . .«

»Wie läuft es mit deinem Kommentar vom Ersten und Zweiten Makkabäus?«

»Geht voran. Du bleibst aber wirklich gut informiert, Jon!«

»Es liegt an unserer ICH Organisation in Cambridge. Wir haben unsere Spione überall!«

Mit dem Gepäck in der Hand plauderten sie weiter, während sie langsam das Terminal verließen und in eine wartende Limousine einstiegen. Jon sah sich den langen, schwarzen Mercedes an, auf dessen Kotflügel die gelb-weißen Wimpel des Vatikan flatterten, und lächelte:

»Da hast du aber für einen entsprechenden Transport gesorgt, Kev! Bist du dir sicher, daß es nicht eine Art Palmsonntagseinzug in die Heilige Stadt ist, mit einem Golgatha, das am Wochenende auf uns lauert?«

»Mist, da hast du unsere Pläne schon durchschaut«, sagte Sullivan und hob in gespielter Enttäuschung seine Hände. »Es ist alles ein Jesuitenkomplott: Entführe einen der weltbesten, protestantischen Geister und forme ihn dann nach dem Willen Roms um.«

Die fünfzehn Kilometer lange Strecke in die Stadt war ein Fest des Wiedersehens, denn beide kramten ihre alten Erinnerungen aus den Tagen an der John Hopkins Universität hervor. Nach dieser Zeit hatte Sullivan in Rom sein Studium fortgesetzt, wo ein Vortrag vor dem Jesuitenkonklave den Pater Generale so beeindruckt hatte, daß er Kevin bald dazu brachte, den vierten Eid zu schwören und selbst Jesuit zu werden.

Bevor sie aber Rom erreichten, fing Jon bereits an, nach dem

Grund seines Besuches zu fragen. Kevin ließ ihn zuerst schwören, daß er Stillschweigen bewahren würde, dann fing er an: »Laß uns zuerst darüber reden, wie im Neuen Testament das Markus-Evangelium endet.«

Jon dachte einen Augenblick lang nach, dann antwortete er: »Du meinst das plötzliche Ende nach Kapitel16, Vers 8 in den großen Unzialmanuskripten? Das *ephobounto gar* in dem *Codex Sinaiticus* und dem *Vaticanus?*«

»Genau.«

Sie konnten offen sprechen, denn auch wenn der Fahrer englisch verstanden hätte – was nicht zutraf –, hätte sich das Gespräch für ihn wie chinesisch angehört. In der Tat sprach Sullivan aber eines der brisantesten Probleme der biblischen Lehren an: die Tatsache, daß zwei der ältesten und wichtigsten Manuskripte des Markus-Evangeliums die entscheidenden Verse 9 bis 20 des letzten Kapitels, die von den Auferstehungserscheinungen Christi berichten, nicht enthalten. Eines jener Manuskripte, der *Codex Sinaiticus,* wurde am Berg Sinai entdeckt; das andere, der *Codex Vaticanus,* befand sich in der Bibliothek des Vatikans. Jons Hinweis auf *ephobounto gar* war nicht eine Fehlfunktion seines Verstandes, sondern die letzten zwei griechischen Worte jener Manuskripte, welche die Reaktion der Frauen vor dem leeren Grab Christi beschrieben: »Denn sie hatten Angst.«

»Ephobounto gar!« wiederholte Jon. »Was für eine Art, die Ostergeschichte zu beenden!«

»Falls sie da tatsächlich aufhörte. Kein Wunder, daß die anderen Manuskripte und Papyri die Verse 9 bis 20 hinzugefügt haben!«

»Ja, aber die Verse sind nur schwer mit dem ursprünglichen Text in Zusammenhang zu bringen. Also nochmals: Was liegt an, Kev? Was hat das mit mir zu tun?«

Sullivan schwieg einige Augenblicke, dann antwortete er: »Es geht um den *Codex Vaticanus.*«

»Und?«

In diesem Augenblick fuhr der Mercedes am rechten Ufer des Tibers entlang und bog nun scharf in die Vatikanstadt ab. »Das reicht erst einmal, Jon«, sagte Sullivan. »Wir haben dich in einer unserer VIP-Wohnungen untergebracht. Ist das in Ordnung?«

»Natürlich. Laß mich doch aber noch ein bißchen mehr wissen, um was es geht.«

»Nun ... denk daran, wie wir dich das letzte Mal mit einbezogen haben. Dieses Mal geht es um etwas ähnliches, vielleicht aber genau anders herum. Hier ist dein Zimmer. Pack aus und mach dich etwas frisch, ich werde dich dann um zwölf Uhr zum Mittagessen abholen. Ich hoffe, daß dir der Zeitunterschied nicht zu sehr zu schaffen macht, Jon. Unser Treffen mit dem Heiligen Vater ist um 15.30 Uhr. Kannst du das schaffen?«

»Kein Problem. Unter der Bedingung aber, daß du mir beim Mittagessen hilfst, meine Umgangsformen ein wenig aufzufrischen.«

»Mach dir keine Sorgen. Du wirst sehen, daß Benedikt sympathisch ist. Er ist ein beachtlicher Akademiker, weißt du ... bleibt theologisch wirklich am Ball. Er hat sogar deinen Jesus gelesen - man staune, auf englisch – bevor das Buch auf italienisch erschien.«

Benedikt XVI. – Bischof von Rom, Vikar Jesu Christi, Pontifex Maximus der Kirche, Patriarch des Westens, Herrscher von Vatikanstadt und Diener der Diener Gottes – war die Art von Person, die zusammenzucken würde, wären seine offiziellen Titel (und davon gab es noch viel mehr) alle förmlich verkündet worden. Wie sein frommer Vorgänger, Johannes XXIII. und der gewinnende Johannes Paul II., war auch der 265te Inhaber des Stuhles Petri entschlossen, die breite Öffentlichkeit der Welt zu erreichen, sie gleichermaßen aber auch noch zu bezaubern. Dennoch war Benedikt, nicht wie sein unmittelbarer Vorgänger, wieder ein traditioneller Italiener, aber mit einer sehr untraditionellen Offenheit gegenüber manchen der eher problematischen Themen, welche die Gewissen der Katholiken auf der ganzen Welt nicht zur Ruhe kommen ließen. Jon war entzückt gewesen, als er entdeckt hatte, daß dieser Papst, endlich neue Diskussionen hinsichtlich der Themen Geburtenkontrolle, die Heilige Messe für geschiedene Katholiken und die Rolle der Frauen in der Kirche anregte. Manche waren sogar der Meinung, daß Benedikt XVI. – ehemals Ricardo Kardinal Albergo, Erzbischof von Napoli – das Thema Priesterzölibat überdenken könnte.

Kevin Sullivan brachte Jon genau um 15.30 Uhr in den Apostolischen Palast. Er führte ihn hinauf zur päpstlichen Residenz und stellte ihn dem geistlichen Führer von 900 000 000 Gläubigen vor. Das Gesicht des Pontifex, der in den späten mittleren Jahren war, blühte zu einem warmen Lächeln auf, als er seine rechte Hand ausstreckte. Wie an so vielen Tagen davor, trug der Papst auch heute einen einfachen weißen Talar mit einer an den Schultern befestigten Pelerine und einem Scheitelkäppchen. Das Tuch war perfekt auf seine ein Meter fünfundsiebzig große Gestalt zurechtgeschnitten, die nur unwesentliche Rundungen aufwies.

»Im Namen unseres Allmächtigen Herrn heiße ich Sie willkommen, Professor Weber.« Das päpstliche Englisch war fehlerfrei, obwohl ein entzückender, italienischer Akzent es schmückte.

»Io sono molto onorato di incontrarla, Sua Santita«, sagte Jon und hoffte, daß seine italienische Übersetzung für »Es ist mir eine große Ehre, Eure Heiligkeit kennenzulernen« korrekt war. Dann fügte er schnell hinzu: »Aber da Euer Englisch meinem Italienisch offensichtlich überlegen ist, laßt ...«

»Ach, das bezweifle ich. Lassen Sie mich dennoch meine Anerkennung für Ihr *Gesu di Nazareth* zum Ausdruck bringen. Ihre Zeilen verbinden Gelehrsamkeit mit Glauben oder zumindest mit starkem Respekt vor dem Glauben. Sie haben weder das eine noch das andere verlassen, wie es sonst so häufig passiert.«

Jon errötete etwas bei diesem Lob, aber Benedikt nahm

ihm sogleich die Befangenheit, indem er hinzufügte: »Kaum zu glauben, daß ein Lutheraner so etwas zustande gebracht hat!«

Beide lachten leise vor sich hin und plauderten dann weiter über eine Reihe von Themen, während sie es sich in dem privaten Empfangssaal zum Espresso bequem machten. Über seine Pläne für Israel befragt, erzählte Jon von der Ausgrabung Jennings in Rama.

»Sie meinen das Rama des Samuel? Ramathaim in Ephraim?«

»Ja, in der Tat, ich bin aber erstaunt, daß Ihr ...«

»Ach, ich bin im Herzen – wie sagt man es? – ein ›Buddler‹. Ich hätte mir fast die Schaufel, anstatt des Stabes zur Berufung gemacht. Pfade in die Vergangenheit zu finden, ist ein Luxus, welche für die Zukunft zu legen eine ausgesprochene Bürde!«

Nun fixierte der Papst Sullivan, der daraufhin den Wink aufnahm und sagte: »Santissimo Padre, ich habe Professor Weber hinsichtlich des Problems im Markus-Evangelium unterrichtet, und daß womöglich der *Codex Vaticanus* dabei eine Rolle spielt. Mehr habe ich ihm aber noch nicht erzählt.«

Benedikt nickte. »Und hinsichtlich ... der Diskretion?«

Jon unterbrach ihn: »Die werde ich unter allen Umständen respektieren, Eure Heiligkeit.«

»In Ordnung. Dann ... wollen wir gehen?«

Sie gingen durch eine Reihe prunkvoller Gänge bis sie die großen, hölzernen Türen der *Biblioteca Apostolica Vaticana*, die berühmte Bibliothek des Vatikan, erreichten. Der Kustos der geheimen Archive begegnete ihnen in der Eingangshalle. Er war ein graubärtiger Dominikaner, der sich vor dem Papst verbeugte und sie anschließend in das bewachte Allerheiligste führte, in dem der *Vaticanus* aufbewahrt wurde. Dann verließ er das Gemach und verschloß die Türen hinter sich.

Der *Vaticanus* lag geöffnet auf einem Schreibtisch, seine Blätter mit einem großen schwarzen Tuch bedeckt, um zu verhindern, daß das Licht das kostbare Manuskript beschädigen könnte. Vorsichtig entfernte Sullivan das Tuch und sagte mit fast ehrfürchtiger Stimme: »Es ist bei Markus 16 aufgeschlagen, Jon.«

Jon näherte sich dem Codex und dachte über das seltene Privileg nach, welches ihm zuteil wurde. Seit vierhundert Jahren war der *Vaticanus* für die Außenwelt beinahe unzugänglich gewesen. Er blickte hinunter und bewunderte das feine Pergament der aufgeschlagenen Seiten. Die Klarheit der wunderschönen, großgeschriebenen Initialbuchstaben, drei Spalten auf jeder Seite, versetzte ihn in Bewunderung. Sofort erkannte er die Stelle, an der das Markus-Evangelium nach Vers acht zu Ende ging. Tatsächlich waren die letzten zwei Worte *ephobounto gar:* »Denn sie hatten Angst.«

»Schauen Sie, meine Herren, wie groß die Lücke zwischen dem Ende von Markus und dem Anfang von Lukas ist«, bemerkte Jon. Er war viel zu vertieft, als daß er den Patzer in seiner Etikette bemerkt hätte, weil er die kollektive Anrede auch für den Papst verwendet hatte. Es störte jedoch keinen der Anwesenden. An diesem Ort herrschte der unangefochtene Respekt vor einem Dokument aus dem vierten Jahrhundert.

»Es scheint fast so, als hätte der Schriftgelehrte Platz gelassen für den Fall, daß das ›verlorene Ende‹ doch noch irgendwo auftauchen würde«, fuhr Jon fort. »Dann hätte man es noch hinzufügen können.«

»Das ist möglich«, gab Sullivan zu, der mit dem Papst Blicke wechselte, die, wie Jon annahm, wohl eine geheime Bedeutung hatten. Sullivan ging nun in die Ecke des Gemachs, schob einen großen Apparat zu ihnen und schloß ihn an einer Steckdose an.

»Ultraviolett?« fragte Jon. »Hat man den *Vaticanus* noch nie unter UV-Licht getestet?«

»Nicht in dieser Art. Es ist das Neuste – Laser unterstützt – und gewährleistet einen sehr reinen und intensiven Strahl.« Dann zog er die Vorhänge zu, löschte die Deckenleuchten und schaltete das Gerät ein.

»Nun, sieh es dir an, Jon. Du wirst den Grund für diese ganze Geheimnistuerei bald verstehen.«

Jon beugte sich über das Manuskript. Er schielte ein wenig und erkannte dann ein paar gespenstische, kalkige Worte, die nach dem Schlußvers von Markus erschienen. Langsam und stockend versuchte er, sie zu entziffern – keine einfache Aufgabe, da das Griechisch keine Lücken zwischen den Worten ließ, sondern sie zusammenschrieb.

In der Stille des Gemachs las Jon dann laut vor: »HO ... DE ... TO SOMA ... IESOU ... ANELAYMPHTHAY.«

Niemand sagte ein Wort, bis Jon laut für sich übersetzt hatte: »›Aber der Körper Jesu ... war entfernt worden.‹ Oder ›zurückgenommen ... zurückgeholt.‹ Entfernt? ... Um Gottes Willen!« flüsterte Jon und griff hinunter zum Tisch, um sich festzuhalten. Wenn die Bedeutung tatsächlich »entfernt« oder »gestohlen« sein sollte, dann würde sie einen Dolch in das Herz des Christentums bohren. Es war die älteste Erklärung dafür, was am Ostersonntag mit der Leiche Christi passiert war.

»Die gleiche Verbform *anelaymphthay*«, sagte der Papst, »wird auch für Christi Himmelfahrt, im Sinne von *heraufgeholt* verwendet.«

»Das ist wahr.« Erneut starrte Jon zu den Buchstaben hinunter und sagte: »Die Buchstaben scheinen zumindest von der gleichen Handschrift zu stammen, wie auch der übrige Text. Hast du davon Bilder gemacht, um das zu überprüfen, Kevin?«

»Ja. Bisher scheint es tatsächlich der gleiche Schriftgelehrte zu sein.«

»Aber was bedeutet die Entfernung? Wer hat die Zeile gestrichen, und warum?«

»Wer weiß? Jemand hat offensichtlich befürchtet, daß das Verb als *gestohlen* gedeutet werden könnte, was die Auferstehung Christi in Frage stellen würde.«

»Und das könnte jeder sein, der Zugang zum *Vaticanus* gehabt hat, und das in den letzten ... wie viele Jahrhunderte liegt die Handschrift schon hier?«

Der Papst lächelte und sagte: »Leider wissen wir das ebenfalls nicht. Der erste Katalog der Vatikanbibliothek wurde 1475 veröffentlicht, darin ist der *Vaticanus* enthalten. Wir haben keine Ahnung, wann und wie er in den Vatikan kam. Er könnte sogar aus der Zeit von Konstantin stammen.«

Jon hielt sein Kinn in der Hand und schritt nachdenklich im Zimmer umher. Dann fragte er: »Wer sonst weiß von dieser Sache?«

»Du siehst gerade die einzigen beiden Personen auf der ganzen Welt vor dir«, antwortete Sullivan mit einem schwachen Lächeln. »Der *Vaticanus* ist noch nie einer genauen Untersuchung unter starkem UV-Licht unterzogen worden, und ich habe erst vor drei Wochen mit dem Neuen Testament angefangen. Weiter als Markus 16 bin ich nicht gekommen.«

»Aus offensichtlichen Gründen«, sagte Jon. »Nun, ich fühle mich geehrt, daß Sie mir die Nachricht dieser Entdeckung anvertraut haben, obwohl ich mich frage, weshalb ausgerechnet ich so privilegiert bin.«

Sullivan erklärte: »Dein Rat hinsichtlich des Leichentuchs erwies sich als die beste Vorgehensweise, welcher der Vatikan vor ein paar Jahren hatte folgen können, Jon. Das haben wir dir schon gesagt. Nun fragen wir uns, ob du nicht für uns eine ähnliche Strategie hinsichtlich der gestrichenen Zeile entwickeln könntest. Zum Beispiel, gibt es irgendwelche wissenschaftlichen Untersuchungen, die feststellen könnten, wie die Zeile gestrichen wurde? Wann es womöglich passiert ist? Oder, was wesentlich wichtiger ist, ob die ursprüngliche Zeile authentisch war? Oder eine Fälschung?«

Jon lächelte wegen der enormen Komplexität dieser Bitte. Er faltete seine Hände und umkreiste den Schreibtisch, auf dem das Manuskript lag. Schließlich antwortete er: »Es existiert ein chemischer Prozeß, um das Mittel festzustellen, mit dem die Zeile gelöscht wurde – vorausgesetzt, es fand in den letzten

Jahrhunderten statt. Aber die ursprüngliche Schrift festzustellen?« Er schüttelte den Kopf. »Ich bezweifle, daß es eine Technik gibt, die das erreichen könnte.«

Für einige Augenblicke füllte sich das Zimmer mit einem spürbaren, schon fast peinlichem Schweigen. Schließlich fragte der Papst: »Haben Sie ... irgendwelche Vorschläge, Professor Weber?«

Jon nickte: »Ich werde ein schriftliches Programm verfassen«, sagte er. »Vertraulich, natürlich nur für Euch bestimmt. Spontan würde ich vorschlagen, daß du die UV-Untersuchung des kompletten *Vaticanus* zu Ende führst, Kevin, und prüfst, ob weitere Abschnitte gelöscht wurden. Dann mach das Gleiche mit dem *Codex Sinaiticus* in London, um zu prüfen, ob vielleicht auch dort am Ende des Markus-Evangeliums diese Zeilen gelöscht wurden. Dabei kann ich dir behilflich sein: ich kenne den Manuskriptehalter im Britischen Museum. In der Zwischenzeit werde ich mich mit einigen Wissenschaftlern beraten, die an dem Leichentuch-Projekt mitgearbeitet haben. Keine Sorge, ich werde die Identität des Manuskripts für mich behalten und auch in keiner Weise Andeutungen machen, um was es hierbei geht.«

Benedikt XVI. und Sullivan nickten zustimmend. »Ich werde auch eine Studie des Wortes *anelaymphthay* durchführen, um herauszufinden, wie sein Gebrauch im Neuen Testament ist«, fügte Sullivan hinzu.

»Ja ... gut, Kevin! Das ist äußerst wichtig.«

Sullivan schob das Gerät beiseite und hüllte den *Vaticanus* wieder in das schwarze Tuch ein. Dann bestellte er den Kustos, und sie kehrten zur päpstlichen Residenz zurück.

Vor der Tür wandte sich Benedikt um, lächelte Jon an, und sagte: »Ich bin Ihnen für Ihren guten Rat zu Dank verpflichtet, mein guter Professor – oder, wie ich Sie jetzt lieber nennen würde – guter Freund. Ich würde mit Ihnen hinsichtlich dieser Angelegenheit – und womöglich auch anderen – gerne in Kontakt bleiben.«

»Nichts könnte mich mehr erfreuen, Santissimo Padre.«

»Nein, nein: *amico mio*! Also heißt es nun *addio, care professore*.«

»Arrivederci . . . e grazie, Sua Santita!«

An diesem Abend saß Jon in einem Straßencafe gegenüber des antiken Römischen Forums. Der romanisierte Kevin trank Campari und Soda, bestellte aber Nastro Azzuro Bier für den eher germanischen Jon, der immer noch vor Glück strahlte über sein auf Anhieb gutes Verhältnis zum Bischof von Rom.

»Es ist ein wenig surrealistisch, Kevin. Ich betrete die päpstliche Residenz als ausländische Kuriosität und komme zurück als ein . . . ein Freund?«

»Ich will dich nicht vom hohen Roß runterholen, Kumpel, aber das ist Benedikts Art. Hier sind wir nun, nach erst einem Jahr seines Pontifikats, und schon können wir sehen, wieviel Glück wir mit dem Mann gehabt haben. Manche der anderen Kandidaten waren, offen gesprochen, entsetzlich. Ein paar haben seit ihrer Ordination keinen einzigen neuen Gedanken gedacht. Andere wiederum hätten überhaupt nicht erst zum Priester geweiht werden sollen! Und nun dürfen wir uns an einem guten Gelehrten, einer herzlichen Persönlichkeit und einem wirklich begabten Verwalter erfreuen. Man könnte fast meinen, daß tatsächlich der Heilige Geist diese Konklave geführt hat!«

»Wenn du auf irgendwelche Schwächen des Mannes hinweisen müßtest, welche wären sie dann?«

Kevin zögerte ein wenig, dann antwortete er: »Nun, einer seiner Vorzüge könnte unter Umständen als Schwäche gedeutet werden: sein Vertrauen in den Menschen. Vertrauen kann hier durchaus fehl am Platz sein. Wie alle Institutionen dieser Erde, haben auch wir hier unseren Anteil an Schurken, und manche sitzen in hohen Positionen.«

Kevin hörte ausgerechnet dann auf zu sprechen, als Jon sich gewünscht hätte, er würde fortfahren. Vielleicht würde eine freundliche Aufmunterung weiter helfen?

»Schurken in hohen Positionen? Das mußt du jetzt schon näher erläutern«, hänselte Jon. »Diese Frage ist fünfundzwanzig Punkte wert.«

»Stets der Pädagoge!« lachte Kevin. »Nun, Schurken kommen in allen Organisationen vor, egal in welcher Größenordnung und auf welche Weise. Ich mache mir weniger Sorgen um die Nieten, die für die Finanzen des Vatikans zuständig sind. Alles, was sie bis jetzt geleistet haben, war, im Sindona Skandal und anderen entzückenden Unternehmungen, Milliarden von Kirchenlire in den Sand zu setzen. Nein, ich mache mir eher Sorgen um unsere doktrinären Orakel aus den extremen rechten und linken Flügeln, die Benedikt unter Druck setzen. Auf der einen Seite gibt es da die erzheiligen Typen mit den zuckenden Nasenlöchern, die Ketzerei schon auf hundert Kilometer Entfernung riechen können. Sie versuchen, die Kirche mit allen Mitteln zurück ins sechzehnte Jahrhundert zu zerren. Die Lateinische Messe? Natürlich! Nur weil es mittelalterliches Latein ist!«

Jon lachte. »Und die Linken?«

»Nun, ein paar von unseren Jungs sind so abgedreht, daß sie der Meinung sind, die deutschen Entmythologisierer seien ein Haufen Reaktionäre! Du kennst den Typ: Vielleicht wurde Jesus geboren, aber keinesfalls in Bethlehem. Ein paar der Sprüche Jesu in den Evangelien könnten von ihm stammen, aber nur die wenigsten. Die Wunder sind Mythen. Jesus starb, selbstverständlich, denn menschliche Wesen tendieren in der Regel dazu. Vergiß aber die Auferstehung, Leben nach dem Tod, den Himmel oder sonst etwas in dieser Art. Ach, ich gebe zu, daß wir davon nicht viele im Vatikan haben, aber die Liberalen kommen mit geballter Kraft zurück. Die Befreiungstheologie existiert nicht einfach nur, sondern sie ist sogar die große Hoffnung der Kirche: Jesus und Marx schreiten Hand in Hand ins große Jenseits. Macht nichts, daß der Kommunismus in Osteuropa und in Rußland zusammenbrach.«

»Es hat mit eurer wunderbar breiten Decke zu tun. Ihr Katholiken schmeißt doch sämtliche Extremisten in einen Topf. Wir Protestanten ziehen es eher vor, uns in Kirchengruppen aufzuteilen und dann noch einmal zu unterteilen, um Platz für alle nur denkbaren Gesinnungen zu bieten. Aber wo, auf der theologischen Skala, siehst du Benedikt XVI.?«

»Offenbar ist er etwas gemäßigter als Johannes Paul II. – er ist zum Beispiel nicht so unglaublich engstirnig in Sachen Geburtenkontrolle. Trotzdem bewegt er sich noch in der Mitte und versucht, die Kirche zusammenzuhalten. Aber du wirst schon sehen: beide Randgruppen, sowohl die linke als auch die rechte werden versuchen, ihn auf ihre Seite zu bringen.«

Ihr Gespräch, das noch eine Stunde andauerte, endete dann in einer technischen Diskussion über die möglicherweise erschütternden Auswirkungen der entfernten Zeile des Markusevangeliums. Der theologische Austausch wurde *sotto voce* abgehalten: es gab noch keinen Grund, das christliche Publikum in Panik zu versetzen.

»Noch ein Bier?« bot Sullivan an.

»Ich glaube nicht, Kev. Die Zeitverschiebung hat mich in ihren Fängen. Aber – ehrlich – vielen Dank für einen seltenen und außergewöhnlichen Tag, mein Freund!«

Kapitel 3

Am nächsten Nachmittag landete Jons El Al Maschine so sanft, als wollte sie dem Heiligen Boden eine Huldigung erweisen, und entlud ihre Passagiere auf dem Rollfeld des Flughafens Ben Gurion. Nach den bekannt intensiven Sicherheitskontrollen *(sie haben vergessen, meine Achselhöhlen und die Leistengegend zu überprüfen,* dachte Jon) erblickte er die hoch aufragende, schlaksige Gestalt von Austin Balfour Jennings, der ihm mit seinem orangefarbenen Sonnenhut zuwinkte.

Einige Jahre waren vergangen, seit er seinen Förderer aus der

Oxforder Zeit zum letzten Mal gesehen hatte, aber Jon – und sonst auch niemandem – fiel es nicht schwer, ihn wiederzuerkennen. War »A. B. J.« erstmal in ein Leben getreten, dann hinterließ er einen nachhaltigen Eindruck auf die Gehirnzellen. Im Alter von 63 Jahren fehlten ihm nicht nur seine Kopfhaare, sondern er war, in der Tradition von Yul Brynner, geradezu gebieterisch kahl. Amerikaner, die unter Jennings Ausgrabungen durchgeführt hatten, nannten ihn, je nach Generation, Daddy Warbucks oder Herr Saubermann – aber immer mit einer gewissen Ehrfurcht. Braungebrannte, gesund aussehende Haut spannte sich über seine hoch aufragende, ovale Kuppel und zog sich dann nach unten, an zwei stechend türkisfarbenen Augen vorbei, über eine Nase, die wie ein dreieckiges Wahrzeichen wirkte. Eine doppelte Reihe von gelben Schneidezähnen, vom Pfeifentabak verfärbt, hatte sich zu einem breiten Lächeln geöffnet.

»Willkommen in Erez Israel, Jonathan!« sagte er und drückte Jonathans Hand zur Begrüßung. »Ihr Gepäck wird es wahrscheinlich leichter haben als Sie, durch die Sicherheitskontrollen zu gelangen. Wir haben einen Freund bei der Zollbehörde. Sonst ist es fürchterlich ärgerlich.«

»Es ist mir eine Ehre, daß Sie persönlich gekommen sind, Austin! Sie hätten doch sicher auch einen Mitarbeiter vorbeischicken können.«

»Würde mir nicht im Traum einfallen. Hatten Sie einen guten Flug?«

»Ja. Ah, da ist ja mein Gepäck.«

»Machen wir uns also auf den Weg. Mein Auto steht vorne.«

Da Jerusalem nur eine knappe Stunde mit dem Auto gen Osten und hinauf ins Hochland lag, blieb auch nicht die geringste Zeit für eine kleine Unterbrechung ihres Gesprächs. Jon löcherte Jennings, der äußerst willig war, ihm von allem zu berichten, förmlich mit Fragen über die Ausgrabung.

»Nochmals, Austin, wie haben Sie die Stätte überhaupt gefunden?«

»Nun, eigentlich war ich es gar nicht, sondern Sir Lloyd Kensington, der in den frühen Sechzigern Rama als Erster ausfindig gemacht hat. Eine famose, detektivische Leistung von dem alten Spürhund! Er war darauf versessen, das Rama zu finden, in dem Samuel tatsächlich auch gelebt hatte, aber der Name des Ortes hat eine unerträgliche Anzahl von Variationen: Rama, Ramah, Ramatha, Ramathem, Ramatajim, Harамathaim, Arimathäa. In den Evangelien taucht er natürlich unter dem Namen Arimathäa auf, der Geburtsstätte Josefs. Um die Verwirrung perfekt zu machen, werden zusätzlich noch andere Ramas in der Bibel erwähnt.«

»Gibt es nicht sogar eines, das in den Außenbezirken von Jerusalem liegt?«

»Ganz richtig, mein Junge. Kensington fügte das Puzzle schließlich zusammen, indem er seine Spur dem ersten Kapitel Samuels entnahm. Hier, schauen Sie, ob Sie es finden.« Jennings griff auf den Rücksitz, holte eine hebräische Bibel hervor und gab sie Jon. »Fangen Sie beim ersten Vers an zu lesen.«

Jon schlug die genannte Stelle auf und las laut vor: *»Whyhee ish echad min haramathaim . . .«*

»Das reicht. Nun übersetzen Sie.«

»Es gab einen bestimmten Mann aus Ramathaim . . .«

»Genau! Der Mann war natürlich Samuels Vater. Blättern Sie nun ein bißchen weiter und erzählen Sie mir, wie der Ort in Vers 19 genannt wird.«

Jons Finger glitt über die Seite, dann hielt er an. »Rama«, antwortete er.

»Richtig. Nun, da Rama ›Höhe‹ bedeutet, ging Kensington davon aus, daß der Autor des Ersten Buches Samuel unterscheiden wollte, welche der ›Hohen Städte‹ er meinte, indem er bei der ersten Erwähnung eine Verdopplung benutzte – Ramathaim, was als ›Rama mit den zwei Anhöhen‹ übersetzt werden könnte.

»Aha! Also erkundete Kensington alle doppelten Anhöhen in Ephraim, bis . . .«

»Haargenau! Bis er ein Paar in der Nähe von Bethel fand. Es existierte hier auch, im Sattel zwischen zwei Anhöhen, ein interessanter Ort, den die Araber – zu schön, um wahr zu sein – er-Ram nannten. Moment, ich glaube, schon 1963 fing er an, dort Ausgrabungen zu machen. Ich stieß während seines dritten Sommers dort zu ihm.«

»Wie konnten Sie mit der Identifizierung so sicher sein? Ich meine, daß die Stätte tatsächlich Ramathaim war?«

»Wir entdeckten einen makkabäischen Friedhof, auf dem mehrere der Grabsteine Namen trugen mit dem Zusatz ›von Ramathaim‹.« Jennings zögerte erst und fuhr dann lächelnd fort: »Es war auch verdammt gut, daß wir ihn entdeckten, da Kensington eines Tages an der Ausgrabungsstätte zusammenbrach und am Ende der darauffolgenden Saison verstarb. So konnte er als glücklicher Mann das Jenseits begrüßen.«

Sie hatten jetzt die Gebirgsausläufer von Judäa erreicht. Die Straße wurde steiler, und Jennings mußte seinen Peugeot einen Gang herunterschalten. »Sehen Sie nun, weshalb es immer ›hinauf nach Jerusalem‹ heißt, Jonathan?«

»Richtig! Aber erzählen Sie mir jetzt, was Sie bisher in Rama entdeckt haben.« Jon war sich bewußt, daß nichts einem Archäologen mehr Freude bereitet, als von seinen Entdeckungen berichten zu dürfen.

Jennings' Augen schienen zu funkeln, und seine gebieterischen Gesichtszüge wurden unter einem sanften Lächeln weich. Er streckte seine Arme gegen das Lenkrad und antwortete: »Nun, Kensington fing in der östlichen Hälfte Ramas an und legte schließlich das meiste davon frei. Mit seiner Fixierung auf Samuel bevorzugte er natürlich eher die späte Bronzezeit.«

»Etwa 1200 vor Christus?«

Jennings nickte: »Ich glaube, daß er dort die Geister Samuels und Davids über jedem Stein schweben sah. Schrecklich von mir, so etwas zu sagen, aber ich befürchte, daß er die römische und die hellenistische Ebene mehr oder weniger im Durchmarsch erledigte, um schneller an seine ›Hobbyschicht‹ heranzukommen. Jedenfalls, Rama erlebte seine Blütezeit in der herodianischen Periode und im ersten Jahrhundert, deshalb hätte man dieser Ebene vielleicht von vornherein den Vorzug geben müssen. Nun, seither haben wir uns auf die westliche Hälfte Ramas konzentriert – die Hälfte, um die sich Kensington kaum gekümmert hat – und es war bis jetzt ... extrem faszinierend.«

Jon fragte sich, wie lange Jennings denn noch Katz und Maus mit ihm spielen wollte. »Was um alles in der Welt haben Sie denn von solch spektakulärer Bedeutung gefunden?« wollte er am liebsten schreien. Statt dessen hielt er sich zurück und fragte: »Also nochmals, was haben Sie gefunden, Austin?«

»Ach du liebe Zeit, ich habe Ihnen ja kaum eine Antwort gegeben, nicht wahr? Nun, nachdem Kensington starb, wurde die Ausgrabungsstätte geschlossen, bis ich vor vier Jahren endlich hierher zurückkehren konnte. Zuerst haben wir natürlich einen Vermessungsgraben durch den Mittelteil gelegt und sind auf eine sehr schöne Schicht aus der Mittleren Bronzezeit gestoßen, wo wir dann auch Grundgestein fanden.«

»Was folglich bedeutet, daß die Stätte nicht früher als 1700 v. Chr. besiedelt wurde?«

»Wahrscheinlich 1600.«

»Wenn dies die früheste Schicht ist, welche ist dann die späteste?«

»Abgesehen von unbedeutenden, mittelalterlichen und arabischen Artefakten in der Nähe der Oberfläche scheint Rama gegen Ende des ersten Jahrhunderts zugrunde gegangen zu sein, wahrscheinlich im Verlauf des jüdischen Krieges mit Rom 66 n. Chr. Eine Trümmerschicht an dieser Stelle deutet darauf hin, daß die Römer es auf ihrem Weg nach Jerusalem dem Erdboden gleichgemacht haben.«

»Was war die letzte Währung in der Zerstörungsschicht, vorausgesetzt sie haben eine gefunden?«

»Bislang ist es ein silberner Denar unter Claudius, datiert

auf 53 n. Chr. Nein, eigentlich nicht. Clive Brampton, mein Stellvertreter, fand ein türkisches Pfundstück aus den 90er Jahren des 18. Jahrhunderts, aber dieser ›Geist‹ muß auf eine andere Art und Weise dort eingedrungen sein.«

Urplötzlich wurden die steilen Hügel mit der sanften, rotbraunen Erde, teilweise bewaldet mit Pinien und Zypressen, von dem hellen, weißen Kalkstein Jerusalems abgelöst. Nur wenige Städte dieser Erde kommen so plötzlich in Sicht wie Jerusalem, dachte Jon, und keine andere trotzte auf eine so faszinierende Art dem tiefen Azurblau des spätnachmittäglichen Himmels.

Jennings blieb unbeeindruckt. »Diese Hochhäuser verschandeln die Linien dieser Stadt, Jonathan. ›Nächstes Jahr in Jerusalem!‹ von mir aus, weil bis dahin sowieso alles ruiniert sein wird! Das Hilton, das Plaza, das Ramada Renaissance, das Hyatt Regency machen scheinbar einen ›ständigen Wallfahrtsort‹ daraus! Trotzdem, willkommen zurück in *al-Quds*, wie die Araber sie nennen: *die Heilige.*

Sie fuhren durch die nördlichen Randbezirke Jerusalems und bogen dann in die Nablus Straße ein, die Hauptverkehrsstraße, die nördlich aus der Stadt wieder herausführte. Jennings rasselte nun eine Liste der wichtigsten Strukturen und Artefakten herunter, die sie in jeder Schicht von Rama geborgen hatten. Die steinernen Fundamente von Häusern, Straßen und Läden aus der römischen Periode waren im westlichen Stadtbezirk freigelegt worden. Jede Schicht hatte scheinbar eine größere Anzahl von Perlen, Juwelen, Werkzeugen, Lampen, Figurinen, Siegeln und Waffen zusätzlich zu den Tonscherben, mit denen alles datiert werden konnte, geliefert.

Faszinierende Funde, überlegte sich Jon, aber keiner davon wäre ausreichend, um ihn um die halbe Welt zu locken. Es war an der Zeit, »provozier den Professor« zu spielen. Er drehte seinen muskulösen Körper in dem beengten Peugeot, bis er Jennings direkt anblicken konnte und sagte: »Nun, Austin, Sie haben Mutter Erde eine beachtliche Ansammlung von Objekten entlockt, aber von welchem dieser Funde haben Sie mir geschrieben? Welcher hat diese ›möglicherweise spektakuläre Bedeutung‹?«

»Keiner der oben genannten«, lächelte er. »Sie werden es aber noch bald genug herausfinden.« Er übergab Jon eine Liste mit den Namen der zwanzig archäologischen Mitarbeiter von Rama und machte einige Bemerkungen zu jedem.

»Wer ist diese Shannon Jennings?« fragte Jon nach. »Eine Verwandte?«

»Meine zänkische Stiefmutter aus Irland – zuständig für Sicherheit! Die widerwärtige, alte Hexe fliegt auf ihrem Besenstiel um die Ausgrabungsstätte herum, um ...« Jennings unterbrach sich, als er merkte, daß sich kein Lächeln auf Jons Gesicht ausbreitete, und fragte: »Sie wollen mich wohl auf den Arm nehmen, nicht wahr? Können Sie sich wirklich nicht mehr von ihrer Zeit in Oxford her an meine Tochter Shannon erinnern?«

»Ach, natürlich. Wie blöd von mir! Aber damals war sie doch noch ein kleines Schulmädchen.«

»Ja, aber seither hat sie sich der unaufhaltbaren Prozedur des Heranwachsens gewidmet.« Jennings gähnte. »Sie führt das Protokoll der Ausgrabung.«

Jon dachte an die Tage seines Stipendiums zurück. Bruchstücke der Erinnerung fügten sich zusammen zu einem Mosaik der Vergangenheit: seine ehrfurchtsvolle Scheu, als er von Austin Balfour Jennings zum Abendbrot eingeladen wurde, kurz nach seiner Ankunft in Oxford ... seine Verlegenheit, als er nach Frau Jennings fragte, nur um herauszufinden, daß sie kurz nach der Geburt ihrer Tochter verstorben war ... das etwas klein geratene, sechsjährige Mädchen, das sich niemals an ihre Mutter würde erinnern können und ihn pausenlos mit Fragen über Amerika löcherte.

»Nun, das ist Ramallah, Jonathan.«

»Die Ausgrabungsmitarbeiter wohnen hier?«

Jennings nickte. »Im *Fanduq al-Kebir,* was ja ›Die große

Gaststätte‹ bedeutet, falls Sie sich an Ihr Arabisch erinnern können.« Er fuhr zum östlichen Rand der Stadt und hielt vor einem dreistöckigen Gebäude aus alterndem, gelbbraunem Kalkstein mit von grünen Fensterläden umsäumten Fenstern an.

»Wir nennen es ›Das vornehme Hotel‹«, fügte Jennings im Spaß hinzu. »Sie werden es zwar nicht im Michelin finden, aber es ist das beste, was uns Ramallah zu bieten hat. Wir fahren jeden Tag mit dem Bus zur Ausgrabungsstätte, und Sie können froh sein, daß wir der Zivilisation so nahe sind und nicht in Zelten schlafen müssen!«

»Wann fangen wir morgens an?« fragte Jon nach einem späten Abendessen mit Jennings. Seine Hand hatte bereits angefangen zu jucken, so sehr sehnte er sich nach dem glatten, hölzernen Griff einer Kelle.

»Es ist fast grausam von mir, es Ihnen mitteilen zu müssen, mein Lieber, aber wir können nur in der Kühle des Morgens arbeiten. Frühstück ist um 5.30 Uhr, unser Bus fährt um 6.15 Uhr zur Ausgrabungsstätte ab.«

»So spät? Ich wäre bereit, unter Sternenlicht anzufangen!« Jon meinte es fast ernst.

Jennings lächelte. »Es ist gut, daß Sie schon in Italien die Zeitverschiebung bezwungen haben! Aber nein, wir begeben uns nicht in die nächtliche Archäologie. Jedenfalls ist es entzückend, daß Sie jetzt auch mit von der Partie sind, Jonathan!«

»Ich freue mich darauf, mich wieder einmal Ihrer Führung zu unterstellen, *mon precepteur!*«

Kurz bevor er sich schlafen legte, öffnete Jon die Fensterläden seines Zimmers und schaute gen Osten über die kargen Hügel. Ein Dreiviertelmond schwebte hinauf aus dem Jordantal nach oben und erhellte die von einer Decke aus leuchtendem Kalkstein überzogene, schlafende Landschaft.

Das Land ... das Heilige Land ... das blutige Land ... das Land des Todes – und des Lebens ... das Land, das so eng in den Glauben der Juden, der Christen und der Muslime verwoben war, daß scheinbar niemand wissen konnte, wo die Erde aufhörte und das Dogma anfing ... das Land des einzigen Gottes.

Und Andrea ... der fehlende Teil dieses Panoramablickes. Er konnte immer noch die winzigen Sommersprossen auf ihrer Nase sehen und die Art, wie ihre Augen glühten, wann immer er sie festhielt. Jon ballte seine Faust.

Das trauervolle Heulen eines Schakals hallte durch die Hügel. Für den Wissenschaftler war dieser eindringliche Gegensatz lediglich eine biologisch bedingte Tätigkeit. Für die Araber aber, die seit Jahrhunderten dort gelebt hatten, war es der Ruf des Schicksals.

Kapitel 4

Der Ausgrabungsbus, ein alter British Leyland, fuhr ächzend die sechs Meilen hinein in die Hügellandschaft nordöstlich von Ramallah. Als er schließlich mit einem letzten Keuchen vor der Ausgrabungsstätte Rama anhielt, hatte die Sonne sich bereits mit einem Band aus leuchtendem Gold über den beiden Anhöhen ausgebreitet. Bevor Jennings seiner Ausgrabungstruppe erlaubte, sich mit Picke, Kelle, Bürste, Pfanne oder Notizbuch zu bewaffnen, ließ er sie noch unter einer hoch aufragenden Zypresse zusammenkommen, um ihnen das neuste Mitglied der Mannschaft vorzustellen. Ein Kontingent von fünfunddreißig Studenten und Freiwilligen aus sieben verschiedenen Nationen bildeten zusammen mit einem Korps hier ansässiger, arabischer Arbeiter die Arbeitsgruppe. Die Studenten und Freiwilligen – es gab auch Rentner unter ihnen – machten die eigentlichen Ausgrabungen, während die Araber mit Schubkarren die Erde wegtransportierten.

Jennings war gerade dabei, seine wichtigsten Kollegen vorzustellen. »Dies ist mein Stellvertreter, Clive Brampton, von der Universität Manchester – aber das werden wir ihm verzeihen! Clive ist bei der Ausgrabung dabei, seit ich sie übernommen habe. Ich habe ihn von Kathleen Kenyon geerbt.«

Der adrette Walliser war von durchschnittlichem Körperbau und hatte ansprechend geschnittene Gesichtszüge. Seine üppigen, dunklen Haare schienen Jennings Kahlheit schon fast wieder zu kompensieren. Mit einem freundlichen Lächeln streckte er seine Hand aus und sagte: »Willkommen, Professor Weber! Sie können sicher sein, daß meine Bibliothek mit Ihren Artikeln und Monographien gut bestückt ist.«

»Und meine mit Ihren Feldberichten aus Jericho, Dr. Brampton.«

»Clive.«

»Jon.«

Jennings fuhr fort: »Und das ist Naomi Sharon, unsere Keramikexpertin. Sie ist sogar eine sabra!«

Eine glutvolle, israelische Schönheit mit samtbraunen Augen antwortet schnell: »Nein, keine Verwandte von Ariel Sharon, Gott sei's gedankt! Shalom, Professor Weber.« Mit ihrer tiefen Sonnenbräune und der athletisch gebauten Figur gleicht Naomi kaum dem akademischen Typ, dachte Jon. Wahrscheinlich empfand es die Ausgrabungsmannschaft als besonderes Vergnügen, sich mit ihr über Töpferei zu unterhalten.

»Und dieser etwas unkonventionelle Typ mit dem Krausbart, der aussieht wie ein ausgehungerter Künstler, ist tatsächlich einer, obwohl man ihn kaum ausgehungert nennen kann. Darf ich Sie Richard Cromwell von der Universität Chicago vorstellen. Er ist unser Künstler und Photograph.«

»Dick«, antwortete dieser daraufhin. »Es ist mir eine außerordentliche Freude, Sie kennenzulernen, Professor Weber!«

»Bitte, nennen Sie mich alle Jon. Betrachten Sie mich als einen Studenten, der seine ersten Erfahrungen sammelt.«

»Achmed Sa'ad wurde hier in Ramallah geboren«, fuhr Jennings fort und zeigte auf eine Person, die eine rot-weiße, haschemitische *keffiyeh* auf dem Kopf trug. »Er ist unser Verbindungsmann zu den arabischen Arbeitern, was ihn mit Abstand zum wichtigsten Mann der Ausgrabung macht.«

Sa'ads dunkelbraunes Gesicht wurde von unwahrscheinlich weißen Zähnen erleuchtet, als er zur Begrüßung lächelte. Er verbeugte sich anmutig und sagte mit weit ausgestreckten Armen: »Ich heiße Sie im Namen Allahs, des Barmherzigen, bei uns willkommen, Professor Weber.«

Jennings fuhr fort und stellte ihm noch den Mannschaftsgeologen, den Architekten, den Botaniker, den Zoologen und den Anthropologen vor. »Ich bin mir sicher, daß Sie sich in Kürze viel besser kennenlernen werden«, schloß Jennings. »Nun geht's an die Arbeit, für alle! Wie Nelson kurz vor Trafalgar sagte: ›England erwartet, daß jeder Mann seine Pflicht erfüllt!‹ Und wie ich hinzufüge: Auch jede Frau!«

Er brachte Jon zum Hauptzelt und zeigte ihm eine Reihe von Karten zu der Stätte, angefangen mit der Kensington Ausgrabung. Jeder neue Folienüberzug zeigte eine stets größer werdende Ausgrabungsfläche. Jon studierte sorgfältig das letzte Diagramm, zeigte dann auf die westliche Hälfte der Karte und fragte: »Ist das die hellenistische Stadt?«

»Ja. Und die herodiansch-römische ...«

»Scheint fast so, als hätten Sie einen Großteil davon schon freigelegt.«

»Eigentlich nicht. Sehen Sie es sich genau an, Jonathan: Bemerken Sie vielleicht etwas ... nennen wir es mal, etwas Ungewöhnliches?«

Jon schaute die Karte prüfend an, und die Besonderheit erregte bald seine Aufmerksamkeit. Dort, am nordwestlichen Rand der Ausgrabungen, gab es ein Gebäude, das scheinbar alle anderen weit überragte: beinahe ein Labyrinth von zehn Zimmern, die sich im griechisch-römischen Stil zu einem zentralen Hof hin öffneten. »Was ist das, Austin?« fragte er: »Ein Herrenhaus?«

Jennings nickte bejahend. »Bei weitem das größte Haus der

gesamten Stätte. Es könnte auch eine Villa oder ein Landgut sein. Wir haben es noch nicht vollständig ausgegraben, wie Sie sehen können.« Jennings zeigte auf die Stelle, an der die Zeichnung abrupt endete, was auf unberührte Erde jenseits jener Markierungen deutete. »Das bestätigt Flinders Petries Behauptung, daß die Reichen immer im nordwestlichen Bezirk der Stadt bauten. Somit blieben sie im Windschatten des Staubs und des Gestanks aus dem Zentrum. Die vorherrschenden Winde kommen hier aus dem Nordwesten.«

Jennings griff hinüber zur Zeichnung und setzte seinen Zeigefinger auf eine Stelle innerhalb des Hauses. Dann sagte er: »Dort haben wir die Sachen gefunden . . . in der Küche.«

»Was gefunden?«

»Das, wonach Sie in Ihren Briefen und auch auf der Fahrt hierher die ganze Zeit gefragt haben.«

»Sie meinen die Entdeckungen von ›möglicherweise spektakulärer Bedeutung‹?«

Jennings strahlte wie ein kleiner Junge mit einem neuen Spielzeug, der kaum abwarten konnte, es seinen Freunden zu zeigen. »Folgen Sie mir, Jonathan.«

Sie gingen hinüber zu einem großen Schuppen aus Wellblech. Jennings schloß ihn auf und gab Jon eine grobe Museumsführung durch sämtliche, in den Regalen gelagerten Artefakte: Utensilien, Maßschüsseln, Öllampen, Juwelen und Werkzeuge. »Manche dieser Sachen wurden dort im Haus gefunden«,sagte er. »Dieser goldene Ring zum Beispiel. Von der Keramik zu urteilen, datiert Naomi das Haus auf die herodianisch-römische Epoche.«

In einer entfernten Ecke des Schuppens zog Jennings schließlich eine Decke beiseite und legte ein Lagerversteck unter dem Boden frei, aus dem er eine Kiste holte. Er stellte sie auf dem Arbeitstisch ab, machte den Deckel auf und sagte: »Voilà, Jonathan! Da ist es, was ich Ihnen versprochen habe. Sehen Sie es sich an.«

Jon hob mit äußerster Vorsicht ein rotbraunes Keramikobjekt aus einem Streifen Baumwolle und prüfte es genau. »Es ist ... es ist der Griff eines Kruges, nicht wahr?« sagte er.

»In der Tat, mein Junge. Schauen Sie es sich genau an.«

Ein strahlendes Grinsen breitete sich auf Jons Gesicht aus. Er sagte: »Es gibt eine Siegelinschrift! In ... hebräisch oder aramäisch.«

Langsam las Jon vor: »*Le Yosef B'Asher.* Nun, das beth [B] muß entweder, wenn es hebräisch ist, eine Abkürzung für ›ben‹ bedeuten, oder, was wahrscheinlicher ist, ›bar‹ im Aramäischen. Also heißt es, wörtlich übersetzt: ›zu Josef, Sohn des Asher‹. Was soviel heißt, wie ›Eigentum von Josef, Sohn von Asher‹.«

»Richtig, Jonathan. Aber bislang, mein Lieber, haben Sie uns nichts erzählt, was wir nicht auch schon wissen. Nun spielen Sie den aramäischen Epigraphen für uns, und datieren Sie es auf Basis der Schriftart. Seien Sie so gut.«

»Das ist aber offensichtlich«, lächelte Jon. »Die Buchstaben sind in ... nun ... ich würde sagen, halbkursiver Lehrbuchschrift der späten hellenistischen – frühen römischen Epoche geschrieben, etwa um das erste Jahrhundert v. Chr. bis zum ersten Jahrhundert n. Chr.«

»Aha!« Jennings strahlte wieder. »Aber sagen Sie mir jetzt, was Sie davon halten.« Er ging wieder zu seinem unterirdischen Versteck und brachte diesmal eine Kiste hervor, deren Inhalt der Griff eines Kruges aus dunklerem, gebranntem Ton war. Sein unteres Ende war noch an einem Teil der Amphore befestigt. »Dies hier haben wir auch in der Küche des Hauses gefunden.«

»Noch ein Siegel!« sagte Jon. »Unglaublich ... es ist griechisch!« Dann las er: »*Eimi tou Iousafe*« und übersetzte: »Ich bin [das Eigentum] des Josef.« Er legte den Griff wieder beiseite und blickte Jennings erstaunt an: »Zweisprachigkeit hier draußen in der Wildnis?«

»Nichts Einzigartiges, mein Lieber: Griechisch war in jener Periode ein Zeichen der hohen Bildung, besonders unter wohlhabenden Juden. Aber verstehen Sie meine ... Aufregung hinsichtlich dieser Griffe?«

Jon gelang es beim besten Willen nicht. Bedeutend? Natürlich waren sie das im gleichen Sinne, wie auch alle anderen antiken Schriften wichtig waren. Aber spektakulär? Wohl kaum!

»Denken Sie nach, Jonathan, denken Sie nach!« fuhr Jennings unbeirrt fort.

In seinen Gedanken kehrte Jon wieder zu seinen Tagen in Oxford zurück. Er hatte damals Jennings erste Frage im Unterricht ziemlich kläglich beantwortet. Würden sie es je schaffen, über die Professoren-Studenten Beziehung hinauszukommen?

»Denken Sie nach, Mann!« drängte Jennings ohne Erbarmen. »Arbeiten Sie mit dem Namen.«

»In Ordnung: Josef, Sohn von Asher ... Josef, Sohn von Asher aus Rama ... Josef, Sohn von Asher aus Ramathaim ... Josef ... Ach, um Gottes Willen! Doch nicht Josef von Arimathäa?«

Jennings strahlte wieder. »Wäre es nicht zumindest möglich, Jon? Es ist die richtige Ortschaft. Die Schicht paßt. Die Evangelien erzählen, daß Josef, der Jesus sein Grab für dessen Beerdigung überließ, ein wohlhabender Mann aus Arimathäa war.«

Jon lehnte sich gegen den Tisch, tief in Gedanken versunken. Plötzlich breitete sich ein Grinsen über sein Gesicht aus, und er sagte: »Ja, es ist möglich! Das Neue Testament erwähnt nirgends den Vater des Josef von Arimathäa, also kann man ›Asher‹ nicht ausschließen ... Austin, ich sag's Ihnen direkt: Wenn es sich tatsächlich als die Villa des Josef von Arimathäa erweist, dann gehen Sie in die Geschichte der Archäologie ein! Jetzt verstehe ich sehr wohl die Aussage ›von möglicherweise spektakulärer Bedeutung‹!«

»Meiner Ansicht nach sollten wir den Schwerpunkt trotz allem immer noch auf *möglicherweise* lassen, Jonathan. Lediglich Clive Brampton weiß, was wir gefunden haben. Er behandelt die Angelegenheit mit absoluter Diskretion, wie auch Sie es tun müssen.«

»Selbstverständlich. Eigentlich besitzen wir überhaupt keine Beweise, daß es sich hierbei tatsächlich um jenen Josef handelt.« Jon kratzte sich gedankenversunken einige Augenblicke lang am Kopf, dann fügte er hinzu: »Obwohl wir eindeutig aus Funden und Umfeld schließen können, daß ein Mann namens Josef vor zweitausend Jahren hier ein ziemlich beachtliches Gut besessen hat!«

Als sie sich zurück zum Hauptzelt begaben, meinte Jennings: »Nun, mein ehemaliger Student, ich gebe Ihnen jetzt Ihre Hausaufgaben für den Rest des Tages: unsere Protokolle. Lesen Sie sie durch. Alle acht Notizbücher wurden peinlich genau von meiner Tochter Shannon geführt.«

»Ich dachte, Sie hätten gesagt, daß sie bei den Ausgrabungen dabei sein wird. Ich habe sie heute noch nicht gesehen, oder?«

»Nein. Sie ist in Jerusalem und holt Vorräte. Nun machen Sie sich an die Arbeit, Jonathan. Viel Spaß beim Lesen!« Bei diesen Worten zog er seinen orangefarbenen Sonnenhut tief über seine kahle Kuppel und stolzierte davon, um unbeirrt seinen Feldzug gegen die Vergangenheit fortzusetzen.

Jon las ohne Unterbrechung bis 11 Uhr. Die Ausgrabungstruppe machte um diese Zeit eine Pause, um ein leichtes Mittagessen aus Käse, Tomaten, Oliven, Gurken und Erdnußbutter-Sandwiches zu sich zu nehmen. Während des Essens löcherte Jon Jennings mit Fragen. Es war ein vergeblicher Versuch, die Geschichte der Ausgrabung an einem Tag aufzuarbeiten. Aber Jennings reagierte mit einer eher amüsierten Nachsicht auf ihn. »Am besten gehen Sie jetzt wieder schnell zu Ihren Büchern zurück«, riet er ihm bei einer letzten Tasse Tee. »Wir fahren um 14 Uhr wieder ab. Danach ist es so verflucht heiß, daß man nicht mehr graben kann.«

Bis zu diesem Zeitpunkt war Jon aber erst beim vierten Journal angekommen. Plötzlich schreckte er auf, als ein dunkelhaariges Mädchen mit weißem Hemd und kurzen Hosen hineinspaziert kam: »Guten Tag«, grüßte sie. »Sie lesen meine Notizbücher?«

»Io non parlo inglese, carissima«, witzelte er in italienisch. *»Sono Italiano . . .«*

Sie sah ihn verblüfft an und sagte: »Sie scheinen trotzdem keine Schwierigkeiten zu haben, englisch zu lesen!«

»Ich gebe auf!« lachte Jon. »Sie müssen Shannon Jennings sein. Bitte sagen Sie mir, daß es stimmt.«

»Ja.«

»Und ich bin Jon Weber. Ich mache mich hier gerade mit den vergangenen Ereignissen vertraut.«

»Ach! Professor Weber!« Ihr Stirnrunzeln wich nun einem warmen Lächeln. »Willkommen bei unserer Ausgrabung!« Sie streckte ihm die Hand entgegen.

»Ich bin zutiefst enttäuscht, daß Sie sich nicht an mich erinnert haben, Shannon«, sagte er und zog eine gespielte Schnute. »Wir haben in Oxford endlose Plaudereien miteinander gehabt. Sie waren damals sechs Jahre alt!«

Sie lachte entspannt. »Das ist jetzt allerdings schon zwanzig Jahre her!«

Shannon war ein schlankes, etwas kleines, irisches Mädchen, dessen fließendes, dunkles Haar wallend über die nackten, sonnengebräunten Schultern herabfiel, wo es auf einen abgeschnittenen Pullunder traf: »I DIG«, stand mit blauen Buchstaben in der oberen Zeile und dann hervorgehoben und darunterliegend: »RAMA.« Ihre kecke Nase, die leuchtend saphirblauen Augen und der Kirschenmund verschmolzen zu einem elfenhaften Gesicht, das unschuldig die Aufmerksamkeit auf seine natürliche Schönheit zog. *Dem Himmel sei Dank, Sie haben Ihr Äußeres offensichtlich eher von Ihrer Mutter und weniger von Ihrem Vater geerbt,* dachte Jon.

»Ich hoffe, daß Sie alles in den Journalen verstehen können«, sagte sie.

Jon fing sich wieder, hörte auf, sie anzustarren und antwortete: »Alles außer dem Korrelationscode der Artefakten. Was bedeutet zum Beispiel ›III, 4, 067‹?«

»Wo? Zeigen Sie es mir, bitte.« Sie beugte sich über ihn, und ihr Haar legte sich sanft über seine Wange. Er spürte winzige, elektrische Impulse, richtige kleine Schocks. *Nun mal langsam,* schimpfte er leise mit sich selbst. *Du hast ihr vor Jahren fast die Windeln gewechselt.*

»Aha ... das bedeutet in der dritten Saison, vierter Abschnitt, Artefakt Meldenummer 67. Sie werden sehen, daß es im Schuppen genau gleich katalogisiert wurde.«

»Ach natürlich. Danke!«

»Nicht der Rede wert. Bis später.« Von diesen Worten begleitet, verließ sie vergnügt das Zelt.

Nun entsprechend eingewiesen, las Jon wieder im Journal, bis er das Quietschen von Bremsen hörte. Er schielte hinaus und sah, wie ein Mann eine Autotür öffnete. Sie trug sowohl die hebräische als auch die englische Aufschrift »Israelische Behörde für Altertumsforschung«. Der Mann schaute sich einige Augenblicke lang um, dann rief er: »Shannawn! Shannawn!«

Jon schritt hinaus und sagte: »Sie ist oben bei den Ausgrabungen mit ihrem Vater. Ich bin Jon Weber aus den USA. Ich bin gerade zu den Ausgrabungen gestoßen.«

»Ah ... willkommen in Erez Israel, Dr. Weber«, sagte er. »Ich bin Gideon Ben-Yaakov.«

»Es ist mir eine Ehre, Sie kennenzulernen, Dr. Ben-Yaakov.«

»Nennen Sie mich bitte Gideon. Werden Sie hier lange bei den Ausgrabungen bleiben?«

»Ich hoffe, daß ich für den Rest der Saison hier sein werde.«

»Hervorragend, hervorragend!« antwortete der Israeli in einem zwar fehlerlosen, aber doch akzentbeladenen Englisch. »Ich bin mir sicher, daß wir Gelegenheit haben werden, uns besser kennenzulernen.«

Ben-Yaakov war eine ansehnliche Person von ungefähr fünfunddreißig Jahren. Er hatte aschblondes, von der israelischen Sonne gebleichtes Haar und die obligatorische Bräune.

Eine dünne Goldkette lag um seinen Hals, und seine Bekleidung an diesem Nachmittag entsprach kaum dem Feldexpeditionskhaki: eine enge weiße Hose, ein blaues Seidenhemd und Schuhe von Gucci.

»Ach, da bist du, meine kleine Schickse!« rief Ben-Yaakov. Er schloß Shannon in seine Arme und küßte sie. Sie kicherte schüchtern und fuhr dann mit ihm weg.

Jennings schritt entschlossen in das Hauptzelt und warf seinen Hut auf den Schreibtisch.

»Haben Sie Shannon und Ben-Yaakov getroffen, Jonathan?«

»Gerade eben.«

»Ja, ich habe gesehen, wie sie weggefahren sind. Dieser Romanze werde ich wohl kaum im Weg stehen«, gab Jennings mit einem boshaften Lächeln zu. »Shannon ist meine Geheimwaffe, um die Israelische Behörde für Altertumsforschung bei Laune zu halten! Er ist der Direktor, wissen Sie.«

Zwei Tage später fragte Jennings: »Sind Sie bereit, sich die Hände schmutzig zu machen, Jonathan? Nun haben Sie ja alle Hintergrundinformationen.«

»Dann geht's heute also los!«

»Wo möchten Sie denn arbeiten?«

Jon antwortete mit einem breiten Lächeln. »In dem großen Haus, denke ich. Ich jage stets der größten Attraktion nach!«

»Ach ja, ›die Villa mit den Kruggriffen Josefs‹, wie sie zweifelsohne in Zukunft heißen wird. Gut! Aber Jonathan, Sie sollen nicht denken, daß Sie tatsächlich eine Kelle in die Hand nehmen müssen, um bei der Ausgrabung dabei zu sein. Helfen Sie mir einfach bei der Aufsicht.«

»Ein schlechter Vorschlag, verehrter Direktor! Ich habe mir vorgenommen, ganz unten anzufangen ... oder besser: mich nach unten zu arbeiten!«

»Nun, wie Sie wollen. Genießen Sie die Ausgrabung!« Jennings wandte sich um und schritt in Richtung eines anderen Sektors davon.

Clive Brampton war für den fünf Quadratmeter Abschnitt, der am hinteren Teil der Villa ausgegraben wurde, verantwortlich. »Jetzt decken wir die Rückseite der Villa auf«, erklärte er Jon. »Gerade haben wir hier einen *mikvah* freigelegt. Wollen Sie mitmachen?«

»Ein Reinigungsbad? Ausgezeichnet!«

Endlich, nach langem Warten, tauchte Jons Kelle in den Staub der Vergangenheit, wie sie es auch in den Tagen und Wochen danach tun sollte. Schon bald fiel ihm wieder ein, daß die Archäologie, trotz ihres Glanzes, eigentlich Arbeit bedeutete – Arbeit, die größtenteils eintönig, wenn nicht geradezu langweilig ist. In vielerlei Hinsicht, aber natürlich in einer anderen Dimension, ähnelte die Ausgrabungsstätte einem riesigen Ameisenhügel, dessen Einwohner viel mehr damit beschäftigt waren, ihn zu reduzieren, anstatt ihn aufzubauen. Nachdem die Erde an der Oberfläche von Picken und Schaufeln abgetragen worden war, waren jetzt kleine, spitze Kellen die Waffen ihrer Wahl, um jede Schicht anzugreifen und Artefakte jeglicher Art zu erbeuten: nämlich was Menschenhand dorthin gebracht hatte und nicht die Natur. Jede Schicht wurde nach Objekten egal welcher Art durchsiebt. Die Schichten begannen mit Oberflächengrasen, tauchten dann in die islamische Periode ab (zurück ins Jahr 600 n. Chr.), darunterliegend die byzantinische Epoche (zurück ins Jahr 63 v. Chr.), dann die hellenistische Periode (zurück ins Jahr 300 v. Chr.), danach durch die späte, mittlere und frühe Eisenzeit und schließlich die späte und mittlere Bronzezeit bis auf das Grundgestein.

Es war aber nicht etwa so, daß ganz Rama abgetragen werden sollte, um lediglich eine gähnende Zeche aus Kalksteingrundgebirge zu hinterlassen. Jennings und Brampton verfuhren bei der Ausgrabung nach der »Balkenmethode«, deren Grundidee von den großen, britischen Archäologen Sir Mortimer Wheeler und Lady Kathleen Kenyon entwickelt worden war. Mehrere senkrecht stehende Balken oder Säulen aus vollkommen unberührter Erde sollten in jedem Ausgrabungsabschnitt übriggelassen werden, um die ursprüngliche Zusammensetzung der Schicht zu demonstrieren.

Eine bestimmte Schicht durfte aber auch »bevorzugt« werden. Das heißt, größere Flächen wurden abgetragen, um die Hauptstrukturen der Stätte während ihrer historischen Blütezeit freizulegen. In Pompeii, zum Beispiel, war diese Blütezeit im August des Jahres 79 n. Chr., kurz bevor der Vesuv die Stadt unter Tonnen von Magma begrub. Archäologen hätten niemals die prachtvollen Ruinen der Stadt zu diesem Zeitpunkt abgerissen, um an das darunterliegende Dorf aus der Bronzezeit heranzukommen. So bestand Jennings in Rama ebenfalls darauf, daß der westliche Teil der Stadt aus der römischen Epoche so weit wie möglich erhalten bleiben sollte.

Während des Mittagessens behielt Jon die »Frontlinie« der Ausgrabungen im Auge und fragte Jennings: »Wie weit möchten Sie noch graben?«

»Bis zum Steilhang dort drüben.« Er deutete auf eine Klippenerhebung, die zum westlichen Hügel gehörte.

»Was für ein Loch ist das, etwa auf Drittelhöhe vom Abhang?«

»Wo? Ach da. Es ist eine Höhlengrabstätte mit Loculi – alle leer. Sie sind wahrscheinlich seit Jahrhunderten schon leer. Da haben Grabräuber schon vor langer Zeit ihr Bestes getan.«

»Macht es Ihnen was aus, wenn ich mich dort umsehe?«

»Fühlen Sie sich frei.«

Jon verließ den Tisch, ging hinüber zur Klippe und spähte in die Höhle hinein. Er kroch durch die Öffnung und versuchte in dem dunklen Innenraum etwas zu erkennen. Nachdem seine Augen sich an die Dunkelheit gewöhnt hatten, sah er eine Reihe von rechteckigen Aushöhlungen, die riesenhaften Zigarren glichen. Sie waren als Behälter für die Toten gegenüber der Eingangskammer in den Stein gehauen worden. Das waren die Loculi, aber alle leer. Er kroch wieder hinaus und atmete die frische Luft tief ein, während seine Pupillen sich im grellen Sonnenlicht wieder verkleinerten. Als er zu Jennings zurückkehrte, meinte er: »Ich hoffe nur, daß es für Grabräuber eine besondere Hölle gibt!«

Nach dem Mittagessen scharrte Jon wieder den Dreck von dem Reinigungsbad weg, welches sich langsam vor der Villa abzeichnete. Er füllte die Erde in Eimer und wollte diese gerade zum Schutthaufen schleppen, als eine kleine Hand leicht auf sein Handgelenk schlug.

»Sind sie noch bei Trost?« sagte Shannon zu Jennings. Irgendwie schaffte sie es, finster zu schauen und dabei trotzdem noch zu lächeln. »Das Zeug muß erstmal gesiebt werden!«

»Ach, natürlich«, murmelte Jon verlegen. »Wie blöd von mir.«

»Ein gewöhnlicher Fehler. Machen Sie sich nichts daraus.«

»Das werde ich bald lernen, Shannon. Sollten Sie aber nicht auf die Bücher aufpassen?«

»Ich passe ebenfalls auf die Neuen auf«, antwortete sie mit einem leisen Lachen, während sie wegeilte, um die arabischen Arbeiter zu beaufsichtigen. Scheinbar kannte Shannon alle Arbeiter beim Namen, und jeder lächelte, wenn sie mit ihnen plauderte. Jon mochte das Sprühen ihrer völlig offenen Art. Es war schon beeindruckend genug, ihrem guten Arabisch zu folgen, aber daß diese Linguistin ein überaus reizvolles Mädel in kurzen, weißen Hosen war . . .

Eine Hand berührte leicht seine Schulter, und eine Stimme tönte: »Denken Sie nicht einmal dran!«

»Ach, Sie sind es Dick«, sagte Jon. »Ich bin schon über die Beziehung zur Israelischen Behörde für Altertumsforschung informiert worden!« Er hoffte, daß Cromwell nicht bemerken würde, wie ihm die Röte ins Gesicht gestiegen war. »Ich war nur . . . von dieser Höhle in der Klippe dort drüben so fasziniert.« Glücklicherweise lag sie in genau der gleichen Richtung.

Anstatt lange über die Ethik von Halbwahrheiten nachzudenken, schleppte Jon schnell die gefüllten Eimer hinüber zu dem Sieb. Er durchsuchte die Erde nach jedem noch so kleinen

Objekt, wie zum Beispiel Perlen oder einem Skarabäus, das sonst verloren gegangen wäre. Nur was durch das Sieb fiel, kam in den Staubhaufen. Mit einer Bürste wischte er den Staub von allem ab, was von Menschenhand geformt worden war und legte es zusammen mit einer Karte, die Abschnitt und Schicht kennzeichnete, in Plastiksäcke. Dann wurden die Säcke hinüber zur Treibtankmannschaft gebracht, die sich um einen rechteckigen, mit Wasser gefüllten Trog versammelt hatte. Dort reinigte der Botaniker die Artefakte und ließ die Erde, die daran geklebt hatte, an die Oberfläche schwämmen, um Körner und Obstkerne von ihr zu trennen. Sie würden ihm helfen, die Speisekarte der antiken Diäten zu erkunden.

Die ganze Zeit konnte man den orangefarbenen Hut von Austin Balfour Jennings beobachten, während er sich von einem Abschnitt zum nächsten bewegte, Befehle erteilte, Fragen beantwortete und Rat bot. Während der Direktor nur spärlich körperliche Arbeit leistete, war seine Zunge unaufhörlich in Bewegung:

»Nein, nein, nein! Das ist nur ein Klumpen Erde. Werfen Sie es weg!«

»Ja, ja, ja! Heben Sie das auf! Das ist kein Abfall, es ist eine Scherbe!«

»Gehen Sie ruhig ein wenig entschlossener mit Ihrer Kelle heran, Natalie! Sie schaben nur am Dreck. Sie werden schon merken, wenn Ihnen etwas Wichtiges in die Finger kommt. Graben Sie! So ist es richtig, braves Mädchen!«

»Das hier wollten Sie wegwerfen! Schauen Sie es sich noch einmal an. Es ist eine Fayenceperle. Nun, prüfen Sie genau nach. Es könnten noch andere da sein . . .«

Spät am nächsten Vormittag schaute Jennings über Jons Schulter, um seinen Fortschritt zu begutachten. Jon hatte natürlich gehofft, innerhalb nur weniger Stunden, nachdem er die Kelle in die Hand genommen hatte, eine sensationelle Entdeckung zu machen. Seine Anstrengungen hatten aber lediglich das kleine Bad zum Vorschein gebracht, das andere schon gefunden hatten.

»Nun, mein Junge, Ihre Arbeit ist zufriedenstellend«, bemerkte Jennings. »Vielleicht besteht für Sie in diesem Bereich noch Hoffnung. Aber, nun mal ehrlich, würden Sie mir nicht lieber bei der Aufsicht helfen?«

»Ich möchte meine Brötchen ehrlich verdienen, Austin.«

»So spricht ein würdiger Mann!«

Just in diesem Augenblick fuhr eine Autokolonne vor und hielt bei der Ausgrabungsstätte an. Alle Türen schienen gleichzeitig aufzufliegen und eine Prozession bärtiger Figuren mit schwarzen Hüten bewegte sich gemessenen Schrittes auf die Ausgrabungen zu. Sie stellten sich entlang der äußersten Grenze in einer Reihe auf, deuteten auf die Klippe und riefen im schauderhaften Sprechgesang: »ASSUR! ASSUR! LA'ASOT ET ZEH! ASSUR! ASSUR!«

»Es sind die verfluchten, verdammten Chassidim«, schnauzte Jennings, »die ultra-orthodoxen Fanatiker!«

»Ein seltsamer Anblick!« entfuhr es Jon. Das war es in der Tat. Bei Temperaturen über vierzig Grad hatten sich diese Bewacher der Orthodoxie mit pechschwarzen, pelzgefütterten, breiten Hüten, in pechschwarzen Anzügen und langen Mänteln aufgemacht – atavistische Rückkehrer zu den Tagen ihrer Vorgänger in den kalten Ghettos Nordeuropas. Ihre Gesichter waren von langen Bärten umrahmt, während ihr Haar an jeder Seite in vorsichtig gelockten Strähnen hinunterbaumelte. Nun drohten sie wutschnaubend den Ausgräbern mit den Fäusten und schrien wieder: »ASSUR! ASSUR LA'ASOT! ET ZEH! ASSUR! ASSUR!«

Dann ergriff ihr Sprecher, ein blasser, gelehrt aussehender Mann, der scheinbar wußte, daß ein Engländer die Ausgrabungen leitete, mit tönender Stimme das Wort und übersetzte: »Verboten! Verboten! Es ist verboten, das zu tun!« Erneut deuteten er und die anderen gemeinsam auf die Klippe.

»Diese Idioten denken, daß wir Leichen gefunden haben!«

fauchte Jennings. »Sie wollen nicht, daß die Toten in irgendeiner Weise gestört werde. LO!« rief er in hebräisch. »REIK!« (»Nein, es ist leer!«)

Vergebens. Der Sprechgesang setzte sich fort. Jennings rief Naomi Sharon zu sich und sagte: »Gehen Sie hin, und erklären Sie ihnen, daß wir keine Leichen gefunden haben, daß die Höhle seit Jahrhunderten leer gewesen ist. Grabräuber und so weiter!«

Naomi eilte quer über die Ausgrabungsstätte und kletterte hinauf zu dem Sprecher, der seine Augen von ihren kurzen Hosen und den wohlgeformten, nackten Beinen abwendete. Fünf Minuten erhitzten Dialogs vermochten es nicht, ihn zu überzeugen. Schließlich kehrte Naomi zurück und meinte: »Sie glauben Ihnen nicht. Sie denken, daß Sie die Leichen versteckt halten.«

Die Chassidim beugten sich nun vor und hoben Steine auf, die sie den Ausgräbern entgegenschleuderten. Sie waren aber zu weit entfernt. Nur Dick Cromwell erwischte ein Stein. Wutentbrannt und am Kinn blutend, hob er den Stein auf, warf ihn zurück und brüllte: »Euch Volltrottel werde ich schon beibringen, wie man richtig steinigt!«

Der Stein schleuderte einem der Anführer die Pelzmütze vom Kopf. Ein tiefes, häßliches Heulen ertönte bedrohlich aus der Gruppe. Jon blickte angespannt zu Jennings hinüber und meinte: »Könnte man vielleicht behaupten, daß die Lage sich verschlechtert hat?«

»Das kann man wohl laut sagen«, meinte Shannon. »Haben Sie eine Idee, Jon? Diese Burschen wären im Stande, unsere Ausgrabung schließen zu lassen!«

Jon schritt auf einen uralten Rabbi zu, der scheinbar zur Führungsgarde der Demonstration gehörte. Höflich nickend meinte er: *»Shalom aleichem. Bo itti, bevakashah, ten li leharot lecha et hakevarim.«* Dann, falls sein biblisches Hebräisch sich als unzureichend erweisen sollte, wandte er sich dem chassidischen Gelehrten zu, der Englisch gesprochen hatte. Langsam sagte er: » Friede sei mit Ihnen. Begleiten Sie mich bitte. Ich möchte Ihnen gerne die Grabstätten zeigen.«

Einige Augenblicke lang musterte der alte Rabbi Jon argwöhnisch. Dann wandte er sich zu seinen Anhängern um, erteilte einige Befehle, nickte anderen Chassidim zu, und sie folgten Jon gemeinsam zur Klippe. Mit fassungslosem Schweigen beobachteten die anderen die Geschehnisse. Jon kroch in die Höhle hinein und half ihnen beim Einstieg. Dann ließ er seine Finger über den Boden eines jeden Loculus gleiten und zeigte ihnen den Staub der Jahrhunderte, der nun an seinem Finger haftete: *»Reik! Ein anashim metim kan!«* sprach er mit nachdrücklicher Aufrichtigkeit. Dann wiederholte er auf englisch: »Leer! Es gibt hier keine Leichen.«

Als sie wieder hinauskamen, schienen die zwei Chasidim zufrieden zu sein. *»Ken«*, sprach der Rabbi und nickte. *»Reik.«*

»Ja«, stimmte der andere zu. »Leer.«

Innerhalb von Minuten löste sich die Demonstration auf.

Kapitel 5

Während Jon die Chassidim durch die Höhle geführt hatte, war es ihm zum ersten Mal aufgefallen. Die Regenfälle des Frühlings hatten neben der Klippe am Rande der Ausgrabungsstätte eine kleine Rinne ausgewaschen und einen Teil der Erde dort weggetragen. Ein flacher, grauweißer Stein war nun zum Vorschein gekommen. Er wäre Jon vielleicht nicht weiter aufgefallen, wäre nicht die gleichfarbige und gleichförmige Spitze eines danebenliegenden Steins auf gleicher Höhe zu sehen. Irgendwie schienen sie zu perfekt zusammenzupassen, als daß sie eine Schöpfung der Natur hätten sein können.

Jon hatte die Steine schon völlig vergessen. Erst beim zweiten Frühstück am nächsten Tag blickte er, an einer Tasse türkischen Kaffees nippend, zufällig zu den Klippen hoch und entsann sich der Besonderheit, die er gesehen zu haben meinte. Er leerte seine Tasse in einem Zug, schritt hinüber zu der Anhöhe und fing an, mit seiner Kelle neben den grauweißen Steinen zu graben. Auf der rechten Seite gab es nichts von besonderem Interesse. Doch auf der linken Seite kam nach einiger Zeit auf gleicher Höhe ein weiterer flacher Stein zum Vorschein, wiederum nah an seinen Nachbarn gelegt. Seine Oberfläche zeigte sogar Spuren einer Hacke. Der Stein war behauen worden! Jon stand auf und stützte sein Kinn auf seine Hand. »Damit hat Mutter Natur herzlich wenig zu tun gehabt!« murmelte er.

Er holte sich schnell eine Spitzhacke aus dem Werkzeugschuppen, kehrte zur Klippe zurück und begann, den Dreck gründlicher zu entfernen. Während er immer tiefer grub, bemerkte er, daß die Steine mit einer Art Mörtel teilweise zusammengefügt worden waren. Nun schwang er die Spitzhacke wie ein wahnsinnig gewordener Zelot und genoß endlich den erregten Nervenkitzel der Archäologie: etwas Unerwartetes und Unbekanntes aus dem Leichentuch der Erde zu befreien und es neu zum Leben zu erwecken.

Verflucht! dachte Jon. *Ich habe vergessen, Jennings um Erlaubnis zu bitten!* Er eilte zum Leiter zurück und gab etwas verschüchtert zu, daß er gesündigt hatte. *»Mea maxima culpa!«* gestand er. »Zuerst habe ich meinen Posten hier verlassen und dann ohne Ihre Erlaubnis einen neuen Abschnitt geöffnet. Kommen Sie mit, ich zeige es Ihnen.«

»Das sind Todsünden, Jonathan, niemals entschuldbar«, antwortete Jennings mit einem Grinsen. »Aber bevor wir Sie exkommunizieren, schauen wir lieber nach, was Sie entdeckt haben.«

Jon führte ihn zu der Stelle hinüber. Jennings ging in die Knie und ließ seine Hand über das freigelegte Mauerwerk gleiten. Dann stand er auf und musterte die gesamte Klippe. Mit seinem Hut vertrieb er die Fliegen. Danach beugte er sich wieder hinunter und prüfte den behauenen Stein sehr genau.

Schließlich rief er: »Oh, oh, oh, mein Junge! Sie haben tatsächlich etwas Wichtiges hier entdeckt, nicht wahr?«

»Was könnte es aber sein? Es sieht aus wie eine Stützmauer ... vielleicht, um die Klippe zu stärken? Sieht das nicht nach Mörtel aus?« Er zeigte auf eine der Fugen.

»Lehmmörtel«, nickte Jennings. »Wir haben ihn überall in der Ausgrabung gefunden. Nun, ich will, daß Sie Folgendes tun: entfernen Sie weiter die Erde von der linken Seite – nehmen Sie dann eine Bürste, wenn Sie näher an die Oberfläche kommen – und machen Sie weiter, bis die Struktur aufhört. Danach rufen Sie mich, in Ordnung?«

»Fein.«

Jon rief ihn früher als erwartet wieder zurück. Der gehauene Stein erwies sich nämlich, nachdem er völlig freigelegt worden war, auch als das Ende des Mauerwerks. Jon war niedergeschlagen. Eine Struktur, die eine Breite von lediglich drei Steinen hatte, war nichts wovon er nach Hause schreiben konnte.

»Machen Sie sich keine Sorgen«, riet Jennings. »Sie müssen nun nach unten graben – natürlich sehr vorsichtig – und schauen, ob es weitere Steine gibt.«

»Dann haben Sie mir also, werter Meister, meine Verfehlungen verziehen?«

»Möglich«, lachte Jennings. »Aber gehen Sie und sündigen Sie nimmermehr.«

Als die Ausgrabungen für diesen Tag geschlossen wurden, hatte Jon zu seiner Überraschung zwei weitere Schichten von Steinen entdeckt, die unter der ursprünglichen Reihe lagen. Die Reihe direkt darunter hatte eine Länge von vier Steinen, die nächste wiederum fünf. Alle Steine waren aus dem gleichen grauweißen Kalkstein. Als Jennings wieder vorbeikam, breitete sich ein Lächeln auf seinem Gesicht aus.

»Wenn es so weiter geht«, sagte Jon, »dann könnte die Mauer bis ans Mittelmeer reichen!«

»Ich bezweifle, daß sie sehr viel breiter wird.«

»Aha! Also wissen Sie, was es ist.«

»Nun also . . . nein.«

»Sie denken, daß Sie womöglich wissen, was es ist?«

»Vielleicht.«

»Was ist es?«

»Und Ihnen den Spaß verderben? Niemals! Das müssen Sie schon selbst entdecken, teurer Freund!«

An den Abenden unter der Woche verbrachte man die Zeit damit, in einem ruhigen Konferenzzimmer des Hotels in Ramallah die Tagesfunde zu prüfen. Zum Wohle der Studenten veranstalteten Jennings oder Brampton Diavorträge über »Die Geschichte der Archäologie in Palästina«. Jennings zog es vor, das Land so zu nennen. Die Bezeichnung stammte aus seinen vorisraelischen Tagen, als er schon einmal im »Heiligen Land« gearbeitet hatte.

»Warum kann er nicht ›die Archäologie von Israel‹ sagen?« Jon hörte, wie Gideon Ben-Yaakov Shannon im verdunkelten Raum diese Frage stellte, während ihr Vater einen Diavortrag über eine seiner früheren Ausgrabungen abhielt.

»Werd nicht paranoid, Gideon«, antwortete sie lauter als nötig. »Und komm mir nicht mit irgenwelchem jüdischen Humbug in dieser Richtung! Papa ist seit 1948 politisch neutral gewesen. Er mag die Israelis, aber er mag die Araber auch, verstehst du?«

»Ist ja schon gut«, antwortete er und winkte ab.

Hier, wie auch in anderen Situationen, fand Jon, daß Shannon eine außerordentlich direkte Ehrlichkeit auslebte – eine gälische Aufwieglerin, die offenbar aus dem Leibe ihrer seliggesprochenen, irischen Mutter per Jungfrauengeburt in die Welt gesetzt wurde, während Jennings eher die Rolle Josefs als Pflegevater in einer modernisierten Parallele zur Weihnachtsgeschichte spielte. Shannon sagte bei jeder Gelegenheit ihre Meinung, und man konnte ihre Sprache nicht unbedingt als Oxford Englisch bezeichnen. Zudem war sie besonders stolz auf ihre Fähigkeit, einen Mann in fünf Sprachen schelten zu können.

Offenbar tolerierte Ben-Yaakov ihre Zunge, weil er den Rest von ihr so abgöttisch liebte. Er ließ sich in Rama viel häufiger blicken, als bei den acht weiteren Ausgrabungen, die in jenem Sommer in Israel stattfanden. Die Gründe dafür waren zumindest transparent. Jon ging davon aus, daß es nur eine Frage der Zeit wäre, bis sie ihre Verlobung bekannt geben würden.

Die Mühen des Tages hinter sich und nach Abschluß der abendlichen Vorträge ergaben sich so manche Paarungen unter den Studenten und Mitarbeitern. Clive Brampton verbrachte allem Anschein nach eine mehr als durch die Arbeit diktierte Anzahl von Stunden mit Naomi Sharon, und ihre Gespräche erstreckten sich wahrscheinlich auf weitere Themen als nur die keramische Chronologie, dachte Jon. Der Fotograf, Dick Cromwell, hatte seine Lieblingsassistentin, Natalie Pomeroy, eine auffällige Blondine aus Oregon. Sie hatte öfters eine verräterische Röte im Gesicht, wenn sie aus der Dunkelkammer kamen, nachdem sie die Fotografien des Tages entwickelt hatten. Der Anthropologe, Noel Nottingham, der erst kürzlich von seiner Frau in Cambridge geschieden worden war, war zweifelsohne geradezu entzückt, der gutgebauten Regina Bandicoot aus dem Hinterland Australiens die vergleichende Anatomie näherzubringen. Den Ausgrabungsgerüchten nach zu urteilen, bevorzugten sie dabei eher die praktischen Demonstrationen als die theoretischen.

In jener Nacht lag Jon in seinem Bett und lächelte über seine eigenen wehmütigen Erinnerungen an die mögliche Leidenschaft, wenn sich die Vergangenheit mit der Gegenwart mischt, und der romantische Zauber der Archäologie ganz neue Dimensionen annimmt. Jahrelang hatte er sich gefragt, ob jener romantische Zauber auch in seinem Leben in Erscheinung treten würde. Er hatte eine halbe Ewigkeit gebraucht, um Frauen zu »entdecken«, dachte er bei sich, und das alles nur dank der Tatsache, daß er im Pfarrhaus von Hannibal aufgewachsen ist. Dies hatte natürlich glückliche Jugendjahre bedeutet, das ist sicher, die aber auch weit ab von jeglichen fleischlichen Versuchungen lagen. Nur selten hatte er die Bälle der Oberschule besucht, weniger weil seine Eltern etwas gegen das Tanzen hatten, sondern eher weil es eine konservative Fraktion in der Kirche gab, die sie nicht kränken wollten. PKs – Pfarrerskinder – sollten als »Beispiele für die Jugend« dienen, beteuerte seine Mutter. Dadurch hatte Jon nur zwei Alternativen: ordne dich dem Schema unter oder rebelliere. Er hatte sich untergeordnet, womöglich weil er ein Einzelkind war und sich redlich bemühte, die Erwartungen seiner Eltern zu erfüllen. Sie hatten sich mehr Kinder gewünscht, aber weitere waren nicht gekommen.

Während seiner Zeit in Harvard war er mit Radcliffe-Mädchen ausgegangen und hatte sich beinahe in eine Cliffie von Long Island verliebt. Jon wälzte sich mit einem verlegenen Lächeln im Bett, als er an Pamela dachte. Er erinnerte sich an eine ihrer Verabredungen in Crane's Beach, in der Nähe von Ipswich. Während sie sich von einer Decke umhüllt hinter einer Sanddüne aneinander schmiegten, versuchte sie, es Jon leichter zu machen, indem sie ihm versicherte, daß sie ein Kondom mitgebracht hätte, falls er es vergessen habe. In einem einzigen Augenblick brach seine ganze Welt zusammen. Er war sich so sicher gewesen, daß diese wunderschöne Pamela, frisch wie die erste Blume des Frühlings, für ihn und nur für ihn alleine bestimmt gewesen war. Er versuchte sich zu erholen, aber seine tolpatschigen Bemühungen, etwas über ihre Vergangenheit herauszufinden, halfen ihm auch nicht weiter. Sie fand seine Vorliebe für Jungfräulichkeit bei einer Frau »altmodisch«, »mittelalterlich« und überaus unrealistisch. Schließlich fragte er sie, wie viele Liebhaber sie schon gehabt hatte und prompt wurde ihm gesagt, er soll sofort zu jenem Ort fahren, vor dem er seit den Tagen der Sonntagsschule immer wieder gewarnt worden war. Sie gingen nie wieder miteinander aus.

Später, als seine Zimmergenossen endlich dieses Erlebnis aus ihm herausgekitzelt hatten, glichen ihre Bemerkungen der Pamelas: Er wäre ein Neandertaler, der die sexuelle Revolution verpaßt hätte. War er eine Art gesellschaftlicher Außenseiter?

hatte er sich damals gefragt. Eine Mißgeburt? Ein puritanischer Pietist? Einer der zugelassen hatte, daß sein Glaube zum Freudentöter wurde?

Jon vertiefte sich dann weiter in sein Studium. Lange Zeit machte er einen großen Bogen um Frauen. Die Bücher wurden zu seiner ersten und einzigen Liebe, eine allumfassende, intellektuelle Geliebte, welche ihm seine gesamte Zeit abverlangte.

Bis Andrea so überraschend in Heidelberg in sein Leben trat. Zum ersten Mal lernte er, was zum Festmahl der Liebe gehört. Die Appetithappen waren schmackhaft und pikant gewesen, aber Andrea zeigte ihm das Hauptgericht. Sie verbrachten den Flitterwochensommer bei einer Ausgrabung in Israel, in Cäsarea am Meer. Ihre heißen, verschwitzen Mühen des Tages wurden durch abendliches Schwimmen im Mittelmeer oder Spaziergänge hinauf zum Berg Karmel belohnt. Dies waren die herrlichen, sorglosen Festtage, dachte Jon, völlig versunken in seinen Träumen. Was in der Nacht des 14. Juni jenes Sommers passierte, daran würde er sich für immer und ewig erinnern können.

Die französischen Studenten der Ausgrabung feierten den Unabhängigkeitstag. Sie öffneten mehrere Kisten Wein für die anderen, die in einer späten Soirée am Mittelmeerstrand mitfeierten. Gegen Mitternacht brüllte einer der Anwesenden: »Allons nager!« Einstimmig ertönte die Antwort: *»D'Accord! Oui! Bon idée!«* »Gehen wir schwimmen«, erklärte ein französisches Mädchen Jon und Andrea, die jene Übersetzung aber kaum benötigten. Blitzschnell hatten sich die jungen Menschen ihrer Hemden und Jeans entledigt und waren au naturel ins Mittelmeer eingetaucht.

»Oh, oh«, hatte sich Andrea gesorgt. »Das sieht nicht gut aus, Jon.«

»Du meinst, daß bald ein Strandbacchanale im Gange ist?«

»Könnte sein. Laß uns gehen.«

Das war typisch für Andrea und ihre streng konservative Südstaatenerziehung, entsann sich Jon. Nur wenige hätten erraten, daß sie jungfräulich in die Ehe ging, aber so war es. Sicher, zuvor hatte sie Jon schon so manche herrliche Intimität genehmigt, aber niemals die Vollendung.

Nun aber besiegten die Flitterwochen die meisten Beschränkungen. Sie verließen das Strandfest und gingen gen Norden den Strand entlang zum antiken römischen Aquädukt und erfreuten sich an dem sternenübersäten Baldachin des Himmels über ihren Köpfen. Ein warmer Wind aus Zypern umschmeichelte sie, und im Mittelmeer scharten sich Millionen irgendwelcher winzig kleinen, leuchtenden Teilchen. Jon beugte sich vor, um das sanfte Schlagen einer Welle an seinem Fuß zu spüren.

»Das Wasser ist herrlich warm, Andrea. Laß uns doch schwimmen gehen.«

»Ich habe meinen Badeanzug nicht dabei.«

»Ich auch nicht. Na und? Es ist doch niemand hier.«

»Nein. Wir sollten nicht.«

»Doch. Wir sollten.«

Sie beugte sich vor, um das letzte Verebben einer zurücklaufenden Welle zu spüren. »Es ist warm . . .«

»Es ist herrlich!«

»Versprichst du mir, daß du nicht schaust, bis ich untergetaucht bin?«

»Wir sind *verheiratet*, Andrea!«

»Ich weiß. Trotzdem . . . versprochen?«

»In Ordnung«, sagte er und lächelte über ihre Schüchternheit.

»Im Heiligen Land Versprechen zu brechen, ist gefährlich!« lachte sie, während sie sich schnell auszog und ins Wasser lief.

Das Schwimmen war lediglich belebend, wurde aber herrlich als sie sich im Wasser berührten – zuerst unschuldig, aber bald mit zunehmender Absicht. Das Mittelmeer diente als Hülle der Anständigkeit, abschirmend – aber auch ihre Intimitäten fördernd. Langsam schloß er sie in seine Arme, und sie zitterten wegen der greifbaren Wucht ihrer Freude, als sie seine Brust berührte, während ihre Lippen und Münder das Seewasser als pikante Garnierung für den vollen Geschmack des anderen fanden.

Sie eilten zum Strand, umarmten einander voll überschwenglicher Freude und glitten in einer leidenschaftlichen Suche nach Einigkeit in den Sand. Die steigende Erregung . . . die Liebe, die sich in Annäherung an ihre Vollkommenheit zum Ausdruck brachte . . . die zärtlichen Liebkosungen . . . der Sand und die Wellen, die mit ihnen feierten . . . das sanfte Tasten ihrer Münder . . . das unglaubliche Crescendo . . . die Gelassenheit der Auflösung . . . die Einheit, die sie bis in alle Ewigkeit geschworen hatten . . .

Jon vergrub das Gesicht in sein Kopfkissen und flüsterte: »Du fehlst mir Andrea! Du wirst nie wissen, wie sehr!«

Kapitel 6

Achmed Sa'ads siebzehnjähriger Sohn, Ibrahim, half Jon nun bei der Ausgrabung des Mauerwerks. Sie kamen schnell voran. Eine weitere Schicht von eingesetztem Gestein wurde freigelegt. Doch diese Reihe beinhaltete auch einen rechteckigen Stein, der über einer breiten Nische lag. Danach deckten sie zu jeder Seite drei kleinere Schichten auf, welche die Einkerbung flankierten. Jon schätze die Nische auf etwas mehr als einen halben Quadratmeter. Es war nun an der Zeit, den Meister herbeizurufen.

»Aha!« gluckste Jennings entzückt und rieb seine Handflächen gegeneinander. »Genau wie ich es gedacht habe! Sind Sie schon hineingegangen?«

»Wie meinen Sie ›hinein‹?«

Beiden war es klar, daß jene zwei Fragen nur bedeutungslose Floskeln waren, dafür gedacht, ihre Aufregung zu überspielen. Jon wußte genau, daß der rechteckige Stein, für die ganze Welt sichtbar, wie ein Sturz aussah, und Jennings konnte deutlich sehen, daß die Schwelle – sollte sie sich als solche erweisen – bislang nicht übertreten worden war.

Jon brach das Schweigen. »Es sieht tatsächlich wie eine kleine Türschwelle aus, nicht wahr, Austin? Aber für was? Noch eine Grabstätte, wie die da oben?«

»Oder gar eine Schatzhöhle?« blinzelte Jennings. »Es könnte eine natürliche Höhle in der Klippe sein, die in eine Art Lagerungskammer umgewandelt wurde, indem man einfach ihre Öffnung zugemauert hat. Und ich finde all diese Möglichkeiten . . . sind fabelhaft«, murmelte Jennings.

Von einer Welle der Begeisterung ergriffen, wischte sich Jon die Stirn ab. Dann merkte er, daß sogar der junge Ibrahim sich zu voller Größe aufgerichtet hatte, trunken vor Stolz über das, was sie geleistet hatten. Jon legte den Arm um seine Schultern, preßte ihn fest an sich und sagte: *»Kwais! Kwais! Shukran, shukran!«* (Gut, gut, mein Freund! Danke, danke!«)

Ibrahim antwortete aber in durchaus akzeptablem Englisch: »Und ich danke Ihnen, *Sayyed Weber,* daß ich mit Ihnen zusammen arbeiten durfte.«

»Warten Sie einen Moment und rühren Sie nichts an«, riet Jennings. Ein paar Minuten später kehrte er mit einer Kamera, einem kleinen Brecheisen, zwei Taschenlampen und einem schwarzweiß gestreiftem Meterstab zurück, den er gegen das nun völlig aufgedeckte Mauerwerk legte. Nachdem er eine Reihe von Aufnahmen gemacht hatte, gab er Jon das Brecheisen und sagte: »Nun stemmen Sie die vier Steine unterhalb des Sturzes heraus.«

Sie stellten fest, daß die Steine nur lediglich eine Breite von dreißig Zentimetern hatten. Jon konnte sie also ohne große Mühen herausbrechen. Ohne Frage, es war ein Durchgang. Nachdem er den letzten Stein zu Seite gewuchtet hatte, blickte er zu Jennings auf und meinte: »Sie zuerst, Austin. Es ist Ihre Ausgrabung.«

»Nein. Es ist Ihre Entdeckung, Jonathan. Zuerst sollten wir

aber lieber prüfen, ob die Luft gut ist. Ibrahim, laufen Sie zum Lagerschuppen und holen Sie eine Kerze, etwas Klebeband und Streichhölzer. Seien Sie so gut.«

Sie plauderten nur belanglos miteinander, während Ibrahim weg war. Beide hielten verzweifelt ihre Aufregung in Schach. Als Ibrahim zurückkam, befestigte Jennings die Kerze an der Spitze des Meterstabs, zündete sie an und schob sie, so weit er konnte, durch die dunkle Öffnung. »Wenn die Flamme ausgeht, wird es in der Höhle erst sicher sein, nachdem sie gut durchgelüftet wurde.«

Sie warteten zwei Minuten. »Die Flamme brennt noch«, sagte Jennings. »Ich bezweifle, daß dieser Ort hermetisch verschlossen wurde.« Dann stand er auf und gab zu: »Ich habe gerade aber meinen ersten Fehler in über dreißig Jahren Felderfahrung gemacht.« Er blinzelte Jon an, um ihm zu zeigen, daß er doch nicht so aufgeblasen war, wie er sich immer gab. »Ich hätte unsere Luftpumpe benützen sollen. Wenn sich dort eine Menge Methan angesammelt gehabt hätte, dann glaube ich fast, daß ich Ihre Entdeckung – mich womöglich eingeschlossen – in die Luft gejagt hätte!«

»Ich habe schon immer gesagt, daß Sie ein Hochflieger unter den Archäologen sind, Austin.«

»Ersparen Sie mir Ihre schlechten Witze! Nun greifen Sie sich eine Lampe und klettern Sie hinein.«

»Nach dem, was Sie gerade gesagt haben, bin ich froh, daß es keine Öllampe ist.«

»Kommen Sie aber sofort wieder hinaus, wenn die Luft schlecht riecht oder Sie sich schwindlig fühlen.«

Jon ließ sich schwerfällig auf alle Viere nieder, krabbelte durch die Öffnung und machte seine Taschenlampe an. Er sah nur wenig, aber roch dafür um so mehr. Der Gestank war überwältigend, eine unchristliche Mischung aus feuchtem, modrigem Kerker, vermischt mit dem Geruch einer verrottenden Zisterne, einem Hauch Sumpfgeschmack und Fledermausmist. Er hustete, würgte und kroch schnell wieder aus der Höhle heraus.

Niedergeschlagen saß Jon nun vor seinem Fund und sagte: »Da drin riecht es, als hätte die gesamte chinesische Armee nach Maos Tausendmeilenmarsch ihre Socken dort zum Lüften aufgehängt!«

»Das glaube ich Ihnen gerne, Jonathan. Wahrscheinlich ist es schlimmer als eine türkische Toilette! Wir sollten vielleicht noch warten, bis sich die Luft etwas gebessert hat.«

Endlose fünfzehn Minuten waren schließlich verstrichen, als Jon meinte: »Ich kann nicht warten. Ich muß wieder rein.«

Er kroch erneut durch den Eingang. »Die Luft kann man jetzt aushalten«, berichtete er. »Vielleicht ist meine Nase aber auch gerade abgestorben.« Während sich seine Augen langsam an die Dunkelheit gewöhnten, suchte er das Innere mit seiner Taschenlampe ab. »Es ist nicht gehauen, Austin«, rief er hinaus. »Es ist eine natürliche Höhle. Noch sehe ich nichts, was von Menschenhand geschaffen wurde. Es ist gerade hoch genug, daß man stehen kann – wenn man ein Buckliger oder ein Zwerg wäre!«

Als Jennings einige Minuten lang nichts hörte, rief er: »Was sehen Sie sonst?«

»Viele wunderbare Sachen!«

»Was!?«

»Nur ein Witz! Das hat Carter gesagt, als er das Gold in Tutenchamuns Grab sah. Nein, ich sehe nur eine leere Höhle.«

»Also, ich komme jetzt hinein, da mein Versuchskaninchen es zu überleben scheint. Sehen Sie, weshalb ich Sie zuerst hineingehen ließ?«

Leise lachend richtete Jon seine Taschenlampe auf den Durchgang, um ihm den Weg zu leuchten. Da Jennings der größere der zwei Männer war, fand er es leichter, die Höhle auf allen Vieren zu erkunden, anstatt wie Jon mit eingezogenem Kopf. Er atmete die Luft ein und meinte: »Nicht so schlecht, Jonathan, nicht so schlecht. Ich habe schon Schlimmeres gerochen.«

»Natürlich. Ich habe es ja nun für Sie gelüftet!«

Langsam suchte Jennings die Höhle von oben bis unten mit seiner Taschenlampe ab und murmelte solch unverständliches Zeugs wie: »Hmmmm«, »Umm – hmmmm«, »Also nun«, »Hmmmpf«, und »So, so!« Er verbrachte eine ungeheuerliche Zeit damit, die Wände zu prüfen. Er klopfte sanft mit seinem Holzhammer dagegen und lauschte genau den Geräuschen. Das gleiche machte er mit den Felsnasen, die aus dem Boden ragten. Schließlich beendete er seine Suche und sagte: »Es ist jetzt Sperrstunde, Jonathan. Lassen Sie uns die Entdeckung im Moment noch vertraulich behandeln. Ich werde es auch Ibrahim noch sagen. Trotzdem wird mein Vortrag für heute abend abgesagt, da Sie und ich noch viel zu besprechen haben.«

Im Hotel warteten schon zwei Briefe auf Jon. Einer war von seinen Eltern aus Hannibal und der andere trug die Prägung der dreifachen Krone und der päpstlichen Schlüssel der Vatikanstadt. Kevin Sullivans Brief schloß mit den Worten:

»Gestern beendete ich die UV-Untersuchung des gesamten *Vaticanus*. Im Codex sind keine weiteren Ausradierungen zu finden. Ich entdeckte zwar ein paar Stellen, wo der Schriftführer sich korrigiert hatte, aber diese waren schon seit Jahren bekannt.

Nächsten Montag fliege ich nach London, wo ich den *Sinaiticus* untersuchen werde. Ich danke Dir für Deine Bemühungen, mir den Weg ins Britische Museum zu ebnen. Ich erwarte das endgültige Einverständnis des Papstes hinsichtlich Deiner Untersuchungsvorschläge.

Mach weiter, Jon! Ich wünschte mir nur, daß auch ich meine Fingernägel dreckig machen könnte! Alles Gute! Kevin«

»Und ich wünschte mir nur, daß ich mir etwas auf diese Schlußworte im Markusevangelium zusammenreimen könnte«, dachte Jon. »Die neue Zeile könnte wie eine Bombe hochgehen!«

Nach dem Essen kam Jennings mit einer Flasche Sherry und zwei Gläsern zu Jon aufs Zimmer. »Ich weiß«, entschuldigte er sich, »eigentlich sollte es Sherry vor und Portwein nach dem

Essen sein. Aber hier müssen wir wirklich Entbehrung erleiden!«

»Seien Sie unbesorgt, teurer Austin«, antwortete Jon mit einem gekünstelten Oxfordakzent. »Ich bin überaus entzückt, daß Sie überhaupt ein geistvolles Getränk aufstöbern konnten!«

»Ein guter Versuch, Jonathan. Mit etwas Anleitung könnten Sie vielleicht sogar lernen, sich auf eine zivilisierte Art mitzuteilen ... Aber kommen wir zur Sache: Ist Ihnen bei unserer heutigen Entdeckung vielleicht etwas *Merkwürdiges* aufgefallen?«

»Eigentlich nicht, mit Ausnahme der zugemauerten Öffnung. Jeder Zentimeter der Grotte scheint mir eine natürliche Höhle zu sein. Davon gibt es überall in Israel und Jordanien Hunderte, nicht wahr?«

»Ganz gewiß. Aber Sie sehen den Wald vor lauter Bäumen nicht. Nochmals, welcher Teil paßt nicht ins Rätsel? Wo ist die *entscheidende* Besonderheit?«

»Die Türschwelle, das Mauerwerk natürlich.«

»Genau. Aber warum hat jemand eine leere Höhle zugemauert?«

»Vielleicht die Übungsaufgabe eines Maurerlehrlings? Nein, nun ernsthaft. Offenbar gab es etwas von besonderem Wert in dieser Höhle, aber es muß schon vor Jahrhunderten Räubern in die Hände gefallen sein.«

Jennings runzelte die Stirn, dann gab er sich ganz dem Ritual hin, seine Pfeife anzuzünden. Mit höchster Sorgfalt füllte er den Pfeifenkopf mit einer aromatischen Mischung, stopfte den Tabak genau nach seinen Wünschen, zündete es mit einer weit ausholenden, eleganten Handbewegung an und erweckte dann die Mischung mit einem tiefen Zug zum Leben, wobei sich langsam blaue Rauchschwaden im Zimmer ausbreiteten. Erst dann antwortete er: »Das ist eine durchaus akzeptable Hypothese, Jonathan. Aber Sie haben die Besonderheit der Besonderheit übersehen.«

Jon dachte einen Augenblick lang angestrengt nach, dann zuckte er mit den Achseln und sagte: »Mir fällt einfach nichts ein.«

»Nun gut. Dann kommt eben meine Version: Hätten sich Schatzdiebe oder Grabräuber wohl die Mühe gemacht, die vier Steine so vorsichtig wieder an der Türschwelle einzubauen?«

»Natürlich! Sie haben sie zurückgelegt, um den Diebstahl zu verbergen.«

»Das sind Ihre amerikanischen Gedankengänge, Jonathan. Nahöstliche Grabräuber sind nicht so kultiviert. Ich kann mich an keine einzige Höhle oder Grotte in Palästina erinnern, die zuerst ausgeraubt und dann wieder abgeriegelt wurde.«

Gedankenversunken streichelte Jon über seine Wange, dann trank er den Rest seines Sherrys und goß sich und Jennings ein weiteres Glas ein. »Dann haben wir es hier wohl mit einem ziemlich faszinierenden Geheimnis zu tun. Können Sie es lüften?«

»Diesbezüglich habe ich einige Gedanken. Ich hätte aber gerne zuerst Ihre gehört.«

Jon hielt einige Augenblicke lang inne, dann sagte er: »Ich kann mir drei Alternativen vorstellen: Eins, irgendein Grabräuber vor langer Zeit war so kultiviert; zwei, es ist noch etwas in der Höhle, das wir übersehen haben; oder drei, wir werden es niemals erfahren.«

»Ganz richtig. Ich tendiere zu der zweiten Möglichkeit, und lassen Sie mich Ihnen sagen, warum. Um Grabdiebstahl zu verhindern, haben die Menschen jener antiken Zeit geheime Beerdigungen abgehalten und ihre Grabstätten getarnt. Man fand in den sogenannten Grabstätten des Sanhedrins im Norden von Jerusalem einige dieser Art. Deshalb habe ich auch die Wände der Höhle genau abgeklopft: Ich habe nach versteckten Loculi gesucht. Trotzdem habe ich nichts Hohles, nichts Verdächtiges gehört.«

»Und das ist auch der Grund, weshalb die ägyptischen Könige ihre Pyramiden zu Gunsten der versteckten Gräber im Tal der Könige verlassen haben. Wir müssen etwas übersehen haben, Austin. Das war nur eine oberflächliche Prüfung bisher. Aber warum wollen Sie unseren Fund geheimhalten?«

»Können Sie sich vorstellen, wie sich fünfundfünfzig neugierige Menschen in diese Höhle quetschen?«

»Ach, natürlich.«

Jennings hob sein Glas. »Auf den morgigen Tag!« prostete er Jon zu.

Das Klingen ihrer Gläser wurde vom durchdringenden Jaulen eines Schakals beantwortet.

Am nächsten Morgen brachten sie dünne Sonden, Hammer und Metaldetektoren mit in die Höhle. Ein vorsichtiges Absuchen von den Wänden, der Decke und dem Boden der Höhle entlockte den elektronischen Detektoren nicht einmal das leiseste Heulen, auch nicht bei besonders empfindlicher Einstellung. Dann fingen sie an, die Wände der Höhle systematisch abzuklopfen, und schoben Sonden ein, wo immer ein scheinbar verdächtiges Echo ertönte, eine Spalte oder eine Einkerbung war. Jede Oberfläche schien aber aus solidem, jungfräulichem Grundgestein zu bestehen.

Als sie nach dem Mittagessen zurückkehrten, seufzte Jennings: »Nun, entweder es ist der Boden oder nichts.« Die Höhle wurde nun mit einer Gaslaterne beleuchtet, die sie in einer Nische an der hinteren Wand angebracht hatten. Jon ging in die Knie und studierte einige Augenblicke lang den Boden der Höhle. Dann sagte er: »Austin, sehen Sie auch, was ich sehe?«

»Stein, Dreck, Schutt, Mist . . .«

»Nein. Schauen Sie sich diese Felsnasen an. Sie sind überall zu sehen, außer hier in der Mitte.« Mit seiner Taschenlampe zeichnete er ein Rechteck. Er pfiff leise und fragte: »Vielleicht haben wir ja hier endlich unsere ausgrabungstaugliche Fläche.«

»Gut gemacht, Jonathan! Lassen Sie es uns herausfinden.«

Beide machten sich mit kleinen Spitzhacken an die Arbeit,

lockerten die Mischung aus Dreck und Guano und reichten die vollen Eimer an Ibrahim weiter, der draußen stand. Bis zum Ende des Tages waren sie 30 Zentimeter tief in den Boden eingedrungen und hatten dabei eine Fläche freigelegt, die offensichtlich kein Teil des Grundgesteins war.

»Nun, wir werden auch morgen wieder genug Arbeit haben, Austin«, sagte Jon und wischte sich den Schweiß von der Stirn.

An diesem Abend saß Jon beim Abendessen gegenüber von Shannon. Ihr Gespräch ging über zu einem für alle unausweichlichen Thema: Israel gegen die Araber.

»Wird es jemals wirklichen Frieden geben?« fragte er.

»Das Abkommen zwischen Israel und der PLO ist ein erster, großer Schritt«, sagte sie, während sie eine Orange schälte. »Die Extremisten halten den Topf aber am Köcheln. Sie können sich nicht vorstellen, welche Bandbreite an mächtigen Interessenvertretern es auf beiden Seiten gibt.«

»Zum Beispiel?«

»Nun, unter den Palästinensern ist es Hamas, die die PLO oder Fatah geradezu zahm aussehen läßt. Hamas sind eigentlich die ›wahren Gläubigen‹, die moslemischen Fundamentalisten, die jegliche Gespräche mit Israel verweigern, weil sie schon von vornherein die Existenz des israelischen Staates nicht anerkennen.«

»Was ist mit den israelischen Fraktionen?« fragte Jon. »Sie haben doch auch ihre Extremisten. Es gibt das wunderbare, jüdische Sprichwort, ›zwei Juden, drei Meinungen‹.«

»Sie reichen von den *Gush Emunim* – die die Flagge mit dem Davidstern wenn möglich schon in Damaskus hissen würden – bis hin zu manchen streng orthodoxen Gruppierungen, die den Staat Israel ablehnen.«

»Die was? Juden lehnen Israel ab?«

»Richtig. Gehen wir von den *Neturei Karta* aus. Das sind streng gläubige, orthodoxe Juden, die der Meinung sind, daß der Staat Israel ein Verstoß gegen Gottes Wille ist.«

»Ach, diese Gruppe!« entsann er sich. »Sind das nicht jene,

die glauben, daß Gott das jüdische Exil gewollt hat? Und daß das Exil erst enden soll, wenn der Messias kommt?«

»Genau die Gruppe. Manche von ihnen behaupten sogar, daß der Holocaust der Nazis als eine göttliche Bestrafung für zionistisches Gedankengut stattfand noch bevor der Staat Israel 1948 gegründet wurde.«

»Unglaublich!«

Shannon lächelte und nickte. »Niemand schenkt ihnen besondere Aufmerksamkeit, trotz allem sind sie Teil dieser Ansammlung von Verrückten, die den Staat Israel heute bilden.«

Jon rutschte ein wenig auf seinem Stuhl hin und her. Er war nun in eine Zone der Frustration gelangt. Shannon war eine gewinnende, offenkundig attraktive und entzückend lebhafte Frau, die auch noch einen erstklassigen Intellekt besaß. Sie war eine Frau zum Verlieben. Aber auch eine Frau, die ihn in hoffnungslose Frustrationen stürzen konnte: Sie war zu jung für ihn ... und zu sehr einem anderen zugesprochen. Er mußte sich wieder den Pfaden ihres Gespräches widmen.

»Also Shannon«, schaffte er es schließlich. »Zurück zu meiner ursprünglichen Frage: Wird es in dieser Gegend jemals Frieden geben?«

Ein wehmütiges Lächeln streifte ihr Gesicht. Dann nickte sie und sprach: »Natürlich.«

»Wann?«

»Wenn der Messias kommt.«

Dreimaliges Hupen ertönte und durchbrach die Stille des Abends.

»Oh, ich muß gehen. Gideon wird ungeduldig, wenn ich mich nicht beeile.«

Am nächsten Morgen schlugen Jon und Jennings vorsichtig ein paar Sonden in die Grube im Innern der Höhle. Beide trafen in einer Tiefe von ungefähr dreißig oder fünfunddreißig Zentimetern auf einen harten Gegenstand.

Sie gruben geradezu leidenschaftlich weiter. Kein Wort wurde gesprochen, während sie auf den Knien rutschend, kleine Schaufeln in die Erde stießen und Ibrahim die Eimer mit dem Dreck reichten. Die Laterne breitete weiter ihre Lichtstrahlen in der Höhle aus, die seit Ewigkeiten kein Licht mehr gesehen hatte.

»Ich bin auf etwas gestoßen«, sagte Jon schließlich.

»Dann benützen Sie ab jetzt Ihre Kelle: Passen Sie auf, daß Sie unser Ziel, was auch immer es sein mag, nicht verkratzen.«

Einige Minuten verstrichen, bis Jennings meinte: »Ich bin nun auch so weit.«

Eine weitere Stunde peinlich genaues Ausgraben legte eine zwei Meter lange, eckige Platte aus Kalkstein frei. Ihre Breite betrug weniger als einen Meter. Oben in der Mitte war sie spitz zugeschnitten, die Seiten fielen davon im Verhältnis 4:1 ab und waren an den Ecken verschnörkelt.

»Du liebe Güte!« flüsterte Jennings aufgeregt. »Wissen Sie, was wir hier haben?«

»Ja, ohne jede Frage: Es ist der Deckel eines Sarkophags!«

Beim Mittagessen konnten sie kaum die aufgeregte Stimmung verbergen, die ihr Blut in Wallungen brachte. Erneut hatte Jennings zu Verschwiegenheit gemahnt, bis die Entdeckung vollzogen worden war. Dick Cromwell bildete dabei die einzige Ausnahme. Er wurde nun mit samt seiner Kameraausrüstung der Klippenhöhle zugeteilt. Für den Rest des Nachmittags schoß ein richtiges Gewitter aus elektronischen Blitzen durch die Höhle, während Cromwell ihre Fortschritte bei jeder Phase der Freilegung der Seiten des steinernen Sarges dokumentierte.

Diese Aufgabe erledigten sie relativ schnell, da sie nun weit aus weniger Dreck entfernen mußten. Um 14 Uhr ließen sie ausrichten, daß der Bus ohne sie abfahren sollte und sie statt dessen später mit dem ausgrabungseigenen Geländewagen zurückfahren würden. Bei manchen Ausgrabungsphasen waren nun einmal Unterbrechungen jeglicher Art verboten.

Bis zum späten Nachmittag waren die Seiten des Sarkophags vollkommen freigelegt. Sie hatten eine Höhe von knapp fünfundsiebzig Zentimetern und waren aus dem gleichen Kalkstein wie der Deckel. Hübsche Rosetten waren in den beiden Längsseiten eingeschnitten worden, und ein kleiner, siebenarmiger Kerzenleuchter, das Symbol der Menorah, zierte die beiden Enden des Sarkophags.

Es waren aber nicht jene kunstvollen Zeichen, die diese drei Herren wie vom Schlag getroffen in einem der unglaublichsten Momente ihres Berufslebens vor dem steinernen Sarg auf die Knie sinken ließ. Es war die Inschrift. Jon hatte Mitte des Nachmittags die ersten Schriftzeichen entdeckt, sie aber dreckverkrustet so gelassen, bis die Seiten völlig freigelegt worden waren. Dann hatte er eine Bürste aus Kamelhaaren genommen und sanft den Staub von der Inschrift gewischt. Die Buchstaben waren fünf Zentimeter groß, der Text war zweisprachig und sollte den Trompeten des Schicksals ihre erste Fanfare entlocken:

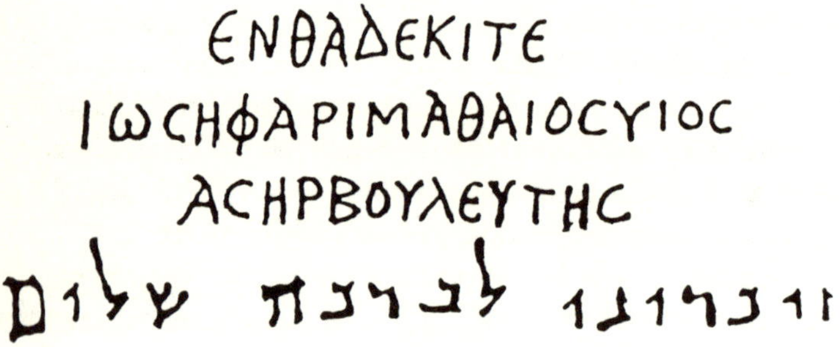

»Oben ist es Griechisch und unten Hebräisch, nicht wahr?« fragte Cromwell.

»Aramäisch, der spätere Vetter des Hebräischen«, erklärte Jon.

»Was heißt es aber?«

Jon deutete mit seinem Zeigefinger auf jede Silbe und sprach: *»Hier ... liegt ... Josef von Arimathäa ... Sohn des Asher ... Stadtrat – oder Mitglied des Rates – ... Selig seien die Erinnerungen an ihn ... Friede.«*

»Welcher Rat ist damit gemeint?« fragte Cromwell.

»Das jüdische Sanhedrin, natürlich. Das ist die Bezeichnung, die auch in den Evangelien verwendet wird.«

Schweigen herrschte in der Höhle.

»Unglaublich!« rief Cromwell endlich. »Einfach unglaublich!«

Jennings sprach kein Wort. Er wischte sich lediglich ein paar Tränen aus den Augenwinkeln.

Kapitel 7

»Jonathan, Richard, ich muß Ihnen wohl kaum die Auswirkungen unserer Entdeckung erklären.« Jennings fand schließlich auf der Fahrt im Geländewagen zurück nach Ramallah die richtigen Worte. »Der Sarkophag könnte leer sein. Oder auch nicht. Wenn nicht, dann könnte es eine der ersten, biblischen Persönlichkeiten sein, die je gefunden wurde. Wir haben Inschriften, die sich auf Personen aus der Bibel beziehen – wie etwa den Stein in Cäsaräa mit dem Hinweis auf Pontius Pilatus – aber wir haben bisher keine Überreste der Menschen.«

»Und dann solch eine Persönlichkeit! Der Mann, der Jesus in Jerusalem zu Grabe trug!« rief Jon. »Das hier könnte sich als die Entdeckung des Jahrhunderts erweisen, Austin!«

Niemand sprach, bis Jon hinzufügte: »Aber ich schätze, daß das genau die Art von Spekulation ist, die wir zu diesem Zeitpunkt vermeiden sollten.«

Jennings nickte: »Sonst liefern wir uns am Ende vielleicht einer großen Enttäuschung aus.«

Cromwell, der am Steuer saß, stimmte nicht zu: »Der Sarkophag allein – ob leer oder voll – wird in die Geschichte eingehen, glauben Sie mir. Wollen wir es den Mitarbeitern sagen?«

»Nein, nein. Noch nicht«, antwortete Jennings sofort. »Zuerst müssen wir den Sarkophag öffnen. Vergessen Sie nicht, morgen zwei Flaschenzüge und Stative mitzubringen. Auch ein paar Brecheisen.«

»Und meine Videokamera«, sagte Cromwell. »Es ist alles zu wichtig, als daß man es nur mit Fotografien festhalten dürfte.«

In Ramallah angekommen, fragten sich die Mitarbeiter, weshalb die drei Männer so gedankenversunken waren, und mehrere erkundigten sich, was sich an der Klippe abspielen würde. Sie wiesen aber alle Fragen zurück.

Am nächsten Morgen stellten sie zu beiden Seiten der Grube mit dem Sarkophag ein Stativ auf. Dann schoben sie Brecheisen in die Nahtstelle unterhalb des Deckels und lösten ihn ganz vorsichtig von dem alten Lehmmörtel, der ihn mit dem Sarkophag verband. Während Cromwell die Höhle mit dem Licht von drei weiteren Gaslampen, die er für seine Videos mitgebracht hatte, durchflutete, schoben Jennings und Jon flache Eisenstangen unter die beiden Enden des steinernen Deckels, befestigten Ketten an den Spitzen der Stangen und verbanden diese anschließend mit kleinen Flaschenzügen, die sie an den Stativen gesichert hatten.

»Machen wir es zusammen, Jonathan«, wies Jennings an. »Die Welt würde es uns nie verzeihen, wenn wir dabei den Deckel zerstören würden! Nun ziehen Sie im genau gleichen Rhythmus wie ich an ihrer Hebekette.«

Jon lächelte. Trotz sämtlicher Ermahnungen von Jennings, ihre Hoffnungen nicht zu hoch zu schrauben, dachte er offensichtlich auch schon in »globalen« Maßen. Vorsichtig zog er im Gleichklang zu Jennings Bemühungen an. »Gut, Austin«, sagte er: »Wir halten es waagrecht.«

»In Ordnung, das reicht schon.« Der Deckel schwebte nun mehr als einen Meter fünfzig über dem Sarkophag und mindestens fünfundsiebzig Zentimeter über dem Boden. Beide Männer richteten ihre Taschenlampen auf das Innere des steinernen Sarges, doch endlose Augenblicke lang sprach keiner von ihnen ein Wort.

»Was in aller Welt seht ihr denn?« schrie Cromwell endlich auf, der die Spannung kaum ertrug.

»Legen Sie Ihre Kamera weg und sehen Sie.«

Cromwell eilte zur Kante des Grabens und sah hinab. Er erblickte einige vergilbte, zum Teil verfallene Leintücher, die ein menschliches Skelett umhüllten. Die leeren Augenhöhlen wirkten kaum angsteinflößend, man konnte fast sagen, daß ein willkommenheißendes Lächeln eine scheinbar makellose Reihe von Zähnen umspielte.

»Es ist beinahe, als würde er sagen: ›Also Freunde, endlich habt Ihr mich gefunden!‹« bemerkte Cromwell.

»Ibrahim!« rief Jennings endlich nach draußen. »Laufen Sie los und holen Sie Clive und Shannon. Und Noel Nottingham.«

Als die drei angekommen und in die Höhle gekrochen waren, sprach Jennings mit feierlicher Stimme: »Shannon, dein Eintrag in die heutigen Journale soll wie folgt beginnen:

Um 10.45 Uhr wurden die vermeintlichen Überreste der ersten – nachweisbaren – biblischen Person, die je gefunden wurden, im Inneren einer Höhle in der Klippe am nordwestlichen Rande der hellenistisch-römischen Ausgrabungsstätte in Rama entdeckt.«

»Um Gottes Willen!« rief Shannon. »Wer?«

»Josef von Arimathäa.«

Zwei Nächte später berief Jennings im Hotel eine Besprechung des gesamten Ausgrabungspersonals ein. Nachdem er die Entdeckung bekanntgegeben hatte, erklärte er, weshalb die Nachricht so spät kam und ließ Dick Cromwell Dias von der Höhle, dem Graben und dem steinernen Sarg zeigen. Als er fertig war, versprach Jennings, daß alle in Vierergruppen den Fund besichtigen dürften. »Und nun«, fuhr er fort, »wird unser Anthropologe, Professor Nottingham, die ersten Entdeckungen erörtern.«

Noel Nottingham war groß und hager, der Inbegriff eines britischen Professoren mit allgegenwärtiger Pfeife und schmutzigen, khakifarbenen, kurzen Hosen. Er hatte gewisse Ähnlichkeiten mit David Niven und war stets bemüht, die vollkommen unbekümmerte Sorglosigkeit des britischen Schauspielers nachzuahmen. Er begann mit einem Vorbehalt. »Bitte verstehen Sie, daß all diese Bemerkungen noch extrem vorläufig sind und daß nach weiteren Untersuchungen möglicherweise Veränderungen vorgenommen werden müssen. Erstens sind die Überreste bemerkenswert gut erhalten – größtenteils ist die Skelettstruktur noch geschlossen und intakt – auch die Knochen weisen kaum Spuren von Kalkablagerungen auf. Es handelt sich hierbei um einen Mann im mittleren Alter, ungefähr einen Meter fünfundsiebzig groß. Sein Körper scheint wohlproportioniert gewesen zu sein – die Schulterbreite deutet darauf hin, daß er, nach unseren Gepflogenheiten, eher als gut gebaut denn bullig zu bezeichnen wäre. Dasselbe gilt auch für den Hüftbereich. Er hat sich gut ernährt – alle Knochen scheinen gut geformt und normal zu sein – und seine Zähne, die intakt sind, weisen keine Löcher auf. Er lebte natürlich auch zu einer Zeit, wo es noch keine Süßigkeiten und Fast Food gab!«

Die Zuhörer kicherten, wie es auch Nottinghams Absicht gewesen war. Er fuhr fort: »Den Überresten nach zu urteilen, handelte es sich hierbei um eine Person, die körperliche Arbeit nicht gewohnt war, da keine Gelenke die Abnutzungen aufweisen, die wir sonst bei Sklaven und gewöhnlichen Arbeitern gefunden haben oder bei jenen, die bei der Küstenausgrabung in Herculaneum entdeckt wurden.«

»Natürlich nicht«, flüsterte Shannon Jon zu, der neben ihr saß. »Josef von Arimathäa gehörte auch zu den fetten Reichen.«

»Nun, das Neue Testament sagt nur, daß er reich war«, flüsterte Jon zurück. »Von einer körperlichen Fülle ist aber nicht die Rede.«

»Ich rede amerikanisch, Jon. Erkennen Sie Ihre eigenen Ausdrücke nicht mehr?« Sie stieß ihn neckisch in die Rippen.

Nottingham fuhr fort. »In der Skelettstruktur sind keine degenerativen Krankheiten zu entdecken. Hände und Füße sind normal, obwohl die Finger und Zehen eher schmal wirken. Und zum Schluß: Die Gesichtszüge deuten darauf hin, daß das Gesicht leicht rechteckig gewesen ist, mit hohen Wangenknochen, einem vollen Mund und einem kaum prominenten Nasenseptum. Er hatte dunkle Haare. Wir hoffen, daß wir bald mehr erfahren werden. Haben Sie Fragen?«

»Ja. Woher wissen Sie, daß es ein Mann und keine Frau ist?« fragte Eloise Bancroft vom Bennington College, deren bislang zweifelhaften Leistungen bei der Ausgrabung darauf deuteten, daß Ihre Zukunft nicht in den Mysterien der Archäologie lag, sondern eher in denen der Heterosexualität.

»Es war ein Mann, Eloise«, nickte Nottingham gutmütig. »Ich glaube, daß die Vergangenheitsform besser paßt! Die Bekkenstruktur einer Frau ist breiter und runder als bei einem Mann, um den Geburtsprozeß zu ermöglichen. Auch die allgemeine Knochenstruktur ist kleiner. Unser Skelett hat aber größere Knochen und einen kleineren Beckenbereich. Also ein Mann ... Ja?«

»Sie haben gemeint, daß die Überreste von einem Mann im ›mittleren Alter‹ stammen«, begann Dick Cromwell. »Wollen Sie das etwas präzisieren? Und wie legen Sie das Alter fest?«

»Um Ihre erste Frage zu beantworten, ich vermute, daß der Mann bei seinem Tod mindestens fünfzig Jahre alt war. Das können wir aufgrund der Spuren und Auswüchse von Kalkablagerungen an den Gelenken, als auch aufgrund der Abnutzung des Schmelzes an den Zähnen feststellen.«

»Woher wissen Sie, daß er dunkles Haar hatte?« fragte Regina Bandicoot.

»Da hängt noch ein Strähnchen an seinem Schädel.«

»Oh. Was wird wohl schließlich mit seinen Knochen passieren, Noel?« fuhr sie unbeirrt fort.

»Eine gute und würdige Frage, Regina. Wir werden ganz sicher den nötigen Respekt vor dem Toten bewahren. Zum Schluß werden die Überreste auch wieder begraben, aber da wir es hier mit einer ›berühmten Persönlichkeit‹ zu tun haben, liegen noch viele wissenschaftliche Untersuchungen vor uns.«

»Jedenfalls«, unterbrach Jennings, »werden wir die Überreste so bald wie möglich in das Rockefeller Museum in Jerusalem überführen, da sie mit einer Polyvinylazetat-Emulsion behandelt werden müssen, um sie zu konservieren. Sonst werden die Knochen in dieser trockenen Luft zerfallen.«

Jennings bat Jon nun darum, den Studenten die weitläufige Bedeutung ihrer Entdeckung zu erläutern. »Vor ein paar Jahren wäre das nicht nötig gewesen«, flüsterte er. »Man sollte aber niemals unterschätzen, aus welch biblischen Analphabeten die jüngere Generation heutzutage besteht!«

»Noch basieren unsere Beweise nur auf Vermutungen«, fing Jon an, »und wir dürfen keine voreiligen Schlüsse ziehen. Aber unser Sarkophag mit der Inschrift: ›Josef von Arimathäa, Sohn des Asher, Ratsmitglied‹, könnte sich als der des gleichnamigen Mannes aus dem Neuen Testament erweisen, der nach der Kreuzigung die Beerdigung Jesu von Nazareth organisierte. Er war Mitglied des jüdischen Sanhedrins, hatte aber zusammen mit einem Freund namens Nikodemus – der ebenfalls bei der Beerdigung Jesu mitgeholfen hatte – dafür gestimmt, Jesus nicht zu verurteilen. Er hat Jesus für seine Beerdigung sogar sein eigenes, aus Stein gehauenes Grab in Jerusalem zur Verfügung gestellt. Nun, wenn wir das Grab und die Überreste des besagten Josef tatsächlich gefunden haben, ist er offenbar nach seiner Dienstzeit in Jerusalem in seinen Heimatort zurückgekehrt und muß dort wohl auch beerdigt worden sein. In diesem Fall, ist er einer der ersten, biblischen Persönlichkeiten, die durch die Archäologie entdeckt wurden. Die Knochen von weiteren Personen sind *vielleicht* schon gefunden worden – wie jene des Josef Kaiphas – jedoch war nie eine eindeutige Identifikation möglich.Haben Sie noch Fragen?«

Eine Welle von »Ahhs« und »Ohhs« hallte durch den Raum, während Jon seine kurze Rede hielt. Die Hand von Scott Ferguson, Student der Nahostwissenschaften an der Yale-Universität, schoß in die Höhe: »Die Beweise scheinen eindeutig zu sein, daß es sich hierbei um den wahren Josef von Arimathäa handelt. Warum nennen Sie es ›vermeintlich‹?«

»Aus mehreren Gründen. Zu biblischen Zeiten gingen Söhne häufig den Berufen ihrer Väter nach, also könnte dieser

Josef auch der Vater oder Sohn des Josef sein, der in den Evangelien erwähnt wird oder aus einer ganz anderen Generation stammen. Oder überhaupt nicht mit ihm verwandt sein. Er könnte auch Ratsmitglied des Dorfes hier in Rama gewesen sein, statt in Jerusalem. Und auch wenn die Knochen im Sarkophag den Anschein haben, seine zu sein, so könnten sie doch möglicherweise einem anderen Toten gehören – auch wenn diese Möglichkeit sehr weit hergeholt erscheint. Trotzdem erinnere ich Sie an den Fall des Jesus von Nazareth, der im Grabe eines anderen in Jerusalem beerdigt wurde.«

»Wenn Sie aber alles in Betracht ziehen«, fuhr Ferguson hartnäckig fort, »wie schätzen Sie die Wahrscheinlichkeit ein, daß diese Knochen jenem, in den Evangelien erwähnten Josef von Arimathäa gehören? Auf einer Skala von eins bis zehn?«

Jon lächelte und beriet sich kurz mit Jennings. Beide nickten. »Sieben oder acht«, berichtete Jon. »Aber im Interesse der wissenschaftlichen Archäologie, erzählen Sie niemals, daß ich Ihnen das gesagt habe!«

Nach diesem Lacher stand Jennings mit einem sehr gespannten Gesichtsausdruck auf. »Es könnte Ihnen vielleicht nicht bewußt sein«, warnte er, »aber unsere Ausgrabung befindet sich nun in höchster Gefahr. Alles, was benötigt wird, um eine Katastrophe heraufzubeschwören, ist, daß irgend jemand unter Ihnen nicht absolutes Stillschweigen bewahrt. Die Chassidim würden wie die Furien auf uns losgehen und teuflische Rache üben, wenn sie es herausfänden! Sie haben gesehen, was für einen Aufstand sie schon wegen eines leeren Grabes gemacht haben! Stellen Sie sich vor, wie sie aufschreien würden, wenn sie wüßten, daß es nicht leer gewesen ist! Das ist aber noch nicht alles: in Hinblick auf die möglicherweise sensationelle Identität der Überreste, würden wir von Heerscharen von Journalisten überrannt werden, unter denen unsere Arbeit zu leiden hätte. Deshalb muß ich um absolute Geheimhaltung bitten. Ich möchte, daß jeder von Ihnen zum persönlichen Treueschwur seine Hand hebt.«

Sofort schossen alle Hände in die Höhe, und die Besprechung war beendet. Die ranghöchsten Mitarbeiter blieben aber noch zurück, um sich weiter über die Frage der Geheimhaltung zu beraten.

»Was ist mit den arabischen Arbeitern, Achmed?« fragte Clive Brampton.

»Ah!« bemerkte Sa'ad. » Da gibt es kein Problem. Ihnen ist bewußt, was die ›Bärtige Pest‹ – so nennen sie die Chassidim – zur Ausgrabung brachte. Ich habe den Wenigen, die es wissen, gesagt, daß sie weise schweigen sollen, im Namen Allahs, des Barmherzigen. Sie werden es auch.«

»Was ist mit Gideon und der Behörde für Altertumsforschung, Shannon?« fragte Cromwell.

»Kein Problem. Gideon ist Anhänger der wissenschaftlichen Archäologie. Und auch wenn er herausfindet, daß wir hier Knochen gefunden haben, wird er wohl kaum unseren Freunden, den U.O.B.s, ein Telegramm schicken!«

»Den U.O.B.s?« fragte Jon

»Die Ultra Orthodoxen Brüder.«

»Was sonst!« lachte Jon leise. Dann fügte er hinzu: »Wir sollten uns in Erinnerung behalten, daß dies wohl kaum die ersten Knochen sind, die in Israel entdeckt wurden. Grabräuber sind wir also wirklich nicht.«

Mehrere Tage später siebten Jennings, Brampton, Shannon und Jon das Material am Boden des Sarkophags, da Nottingham die Überreste bereits mit extremer Vorsicht entfernt hatte. Vier Menschen auf den Knien rutschend, die alle über dem offenen Steinsarg hingen, erwiesen sich als ein ungeschicktes Quartett, da sie einander ständig anrempelten. »Genug!« rief Jennings. »Clive und ich werden nach draußen gehen, um Eure Beute durchzusehen, Shannon und Jonathan. Gebt das Material weiter an Ibrahim, und er wird es uns weiterreichen.«

Jon und Shannon fingen vorsichtig an, die Leichentücher und etwas, das sich als Mattenmaterial erwies, vom dem Boden des Sarkophags zu entfernen. Obwohl sie den Männern draußen eigentlich nur modrige Hüllen und sonstigen Abfall reichten, schienen diese über jeden Fetzen des antiken Stoffs geradezu entzückt zu sein.

Kurz vor dem zweiten Frühstück rief Shannon: »Oh, ich glaube, ich habe etwas!« Sie drehte die Gaslaterne auf, schnappte sich eine Bürste und wischte vorsichtig das Geröll weg, welches das Objekt bedeckte.

»Shannon hat eine Lampe gefunden!« rief Jon nach draußen. »Eine keramische Öllampe – acht oder neun Zentimeter lang. Ich schätze, daß sie aus der herodianischen Epoche stammt.«

»Das wäre typisch«, bemerkte Jennings. »Gräber enthalten häufig Lampen.«

»Ja, richtig, sie sollen symbolisch den Weg leuchten, der in die nächste Welt führt«, fügte Brampton hinzu. »Die alte ägyptische Idee.«

Als Ibrahim ihm die Lampe brachte, rief Jennings aus: »Sie ist aus der herodianischen Zeit! Wir haben Dutzende von ihnen gesehen, und sie hilft, eine Zeitspanne festzulegen, die vom ersten Jahrhundert v. Chr. bis zum ersten Jahrhundert n. Chr. reicht. Mach eine Skizze von ihr, Shannon.«

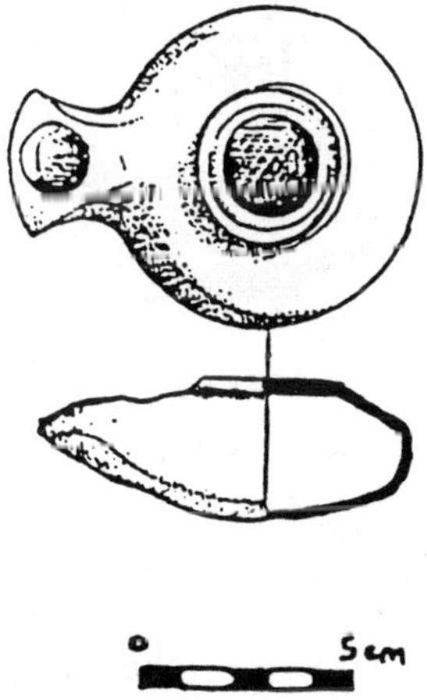

Sie kletterte heraus, nahm einen Meterstab, einen Stift und einen Zeichenblock und erstellte diese Skizze:

»Ich sehe Rußspuren am Schnabel«, sagte sie. »Das heißt, daß sie tatsächlich benutzt worden ist. Ich kann es kaum abwarten, sie Naomi zu zeigen.« Dann kehrte sie in die Höhle zurück.

Kurz vor dem Mittagessen entdeckten sie an der gegenüberliegenden Seite des Sarkophags eine weitere Lampe, etwa der gleichen Größe, aber im Gegensatz zu der ersten mit einigen

Verzierungen versehen. Jennings erklärte, daß sie ebenfalls aus der herodianischen Epoche stammen würde.

Wenn er mit Shannon nicht die Seiten getauscht hätte, dann hätte er nun die zweite Lampe entdeckt, dachte Jon einen Augenblick lang voll Neid. Dann fiel ihm auf, wie kleinlich die geheimen Gedanken der Menschen sind, gerade dann, wenn eigentlich in ganz anderen Dimensionen gedacht werden sollte. Der Gong fürs Mittagessen erlöste ihn von weiteren Selbstanklagen.

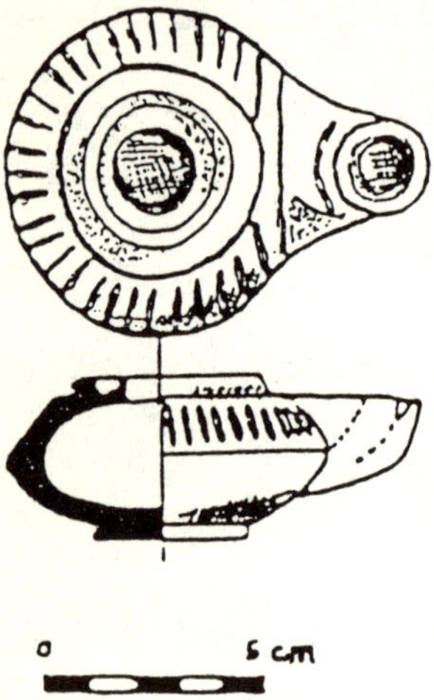

Er kletterte hinaus und fand Shannon, die eifrig die zweite Lampe skizzierte. »Diese könnte ein wenig älter sein als die erste«, sagte Jennings. »Aus der späten hellenistischen – frühen herodianischen Epoche. Laßt uns abwarten, was Naomi dazu meint.«

Beim Mittagessen liebkoste Naomi die Lampen mit einer besonderen Form von Bewunderung, die nur Keramikexperten besitzen, und wischte die letzten Staubkörner von deren Oberflächen. »Beide Lampen wurden aus poliertem, rötlichem Ton gemacht, wie unschwer zu erkennen ist«, erzählte sie den anwesenden Ausgrabungsmitarbeitern. »Sie wurden vor dem Brennen weder glasiert, noch geschlämmt. Beide sind tatsächlich einmal benutzt worden, wie Sie anhand der Rußspuren beobachten können. Die etwas schlichtere ist eine herodianische Lampe mit gebogener Schnauze. Geradezu normal für die Zeit von Herodes dem Großen, bis zur, sagen wir mal, römischen Eroberung.«

»Wir reden von zirka 40 v. Chr. bis 70 n. Chr.?« fragte Cromwell.

»Ja, obwohl mir diese Bezeichnungen ›vor und nach Christus‹ kaum gefallen. Ich bin nämlich Jüdin, wenn Sie sich recht entsinnen können. Für mich gilt eher der Begriff ›normale Zeitrechnung‹.«

»Natürlich. Tut mir leid!« Dicks Gesicht war rot angelaufen.

»Nun, die verzierte Lampe gehört zur Familie der Delphiniform, die ja etwas älter ist. Viele davon wurden in der späten hellenistischen Schicht gefunden.«

Am Nachmittag war das Glück schon eher auf Jons Seite. Kurz nach dem Mittagessen entdeckte er zwei auf der Seite liegende, schmale, vasenförmige Flaschen oder Flakons. Er säuberte sie und zeigte Jennings und Brampton die cremefarbenen, polierten Behälter.

»Nun, endlich bringen Sie es zu etwas hier, Jonathan«, meinte Jennings. »Worum handelt es sich hier Ihrer Meinung nach, Clive?«

Brampton musterte sie mit fachmännischem Blick und antwortete: »Vielleicht Ölflakons für die Lampen?«

»Nun sind Sie an der Reihe, die Skizzen anzufertigen, Jonathan. In der Zwischenzeit werde ich Naomi zu Rate ziehen.«

Jon setzte sich und griff nach einem Stift. »Clive«, meinte er, »Ich habe bei den Archäologen nie verstanden, warum sie immer alles skizzieren. Ich meine, mit der Präzision der modernen Fotoapparate, was soll denn diese primitive Routine, Artefakte zu skizzieren, überhaupt nützen?«

»Es zeigt Konturen und Kontraste, die bei einer Aufnahme niemals sichtbar werden würden, Jon.«

»Vergleichbar mit einer Karikatur also?«

»Okay, lassen Sie es uns eine Karikatur nennen, aber ohne die Übertreibungen. Verstanden?«

»Also gut«, stöhnte er auf. »Ein Künstler bin ich ja nun wirklich nicht, aber schauen wir mal.« Er begann zu zeichnen. Nach fünf Minuten krampfhaften Bemühungen zerknüllte er angewidert sein Blatt und probierte es erneut. Der nächste Versuch erwies sich zumindest als akzeptabel, dachte er. Er war gerade mit seiner Skizze fertig, als Jennings mit Naomi zurückkehrte.

Sie warf einen Blick auf die Behältnisse und sagte: »Das habe ich erwartet. Sie sind für Salben gedacht und stammen etwa aus der Zeit, Mitte der herodianischen Epoche bis zur römischen Eroberung. Man findet sie gewöhnlich in Grabstätten von, sagen wir mal, 20 vor bis 70 nach der normalen Zeitrechnung.«

»Ich dachte eher, daß es Ölfläschchen für die Lampen wären«, meinte Brampton.

»Das könnte für eine davon zutreffen – die etwas größere. Die andere aber ist für Balsam und sonstige Beerdigungssalben verwendet worden.«

»Also«, sagte Jon. »Das sind fast schon übliche Keramikgegenstände für eine Grabstätte des ersten Jahrhunderts, Naomi?«

»Wie würdet Ihr Amerikaner es nennen: ›Standardausrüstung‹? Ja, es ist sehr üblich. Es hätte mich überrascht, ein Grab ohne solche Keramikgegenstände zu finden.«

Kurz vor Feierabend war Jon damit beschäftigt, den Boden des Sarkophags zu reinigen, wo die Fußknochen gelegen hatten. Plötzlich stieß seine Kelle auf einen harten Gegenstand. Er grub tiefer und löste ein rechteckiges Objekt heraus, das prompt in zwei Teile zerbrach, als er versuchte, es anzuheben. Er fluchte leise.

Shannon richtete ihre Taschenlampe auf den Gegenstand, und gemeinsam hoben sie die Teile heraus. Es war eine verrottete Tafel undefinierbarer Art, einige Farbtöne heller als die Dreckschicht, die sie bedeckte. Mit äußerster Vorsicht wischten sie soviel Staub ab, wie sie vertreten konnten und gaben dann die Teile nach draußen an Jennings weiter.

Sekunden verstrichen. Dann eine Minute. Nichts war von

draußen zu hören. Schließlich steckte Jon seinen Kopf durch den Eingang und fragte: »Was halten Sie davon, Austin?«

»Du liebe Zeit!« schrie der abrupt auf. »Kommen Sie sofort heraus, alle beide! Es ist eine Inschrift, denke ich!«

Jennings stand über die Teile gebeugt und säuberte sie mit einer breiten Kamelhaarbürste. »Hier haben wir ein Pergament«, sagte er, »das offenbar an einem Stück modrigem Holz klebt. Man kann gerade noch ein paar verblaßte Buchstaben erkennen.«

Eine Zeitlang konnte Jon überhaupt nichts sehen, da er nach der Dunkelheit der Höhle völlig geblendet war. Nachdem seine Augen sich an das Licht gewöhnt hatten, musterte er das Pergament und sagte: »Unglaublich! Hier kann ich ein Delta erkennen, also ist es wahrscheinlich griechisch.«

»Da ist der Gong. Es ist an der Zeit, Schluß zu machen«, sagte Jennings. »Dies hier werden wir nach dem Abendessen unter die Lupe nehmen.«

Die zwei Teile der Tafel lagen auf einem Arbeitstisch des kleinen Ausgrabungslabors im Hotel. Jon verwandte eine Preßluftpistole, um noch mehr Dreck von dem Pergament zu entfernen. Das leise Summen des Kompressors ersetzte jenen, die sich um das Artefakt geschart hatten, das Gespräch.

An ihrer Bruchstelle wieder zusammengesetzt, maß die Tafel mehr als 60 Zentimeter in der Länge und 30 Zentimeter in der Breite. Über drei Zeilen konnte man Buchstaben ausfindig machen, manche von ihnen schon fast vollständig verblaßt.

Jon starrte die Schrift einige Augenblicke an, dann schüttelte er den Kopf. »Ich kann es nicht entziffern, Sie etwa, Austin?«

Er verneinte ebenfalls kopfschüttelnd.

»Sie haben hier nicht vielleicht eine UV-Lampe, oder?«

»Doch! Super Idee! Clive ...«

Brampton schleppte schon ein kleines, mit UV-Licht ausgestattetes Gerät an, wartete einige Momente bis die Lampe die nötige Intensität besaß und richtete dann den Strahl auf das Pergament.

»Besser! Das ist viel besser«, sagte Jon. »Die mittlere Zeile ist tatsächlich Griechisch. Aber darunter, ist das Aramäisch?« Er beugte sich vor und studierte eine Zeitlang die Buchstaben. Dann sah er hoch und fragte: »Und was ist mit der oberen Zeile? Es ist . . . es ist . . . meine Güte, es ist *Latein*!«

Schweigen folgte, während sich alle Augen langsam an das UV-Licht gewöhnten. Die meisten Buchstaben waren nun leserlich.

»Ach du lieber Himmel«, flüsterte Jon, da er es als Erster entziffert hatte.

»Ich habe es immer noch nicht«, sagte Jennings. »Aber ich kann schon Nazareth und König entziffern. Oh! Oh! Oh, du meine Güte! Gott stehe uns bei! Ich hab's jetzt!« Jennings ließ die Arme sinken, vor Erstaunen vergaß er, seinen Mund wieder zu schließen. Dann torkelte er zum nächsten Stuhl und setzte sich hin, den Kopf in die Hände gestützt. Jon spürte, wie auch ihm seine Beine nicht mehr gehorchten. Er sackte zu Boden und saß zusammengesunken auf einer Matte.

»Soll das nun ein Berufsgeheimnis werden?« beschwerte sich Shannon. »Die Übersetzung bitte! Mein Aramäisch ist etwas eingerostet.«

Ihr Vater schwieg. Schließlich murmelte Jon: »Es ist das *Titulus*, Shannon, das *Titulus*.«

»Was soll das denn bedeuten?«

Jon erklärte mit ehrfurchtsvoller Stimme: »Es ist die Tafel, welches Pontius Pilatus Karfreitag am Kreuz Jesu anbringen ließ, als . . .«

»Und Pilatus ließ eine Inschrift schreiben und brachte sie am Kreuz an«, unterbrach ihn Jennings, aus dem Johannesevangelium zitierend. *»Sie lautete:* JESUS VON NAZARETH, KÖNIG DER JUDEN *und war in Hebräisch, Latein und Griechisch.«*

»Nun wissen wir, daß es die Überreste vom biblischen Josef von Arimathäa sind, nicht wahr Austin?« fragte Jon triumphierend.

»Ja, in der Tat! Fabelhaft, Jonathan, einfach fabelhaft! Das ist die Bestätigung!«

»Ich komme nicht ganz mit«, gab Brampton zu.

»Nun, Clive«, erklärte Jon. »Josef von Arimathäa muß das *Titulus* als eine Art heiliges Andenken an seine Dienste für Jesus behalten haben, als er ihn in jener Nacht in Jerusalem zu Grabe trug – er ging sogar so weit, daß er es sich bei seiner Beerdigung in sein eigenes Grab legen ließ.«

Nun strahlte auch Brampton voller Begeisterung und sagte: »Unglaublich! Das hier ist eine Ausgrabung, die in die Analen der Geschichte eingehen wird.«

»Ganz oben mit den Schriftrollen vom Toten Meer!« zwitscherte Shannon.

»Ist euch aufgefallen, daß die Worte *»der Juden«* sowohl in der oberen, lateinischen Zeile, als auch in der unteren, aramäischen Zeile fehlen?« bemerkte Jon. »Wir sollten den Sarko phag nach den zwei fehlenden Ecken absuchen.«

»Sie haben also noch nicht alles ausgegraben?« wunderte sich Brampton.

»Nein. Wir müssen noch etwas daran arbeiten.«

Nun wich die taube Überwältigung der Gruppe Wellen von Begeisterung. Jennings mahnte aber erneut zur Vorsicht. Während sie keine Bedenken wegen der Echtheit ihrer Entdeckung hatten – etwas in dieser Größenordnung war einfach über jeden Zweifel erhaben – würden alle anderen, die nicht bei der Ausgrabung dabei waren, fast automatisch eine derart unglaubliche Entdeckung erst einmal mit massiver Skepsis zur Kenntnis nehmen. Je außergewöhnlicher der Fund war, desto höher stiegen normalerweise die Forderungen, ihn zu verifizieren.

»Bis alle Untersuchungen abgeschlossen sind«, ermahnte Jennings, »müssen wir die Nachricht unbedingt geheimhalten

– auch vor den übrigen Ausgrabungsmitarbeitern. Es ist einfach zu spektakulär, als daß wir es preisgeben könnten, nicht einmal intern, bis wir die Bestätigung der Echtheit haben. Können wir uns bitte darauf einigen?«

Shannon, Clive und Jon nickten entschlossen.

»Ach! Eine weitere Person wird unser monumentales Geheimnis teilen müssen. Clive, holen Sie bitte Dick Cromwell samt Fotoausrüstung. Er muß natürlich auch eingeweiht werden, aber er kann Geheimnisse hüten.«

Am nächsten Morgen entdeckten sie beim Ausräumen des Sarkophagbodens die fehlende Ecke des *Titulus*, welche die erste, lateinische Zeile vervollständigte. Weil sie von einem Haufen Grabtücher zugedeckt gewesen war, war die Tinte jener Buchstaben wesentlich dunkler als auf dem Rest der Tafel. Sie entdeckten zusätzlich noch weitere Fragmente des Pergaments.

Da nun der Großteil des *Titulus* gefunden worden war, machte Cromwell eine Reihe von Aufnahmen vor einem neutralen, matten Hintergrund. Er verwandte hierfür sowohl einen panchromatischen Film, als auch einen Farbfilm. Dann wiederholte er mit den entsprechenden Filmen die Prozedur unter Infrarot- und UV-Licht.

Jon prüfte die Zeilen sehr genau unter UV-Licht und entsann sich dabei ähnlicher Bemühungen im Vatikan. Sollte sich das Pergament als Palimpsest erweisen – bereits beschrieben, aber für eine spätere Verwendung ausradiert – dann hätte die ursprüngliche Beschriftung bei UV-Beleuchtung deutliche Spuren hinterlassen. »Ich sehe sonst nichts«, sagte er schließlich. »Pontius Pilatus war offenbar kein Geizhals: Am Karfreitag hat er ein frisches Pergament benutzt.«

Spät in jener Nacht lieferte Cromwell eine Reihe von Abzügen mit höchster Kontraststufe, welche die Beschriftung viel deutlicher zum Vorschein brachte, als das Pergament selbst.

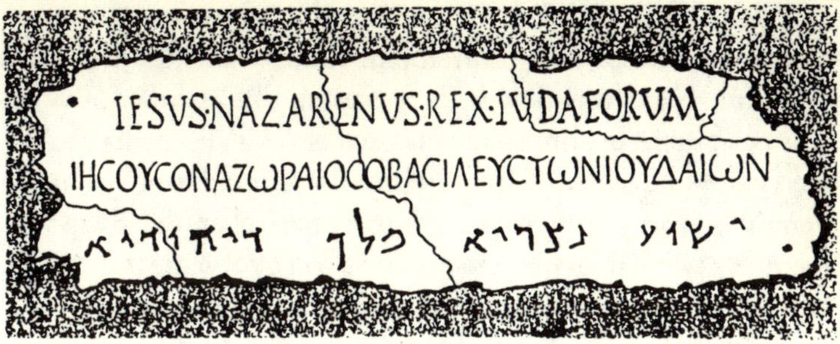

»Exzellent!« lobte Jennings. »Damit wird morgen nach dem Frühstück unsere Arbeit beginnen.«

In dieser Nacht konnten die Fünf kaum schlafen.

»Lassen Sie uns doch mit der Paleographie fortfahren, Jonathan«, drängte Jennings am nächsten Morgen. »Was denken Sie?«

»Nun, wir sollten mit der oberen Zeile anfangen. Die Buchstaben entsprechen fast der Beschriftung, die ich auf Wahlplakaten in Pompeii gesehen habe. Da jene Plakate 79 n. Chr. unter heißer Asche begraben wurden, wäre eine Datierung des Lateins im ersten Jahrhundert angebracht.«

»So weit, so gut«, sagte Shannon. »Was ist mit dem griechischen Text?«

»Der Stil der griechischen Beschriftung hat sich zwischen der hellenistischen und der römischen Epoche nur unwesentlich verändert, also kann man sich nur schwer auf ein bestimmtes Jahrhundert festlegen. Dennoch, ich habe handgeschriebene Ankündigungen aus Athen gesehen, ebenfalls datiert auf das erste Jahrhundert, die starke Ähnlichkeiten mit dieser aufweisen.«

»Wir haben es!« rief Cromwell begeistert. »Aber sehen Sie sich die untere Zeile an. Das Aramäische trennt die Worte, wie wir es heute auch tun. Haben die Juden sie aber nicht damals sogar zusammengeschrieben? Die Griechen und Römer haben es offenbar getan.«

»Nein. In dieser Hinsicht waren sie bemerkenswert modern. Sie haben etwa ab dem fünften Jahrhundert v. Chr. ihre Worte getrennt. Nun, was den Stil anbelangt, gibt es keine Zweifel, daß es sich hierbei um ein etwas grobes Aramäisch aus dem ersten Jahrhundert handelt.« Jon unterbrach und fuhr sich nachdenklich über seine Nase. Dann runzelte er die Stirn und meinte: »Wir haben hier tatsächlich zwei Probleme, meine Lieben. Das erste ist unwesentlich: das Johannesevangelium schreibt, daß die Tafel in ›Hebräisch, Latein und Griechisch‹ beschriftet war, aber unsere Tafel hat anstelle von Hebräisch eine aramäische Beschriftung. Das ist aber kein ernstes Problem: Aramäisch und Hebräisch sind sich fast gleich, und wir wissen, daß es die Sprache war, die zur Zeit Jesu von den einfachen Menschen gesprochen wurde. Die Tafel wurde schließlich auch für sie aufgestellt. Das zweite Problem ist aber etwas ernsthafterer Natur . . .«

»Ja, die Reihenfolge der Sprachen ist bei Johannes anders als auf unserer Tafel«, sagte Brampton. »Bei unserer steht Latein ganz oben.«

»Ach, das ist nicht von Bedeutung, Clive«, antwortete Jon. »Pilatus wird zwangsläufig – offiziell – Latein oben hingesetzt haben, während Johannes seine Muttersprache zuerst erwähnt hat. Eigentlich denke ich, daß dieser Faktor eher zur Glaubwürdigkeit beiträgt. Nein, meine Sorge gilt der dritten Zeile: Finden Sie nicht auch, daß das Aramäische etwas seltsam klingt, Austin?«

»Sie meinen die Buchstaben?«

»Nein, ich meine einen Fehler in der Grammatik: Für König sollte eigentlich *malkah* anstatt *melek* stehen, nicht wahr?«

Jennings kratzte sich am Kopf und sagte: »Ich befürchte fast, daß Sie recht haben.«

»Mist! Dann ist es eine Fälschung?« fragte Cromwell. »Der ganze Film soll umsonst gewesen sein?«

Ein langes Schweigen setzte ein. Plötzlich lachte Jon laut los: »Nein, nein, nein, wir haben alle etwas übersehen! Es ist mir gerade erst in den Sinn gekommen. Dieser Fehler im Aramäischen hilft, die Glaubwürdigkeit zu steigern, denke ich. Wie, sagen Sie es mir, waren denn die Umstände, die das *Titulus* begleitet haben? Pilatus, ein Nichtjude, oder, was noch wahrscheinlicher ist, einer seiner nichtjüdischen Assistenten, hat die Inschrift verfaßt. Nun, ein Nichtjude würde Latein und Griechisch fehlerlos schreiben können, so wie es hier auch der Fall ist, aber es ist unwahrscheinlich, daß das auch für Aramäisch gilt.«

Stille herrschte im Raum, bis Brampton das Schweigen brach. »Das kommt mir jedenfalls einleuchtend vor.«

»Ja. Brillant, Jonathan«, stimmte Jennings ein.

»Nein, überhaupt nicht. Wir hätten alle daran denken können.«

Jennings lächelte und sagte: »Nun zu den wissenschaftlichen Untersuchungen. Ich schlage vor, daß wir einen unbeschrifteten Teil des Pergaments entfernen – einen Teil des vermoderten Holzhintergrundes ebenfalls – und sie zur Kohlenstoffdatierung an das Weizmann Institut in Rehovot schicken. Warum runzeln Sie die Stirn, Clive?«

»Ich könnte es nicht ertragen, wenn auch nur der geringste Teil dieser unglaublichen Entdeckung zerstört werden müßte.«

»Ich auch nicht«, stimmte Jon zu. »Wenn es sich hierbei um eine gewöhnliche Entdeckung handeln würde, würden wir uns überhaupt nicht mit Kohlenstoff-14 abmühen, da die Beweisstücke, die Keramikgegenstände und die Schriftarten, alle auf die herodianische Epoche deuten. Aber angesichts dessen, was wir hier haben, wird die Welt eine Kohlenstoffdatierung verlangen. Wieviel würde das Weizmann Institut als Testmaterial benötigen, Austin?«

»Lassen Sie mich nachschauen. Irgendwo habe ich ihre Prospekte.« Er öffnete einen seiner Aktenschränke, zog nach kurzem Wühlen einen festen Papierordner heraus und las die Bestimmungen laut vor. »Von den Gegenständen würden wir benötigen: 100 Gramm der menschlichen Knochen wären nötig, fünfzig Gramm des Grableinen, zwei Gramm Holz, zwei Gramm von dem Pergament oder Papyrus . . .«

»Nun, auch wenn es nur zwei Gramm sind, es wäre wahrlich kein kleiner Anteil«, bemerkte Jon. »Warum verfahren wir also nicht wie folgt: Da im Weizmann Institut die herkömmliche Kohlenstoff-14 Untersuchung durchgeführt wird, schicken wir ihnen nur das Material zu, das wir auch in ausreichenden Mengen besitzen – die Grabtücher und der verrottete Holzhintergrund. Das kostbare Pergament sparen wir aber für Untersuchungen mit dem Mengenspektrometer auf. Das System benötigt eine Probe, die nur ein Tausendstel so groß ist. Mit dieser Methode haben wir auch das Leichentuch von Turin getestet.«

»Exzellent, Jonathan«, willigte Jennings ein. »Ganz hervorragend.«

»Aber, ist das Weizmann Institut zuverlässig?« fragte Jon, der seiner eigenen Mannschaft lieber den Vorzug gegeben hätte, wäre diese nicht Tausende von Kilometern entfernt.

»Ach, sie verrichten saubere Arbeit. Die British School of Archeaology, die American School, die École Biblique, alle haben mit dem Institut schon gearbeitet.«

»Dann werfe ich das Handtuch«, gab Brampton nach. »Aber lassen Sie uns noch einmal überprüfen, daß Dick auch wirklich vorher alles fotografiert hat.«

»Natürlich.«

Kapitel 8

Zwei Wochen später fuhren Shannon und Jon nach Rehovot, um den Bericht über die Kohlenstoffdatierung abzuholen. Rehovot lag im Westen, inmitten der Sharon Ebene, ungefähr eineinhalb Stunden mit dem Auto von der Ausgrabungsstätte entfernt. Während sie die Hügel westlich von Jerusalem hinunterrasten, versuchte Jon, etwas über Shannons Beziehung zu Gideon Ben-Yaakov zu erfahren.

»Haben Sie Gideon erzählt, was Sie und ich aus Josefs Grab herausgefischt haben, Shannon?«

»Seien Sie nicht albern! Er weiß nicht einmal, daß es Josefs Grab überhaupt gibt. Haben Sie es denn den Leuten im Weizmann Institut erzählt?«

»Gut gekontert!« lachte Jon. »Also, wie stehen die Dinge zwischen Ihnen und Gideon? Wann wollen Sie denn heiraten?«

»Morgen, wenn es nach Gideon ginge.«

»Das kann man ihm nicht verdenken.« Die Worte waren ihm aus dem Mund gerutscht, bevor ihm bewußt wurde, was er gerade gesagt hatte.

Shannon sah ihn neugierig an und fragte: »Sollte das eine Art Kompliment gewesen sein?«

»Nicht ›sollte sein‹, das war eines.«

»In diesem Fall, danke. Ich dachte eigentlich, daß Sie lediglich für Aramäisch und verstaubte Inschriften etwas übrig hätten, und ...«

»... entzückende, kleine, irische Terroristen, die bei der Ausgrabung in kurzen, weißen Hosen herumflitzen und allen Männern in Sichtweite hoffnungslos den Kopf verdrehen.«

»Oh, ich ... daran habe ich nie gedacht. Es wird so heiß da draußen. Finden Sie meine Kleidung unangemessen?«

»Ja, Shannon. Ich kann Ihnen nur wirklich ein *chador* empfehlen. Araber haben eine hervorragende Art, ihre Frauen umhüllt, verschleiert und überaus unattraktiv zu halten.«

Sie lachte. »Sie Chauvi-Ziege!«

»Ich dachte, daß es ›Schwein‹ heißt.«

»Wir sind in Israel, erinnern Sie sich?«

Jon lachte leise und ließ seine Gedanken schweifen: *Du bist ein echter Glückspilz, Ben-Yaakov!* Er entsann sich der Zeit, als Shannon neben ihm am Sarkophag gearbeitet hatte. Ihre Hände und Arme, sogar ihre Gesichter hatten sich berührt, während sie das Material vom Boden entfernten. Jede einzelne Berührung hatte ein winziges Prickeln in ihm hervorgerufen, das nichts mit der Aufregung der Archäologie zu tun hatte.

»Erzählen Sie mir von Ihrer Frau, Jon«, sagte sie und setzte seinen Träumen damit ein abruptes Ende. »Es hat mir so leid getan, als ich von ihrem furchtbaren Unfall in der Schweiz erfahren habe.«

Sie hatten gerade die Ebene erreicht, als Jon zu einer langen Antwort auf Shannons Frage ansetzte. Es machte ihm schwer zu schaffen, jener Frau von einer verlorenen Liebe zu erzählen, der gegenüber er selbst eine wachsende Zuneigung empfand, trotz der geringen Wahrscheinlichkeit, jemals Erwiderung zu erfahren. Während sie weiterfuhren, schaute er stets nach vorne oder zur Seite, damit sie nicht sehen konnte, wie in seinen Augen die Tränen standen. Schließlich wechselte er plötzlich das Thema und fragte: »Was glauben Sie, was die uns in Rehovot erzählen werden, Shannon?«

»Es ist eher eine Untersuchung ihrer Geräte, nicht unserer Proben. Wir wissen, daß sie echt sind.«

»Ja, der Zusammenhang ist überwältigend, besonders wenn man die Zufälligkeit in der Natur der Entdeckung bedenkt.«

»Sie werden mich für etwas minder bemittelt halten, Jon, aber – ein letztes Mal – erklären Sie mir, wie man eine Kohlenstoff-14 Untersuchung durchführt.«

»Das ist überhaupt keine blöde Frage, da ständig die alte Methode von Willard Libby verbessert wird. Er war das Genie, das diese Methode in den fünfziger Jahren entdeckt hat. Nun, wenn kosmische Strahlen auf die Erdatmosphäre treffen, begegnen sie Stickstoff – das in der Luft am häufigsten vorkommende Gas – und verwandeln Teile davon in Kohlenstoff-14 Atome, ein radioaktives Isotop des normalen Kohlenstoffs, das mit der Zeit zerfällt. Können Sie mir so weit folgen?«

»Natürlich.«

»In Ordnung. Alle Lebewesen existieren auf Kohlenstoffbasis. Pflanzen entnehmen ihn der Atmosphäre in Form von Kohlendioxid und leiten ihn an die Tiere weiter. Also nehmen beide nicht nur Kohlenstoff, sondern genauso Kohlenstoff-14 auf – bis sie sterben und die Nahrungsaufnahme aufhört. Ab diesem Zeitpunkt zerfällt der Kohlenstoff-14 in ihren Körpern langsam wieder in Stickstoff, und zwar mit einer Halbwertzeit von ungefähr 5700 Jahren. Verstehen Sie?«

»Soll das heißen, daß alle 5700 Jahre die Hälfte des Kohlenstoff-14 zerfallen ist?«

»Genau. Also hatte Libby diese brillante Idee, einfach die Menge Radio-Kohlenstoff zu messen, die noch in der Probe vorhanden ist, um damit festzustellen, wann sie gestorben ist – je weniger Kohlenstoff-14, desto älter die Probe. Und das gilt natürlich für sämtliche Bestandteile von Pflanzen oder Tieren – Holz von einem Baum, Tierfelle, die zu Leder oder Pergament verarbeitet wurden, Leinen – wie unsere Probe – egal was. Libby wurde der Nobelpreis für diesen Einfall verliehen – und das zu Recht! Er vermachte der Archäologie einen Traum von Zeitrechnung: Eine Uhr, die rückwärts läuft.«

»Woher kannte er aber die normale Menge an Kohlenstoff-14 in einer lebenden Probe?«

»Um einen Kontrollwert zu ermitteln? Ob Sie es glauben oder nicht: Er fing an, die Methangase in der Kläranlage von Baltimore zu messen – die Gedärme der Menschen jener Stadt haben die ersten Beweise für die normalen Kohlenstoff-14-Werte in lebenden Organismen geliefert.«

»Wie überaus nett von ihnen: Exkremente liefern die Beweise!«

»Wie geziert, meine Liebe! Sie hätten auch das Wort mit ›S‹ benutzen können! Als nächstes zeigte Libby, daß sich die Kohlenstoff-14-Werte nicht nur weltweit beinahe entsprachen, sondern auch dann noch, wenn man in der Zeit zurückging. Er untersuchte Objekte, deren Alter schon bekannt war – zum Beispiel, Holz aus frühen, ägyptischen Gräbern – und es funktionierte! Natürlich nicht einwandfrei: Manche ägyptische Artefakte wurden ein paar Jahrhunderte zu jung datiert. Also änderten sie ihre Kontrollwerte, um die Schwankungen zu berücksichtigen, die beim Beschuß mit kosmischen Strahlen auftreten können und somit größere oder kleinere Mengen Kohlenstoff-14 erzeugen. Deshalb ist es ein hervorragendes Hilfsmittel zum – oh, wir erreichen gerade eine Hochsicherheitszone.«

»Worauf Sie wetten können! Im Weizmann Institut werden die nuklearen Sprengköpfe für die israelischen Raketen entwickelt.«

»Ich dachte, daß sie das unten in Dimona in der Negev-Wüste machen.«

»Da wird das Uran verarbeitet.«

»Sieh mal einer an, wir sind aber gut informiert!«

»Es ist ein offenes Geheimnis. Bald werden alle die Bombe haben, sogar die Araber. Gott sei Dank hatte Saddam Hussein die Technik noch nicht ganz in den Griff gekriegt.«

Nachdem sie dem Wachmann ihre Mission erklärt hatten, wurden sie durch das Tor zu den Isotop-Laboren gewunken. Dr. Reuben Landau, ein weißbärtiger Patriarch mit gütigem Gesicht, der aussah wie Sigmund Freud, empfing sie in seinem Büro.

»Ach, meine Freunde, setzen Sie sich, setzen Sie sich«, lud er ein. »Möchten Sie eine Erfrischung nehmen? Ja? Etwas Tee?«

»Nein. Trotzdem herzlichen Dank, Dr. Landau.«

»Ach, wie geht es meinem guten Freund, Dr. Jennings?«

»Er läßt herzliche Grüße ausrichten«, sagte Jon. »Haben Sie mit unseren Proben Schwierigkeiten gehabt?«

»Ein paar. Wir hatten eigentlich gehofft, nur die Hälfte des Holzes und des Leinentuches, das sie uns geschickt haben, verwenden zu müssen, aber es reichte nicht aus. Wir brauchten den Großteil des Leinens. Das ist alles was wir noch haben.« Er gab ihnen ein etwa vier Quadratzentimeter großes Stück auf einer Stahlplatte, das Jon dann in einen mit Blei bezogenen Beutel legte. »Und wir mußten die gesamte Holzprobe verwenden.«

»Kein Problem.«

»Ansonsten ermittelten wir ganz normale Werte. Das Holz wies Spuren von Calciumkarbonat auf, das möglicherweise den Kohlenstoffwert etwas erhöht hat. Aber das Leinentuch konnten wir gründlich reinigen. Jedenfalls scheint es so, als würden ihre Leinentücher aus der Epoche des Zweiten Tempels stammen – das Holz ist ein wenig älter – beide ungefähr aus dem üblichen Jahrhundert.«

Jon und Shannon sahen sich an, ihre Augen vor Spannung weit aufgerissen.

Landau fuhr fort: »Hier ist unser kompletter Bericht. Wir datieren die Leinentücher auf ungefähr 50 n. Chr. und das Holz auf ungefähr 5 v. Chr., plus beziehungsweise minus der üblichen hundert Jahre.«

»Hervorragend«, flüsterte Shannon Jon zu. »Genau richtig!« Dann sagte sie: »Sie haben exzellente Geräte hier, Dr. Landau.«

»Herzlichen Dank, Fräulein Jennings. Äh, darf ich mir die Frage erlauben, woher kommen die Proben?«

Jon räusperte sich und antwortete: »Es handelt sich lediglich um Material von Professor Jennings Ausgrabung in Rama, Dr. Landau. Wir haben die Proben dort an einer abgelegenen Stelle gefunden, und wollten uns einfach wegen der Zeitspanne vergewissern.«

»Ich verstehe, verstehe.« Landau fixierte Jon mit einem seltsamen Blick. »Als wir aber das Holz für die Verarbeitung präparierten – es ist übrigens Olivenholz – bemerkten wir kleine Partikel, die in dem Holz steckten, vermutlich von einem Pergament. Haben Sie auch Pergament gefunden?«

Jon mußte sich augenblicklich für Wahrheit oder Lüge, Realität oder Vertuschen entscheiden. Sollte er zugeben, Pergament gefunden zu haben, würde die nächste Frage lauten »War es beschriftet?« Er blickte hinüber zu Shannon und sah lediglich ihre angespannte Miene. Nein, es gab noch eine dritte Alternative.

»Gewiß wird Professor Jennings bald mit Ihnen in Kontakt treten.«

»Ja, gewiß. Bitte richten Sie ihm meine besten Wünsche aus. Mir ist mehrmals die Freude zuteil geworden, mit ihm zusammenzuarbeiten.« Landau lächelte, als er sich von Shannon verabschiedete. »Ihr Vater ist ein großer Archäologe, Fräulein Jennings. Aber Sie stellen zweifelsohne seine größte Errungenschaft dar!«

»Ich danke Ihnen, Dr. Landau. Wir sind Ihnen für Ihre Hilfe sehr dankbar.«

Während sie das Gelände verließen, vermochten sie es kaum mehr, ihre Freude zu bändigen. Auf offener Straße angekommen, ließen sie beide einen Jubelschrei los.

»Sie sind authentisch, Shannon – der Fund des Jahrhunderts!« sagte Jon mit fast atemloser Stimme.

»Famos! Einfach famos! Ich freue mich so für Papa. Für uns alle. Sogar für Sie, Jon!« Sie stieß ihn neckisch in die Rippen.

Jennings wartete schon in der Lobby des Hotels auf die beiden, als sie nach Ramallah zurückkehrten. »Nun?« fragte er. Seine Augenbrauen glichen zwei gewölbten Arkaden.

»Shannon, Sie sollten in den Genuß kommen, Bericht zu erstatten«, sagte Jon edelmütig.

»Tut mir leid, Papa. Landau datiert sowohl das Holz als auch die Leinentücher auf das zwölfte Jahrhundert n. Chr. Scheint alles nur eine Charade der Kreuzritter gewesen zu sein.«

»Was!« röhrte er.

»Nur ein Witz!« schmunzelte sie. »Wir haben es mit 50 n. Chr. für die Tücher und 5 v. Chr. für das Holz zu tun. Plusminus hundert Jahre.«

»Hurra!« schrie Jennings auf.

»Scheint alles so echt zu sein wie der See Genezareth, Austin. Ich gratuliere!« sagte Jon, während er seine rechte Hand ausstreckte und mit der Linken Landaus Bericht übergab.

»Ich gratuliere ebenfalls!« konterte er. »Sie haben schließlich die Höhle entdeckt.«

»Es ist aber Ihre Ausgrabung, Austin.«

»Unsere Ausgrabung, Jonathan.«

Kapitel 9

Was tun?

Sie fühlten sich verpflichtet, den übrigen Ausgrabungsmitarbeitern von der erstaunlichen Entdeckung zu berichten. Sie wußten aber auch, daß die Nachricht eines solch außerordentlichen Fundes niemals geheim gehalten werden konnte. Deshalb beschlossen sie, die Ausgrabungen im Grabbereich zuerst zu beenden.

»Wir sollten eigentlich jeglichen Schutt und jedes einzelne Staubkorn aus der Höhle entfernen«, sagte Jennings. »Heerscharen von Archäologen werden eines Tages diesen Ort durchforsten, Jonathan, und es wäre fürchterlich peinlich, wenn wir etwas übersehen hätten?«

»Ich glaube, daß höchstens in der Grube noch Schutt liegt. Danach kommt Grundgestein. Also sollten wir den Schotter ausgraben. Die gleichen Mannschaften? Shannon und ich innen? Sie, Clive und Ibrahim draußen, um alles durchzusieben, was wir noch herausholen?«

»Nun, bisher hatten wir ziemlich viel Glück mit diesen Mannschaften, meinen Sie nicht auch?«

Sie begannen, den übrigen Schutt in der Grube um den Sarkophag auszugraben. Mehrere Eimer, voll mit Material, wurden nach draußen gereicht, doch wurden keine weiteren Artefakte entdeckt. Jon störte das kaum. Erneut durfte er die ständigen, zufälligen Berührungen mit einer Frau genießen, die ihn, während sie die Vergangenheit ans Tageslicht brachten, in ihren Bann gezogen hatte – das Licht und das lodernde Feuer einer langsam aufgehenden Zuneigung gegen die Dunkelheit und Kälte des Todes. Die Liebe sollte ihren Nährboden auf Luxusschiffen im Mittelmeer haben, die vom Mondlicht beleuchtete Wellen schnitten, und nicht in einer feuchten, dunklen Höhle bei der Ausgrabung eines Sarkophags, dessen Übersetzung aus dem Griechischen »Fleischfresser« bedeutete.

Aber welch hoffnungslose Liebe! Shannon schien für ihn

nicht das geringsten Maß an Gefühlen aufzubringen. Eine Tatsache, die er nicht nur Ben-Yaakov, sondern auch der gesamten Umgebung zu verdanken hatte, ganz zu schweigen von dem Altersunterschied. Verflucht seien solch einseitige Liebschaften!

»Seid ihr beide blind?« Jennings strenge Stimme vermittelte ein Gefühl der Dringlichkeit. »Kommt heraus! Sofort!«

Sie krochen hinaus, Jon hinter Shannon. Dort hatten sich die drei Männer schon um einen Gegenstand versammelt, den Jennings in der Hand hielt. »Es ist ein *quadrans* aus Bronze, nehme ich an«, meinte er.

Jon nahm die Münze, säuberte sie, blickte schielend auf die Inschrift und sagte: »Sie ist aus der Zeit Neros!«

Beim Mittagstisch im Essenszelt reichten sie die Münze herum, damit das Personal und die Studenten sich daran erfreuen konnten. Während sie von Hand zu Hand weitergereicht wurde, erklärte Jon, worum es sich dabei handelte. »Es ist ein ›Scherf‹ aus Bronze und wurde wahrscheinlich von einem der römischen Gouverneure hier geprägt, entweder Felix oder Festus. Wie Sie sich sicher erinnern, wurde Paulus beiden vorgeführt, während er im Gefängnis von Cäsarea saß.«

In diesem Augenblick hielt Scott Ferguson die Münze in der Hand. Er blickte hoch und sagte: »Ich sehe aber keinen dieser Namen auf der Münze.«

»Aha! Wessen Namen sehen Sie dann?« bohrte Jon nach, stets Professor vom Dienst. »Sehen Sie genau nach.«

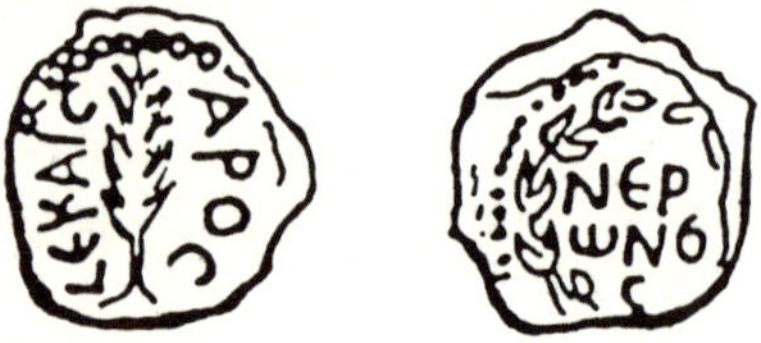

»Nun, auf der einen Seite steht in griechischer Schrift ›LE KAISAROS‹. Das bedeutet offensichtlich ›VON CÄSAR‹, obwohl ich nicht weiß, was ›LE‹ bedeutet.«

»Einen Augenblick. Nun die andere Seite.«

»›NERONIS‹ ... ›VON NERO‹.«

»Genau. Nun, das L ist einfach ein Hinweis, daß danach kein Buchstabe sondern eine Zahl folgt, auch wenn es das griechische *epsilon* ist: E. Wenn Sie jetzt die Buchstaben des griechischen Alphabets mit einer Zahl versehen, welche Zahl ist dann epsilon?«

»*Alpha,* eins; *beta,* zwei; gamma, drei; *delta;* vier; *epsilon,* fünf. Also fünf.«

»Nun haben Sie es: ›*Das fünfte Jahr des Cäsars Nero*‹. Und da Nero im Jahre 54 n. Chr. Kaiser wurde, wissen wir, daß die Münze im Jahre 58 oder 59 geprägt wurde.«

»Unglaublich! Was ist aber mit Felix oder Festus?«

»Im fünften Regierungsjahr Neros war entweder Felix oder Festus Gouverneur. Die Chronologie ist in diesem Fall noch etwas unsicher.«

Nachdem die Münze die Runde gemacht hatte, erinnerte Jennings seine Studenten daran, daß dies nur beweise, daß die Beerdigung Josefs unmöglich vor den Jahren 58/59 n. Chr. stattgefunden hat. Dann fuhr er mit einer Anekdote fort, wie er einmal versucht hatte, den großen Vater Roland in Qumran zu überlisten, in dem er eine byzantinische Münze in einer Schicht ›entdeckte‹, die angeblich dem ersten Jahrhundert v. Chr. zuzuordnen war. Der bärtige, französische Dominikaner hatte ihm lediglich ein kaltes, gallisches Lächeln beschert und ihm mitgeteilt: »Das eest unmöglisch! Entfernen Sie das Geschpenst, *s'il vous plaît!*«

An jenem Nachmittag enthielten die Eimer nichts weiter, außer den letzten Schuttresten. Jon und Shannon hatten sich nun am westlichen Rand des Sarkophags getroffen, da sie an den übrigen Seiten bereits bis zum Grundgestein durchgedrungen waren. Jon rief im Ausgrabungsjargon hinaus: »Die Säuberung der Höhle ist vollzogen!«

»Sind Sie sich da sicher, Jonathan? Nichts mehr?«

»Sei mal gnädig, Papa!« rief Shannon zurück. »War die Höhle denn nicht schon ergiebig genug?«

Sie hörten ein Lachen. »Nun, ich schätze, das war sie. Kommt jetzt heraus. Es ist sowieso fast an der Zeit, Schluß zu machen.«

Shannon kroch aus der Sarkophaggrube und durch die Öffnung hinaus. Jon schob seine Kelle ein letztes Mal in den Boden der Grube – eine Geste der Abschiednahme – und folgte ihr.

Jon behauptete später, daß seine verflixte, teutonische Gründlichkeit dafür verantwortlich gewesen war. Er ließ noch einmal seinen Blick schweifen und entsann sich, daß seine Kelle, wenn er auf Grundgestein gestoßen war, ein wenig anders geklungen hatte als beim letzten Stoß. Andererseits sah er wahrscheinlich nur Gespenster, sagte er sich selbst und kletterte weiter durch die Öffnung. Erneut hielt er inne. Es war hoffnungslos. Er mußte zurückkehren.

Er kam sich etwas lächerlich vor und hoffte, daß den anderen seine etwas zögerliche Haltung nicht aufgefallen war. Dennoch stieg er in die Sarkophaggrube und schob seine Kelle ein weiteres Mal an der gleichen Stelle in den Boden. Dieses Mal ertönte ein hohes Kreischen oder Quietschen. Vorsichtig fing er an, mit seiner Kelle um den besagten Bereich am Boden des Sarkophags in der Nähe des Kopfendes zu graben. Bald erblickte er ein kleines, auf der Seite liegendes Objekt aus Keramik. Nachdem er die obere Seite abgewischt hatte, erkannte er einen kleinen, rötlichen Krug, der nur unwesentlich länger als seine Hand war und etwa drei oder vier Finger breit. Wäre er ein Ausgrabungsanfänger gewesen, so hätte er es sofort herausgezogen. Er entsann sich aber, wie Jennings ihn und Shannon ermahnt hatte, als sie die Keramikgegenstände von dem Sarkophag entfernt hatten, bevor sie an ihrem ursprünglichen Platz hätten fotografiert werden können.

»Austin, Sie sollten alle lieber wieder zurückkommen«, rief er. »Sagen Sie aber zuerst Ibrahim, daß er Cromwell mit seiner Fotoausrüstung holen soll.«

Einige Augenblicke später scharten sich die Fünf um die Sarkophaggrube, die vom flackernden, blau-weißen Blitzlicht aus

Cromwells Kamera erleuchtet wurde. »Das sollte reichen, Dick«, sagte Jon. »Darf ich fortfahren?«

»Nur noch ein Bild«, antwortete er, die übliche Litanei aller Fotografen, überall und zu jeder Zeit.

Mit enormer Vorsicht hob Jon den Krug sanft aus seinem Bett. Anschließend demonstrierte er seine archäologische Reife, indem er Jennings das Artefakt übergab, es ignorierte und dann vorsichtig das weitere Material aus dem Loch hob, das er gerade freigelegt hatte. Doch auch zehn weitere Minuten der Ausgrabung in Kleinformat brachten nichts mehr ans Tageslicht. Vor der Höhle zuckte Jon zusammen, als er die zwei Narben sah, die seine Kelle in die Seite des Kruges gerissen hatte. Das hatte wohl auch das kreischende Geräusch erzeugt. »Das tut mir leid«, entschuldigte er sich. »Aber was halten Sie davon, Austin?«

»Ich weiß es nicht. Es ist offensichtlich eine Art von Krug, womöglich ein kleiner Flakon für Parfum oder Salben.«

»Schau mal hinein«, schlug Shannon vor. »Nimm den Stöpsel oder Deckel ab.«

Jennings studierte einige Augenblicke lang den Pfropfen, der den Krug verschloß. »Es ist Ton,« sagte er. »Ungebrannter Ton, wahrscheinlich als Siegel gedacht.«

Schweigen legte sich über die Gruppe. Schließlich meinte Jennings: »Natürlich werden wir ihn öffnen. Aber nicht hier.« Dann legte er seinen Arm um Jons Schultern und sagte: »Sie verschaffen uns immer so viele Hausaufgaben, daß wir kaum nachkommen, Jonathan. Das ist ein Zeichen für einen guten Professor!«

Ein weiterer Brief aus Vatikanstadt erwartete Jon, als er von der Ausgrabung heimkehrte. Sullivan machte Fortschritte auf der Liste von Jons Vorschlägen, aber eine Lösung hatte sich noch nicht abgezeichnet. »In London, selbst unter starkem UV-Licht, war in dem *Sinaiticus* am Schluß von Markus nichts mehr zu sehen«, hatte er geschrieben. »Der Heilige Vater gibt Deinem Vorschlag zur wissenschaftlichen Untersuchung seine volle Unterstützung. Fühl' Dich jederzeit frei, Deine Mannschaft zusammenzustellen.«

Jon legte den Brief beiseite, erstaunt darüber, daß etwas, was vor einigen Wochen in Rom noch als »weltbewegend« galt, nun überhaupt nicht mehr die gleiche Dringlichkeit besaß. Der Grund dafür hieß Rama!

In jener Nacht, kurz nach dem Abendessen, versammelten sich die fünf Eingeweihten um den Arbeitstisch im Hotel. Nachdem sie den Boden und die Seiten des Artefakts gewaschen und getrocknet hatten, legte Jennings es unter starkes Licht und inspizierte es mit einer großen Lupe. Währenddessen diktierte er Shannon den Bericht für die Ausgrabungstagebücher:

»An diesem Tag, Fläche 15, Registriernummer 027: ein rechteckiges Objekt – ein Krug oder kleiner Flakon mit Griff – 18 Zentimeter hoch, am breitesten Punkt 9,5 cm Durchmesser. Er verengt sich auf 7 Zentimeter an der Öffnung, was ihm eine verlängerte pyramidenhafte Form verleiht. Die Öffnung ist mit geformtem, ungebranntem Ton okkludiert, der die Funktion eines engen Siegels hat. Die Farbe ist rötlich-beige. Vor dem Brennen wurde keine Glasur oder Schlämmung aufgetragen.«

»Ich hoffe, daß Sie es skizzieren, Jonathan.«

»Muß ich das?«

»Sie haben es gefunden, Sie skizzieren es!«

Jon stöhnte auf und holte seinen Block heraus. Ein darunterliegendes Tabellengitter half ihm, die groben Maße zu zeichnen. Bald war seine Skizze fertig. Er reichte sie herum, damit ihn alle foppen konnten.

»Für jetzt reicht das, Jonathan«, meinte Jennings. »Geben Sie uns Zeit, wir werden schon noch einen richtigen Archäologen aus Ihnen machen!« Dann fuhr er mit seinem Diktat fort:

»Der Boden des Kruges ist flach, der gebrannte Ton ist von verhältnismäßig einheitlicher Konsistenz, mit Ausnahme ein paar weißer Flecken. Das ungebrannte Tonsiegel ist grau und

getrocknet, allerdings unberührt. Das Äußere weist keine Inschrift, Gestaltung oder Kunst auf. Das Objekt wurde gefunden - wo?«

»Unterhalb vom Kopfende des Sarkophags, am westlichen Rand der Grube«, antwortete Jon.

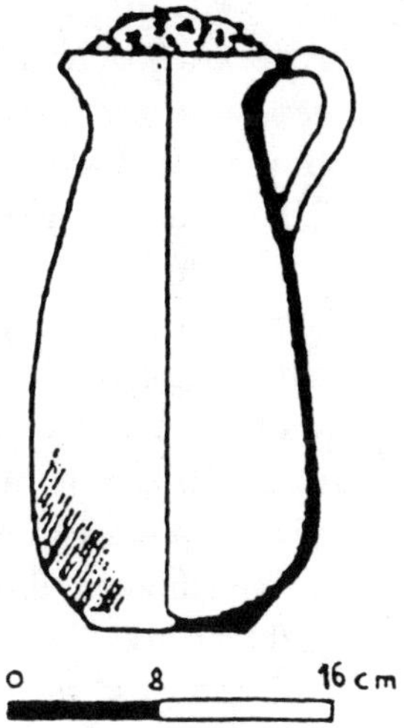

»Schreib das auf, Shannon. So, das reicht für die Tagebücher. Nun ist es an der Zeit für Ihre Aufnahmen, Dick.«

Cromwell fotografierte den Krug aus jedem Blickwinkel – besonders den Mund, da niemand auch nur für einen Augenblick daran zweifelte, daß der Pfropfen entfernt werden würde. Während er seine Filme entwickelte, wechselten sich die übrigen vier Personen damit ab, den Flakon oder Krug – was auch immer es war - mit Handschuhen zu mustern. Sie drehten ihn auf jede nur erdenkliche Art, um Hinweise auf seine Herkunft und Verwendung zu finden.

»Für mich sieht er eindeutig wie ein antiker Martinikrug aus«, schlug Jon vor, »obwohl ich stark bezweifle, daß wir im Inneren Eiswürfel finden werden!«

»Der Film ist fertig«, ertönte eine Stimme aus der Dunkelkammer.

Jennings nahm nun ein kleines Skalpell und schnitt mit höchster Präzision, fast wie ein Chirurg, die Ränder des Tonsiegels auf. Spröde, trocken und bröselig war der uralte Ton, der nur wenig Widerstand bot, als der Archäologe langsam den Pfropfen aus der Öffnung des Kruges zog und ihn in eine mit Watte gefüllte Schachtel legte. Dann hielt er den geöffneten Krug unter eine Hochleistungslampe und schielte hinein.

»Kaum zu glauben!« schrie er auf. »Ich sehe eine Rolle aus irgendeinem Stoff. Diese Lampe reicht nicht! Holen Sie mir eine kleine Taschenlampe, Clive. Obwohl, nein, machen Sie sich nicht die Mühe. Legen Sie statt dessen einfach etwas Watte auf den Arbeitstisch.«

Als es gemacht war, richtete Jennings die Öffnung nach unten, damit der Inhalt des Kruges auf die Watte fallen konnte. Das Material fing an, sich im Inneren zu bewegen, verfing sich dann aber im Hals des Kruges. Clive reichte ihm eine Pinzette.

»Ich brauche einen Zahnstocher!« brüllte Jennings, als wäre er ein Weltklasse-Hirnchirurg, dem eine Krankenschwester einen Bohrer statt eines Tupfer gereicht hat. Shannon eilte hinaus zum Eßzimmer und kam mit einer Handvoll Zahnstocher zurück. Jennings nahm sich einen davon, schob ihn mit peni-bler Genauigkeit unter das Material und zog leicht daran. Plötzlich rutschte es unversehrt auf die Watte hinaus.

Jon stand wie angewurzelt da. Shannon und Jennings schienen fast entrückt zu sein. Es blieb Clive überlassen, stellvertretend für die Gruppe, Worte zu finden. »Allmächtiger!« flüsterte er. »Es ist ein Papyrus! Es ist eine kleine Schriftrolle!«

Wieder breitete sich Schweigen im Raum aus, das erst von Cromwell gebrochen wurde, als er sagte: »Phantastisch! Rollt es auf, damit ich es fotografieren kann!«

»Wage es nicht, Dick!« warnte Jon. »Wir werden es wahrscheinlich erst befeuchten müssen, sonst bricht es auseinander. Nicht wahr, Austin?«

»Ja, ja, ja!« sagte Jennings, der seinen Kopf vom Tisch erhob. »Mehr können wir hier nicht tun. Morgen werden wir die Rolle zu Nikos Papadimitriou im Rockefeller Museum in Jerusalem bringen. Wenn irgend jemand auf dieser Erde die Rolle ausbreiten kann, ohne sie zu zerstören, dann ist diese Person Nikos!«

Kapitel 10

Nikolaos Papadimitriou wurde als Mitglied der griechisch-orthodoxen Gemeinde in Jerusalem geboren. Den Großteil seiner mittlerweile fünfundvierzig Lebensjahren hatte er unweit der glänzenden, gold-weißen Mauern des Archäologischen Museums von Palästina verlebt. Das Museum wurde gewöhnlich, im Andenken an seinen Gönner, »Das Rockefeller« tituliert. Als Teenager war er bei den Teams Lehrling gewesen, welche die Schriftrollen des Toten Meeres entdeckten. Nun, als Direktor des Museumslabors, war er die erste – und manchmal letzte – Instanz, wenn es darum ging, mit den empfindlichen Entdeckungen umzugehen, die bei den verschiedenen Ausgrabungen in Israel ans Tageslicht gebracht wurden. Jennings kannte ihn schon seit den Tagen, als er selbst an den Schriftrollen des Toten Meeres gearbeitet hatte, und sie waren seit jener Zeit in enger Freundschaft verbunden. Wenn man überhaupt einer Person ein Geheimnis anvertrauen konnte, dann war diese Person Nikos Papadimitriou.

Nachdem Jennings angekommen war, zog er sich zurück, um sich mit Nikos ernsthaft und leise zu unterhalten. Er übergab ihm den Schuhkarton mit dem in Watte eingehülltem Papyrus. Dann besprachen sie die Vorgehensweise, wie es aufgerollt werden sollte. Nikos musterte die Schriftrolle einige Zeit mit fachmännischem Auge und meinte dann: »Sie ist extrem spröde, sehr, sehr trocken, Austin. Ich werde sie Schritt für Schritt befeuchten. Ungefähr eine Woche sollte reichen. Kommen Sie, sagen wir, nächsten Mittwoch zum ›Aufrollen‹. Würde Ihnen das passen?«

»Zur gleichen Zeit? Vormittags?«

»Kalos.«

»In Ordnung. *Eph charisto, Nikos!*«

Es waren rastlose sieben Tage für das »Quintett«, wie Jon nun jene beschrieb, die von dem Papyrus wußten. Der Krug war versiegelt gewesen: Irgend jemand hatte vor langer Zeit die Absicht gehabt, daß die Rolle erhalten bleiben sollte. Obwohl sie alle hofften, daß sie beschriftet sein würde, hatte Jennings ihnen immer wieder ins Gedächtnis gerufen, daß weder das Äußere der Rolle mit Schriftzeichen versehen war, noch daß er mit seiner kleinen Taschenlampe im Inneren etwas hatte erkennen können.

Eine Woche später, während der Fahrt ins Rockefeller Museum, erinnerte Jon die anderen vier daran, daß es durchaus einen Grund dafür gäbe, sogar eine unbeschriftete Rolle zu versiegeln. »Josef von Arimathäa könnte einen ägyptischen Diener gehabt haben, der geglaubt hat, daß ein Modell ausreichen würde, um die Existenz im nächsten Leben zu sichern. König Tutenchamuns Grab enthielt viele solcher Modelle – Sklaven, Wagen, Schiffe, die ihm in der Ewigkeit dienlich sein sollten. Mit dem Wissen, daß Josef gelehrt war, könnte die Rolle sozusagen als eine Art Notizblock für das künftige Leben gedacht gewesen sein.«

»Das ist ein bißchen weit hergeholt«, wandte Clive ein. »Und zudem haben Sie den Krug außerhalb des Sarkophags gefunden!«

»Nun, gerade noch außerhalb, am Kopfende. Schauen Sie, Clive, natürlich hoffen wir alle, daß die Rolle beschriftet ist. Ich will uns nur darauf vorbereiten, falls wir eine Niete gezogen haben.«

»Hmmm«, bemerkte Jennings schließlich. »Bedenken Sie den Fall von Yigael Yadin in den Höhlen des Toten Meeres. Er entdeckte diese herrliche Schriftrolle aus der Zeit des Bar-Kochbas, aber als sie dann schließlich aufgerollt wurde, war sie vollkommen unbeschriftet! Die Rolle war Schreibpapier, das noch darauf wartete, gebraucht zu werden.

Aber da sind wir schon am Rockefeller. Benutzen wir lieber den Hintereingang zum Labor, da die Israelische Behörde für Altertumsforschung hier im südlichen Flügel einquartiert ist. Besser, wenn Gideon dich nicht sieht, Shannon!«

Der Landrover fuhr einen Abhang hoch am achteckigen Turm des Museums vorbei, der über das Kidrontal und den Ölberg ragte, und hielt quietschend auf dem hinteren Parkplatz an. Nikos Papadimitriou empfing sie an der Tür zum Laborbüro. Jon gefiel der feste Handschlag des Griechen. Nikos war einigermaßen groß, obgleich ihn der schlacksige Jennings immer noch um einiges überragte, hatte schwarzes, leicht graumeliertes Haar und einen Schnurrbart, der die freundlichen Züge des vertrauenerweckenden Gesichtes betonte.

»Ich bewundere Ihre Gelehrsamkeit, Professor Weber«, sagte er »und freue mich darauf, mir Ihr neustes Buch zu Gemüte zu führen.«

»Sie werden feststellen, daß Ihre Arbeit in mehreren entscheidenden Abschnitten zitiert wird, Dr. Papadimitriou«, sagte Jon. »Ich bin überaus erfreut, Sie kennenzulernen.«

»Kommen Sie, kommen Sie, setzen Sie sich hin, meine Freunde. Ich habe für alle Tee und Kuchen bestellt, ja? Ah, meine kleine Shannon, Sie werden von Mal zu Mal schöner. Kein Wunder, daß Gideon Ben-Yaakov so liebestoll ist.«

»Ich danke Ihnen, Nikos.« Sie lächelte liebenswürdig. »Wie erging es unserer Schriftrolle?«

»Die Rolle, aber natürlich. Seien Sie bitte so gut und schließen Sie die Tür. Fein.« Er senkte die Stimme. »Seit einer Woche nun ist die Rolle schon im Befeuchtungsgerät, und ich habe langsam die Luftfeuchtigkeit auf 85 % gesteigert. Das sollte genügen, um die, äh wie nennen Sie es? äh, die Flexibilität des Papyrus wieder herzustellen, so daß es nicht auseinanderbricht, ja? So, sie ist dort durch die Glastür zu sehen.«

Die Rolle war auf das Dreifache ihres ursprünglichen Durchmessers angewachsen. Sie hatte sich, im Verlauf der Befeuchtung, bereits etwas aufgerollt. Nikos öffnete nun die Tür, griff nach einer großen Pinzette, deren Spitzen mit Watte versehen waren, und holte die Rolle mit ruhiger Hand heraus. Dann legte er sie auf eine Matte aus weichem Gummi, die auf seinem Arbeitstisch lag. Währenddessen war Cromwell eifrig dabei, zu fotografieren. Ständig wechselte er Objektive, Kameras und seine Körperhaltung, um die Rolle aus allen Perspektiven darzustellen. Er machte ebenfalls Aufnahmen der gesamten Gruppe. Er spürte eben, daß sie entweder dabei waren, in die Archäologiegeschichte einzugehen oder Bilder für die Ausgrabungsfotoalben zu machen mit der Unterschrift: »Das geheime Quintett bei der Entdeckung von Josef von Arimathäas Klopapier.«

Mit penibler Genauigkeit nahm Nikos nun einen Gummispachtel und begann langsam, die Rolle aufzurollen. Mehrere Papyrusteilchen blätterten an den Ecken ab, wobei der zentrale Teil jedoch glücklicherweise intakt blieb. Außer dem Klicken von Cromwells Kamera war kein Ton mehr zu vernehmen. Mit mikroskopisch feinen Bewegungen rollte Nikos noch weiter auf. »Bislang nichts«, sagte er mit leiser Stimme.

Es herrschte Totenstille. Nun beugte er sich ganz nah über die Rolle, um in die geöffneten Enden zu spähen. *»O Thee mou!«* brüllte er. »Ich sehe Schriftzeichen! Ich sehe, wo sie anfangen!«

Hurrageschrei schallte durch den Raum. »Hervorragend!« schrie Clive. »Einfach famos!« Jennings warf seinen orangefarbenen Hut in die Luft, während Jon Shannon um die Taille packte und sie fest an sich preßte, während sie vor Freude aufschrie. Er ließ auch nicht die Gelegenheit ungenutzt, einen warmen Kuß auf ihrer Wange zu plazieren.

Laut klopfte es an der Tür, die fast gleichzeitig aufflog. Gideon Ben-Yaakov blickte zuerst schockiert und dann erfreut, als er das Labor betrat. »Was geht hier vor, meine Freunde? Eine Party? Wir können euch im ganzen Museum hören! Shannawn! Warum hast du mir nicht erzählt, daß du nach Jerusalem kommst?«

»Ich wollte gerade bei dir vorbeischauen, mein Lieber.«

Während Gideon sich Shannon näherte, um sie in den Arm zu nehmen, kehrte er Jon kurz den Rücken zu, der die Gelegenheit ergriff, den Deckel einer großen Amphore, die von Nikos noch untersucht werden sollte, zu schnappen, und ihn direkt über den Papyrus zu legen.

»Also, was feiert ihr?« fragte Gideon, als er sich umdrehte.

Die Anwesenden blieben stumm.

Es blieb an Jon hängen. »Nun, soviel zum Feiern gibt es nicht«, sagte er stockend. »Mein ... mein Verleger hat mich gerade angerufen und mir erzählt, daß 100 000 Exemplare meines neuen Buches verkauft worden sind.«

»Nun, das ist doch wirklich ein Grund zum Feiern! Ich gratuliere, Jonathan! Aber warum sind Sie alle hier und nicht bei der Ausgrabung in Rama?«

»Cromwell macht hier Aufnahmen von Laborvorgängen, um sie unseren Studenten bei der Ausgrabung zu zeigen«, flunkerte Jon. »Einige Museumsstücke ebenfalls.«

»Dann müssen Sie diesen ... was ist es eigentlich? ... Amphorendeckel ebenfalls fotografieren«, antwortete Gideon. »Wo hat man ihn gefunden, Nikos?«

»Cäsaräa.«

»Ach ja, Holums Ausgrabung.« Dann hob er zum Entsetzen aller Anwesenden den Deckel an. »Du lieber Zeit, der wiegt bestimmt sechs oder sieben Kilo.« Er legte ihn wieder hin und sagte: »Ich muß wieder los, meine Freunde. Mittagessen, Shannon?«

»Fein, Gideon. In ungefähr einer Stunde?«

»Gut. Komm einfach zu mir ins Büro.«

Nikos folgte ihm zur Tür und verriegelte sie dieses Mal.

»Verdammt!« sagte Jon, als er den Deckel aufhob. »Er hat das Ende der Rolle getroffen und dabei noch ein Stück Papyrus abgerissen. Es ist aber kaum Schaden entstanden.«

Nikos nahm die sanfte Prozedur des Aufrollens wieder auf. Er unterbrach zwischendurch, damit der Papyrus sich an die dramatisch neuen Umstände gewöhnen konnte. Acht Zeilen wurden sichtbar. Dann zwölf.

Jon schielte auf die Schrift. »Wir haben eine quadratische, aramäische Schrift hier«, sagte er. »Eine sehr kleine, aber genaue Handschrift. Sieht herodianisch aus, vielleicht auch kurz davor oder danach, aber ungefähr aus dem ersten Jahrhundert

v. oder n. Chr. Dies sind natürlich nur die ersten Eindrücke.«

Nikos griff nun nach einem seltsam aussehenden Gerät, das große Ähnlichkeiten mit einem großen ›C‹ hatte und an den Seiten mit filzbedeckten Schlaufen versehen war. »Das ist ein Schriftrollenhalter, den ich für kleinere Rollen wie diese entwickelt habe«, erklärte er. Mit unglaublicher, fast liebevoller Vorsicht, befestigte er die halb geöffnete Rolle an der Halterung und öffnete allmählich das letzte Viertel der Rolle, die über einer Schlaufe gespannt war. Nun konnten sie den gesamten Text sehen, ohne daß sie warten mußten, bis die Rolle völlige ausgebreitet werden konnte, da dies zusätzliche Stunden in Anspruch genommen hätte. Nikos Vorsicht zum Trotz, hatten sich dennoch mehrere Risse gebildet.

»Schaut!« sagte Jennings. »Ein winziger Wurm muß ebenfalls im Krug versiegelt gewesen sein. Er hat sich nämlich ein paar Wurmgänge hier und dort in die Rolle gefressen.« Er deutete auf die Spuren. »Aber dieser Wurm war eindeutig sehr intelligent, lassen Sie mich das sagen: er hat nur zwischen den Tintenzeilen vom Papyrus gespeist!«

»Würmer mögen wahrscheinlich den Geschmack von Tinte nicht«, riet Shannon.

»Du liebe Zeit! Der Text scheint völlig intakt zu sein!« sagte Jon, während sein Blick die Zeilen überflog. Dann erregte etwas seine Aufmerksamkeit. »Dort – dort unten. Sehen Sie es nicht?« Er zeigte mit seinem Finger auf eine Stelle.

»Sieht aus wie eine andere Handschrift, nicht wahr?« sagte Jennings.

»Alles ist anders! Die Handschrift, die Tinte, breitere Ränder. Eine . . . eine Art Randbemerkung? Ein Kodizill?«

»Nun, was bedeutet der Text, meine Herren?« fragte Shannon. »Vielleicht werden Sie dann mehr darüber wissen, was die Randbemerkung soll. Oder ist das zu einfach?«

»Sie können ja genug Aramäisch, Austin.« Jon lächelte. »Sie sind nun an der Reihe.«

»Ich kann es nicht annähernd so gut wie Sie. Fangen Sie endlich an, den Wisch zu übersetzen, Jonathan, damit sich Ihre Anwesenheit bei dieser Ausgrabung *endlich* bezahlt macht. Seien Sie so gut.«

»Ich werde es mal versuchen.«

Jon nahm sich eine Lupe und studierte den Text einige Augenblicke lang, um sich mit der Handschrift vertraut zu machen. Er nickte von Zeit zu Zeit, murmelte und flüsterte einige Konsonanten. Plötzlich fing er an, zu lachen, und schüttelte verwundert den Kopf .

»Was ist, Jon?« verlangte Shannon. »Die Spannung ist ja unerträglich.«

»Sie werden es nicht glauben, meine Freunde!« sagte er , fast vor Freude jauchzend. »Es scheint sich, um einen Brief zu handeln, einen Brief von ›Josef, Sohn des Asher‹ an ›Nikodemus, Sohn des Simeon‹. Hier, hören Sie sich die erste Zeile an. *›Yosef Bar-Asher le-Naqdeymon Bar-Shimeon shalom!‹*«

»Ist das wahr, Jon?« fragte Jennings. Dann setzte er seine Lesebrille auf und prüfte selbst nach. »Tatsächlich!« flüsterte er ehrfürchtig. »Wie ... wie herrlich! Bitte, lieber Gott! Laß es den Nikodemus der Evangelien sein!«

»Er war der zweite Mann, der mit der Beerdigung Jesu zu tun hatte.« Brampton mußte Cromwell daran erinnern, da dieser nicht unbedingt für seine besonderen Bibelkenntnisse bekannt war.

»Lesen Sie weiter«, flehte Jennings. »Lesen Sie endlich weiter!«

»Ich hoffe, ... daß Du bei guter Gesundheit bist, lieber Freund. Nie habe ich ... oder ... es tat mir nie leid, ... Jerusalem verlassen zu haben, als Du ... oder ... trotz der Tatsache, daß Du ... wolltest, daß ich bleibe.« Jon warf seine Hände in die Höhe und sagte: »Es ist ziemlich schwierig, unter diesen Umständen so eine Galavorstellung hinzulegen. Ich könnte es viel besser mit einem Blatt Papier und einem Stift.«

»Wir müssen sowieso eine Mittagspause einlegen«, sagte Jennings. »Wollen Sie sich uns anschließen, Nikos?«

»Mit dem größten Vergnügen.«

Sie kehrten ohne Shannon vom Mittagessen zurück, da diese die Aufgabe bekommen hatte, Gideon Ben-Yaakov abzulenken. Nikos entriegelte die Tür zu seinem Labor und stöhnte auf. Der Papyrus und das Befestigungsgerät waren verschwunden! An dessen Stelle lag nun der Deckel der großen Amphore auf dem Arbeitstisch.

»Oh . . . in Gottes Namen!« schrie Jennings. »Das kann nicht wahr sein.« Er wandte sich hilfesuchend zu Cromwell um und fragte: »Haben Sie Aufnahmen von dem Text gemacht?«

»Nur ein paar Zeilen über Jons Schulter.«

Nikos stürzte aus seinem Büro und kehrte schließlich mit einem jüngeren Assistenten zurück, der etwas verlegen zugab, den Papyrushalter auf einen anderen Tisch am Ende des Labors gestellt zu haben, um vom Deckel der Amphore Proben abkratzen zu können. Mindestens genauso verlegen schauend holte Nikos den Papyrus schnell wieder her. »Schon in Ordnung, Vasilios«, sagte er. »Sie können auch später noch Ihre Tonanalyse zu Ende bringen.«

»Kein weiteres Risiko mehr!« sagte Jennings, der auf einer Woge der Erleichterung schwebte. »Dick, machen Sie sofort Aufnahmen von dem Text. Die offiziellen Aufnahmen können Sie dann später machen, wenn der Papyrus flach liegt.«

»Ja«, stimmte Jon zu, dessen Herz langsam wieder anfing, in normalem Rhythmus zu schlagen. »Machen Sie wie verrückt Aufnahmen des Textes!«

»Nichts leichter als das«, sagte Cromwell. »Die Tinte hier ist wesentlich dunkler als die des *titu-*« Ihm fiel gerade noch rechtzeitig ein, daß Papadimitriou anwesend war und nicht zum Quintett der Eingeweihten gehörte. Er legte einen hochempfindlichen Film in eine seiner Kameras mit einem Makro-Objektiv ein und fotografierte den Papyrus aus vier verschiedenen Blickwinkeln von oben, um die Wölbungen der Schriftrolle zu kompensieren. »In Ordnung«, sagte er schließlich. »Ich habe genug Material. Nun sind Sie dran, Jon.«

Jon setzte sich an den Tisch, musterte fachmännisch die aramäischen Schriftzeichen und fing an, auf einen gelben DIN A4 Block seine Übersetzung niederzuschreiben. Cromwell versuchte, Jons Schrift zu entziffern, aber Brampton hielt ihn flüsternd zurück: »Lenk ihn lieber nicht ab, Dick. Es ist schon schwer genug zu pinkeln, wenn jemand zuschaut. Fürs Übersetzen trifft das noch mehr zu.«

Jon legte seinen Stift hin und lachte. Dann wandte er sich wieder dem Text zu und schrieb ihn Zeile für Zeile, Satz für Satz ab. Immer wieder mußte er Worte neu bearbeiten oder ganz ausstreichen. In der Zwischenzeit lud Brampton Cromwell auf eine Tasse Kaffee ein, Nikos ging ins Museum und nur Jennings teilte diese schweigsame Wache, während er von einem Ende des Labors zum anderen schritt und seine Aufregung zu verbergen versuchte.

Jennings blickte von Zeit zu Zeit zu Jon hinüber. Ihm fiel eine langsame Veränderung in dessen Miene auf. Jon hatte mit einem intensiven und interessierten Blick angefangen, bald jedoch hatten sich auf seiner Stirn Falten gebildet und seine Miene hatte sich verdunkelt. Danach kniff er die Augen zusammen, und seine Atmung hörte sich schwer an. Er schrieb furioser, und seine Streichungen vollzog er mit der Schnelligkeit eines Degenfechters. Dann legte er den Text weg und starrte mit entsetztem Blick auf den Papyrus.

»Was ist los, Jon?« fragte Jennings. »Ist etwas nicht in Ordnung?«

Jon sagte keinen Ton. Er starrte geistesabwesend über den Papyrus hinweg eine Reihe von Büchern an, die an der Wand standen.

»Was haben Sie, Jon?« wiederholte Jennings seine Frage. »Sind Sie in Ordnung?«

»Ja«, sagte er schließlich. »Holen Sie Nikos und fragen Sie ihn, ob er Koehler-Baumgartners Aramäisch-Englisches Wörterbuch hat.«

Er hatte verschiedene Stellen in seiner Übersetzung offengelassen, wo er auf Worte oder Sätze getroffen war, die ihm nicht geläufig waren. Mehrere davon waren Schlüsselwörter, welche womöglich den gesamten Sinn des Dokuments ändern könnten. Er war dankbar, daß Jennings bislang keine Übersetzung verlangt hatte. Dieser kehrte nun mit dem Wörterbuch in der Hand zurück.

Jon blätterte hastig und füllte manche Leerstellen in seiner Übersetzung. Dann kehrte er zum Text zurück. Jennings schritt nun schneller von einem Ende des Labors und wieder zurück. Er kam sich vor wie ein Affe im Affenhaus des Londoner Zoos – ein ziemlich dummer Vergleich, dachte er, aber nur mit solchem Humor war diese vulkanartige Spannung in Schach zu halten, die in ihm brodelte. Er brauchte seine gesamte Selbstbeherrschung, um nicht zu dem gelben Block zu rennen und die Übersetzung selbst zu lesen.

Doch nichts hielt ihn davon ab, weiter in Jons Gesicht zu lesen, dessen Miene immer beängstigender wurde. Aus dem Gesicht des jüngeren Mannes war mittlerweile sämtliche Farbe gewichen, auf seiner Stirn standen Schweißperlen. Seine Hände zitterten leicht, als er ein weiteres Blatt nahm und sein Schreiben fortsetzte. Er schlug Worte nach, strich manche Stellen und überschrieb sie neu.

Schließlich war es Jennings dann doch nicht mehr möglich, den Zustand noch länger zu ertragen: »Was zum Teufel ist los, Jon? Was steht in dem Dokument? Sie sehen aus wie Faust beim Zusammentreffen mit Mephisto!«

»Und Sie rennen rum wie ein eingesperrter Tiger! Können Sie mich nicht eine Weile allein lassen?«

»In Ordnung.«

Sofort schüttelte Jon den Kopf, und ein mattes, trostloses Lächeln breitete sich auf seinem Gesicht aus. Müde rieb er sich die Augen. »Es tut mir leid, Austin«, sagte er. »Verzeihen Sie mir?«

»Natürlich, Jonathan. Natürlich.« Jennings tätschelte ihm die Schulter und verließ das Labor.

Eine Stunde später kam Jon endlich heraus, den Notizblock und das Wörterbuch fest an sich gepreßt. Er hatte sich zwar wieder gefaßt, war aber noch genauso bleich. »Nikos«, fragte er: »Dürfte ich vielleicht für einige Zeit das Wörterbuch ausleihen?«

»Das ist nicht nötig«, warf Jennings ein. »Wir haben eins in Ramallah.«

Jon wandte sich zu Cromwell um. »Haben Sie genug Aufnahmen gemacht, Dick?«

»Ungefähr dreimal so viel, wie wir benötigen.«

»Könnten Sie mir bitte bis heute Abend mehrere Abzüge der schärfsten Negative auf Hochkontrastpapier geben?«

»Kein Problem.«

»Fein. Laßt uns dann nach Ramallah zurückkehren«, schlug Jon vor. »Nikos, Sie haben hier sicher einen Tresor mit Luftfeuchtigkeitsregler oder?«

»Natürlich. Sobald der Papyrus fertig ist, möchte ich ihn unter Glas stellen und im Tresor aufbewahren. Sind Sie damit einverstanden?«

»Exzellent«, sagte Jennings.

»Und danke für Ihre ... strategische Hilfe, mein Freund«, fügte Jon hinzu. »Ich werde bald in der Lage sein, Ihnen – Ihnen allen - die Übersetzung zu liefern«, sagte er seltsam abwesend. »Dieses Dokument ist viel zu wichtig, als daß man Fehler zulassen könnte ... auch nicht in seiner *vorläufigen* Fassung. Das werden Sie bald verstehen.« Er sprach stockend, und seine Stimme zitterte. »Sehr bald.«

Während sie zum Landrover hinausgingen, nahm Jon Jennings zur Seite und sagte: »Es ist Ihre Ausgrabung, Austin. Also haben Sie auch das Recht zu erfahren, was ich bisher habe. Ich habe die erste Fassung mit all ihren Korrekturen vernichtet und sie neu geschrieben. Hier, ich hoffe, daß Sie meine Schrift lesen können.« Er gab Jennings den Block. »Die Lücken sind Worte oder Sätze, die ich noch nicht entziffern konnte.«

Jennings ging zum Rand des Parkplatzes und setzte sich in

den Schatten eines Pinienbaumes und begann mit der Lektüre. Jon konnte beobachten, wie Jennings Hände sich langsam verkrampften, seine Augen wurden starr, glasig, während er sich noch tiefer über den Notizblock beugte. Ein Muskel in seiner Wange zuckte, seine Lippen waren aufeinander gepreßt. Seine Gesichtszüge spiegelten den Inhalt der Sätze wider, die er mit steigender Intensität immer und immer wieder las. Nachdem er fertig war, sackte sein Kopf auf seinen Brustkorb, und er blieb – so kam es zumindest den Anwesenden vor – für eine halbe Ewigkeit völlig regungslos dort sitzen.

Schließlich hob er den Kopf und rief: »Jonathan.«

Jonathan ging zu ihm hinüber.

»Wieviel ... wieviel Uhr war es, als Ihnen die Bedeutung dieses Briefes klar wurde?«

»Es war vor ungefähr anderthalb Stunden. Warum fragen Sie?«

»Merken Sie sich diese Zeit gut: In diesem Augenblick fing unsere Welt an, sich zu verändern.«

Unter normalen Umständen hätten Brampton und Cromwell wahrscheinlich darauf bestanden, zumindest den Sinn dessen, was Jon übersetzt hatte, zu erfahren. Aber sowohl er, als auch Jennings schienen so aufgewühlt zu sein, daß auf der Fahrt zurück nach Ramallah vollkommene Stille herrschte. Diese wurde auch erst gebrochen, als sie wieder im Hotel ankamen und Jon versprach, die Übersetzung am nächsten Tag vorzutragen.

Eine Stunde nach dem Essen lieferte Dick Cromwell mehrere haarscharfe Abzüge in Jons Zimmer ab. Das Hochkontrastpapier erleichterte die Aufgabe, den ursprünglichen Text zu lesen. Jon arbeitete in dieser Nacht bis 2.30 Uhr. Mehrere Schlüsselsätze vermochte er nicht zu begreifen, genauso wie ein halbes Dutzend wichtiger Verben.

Schlaf erwies sich als unmöglich. Um 4.00 Uhr überraschte er die Hotelvermittlung mit der Bitte, einen Anruf nach Übersee, Massachusetts, zu schalten. Er wußte, daß sein Kollege

Frank Moore Cross Jr. sicher um 21.00 Uhr Ortszeit noch wach sein würde. Professor Cross war der einzige Mann in Amerika, der noch besser Aramäisch konnte, als er selbst, gab Jon bereitwillig zu. Der Anruf wurde überraschend schnell geschaltet.

»Frank?« rief Jon in den Hörer hinein. »Hier ist Jon Weber in Israel.«

»Grüß dich, Jon! Du mußt nicht schreien: Die Verbindung ist gut. Weshalb bist du da drüben schon so früh auf?«

»Ich prüfe gerade ein außergewöhnliches Dokument, Frank. Ich werde es dir später erklären. Jetzt brauche ich deine Hilfe mit dem Aramäischen. Hier haben wir nicht das Hebräisch-Aramäisch Lexikon von Markus Jastrow, also kannst du mir vielleicht mit mehreren Vokabeln helfen?«

»Ist doch klar.«

Jon listete die Wörter und Sätze auf, die ihm noch Schwierigkeiten bereiteten und buchstabierte dabei das Aramäische. Cross, das sprachwissenschaftliche Genie, konnte mehrere von Jons Fragen auf der Stelle beantworten. Er versprach, ihm die Restlichen telefonisch durchzugeben, nachdem er sie nachgeschlagen hatte.

Am nächsten Tag verschanzte sich das Quintett in Jennings Büro. Jon, der tiefe Augenringe hatte, bat sie um Verzeihung, daß er die Übersetzung nicht wie versprochen vorlesen würde. Er erzählte ihnen von seinem Gespräch mit Cross. »Sehen Sie, wir haben es hier mit einem ländlichen Dialekt zu tun. Obwohl die Randbemerkungen, die sich als die Antwort von Nikodemus herausgestellt haben, eher aussehen, als wären sie normales, judäisches Aramäisch.«

»Können Sie wenigstens bestätigen, daß es sich dabei um den gleichen Nikodemus handelt, der im Neuen Testament erwähnt wird?« fragte Brampton.

Jon wandte sich zu Jennings um, der ihm zunickte. Dann bekräftigte er: »Es handelt sich um den gleichen Nikodemus.«

Brampton antwortete mit einem leisen Pfeifen.

»Nun, Professor Jennings wird heute im Hotel bleiben, um auf den Anruf von Cross zu warten. Ich werde in der Zwischenzeit nach Jerusalem fahren, um mich mit Claude Montaigne von der Ecole Biblique zu beraten. Ich hoffe, daß er mir hinsichtlich des Dialekts weiterhelfen kann.«

»Wann wollen Sie uns endlich einweihen, Jon?« verlangte Shannon mit ausgesprochen scharfer Stimme.

»Heute abend. Ich verspreche es. Ehrlich. Direkt nach dem Abendessen, in Ordnung?«

»Ist das fair, Papa?«

»Ja, meine Liebe. Es ist fair.«

»Shannon«, fragte Jon, »als Sie gestern mit Gideon zu Mittag gegessen haben, hat er sich zu der Szene im Labor geäußert?«

»Nein. Er weiß von nichts.«

»Gut. Sorgen Sie aber dafür, daß es auch so bleibt, egal wie sehr Sie ihn lieben.«

»Wer hat denn behauptet ... ach, vergessen Sie es. In Ordnung.«

Um 15.00 Uhr hatte Jon einen Termin mit Pater Claude Montaigne von der École Biblique et Archéologique Française, die sich unweit der nördlichen Mauern der Altstadt befand. Der gelehrte Dominikaner war weltweit bekannt als Nestor der Aramäischen Sprachwissenschaften, und die Bibliothek und Archive der École galten als die besten im Nahen Osten.

Montaigne wartete innerhalb der Mauern des Instituts – in Jerusalem ist alles von Mauern umsäumt, stellte Jon bei dieser Gelegenheit fest. Der gefeierte Gelehrte war etwas klein geraten, was seinen gigantischen Ruf aber keinesfalls schmälern konnte. Alles an dem Mann war silbrig – sein Haar, sein kurzgeschorener Bart, sein Habit, sogar seine Brille mit Metallgestell.

»Bonjour, Monsieur Weber«, sagte er, und streckte ihm seine Hand entgegen. »Monsieur Kevin Sullivan hat mir aus Rom geschrieben. Er meinte, daß Sie mich aufsuchen würden und daß ich Ihnen in *jeglicher* Hinsicht entgegenkommen sollte!«

»*Bonjour, mon Professeur ... notre Professeur,* da Sie uns alle gelehrt haben.« Jon ignorierte fröhlich die französische Eitelkeit, die bei einem persönlichen Gespräch, anstatt irgendwelcher Titel, die Anrede *Monsieur* vorschrieb, wahrscheinlich ein Überbleibsel aus der Französischen Revolution.

»Aber nun belehren Sie mich mit ihrem *Vie de Jésus.* Ich entdecke zahlreiche gute Einsichten in Ihrem Buch.«

»*Merci, Père Montaigne.* Aber die Fußnoten im Buch zeigen deutlich, wie sehr ich mich Ihrer Gelehrsamkeit verpflichtet fühle.«

»*De rien.* Das ist doch nichts.«

»Da irren Sie sich aber gewaltig. Aber ich komme in einer dringenden Angelegenheit. Ich bitte Sie eindringlich darum, diese Angelegenheit noch vertraulich zu behandeln.«

»Aber natürlich. Worum geht es?«

Damit Montaigne objektiv arbeiten konnte, zeigte ihm Jon keine Aufnahmen des gesamten Dokuments. Statt dessen trug er ihm die problematischen Worte oder Phrasen im Zusammenhang der einzelnen Sätze vor, die er bereits vorher schon aufgeschrieben hatte.

Montaigne prüfte einige Augenblicke lang fachmännisch das Material, das ihm gegeben wurde. »Aha!« sagte er schließlich. »Es handelt sich hierbei um das Aramäisch der Bergbewohner. Wir haben in unseren Archiven ein altes Lexikon, das uns dabei behilflich sein könnte.« Er verließ sein Büro und kehrte einige Augenblicke später mit einem dicken Wälzer in der Hand wieder zurück. Dann machte er sich an die Arbeit. In Erinnerung daran, wie sehr auch er sich danach gesehnt hatte, zu übersetzen, ohne daß ihm jemand dabei über die Schulter schaute, entschuldigte sich Jon und machte sich auf eine Entdeckungsreise durch die Bibliothek der École Biblique.

Montaigne rief ihn eine Stunde später zu sich. Er hatte mindestens die Hälfte der »nicht übersetzbaren« Worte entziffert. Offensichtlich – so schien es Jon – war hier ein sprachwissenschaftlicher Wunderknabe am Werk, und mit so einem Gelehrten mußte man ehrlich sein.

»Père Montaigne«, sagte Jon. »Ich werde Ihnen nun fotografische Aufnahmen des gesamten Dokuments zeigen. Ich bitte Sie um zwei Gefallen: Erstens, seien Sie so gut, uns Ihre Übersetzung zur Verfügung zu stellen, damit wir sie mit unserer vergleichen können. Und zweitens, lassen Sie bitte niemanden das Dokument sehen oder von dessen Existenz erfahren, bis wir uns wieder beraten haben. Der Text selbst wird die Dringlichkeit dieser Bitten erklären.«

»*Certainement*«, antwortete Montaigne mit einem Ausdruck der Verwunderung.

Im gleichen Augenblick, als Jon sich verabschiedete, bemerkte er, wie Montaignes silberfarbene Brille sich schon dem Blatt zuneigte.

Gegen Abend, als Jon nach Ramallah zurückkehrte, berichtete ihm Jennings, daß Frank Moore Cross mit Vorschlägen für eine Übersetzung von manchen der besagten Wörter oder Satzteile angerufen hatte. »Er hat noch nicht alles herausgefunden, wird sich aber noch bei Ihnen melden.«

»In Ordnung«, sagte Jon, während er die Worte las, welche Jennings aufgeschrieben hatte. Mit den Ergänzungen von Montaigne und Cross dürfte sich die Übersetzung zum größten Teil vervollständigen. Nun konnte er eine genauere Fassung des Textes abtippen.

Shannon, Brampton und Cromwell saßen beim Abendessen neben Jon und Jennings. Jon entdeckte ein bedrohliches Funkeln in ihren Augen, das ihn aufforderte, sein Versprechen, die Übersetzung in dieser Nacht vorzulesen, auf jeden Fall einzuhalten. Nach dem letzten Gang – Datteln aus Jericho – wandte sich Jon ihnen zu und flehte sie an: »Noch eine Nacht? Bitte? Ich muß die neuen Informationen, die wir von Cross und Montaigne erhalten haben, erst noch koordinieren. Morgen, direkt nach dem Frühstück, ich schwöre es. In Ordnung?«

Ihre gezwungene Zustimmung war alles andere als begeistert.

»Fahren Sie morgen nicht mit dem Bus«, riet Jennings. »Bleiben Sie hier. Wir werden dann später mit dem Landrover zur Ausgrabung fahren.«

Jon saß an dem Schreibtisch in seinem Zimmer. Während seine Finger über die Tasten des Laptops flogen, zitterte er wegen der Verantwortung für das, was er dort tippte – Worte, die die Zukunft verändern würden. Dies waren Zeilen, die jedem einzelnen Buch über das Christentum seine Gültigkeit rauben würden – seinen Verkaufsschlager eingeschlossen. Das war aber auch nur die oberflächliche, vielleicht sogar nebensächliche Auswirkung. Viel schlimmer würde die Verschiebung der Werte sein, für deren Folgen er kaum Worte fand. Seismisch, elementar, gigantisch, epochal – keines dieser Adjektive schien ihm auszureichen. Nichts würde mehr so bleiben wie zuvor, wenn jene Botschaft erst einmal an die Öffentlichkeit gedrungen war.

Ein weiterer Schrei eines Schakals hallte durch die Nacht. War es das gleiche Tier? War das Tier ein Wahrzeichen Ramallahs? Oder der Hölle? Dieses Mal aber wurde der klagende Schrei von einem ganzen Chor wehklagenden Heulens beantwortet, das Klagen eines Hundelebens. Oder des Schicksals?

»Es ist ein Paradigma für die Zukunft«, murmelte Jon. Bewußt verwendete er eines der modischsten, theologischen Fachwörter des letzten Jahrhunderts.

Kapitel 11

»Wir werden unseren Spitznamen ändern müssen«, sagte Jon am nächsten Morgen im Arbeitszimmer. »›Das Quintett‹ ist zu harmlos. Etwas wie ›Die schicksalhaften Fünf‹ würde vielleicht besser passen – vielleicht aber auch nicht. Wenn Sie meine Übersetzung gehört haben, werden Sie wissen, warum. Ich weiß, daß es sich aufgeblasen und theatralisch anhört, aber dennoch ist es wahr: Dieses Dokument könnte die westliche Zivilisation auf den Kopf stellen. Teile der östlichen Zivilisation ebenfalls. Sie müssen mir Ihr Wort geben – unter Eid –, daß Sie nichts, aber auch nicht eine Silbe davon, preisgeben werden. Sind Sie damit einverstanden?«

Alle nickten energisch.

Jon, der nicht darauf aus war, Hände auf Bibeln zu sehen, fuhr fort: »Diese Übersetzung hat noch einige Lücken, wir sind uns aber nun sicher, was der Text zu bedeuten hat. Also ...« Jon hob das Manuskript und las vor:

»Josef, Sohn des Asher, an Nikodemus, Sohn des Shimeon, Friede sei mit Dir! Ich hoffe, daß Du bei Gesundheit bist, mein Freund. Ich habe es nicht bedauert, Jerusalem verlassen zu haben, auch wenn Du wolltest, daß ich bleibe. Arimathäa, die Stadt meiner Jugend, dient mir ebenfalls im Alter zu meinem Besten. Ich suche lediglich den Frieden Gottes, bevor ich vor sein Angesicht trete. Um diesen Frieden zu finden, schreibe ich Dir. Ein schmerzhafter Stein steckt in der Sandale meiner Seele, und ich muß ihn entfernen. Erinnerst Du Dich an den Rabbi Yeshua (Jesus), den wir vor siebenundzwanzig Jahren in der ...

Wir sind uns nicht sicher, was das nächste Wort bedeutet, aber es sieht aus wie ein aramäischer Hellenismus – *hegemonya* –

... in der (Hegemonie, Regierungszeit) von Pontius Pilatus in Jerusalem zu Grabe trugen? Nach dem Passafest in jener Nacht konnte ich nicht schlafen. Ich fürchtete, daß der edle Rabbi, ein Mann, dem großes Leid widerfahren ist, nicht die Ruhe finden sollte, die ihm, nach so viel Pein, zustünde. Mein Diener hatte in der Stadt Gerüchte gehört, daß die Priester wegen der Leiche eine Verschwörung geplant hätten. Ich befürchtete eine Verschandelung oder eine Verstümmelung. Später habe ich erfahren, daß sie das Grab nur versiegeln wollten. Oh, hätte ich es nur gewußt! Nur wenige Stunden vor Sonnenaufgang gingen ich und mein Diener Eleazar zur Grabstätte zurück. Wir entfernten die Leiche Jesu und schoben den Stein da-

nach wieder zurück an seinen Platz. Wir legten die Leiche auf einen Eselskarren, bedeckten sie mit Olivenholz und kehrten zu meinem Haus in Jerusalem zurück. Am Tag nach dem Shabbat (Sabbat), fuhren wir mit dem Karren nach Rama, wo wir ...

– Das nächste Wort kennen wir auch nicht, denken aber, daß es ›wieder beerdigt‹ bedeutet –

... wo wir den Rabbi erneut beerdigten, in einem Sarkophag, den ich für mich selbst bestellt, aber noch nicht nach Jerusalem gebracht hatte. Erst später erfuhr ich von den Aufregungen über das leere Grab. Vor meinem Herrn verstehe ich nicht, weshalb die Priester das Grab nicht untersucht haben, bevor sie es versiegelt und bewacht haben. Es war am ersten Tag der Woche nur deshalb leer, weil es auch am Tag zuvor schon leer gewesen war. Als ich nach Jerusalem zurückkehrte, fand ich Dich und die anderen Anhänger des Nazareners in einem solch entzückten Zustand ob jener angeblichen Auferstehung, daß ich die Wahrheit nicht ertränken konnte, aufgrund der ...

– Das nächste Wort kennen wir nicht –

... daß ich die Wahrheit nicht ertränken konnte, aufgrund der (Lücke), die Eure Trauer besiegt hatte. Verzeihe mir, teurer Freund. Meine Gesundheit ist schlecht, mein Augenlicht schwach. Bevor ich sterbe, muß ich Dich um Verzeihung ersuchen, daß ich die Wahrheit so viele Tage lang versteckt gehalten habe. Wenn Du diese Worte liest, bin ich womöglich schon tot. Wenn ja, werde ich nicht im Sarkophag beerdigt werden, der meinen Namen trägt, denn dort liegt Yeshua, sondern in einem anderen Grab. Möge der Herr Dir die Weisheit geben, diese Worte richtig zu verwenden oder sie zu zerstören. Gehe in Frieden. Lebe wohl, geliebter Freund.«

Totenstille herrschte in dem Raum. Alle blickten mit leeren – zum Teil tränenverschwommenen – Augen auf Jon, fast als hätte er das Dokument autorisiert, das nun Ostern aus den Kalendern der Welt reißen sollte. Fast abwehrend fügte er hinzu: »Und nun kommt die Antwort von Nikodemus, unter dem Brief.«

»Ich, Nikodemus, stehe hier, am Achten Elul (10. September),

bei der Beerdigung von Josef. Meine Worte vermögen es nicht, die große Trübsal meines Herzens und meiner Seele wiederzugeben. Josefs Gründe, die Wahrheit zurückzuhalten, sind ebenfalls meine Gründe. Ich beerdigte den Brief neben dem Sarkophag von Jesus. Die Wahrheit liegt nun in den Händen von El-Shaddai (dem Allmächtigen Gott). Wenn es sein Wille ist, dann wird die Wahrheit das Tageslicht erblicken. Wenn nicht, dann soll es Sein Wille sein, daß ›Der Weg‹ (Christentum) sich bewährt, weil es eine Lehre der Hoffnung ist. Amen.«

Jon legte das Manuskript auf den Tisch.

Shannon ließ den Kopf fallen und weinte bitter. Clive saß, als hätte man ihn an seinen Stuhl gekettet. Seine Augen waren starr und glasig, seine Haut fahl und gelblich. Jennings blieb so still wie eine lebende Leiche.

Dick Cromwell kämpfte um Logik und Zusammenhänge: »Sie ... Sie wollen sagen, daß die Knochen, die wir gefunden haben, nicht die des Josef von Arimathäa sind, sondern ... die Knochen Jesu?«

Langsam und sehr bedächtig nickte Jon: »Zumindest stellt der Brief diese Behauptung auf.«

»Oh, mein Gott! Jesus?«

Der Schock lastete einige Minuten lang schwer auf der in einem Kreis sitzenden Gruppe, bevor jemand ein Wort sagte. Jon beobachtete mit wissendem Mitleid, wie Shannon, Clive und Dick seine eigene Reaktion auf diese furchtbare Offenbarung wiederholten. Waren Sie denn Gläubige, die der Auferstehung Christi zustimmten? fragte er sich. Er zumindest war so erzogen, daran zu glauben. Wenn es auch für sie zutraf, war dies die erschütterndste Mitteilung, die sie je hätten erhalten können. Aber auch wenn sie Zweifel hatten oder ausgesprochene Skeptiker waren, Ostern gehörte so sehr zur westlichen Kultur, daß jetzt nichts mehr so wie früher sein konnte.

Jon brach nun das Schweigen: »Unter anderen Umständen würde dies zu den größten, archäologischen Entdeckungen gehören – nein, es wäre die größte. Aber wenn man einer Milliarde achthundert Millionen Christen gegenübersteht, die alle glauben, daß Jesus vom Tod auferstanden ist . . .«

Er konnte den Satz nicht beenden. Erneut legte sich das Schweigen endlose Augenblicke lang schwer auf die Gruppe.

»Mir ist gerade etwas eingefallen . . . etwas ziemlich Hirnverbranntes«, gab Cromwell zu.

»Sprechen Sie nur.«

»Erinnern Sie sich an diese Buttons, die im Frühling auf den Universitätsgeländen auftauchten? KEIN OSTERN IN DIESEM JAHR: SIE HABEN DIE LEICHE GEFUNDEN! Nun, wir . . . wir haben genau das getan!«

Im Raum herrschte wieder Totenstille.

Und wiederum war es Jon, der sie brach. »Nun wird der Prozeß der Echtheitserklärungen wahrhaftig heldenhaft! Wenn diese Sache öffentlich gemacht wird, wird die christliche Welt nach Untersuchungen jeglicher Art schreien! Deshalb müssen wir es geheim halten, bis alle Untersuchungen durchgeführt worden sind!«

Jennings schien plötzlich wieder zum Leben zurückzukehren. »Ach, es wird Dutzende von Tests geben, bis wir fertig sind! Dutzende! Aber fangen wir mit der internen Beweisführung an, Jonathan. Lesen Sie die komplette Übersetzung nochmals, und laßt uns alle nach . . . Schwachstellen suchen.«

Nachdem Jon den Text ein zweites Mal langsamer und bedächtiger vorgetragen hatte, hinterfragte Brampton einen chronologischen Hinweis des Textes.

»Sie haben behauptet, die Leiche Jesu ›siebenundzwanzig Jahre‹ davor beerdigt zu haben, richtig?«

»Richtig.«

»Nun, beziehen Sie diese Tatsache auf die Münze, die wir gefunden haben, und prüfen Sie, ob es da nicht vielleicht hakt.«

»Gut gedacht«, antwortete Jon. »Die allgemeine Ansicht der Gelehrten ist, daß Jesus zwischen 30 und 33 n. Chr. gekreuzigt wurde, ich aber habe immer für das Jahr 33 plädiert. Also, 27 Jahre danach wäre das Jahr 60 n. Chr. Damals wurde dieser

Brief geschrieben. Unsere Münze, wie Sie sich erinnern können, stammt aus den Jahren 58 oder 59, also paßt es alles.« Er zögerte, legte seine Fingerspitzen aneinander, und fügte lächelnd hinzu. »Aber das frühere Datum der Kreuzigung – 30 n. Chr. – paßt nicht, also kriegt 33 einen Punkt!«

»Echt toll, Jon«, bemerkte Shannon mit bissiger Stimme. »Machen Sie nur weiter, rühmen Sie sich mit Ihrer chronologischen Brillanz – auf Kosten der Leiche des Christentums.«

»Tut mir leid, Shannon. Ich . . . ich habe mich für einen Augenblick vergessen. Ich glaube, daß wir alle jetzt etwas objektiver bleiben müssen. Wir sollten keine voreiligen Schlüsse ziehen, egal wie einleuchtend sie auch aussehen mögen.«

»Genau!« stimmte Jennings zu. »Untersuchungen, Untersuchungen, und noch mehr Untersuchungen! Erst dann die Schlüsse.«

Claude Montaigne hatte angerufen. Jons Termin mit ihm wurde für den darauffolgenden Nachmittag vereinbart. Er begrüßte Jon in einem hoch erregten Zustand, seine gallische Stirn war in tiefe Falten gelegt. »*Voilà*, meine Übersetzung«, sagte er, und übergab sie Jon. »Ich habe aber viele Fragen, *mon ami.*«

Dann löcherte er Jon mit Fragen hinsichtlich der Ausgrabung und ihrer Entdeckung. Jon lieferte dazu eine volle Beschreibung. Als sie sich mit der Schriftenanalyse befaßten, bemerkte Montaigne: »Ja, es sieht *première siècle* – aus dem ersten Jahrhundert – aus, aber lassen Sie mich das Original sehen, *s'il vous plaît.*«

»Aber natürlich. Sollen wir zum Rockefeller gehen? Können Sie von hier weg?«

»*Certainement.*«

Das Museumslabor war zu Fuß zehn Minuten entfernt. Nikos Papadimitriou lächelte, als er Montaigne sah: »Ach, ich bin froh, daß Sie auch mit der Sache betraut sind, Père Claude.«

»*Kalimera,* Nikos!« sagte Montaigne, der als sechste Sprache auch Griechisch noch fließend beherrschte.

Als Jon ihn darum bat, öffnete Nikos schnell den Tresor und holte den Papyrus heraus, der nun sicher zwischen zwei Glasplatten eingebettet war. Dann verließ er das Zimmer. Jon richtete eine grelle Lampe auf den Text und gab Montaigne eine Lupe. Die schwarze Tinte der Buchstaben, wie auch die braunschwarze von Nikodemus' Antwort waren deutlich lesbar.

Der französische Gelehrte studierte das Dokument einige Zeit, bevor er irgend etwas sagte. Dann begannen er und Jon eine lebhafte Diskussion hinsichtlich der Problemworte und -satzteile. Dann verglichen sie die zwei Handschriften mit verschiedenen aramäischen Schriftarten aus unterschiedlichen Jahrhunderten. Montaigne hatte eine Tabelle mitgebracht, in der sie aufgelistet waren.

»Die Schriftarten des Dokuments haben eine verblüffende Ähnlichkeit mit unserem Muster aus dem ersten Jahrhundert, nicht wahr?« meinte Montaigne. »Haben Sie Frank Cross in Harvard eine Kopie zukommen lassen?«

»Wir werden ihm ein Fax schicken, sobald Cromwell, einer der Ausgrabungsmitarbeiter, den nun flachen Papyrus fotografiert hat. Er muß hier jeden Augenblick auftauchen.«

»Gut. Nun, beide Schriftarten scheinen aus der herodianischen oder römischen Epoche zu stammen, bis etwa zum Bar-Kochba-Aufstand.«

»Also sprechen wir über eine Zeit von ungefähr 40 v. Chr. bis 135 n. Chr., Père Montaigne?«

»*Oui.* Wahrscheinlich gibt es auf dieser Erde nur einen Mann, der diese Zeitspanne noch genauer definieren könnte ... und uns bessere Erklärungen geben könnte für die Stellen in meiner Übersetzung, die ich noch mit Fragezeichen versehen habe.«

»Wer ist das?«

»Alexandros, der ehemalige Schriftführer des Katharinenklosters auf dem Berg Sinai. Er hat sein Leben der aramäischen Sprache gewidmet, sogar den Dialekten.« Montaigne lächelte wehmütig und fügte hinzu: »Es widerstrebt mir, zuzugeben, daß er mehr Aramäisch kann als ich. Aber es ist wahr.«

»Ich würde, wenn möglich, gerne jede Silbe des Textes persönlich mit ihm durchgehen.« Jon klopfte mit den Fingern auf den Tisch, dann wandte er sich um und sagte: »Israel und Ägypten leben in Frieden miteinander. Könnte ich nicht von hier aus zum Katharinenkloster fahren?«

»*Oui*, es gibt zwei Routen. Einmal die Autobahn: kein Problem. Aber wenn Sie übers Land fahren, was kürzer ist, dann müssen Sie ... wie sagt man ... Kraft an jedem Rad haben?«

»Allradantrieb?«

Montaigne nickte: »Und Sie müssen im Auto Proviant mitnehmen. Ich wäre bereit, für Sie einen Termin zu vereinbaren. Alexandros hat uns auch schon in der Vergangenheit geholfen.«

»Ich wäre Ihnen sehr verbunden, Père Montaigne.«

»Weiß eigentlich Nikos, um was für ein Dokument es sich handelt? Oder angeblich handelt?«

»Nein, er hat uns nicht unter Druck gesetzt, wahrscheinlich aus beruflicher Höflichkeit. Ich habe ihm versprochen, es mit ihm zu besprechen, sobald wir uns unserer Übersetzung sicher sind.«

Montaigne schüttelte langsam den Kopf und sagte mit leiser Stimme: »Bislang habe ich diese Sache nur als Gelehrter betrachtet, *mon ami*. Ich habe nicht einmal angefangen, als Theologe darauf zu antworten. Oder als Christ.«

»Ich ebenfalls nicht, Père Montaigne, ich ebenfalls nicht!«

Sobald Jon weggefahren war, betrat Claude Montaigne erneut das Rockefeller und kehrte zu Papadimitrious Büro zurück. »Ach, Nikos«, sagte er mit vorgetäuschter Lässigkeit, »ich möchte mir gerne noch einmal eine Sache in dem Papyrus ansehen.«

»Bedienen Sie sich, Père Montaigne. Es liegt noch auf dem Labortisch. Wir warten auf den Fotografen aus Rama.«

Als er allein im Labor war, vollzog der kleine Dominikaner die riskanteste Tat seines sonst so behüteten und gelehrsamen Lebens. Mit zitternden Händen, aber auch mit penibler Vorsicht entfernte er die obere Glasplatte vom Papyrus, legte sie zur

Seite und schnitt mit einer Laborschere einen rhombusförmigen Schnipsel vom unteren Rand des Papyrus ab. Er legte das Stück in einen kleinen Umschlag, den er in seiner Jackentasche versteckte. Die ganze Zeit über blickte er verstohlen durch die Trennwand aus Glas zu Papadimitriou hinüber, der mit dem Rücken zu ihm stand. Da der untere Rand des Papyrus ohnehin abblätterte, würde es nicht auffallen, daß ein Teil entfernt worden war. Montaigne legte die Glasplatte wieder zurück, lächelte ob seines zwar kleinen, aber möglicherweise strategischen Erfolgs und verließ das Rockefeller.

Als Jon nach Ramallah zurückkehrte, brachte ihn Jennings in sein Zimmer und sagte: »Als Sie weg waren, kam Nottingham mit Dr. Itzhak Shomars Bericht hinsichtlich der Überreste aus Jerusalem zurück.« Da sie nun diese neue, katastrophale Identität festgestellt hatten, brachte er es nicht über sich, das Wort Knochen zu verwenden. »Shomar ist, wie Sie wissen, Pathologe im Rockefeller.«

»Hat Noel eine Ahnung davon, um was es sich handelt?«

»Nein. Er nimmt an, daß es die Überreste von Josef von Arimathäa sind.«

»Und Shomar?«

»Noel hat ihm nichts erzählt.«

»Gut! Das sollten wir auch so lange wie möglich dabei belassen.«

Jennings gab ihm Shomars Bericht, der fünfunddreißig Seiten dick war. Bevor er ihn öffnete, fragte er: »Wird das Problem darin angesprochen, Austin?«

»In der Tat.«

»Wie?«

»Lesen Sie es selbst, Jonathan.«

Der Bericht des Pathologen, egal wie unschuldig und unwissend, trug nun ein enormes Gewicht. Wenn der Papyrus authentisch war, dann gab es ein Teilchen in dem Puzzle, das überhaupt nicht mehr stimmte: Die Knochen paßten wunderbar zu Josef von Arimathäa – dessen Name schließlich auf dem

Sarkophag stand – aber nicht zu einem jungen Jesus, der bei seiner Kreuzigung höchstens 33 bis 36 Jahre alt gewesen war. Nottingham hatte für die Überreste ein Alter von 50 bis 60 Jahren ermittelt, also nahmen die Zahlen in dieser Situation eine kritische Bedeutung an.

Während Jennings das Zimmer verließ, um eine Flasche Sherry zu holen, las Jon den Bericht. Als Jennings zurückkam, war er gerade auf Seite fünf. »Bisher gibt es eigentlich kaum Abweichungen gegenüber Nottinghams vorläufigem Bericht«, bemerkte er.

»Lesen Sie weiter.«

»Hier sind einige interessante Punkte. ›Die Knochen weisen einen leichten Kalkmangel auf, allerdings nicht ernsthafter Natur.‹ Hmmm. ›Die Zähne haben keinerlei Löcher.‹«

Als er aber die zwölfte Seite erreichte, nahm er einen großen Schluck Sherry. »Hören Sie zu, Austin.«

»Die distalen Enden des linken und rechten Radius zeugen von einer Art Ausrillung oder Abschürfung, wie auch Teile des Metatarsals. Während dies unter Umständen auf einen Ernährungsmangel zurückzuführen wäre, ist die Ähnlichkeit dieses Mangels an allen vier Extremitäten sonderbar.«

»Abschürfungen an den Enden beider Handgelenke und der mittleren Fußknochen?« sagte Jon. »Wie etwa von *Nägeln?* Wie bei einer *Kreuzigung?*«

»Was sonst?« stöhnte Jennings auf.

Jon las weiter. Einige Seiten später zögerte er, schaute hoch und sagte: »Hören Sie sich das mal an.«

»Ebenfalls gibt es eine laterale Abschürfung an der Oberseite der siebten Rippe, linke Seite, deren Breite zwischen 2,5 bis 1,7 Zentimeter variiert. Der Auslöser dieser Abschürfung, unabhängig davon, ob sie natürlich oder künstlich verursacht wurde, kann in diesem Bericht nicht festgestellt werden. Wir müssen aber davon ausgehen, daß sie künstlich verursacht wurde, weil es, meiner Erfahrung nach, keine Vergleichsphänomene für den gegensätzlichen Beweis gibt.«

Jon schloß die Augen und zitierte aus dem Johannesevangelium: ›... *sondern einer der Soldaten stieß mit einem Speer in seine Seite, und sogleich kam Blut und Wasser heraus.*‹ Shomar hat gerade die perfekte Beschreibung für die Spuren geliefert, die eine Speerspitze hinterläßt!«

»Lesen Sie weiter, Jonathan. Sie werden noch weitere Pulverfässer finden, um das klassische Christentum in die Luft zu sprengen«, sagte Jennings. Ein verdrießlicher, jammervoller Ausdruck verdunkelte seine Gesichtszüge.

Einige Augenblicke später sagte Jon: »Nein, das war's eigentlich ... Nun mal abwarten, jetzt kommt die abschließende Zusammenfassung.« Zuerst las er still, nur für sich selbst, doch dann ging er dazu über, laut vorzulesen:

»Was das endgültige Alter dieser Knochen anbelangt, so wurden keine Untersuchung mit Kohlenstoff oder Fluor durchgeführt, da diese Entscheidung dem Verantwortungsbereich von Professor Jennings unterliegt. Dennoch, mit seiner Einwilligung, wurde ein kleiner Teil des linken Oberschenkelknochens einem Aminosäuren-Test unterzogen. Wenn man bei der Höhle in Rama von einer Temperaturgeschichte ausgeht, die vergleichbar ist mit anderen Höhlen, die in dieser Höhe und Breite in Israel zu finden sind, deutet die Analyse auf ein Knochenalter von ungefähr 1930 Jahren v. G. (vor Gegenwart). Der Unsicherheitsfaktor dieser Berechnung beträgt 15 %. Was das Todesalter der Person anbelangt, schlug ein vorläufiger Bericht vor, es zwischen 50 und 60 Jahren festzulegen. Diese Einschätzung muß reduziert werden, da die Abnutzungen der Zähne und Knochen wesentlich geringer sind, als zunächst angenommen wurde. Ebenfalls ist die extraphytische Akkretion – d.h. Sporne und Knöpfe von Kalkablagerungen – der Wirbelsäule, der Hüftgelenkpfanne und anderen Gelenken nicht so ausgeprägt, wie es sonst in jenem fortgeschrittenen Alter die Norm wäre. Eine eher zutreffende Festlegung auf das Todesalter wäre also 35 bis 45.«

Müde schloß Jon den Bericht und legte ihn auf den Tisch.

Erneut nahm er einen großen Schluck Sherry. Jennings füllte sein Glas wieder nach. »Also, da haben wir es«, seufzte Jon. »Das fehlende Glied paßt doch. Oder, lassen Sie mich es anders ausdrücken. Der letzte Nagel im Sarg des traditionellen Christentums sitzt fest an seinem Platz ... und die ›spirituelle Auferstehung‹ der liberalen Theologen ist schön bestätigt.«

»Ist aber 35 bis 45 nicht etwas zu alt für Jesus, Jonathan?«

»Na, na, Austin. Ich dachte, daß Sie mein Buch gelesen hätten. Das Kapitel über Chronologie stellt fest, daß Jesus, als er anfing zu predigen, zwischen 32½ und 33 Jahren alt war, und als er starb 36½.«

»Ach, stimmt ja.«

Beide blieben nun still und blickten leer auf den letzten, rötlichen Schimmer des Tageslichts, der langsam über den Hügeln verschwand. Jon wartete auf das Jaulen eines Schakals, aber der hiesige Hundesolist wollte an diesem Abend nicht zu seiner Aufführung erscheinen.

Plötzlich stand Jennings auf und fing an, im Zimmer hin und her zu schreiten. »Wissen Sie, Jonathan, die Sache wächst uns langsam über den Kopf. Ich frage mich, ob wir nicht lieber den Papyrus, den Krug, alle Aufnahmen samt Negativen vernichten sollten, um zu verhindern, daß wir so den Glauben von Millionen Menschen – vielleicht der Zivilisation selbst – töten. Lassen wir die Welt in dem Glauben, wir hätten Josef gefunden – reicht das denn nicht? Das Christentum würde überleben, und wir könnten immer noch ...«

»Ist das Ihr Ernst?«

»Ich ... also, ich ...«, Jennings zögerte, stockte, dann schlug er kraftvoll mit der Hand auf den Tisch, so daß die Sherryflasche fast umkippte. »Nein, ich schätze, daß es nicht mein Ernst ist. Schließlich, wie könnte ein Archäologe überhaupt etwas zerstören? Und doch zittere ich, Jonathan. Ich zittere.«

»Ich ebenfalls, Austin. Und auch wenn wir die Gegenstände vernichten wollten, könnten wir es jetzt kaum mehr schaffen: Shannon, Clive, Dick, Montaigne und Cross, alle wissen es oder werden es wissen. Nikos weiß es auch schon fast.«

»Ja, wissenschaftliche Objektivität und teilnahmslose Gelehrsamkeit werden ab jetzt vorherrschen müssen.« Jennings faßte sich scheinbar wieder. »Hier gibt es noch zu viel persönliche Anteilnahme – was natürlich auch an der Natur des Fundes liegt. Wir müssen aber unbedingt neutral bleiben.«

Jon nickte emphatisch: »Was wir gefunden haben, ist entweder authentisch oder die beste, teuflischst ausgedachte Fälschung aller Zeiten. Falls es für teuflisch überhaupt eine Steigerung gibt. Wir müssen feststellen, welche Möglichkeit zutrifft. Ich weiß, wir spüren es in unseren Knochen, daß alles echt ist – schließlich waren wir da, und wie könnte es jemand schaffen, egal wie abartig er ist, so viel vorzutäuschen? Doch jetzt konzentrieren wir uns auf die tatsächliche Bescheinigung der Echtheit.«

Ein arabischer Portier klopfte an die Tür und erzählte Jon, daß ein Anruf aus Rom für ihn im Hotel eingegangen sei. Jon eilte nach unten, in der Annahme, daß es Sullivan sei. Er war es. Jon entschuldigte sich, daß er auf dessen letzte Zeilen noch nicht geantwortet hatte und sagte: »Kevin, ich kann es jetzt nicht erklären, aber hier ist etwas wesentlich Wichtigeres aufgetaucht als der Schluß des Markus-Evangeliums. Ich muß dein Projekt einfach für die nächsten Wochen, vielleicht sogar Monate auf Eis legen. Kannst du bitte alles eine Weile ruhen lassen? Ich werde dir mehr sagen, sobald ich es kann.«

Sullivan hörte sich alles sehr überrascht und verblüfft an, stimmte schließlich aber zu. Nachdem er aufgelegt hatte, fiel Jon plötzlich ein, daß die gelöschte Zeile im Markusevangelium genau mit dem Inhalt des Papyrus übereinstimmte. In beiden Fällen war die Leiche Jesu entfernt worden. Zwei voneinander völlig unabhängige Beweisquellen stimmten überein.

War das nun der Anfang eines neuen Zeitalters? Sollte auf der Erde nun die Wende kommen? Zum Guten? Zum Schlechten?

Kapitel 12

Claude Montaignes Interpretation des Papyrus stimmte in fast allem mit Jons überein, so daß das Problem der Übersetzung fast aus der Welt geschafft war. Das der Authentizität jedoch nicht. Jon beriet sich mit Jennings hinsichtlich der Teststrategie.

»Der größte Fehler bei der Turiner Leichentuch-Affäre war, daß sie Jahre damit verbracht haben, alle nur denkbaren Untersuchungen durchzuführen, außer der Richtigen: Kohlenstoff-14.«

»Richtig«, stimmte Jennings zu. »Denken Sie nur an die ganzen Wälder, die sinnlos abgeholzt wurden, um das Papier für die unzähligen wertlosen Gutachten und Bücher zu liefern, die ›bewiesen‹, daß das Leichentuch echt war, bis es sich dann tatsächlich als eine Fälschung aus dem Mittelalter erwies, dank - schließlich – Ihrer Bemühungen und des Kohlenstoffes.«

»Nun, nicht nur meine Bemühungen«, sagte Jon. »Aber lassen Sie uns nicht den gleichen Fehler machen. Ich schlage deshalb vor, irgendwann Papyrus und Pergament dem C-14-Test zu unterziehen. Deshalb sollten wir einfach jetzt schon in den sauren Apfel beißen. Es würde uns endloses Leid ersparen, sollten sie sich als Fälschungen erweisen.«

»In Ordnung, Jonathan, obwohl wir nur sehr wenig vom Papyrus entbehren können.«

»Gewiß. Wir werden aber das gleiche beschleunigte Maßspektrometer verwenden, das wir auch für das Leichentuch benutzt haben. Das TBMS braucht nur ein Tausendstel der Probemengen, die wir dem Weizmann-Institut zur Verfügung gestellt haben. Erinnern Sie sich an den großen Papyrusschnipsel, der beim Aufrollen im Rockefeller abbrach? Er ist für das TBMS groß genug, und wir könnten auch einen der größeren, unbeschrifteten Pergamentfetzen vom *Titulus* nehmen.«

»Wo würden Sie die Proben hinschicken? Nach Arizona?«

»Ja, aber zuerst würde ich im Smithsonian einen Zwischenstop einlegen, damit Sandy McHugh sie gründlich analysieren kann. Er ist der wissenschaftliche Berater des ICH. Bei den Untersuchungen des Leichentuchs war er eine große Hilfe.«

»Fein!« nickte Jennings. »Wir werden so verfahren. Es ist wirklich der beste Plan.«

»Wollen Sie mitkommen?«

»Ich wäre entzückt! Aber nein, irgend jemand muß hier bei der Ausgrabung den Laden hüten.«

Jon flog nach Paris, die Fragmente sicher in zwei mit Blei ausgekleideten Umschlägen in seiner Aktentasche verstaut. Von dort aus flog er mit einer Concorde zum Dulles Flughafen in Washington. Bevor die Zeitverschiebung ihm überhaupt zu schaffen machen konnte, befand er sich bereits im Smithsonian.

»Es ist wirklich schön, dich wiederzusehen, Jonnie, alter Junge«, sagte Sandy McHugh. In seinem Laborkittel glich er kaum dem Kobold, den man aufgrund seiner Stimme erwartete. Mit Vorliebe unterhielt er sich mit Jon abwechselnd in Oxford Englisch oder im schlimmsten irischen Dialekt, der einer Gegend jenseits von Dublin entstammte. Heute war das Letztere aus seinem Sprachrepertoire an der Reihe. Der Mann war füllig, hatte ein rundes Gesicht und rotblondes Haar. Seine funkelnden, türkisfarbenen Augen spiegelten seine Persönlichkeit wider.

»Grüß dich, alter Knabe!« sagte Jon und klopfte ihm freundschaftlich auf die Schulter. »Bist du beschäftigt gewesen?«

»Das habe ich ja wohl dir zu verdanken!« nickte er. »Die Sache mit der gelöschten Zeile, die du uns geschickt hast, war ein ziemliches Rätsel. Also sag schon, hat der Heilige Vater unserem kleinen Untersuchungsplan zugestimmt?« McHugh wußte lediglich, daß es sich um ein päpstliches Dokument handelte und nicht, daß es um das Ende des Markusevangeliums ging.

»Klar hat er das, Sandy.«

»Und was mögen denn diese Papyrus- und Pergamentschnipsel zu bedeuten haben, die du uns jetzt bringst? Irgend so einen Beweis, daß das Heilige Leichentuch doch echt ist?«

»Nein«, lachte Jon, »nichts von dieser Art. Sie entstammen aber ... einigen *enorm* wichtigen Dokumenten. Während du sie untersuchst, stell dir einfach vor, daß sie Teile der Unabhängigkeitserklärung sind. Oder eines Briefes des heiligen Patrik.«

»Ich verstehe schon«, sagte McHugh, nun in richtigem Englisch. »Ich soll also nichts versauen.«

Im Innern des Labors öffnete Jon die Umschläge und zog vorsichtig die Papyrus- und Pergamentschnipsel heraus. Sandy musterte die Fragmente einige Zeit unter verschiedenen Lampen, Filtern und Mikroskopen.

»Sie sehen jedenfalls so aus, als würden sie aus dem Mittelalter, wenn nicht sogar aus der Antike stammen«, bemerkte er schließlich.

»Ich hoffe inständig, daß du etwas genauer werden kannst!«

»Mit Sicherheit«, grinste er. »Also, ich schlage folgendes vor. Zuerst machen wir hier im Labor sämtliche Oberflächenanalysen – vorwiegend mit dem Mikroskop und Elektronenmikroskop – natürlich auch mit einer fotografischen Dokumentation aller Schritte. Dafür werden wir den Rest des Tages brauchen. Du kannst dann bei mir in Georgetown übernachten – ich bestehe darauf! – und morgen werden wir deine kostbaren Proben abholen und den Flieger nach Tucson nehmen. Ich habe bereits mit Duncan Fraser von der Universität von Arizona telefoniert und ihm gesagt, daß er alles stehen und liegenlassen und sein mächtiges TBMS für deine zwei Papierschnipsel vorbereiten soll.«

»Hervorragend, Sandy! Ist Arizona immer noch der beste Ort für unsere Zwecke? Nicht Oxford oder Zürich?«

»Laß mich es so sagen, Jon. Es ist der einzige Ort auf Erden, der sowohl ein solches Gerät besitzt, als auch eine Sammlung von Pinienzapfenmustern als Untersuchungskontrollen. Wenn Gott persönlich mir die erste Seite der ersten Fassung des Matthäusevangeliums übergeben und mir sagen würde, ›datiere es!‹, dann würde ich es zu Duncan bringen.«

Sie landeten auf der wildwuchernden, spanischen Hazienda,

die den Flughafen von Tucson darstellte und fuhren mit einem Mietwagen zur Universität von Arizona, einer riesigen Anlage aus rotem Backstein. Während sie zum Physikgebäude gingen, bemerkte Sandy: »Du betrittst heiligen Boden für alle Archäologen der Welt, Jon. Das hier sind die Jungs, die die Kohlenstoffuhr mit Hilfe der Baumringdatierung von Pinien neu geeicht haben.«

Ein Mann von mittlerer Größe mit dunklem Haar und einem freundlichen Lächeln kam mit ausgestreckter Hand auf sie zu. »Grüß dich, Sandy!« sagte er: »Schön, dich in Tucson zu sehen.«

»Grüß dich auch, Duncan! Du kennst Jon Weber hier sicher noch von seinen Briefen, als wir das Leichentuch untersucht haben.«

»In der Tat!«

»Hoch erfreut, Sie endlich kennenzulernen, Professor Fraser«, sagte Jon. » Es tut mir leid, daß ich in Cambridge damals zu beschäftigt war, um hier zu erscheinen, während sie an den Leichentuchproben gearbeitet haben.«

»Es ist mir eine Ehre, daß Sie dabei sind! Sandy meinte, daß Ihre Proben von außerordentlicher Bedeutung wären. Er hat aber nicht gesagt, warum.«

»Nur weil ich auch nicht weiß, warum!« warf Sandy ein.

»Ich werde es Ihnen nach den Untersuchungen erklären, meine Herren«, sagte Jon. »Es ist eine Frage der Objektivität, verstehen Sie.«

»Ganz richtig«, meinte Fraser. »Also, meine Herren, lassen Sie uns zum Beschleunigerlabor gehen.«

Er führte sie zu einem unterirdischen Anbau, wo das TBMS in einer riesigen, hohen Kammer untergebracht war. Jon musterte den massiven, T-förmigen Beschleuniger und dessen Rohrkabel, die sich durch das Zimmer schlängelten, und meinte: »Das hier sieht nicht im Geringsten so aus, wie die Reihe aus Gläsern, die ich im Weizmann-Institut in Israel gesehen habe!«

»Nein«, sagte Fraser. »Deren herkömmliche Methode zählt die leuchtenden Punkte beim Kohlenstoff-Zerfall, während unser TBMS den C-14 direkt mißt. Hier, lassen Sie mich es Ihnen erklären.«

Während Fraser ein Schaubild holte, warnte Jon: »Bleiben Sie aber auf dem Teppich, Freund. Meine Physikkenntnisse gehen nicht über Newton hinaus!«

Duncan gab Jon das Schaubild und sagte: »Zuerst verbrennen wir Ihre Proben, um Kohlenstoffdioxid herzustellen, was wir dann in Graphit umwandeln. Danach laden wir den Kohlenstoff auf einen Stecker und verbinden ihn mit der Ionenquelle – Ziffer 1 auf der Skizze.« Er deutete mit seinem Stift auf die linke Seite des Schaubildes.

»Dann beschießen wir den Stecker mit einem Strahl Cäsium-Ionen. Damit werden aus neutralem Kohlenstoff negativ geladene Kohlenstoffionen. Danach rasen diese Ionen wie verrückt auf unseren Transformator zu – Ziffer 2 – und finden die zwei Millionen Volt äußerst anziehend – wenn Sie mir das Wortspiel erlauben! Aber auf dem Weg filtern die Schlitze und der Magnet – Ziffer 3 – den normalen Kohlenstoff-12 und -13 heraus. Können Sie mir so weit folgen?«

»Ich denke schon«, sagte Jon. »Fahren Sie fort.«

»Also jagen die nun isolierten Kohlenstoff-14-Ionen in die wartenden Arme unserer Trennvorrichtung – Ziffer 4 –, die sie schamlos ihrer Elektronen entledigt, was sie somit von negative in positive Ionen umwandelt. Dann fühlen sie sich natürlich von diesem niederen Treiben geradezu abgestoßen und fliegen vom Transformator weg.«

»Siehst du, Jon, das ist die duale Natur des TBMS-Systems«, unterbrach Sandy: »Die doppelte Beschleunigung.«

»Nun – bei Ziffer 5 – haben wir weitere Schlitze und Magnete, um alles andere abzulenken, außer dem Kohlenstoff-14, den wir ja messen wollen. Und schließlich, der Ionendetektor – Ziffer 6 – zählt die Anzahl der C-14 Ionen, die jene Reise überlebt haben und speist die Information in den Computer ein.

Und das war's! Ich habe Ihnen die etwas vereinfachte Version gegeben, natürlich, aber eigentlich ist es so simpel.«

Jon lachte: »Ich denke, daß ich es tatsächlich verstanden habe!« Dann wurde er ernst. »Woher wissen Sie aber, daß Sie das gesamte Kohlenstoff-14 erfassen? Wenn Sie einiges nicht sehen würden, dann würden die Proben alle älter erscheinen, oder?«

»Diese Maschine kann ein Teilchen C-14 in 100 Trillionen Teilchen von normalem Kohlenstoff erkennen.«

»Unglaublich!«

»Nun, lassen Sie uns Ihre Proben ansehen«, sagte Fraser, und bat sie, um einen Labortisch Platz zu nehmen. Jon zog die zwei mit Blei gefütterten Umschläge aus seinem Aktenkoffer, und Fraser musterte Pergament und Papyrus fachmännisch.

»Sagen Sie mir bitte, daß Sie genug Material haben«, sagte Jon mit besorgter Miene.

»Mehr als genug. Wie alt sind sie, Ihrer Meinung nach?«

»Soll ich das wirklich sagen? Eines Tages, wenn all das hier niedergeschrieben wird – und es wird niedergeschrieben werden, verlassen Sie sich darauf – würde ich nicht wollen, daß jemand behaupten könnte, ich hätte Ihnen die Daten vorgeschlagen.«

»Natürlich.« Fraser lächelte. »Ich will aber nur einen Zeitrahmen, verstehen Sie – um die nächsten fünf Tausend Jahre.«

Jon lachte erleichtert auf. »In dem Fall ist unser Zeitrahmen zwischen den letzten zehn Jahren – wenn sie Fälschungen sind – bis vor, sagen wir, zweitausend Jahren, vielleicht mehr.«

»Ein Pipifax!« röhrte Fraser. »Ich dachte, daß Sie uns auf die Probe stellen wollten, indem Sie etwas wirklich Altes liefern!«

Fraser und seine Kollegen begannen nun den aufwendigen Vorbereitungsprozeß an beiden Proben, was den Rest des Tages für sich in Anspruch nahm. Jon war von dem wissenschaftlichen Spektakel völlig fasziniert. Er fragte sich, wie sein Leben wohl ausgesehen hätte, hätte er, anstatt Nahostwissenschaften, Physik studiert.

»Wir haben unseren Graphit«, sagte Fraser am Ende des Tages. »Es lief alles gut, sehr gut eigentlich. Also kommen wir morgen wieder zurück und werfen das Monster hier in Gang.«

In dieser Nacht wälzte sich Jon umher, drehte sich immer wieder um und schlug sich die Bettdecke über den Kopf. Er kämpfte um einen Schlaf, der ihn nicht überkommen wollte. Alles hing nun von dem *Titulus* und den Papyrusfragmenten ab – sie waren um ein Vielfaches wichtiger als alte Keramikgegenstände, Leinentücher oder gar Knochen. Von diesen Gegenständen könnte sich ein Fälscher im Nahen Osten in ausreichendem Maße bedienen. Es war besser, daß weder McHugh noch Fraser wußten, daß der Verlauf der Geschichte genauso umgewandelt werden könnte, wie die Ionen im Beschleuniger, abhängig davon, wieviel C-14 in jenen Schnipseln vorhanden oder nicht vorhanden war. Das hätte dem wissenschaftlichen Vorgang jede Möglichkeit der kühlen Distanz geraubt.

Am nächsten Morgen knipste Duncan Fraser über sein Kontrollpult gebeugt die Hauptschalter an und musterte die Reihen von Meßgeräten und Skalen. Seine Kollegen lasen die Checklisten der Messungen vor, was Jon an die Zentrale der NASA in Houston erinnerte.

»Beschleunigungsterminal bei 2,0 Millionen Volt.«

»Cäsiumgenerator bei 25 000 Volt.«

»Alle Magnetpotentiale bei nominal.«

»Ionendetektor nominal.«

»Computer nominal.«

Ein perfekt inszeniertes, elektrisches Summen, wie das eines gigantischen Chores, füllte das Labor. Für Jon war die Anspannung fast unerträglich.

Fraser schaltete nun die Cäsiumionen-Beschießung von einem der Stecker mit dem *Titulus* Pergament ein. Jon und Sandy standen aufgeregt hinter ihm und starrten den Bildschirm an. Sie sahen, wie zuerst eine Matrix sichtbar wurde und dann zwei grüne Balken, welche die relativen Mengen von Kohlenstoff-14 und Kohlenstoff anzeigten.

»Sie sollten den rechten C-14 Balken beobachten«, sagte Fraser. »Je niedriger er im Verhältnis zum linken, normalen Kohlenstoffbalken ist, desto älter ist die Probe.«

Jon starrte den Bildschirm intensiv an und sah, daß sich ein erheblicher Höhenunterschied bildete. Niemand sprach ein Wort. Sein Puls schlug heftig.

»Was für ein Alter sehen wir ungefähr?« fragte er schließlich.

Fraser blickte schnell zu seiner Vergleichstabelle hinunter und sagte: »Um 1950 herum.«

»Um Himmels Willen!« schrie Jon auf. »Es ist eine Fälschung, vor ungefähr vierzig oder fünfzig Jahren gemacht!«

»Nein, nein«, lachte Fraser. »1950 v. G., vor der Gegenwart. Wir haben es hier mit Material um 30 oder 40 n. Chr. zu tun.«

Sandy, selig in seiner Unwissenheit, ließ einen Freudenschrei los: »Das Ding ist verdammt *authentisch*, meine ich!«

Jon spürte nur wie sein Herz in wilden Kadenzen pochte. Nun war die Zivilisation vielleicht tatsächlich am Wendepunkt angelangt.

Nachdem er einige Minuten lang seine Daten überprüft und aufgezeichnet hatte, verließ Fraser das Kontrollpult, ging zu einem bleibekleideten Tresor am Ende des Labors und kam mit einem weiteren winzigen Graphitstecker zurück. Diesen schob er in ein Zielmagazin an der Ionenquelle. Dann wandte er sich zu seinen Gästen um und sagte: »Nun habe ich eine kleine Überraschung für euch. Im Fall einer Sache, die offenbar so wichtig ist wie diese, werden wir eine Paralelluntersuchung an Proben eines Pinienzapfens bekannten Alters durchführen, und dessen Daten mit diesen hier vergleichen. Wenn sie übereinstimmen, haben wir eine Garantie der Echtheit. Der Stecker, den ich gerade eingeführt habe, stammt vom Kern eines Pinienbaumes, von dem wir, aufgrund der Baumringanalyse wissen, daß er genau zweitausend Jahre alt ist.«

Der Beschleuniger erwachte summend zu neuem Leben. Die Blicke der drei Männer waren starr auf den Monitor gerichtet. Bald erschienen wieder die Balken und nahmen Formen an, die fast denen der Pergamentproben glichen.

»Aha!« sagte Fraser. »Das zeigt zumindest deutlich, daß wir unsere Maschine richtig eingestellt haben.«

»So ist es«, sagte Sandy.

»Sollen wir mit dem Papyrus fortfahren?« fragte Duncan.

»Ja, eine gute Idee«, antwortete Sandy, da Jon scheinbar etwas niedergeschlagen war.

Fraser verschob das Zielmagazin, kam zum Computerbildschirm zurück und nahm das Untersuchungsverfahren wieder auf. Erneut erschienen leuchtend grüne Balken auf dem dunklen Bildschirm.

»Dieses Exemplar ist etwas jünger«, sagte er. »Seht ihr?« er zeigte auf etwas. »Der C-14 Balken ist etwas höher.«

»Wie alt ist es ungefähr, Ihrer Meinung nach?« Jon fand seine Stimme wieder.

»Ungefähr 1900 v. G., vielleicht etwas mehr.«

Erneut zuckte Jon innerlich zusammen. Der Brief des Josef von Arimathäa wäre sicherlich später als das Titulus geschrieben worden, und müßte somit etwas jünger sein.

Fraser ging wieder zu seinem bleiverstärkten Schränkchen, zog einen weiteren, winzigen Stecker heraus und erklärte: »Dieser stammt von einem eintausendneunhundert Jahre alten Pinienbaum.«

Die Ausdrucke der Untersuchung wiesen eine Abweichung von lediglich fünfundzwanzig Jahren im Vergleich zu denen des Papyrus auf. »Alles in allem hat sich unsere kleine Maschine heute sehr gut verhalten«, sagte Fraser und tätschelte liebevoll das Kontrollpult. »Obwohl wir unsere Auswertungsdaten mit einem Fehlerrahmen von bis zu achtzig Jahren ansehen müssen.«

»Warum ist das so?« fragte Jon. »Die Werte scheinen sich viel eher zu gleichen.«

»Es gab im Verlauf der Jahrhunderte verschiedene Stärken an kosmischem Strahlenbeschuß.«

»Natürlich. Ich hab's vergessen. Ich habe an etwas anderes gedacht.«

»Nun, ich gratuliere, Jon!« sprach Sandy mit lauter Stimme. »Scheint fast so, als hättest du etwas Echtes gefunden, was auch immer es sein mag!«

»Ähhh, danke, Sandy.«

»Du scheinst nicht gerade erfreut zu sein.«

»Ich werde es ... bald erklären.«

»Wir werden Ihnen selbstverständlich einen detaillierten, statistischen Bericht zusenden«, sagte Fraser. »Dem werden Sie genau entnehmen können, wie viele C-14-Ionen gezählt wurden und auch noch andere Informationen dieser Art.«

»Wir können Ihnen nicht genug danken, Professor Fraser«, sagte Jon. »Auch deshalb, weil Sie einige Ihrer kostbaren Pinienproben eingesetzt haben. Wir stehen tief in Ihrer Schuld. Sobald es mir gegeben ist, die Identität jener Proben preiszugeben, verspreche ich, daß Sie es zuerst erfahren werden. Sie sind von ... unermeßlicher Bedeutung.«

»Ich verstehe durchaus.«

Auf dem Rückflug nach Washington spürte Jon die gleichen quälenden, zerfressenden, emotionsbeladenen, sauren Gefühle, die ihn auch überfallen hatten, während er das Papyrus zum ersten Mal übersetzt hatte. Sobald die Nachricht von seiner Entdeckung an die Öffentlichkeit dringen würde, wären die wuchtigen Auswirkungen auf die Welt erschütternd, und sein eigenes Schicksal wäre für immer mit dem Ramas verbunden.

McHugh demonstrierte lobenswerte Zurückhaltung. Er löcherte ihn nicht mit Fragen nach weiteren Informationen, und Jon dankte es ihm auch: »Es ist großartig von dir, Sandy, mich nicht mit Fragen nach den Fakten zu nerven. Ich werde in Washington alles erzählen. Können wir für das Abendessen einen sehr privaten Ort aufsuchen?«

»Sicher. Meine Frau und die Kinder sind in Chesapeake Bay.

Ich werde für uns einen Nischentisch im Hinterzimmer von Hogates reservieren.«

Nach dem zweiten Tanqueray Martini hatte Jon die Geschichte der Ausgrabung erzählt. Bis zum Salatgang hatte sich ein strahlendes Grinsen auf Sanford McHughs Gesicht ausgebreitet, als er die Nachricht von dem Gut und der Grabstätte Josefs von Arimathäa, und sogar der des *Titulus* vernahm. Als überzeugter Katholik empfand er solche Botschaften für seinen Glauben als äußerst schmeichelhaft. Während der Vorspeise schaute sich Jon aber um, er wollte sich vergewissern, daß ihn niemand belauschte. Dann las er die Übersetzung des Papyrus vor.

Die Verwandlung in Sandys Gesichtszügen vollzog sich so schnell und war von solch beängstigenden Ausmaßen, daß Jon um seine Gesundheit fürchtete. Schweißperlen bildeten sich auf den von Sommersprossen übersäten Stirn und Wangen. Jegliche Farbe war seinem rötlichen, gesund aussehenden Teint entwichen. Der Mann war einem Zusammenbruch nahe. Plötzlich stand er vom Tisch auf und eilte zur Toilette, die er gerade noch rechtzeitig erreichte, um sein Abendessen wieder abzugeben.

»Warte, Sandy«, sagte Jon, während er ihm wieder zum Tisch half. »Es besteht noch eine ... eine sehr geringe Möglichkeit, daß ein Fälscher die unbeschrifteten Enden eines tatsächlich antiken Papyrus als Schreibmaterial verwendet hat. In diesem Fall hätten wir auch die gleichen C-14 Ergebnisse erzielt. Deshalb müssen wir jetzt auch die weiteren Untersuchungen besprechen.«

Bei diesen Worten schien Sandy sich etwas zu erholen. Er löcherte Jon mit Fragen hinsichtlich der Untersuchungen in Rehovot. Er bat ebenfalls um eine detaillierte Beschreibung aller Artefakte, die im Innern der Höhle entdeckt worden waren. Den Rest des Abends verbrachten sie damit, die geeignetsten Untersuchungen für alle Gegenstände zu besprechen.

Als sich Sandy am nächsten Tag in Dulles von ihm verabschiedete, war Jons abschließende Bemerkung kaum mehr der Erwähnung wert: »Siehst du jetzt, weshalb alles so vertraulich behandelt werden mußte?«

Sandy hob nur die Hände und senkte fast verzweifelt den Kopf.

Kapitel 13

Erneut ragte Jennings hoher, kuppelförmiger, von seinem orangefarbenen Sonnenhut gekrönter Kopf über die wartende Menge im Flughafen Ben Gurion heraus. Erneut sagte Jon, daß er durchaus auch Clive Brampton oder einen seiner Studenten hätte schicken können.

»Kommt überhaupt nicht in die Tüte, Jonathan. Ist doch klar, ich mußte die Ergebnisse einfach erfahren! Was haben Sie herausgefunden?«

»Das werde ich Ihnen auf dem Weg nach Ramallah erzählen.«

Die Hälfte der Fahrt war bereits verstrichen, bevor Jonathan mit dem Bericht seiner Erfahrungen in Arizona und Washington fertig war. Anfangs antwortete Jennings nur spärlich, doch dann stöhnte er auf, schüttelte den Kopf und sagte warnend: »Womöglich haben wir keine Ausgrabung mehr, Jonathan, sondern eine qualmende, zischende Zündschnur, die gerade im Begriff ist, eine katastrophale Explosion auszulösen! Sind Sie sich sicher, daß die Untersuchungen ordnungsgemäß durchgeführt wurden?«

»Ja, dessen bin ich mir ganz sicher. In der Tat wurden die Untersuchungen ziemlich beeindruckend belegt. Sie wurden mit den Proben eines Pinienbaumes verglichen, der zur Zeit, als Herodes der Große den Bau des Tempels von Jerusalem gerade beendet hatte, in der Wüste von Nevada gewachsen ist.«

Jennings schüttelte resigniert den Kopf. »Und was nun?« fragte er.

Jon erläuterte einige der Testpläne, die er und Sandy McHugh für die übrigen Artefakte, die noch in der Höhle entdeckt worden waren, ins Auge gefaßt hatten.

In der Nacht im Hotel prüfte er zum x-ten Mal die Abzüge des Papyrus, während Jennings, die Hände auf dem Rücken verschränkt, nervös im Arbeitszimmer umherschritt und verzweifelt überlegte, wie sie weiter vorgehen könnten. »Wenn wir doch nur die Schrift allein untersuchen könnten – die Tinte – um zu sehen, ob sie antik oder neu ist. Ich vermute aber, daß dies unmöglich ist.«

»Ich fürchte, ja, aus zwei Gründen: Erstens würde kein Archäologe für eine solche Untersuchung eine Schrift zerstören. Und zweitens, was wäre, wenn er es getan hätte? Aus der Tinte wären nur winzige Mengen an Kohlenstoff zu gewinnen – das ist zu wenig, sogar für das TBMS Verfahren. Nein, ich denke, daß wir uns mit dem Schreibstil befassen müssen, um zu einer Antwort zu gelangen. Wir haben auch noch ein Problem mit dem Dialekt der ›unübersetzbaren‹ Teile.«

Jennings hielt inne, streckte seine Arme aus und sagte: »Nun, dann müssen wir wohl zum Berg Sinai pilgern, meinen Sie nicht auch?«

»Ich glaube ja. Alexandros könnte unsere letzte Chance sein. Rufen Sie am besten Montaigne an, und sagen Sie ihm, er soll einen Termin mit unserem Freund arrangieren.«

Als Shannon erfuhr, daß ihr Vater und Jon eine Reise zum Berg Sinai planten, bat sie darum, mitkommen zu dürfen. Warum die Chance verpassen, den Ort zu sehen, wo Moses die Zehn Gebote in Empfang genommen hatte?

»In Ordnung, meine Liebe. Du kannst uns beim Fahren aushelfen«, sagte Jennings.

»Und die Mahlzeiten kochen, falls wir uns in der Wüste verfahren«, fügte Jon hinzu.

»Dann werden Sie verhungern«, antwortete sie mit spitzer

Stimme. »Entweder komme ich als Gleichberechtigte mit oder gar nicht.«

»War nur ein Witz, Shannon! Wirklich nur ein Witz.«

»Bei mir auch«, lachte sie. »So schwer ist es auch nicht, mit mir klar zu kommen, Jon!«

Sie beluden den Landrover mit zusätzlichen Benzinkanistern und Wasservorräten, da die Reise durch die Wüste zum Katharinenkloster keinesfalls ungefährlich war. Außerdem nahmen sie vorsichtshalber noch Essensvorräte, Erste-Hilfe-Utensilien und zwei Ersatzräder mit, da die Wüstenabkürzung zum Berg Sinai mit scharfem Feuerstein gepflastert war, der einen ungestillten Appetit auf rollende Gummireifen hatte. Der wichtigste Teil ihrer Fracht waren aber die Aufnahmen des Papyrus. Cromwell hatte eine zweite Reihe von Bildern angefertigt, als das Dokument unter einer Glasplatte lag. Zusätzlich hatte er spezielle Vergrößerungen der unübersetzbaren Teile gemacht, genauso wie von den Sätzen, in denen diese Stellen vorkamen.

Sie machten sich lange vor Sonnenaufgang auf den Weg und erreichten die Negev-Wüste in den noch kühlen Morgenstunden. Auf dem gesamten Weg nach Elat am Golf von Akaba, wo sie zu Mittag aßen, erzählte ihnen Jennings ohne Unterbrechung von der Topographie der Landschaft. Da alle drei gültige Visen für Ägypten besaßen, lief die Grenzüberquerung bei Elat relativ unkompliziert ab, so daß sie bald die Küste entlang gen Süden weiterfuhren, bevor sie schließlich Richtung Westen auf die Wüstenstraße einbogen, die zum Berg Sinai führte.

Hier wurde die Reise zu einem Abenteuer allererster Güte. Obwohl es fast unerträglich heiß geworden war, schlief Jennings ein, seine schlacksige Figur über den hinteren Sitz ausgestreckt. Jon saß schwitzend neben Shannon am Steuer. Er benutzte bei jeder Gelegenheit den Allradantrieb, um das Fahrzeug durch die Mondlandschaft zu lenken. Während er auf der kurvigen Wüstenstraße Felsen und gähnenden Spalten auswich, die das Fahrzeug in Sekundenschnelle auf einen Haufen Schrott reduziert hätten, griff er wieder sein Lieblingsthema auf, nämlich mehr über Shannons persönliche Beziehungen, insbesondere zu Gideon Ben-Yaakov, in Erfahrung zu bringen.

»Warum fragen Sie mich ständig über Gideon aus, Jon? Gefällt Ihnen die Beziehung nicht? Sind Sie etwa antisemitisch eingestellt?«

»Nein, natürlich mißbillige ich es nicht. Und auch wenn, was würde das schon ändern? Und nein, ich bin auch kein Antisemit. Ich habe mich nur gefragt, ob Sie sich alles gut überlegt haben. Ihre Kinder, zum Beispiel, würden Sie sie christlich oder jüdisch erziehen?«

»Gideon ist säkularer und kein religiöser Jude. Da ich Nichtjüdin bin, wären die Kinder nicht automatisch Juden – dafür muß man eine jüdische Mutter haben. Sie könnten aber zu einem späteren Zeitpunkt Juden und auch israelische Staatsbürger werden.«

»Sind das Ihre Pläne?«

»Ich weiß es nicht, Jon. Anfangs dachte ich, daß ich auf jeden Fall möchte, daß meine Kinder christlich getauft werden, und zwar in der Church of England. Meine Mutter war eine irische Katholikin, mein Vater hat mich jedoch anglikanisch erzogen.«

»Sie haben gesagt, daß Sie ›anfangs‹ gewollt haben, daß Ihre Kinder christlich getauft werden. Was ist jetzt?«

»Nun ... was meinen Glauben anbelangt, schwimme ich, Jon. Ich schwimme. Ich weiß nicht mehr, was ich denken, was ich glauben soll. Wenn man sich alles richtig überlegt, kann man den unglaublichen Erfolg des Christentums doch nur damit erklären, daß es die Auferstehung von den Toten und ewiges Leben verspricht – so heißt es doch am Ende des Glaubensbekenntnisses. Nun scheint es aber so, als hätte das nicht mal Jesus, der Gründer, geschafft. Was natürlich auch seine Göttlichkeit ausschließen würde.«

»Moment, Shannon. Wir sollten keine voreiligen Schlüsse ziehen – weder theologische noch irgendwelche anderen – nicht, bis wir uns ganz sicher sind, was wir hier haben.«

»Ja, ja ... ich weiß, ich weiß. Aber, nur mal unter uns: Wie zum Teufel hätte jemand dies alles fälschen können? Wir haben alles ausgegraben, Jon. Wir waren da!«

»Noch haben wir keine Antworten, Shannon, sollten überhaupt welche existieren. Aber zurück zu Ihnen und Gideon.«

»Legen Sie mal eine andere Platte auf, Jon! Vielleicht werde ich den Typ heiraten. Vielleicht trete ich auch zum Judentum über, wenn das Christentum den Bach runtergeht. Oder auch nicht.«

»Nicht zum anderen Glauben übertreten? Oder den Typ nicht heiraten?«

»Sowohl als auch.«

»Lieben Sie ihn denn nicht?«

»Doch ... aber nicht immer. Ich denke, daß die Liebe kommt und die Liebe geht. Vielleicht bin ich mir gar nicht so sicher, was die Liebe überhaupt ist.«

»Ich bin mir sicher«, sagte Jon. Für ihn hatte die Liebe ihren Anfang und auch ihr Ende in der bezaubernden Frau, die gerade an seiner Seite saß. Die Liebe, das war Shannon. Shannon, sie war die Liebe.

»Weshalb sind Sie sich so sicher?« fragte sie. »Und ...«

Plötzlich erschien eine gähnende Spalte in der Straße, die den Anschein hatte, als könnte sie den gesamten Motorraum des Landrovers verschlucken. Jon machte eine Vollbremsung, scherte nach links aus und verpaßte sie nur um Zentimeter.

Jennings, der wachgerüttelt worden war, schrie auf: »Um Himmels Willen, Jon! Ich weiß, daß wir ein Problem haben, aber laßt uns nicht selbstmörderisch werden!«

»Es war nicht seine Schuld, Papa«, sagte Shannon. »Wir hätten niemals die Wüstenstraße nehmen sollen. Diese Straße wurde in der Hölle geschaffen. Das Klima auch!«

Nach drückenden und zermürbenden Stunden, die ihre Vorräte an Wasser erschöpften, erreichten sie schließlich die weiträumige, abfallende Ebene vor dem Berg Sinai.

»Hier haben die Israeliten vermutlich ihre Zelte aufgeschlagen, während Mose zum Berg hinaufging«, erklärte Jon. »Sehen Sie den ummauerten Gebäudekomplex am Fuß des Berges? Das ist das Katharinenkloster – unser Ziel – ein famoser Platz! Sehen Sie die Mauern? Sie sind einen Meter dick, und es sind immer noch die gleichen, die Kaiser Justinian im sechsten Jahrhundert errichten ließ, um die Mönche vor den Wüstenräubern zu schützen.«

»Erzählen Sie ihr von Tischendorf, Jonathan«, ertönte eine Stimme vom Rücksitz.

»Also gut, ich werde Ihnen nun die Geschichte des Konstantin von Tischendorf erzählen«, sagte Jon oberlehrerhaft. »Er war ein deutscher Theologe des vergangenen Jahrhunderts, der es leid war, von den Kritikern immer hören zu müssen, daß die Evangelien späte Schriften waren, auf die man sich in keiner Weise verlassen durfte. Ihm wäre nichts lieber gewesen, als die ursprünglichen Manuskripte der Evangelien zu finden. Sollte dies aber nicht möglich sein, so wollte er richtigerweise davon ausgehen, daß ein Manuskript umso genauer sein mußte, je älter es war. Also reiste er 1844 mit dem Kamel hierher, in der Annahme, daß jene Wüstenheiligen womöglich einige antike Schriften in ihren Archiven besitzen könnten. Nun, das hatten sie wahrlich, aber – idiotischerweise – benutzten sie die Seiten des Buches, das sich schließlich als die älteste Bibel der Welt entpuppte, als Schmierzettel. Tischendorf rettete alles, was von diesen kostbaren Papyrusseiten übriggeblieben war, und lieh sich später einen Band davon – den Codex Sinaiticus – um seine kritische Abhandlung zu veröffentlichen.

Der Russische Zar hat den Mönchen dafür neuntausend Rubel bezahlt, Ihr Engländer habt ihn den Russen abgekauft, und heute ist er im British Museum zu sehen. In der Zwischenzeit wollen es die Mönche aber wieder zurück haben, offensichtlich hatten sie nicht vor, einen Bücherverkauf aufzumachen!«

»Wie alt ist der Sinaiticus?« fragte Shannon.

»Er wird auf etwas vor 350 n. Chr. geschätzt. 1975 haben sie hier sogar ein paar der fehlenden Seiten der Handschrift entdeckt. Mit ein bißchen Glück dürfen wir sie vielleicht sogar sehen.«

»Eine tolle Geschichte! Wissen Sie was, Jon? Sie wären der perfekte Reiseführer«, witzelte sie. »Damit könnten Sie sich trotzdem noch beruflich weiterentwickeln, wenn wir das Christentum endgültig erledigt haben.«

»Halt dich zurück, Shannon«, warf Jennings ein.

»Sei nicht so griesgrämig, Papa. Du bist viel zu ernst! In einem früheren Leben warst du bestimmt William Gladstone.«

Jon brachte den Landrover vor den Toren des Klosters zum Stehen, stieg aus und zog an einer Schnur, die eine kleine Glocke läuten ließ. »Seien Sie froh, daß es inzwischen ein Tor gibt«, sagte er: »Als Tischendorf herkam, gab es nicht mal eine Tür! Sie ließen eine an Seilen befestigte Eisenstange herunter und zogen ihn darauf stehend über die Mauer.«

Ein uralter Türsteher mit schwarzer Haut und weißem Bart, von Kopf bis Fuß in ein cremefarbenes Gewand gehüllt, erschien. Er öffnete das Tor und bat sie, hineinzukommen, dann führte er sie über einen Hof aus Kopfsteinpflaster. Als sie aber einen Brunnen entdeckten, folgten sie ihm nicht mehr. Jon zog einen Eimer mit kristallklarem, kaltem Wasser nach oben, den sie mit Genuß leerten.

An der Tür des Klostergebäudes wurden sie von einer bulligen, bärtigen, vollkommen schwarz eingekleideten Figur empfangen. Es war der Abt, Erzbischof Paulos Kalaramas. Er begrüßte sie mit fast drolliger Förmlichkeit: »Unsere Behausung sei eure Behausung, meine Freunde, und unser Speis und Trank soll auch Euch zuteil werden. Unsere Kost ist einfach, aber ihr werdet, wie ich meine, sie als wohlbekömmlich empfinden.«

»Ich danke euch, Geliebter Gottes«, sagte Jennings in der Hoffnung, daß die englische Übersetzung der griechischen Anrede für einen Abt ausreichend wäre. »Es ist äußerst liebenswürdig von euch, uns eure Gastfreundschaft entgegen zu bringen.«

»Ich bedaure, verehrte Freunde, daß Bruder Alexandros

nicht anwesend ist, um euch persönlich zu begrüßen. Er war von einer solch schweren Müdigkeit ergriffen, daß er sich in sein Quartier zurückgezogen hat. Das mag euch wohl etwas seltsam erscheinen, aber seine außergewöhnliche Gelehrsamkeit hat ihn ... wie sagt man ... etwas exzentrisch gemacht.«

»Das ist nicht von Belang«, sagte Jennings. »Wir fühlen uns mehr als geehrt, vom Abt persönlich mit solcher Wärme in Empfang genommen zu werden.«

Nach einem einfachen Abendessen, begleitet von etwas Palmenwein, zeigte ihnen der Abt das Gelände und deutete auf die verschiedenen Mosaike und Ikonen im Innern der Kirche des Brennenden Busches. Dann führte er sie in die Bibliothek, wo Tischendorf den Codex Sinaiticus entdeckt hatte. Später brachte er sie zu verschiedenen Mönchszellen und wünschte ihnen eine gute Nacht.

»Weiß jemand, wo ich ein kaltes Bier herkriege?« flüsterte Shannon Jonathan zu.

»Na, na! Alles fängt mit der Selbstaufgabe und dem Verzicht an.«

»Nun werden Sie mal nicht zu fromm, Jon!«

»Wir müssen an diesem heiligen Ort auch unsere Ausdrucksweise zügeln und vom Schmutz befreien, Fräulein Jennings. Seien Sie ein braves Mädchen.« Er gab ihr einen keuschen Gute-Nacht-Kuß auf die Wange. Sie kicherte und kitzelte seine Rippen.

»Ky-ri-e elei-son ... Chris-te elei-son ... Ky-ri-e elei-son.« Der Cantus, der den Herrn und Christus anflehte, sich zu erbarmen, weckte sie am nächsten Morgen gegen Sonnenaufgang. Die Mönche waren bereits bei der Morgenandacht, und die prächtigen Melodien der griechisch-orthodoxen Anbetung schallten durch die Gebäude. Jon war zwischen der Bewunderung für die jahrhundertealte Liturgie und der Sorge darum, was mit dieser Liturgie – mit allen Liturgien – passieren sollte, wenn sich der Papyrus als echt erwies, hin und her gerissen.

Nach einem einfachen Frühstück, bestehend aus Tee, dunklem Brot und Honig, stellte sich der Archimandrit Alexandros vor. Er war ein hochaufragender Mann von asketisch-hagerer Gestalt. Wie auch die anderen Mönche, war er vom zylinderförmigen Hut bis zu den Schuhen ganz in schwarz gekleidet. Seine Haarpracht und sein wallender Vollbart waren eine Mischung aus grau und schwarz, Augenbrauen bildeten zwei kleine, gleichfarbige Wälder.

»Ich heiße Sie im heiligen Namen unseres Herrn willkommen«, sagte er und verbeugte sich vor seinen Gästen. Seine Stimme war so tief und klangvoll, daß sie dem Herrn persönlich hätte gehören können. »Père Montaigne war der Meinung, daß meine bescheidenen Gaben, Ihnen bei der Bearbeitung eines Papyrus, den Sie gefunden haben, helfen könnten. Begleiten Sie mich bitte in mein Büro.«

Alexandros führte sie in eine Studierzelle, die an allen vier Seiten, von der Decke bis zum Fußboden, mit Büchern gesäumt war. Nach dem Austausch von ein paar Höflichkeiten bat ihn Jon zuerst, die Vergrößerungen der Sätze anzuschauen, die bisher allen Übersetzungsversuchen standgehalten hatten. Außerdem bat er ihn, den Zeitrahmen der Abfassung zu werten. Er gab ihm sowohl Abschnitte des Briefes, als auch der Antwort des Nikodemus.

Alexandros prüfte eine Zeitlang die Bilder und antwortete dann: »Es ist mir eine Freude, Ihre zweite Frage zuerst beantworten zu können. Das ist die Arbeit von zwei verschiedenen Menschen, aber beide schrieben in der Zeit von – behaupte ich – Herodes bis . . . bis zur römischen Eroberung.«

»Also um 70 n. Chr.«, präzisierte Jennings.

»Natürlich.« Er prüfte die Bilder mit intensiven Blicken. »Ja . . . ohne Frage. Ich würde sie in dieser Zeit sehen. Ihre ersten Proben stammen wohl aus den Hügelgegenden Palästinas. Wie sagt man . . . eine ländliche Version des Aramäischen?«

»Ländlicher Dialekt?«

»Ja, ländlicher Dialekt. Genau.«

Jon, Jennings und Shannon tauschten bedeutungsschwangere Blicke.

»Und diese letzte Probe, denke ich, stammt aus Judäa, wahrscheinlich aus der Gegend von Jerusalem.«

»Können Sie diese Sätze übersetzen, verehrter Archimandrit?« sagte Jon und deutete auf die bisher unübersetzbaren Stellen.

»Warum zeigen Sie mir nicht das gesamte Dokument?«

»Das werden wir sehr bald.«

»Nun, also.« Der Mönch prüfte die Stellen, die Jon mit Rotstift umkreist hatte. »Ihr Satz liest sich: ›Der Rabbi Yeshua, den wir in meiner Grabstätte zu Grabe trugen ... vor siebenundzwanzig Jahren ... zu Zeiten der ... äh ... Regierung, der Verwaltung des Pontius Pilatus.‹ Das Aramäische ist eine Ableitung vom griechischen *hegemonia*. Ist das klar? Ja?

Nun, jetzt zu Ihrem zweiten Problem: ›Am nächsten Morgen fuhren wir mit dem Wagen nach Rama, wo wir ... den Rabbi wieder in die Erde gelegt haben ... in den Sarkophag, den ich für mich selbst gebaut hatte.‹ Ergibt sich daraus für Sie einen Sinn?«

»Ja, das tut es allerdings«, sagte Jon. »Ich muß Ihnen wegen Ihrer großen Beherrschung der Aramäischen Sprache gratulieren!«

»Das ist doch nichts. Nun zu Ihrem letzten Problem. Lassen Sie mich sehen. Es liest sich: ›Es war uns nicht möglich ... zu töten durch Ertränken die wahren‹ ... wie heißt das Wort ... ›die wahren Schwimmer ... die wahren Floße‹ ... Fischer benutzen sie in ihren Netzen ...«

»Korken?« schlug Shannon vor

»Ja ..., die wahren Korken, die ihre ... Trauer besiegten.«

Jon blickte zu Jennings hinüber und sagte: »Nun, das war's. Jetzt haben wir alles.«

Alexandros versetzte ihn in Bewunderung, ein wahrhaft lebendes Fossil, der primitives Aramäisch auf Anhieb lesen konnte, fast als wäre es der Leitartikel der New York Times. Neben ihm sahen er und Montaigne wie grüne Anfänger aus.

»Erneut muß ich Ihrer hervorragenden Beherrschung der Sprache meine Bewunderung aussprechen, Bruder Alexandros!«

»Das ist doch wirklich nichts. Ich habe das alte Aramäisch in ein paar Dörfern Syriens gelernt ... Aber, wann darf ich das gesamte Dokument sehen?«

»Jetzt.« Jon gab ihm Cromwells beste Abzüge des Papyrus. »Bereiten Sie sich aber bitte auf einen Schock vor, Bruder Alexandros, einen sehr großen Schock.«

Der Mönch schaute Jon seltsam an und begann zu lesen. Es war fast zum Verzweifeln, aber sein Gesicht zeigte keine Emotionen, außer daß er seine Augen etwas zusammenkniff, wenn er im Text kritische Stellen erreichte. Nachdem er das Dokument gelesen hatte, las er es ein zweites Mal durch. Still formten seine Lippen die griechische Übersetzung des Textes, seine Muttersprache. Endlich fertig, blickte Alexandros hoch und fragte: »Wo haben Sie den Papyrus gefunden?«

Jon erzählte die Geschichte der Ausgrabung, die Entdeckung der Höhle, und deren Inhalt. Während er dies tat, kniff Alexandros die Augen noch enger zusammen. Dann studierte er erneut den Text des Papyrus für eine lange Zeit. Währenddessen herrschte absolute Stille. Schließlich stand er auf und schritt langsam in seinem Büro auf und ab. In Gedanken versunken schien er ihre Anwesenheit nicht mehr wahrzunehmen. Plötzlich hielt er noch mal inne und widmete eine weitere Viertelstunde dem Studium der Papyruskopie und vor allem dem der Vergrößerungen. Dieses Mal gebrauchte er dafür eine Lupe.

Dann schritt er wieder im Zimmer umher, die Hand am Kinn. Abrupt hielt er an. »Ich muß diese Angelegenheit weiter bedenken. Treffen wir uns bitte nach dem Mittagessen.«

»Natürlich.«

Nach dem Mittagessen aber bat Alexandros um mehr Zeit. »Ich muß weitere aramäische Werke konsultieren, um ... um die Schriftarten zu vergleichen. Treffen wir uns bitte nach dem Abendbrot.«

Als er das Zimmer verließ, lehnte sich Shannon zu Jon hinüber und flüsterte: »Seine Stimme hört sich an wie die eines erkälteten Nilpferdes, das in einer Höhle gurgelt.«

»Ein Knabensopran ist er nicht gerade«, stimmte Jon zu.

Jennings und Jon verbrachten den Nachmittag damit, die Klosterbibliothek zu durchforsten. Sie beschlossen, zuerst das Vertrauen Ihrer Gastgeber zu gewinnen, um dann am nächsten Tag darum zu bitten, die neuentdeckten *Sinaiticus*-Pergamente sehen zu dürfen, egal für wie kurze Zeit. Jon fragte sich, ob sie vielleicht neues Licht auf das *Vaticanus*problem werfen würden. In der Zwischenzeit ging Shannon hinaus, um einen der Vorreiter des Berges Sinai zu besteigen.

Kurz vor dem Abendessen führte sie der Abt liebenswürdigerweise zu den besonderen Stellen des Klosters, die für die gewöhnlichen Besucher nicht zugänglich waren. So zum Beispiel die Küche, die Strafzellen für aufsässige Mönche und die Leichenhalle. Diese, im hinteren Teil des Hauses gelegen, bot den Überresten von Hundertschaften von Mönchen aus früheren Jahrhunderten Obdach. Ihre Knochen waren in einem Bereich gestapelt, die Schädel in einem anderen Bereich ordentlich zu einer Art Pyramide aufgebaut, alle warteten auf den großen Tag der Auferstehung.

Sofort warfen sich Jon und Jennings gegenseitig Blicke zu, die das laut herausschrien, was unausgesprochen blieb: »Sind wir denn wirklich gerade im Begriff, die Hoffnung zu vernichten, für die diese Leichenhalle – überhaupt das Kloster selbst – errichtet wurde?«

Auf dem Weg zum Speisesaal flüsterte Jon: »All diese lächelnden Schädel, Austin ... sie schienen in den leeren Augenhöhlen alle Augen zu haben ... Augen, die scheinbar wußten, was wir tun ... Augen, die uns anflehten: ›Nehmt uns unsere Auferstehung nicht weg!‹«

»Unsere ›eine und einzige Hoffnung!‹ Ja, Jon, ich habe sie auch gehört. Um Gottes Willen! In dieser Umgebung ist Ostern wirklich keine theoretische Nettigkeit!«

Nach dem Abendessen bat sie Alexandros, zu seiner Studierzelle zu kommen. Nachdem sie sich alle gesetzt hatten, legte er die Spitzen seiner langen Finger zusammen, starrte sie mit tiefen, braunen Augen an, die ein fast furchteinflössendes Leuchten besaßen, und sagte: »Ihr Papyrus ist falsch. Es ist eine Erfindung, eine Fälschung. Es ist eine Fälschung.« Dann schwieg er.

Jon, der von der Schwere der Beweislast für die Echtheit ihrer Funde fassungslos erstaunt gewesen war, war über diese Aussage Alexandros' mindestens genauso erstaunt.

»Wie kommen Sie zu dieser Feststellung?« fragte er.

Sofort ballte Alexandros beide Fäuste und schlug sie, laut schreiend, hart auf den Schreibtisch: »Weil unser Herr vom Tode auferstanden ist! Wie könnten denn seine Knochen in einem Grab liegen? Wie, ich frage Sie?« Seine Lippen flatterten, seine Hände zitterten, seine Augen füllten sich mit Tränen. Dann stand er auf und brüllte: »Also ist folglich dieser Papyrus entweder eine moderne Fälschung oder eine Erfindung des Teufels!« Wild fuchtelte er mit den Armen, als würde er nicht nur vor drei Personen sondern vor Millionen von Menschen predigen.

Shannon und die zwei Männer waren zu schockiert, um eine Antwort zu finden. Jon richtete seinen Blick stur geradeaus auf den Boden der Zelle, um den Anblick des ausgerasteten Mönches zu vermeiden. Schließlich schien sich Alexandros aber wieder zu fassen und sagte: »Bitte entschuldigen Sie mich für einen Augenblick.«

Er ging in eine benachbarte Schlafzelle, wo er sich über eine Schüssel beugte und Wasser ins Gesicht spritzte, um seine Nüchternheit und Beherrschung wieder zu gewinnen. Dann kehrte er zu ihnen zurück und sagte: »Ich bitte Sie um Vergebung, meine Freunde. Der Papyrus ... macht mir großen Kummer.«

»Uns bekümmert er auch, Bruder Alexandros«, sagte Jennings.

»Aber nochmals«, bohrte Jon nach: »Wie haben Sie festgestellt, daß es eine Fälschung ist?«

»Es ist einmal eine Frage der Art, wie der Stift beim Schreiben gehalten wurde. Das kann ich Ihnen zeigen, sobald ich das Original gesehen habe. Wo haben Sie es?«

»Im Labor des Rockefeller Museums.«

»Ja, natürlich.« Alexandros setzte sich langsam hin und strich durch seinen langen, schwarzen Bart. »Wären Sie so nett, mir ein Berechtigungsschreiben auszustellen, damit ich das nächste Mal, wenn ich nach Jerusalem reise, den Papyrus sehen kann?«

»Ja, natürlich. Gerne schicken wir Ihnen eine Berechtigung zu«, sagte Jennings. »Abgemacht, Jonathan?«

Jon nickte.

»Mein Problem sieht folgendermaßen aus, verehrte Freunde. Ich habe vor, sehr bald nach Jerusalem zu fahren, und würde es deshalb vorziehen, falls möglich, Ihre schriftliche Berechtigung jetzt in Empfang zu nehmen. Ich werde Sie selbstverständlich anrufen, sobald ich im Museum bin.«

Jon öffnete seinen Aktenkoffer, zog einen Briefbogen heraus und gab ihn Jennings, der das Berechtigungsschreiben verfaßte, welches Jon ebenfalls unterschrieb. Alexandros nahm es dankend an und fragte dann: »Wer, außer Ihnen drei, weiß sonst vom Papyrus? Père Montaigne?«

»Ja, aber wir waren bemüht, es so geheim wie möglich zu halten.«

»Ja. Das müssen Sie wirklich! Und die Bilder, die Negative, wo sind die?«

»In unserem Hauptquartier in Ramallah.«

»Fein, fein. Aber nun, meine Freunde, ich denke, daß Sie früh zu Bett gehen sollten, weil ich Ihnen einen Gefallen tun möchte, vielleicht als Wiedergutmachung für mein schlechtes Benehmen. Haben Sie je von der Spitze des Berges Sinai aus einen Sonnenaufgang erlebt?«

»Den Sinai habe ich nie bestiegen«, sagte Jennings. »Shannon auch nicht. Wie ist es mit Ihnen, Jon?«

»Auch nicht.«

»Nun, in diesem Falle möchte ich Sie gerne zum Heiligen Berg führen. Es ist eine großartige, geistliche Erfahrung. Würde Ihnen das gefallen?«

»Ja, wirklich!« rief Shannon begeistert aus, während die Männer lächelnd zustimmten.

»Wir müssen aber sehr früh aufstehen. Sonst wäre es zu heiß, um den Berg zu besteigen.«

»In Ordnung.«

»Der Portier wird um zwei Uhr in der Frühe an ihre Türen klopfen. Eine halbe Stunde später werden wir mit der Besteigung beginnen.«

Sie begannen ihren Aufstieg nur vom Sternenhimmel beleuchtet. Der brennende Ofen, den die Wüste tagsüber darstellte, war kühl geworden, verwandelt in eine zauberhafte Welt voll süßduftendem Wind und mehr funkelnden, leuchtenden Sternen unter der breiten, schneeweißen Kuppel der Milchstraße, als sie je zuvor gesehen hatten.

»Gütiger Gott! Das hier ist unglaublich ... atemberaubend!« seufzte Shannon.

»In der Wüste gibt es keine Luftverschmutzung«, erklärte ihr Vater. »Keine konkurrierenden Lichter einer Stadt.«

»Der Himmel tut kund die Herrlichkeit des Herrn«, röhrte Alexandros vor ihnen, »und die Erde trägt seine Handschrift, genau wie der Psalmist es beschrieben hat!«

»Seine Stimme jagt mir immer einen Schreck ein«, flüsterte Shannon zu Jon. »Als Boris Godunov wäre er hervorragend!«

»Vielleicht noch eher als Rasputin.«

Der Weg aus rosafarbenem Granitgestein leuchtete seltsam im Sternenlicht. Er führte geradewegs nach oben. Zuerst war es nur eine leichte Neigung, aber bald wurde die dreistündige Besteigung steil und mühevoll. Dennoch schritt die aufragende Silhouette ihres Führers weiter, wortkarg und unerbittlich. Wiederholt mußte ihn Jon anflehen, anzuhalten, damit Jennings sie wieder einholen und sich kurz ausruhen konnte. Alexandros hielt nur widerwillig an, setzte dafür seinen Anstieg aber auch um so schneller fort, fast wie ein Besessener.

Langsam keimte in ihnen der erste Verdacht, daß Alexandros ihnen damit kaum einen ›Gefallen‹ tun wollte, als jedoch urplötzlich die Dämmerung über die umliegenden Bergspitzen, Klippen und Täler hereinbrach und ein Panoramabild von atemberaubender Herrlichkeit zum Vorschein brachte. Zwanzig Minuten später, die Sonne stieg gerade, gelb wie ein Eidotter, über den östlichen Horizont, erreichten sie eine kleine, auf der Bergspitze stehende Kapelle.

»Sehet, die Hand Gottes«, sagte Alexandros mit einer weitschweifenden, in alle Richtungen zeigenden Handbewegung. »Mose könnte diesen Weg zur Bergspitze begangen haben, um die Zehn Gebote in Empfang zu nehmen. Oder einen steileren Weg im Süden. Ich zeige es Ihnen. Kommen Sie mit zur anderen Seite der Kapelle.«

Alexandros führte sie zum Abgrund der an der Spitze liegenden Klippe und zeigte nach unten. Während sie zögernd und vorsichtig ihre Köpfe über den Abgrund streckten und ein Gefälle von mehreren hundert Metern am südlichen Hang des Berges Sinai betrachteten, hatte sich Alexandros hinter sie gestellt, um zunächst die Männer mit beiden Armen von der Klippe kopfüber in den Abgrund hinunterzustoßen.

Shannon schrie auf, und er stürzte sich auf sie. Verzweifelt schaffte sie es, ihm auszuweichen, und lief dann den Bergweg hinunter, den sie gerade heraufgekommen waren. Alexandros erholte sich augenblicklich, zog sein umständliches Gewand mit einer Hand nach oben, und sprang dann, sich auf die andere stützend, über die Felsen. Er flitzte Felsvorsprünge entlang, jede Abkürzung nutzend, um sie auf dem Zickzackkurs des Weges noch einzuholen.

Shannon bog um eine scharfe Kurve und erblickte den hochaufragenden Riesen, der ihr den Weg verstellte. Vor Panik aufschreiend rannte sie den Weg zur Spitze zurück. Fast wäre sie oben angekommen, als sie plötzlich eine kräftige Hand auf ihrer rechten Schulter spürte, die sie zum Anhalten zwang.

Hilfeschreiend, obgleich niemand in Hörweite war, drehte sie sich um, um ihn abzuwehren. Sie hatte aber keine Chance. Er lachte sie aus, als sie verzweifelt auf ihn einschlug, packte sie an der Taille und zerrte sie zum Abgrund. Sie brüllte, strampelte, trat nach ihm, alles im verzweifelten Versuch, ihm zu entkommen. Er aber hielt ihr linkes Handgelenk mit eisernem Griff fest und schleppte sie über den letzten Vorsprung zur Klippe. Plötzlich stemmte sie sich mit aller Gewalt gegen das Gestein und schlug ihm mit letzter Kraft in die Genitalien.

Alexandros stöhnte schwer auf und lockerte seinen Griff, während er seinen Unterleib mit beiden Händen schützte und sich schmerzerfüllt nach vorn beugte. Shannon hob einen großen Stein auf und schlug damit immer und immer wieder gegen seinen Schädel, bis er als ein mitleiderregender Haufen aus schwarzem Leinen zu Boden sackte. Dann lief sie zum Abgrund.

Ihr Vater war kopfüber den Abgrund hinuntergestürzt. Dort rutschte er auf dem fast senkrechten Abhang seinem Tod entgegen, bis seine ausgespreizten Beine auf einen Felsen trafen, der aus der Klippenwand ragte, und seinen weiteren Fall verhinderte. Jon jedoch war an ihm vorbei gestürzt. Auf dem Rücken rutschte er die Klippe hinunter, seine Arme schlugen im verzweifelten Versuch, etwas zu finden – irgend etwas –, woran er sich festhalten konnte, wild um sich. Es gab aber nichts.

Die Geschwindigkeit seines Falls nahm zu. Gedanken schossen ihm durch den Kopf. Sollte das Leben so enden? Genau wie bei Andrea - auf einem Berg? Ein anderer Teil seines Verstandes schrie, stop den Fall oder du stirbst!

Wenigstens werde ich sterben, während ich es versuche, schwor er. Er blickte nach unten und sah eine einzige Chance: eine schmale, senkrechte Schlucht aus Sand und Kies in einer Aushöhlung der Klippenwand. Sie lag aber zur rechten

Seite. Er fing an, mit seinem rechten Fuß zu strampeln und sich gegen den Sturz zu stemmen. Schließlich scherte er tatsächlich weiter nach rechts aus. Im nächsten Augenblick spürte er Sand unter sich und stemmte beide Fersen und Ellbogen mit aller Kraft in den Boden ein. Es schmerzte, brannte und kratzte entsetzlich, verlangsamte aber den Fall.

Trotzdem hatte er es nicht geschafft, anzuhalten, und das quälende Rutschen begann erneut. Er war fast am Verzweifeln, als seine Füße plötzlich auf einen schmalen Felsvorsprung trafen und er abrupt stoppte. Seine Knie sackten zusammen und die Haut an beiden Kniescheiben wurde abgeschürft.

»Ich danke dir, Herr!« sagte Jon. Sein erstes Gebet seit Monaten, wie es ihm reuevoll bewußt wurde, während er seine zitternden, von Blutergüssen übersäten, blutenden Gliedmaßen abtastete, um sicher zu gehen, daß sie noch dran waren. »Und ich danke dir auch, Verein für Klettersport in Harvard.« Dort hatte er während seiner Zeit auf der Hochschule diese verzweifelte Rettungstechnik gelernt.

»Jon! Sind Sie in Ordnung?« schrie Shannon von der Spitze hinunter.

»Ja!« schrie er der winzigen, weißgekleideten Figur am Abgrund zu: »Was ist mit dem Mönch?«

»Ich habe ihn entweder bewußtlos geschlagen oder umgebracht!«

»Großartig, Shannon! Was ist mit Ihrem Vater?«

»Er hat sich hier oben an einem Felsen festgehalten. Er scheint wohlauf zu sein!«

»Nun, ich werde es wahrscheinlich überleben«, rief Jennings zu Jon hinunter. »Mein Hintern wird aber nie wieder der Alte sein. Und ich habe nicht den blassesten Schimmer, wie ich wieder raufkommen soll!«

»Shannon!« rief Jon. »Sie müssen so schnell wie möglich zum Kloster rennen. Wenn dieser barttragende Wahnsinnige noch lebt, dann könnte er wieder zu sich kommen. Sagen Sie dem Abt, er soll Hilfe schicken. Männer mit vielen Seilen. Beeilen Sie sich!«

»Gut! Hängt euch rein, ihr beiden! Ich werde so bald wie möglich zurückkommen.«

Dann fing das Warten an. Jon wurde es bewußt, daß es mehrere Stunden dauern könnte, bis Hilfe kommen würde. Zu Überleben wäre normalerweise kein Problem, gäbe es da nicht diesen mordlustigen Mönch. Ein Fehler! Er hätte Shannon fragen sollen, ob er noch atmet. Was wäre, wenn das Schwein wieder zu sich käme, und anfangen würde, Felsen auf sie zu schleudern?

»Austin, können Sie mich hören?« brüllte er.

»Ja.«

»Wenn dieser Wahnsinnige noch lebt und zu sich kommt, könnte er versuchen, uns zu steinigen. Haben Sie irgendeine Möglichkeit, sich zu schützen?«

»Eigentlich nicht. Ich liege direkt in Wurfrichtung.«

»Bleiben Sie, wo Sie sind und halten Sie sich an der Felswand fest! Mir wird schon was einfallen. Aber warum zum Teufel hat er uns das angetan?«

»Das weiß nur Gott! Wahrscheinlich wegen des Papyrus.«

»Sie haben eine außergewöhnliche Tochter, Austin! Wissen Sie das?«

»Ich habe keine Ahnung, wie sie das geschafft hat!«

Jon dachte sorgfältig über ihre Situation nach. Er schielte hinauf zur Spitze. Er war so weit vom Klippenrand entfernt, daß nur ein sehr langes Seil ihn erreichen könnte. Würden die Mönche überhaupt genug mitbringen? Dann schaute er nach unten und ließ seinen Blick über das Gelände streifen. Es sah alles hoffnungslos aus. Ein schier schwindelerregendes Gefälle mit tödlichen Felsvorsprüngen, nur unterbrochen von einem ... Unglaublich! Wieso war es ihm nicht schon vorher aufgefallen? Ein enger Pfad, der sich den Berg hinunterschlängelte. Wahrscheinlich war es die südliche Route von Mose, die ihnen der Verrückte angeblich hatte zeigen wollen.

Wie könnte er dorthin gelangen? Er suchte die Klippenwand nach einer Möglichkeit ab. Aha! Nimm die A8 gen Süden nach Atlanta, dann Richtung Osten mit der A81 nach Columbia und schließlich weiter ins Verheißene Land. Seltsamer Humor ist der Verbündete des klaren Verstands, sprach er sich selbst Mut zu. Gleichzeitig dankte er Gott, daß er niemals unter Höhenangst gelitten hat, sonst wäre er schon zehnmal gestorben. Die A8 war eine lange Spalte, die die Felswand entlang nach unten verlief. In diese Spalte könnte er mehrere, rechteckige Steine, die auf dem Felsvorsprung lagen, auf dem er saß, einschieben. Diese könnten als Felshaken und ein flacher Stein, der nahe bei seinen Füßen lag, als Hammer dienen. Die gen Osten, seitlich verlaufende ›Autobahn‹ A81 war ein weiterer, schmaler Felsvorsprung, und der letzte, südlich zur Route des Mose verlaufende Weg war eine weitere Kiessteinschlucht.

Langsam schob er sich nach unten, und irgendwie klappte die seltsame Reise, bis jedoch der letzte Kiesvorsprung, der sich als zu flach erwies, um so viel Gewicht zu tragen, nachgab. Erneut begann er zu rutschen, obwohl er dieses Mal mit dem Gesicht zum Berg stand. Mit seinen Füßen krallte er sich tief in den Kies, in seinen Händen hielt er zwei Steine, die er wie verrückt gegen die Wand preßte, um den Fall zu bremsen. Schließlich aber rettete ihn nach einer schmerzhaften Landung der Weg selbst.

Erlösung! Nun konnte er sicher vom Berg herunterkommen. Aber nein, statt dessen mußte er nach oben klettern, um Jennings zu beschützen. Dieser in Schwarz gehüllte Teufel, der sich als Mann Gottes ausgab, könnte wieder zu sich kommen und Jennings den Schädel zertrümmern. Der südliche Hang vom Sinai war wesentlich steiler, aber für eine durchtrainierte Person – und Jon war, dank der Wochen der Ausgrabung, durchtrainiert – der schnellere Weg. Trotz seiner zerschnittenen Arme und Beine schaffte er den Anstieg innerhalb von fünfzig rasenden Minuten.

Schweißgebadet, mit pochendem Herzen und Lungen, die

nach Sauerstoff schrien, erreichte er schließlich die Spitze. Verzweifelt sucht er nach Alexandros, aber der Mönch war nirgendwo zu sehen. Dann eilte er zum Klippenabgrund. Zu seiner außerordentlichen Erleichterung war Jennings noch da. Er saß rittlings auf dem Felsvorsprung wie auf einem zahmen Esel.

»Sind Sie in Ordnung, Austin?« rief er.

»Ja, dank dem gütigen Herrn! Aber wie sind Sie überhaupt wieder nach oben gekommen?«

»Wo ist Ivan der Schreckliche?«

»Keine Ahnung.«

Wieder ließ Jon seinen Blick über das gesamte Gebiet der Bergspitze streifen, sah aber nichts. Dann hörte er ein gequältes Quäken aus dem Innern der kleinen Granitsteinkapelle am Hang des Sinai. Er lief hinein und erblickte Alexandros vor einem Altar kniend, kopfschüttelnd in gequälter Anbetung. Tränen strömten über seine Wangen und verfilzten seinen Bart. Er schaute nur kurz zu Jon hoch und wandte sich dann wieder dem Herrn zu mit den Worten: *»Pater, heymarton eis ton ouranon kai enopion sou.«* Jon erkannte die Worte als die des verlorenen Sohnes im Lukasevangelium: »Vater, ich habe gesündigt gegen den Himmel und vor dir; ich bin hinfort nicht mehr wert, daß ich dein Sohn heiße.«

Während er wieder den Berg Sinai bestiegen hatte, hatte Jon geschworen, an dem Wicht Rache zu nehmen, der versucht hatte, sie umzubringen. Die vor ihm liegende, gebrochene Kreatur war aber ein erbärmliches Ziel.

»Warum, Alexandros?« schrie Jon. »Warum haben Sie versucht, uns zu töten?«

»Ich bete zu Gott, daß Ihr Kollege gerettet wird.«

»Er lebt noch, aber warum . . .«

»Ich habe als Werkzeug Satans gehandelt. Wenn Sie drei bei einem furchtbaren Unfall ums Leben gekommen wären, hatte ich geplant, mit Ihrem Berechtigungsschreiben nach Jerusalem zu reisen, um den Papyrus zu prüfen und ihn dann in Fetzen zu zerreißen. Das Dokument könnte die Kirche zerstören. Ich mußte den Glauben retten ... unseren Herrn retten ... und seine Auferstehung.«

»Sie haben aber behauptet, daß es eine Fälschung ist. Sie haben gesagt, daß Sie den Beweis dafür erbringen könnten, wenn Sie das Original sehen.«

Alexandros vergrub sein Gesicht tief in seine Arme und schluchzte. »Ich habe gelogen. Ich habe nichts gefunden. Nichts war daran falsch.« Dann schaute er zu Jon hoch und sagte. »Es muß aber eine Fälschung sein! Es muß! Unser Herr lebt! Er lebt!«

»Es gab aber doch Aufnahmen des Originals und Negative. Wie konnten Sie nur hoffen ...«

»Ich hätte die Platte zurück in den Tresor gelegt – als wäre der Papyrus noch intakt – dann wäre ich nach Rama gefahren. Dort hätte ich versucht, auch die Bilder zu vernichten. Auch wenn ich sie nicht gefunden hätte, hätte man sie dann doch nicht mehr belegen können.«

Jon hielt es für unnötig, ihm von Brampton und Cromwell zu erzählen, und wie traurig und unmöglich die ganze seltsame Szenerie war. Statt dessen fragte er:«Aber drei Menschen umzubringen? Kaltblütig?«

»Ja. Drei Märtyrer, wenn Sie wollen, um den Glauben von Millionen Menschen zu retten. Für meinen Verstand war diese Berechnung akzeptabel. Es war aber eine entsetzliche ... entsetzliche Sünde, für die ich ...«

Shannon platzte plötzlich hinein, gefolgt vom Abt. »Jon! Gott sei dank! Sind Sie in Ordnung?«

»Ja, aber lassen Sie uns zuerst Ihren Vater holen.«

Abt Kalaramas und das Dutzend jüngerer Mönche, die er mitgebracht hatte, eilten zum Klippenrand und ließen einen Schultergurt zu Jennings hinunter. Mit ein paar Schwierigkeiten schlüpfte er hinein, und sie zogen ihn langsam in Sicherheit. Jennings umarmte seine Tochter, sowie Jon, bevor seine zittrigen Beine nachgaben und er sich hinsetzen mußte. Einer der Mönche schenkte sehr kalten Orangensaft, den er in einer

Thermoskanne mitgebrachte hatte, in Gläser. Ein weiterer versorgte Jons Wunden.

Wutentbrannt redete der Abt auf Alexandros ein, der ihm in der gleichen Sprache tränenerstickt antwortete. Die übrigen Mönche standen wie ein Kreis von Richtern um ihn herum. Der Ausdruck von Entsetzen steigerte sich immer mehr in ihren Gesichtern.

Schließlich kam der Abt zu ihnen herüber und sprach die traurigste, demütigste Entschuldigung, die Jon je gehört hatte. Dann fragte er: »Wollen Sie Anzeige bei der Polizei in Abu Zenima erstatten?«

Jon schaute Jennings an, der nur den Kopf schüttelte: »Nein. Nein, das wird nicht nötig sein. Ihr Bruder braucht Hilfe, viel Hilfe. Und ich bin mir sicher, daß er sie im Kloster am besten bekommen kann.«

»Sein Genie, fürchte ich, treibt ihn in den Wahnsinn«, erklärte der Abt. »Als Archimandrit war er früher Direktor des Klosters, ich mußte ihn aber ersetzen. Und was ist mit diesem entsetzlichen Dokument, von dem er meinte, es könnte den Weg Christi zerstören?«

»Der ... äh ... Bruder hat übertrieben reagiert«, antwortete Jon. »Viel, viel Arbeit liegt noch vor uns, bevor es überhaupt zu einer Bedrohung gedeihen könnte. In der Zwischenzeit wäre es für alle Beteiligten besser, wenn wir die Sache vertraulich behandeln könnten. Für jetzt zumindest.«

»Ich verstehe. Es ist überaus liebenswürdig von Ihnen, daß Sie so verzeihen, nachdem sich dieser furchtbare Vorfall zugetragen hat. Das ist in der Tat der Weg Christi!«

Langsam wurde es unerträglich heiß, also eilten sie alle schweigend den Berg wieder hinunter. Kurz nach dem Mittagessen, als sie gerade im Begriff waren, aufzubrechen, suchte Alexandros Jon auf, um ihn um Vergebung anzuflehen.

»Beten Sie für mich«, sagte der Mönch mit zitternder Stimme. »Beten Sie aber auch für den Glauben!«

Sie fuhren zurück durch die dürre Wildnis. Alle drei waren

noch von Ihrer Begegnung mit dem Tod viel zu fassungslos, um etwas zu sagen. Shannon fragte, ob sie nicht doch lieber Anzeige erstatten sollten. »Dieser Schuft hätte uns umgebracht! Man sollte ihn lebenslänglich einsperren!«

»Das letzte, was wir jetzt brauchen, ist, daß die Polizei sich einmischt«, sagte Jon. »Alexandros würde den Papyrus zu seiner Verteidigung benutzen, und die Welt würde davon erfahren. Ich glaube, daß die Brüder ihn in Schach halten werden. Außerdem könnten wir seinen gequälten Verstand für den Papyrus noch brauchen.«

Jennings, der auf dem Rücksitz saß, griff plötzlich nach seiner Hebräischen Bibel und übersetzte aus dem zweiten Buch Mose, Kapitel 19, wie Gott die Zehn Gebote gegeben hat. »Hört zu, wie Mose sein Volk vor dem Berg Sinai warnte: ›Hütet euch, auf den Berg zu steigen oder seinen Fuß anzurühren; denn wer den Berg anrührt, der soll des Todes sterben!‹«

»Ich vermute mal, daß dieses Verbot noch gilt«, bemerkte Shannon. »Schaut, was uns passiert ist. Oder fast passiert ist.«

»Dieser teuflische Papyrus!« murmelte Jon. »Er beherrscht langsam unsere Leben. Manche sind sogar bereit, dafür zu töten!« Er rutschte ständig auf seinem Sitz hin und her, um den Schmerz seiner Wunden zu mildern. »Aber jetzt, Shannon«, fügte er hinzu: »Erzählen Sie uns endlich, wie sie den verrückten Mönch aufgehalten haben.«

Kapitel 14

Eine Woche nach ihrer Reise zum Sinai hatte Claude Montaigne einen Termin mit den Archäologen im Rockefeller. Er und Jon, nun mit den endgültigen Definitionen von Alexandros bewaffnet, wollten eine autorisierte Übersetzung des Papyrustextes anfertigen. Sie fanden ihn über dem von einem starken Licht beleuchteten Papyrus gebeugt.

»Finden Sie etwa Fehler, Père Montaigne?« fragte Jon.

»Nein. Ich bin aber immer noch überzeugt, daß dieses Ding nicht echt ist.«

»Sprechen Sie als Gelehrter? Oder als ein Mann des Glaubens?«

»Ich versuche eigentlich, die zwei Sachen nicht getrennt zu betrachten.«

»Das war unfair. Tut mir leid! Aber lassen Sie uns nun die Übersetzungen von Alexandros einbauen. Er ist sicherlich ein Genie, allerdings ein gequältes.«

»Gequält? Wie meinen Sie das?«

»Das ist eine lange Geschichte. Wirklich eine Geschichte! Lassen Sie uns aber zuerst die Übersetzung vollenden. Dann erzähle ich sie Ihnen.«

In der nächsten Stunde arbeiteten sie an der Fassung des Textes. Shannon machte die Aufschrift, und Jon legte die besten englischen Synonyme fest, ganz das wandelnde Oxford English Dictionary, das er offensichtlich war. Die offizielle Fassung unterschied sich kaum von der ursprünglichen Übersetzung, die Jon angefertigt hatte, aber jetzt waren auch alle Redewendungen richtig überliefert.

Danach gingen sie alle zum Seven Arches Hotel, um Mittag zu essen. Es befand sich auf dem Ölberg mit Blick über Jerusalem. Während er an einem roten Tafelwein vom Karmel nippte und seinen Salat aß, fragte Montaigne nach ihren Erlebnissen am Sinai, worauf Jon die gesamte, unglaubliche Geschichte erzählte.

Seltsamerweise schien Montaigne vom mörderischen Treiben des Alexandros nicht übermäßig geschockt zu sein. »Ich fürchte, daß wir noch viel mehr Gewalt sehen werden, wenn die Welt vom Papyrus erfährt«, warnte er. »Sie sind Zeugen davon, was lediglich nur die Spitze eines monströs großen Eisberges ist, *mes amis*. Haben Sie wirklich alle Folgen Ihrer Entdekkung bedacht? Nichtchristen werden natürlich nicht davon berührt werden. Und unter den Christen, unter den liberalen

Theologen, den Kritikern und der Schickeria wird es viele geben, die damit gut zurechtkommen, auch wenn sich alles als echt herausstellt. Aber diese Gruppe, ungeachtet ihres Einflusses, stellt nur eine Minderheit der christlichen Welt dar. Die große Mehrheit aller Gläubigen bezeugt, daß Christus physisch – leibhaftig – vom Tode auferstanden ist. Ihre Entdekkung wird zu einer erschütternden Glaubenskrise in der ganzen Welt des Christentums führen.«

»Wir sind uns dessen vollkommen bewußt, Père Montaigne«, versicherte Jon. »Es hat unsere Gedanken betrübt, seit dem Tag, als wir das Dokument übersetzten.«

»Dessen bin ich mir auch sicher. Ich sehe aber eine Zukunft voller Massenverzweiflung, einen Zusammenbruch der religiösen, womöglich auch der politischen Autorität, Selbstmorde . . .«

»Ist das nicht etwas voreilig, Pater Montaigne?« protestierte Jennings. »Vor allem müssen wir noch viele weiterführende Untersuchungen vornehmen.«

»Ja, ja, das weiß ich. Aber diese Fälschung scheint so geschickt vorgenommen zu sein, daß auch die anderen Untersuchungen diesen Trick womöglich nicht werden auffliegen lassen, bis . . .«

»Bitte verwenden Sie keine Bezeichnungen wie Fälschung oder Trick.«

»Aber natürlich, natürlich. Dennoch bin ich mir sicher, daß sie zutreffen. Oder zutreffen werden! Überzeugter könnte ich gar nicht sein. Also, um der gesamten christlichen Welt nicht zum Anstoß zu werden, muß ich Sie . . . ich muß Sie respektvoll anflehen, den Papyrus zu vernichten, alle Aufnahmen, die Negative, auch das Titulus. Dann sollten Sie die Überreste im Sarkophag wieder einschließen und ihn dort beerdigen, wo Sie ihn auch gefunden haben. Verschließen Sie die Höhle und vollenden Sie statt dessen die anderen Bereiche Ihrer Ausgrabung.«

Jennings, Jon und Shannon tauschten überraschte Blicke aus. Montaigne machte weiter Druck. »Wenn Sie das aber nicht tun können, so sollten Sie doch zumindest den Papyrus vernichten. Falls Sie unbedingt eine ›große Entdeckung‹ brauchen, dann lassen Sie die Welt doch einfach in dem Glauben, Sie hätten Josef von Arimathäa gefunden.«

Jon war verärgert. »Ich weise entschieden Ihre Aussage zurück, wir müßten bei unserer Ausgrabung eine große Entdekkung haben. Wir haben lediglich ...«

»Verzeihen Sie mir, *mes amis*! Das war eine ungebührende Bemerkung meinerseits.« Montaigne senkte seinen Blick. »Es ist nur eine furchtbare Sache, unseren Glauben so unter Beschuß zu sehen. Ich frage Sie erneut: Würden Sie es in Betracht ziehen, den Papyrus zu zerstören? Das Titulus ebenfalls, meine ich? Es könnte zu Spekulationen hinsichtlich der Identität der Überreste führen, die Sie gefunden haben.«

Shannon blickte zu ihrem Vater hinüber, dann zu Jon. Jon schaute Jennings an, der schließlich antwortete: »Es ist ein Gedanke, Jonathan. Es ist ein Gedanke. Wir würden der Welt viel Leid und Elend ersparen.«

Jon traute seine Ohren kaum. Verriet ein wissenschaftlicher Archäologe gerade sich selbst? »Dieses Geschwätz ist doch alles voreilig!« Er sprach die Silben mit Nachdruck aus, das Wort voreilig gar so laut, daß einige Gäste im Speisesaal sich umdrehten und ihn anstarrten. »Solche Entscheidungen werden wir nicht einmal in Betracht ziehen, bis alle Untersuchungen abgeschlossen sind.«

»Gesprochen wie ein echter Gelehrter, mein Freund«, sagte Montaigne. »Wir haben hier aber eine außerordentliche, beispiellose Situation, bei der wir auch zu außerordentlichen Mitteln greifen müssen. Bitte, ich flehe Sie an, es sich zu überlegen, ob Sie den Papyrus nicht doch vernichten wollen.«

Jon schüttelte lediglich den Kopf. Montaigne zögerte, als der Kellner die Hauptspeise brachte. Dann nahm er das Gespräch wieder auf: »In diesem Fall bin ich bereit ...« Er stockte. »... ich bin bereit, im Namen der Organisation, die ich vertrete, Ihnen eine Summe von fünf Millionen Dollar anzubieten, falls Sie mir den Papyrus aushändigen. Dieser Organisation gegenüber habe ich Stillschweigen bewahrt, außer daß ich gesagt habe, daß es ein Dokument gibt, das den christlichen Glauben gemein unterminieren könnte, wenn nicht sogar zerstören.«

Jon blieb der Mund offen stehen. Er schüttelte den Kopf, als wollte er einen bösen Traum aus seinen Gedanken verbannen. »Das kann doch nicht wahr sein, Père Montaigne. Sagen Sie bitte, daß Sie es nicht ernst ...«

»Ich meine es ernst. Absolut ernst.«

»Ich finde das absolut geschmacklos. Welche Organisation vertreten Sie, die Jesuiten? Nein«, korrigierte er sich selbst, »das ist heutzutage kaum ihr Stil.«

»Die Sozietät Jesu hat damit nichts zu tun. Aber glauben Sie mir bitte: Sie werden fünf Millionen Dollar erhalten.«

Jennings Augen waren weit aufgerissen, während Shannon Montaigne nur ungläubig anstarrte. Erneut antwortete Jon, stellvertretend für die Gruppe. Er machte sich nicht einmal mehr die Mühe, sich mit Jennings abzusprechen. »Nein. Nicht für fünf Millionen Dollar. Auch nicht für jede andere x-beliebige Summe, mit der Sie uns zu bestechen versuchen.«

»Ich nehme Ihnen die Bezeichnung ›bestechen‹ übel. Es handelt sich lediglich um eine dankbare Zuwendung seitens der in Frage stehenden Organisation, weil Sie verhindert haben, daß Millionen von Gläubigen aufgrund einer Fälschung qualvoll leiden müssen.«

»Welche Organisation? Ich frage Sie erneut.«

»Es ist mir nicht gestattet, diese Information mitzuteilen.«

»Es ist uns ebenfalls nicht gestattet, zu verkaufen!« fuhr Jon ihn an.

»Ich hebe das Angebot auf zehn Millionen Dollar. Zehn Millionen! Stellen Sie sich vor, wie diese Summe Ihre archäologischen Streifzüge für zahlreiche Jahre unterstützen könnte.«

»Ich kann es nicht fassen, daß ein Gelehrter von Ihrem internationalem Renommée sich dazu herabläßt, so zu feilschen! Ich kann es einfach nicht glauben, daß diese Unterhaltung stattfindet!«

»Ich ebenfalls nicht, *mon ami*! Aber wie ich eingangs schon gesagt habe, es handelt sich hierbei um ein einzigartiges Problem in der Weltgeschichte, für das wir auch einzigartige Lösungen finden müssen.«

»Sind Sie sich ganz sicher, daß Sie uns nicht mitteilen können, um welche Organisation es sich handelt?« fragte Jennings. »Was wäre, wenn wir geloben würden, die Information geheim zu halten? Sonst besitzt Ihr Angebot ja keine Glaubwürdigkeit.«

Montaigne bedachte einige Augenblicke lang diesen Punkt. Dann schaute er hoch und sagte: »Werden Sie mir Ihr Wort geben, daß Sie es geheim halten?«

»Das werden wir«, antwortete Jennings.

»Es handelt sich um mehrere wohlhabende Mitglieder des Opus Dei, die selbständig agieren.«

»Nun«, antwortete Jon, »jetzt besitzen Sie Glaubwürdigkeit!« Jene Organisation von erzkonservativen Katholiken genoß weltumspannenden Ruhm für ihre hingebungsvollen – wenn auch etwas fanatischen – Bemühungen um den Glauben. »Dennoch, ich bin gegen den Verkauf«, beteuerte Jon. »Kategorisch.«

Schweigen breitete sich wieder aus, während ein Kellner den Hauptgang vom Tisch abräumte. Die bizarre Unterhaltung setzte sich beim Kaffee wieder fort.

Montaigne drückte nun seine Handflächen gegeneinander, fast wie die Gebärde eines Betenden, und sagte mit entschlossener Stimme: »Sie müssen gehen, meine Freunde, wie ich auch. Aber ich werde nun das allerletzte Angebot unterbreiten, daß ich in dieser Angelegenheit noch zu machen beabsichtige. Hiernach werde ich diese Sache nie wieder zur Sprache bringen. In der Tat werde ich leugnen müssen, daß diese Unterhaltung je statt gefunden hat. Und das werde ich mit Freude tun, sollte mir dies je zum Vorwurf gemacht werden. Ich bin berechtigt, Ihnen fünfzehn Millionen Dollar anzubieten, die Sie nach eigenem Ermessen aufteilen können. Dafür müssen Sie mir den Papyrus, das Titulus sowie alle relevanten Aufnahmen und Negative übergeben. Bevor Sie antworten, möchte ich Sie noch einmal daran erinnern, daß eine derartige Zuwendung nicht nur Ihre zukünftigen Kampagnen unterstützen könnte, Professor Jennings, sondern auch Ihr Institut der Christlichen Herkunft, Professor Weber.«

Jennings riß die Augen noch weiter auf. »Haben Sie fünfzehn Millionen Dollar gesagt?« fragte er. »Sie meinen neun oder zehn Millionen Pfund?«

»*Absolument!* Und keinen Pfennig weniger!«

Jennings Hände zitterten ein wenig, während er hastig einen Schluck Kaffee schlürfte und etwas beängstigt zu Jon und Shannon schielte.

Meine Herren, wird er etwa schwach? dachte Jon.

Wiederholt hatte sich Shannon auf die Zunge beißen müssen, um sich nicht in dieses groteske Gespräch einzumischen, konnte sich jetzt aber auch nicht länger zurückhalten. »Das hier erscheint mir alles etwas surrealistisch«, sagte sie. »Was wäre überhaupt, wenn wir Ihnen diese Gegenstände für fünfzehn Millionen Dollar verkaufen würden? Was würde uns davon abhalten, der Welt trotzdem von dem Papyrus zu erzählen? Oder, wenn wir ein oder zwei Negative verstecken, um unsere Geschichte zu belegen?«

Montaigne lächelte, er hatte bereits im Vorfeld über diese Möglichkeit nachgedacht. »In dieser Hinsicht muß ich mich natürlich auf Ihre Ehrenhaftigkeit verlassen, *ma chère Mademoiselle*. Aber mehr als das: Ich weiß, daß Sie niemals auch nur einer Person von der Übersetzung erzählen würden, geschweige denn der Welt.«

»Warum nicht?«

»Weil Ihre Reputationen als Archäologen und Gelehrte zerstört wären. In unserem Beruf verkauft man nichts, versteckt man nichts und zerstört man nichts, besonders, wenn es sich um etwas so Wichtiges handelt wie dies hier.«

»Ja, er hat natürlich recht«, gab Jennings zu. »Also dann, meine Kollegen, sollen wir für fünfzehn Millionen Dollar verkaufen und den Rest unseres Lebens genießen? Oder doch den Papyrus behalten und der Welt eine Katastrophe bescheren – eine Welt, die uns mit fanatischem Haß und körperlicher Gewalt – bis hin zur Tötung – belohnen würde? Und wenn Sie meinen, daß das zu weit hergeholt ist, bedenken Sie einfach den Fall Salman Rushdies, und was die Muslime mit ihm gemacht haben, nachdem seine Satanischen Verse veröffentlicht wurden.«

Jon ballte seine Hand zu einer Faust zusammen und sagte: »Das haben Sie wunderschön gesagt, Austin. Das hört sich an wie eine direkte Aufmunterung zum Verkauf!«

»Ach, eigentlich nicht, mein Junge. Es ist nur, daß mir die Sache langsam zu heikel wird. Über diesem Abgrund auf dem Berg Sinai zu hängen, war kaum vergleichbar mit einem Gin Tonic bei Wimbledon! Nein, laßt uns hier demokratisch vorgehen. Wir sind zu dritt, also ist ein Gleichstand unmöglich. Wie stimmst du, Shannon?«

»Nein, Austin, es ist Ihre Ausgrabung«, warf Jon ein. »Entscheiden Sie.«

»Nein, ich bestehe darauf. Deine Wünsche, Shannon?«

Shannon schaute ihren Vater an, dann Jon, sie antwortete langsam: »Ich ... ich würde nie mit mir selbst klar kommen, wenn ich verkaufen würde. Es ist mir egal, was sie bieten. Ich sage nein.«

Jon lächelte, langte zu ihr hinüber und drückte ihre Hand.

»Ich stimme auch mit nein«, antwortete Jennings rasch. »Also sieht es für Sie nicht sehr gut aus, wenn Sie verkaufen wollten, Jon.« In seinen Augen war ein Funkeln zusehen, als Jon erleichtert lachte.

»Ich denke, daß es nur fair ist, Sie zu warnen«, sagte Montaigne schmollend. »Ich möchte, daß mein Name unter keinen Umständen mit diesem Projekt in Verbindung gebracht wird. Ich will keine Erwähnung meiner Teilnahme an der Übersetzung, an der Konsultation, oder sonst etwas.«

»Danke, daß Sie uns bislang mit solcher Hilfe zur Seite standen, Dr. Montaigne«, sagte Jon mit wütender Stimme. »Wir werden Ihre Wünsche in jeder Hinsicht respektieren. Nun nehmen Sie Ihre fünfzehn Millionen Dollar und stecken sie sich ... nein, investieren Sie ihr Geld dort drüben.« Er zeigte hinunter zum Hinnomtal. »Benutzen Sie es dafür, um einen weiteren Töpferacker anzulegen, direkt neben dem des Judas!«

Jon schickte Montaigne am nächsten Tag ein Entschuldigungsschreiben, weil er sich in seiner Rolle als objektiver Gelehrter so vergessen hatte. Montaigne hatte sich natürlich keinesfalls besser verhalten, aber der französische Dominikaner hatte schließlich strategische Hilfe bei der Übersetzung geleistet. Montaigne zeigte sich ebenso kultiviert in seiner Antwort und verlieh gleichermaßen auch seiner Beschämung Ausdruck, daß er sich an dem Angebot des Opus Dei überhaupt beteiligt hatte. »Dieser Papyrus scheint uns alle aus der Bahn zu werfen«, schrieb er.

Jon mußte zustimmen. Es war an der Zeit, einfach um die Nerven aller Beteiligten zu schonen, etwas Urlaub zu machen. Da es nun Ende August war, mußten die Studenten der Ausgrabung alle an ihre Universitäten zurückkehren. Jon hatte vorgehabt, mit Jennings und Shannon nach Galiläa zu fahren, aber Jennings sagte im letzten Moment ab.

»Ich möchte eine weitere Ausgrabungsstätte in Qumran auskundschaften und brauche dafür Clive, bevor er nach England zurückkehrt«, erklärte Jennings. »Aber lassen Sie sich durch mich nicht von Ihren Plänen abbringen.«

»Wollen Sie noch fahren, Shannon?«

Sie dachte einen Augenblick lang nach, dann antwortete sie: »Wieso nicht? Es hört sich interessant an.«

Diese Vermutung erwies sich auch als richtig. Galiläa besaß mit Abstand die schönste Landschaft in ganz Israel. Sie war einfach am wenigsten von der Zeit und dem Besiedlungswahn, der das Land prägte, verdorben. Jon und Shannon fuhren die

Küstenstraße am Mittelmeer entlang, über den Megiddopaß, um den Berg Tabor herum und erreichten schließlich ihr Ziel der ersten Nacht: Tiberias am See Genezareth.

Sie hatten Zimmer im Tiberias Plaza reserviert, direkt am See. Nachdem sie sich in zwei nebeneinander liegenden Zimmern eingerichtet hatten, genossen Sie in einem Restaurant über dem See Genezareth ein Essen bei Kerzenlicht. Für alle anderen, außer ihm und Shannon ein herrlich romantischer Ort, dachte Jon. Sie waren aber ein unwahrscheinliches Paar, das vor ihrem gemeinsamen, alles verzehrenden Geheimnis zu flüchten versuchte. Vor ihnen lag die mit Abstand bekannteste Wasserfläche der Welt - wo Jesus angeblich auf dem Wasser gewandelt, den Sturm besänftigt und einen wundersamen Fischfang erzeugt haben soll. In der Nähe hatte er seine Bergpredigt vorgetragen und fünftausend Menschen gespeist. All dies wäre auf unglaublich groteske Art und Weise unterminiert, sollte sich der Papyrus als echt erweisen.

»Shannon«, sagte Jon und blickte über den Tisch. »Haben wir wirklich das Recht, den Glauben anderer Menschen zu zerstören? Die Sache mit der Eigenverantwortung geht mir langsam ziemlich nahe.«

»Mir auch. Eine Zeitlang war es wie ein Spiel – mit dem eigenen Können die Wahrheit zu finden. Vielleicht ist es das immer noch. Aber wenn diese Sache bekannt wird, dann können wir Frieden, Ruhe und Verstand ade sagen.«

»Und vielleicht auch aller Forschung. Eine voreilige Bekanntmachung wäre der schlimmste Fall.«

»Jon, haben Sie sich je gefragt, ob nicht Montaigne doch recht gehabt hat? Ich meine, nicht wegen des Geldes, sondern seiner Motivation wegen – er wollte den Menschen nicht weh tun?«

Jon biß seine Zähne fest zusammen. »Ja, daran habe ich gedacht. Mehr als ich gerne zugeben würde.«

Plötzlich lachte sie. »Wäre es nicht ironisch, wenn wir uns alle dazu entschließen würden, das Christentum zu retten und den Papyrus zu zerstören, nachdem wir uns die Sache mit den fünfzehn Millionen Dollar haben entgehen lassen?«

»Wenigstens könnten wir dann noch mit uns selbst leben ... hoffe ich«, lachte Jon. »Wir hätten es nicht wegen der Kohle, sondern wegen unseren Prinzipien gemacht.«

In diesem Augenblick zog ihn diese fast märchenhaft schöne Frau, die ihn im Kerzenlicht anblickte und deren Gesicht von sich immer wandelnden Stimmungen geprägt war, in ihren Bann. Sie spielte mit einem Strähnchen ihres schimmernden Haares, das über ihre Schulter fiel. Beim Reden spielten die koralrosafarbenen Nuancen ihrer Lippen, die sich gerade zu einem Lächeln teilten, vor einem Hintergrund perfekt weißer Zähne und machten ihn somit mühelos zu ihrem Gefangenen. Er drehte nervös am Stiel seines Weinglases, angestrengt darauf bedacht, zum ursprünglichen Thema ihrer Unterhaltung zurückzukehren.

»Wer weiß?« sagte er. »Vielleicht wird sich bei den nächsten Untersuchungen etwas ergeben.«

»Meinen Sie wirklich? Sagen Sie mir die Wahrheit.«

Die Ankunft der Vorspeise machte genädigerweise die Notwendigkeit einer Antwort überflüssig. »Lassen Sie uns doch über ein glücklicheres Thema sprechen, Shannon«, sagte er. »Von Ihnen, zum Beispiel. Erzählen Sie mir Ihre Lebensgeschichte.«

»Ach, in Ordnung. Einfach so! Nun, ich wurde sehr jung geboren.« Doch dann erzählte sie ernsthaft weiter vom Tod ihrer Mutter und von ihren ersten Erinnerungen in Oxford.

»Erzählen Sie mir von Ihrer Mutter.«

»Ich weiß nur wenig von ihr. Als sie starb, war ich noch ein Kind. Aber sie war sehr schön. Das kann man an den Bildern erkennen. Sie starb sehr plötzlich an einer seltenen Art von Lungenentzündung. Das zerstörte Papa für eine lange Zeit. Sie war katholisch, er evangelisch – die zwei Gesichter Irlands. Das schien ihnen aber nichts auszumachen, sie waren sehr verliebt.«

»Sehen Sie Ihrer Mutter ähnlich?«

»Papa meint ja.«

Ihre Mutter muß wohl etwas ganz Besonderes sein, dachte Jon. »Erzählen Sie mir von Ihrem Vater. Hat der Tod Ihrer Mutter Sie beide näher zueinander gebracht, oder . . .«

»Nun, zuerst war ich zu jung, um es zu bemerken. Meine ersten Erinnerungen beginnen mit dem guten Fräulein Heatherstone, unserem Kindermädchen. Sie hat versucht, uns beide zu bemuttern, denke ich. Sie mußte Papa immer erzählen, was er anziehen sollte, wenn er wegging, da er so zerstreut war. Einmal gingen wir zum Picknick entlang der Themse. Nachdem wir fertig waren, fuhr Papa tatsächlich weg, ohne die Decke und die Essensreste zurück in den Kofferraum zu legen! Aber ja, er hat mich abgöttisch geliebt, denke ich. Er versuchte auf seine eigene Art, das Fehlen einer Mutter wett zu machen. Das einzige Mal, daß ich mich wie ein Waisenkind fühlte, war, als sie mich ins Mädcheninternat schickten. Das war das Letzte!«

»Ach ja«, lachte Jon. »Ich habe gehört, daß Englands Knabeninternate noch schlimmer sind.«

»Ich haßte die Regeln, die kleinlichen, pingeligen Vorschriften, die Uniformen . . . Sie können sich nicht vorstellen, was dort für Hüte getragen wurden! Manche Mädchen haben mich sogar gehänselt, weil ich keine Mutter hatte. Kinder können so grausam sein.«

»Hat Ihr Vater häufig von Ihrer Mutter gesprochen?«

»Nur wenn ich nachgefragt habe. Dann wurden seine Augen immer glasig, er biß sich auf die Lippe und seine Stimme stockte. Er kann ziemlich emotional werden, wissen Sie.«

Jon nickte, dann fragte er: »Wie war Shannon als Teenager?«

»Ach, irgendwie habe ich diese Problemjahre überlebt. Das liebe Fräulein Heatherstone starb an meinem achtzehnten Geburtstag. Wir hatten danach eine Reihe von Haushälterinnen. Zu der Zeit studierte ich dann aber schon in Oxford – als wenn ich jemals eine Wahl gehabt hätte! – und assistierte Papa bei seinen Ausgrabungen. Je älter ich wurde, desto besser entwickelte sich auch unsere Beziehung.«

Das kann ich gut verstehen, dachte Jon, während er in den letzten Resten des vor ihm liegenden St. Petersfisches herumstocherte. Er wandte fast mit Absicht seinen Blick von seinem Gegenüber ab. Eine vom Kerzenlicht beleuchtete Shannon entfachte einfach ein Feuer in seinem Innern. Er liebte sie. Er wollte allen Menschen im Restaurant zurufen, daß er sie anhimmelte. Der Frust war fast unerträglich.

Was nun? Sollte er ihr einfach von seiner Liebe berichten? Darauf warten, daß sie schockiert reagierte – oder noch schlimmer, belustigt? Dann sich entschuldigen, daß er es überhaupt erwähnt hatte, um dann für den Rest ihres gemeinsamen Urlaubs die Rolle des verstoßenen Narren zu spielen? Nein, das Risiko durfte er nicht eingehen. Es war an der Zeit, sich zurückzuziehen.

»Sie wollen keinen Nachtisch, nicht wahr?« fragte er.

»Nee. Wie haben Sie das erraten?«

»Weil Sie sonst zu viel in Ihrem Bäuchlein hätten, um unseren Mitternachtsplantsch zu genießen. Kommen Sie, wir sollten uns umziehen. Dann laufen wir um die Wette zum Strand. Der letzte im Wasser ist ein bärtiger Monstermönch!«

»Die Wette gilt!« lachte sie.

Shannon siegte. Dort stand sie nun, knöcheltief in den Gewässern des See Genezareth stehend, in einem Bikini, der bläulich-weiß im Mondlicht schimmerte. »Haha, Sie haben verloren, Rasputin!« sagte sie neckisch. »Warum schauen Sie sich so um?«

»Ich schaue nur nach israelischen Polizisten. Die würden Sie nämlich sofort wegen dieses Minibadeanzugs, den Sie anhaben, verhaften.«

»Idiot!« Sie schlug aufs Wasser und spritzte ihn naß, dann kicherte sie und lief in den See. Jon stürzte hinterher. Sie kraulte aber schnell weit hinaus in den See. Jon schwamm hinterher, konnte sie aber nicht einholen.

»Nun, das paßt«, sagte er leise. »Die anziehendste Frau der Welt in einer der herrlichsten Umgebungen, die man sich nur vorstellen könnte, und ich komm nicht hinterher.«

Ein fast voller Mond, der das Wasser des Sees bis nach Tiberias in eine Decke aus purem Platin verwandelte, schwebte über den Golanhöhen, die das östliche Ufer des Sees umsäumten. Die aromatischen Winde aus dem Jordantal schlugen im Wasser, das von der Augustsonne fast badewannen-warm war, kaum Wellen. Ach, wie sehr liebte er dieses reizende Wesen, daß irgendwo da draußen schwamm! Plötzlich wurden ihm von unten die Füße von der Sandbank, auf der er stand, weggezogen, und er fiel nach hinten ins Wasser. Der Kopf einer tropfnassen, irischen Fee tauchte auf, um sich als Schuldige zu stellen.

Er hustete und lachte, umarmte sie freundschaftlich: »Ich wußte nicht, daß Sie auch Meerjungfrau sind, Shannon. Sie scheinen in allem wirklich Expertin zu sein, das Zusammenschlagen bärtiger Mönche eingeschlossen.«

Sie lachte, dann fiel ihr der intensive, glasige Blick in seinen Augen auf: »Hey, wo ist das Problem? Warum sind Sie so ernst?«

»Ach, ich habe nur daran gedacht, was für ein unglaublich glücklicher Typ Gideon ist.«

»Gideon, Gideon, Gideon! Immer Gideon! Was ist mit uns?«

»Uns?«

»Ja, uns! Muß ich dir ein Bild malen, Jonathan Weber? Würdest du mich bitte nur einmal in deine Arme nehmen und mich eine Weile festhalten? Wäre das denn so schwierig?«

Voll überraschter Freude seufzte er auf und hielt sie fester, als sie je festgehalten worden war. Dann küßte er immer wieder ihre nassen Wangen, Ohrläppchen, Hals, Kinn bis er schließlich ihren Mund erreichte und ihr den längsten, leidenschaftlichsten Kuß gab, den er in seinem Leben jemals jemandem gegeben hatte. Sie stöhnte vor Glück auf. Jon zitterte vor unerwarteter Freude und konnte nur flüstern: »Shannon, Shannon, Shannon« während sich seine Arme noch fester um ihren geschmeidigen Körper schlangen. »Ich habe dich geliebt, seit dem ersten Tag, als ich dich bei der Ausgrabung gesehen habe. Und seitdem ist es nur schlimmer geworden, viel schlimmer!«

»Ich liebe dich auch, Jon! Viel mehr, als ich für möglich gehalten hätte.« Sie legte ihren Kopf auf seine Brust, vom Hochgefühl überwältigt. »Wieso hast du aber so lange gebraucht, um es mir zu sagen?«

»Ich weiß es nicht. Ich glaubte einfach nicht, daß es möglich wäre – die Israelische Behörde für Altertumsforschung, der Altersunterschied und alles. Außerdem, auch wenn ich nicht so aussehe, bin ich ein sehr schüchterner Typ.«

»Mmmm«, schnurrte sie und küßte ihn verzückt. »Das macht aber nichts. Ich bin nur froh, daß wir endlich ehrlich zueinander waren.«

Erneut preßte er sie an sich, fast besorgt, daß sie einfach wieder aus seinem Leben gleiten könnte, daß der Traum wie eine Art Fata Morgana wieder wegdämmern könnte. »Meine liebe Shannon! Meine unglaubliche Shannon! Du bist in den ganzen Wochen meine einzige, geheime Quelle der Freude gewesen, auch wenn ich gedacht habe, daß du unerreichbar wärst. Ich hatte wirklich keine Ahnung, daß du meine Gefühle geteilt hast.«

»Ich meinte schon, ein paar Hinweise gegeben zu haben . . .«

»Ich vermute, daß ich einfach zu viel Angst davor hatte, abgelehnt zu werden, um sie zu bemerken. Was für ein verfluchter Feigling ich bin!«

»Auf dem Berg Sinai warst du aber nicht sehr feige.«

»Du warst die Heldin des Tages, mein Schatz. Ich hatte dich schon davor in den Himmel gehoben, aber nach dieser heldenhaften Vorstellung, warst du in der Stratosphäre. Unglaublich! Erzähl mir nochmal, wie du den wahnsinnigen Mönch ausgeschaltet hast.«

Shannon lachte. »Soll ich es dir zeigen?«

»Lieber nicht! Aber wo hast du gelernt, so zu kämpfen?«

»Ich habe eine Schwäche für Ian Fleming. Genau das hätte eine der Heldinnen von James Bond auch gemacht.«

Jon lachte leise, und sie gingen zum Strand zurück. Der sanfte Wind aus südlicher Richtung vertrieb streichelnd die Kälte, während sie mehrere Stunden lang Arm in Arm flanierten und diese neue, kostbare Freude in ihrem Leben feierten. Zuerst tauschten sie Enthüllungen darüber aus, was sie tatsächlich zu verschiedenen Zeiten ihrer Bekanntschaft füreinander empfunden haben. Offenbar hatte sich Jon zuerst verliebt. Sie war wegen Gideon aufgehalten worden. Bald aber, gab sie zu, hatte Jon den Israeli vom Thron gestoßen, und sie hatte nur darauf gewartet, daß er die Initiative ergriff. Auf der anderen Seite konnte sie ihre Gefühle nicht zu offensichtlich zur Schau tragen, aus Angst, daß er sich noch hoffnungslos an die Erinnerungen mit Andrea klammerte. Er gab zu, daß er Andrea niemals weniger lieben würde, aber daß es in dieser Hinsicht kaum zu Komplikationen kommen könnte.

»Warum müssen wir solche Masken tragen?« fragte sich Jon laut. »Warum verstecken die Menschen ihre Gefühle, anstatt ihnen Ausdruck zu verleihen? Schau, was es mich gekostet hat: zwei Monate der Liebe mit dir, ein solcher Verlust ist nicht wieder gut zu machen.«

Sie hielt an, legte sanft ihre Arme um seinen Hals und murmelte: »Wir können versuchen, die verlorene Zeit wieder wett zu machen, mein Lieber.« Dann küßte sie ihn mit solcher Leidenschaft, daß jegliche Gedanken an Zeit und Raum aus ihren Horizonten verschwanden.

Als sie zum Hotel zurückkehrten, waren die Glocken der Mitternachtsstunde bereits längst verklungen. Jon wollte unbedingt die Nacht mit ihr verbringen, aber es bestand die Möglichkeit, daß sie ihm diesen Vorschlag übelnehmen würde, ganz abgesehen von der Frage der Moral. Er würde nichts tun, absolut nichts tun, was den Traum zerstören könnte. Er hielt vor ihrer Zimmertür an, streichelte sanft ihre nackte Schulter und sagte: »Gute Nacht, meine Liebe. Du hast mich gerade zum glücklichsten Mann dieser Welt gemacht. Ich weiß, daß das ein sehr abgedroschener Ausdruck ist, aber es gelingt mir nicht, andere Worte dafür zu finden.«

»Ich fühle mich genauso, Jon. Danke, daß du in mein Leben getreten bist.« Sie gab ihm einen langen, zärtlichen Kuß, ging in ihr Zimmer und schloß die Tür.

»Nur Mut, Jon«, sagte er zu sich selbst. »Du hast noch den Rest deines Lebens, das du mit dieser wunderbaren Frau teilen kannst, und – wenn Gott will – wird sie dich heiraten!«

Er zog sich aus und ging ins Bett. Da die Klimaanlage bestenfalls nur halbherzig funktionierte, lag er nackt auf seiner Bettdecke und ergötzte sich an den Erinnerungen an den Abend. Schlaf war eine Unmöglichkeit, da sein gesamtes Wesen sich nun auf das wunderbarste Geschöpf, das Gott Shannon Jennings genannt hatte, konzentrierte. »Ich danke dir, Herr! Ich danke dir!« sagte er. Es war das aufrichtigste Gebet, das er je gesprochen hatte.

Was als ein Kurzurlaub angefangen hatte, etwas peinlich beklemmt, da einer der Mitreisenden fehlte, wurde nun plötzlich romantisch. Das Frühstück war viel mehr als nur Nahrungsaufnahme: Es war eine Bestätigung ihrer überwältigenden Zusammengehörigkeit bei Tageslicht. Ihre Pläne blieben die gleichen, sonst aber nichts. Alle Unzulänglichkeiten, alle Zurückhaltungen waren in Tiberias begraben worden. Nun fühlten sie sich frei, vollkommen ehrlich miteinander zu sein.

Wie Schulkinder bei ihrem ersten Picknick segelten sie förmlich die Küstenstraße um den See Genezareth entlang, vorbei an Kapernaum, hinauf nach Cäsaräa Philippi, wo der Apostel Petrus einst bezeugt hat, daß Jesus der Sohn Gottes sei. Jon und Shannon tollten dort wie zwei junge Ziegen in den Höhlen und

Grotten herum – sie neckten sich, liefen um die Wette, beschwatzten sich, berührten sich, umarmten sich, küßten sich. Hier entsprang der Jordan; klares, kaltes Wasser, das gurgelnd aus einer Bergquelle spritzte. Es war der perfekte Ort, um die Hitze mit einem Sprung von den dort befindlichen Wasserfällen zu besiegen.

Sie bestiegen die Golanhöhen, schielten nach Syrien und schlugen ihre Zelte in Ein Gev, am östlichen Ufer des Sees, auf. Sie entdeckten neue Freuden aneinander, verborgene Gedanken, entzückende Empfindungen, belebende Emotionen. Sollten sie Jennings anrufen, um ihm von ihrem großen Glück zu berichten? Dafür gäbe es später noch genug Zeit, beschlossen sie.

»Jon, nimm mich auf einen Bootstrip über den See Genezareth mit«, sagte sie, nachdem sie nach Tiberias zurückgekehrt waren. »Das habe ich nie gemacht, ob man es glaubt oder nicht, aber von diesem See habe ich seit meiner Zeit in der Sonntagsschule gehört.«

»Abgemacht!« versprach er.

Sie mieteten sich ein Segelboot am Hafen und segelten hinaus zur Mitte des Sees. »Wenn jetzt jemand auf dem Wasser wandelnd vorbeischaut, dann tu, was immer er von dir verlangt«, riet ihr Jon.

»Paß bloß auf, daß wir nicht von einem Sturm überrascht werden. Dein Freund könnte womöglich nicht rechtzeitig erscheinen.«

Kein Sturm, sondern eine absolute Windstille überraschte sie in der Nähe der Seemitte. Nicht einmal ein Zephyr kräuselte die Segel. Sie lagen wie tot im Wasser.

»Ich denke wirklich, daß wir unsere Zeit hier besser nutzen könnten, als nur rumzusitzen«, sagte Jon. »Meinst du nicht auch?«

Sofort lagen sie sich wieder in den Armen und fielen in die flache Grube in der Mitte des Segelbootes. Sie küßten und streichelten sich mit einer Leidenschaft, die sie selbst erstaunte. Das Leben kann nicht besser sein als dies, dachten sie.

Plötzlich hörten sie es, bevor sie es sehen konnten. Ein Boot näherte sich, bis zum Anschlag voll mit Touristen, die aus voller Kehle sangen: »Gesegnet sei das Band, das uns im Herrn vereint.«

Jon schob seinen Kopf über das Dollbord und sah ein mit einem riesigen Spruchband geschmücktes Schiff: »NOCH EIN BOOT VOLLER BAPTISTEN IN ISRAEL«. Die Pilger reckten ihre Hälse über die Steuerbordreling, um das Paar anzuglotzen.

Von Panik ergriffen wollte Jon aufstehen, um den Schiffsführer zu warnen, aber seine Badehose verfing sich in der Klüverleine und wurde nach unten gezogen. Nur eine einzige Schlußfolgerung konnte sich den Pilgern bieten.

»Brüder und Schwestern«, röhrte der Reiseführer über die Lautsprecher, »wenden Sie Ihre Augen von solchen Sünden des Fleisches ab! ›Flüchtet vor den Gelüsten der Jugend!‹ wie die Bibel sagt. Statt dessen laßt uns alle Lied Nummer 374 singen: »Die Liebe, die mich nicht verläßt!«

Jon – seine Badehose wieder fest an der dafür vorgesehenen Stelle sitzend – schloß sich Shannons brüllendem Gelächter an, und sogar die Insassen des Bootes lächelten wegen der Tölpelhaftigkeit ihres Anführers.

»Sind Sie in Ordnung?« rief der Kapitän, als das Schiff neben dem Segelboot lag. »Ich dachte, daß Sie vielleicht in Schwierigkeiten wären.«

»Nein, nein! Wir sind wohlauf!« rief Jon zurück. Gnädigerweise fuhr das Schiff dann weiter nach Kapernaum.

»Das wird sich in deinem Lebenslauf gut machen«, brüllte Shannon vor Lachen. »WEBER ENTBLÖSST SICH VOR PILGERN IN GALILÄA!«

Jon kicherte und sagte: »Dieser bibelzitierende Reiseführer ... Ich kann aber auch aus der Bibel zitieren.« Er beugte sich vor, um sie zu küssen.

»Siehe meine Freundin, du bist schön! Siehe, schön bist du!

Die Rundung deiner Hüfte ist wie ein Halsgeschmeide,
Das des Meisters Hand gemacht hat.
Dein Schoß ist wie ein runder Becher, dem nimmer Getränk mangelt.
Dein Leib ist wie ein Weizenhaufen, umsteckt mit Lilien.
Deine beiden Brüste sind wie junge Zwillinge von Gazellen.
Dein Hals ist wie ein Turm von Elfenbein.
Deine Augen sind wie die Teiche von Heschbon am Tor Bat-Rabbim.
Deine Nase ist wie der Turm auf dem Libanon, der nach Damaskus sieht.
Dein Wuchs ist hoch wie ein Palmenbaum,
Deine Brüste gleichen den Weintrauben.
Ich sprach: ich will auf den Palmenbaum steigen und seine Zweige ergreifen.
Laß deinen Mund sein wie guten Wein, der meinem Gaumen glatt eingeht.
Und Lippen und Zähne mir netzt.
Wie schön und lieblich bist du, du Liebe voller Wonne.«

»Das ist unglaublich schön, Jon. Es ist aus dem Lied der Lieder, nicht wahr?«

Er nickte und sprach. »Oder wie es manchmal genannt wird, das Hohelied Salomos.«

»Laß es uns mal gemeinsam lesen.«

»Wie wäre es mit einer täglichen Andacht?«

Er blickte ein letztes Mal zu der Figur, die so herrlich dort in der Grube ihres Segelbootes lag, lächelte mit unendlicher Zufriedenheit und murmelte: »Komm, meine kleine Prinzessin. Wir müssen mit diesem Wind nach Hause segeln.«

Sie aßen in dem Hotel, das ihr Leben verändert hatte, ein letztes Mal zu Abend, dann packten sie für die Fahrt zurück nach Ramallah.

»Wo sollen sie, deiner Meinung nach, die Bronzeplakette hinhängen?« fragte Shannon, als sie wegfuhren.

»Welche Plakette?«

»Die mit der Inschrift: ›HIER BLÜHTE ZUM ERSTEN MAL DIE GROSSE LIEBE ZWISCHEN JONATHAN WEBER UND SHANNON JENNINGS.‹ Am Strand oder im Hotel?«

»Auf dem Rasen, ganz vorne, in Neonlicht.«

Sie knabberte an seinem rechten Ohrläppchen und streifte seine Backen mit ihren Lippen. Es war ein Miteinander wie dieses, welches sie das Autoradio vergessen ließ. Hätten sie Kol Israel, die BBC oder einem anderen Sender gelauscht, so wären sie nicht so schockiert gewesen, als sie nach Ramallah zurückkehrten.

Als sie dann schließlich gegen Mitternacht ankamen, sahen sie, daß ihr Hotel von ungefähr der Hälfte der Israelischen Streitkräfte umzingelt war. Flutlichter strahlten über dem Eingang, mit Funksprechgeräten ausgestattete Offiziere patrouillierten, und eine schiebende, schreiende Menge belagerte das Grundstück. Nur die israelischen Militärs konnten verhindern, daß sie eindrangen.

»Was zum Teufel geht hier vor?« fragte Jon den Wachmann, der sie daran hinderte, weiterzufahren.

»Wer möchte das wissen?« konterte er.

»Das ist Shannon Jennings. Ihr Vater ist Direktor der Ausgrabungen in Rama, und ich bin Professor Weber. Wir wohnen hier.« Er zeigte auf das Hotel.

»Ach! Wir haben schon nach Ihnen gefahndet! Bitte folgen Sie mir.«

Er machte den Weg für ihr Auto frei. Sie fuhren durch, stiegen aus und gingen hinein. Dort fanden sie einen kreidebleichen, stark schwitzenden, umherschreitenden Jennings vor.

»Gott sei Dank, daß Sie endlich hier sind, Jon . . . Shannon,« krächzte er fast. »Irgendwie hat sich die Nachricht verbreitet! Jetzt weiß es die ganze Welt!«

Jon biß seine Zähne fest zusammen und ballte seine Hände zu Fäusten. Er blickte zu Shannon und meinte: »Der schlimmste Fall!«

Kapitel 15

»Was zum Teufel ist passiert, Austin?« brüllte Jon. Er bemühte sich nicht einmal, seine Wut zu verbergen. »Sagen Sie es mir!«

»Eine idiotische Nachlässigkeit bei den Sicherheitsvorkehrungen. Gideon war hier und hat seinem Vetter die Ausgrabung gezeigt. Sagen Sie es ihm, Gideon.«

Ben-Yaakov sah niedergeschlagen und nachdenklich aus. »Nun, es war eine komische ... nein, mehr eine tragische Verkettung von Zufällen«, gab er zu. »Mein Vetter Schmuel Sanderson ist Schreiberling für *Associated Press* in Jerusalem. Wie Sie sicher wissen, gab es im August kaum interessante Neuigkeiten, also machte Schmuel einen Artikel über die verschiedenen Ausgrabungen in Israel, um überhaupt etwas für die Zeitungen zu haben. Da Ihre zu den interessantesten gehört, war es für mich eine Selbstverständlichkeit, daß ich ihn mit nach Rama brachte. Nachdem ich die Ausgrabung mit ihm besichtigt hatte, brachte ich ihn hierhin, um ihm das Arbeitszimmer und das Labor zu zeigen. Professor Jennings und Clive Brampton waren zu der Zeit gerade weg, und das übrige Ausgrabungspersonal hatte nichts an unserer kleinen Besichtigung eurer Einrichtungen auszusetzen. Im Fotolabor sah ich dann einen Abzug des Papyrus. Ich dachte, daß ich vor meinem Vetter Schmuel mit meinem Aramäisch etwas angeben könnte, also fing ich an, die ersten drei oder vier Zeilen vorzulesen. Als ich bemerkte, daß es sich hierbei um etwas Delikates handeln könnte, hörte ich sofort auf, und wir verließen das Hotel.

Schmuel hat natürlich diese unglaubliche Spürnase, wenn es um Nachrichten geht. Als wir im Begriff waren, zu gehen, behauptete er, etwas vergessen zu haben, und ging zurück ins Hotel. Tatsächlich machte der Räuber aber Aufnahmen von dem Abzug. Dann brachte er seine Bilder zur Hebräischen Universität, um sie übersetzen zu lassen. Alles schafften sie nicht, aber genug, daß Schmuel erkannte, daß dies wohl die größte Geschichte seines Lebens war. Er setzte sich aber nicht zuerst mit mir in Verbindung. Nein, er gab die Geschichte einfach preis. Es tut mir so leid, meine Freunde. Wirklich unglaublich leid!«

»Und was zum Kuckuck dachte sich Dick Cromwell dabei, solche Abzüge einfach rumliegen zu lassen?« verlangte Jon. »Und wo ist Dick überhaupt?«

»Dick mußte in die Vereinigten Staaten fliegen. Seine Mutter ist krank«, sagte Clive. »Austin und ich waren bei den Höhlen des Toten Meeres, als es passierte. Vielleicht bezahlen wir jetzt den Preis dafür, niemanden eingeweiht zu haben, der auch die ganze Zeit hier ist.«

»In Ordnung. Alles der Reihe nach. Wieviel ist eigentlich bekannt geworden?«

Sie zeigten ihm die großen Schlagzeilen verschiedener Zeitungen, die in Jerusalem zu kaufen waren. Die Geschichte war unausgeformt, aber die sensationellen Hauptinformationen fehlten in keinem der Artikel.

»Sie wissen also nicht, daß der Papyrus und die Knochen im Rockefeller sind«, erklärte Jennings. »Sie denken, daß sie hier sind. Deshalb auch die Belagerung.«

»Auch für das kleine Glück sollten wir dankbar sein«, antwortete Jon sarkastisch. »Wer ist draußen der befehlshabende Offizier, Gideon?«

»Colonel Chaim Nahshon.«

»Kann er mit einem Geheimnis umgehen?«

»Er gehört zu unseren Besten.«

»Warum schlagen Sie ihm nicht vor, daß er eine starke Einheit zum Rockefeller verlegt, um dort die Sicherheit zu gewährleisten? Sie sollten außer Sichtweite bleiben, aber trotzdem bereit sein, jeden Augenblick in Erscheinung zu treten.«

»In Ordnung! Bin sofort zurück.« Er ging nach draußen.

Das entsetzliche Getöse eines Lautsprechers plärrte draußen. Es kam aus der vor den Toren versammelten Menge: »HALLO, PROFESSOR JENNINGS UND PROFESSOR WEBER! RODNEY CORNWALL VON REUTERS PRES-

SEAGENTUR HIER. WIR HABEN JETZT EINE NACHRICHTENGEMEINSCHAFT GEBILDET, ALSO WERDEN SIE IHRE GESCHICHTE NUR EINMAL ERZÄHLEN MÜSSEN. DÜRFTE ICH UM EIN INTERVIEW BITTEN?«

Schnell besprach Jon mit Jennings die Strategie. Der nickte daraufhin, schritt zum Fenster und brüllte: »Kommen Sie herein, Cornwall!«

Gideon Ben-Yaakov war in der Zwischenzeit zurückgekehrt.

»Wo in Jerusalem werden wir genug Platz haben, um eine Pressekonferenz abzuhalten?« fragte ihn Jennings.

»Ich würde sagen im Tagungssaal des Hotels Diplomat.«

»Würden die ihn uns zur Verfügung stellen?«

»Natürlich. Kostenlose Werbung!«

»Würden Sie für uns anrufen?«

»Natürlich.«

Rodney Cornwall betrat das Zimmer. Er war ein kleiner, schnurrbärtiger Engländer, auf dessen Konto zahlreiche Schlagzeilen gingen, die in den letzten Jahrzehnten weltweit erschienen waren. »Wie überaus entzückend von Ihnen, mir dieses Interview zu genehmigen.« Seine Worte schienen förmlich mitzulächeln.

»Wir geben Ihnen kein Interview, Mr. Cornwall. Wir bitten Sie lediglich darum, eine Nachricht an die Menge da draußen weiterzuleiten.«

»So?« Er hob die Augenbrauen. »Und welche Nachricht?«

Gideon, der am Telefon stand, machte eine zustimmende Geste und fragte: »Übermorgen? Am Nachmittag?«

»Fein.« Dann wandte sich Jon zu Cornwall um und sagte: »Bitte erzählen Sie den Menschen zwei Sachen: Erstens, weder die Artefakte noch die Überreste, die wir in der Höhle gefunden haben, befinden sich in diesem Gebäude. Also sagen Sie allen, daß sie bitte gehen sollen.«

»Wo sind die Sachen denn dann, Professor Weber?«

»Kein Kommentar, Mr. Cornwall. Die zweite Botschaft lautet: Übermorgen werden wir um 15 Uhr im Tagungssaal des Hotels Diplomat in Jerusalem eine Pressekonferenz geben, zu der alle Medienvertreter eingeladen sind.«

»Das war's? Mehr können Sie mir nicht sagen?«

»Das war's, Mr. Cornwall. Gute Nacht.«

Cornwall wandte sich um und ging. Bald ertönte seine Stimme über den Lautsprecher, die sich an die Menge richtete.

»Wer hätte das gedacht!« sagte Jennings. »Ein Mal hat die Presse etwas richtig gemacht.«

»Es scheint tatsächlich zu funktionieren!« sagte Shannon. »Die Menge löst sich langsam auf.«

In der nächsten Stunde planten sie ihre Strategie. Jon, darauf bestanden sie, sollte als Sprecher fungieren. Er war aber immer noch von Wut ergriffen, daß ihre Entdeckungen nun an die Öffentlichkeit gedrungen waren. »Es bedeutet für uns eine entsetzliche Komplikation! Dieser verdammte, schnüffelnde Papparazzi – ich würde den widerlichen Typ gern mal packen und ihm den ... Warum sagen wir der Presse bei der Konferenz nicht einfach, sie sollen abhauen, bis wir fertig sind?«

»Es würde nicht funktionieren, Jon«, sagte Brampton. »Nicht bei dieser Geschichte.«

»Ich schätze, daß Sie recht haben. Sie würden uns bis in den Tod hinterherjagen.« Jon ging zum Fenster und blickte über die Hügellandschaft Judäas. In seiner gegenwärtigen Stimmung hätte er gerne einen ganzen Rudel Schakale dazu angehalten, den Mond anzubellen. Dann wandte er sich um und sagte: »Ich schlage vor, daß wir die Geschichte einfach und ehrlich erzählen, damit es uns später nicht vorgeworfen werden kann, Informationen zurückgehalten zu haben. Ich werde aber dringend betonen – überbetonen – daß alles nur vorläufig ist, daß es keine Schlußfolgerungen gibt, daß viele Untersuchungen noch nötig sind und so weiter. Nun, was denken Sie? Segnen Sie meine Strategie ab oder machen Sie sie nieder.«

Jennings seufzte: »Sonst bleibt uns ja doch nichts übrig.«

Als Gideon sich umdrehte, um Abschied zu nehmen, legte er seine Arme um Shannon und fragte: »Können wir uns morgen treffen, meine kleine Schikse?«

Jon bekam es mit und vergaß sofort das ganze gegenwärtige Chaos.

»Gideon, ich muß dir etwas sagen. Können wir etwas spazierengehen?«

Jon lächelte erfreut und wandte sich dann wieder der Krise zu.

Der Tagungssaal im Hotel war bis zum Anschlag voll. Alle fünfhundert Sitzplätze waren besetzt, und Medienvertreter aus der ganzen Welt säumten die Wände. Das von Fernsehlichtern beleuchtete Podium war mit zahlreichen Mikrofonen geschmückt, auf Stative geschraubte Fernsehkameras, genug um das Hauptquartier einer Fernsehgesellschaft auszustatten, waren in der Halle aufgestellt. Journalisten aller Hautfarben saßen oder standen mit aufgeschlagenen Notizblöcken in jeder Lücke, die sie nur finden konnten. Ein gesonderter Bereich war für die Kirchenführer reserviert. Dort saßen der Lateinische Patriarch von Jerusalem, der Griechisch Orthodoxe, Koptische, Armenische, Abessinische und andere ethnische Patriarchen, sowie Abgesandte des Papstes, des Erzbischofs von Canterbury, des Lutherischen Weltbundes und des Weltkirchenrates.

Auf dem Weg zum Podium erblickte Jon ein bekanntes Gesicht in der Menge. Er hielt an, ging hinüber zu Kevin Sullivan und klopfte ihm auf die Schulter: »Und was bringt dich von Rom hierher, alter Kumpel?« fragte er neckisch.

»Unser gemeinsamer Freund im Vatikan schickte mich, um ihn zu vertreten, Jon. Du solltest uns lieber gut erklären, was du hier angestellt hast!«

»Das werde ich schon, Kevin. Laß uns nachher noch ein Bier trinken gehen, in Ordnung?«

»Nur eins? Ich sehe dich nachher!«

Das Getöse im Zimmer verstummte, als Brampton, Jennings und Shannon sich ihm auf dem Podium anschlossen. Um 15 Uhr schritt Jon zu den zahlreichen Mikrofonen und sagte: »Verehrter Klerus, verehrte Abgesandte und meine Damen und Herren der Weltpresse, erlauben Sie mir, eine vorbereitete Erklärung zu verlesen. Danach werde ich Fragen beantworten. Lassen Sie mich zuerst meine Kollegen vorstellen: Dr. Clive Brampton, stellvertretender Direktor der Ausgrabung in Rama; Professor Austin Balfour Jennings, der Direktor der Ausgrabung; Shannon Jennings, seine Tochter und Protokollführerin; und ich bin Jonathan Weber, ihr Kollege.

Wir möchten Sie eingangs darauf aufmerksam machen, daß diese Pressekonferenz uns von der nicht genehmigten und völlig voreiligen Veröffentlichung unserer Entdeckungen in Rama ungewollt aufgezwungen wurde. Dies ist in keiner Weise zu rechtfertigen und wurde nur mit Hilfe von unlauteren Mitteln erreicht. Nach allen Regeln der wissenschaftlichen Archäologie wollten wir unsere Funde zuerst umfangreich testen, bevor wir sie der Öffentlichkeit vorstellen. Mehrere Untersuchungen sind bereits abgeschlossen, aber keineswegs alle. Ich kann nicht dringend genug betonen, daß bis dato all unsere Funde als extrem vorläufig zu betrachten sind und daß keine Schlußfolgerungen hinsichtlich der Bedeutung oder gar der grundlegenden Echtheit der Entdeckungen getroffen worden sind. Wir erwarten, daß Sie in diesem Punkt absolut deutlich sind, und ich hoffe, daß Ihre Fragen diese Klarheit wiedergeben.«

Jon fuhr fort mit einer kurzen Beschreibung der Ausgrabungsgeschichte und ihrer Entdeckungen, sowie der Untersuchungsmethoden, derer sie sich bisher bedient hatten. Er erwähnte weder den versuchten Mord auf dem Sinai noch die Beteiligung von Claude Montaigne.

Schließlich sagte er: »Da eine überaus unzureichende und stellenweise unverständliche Version des angeblichen Briefes von Josef von Arimathäa veröffentlicht wurde, möchte ich Ihnen nun Kopien der von uns autorisierten Übersetzung, sowie

Fotografien des Titulus, des Kruges und des Papyrus geben. Ich bin mir sicher, daß die Gelehrten dieser Welt daran interessiert sein werden, uns bei der endgültigen Beglaubigung oder Widerlegung der Echtheit dieser Gegenstände zu helfen. Nun stehen wir Ihnen für Ihre Fragen zur Verfügung. »

Mehr als fünfzig Hände schossen in die Höhe. Jon nahm sie, so gut er konnte der Reihe nach dran.

»Hans Steinle, *Frankfurter Allgemeine*. Warum haben wir keine Bilder der Knochen, die Sie gefunden haben? Und wo befinden sich gegenwärtig die Überreste?«

»Wir ziehen es nicht in Betracht, Bilder der menschlichen Überreste zur Verfügung zu stellen. Ganz abgesehen von der Frage des Geschmacks, werden weitere Untersuchungen nötig sein. Sie sollten sich mit den vorliegenden Bildern zufrieden geben. Viele Archäologen warten Monate oder gar Jahre, bis sie ihre Bilder veröffentlichen. Wir haben es nur mit Blick auf die potentielle Bedeutung jener Funde getan. Ja?«

»Blandford Morgan, *Manchester Guardian.* Sie haben uns nicht gesagt, wo der Papyrus und die übrigen Gegenstände zur Zeit sind.«

»Nein, und das auch mit voller Absicht. Ja?«

»Louis Rambeaux, *Paris Match.* Die Kohlenstoff-Untersuchungen, die Sie bislang angewendet haben, haben die Echtheit Ihrer Funde belegt, denke ich mir. Warum gehen Sie nicht einfach davon aus, daß sie dann auch tatsächlich echt sind?«

»Es steht zu viel auf dem Spiel, um diesbezüglich solch simplistische Schlußfolgerungen zu ziehen.«

»Wenn es aber kein Pergament und kein Papyrus gegeben hätte, um diese Überreste . . . auf so sensationelle Art zu identifizieren, wären Sie dann nicht jetzt schon davon überzeugt, daß Ihre Entdeckungen authentisch sind?«

»Wahrscheinlich. Wir würden sie aber trotzdem noch weiter testen und noch viele Untersuchungen machen. Wenn ich es mir recht überlege, möchte ich Sie bitten, das Wort ›wahrscheinlich‹ zu streichen, es könnte falsch ausgelegt werden. Machen Sie ›möglicherweise‹ daraus.«

»Arthur Blake, *New York Times.* Welche Untersuchungen stehen noch auf dem Plan?«

»Vielleicht wäre Professor Jennings so nett, diese Frage zu klären?«

Jennings schritt zum Mikrofonpult und sprach: »Wir planen Thermolumineszenz-Untersuchungen für die Keramikgegenstände, zusätzliche Kohlenstoffdatierung anderer Proben, metallurgische Untersuchungen an der Münze, Blütenstaubanalysen an dem Pergament, dem Papyrus und dem Leinen. Vielleicht auch Kollagen Stoffanalysen. Und natürlich auch allgemeine spektroskopische Analysen aller Gegenstände, genauso wie Neutronenaktivierungsanalysen, um deren Ursprung einschätzen zu können. Andere Testreihen könnten durchaus im Verlauf der Untersuchungen noch hinzukommen.«

»Helen Cronin, *Melbourne Daily News.* Mal angenommen, daß alle Tests die Echtheit Ihrer Funde bestätigen und Sie und die übrigen Wissenschaftler erklären sie auch dementsprechend: Wäre das das Ende des Christentums als glaubwürdige Religion?«

Das summende Flüstern in der vollen Halle entwickelte sich plötzlich zu einem allgemeinen Getöse. Jon bat um Ruhe und antwortete: »Aus mehreren Gründen ist es mir nicht genehm, auf eine derartige Frage zu antworten. Einerseits fehlt uns einfach die Zeit, um irgendwelche Spekulationen in Fragen von solch überragender Bedeutung anzustellen. Und dann ist das viel eher eine theologische Frage als eine der wissenschaftlichen Archäologie. Eine rein persönliche Antwort wäre, ich würde hoffen, daß weder diese noch irgendeine andere Entdeckung den christliche Glauben unterminieren könnte. Ja?«

»Dan Rather, *CBS Evening News.* Offenbar, Professor Weber, sind diese Funde entweder echt, oder nicht. Wenn nicht, wie hätte man den Papyrus überhaupt fälschen können? Wie könnte er so genau datiert sein, wenn es alles nur ein Trick ist? Wie könnte man Knochen aus dem ersten Jahrhundert in ein Grab schmuggeln, das ebenfalls aus dem ersten Jahrhundert stammt?«

»Es nennt sich ›eine Ausgrabung salzen‹, Mr. Rather. Der Täter pflanzt die Artefakte oder begräbt sie, damit sie später ›entdeckt‹ werden. Vielleicht könnte uns Dr. Clive Brampton kurz von ein paar der wichtigsten archäologischen Tricks der Vergangenheit berichten.«

Clive schritt zu den Mikrofonen und listete einige der großen Fälschungen auf, von dem bekannten Piltdown Schädel in England bis zum Runenstein in Minnesota. Er erzählte weiter von großen Kunstfälschungen wie das angeblich antike, goldene Diadem der Saitapharnes, das die Franzosen hinters Licht führte – es wurde im neunzehnten Jahrhundert n. Chr. angefertigt – oder der doppelköpfige, hakilarische Topf aus der Türkei, der Experten in Oxford zum Narren hielt. Sein Ursprung war nicht im fünfzehnten Jahrhundert v. Chr. zu suchen, sondern im zwanzigsten n. Chr.! Brampton schloß mit berühmten Fälschungen von Schriftsätzen, von der »Stiftung Konstantins« bis hin zu den Tagebüchern Adolf Hitlers.

Rather stand wieder auf. »Das erklärt aber nicht, warum die Kohlenstoff 14 Untersuchungen am Papyrus feststellten, daß es sich dabei um ein antikes Dokument handelt. Wenn es, wohl gemerkt, eine Fälschung sein soll.«

Jon schritt wieder zu den Mikrofonen und sagte: »Der Täter könnte den unbeschrifteten Anfang oder das Ende einer antiken Schriftrolle verwendet haben, um seine Botschaft zu fabrizieren.«

»Wie kommt es aber, daß er so perfekt aramäisch kann? In einer solch überzeugenden Schriftart?«

»Ich weiß es wirklich nicht. Ja?«

»Howard Go Whu, *Hong Kong Telegraph.* Fragen sich die verehrten Professoren nicht, wie all diese Dinge hätten fabriziert werden können? Die Komplexität, meine Herren, erscheint mir enorm. Wer könnte so etwas versuchen? Und warum?«

»Ich gebe zu: Wenn es sich als Fälschung erweist, dann ist es die aufwendigste in der gesamten Geschichte der Menschheit.«

»Aber nochmals«, fuhr Go Whu unbeirrt fort: »Es könnte sein, daß es gar keine Fälschung ist. Und je mehr ich von Ihren Entdeckungen höre, desto wahrscheinlicher scheint mir deren Echtheit. Ich glaube ebenfalls, daß diese Ansicht von vielen der hier Versammelten geteilt wird.«

»Kein Kommentar, weil Sie eine Behauptung aufstellen, aber nichts fragen.« Erneut gab es lautes Getöse.

Jon beantwortete noch eine weitere Stunde Fragen, bevor er dann zu seinen abschließenden Bemerkungen kam: »Ich muß Sie noch einmal darum bitten, Ihre Spekulationen hinsichtlich der Entdeckungen zu zügeln, da zu diesem Zeitpunkt keine eindeutigen Schlußfolgerungen möglich sind. Ich würde den Medien dringend raten, in ihrer Berichterstattung Zurückhaltung zu demonstrieren und jegliche Art der Sensationsmache zu unterlassen. Die Gründe hierfür sind offenkundig genug. Sonst werden Sie der aufrichtigen Suche nach Wahrheit unnötig Schwierigkeiten bereiten.

Abschließend möchte ich noch einige archäologische Mitarbeiter der Rama Ausgrabungen vorstellen: Naomi Sharon, unsere Keramikexpertin; Achmed Sa'ad, der für die Arbeitskräfte zuständig ist; und Professor Noel Nottingham, unser Anthropologe. Diese Personen haben bis letzte Woche vom Titulus und vom Papyrus nichts gewußt, bis sie dann, gleichzeitig mit Ihnen, ebenfalls davon erfuhren. Sie haben alle gute Gründe dafür, etwas beleidigt zu sein, weil wir die Existenz jener Gegenstände vor ihnen geheim hielten. Sie haben sich aber großzügig genug gezeigt, uns im Hinblick auf die beispiellosen Umstände dafür zu verzeihen.«

Tosender Beifall entlockte der gesamten Ausgrabungsmannschaft ein Lächeln.

»Wir werden Sie hinsichtlich des weiteren Verlaufs der nun

anstehenden Untersuchungen auf dem Laufenden halten. Nun aber danke ich Ihnen, meine Damen und Herren, und wünsche Ihnen noch einen guten Tag.«

Liebevoll ihre schäumenden Flaschen Heineken Bier streichelnd, saßen Jon und Kevin Sullivan an einem zurückgezogenen Tisch in der Bar des Hilton in Jerusalem. Sie unternahmen mehrere Versuche, etwas Fröhlichkeit und ein paar Lacher in die Angelegenheit zu bringen, doch waren beide eher damit beschäftigt, die Auswirkungen von Rama auf die Welt abzuwägen.

»Das ist offensichtlich die Sache, die uns von dem Problem mit dem Markus-Evangelium im *Vaticanus* ablenkte, richtig?« fragte Sullivan.

»Da hast du recht, mein Freund!«

»Damals habe ich mich gefragt, was in aller Welt wichtiger sein könnte als dieses Pulverfaß, aber du hast ohne Zweifel etwas gefunden! Richtig aufgetrumpft!«

»Es ist einfach erschreckend, wie die gelöschte Zeile scheinbar mit dem übereinstimmt, was wir in Rama gefunden haben, nicht wahr?«

»Genau das habe ich auch gedacht.«

»Ich verspreche dir, Kev, sobald dieser Alptraum vorüber ist, werde ich mich mit letzter Kraft der Sache mit Markus widmen.«

»In Ordnung. Übrigens hast du die Pressekonferenz prächtig hingekriegt.«

»Ganz und gar nicht. Die ganze Angelegenheit ist idiotisch voreilig. Ich würde gerne dem blöden Schreiberling von der Presseagentur in Jerusalem seine blöde Fresse dafür polieren, daß er die Geschichte veröffentlicht hat!«

»Nun, jetzt ist es draußen, ob gut oder schlecht. Wahrscheinlich schlecht. Und nun mußt du dich auf die Flutwelle vorbereiten.«

»Wie meinst du das, Kev?«

»Bis jetzt hat die Welt nur Floskeln und Magerkost bekommen, unbegründete Gerüchte. So ein Zeug findet man fast täglich im National Enquirer und anderen Boulevardzeitungen. Du kennst die Schlagzeilen: ›Frau beißt sich in zwei Teile‹, ›Ich schlief mit einer außerirdischen Nutte‹ und ›Mannschaft findet Leiche Christi.‹ Kapierst du? Aber nun hat die Welt verläßliche Informationen, die das belegen, was am Anfang unmöglich erschien. Nun ist es wirklich am Dampfen!«

Jon runzelte die Stirn. »Du hast wahrscheinlich absolut recht. Habe ich heute zu viel rausgelassen?«

»Zuerst dachte ich ja. Aber vielleicht ist deine offene und ehrliche Vorgehensweise zum Schluß wirklich die beste Methode. Niemand kann dir vorwerfen, etwas verheimlicht zu haben.«

»Siehst du, das Problem war so: Es war bereits eine schlechte Übersetzung des Papyrus im Umlauf, also mußten wir diesen Punkt berichtigen. Den Rest hätten sie zwangsläufig auch so herausgefunden.«

»Schon richtig. Du solltest dich aber lieber auf was gefaßt machen, Kumpel. Es braut sich ein richtiger Sturm zusammen. Glaub mir.«

»Was wird passieren?«

»Alles könnte passieren. Denk dran, Religion und Fanatismus sind in zu vielen Köpfen dieser Welt direkte Nachbarn. Greif den Glauben der Menschen an, und sie flippen aus. Du kannst alles erwarten, vom Kot in der Post – echter, versteht sich – bis hin zu Anschlägen. Wie viele sind schon aufgrund von Rushdies Buch gestorben? Und das war Fiktion! Die frommen Brüder werden dich und Jennings die ›Judasse des zwanzigsten Jahrhunderts‹ nennen, und auch das wird noch die netteste ihrer Bezeichnungen sein.«

»Nun, ich mach mir eher Sorgen um die Auswirkungen auf den Rest der Kirche. Wenn unser Zeug sich als echt erweist, wie könnte man die Auswirkungen einschätzen?«

»Niederschmetternd. Absolut niederschmetternd! Sicher,

einigen Liberalen wird es nichts ausmachen, aber den Glauben von 98 Prozent unserer Mitglieder wird es zerfetzen. In einem säkularen Zeitalter ist es schwer genug, an Christus zu glauben. Dies könnte durchaus das Ende bedeuten.«

Jon nickte traurig. Dann fragte er: »Übrigens, wie hat der Papst reagiert?«

»Er wurde kreidebleich, als ich ihm die ersten Berichte brachte. Dann wollte er sofort eine Stellungnahme veröffentlichen, daß die Entdeckungen ›offensichtlich gottlose Fälschungen‹ wären. Ich flehte ihn aber an, sich zurückzuhalten, bis ich dich gesprochen hatte.«

»Er soll seine Stellungnahme abgeben, denke ich. Es wird ein gutes Gegengewicht zu einigen der sensationshungrigen Berichte sein, die manche aus der heutigen Meute veröffentlichen werden. Aber jetzt machst du mir wirklich Sorgen, Kevin. Ja, ich sollte mich wohl wirklich auf was gefaßt machen!«

»Bitte laß uns in engem Kontakt bleiben, Jon. Hier ist meine Privatnummer im Vatikan. Sei lieb zu einem alten Freund, und halt mich und den Heiligen Vater so genau wie möglich auf dem Laufenden, machst du das?«

»Natürlich. Ich verspreche es.«

Kaum war Jon in jener Nacht in Ramallah aus seinem Peugeot gestiegen, als zwei Arme sich schon um seinen Hals schlangen und ihn zu einem herrlichen Kuß nach unten zogen. Danach fragte Shannon: »Also, wie war das Gefühl, im Mittelpunkt der Weltaufmerksamkeit zu stehen, mein Schatz?«

»Ich habe nur das schmerzhafte Verlangen gespürt, mit dir alleine zu sein.«

»Ach, sicher, sicher, Jon! Deshalb hast du auch all die Fragen so brillant gemeistert.«

»Nie im Leben! Und auch wenn meine alte Rübe noch bei der Sache blieb, war mein Herz allein bei dir, die ganze Zeit. Übrigens, ich hatte bisher noch nicht die Möglichkeit zu fragen, wie das Gespräch mit Gideon gelaufen ist.«

»Vielleicht hätte ich ihn ein wenig sanfter behandeln oder

ihm die Nachricht etwas schonender beibringen sollen. Er hat es sehr schlecht aufgenommen. Er schien fast um den Verstand gebracht!«

»Ich kann's ihm kaum verübeln. Wenn ich dich verlieren würde, würde ich auch zerbrechen.« Er zögerte und fügte dann hinzu: »Ich kann's nicht glauben: mir kommen die Tränen, nur wenn ich daran denke! Was hast du mit mir angestellt!«

»Ich liebe dich, Jon. Ich liebe dich so sehr!«

»Ani ma-aritz otach«, antwortete er und hielt sie fest in seinen Armen.

»Was bedeutet das?«

»Es ist Hebräisch: ›Ich bete dich an‹.«

Kapitel 16

Die Flutwelle brach mit einer größeren Wucht über sie herein, als irgend jemand vorausgesagt hatte. Im Verlauf der nächsten paar Tage bebte die Erde. Keine Zeitung dieser Welt verweigerte der Geschichte die Titelseite, nicht einmal die *Iswestija* und *Peking People's Daily*. In den Vereinigten Staaten dominierte die Geschichte alle Nachrichtensender mit ganzstündigen *ABC, CBS, NBC, PBS* und *CNN*-Sondersendungen nach den Abendnachrichten, wo ein Großteil der Pressekonferenz in Jerusalem ausgestrahlt wurde. *Newsweek, Time* und *U.S. News & World Report* brachten Sonderausgaben heraus, mit Aufnahmen der Ausgrabung, Hintergrundgeschichten der verantwortlichen Ausgrabungsbeteiligten, Interviews mit Eltern und Verwandten und zahlreichen Zitaten führender Kirchenmänner, Theologen und Politiker. Die gleiche Sättigung durch die Medien fand auch in Südamerika, Europa und Australien statt. Nur in Afrika und Asien wurde etwas weniger berichtet. Rama hatte sich über die ganze Welt ausgebreitet.

Der New Yorker Aktienmarkt erlitt den größten, an einem

Tag verzeichneten Einbruch in der Geschichte des Dow Jones Indexes. Während der Londoner Aktienmarkt mit einer halbtägigen Verspätung seine Pforten öffnete. Wellen von Verkäufen schlugen im Aktienmarkt von Tokio ein. Der Wertpapiermarkt wurde zerstört, nur Gold und Edelmetalle hatten noch die Möglichkeit, sich wieder zu erholen. Die Stimmung in der Bevölkerung wurde bitter, mißmutig und entlud sich in seltsamen Demonstrationen und Krawallen, besonders in tief religiösen Teilen der US-amerikanischen Südstaaten. Besorgte Kabinettssitzungen wurden in vielen westlichen Hauptstätten einberufen, während Königinnen, Könige, Präsidenten und Premierminister rätselten, wie sie angemessen auf die Krise reagieren sollten. Rama rüttelte die Welt auf.

Das Dritte Newtonsche Gesetz bewahrheitete sich: »Für jede Aktion gibt es eine ebenbürtige Gegenreaktion.« Nun schlugen die Schockwellen zurück auf Israel, besonders auf das Ausgrabungspersonal. Jon spürte den ersten Schlag, als er ein Ferngespräch aus Hannibal, Missouri erhielt.

»Jon? Hier ist dein Vater.« Die Stimme klang hohl, schwach, verwirrt. »Was hast du getan, Sohn? Was in aller Welt hast du getan?«

»Bitte überreagiere nicht, Papa. Ich weiß, wie furchtbar der Schock ist, es ist aber alles noch zu voreilig, um ...«

»Überreagieren, Jonathan? Weißt du welcher Tag heute ist?«

»Der 10. September. Warum?«

»Nun, hier in Hannibal ist Sonntagmittag. Ich bin gerade von der Kirche nach Hause gekommen. Ich weiß nicht, wie ich den Gottesdienst überstanden habe. Als ich mit der Gemeinde das Glaubensbekenntnis sprach und wir zu der Stelle kamen: ›Am dritten Tage auferstanden von den Toten‹, brüllte einer der Ältesten, Martin Fishmann: ›Vielleicht auch nicht!‹ Dann lief er weinend aus der Kirche heraus. Ich konnte kaum predigen – meine Kehle war ständig wie zugeschnürt.«

Jons Magen krampfte sich zusammen, während er verzweifelt nach den richtigen Worten suchte. Dann fragte er: »Wie hat der Rest der Gemeinde darauf reagiert? Wie waren die Besucherzahlen?«

»Man hätte denken können, es wäre Weihnachten. Oder Ostern. Es war brechend voll, weil die Leute es wissen wollten. Sie schauen zu uns, um Antworten zu bekommen. Ach, ihre Reaktion? Unvergleichbare Fassungslosigkeit. Man hätte denken können, daß ich bei einer Beerdigung gepredigt hätte.«

»Dad, du mußt den Menschen sagen, daß sie keine voreiligen Schlüsse ziehen dürfen. Es ist viel zu früh, um ...«

»Was sollen sie denn sonst tun? Deine Untersuchungen sind alle positiv. Das Radio, das Fernsehen, die Zeitungen und Zeitschriften stellen es geschlossen so dar, als wäre es eine unantastbare Tatsache, daß ihr die Gebeine Jesu gefunden habt.«

»Nun, das sollten sie nicht. Ich habe sie ermahnt, es nicht zu tun!«

»Ich schätze, das schlimmste daran ist« – seine Stimme fing an zu stocken –, »daß ich mein ganzes Leben in den Dienst des Herrn gestellt habe, und nun zerstört mein eigener Sohn den christlichen Glauben!«

»Das ist nicht fair, Papa. Ich habe mich verflucht angestrengt, es geheim zu halten, aber ...«

Sein Vater fing an, unkontrolliert zu schluchzen. »Hier, sprich mit deiner Mutter.«

Das Gespräch mit seiner Mutter war noch erschütternder, und sein Körper war von kaltem Schweiß bedeckt, als er auflegte. »Kevin hatte recht«, murmelte er. »Es ist eine Flutwelle. Nichts anderes.«

Der Flughafen Ben Gurion war voll bis zum Anschlag mit Nachrichten- und Medienleuten aus aller Herren Ländern. Ihr Hotel in Ramallah war erneut von einer Garde Journalisten belagert, die darauf hofften, den Mitarbeitern zusätzliche Kommentare entlocken zu können. Die Ausgrabungsstätte in Rama war so von Presseleuten und Fotografen umzingelt, daß das Militär eine Abgrenzung aus elektrisch geladenem Stacheldraht um das Gelände ziehen mußte. Jerusalem war bis zum Erstikken voll. Religiöse aus allen Ecken der Erde überfluteten die Stadt und bemühten sich verzweifelt um Interviews mit Jennings, Jon oder überhaupt einem Mitglied der Ausgrabungstruppe, das ihnen auch nur eine Minute zu widmen gewillt war.

Die Fanatiker kamen in Strömen nach Jerusalem, wie Bienen zum Honig. Als er eines Tages das Rockefeller verließ, wurde Jon von einem Stein getroffen, der einen zwei Zentimeter großen Bluterguß an seiner linken Schläfe hinterließ. Riesige, von Fundamentalisten organisierte und von Charterflugzeugen aus dem Süden der Vereinigten Staaten genährte Versammlungen wurden abgehalten, in denen Jon und Jennings öffentlich als Antichristen denunziert wurden – fast wie es Kevin vorausgesagt hatte.

Alle Hotels waren ausgebucht, als der Charismatische Weltkongreß, der zufällig für Oktober angesetzt worden war, das Fünffache an Teilnehmeranmeldungen zu verzeichnen hatte, als eigentlich erwartet worden war. In der Abschlußversammlung auf dem Ölberg hoben 35 000 in weiß gekleidete Menschen ihre Arme im Gebet. Ein Zungengebet erhob sich schallend über die Menschen. Einer der Anführer, mit einem gewaltigen Megaphon bewaffnet, übersetzte das Gebet: »DIE ABSCHEULICHKEIT DER VERWÜSTUNG HAT SICH IN DER NÄHE VON GOTTES HEILIGEM TEMPELBERG OFFENBART! DER ANTICHRIST IST IN ERSCHEINUNG GETRETEN! GOTTLOSE DÄMONEN VERSUCHEN UNS UNSEREN JESUS WEGZUNEHMEN, ES WIRD IHNEN ABER NICHT GELINGEN!«

»Amen«, antwortete die Menge. »Amen!«

Prophezeiungsfanatiker in der ganzen Welt hatten Hochsaison, die Ereignisse der jüngsten Vergangenheit mit Hesekiel, Daniel und dem Buch der Offenbarung in Verbindung zu bringen. Hal Lindsey konnte man, im Vergleich zu den Behauptungen, die nun zirkulierten, als bodenständigen Konservativen einstufen. Jesus würde zurückkehren, nicht in den nächsten

Monaten oder Jahren, sondern in den nächsten Wochen. Menschen verkauften ihre Firmen, ihre Wertpapiere und Zinsanleihen, zogen sich weiße Gewänder an, und – das Element, das alles am schwierigsten machte – reisten nach Jerusalem, um die »letzten Tage« zu erleben.

Die Flutwelle schlug immer wieder aufs neue über sie herein.

»Die Situation gerät außer Kontrolle«, sagte der Israelische Premierminister, Mordecai Zevulon, ein gepflegter, molliger Mann mit gewelltem, grauem Haar. Er sprach nicht nur zu Jennings und Jon, die er als Gäste eingeladen hatte, sondern zum versammelten, israelischen Kabinett. »Die Kapazitäten unserer Einrichtungen sind vollkommen ausgeschöpft. Diese Mengen sind unmöglich, und unsere Chassidim wollen wissen, wo die Leiche ist, damit sie sie anständig beerdigen können! So etwas habe ich noch nie gesehen. Und wir haben gedacht, daß diese Scud-Raketen während des Golfkrieges das Schlimmste gewesen wären, das wir erleiden mußten! Wir haben ein Krisenzentrum im King David Hotel eingerichtet und noch ein paar Reserveeinheiten mobilisiert, damit Ihre Polizei entlastet werden kann, Teddy.«

Teddy Kollek, der zähe, krisenbewährte Bürgermeister von Jerusalem, lächelte und nickte. Es kam einem manchmal so vor, als wäre dieser liebenswürdige Patriarch seit Anfang der Zeiten für die Heilige Stadt zuständig gewesen.

»Unsere Hauptsorge«, fuhr Premierminister Zevulon fort, »ist, daß diese Krise gelöst werden muß. Und zwar bald! Also, Professor Jennings und Professor Weber, wann werden Sie Ihre Untersuchungen abgeschlossen haben?«

»Wahrscheinlich wären wir jetzt schon fertig, wenn sich die Medien nicht eingemischt hätten«, sagte Jennings. »Professor Weber wird in Kürze nach Amerika zurückkehren, um sie zu beenden.«

Avram Heshbon, der Innenminister, machte einen Vorschlag: »Angesichts der Gewichtigkeit dieser Entdeckungen, meine Herren, frage ich mich, ob es nicht sinnvoller wäre, wenn unser Büro für Altertumsforschung das Ruder übernähme, um in Rama und mit Ihren Entdeckungen die weiteren Schritte zu unternehmen. Unter normalen Umständen würde ich nie einen solchen Vorschlag machen, aber die Umstände sind ganz und gar nicht normal. Sie sind, in der Tat, chaotisch!«

»Was schlagen Sie vor!« donnerte Jennings.

»Bitte verstehen Sie mich richtig, Professor Jennings, das soll in keiner Weise ihre hervorragende Arbeit in Rama schmälern«, fuhr Heshbon fort. »Es ist aber eine Tatsache, daß wir nun, aufgrund einer Ausgrabung auf unserem Hoheitsgebiet, ernsthafte Schwierigkeiten haben. Also denke ich, daß es somit auch im Verantwortungsbereich der Regierung liegt, jetzt einzuschreiten.«

»Hört, hört!« brachten mehrere Menschen ihre Zustimmung zum Ausdruck. Auch Zevulon schien langsam zu nicken.

Obwohl er mindestens so fassungslos war wie Jennings, erkannte Jon den Vorschlag als eine mögliche Schnellösung der gewaltigen Probleme, die auf sie zugekommen waren. Aber nein. War es ihnen denn nicht bewußt, welches Desaster dann folgen würde?

Einer bemerkte es. Moshe Breitenstein, Minister für Tourismus, hob seinen Bleistift und wurde vom Premierminister auch gesehen. »Meine Herren, ich halte es aus mehreren Gründen für einen furchtbaren Vorschlag«, sagte er. »Es wäre der blanke Wahnsinn, Juden die Kontrolle über diese, für Christen scheinbar so peinliche Ausgrabung zu geben. Sollten sich die Entdekkungen als wahr herausstellen, dann würde man uns eine Judenverschwörung in monströsen Ausmaßen vorwerfen, die das Christentum vernichten sollte. Und wie es in Krisenzeiten schon immer passiert ist, käme der Antisemitismus wieder zum Vorschein. Alle Juden außerhalb von Israel wären in Gefahr. Oder anders herum: Wenn wir beweisen würden, daß die Funde gefälscht sind, würde man uns Vertuschung vorwerfen. Alle monotheistischen Religionen würden sich gegenseitig helfen. In beiden Fällen wären wir die Verlierer.«

Allgemeines Kopfnicken der um den Tisch versammelten Menschen gab Jennings und Jon neuen Mut, da die Logik unantastbar war. Breitenstein hielt für kurze Zeit inne, dann nahm er seine Rede wieder auf: »Der zweite Grund ist eine einfache Frage der Vorgehensweise. Wer ist denn tatsächlich qualifizierter, in dieser Angelegenheit der Wahrheit auf die Spur zu kommen: diejenigen, die von Anfang an danach gegraben haben, oder diejenigen, die zum Schluß dazukommen? Wenn diese Sache vermurkst wird oder wenn das Christentum tatsächlich leidet, dann lassen Sie mich dazu eine wirtschaftliche Anmerkung machen: Wissen Sie, wieviel Geld der Staat Israel an religiösen Pilgerreisen verdient? Mehr als eine Milliarde Dollar jährlich! Der Tourismus befindet sich direkt hinter den Diamanten als unser zweitgrößter Industriezweig. Wenn die Pilger ausbleiben, dann wird unsere Wirtschaft in eine noch schlechtere Verfassung geraten, falls das überhaupt möglich ist! Das Haushaltsdefizit wird ungeahnte Ausmaße annehmen.«

Ein unbehagliche Stille herrschte im Kabinettszimmer. Schließlich sagte Avram Heshbon: »Ich ziehe meinen Vorschlag zurück.«

»Gut, ich stimme zu«, sagte der Premierminister.

»Darf ich bitte das Wort ergreifen, Herr Premierminister?« fragte Jon.

»Selbstverständlich, Professor Weber.«

»Professor Jennings und ich haben lange Stunden damit verbracht, uns über die beste Vorgehensweise zu beraten. Unser Plan ist zwar einfach, aber, wie wir hoffen, wirkungsvoll. Zuerst wollen wir die Untersuchungen vorantreiben und dann die Ergebnisse, sobald die Resultate feststehen, bekanntgeben. Nicht wie andere Archäologen, die Jahre brauchen, um ihre Auswertungen zu veröffentlichen. Wir können uns alle an die vierzigjährige Verzögerung in dem Fall der Schriftrollen des Toten Meeres erinnern! Nun, übernächste Woche werde ich nach El Arish und Kairo fahren. So kann ich mit Egyptair in die Vereinigten Staaten fliegen und den Heerscharen von Reportern entwischen, die in Ben Gurion auf mich warten. Ich würde Ihre Regierung darum bitten, Ihre Grenzposten zu verständigen, daß sie uns an der Grenze einfach durchwinken. Ich würde auch darum bitten, daß Sie mit ihren ägyptischen Kollegen sprechen, damit Sie uns in El Arish und in Kairo am Flughafen ähnlich entgegenkommen.«

»Ja ... hervorragend«, bemerkte der Premierminister. »Das sollten wir schon arrangieren können.«

»Dann, nachdem eine sehr ausführliche Testreihe abgeschlossen ist, werden unsere Kollegen die Ergebnisse veröffentlichen, und die Gelehrten dieser Welt darum bitten, sie fachmännisch zu prüfen. Wir werden sozusagen ein ›Handbuch‹ herausgeben, damit Spezialisten auf der ganzen Welt dies in den nächsten Monaten oder Jahren studieren können. Eine internationale Konsultation sollte die letzten Schlußfolgerungen ziehen.«

Zevulon nickte. »Gut«, sagte er. »Professor Weber, Sie haben unser volles Mitleid. Wenn man Sie und Professor Jennings doch nur in Ruhe gelassen hätte!«

»Wie recht Sie haben, Herr Premierminister! Unsere Aufgabe ist nun kompliziert. Überaus kompliziert!«

Nach mehreren Telefonaten mit Sandy McHugh konnten sie eine Liste mit all den Dingen erstellen, die seine Mitarbeiter für die Testreihe im Smithsonian benötigen würden:

A. Eine lückenlose Sammlung aller Aufnahmen, die je in der Villa oder in der Höhle in Rama aufgenommen wurden.
B. Die zwei Kruggriffe.
C. Noch ein Stück des Titulus-Pergaments, einschließlich eines 50 mm großen Stückes von einem der dunkleren Buchstaben und soviel wie möglich von dem verrotteten Holz des Hintergrunds.
D. Mehr Material von den Grabtüchern und Matten.
E. Die zwei Öllampen aus Ton.
F. Die zwei Flakons, nun bezeichnet als F-1 und F-2 (der Ölflakon).

G. Der Krug, in dem das Papyrus gefunden wurde.
H. Der Krugpfropfen aus Ton.
I. Päckchen, gefüllt mit Schutt vom Innern des Sarkophags, dessen Graben, dem Innern der Höhle und von der Erde vor dem Eingang.

Der Länge der Liste zum Trotz, war es keine riesige Fracht, die Jon mit dem Einverständnis aller beteiligten Regierungen in die Vereinigten Staaten schmuggeln mußte. Es paßte alles in zwei flache Aktenkoffer, die mit Schaumgummi gefüllt und mit Bleifolie gefüttert waren. Diese Koffer sollte er nicht aus der Hand geben, bis er sicher im Washingtoner Smithsonian angekommen war.

Clive Brampton saß am Steuer. Er fuhr Jon nach Kairo. Die Grenze zwischen Israel und Ägypten, einst Schauplatz heftiger Panzerschlachten in der Wüste Sinai, war nun zu einer friedlichen Durchgangsstation für Touristen geworden. Die israelischen Zollbeamten winkten sie einfach durch, und die ägyptischen Grenzpolizisten hielten sie nur für sehr kurze Zeit von der Durchreise ab. Vor allem entkamen sie den Weltmedien: keine Blitzlichter, keine Mini-Fernsehkameras.

Sie überbrückten die heißen Stunden auf der kilometerlangen Wüstenstraße mit leichten Gesprächen über Jennings. Brampton lieferte eine Fülle von zusätzlichen Informationen über den gefeierten Archäologen. Danach erreichten sie den Suezkanal und wechselten dann auf die Wüstenstraße zum Flughafen von Kairo. Dort übernachteten sie im Sheraton.

Am nächsten Morgen verabschiedete sich Clive von Jon. »Sie sollten lieber diese Sonnenbrille tragen, die Shannon für Sie gekauft hat, Jon«, sagte Clive, als er gerade wegfahren wollte. »Nun gehören Sie doch zur internationalen Prominenz, wissen Sie.«

»Ach, ohne Zweifel«, lächelte Jon. »Aber Sie befinden sich in der gleichen Situation, Clive.«

»Die Wüstenhyänen blieben bisher noch merklich unbeeindruckt.«

»Sagen Sie Shannon, daß ich sie liebe. Sie kannten sie, bevor ich sie kennenlernen konnte – als Erwachsene, meine ich. Warum haben Sie sich nicht in sie verliebt?«

»Wer sagt, daß ich es nicht getan habe? Sie war aber ›die Tochter des Chefs‹, deshalb flüchtete ich in die Sicherheit von Naomis Armen. Dennoch, das habe ich Ihnen zwar nie erzählt, Jon, aber ich bin richtig froh, daß Sie Ben-Yaakov abgelöst haben.«

»Danke für den Vertrauensbeweis, Clive. Passen Sie auf der Rückreise gut auf sich auf.«

»Das werde ich. Aber setzen Sie die Sonnenbrille auf.«

»Gut. Sehe ich nun wie Paul Newman aus?«

»Eher wie Omar Sharif. Er paßt mehr zu dieser Umgebung. Tschüs!«

Während er auf den Egyptair Flug Nummer 201 nach New York wartete, kaufte Jon eine Ausgabe des *Cairo Daily Telegraph*, die englischsprachige Tageszeitung in Kairo. Er schaute auf den Leitartikel und zuckte zusammen. »ISLAM – NUN DIE WELTRELIGION NR. 1?«, lautete die Schlagzeile über dem Foto des führenden Mullahs in Kairo, Mohammed Abu-Bakkar, der folgendermaßen zitiert wurde:

»Des Islams Behauptungen hinsichtlich des Propheten Jesus sind nun bestätigt. Mohammed lehrte, daß Jesus von Nazareth keine Gottheit war, die vom Tode auferstand, sondern nur ein Prophet, wie unsere Väter Moses und Abraham. Es war die christliche Gotteslästerung, die versucht hat, mehr aus ihm zu machen, und ihm die Ehre zuteil werden ließ, die Allah allein gehört. Und nun hat der Staub dieser Erde dem Propheten recht gegeben! Die jüngsten Entdeckungen in Israel werden ohne Zweifel die Todesglocken für das Christentum als weltgrößte Religion läuten lassen. Damit wird dem Islam der Weg geebnet, nun diese Rolle zu übernehmen. Mit 1 800 000 000 hatte das Christentum das Zweifache an Anhängern wie der Islam mit 900 000 000. Aber das soll nun ein Ende haben, dank der Archäologen Jennings und Weber und ihren Entdeckungen vor mehreren Monaten.«

Während Jon die Rampe der 747 bestieg, lief es ihm, trotz der brütenden Hitze, kalt den Rücken hinunter. Nun hatte er eine neue Rolle: Henker des Christentums. Warum hatte das Leben seine Symmetrie verloren?

Nachdem er Hunderttausende von Flugkilometern hinter sich gebracht hatte, hatte Jon endlich die Angst vor dem Fliegen verloren. Zum ersten Mal seit Jahren aber fragte er sich jetzt, was passieren würde, wenn die 747 irgendwo über dem Mittelmeer oder dem Atlantik den Geist aufgeben würde. Oder wenn Terroristen mit ihrer edlen Sportart fortfahren würden: »Meine Bomben können mehr Menschen zerfetzen als deine.« Seine Sorge galt nicht so sehr ihm selbst, sondern viel eher den zwei Aktenkoffern und ihrem ungewöhnlichen Inhalt: der Sammlung von Gegenständen, die bereits jetzt die Kultur der Erde veränderten.

Was wäre, wenn sich das Zeug tatsächlich als echt erwies? Wie würde es sich auf sein Leben auswirken, fragte sich Jon, während das Flugzeug langsam über dem Mittelmeer anstieg, wenn man dem Christentum den Todesstoß verpassen würde? Was würde mit der Grundidee einer Gottheit passieren? Würde sie ebenfalls zu Fall gebracht werden? Gab es überhaupt einen Gott? Oder nicht? Flugzeuge können eine willkommene Oase ungestörter Zeit bieten, eine gute Gelegenheit, sich Gedanken zu machen. Statt durch eine Reisezeitschrift voller Bilder mit mumifizierten Pharaonen zu blättern, blickte Jon hinaus über die endlose, blaue Decke des Meeres, die schön gespickt war mit watteförmigen, elfenbeinfarbenen Wolken. Es war an der Zeit, seinen wahren Glauben oder Zweifel zu definieren.

Wieso nicht beginnen wie Descartes? Hege Zweifel an allem – nicht nur an Gott, sondern an allen sogenannten ›Realitäten‹: Raum, Zeit, Materie, der eigenen Existenz. Nicht sehr überzeugend, dachte Jon. Er sollte schließlich sowohl zweifeln, als auch denken. Also mußte er dem, was der französische Philosoph schon gesagt hat, ebenfalls zustimmen: *Cogito, ergo sum* (Ich denke, also bin ich). Und wenn er existierte, so wirklich wie die

747, in der er flog, oder wie die Menschen, die an Bord saßen, dann wäre es durchaus eine logische Schlußfolgerung, daß es ein zutiefst intelligentes, mächtiges und rationelles Wesen geben muß, da weder das Flugzeug noch dessen menschliche Fracht sich selbst schaffen könnte oder von selbst existent sein könnte. Zusammengefaßt, Gott existiert. *Sum, ergo deus est* (Ich bin, also existiert Gott). Descartes hatte das auch bestätigt, wie auch lange vor seiner Zeit Aristoteles mit seinen Argumenten für eine Erste Ursache. Die Erschaffung der Erde beinhaltet auch, daß es einen Schöpfer gibt.

Oder? Descartes sagte nicht, *Malum est, ergo deus non est.* (Das Böse existiert, also existiert Gott – zumindest ein gütiger, allmächtiger Gott – nicht.) Erneut schwebte Jon zwischen den ultimativen Argumenten für und gegen eine Gottheit. Um es einfach auszudrücken: die Erschaffung beweist die Existenz Gottes, das Böse widerlegt sie.

Er gab zu, daß es auch für ihn persönlich ausreichend viele Gründe gäbe, die Existenz Gottes anzuzweifeln: Andreas Tod, das Böse, Katastrophen jeglicher Art, die Grausamkeiten und der zeitweilige Wahnsinn der Geschichte, kein Kontakt mit Gott über die fünf Sinne. Diese billigen Evangelisten im Fernsehen oder in den Zelten, die behaupten, regelmäßig mit Gott zu plaudern (wobei er hörbar antworten soll), müssen heuchlerische Lügner oder verdammte Idioten sein, dachte Jon. Aber warum sollten ihre Hörer, die ja keine Stimmen vernehmen, ihnen überhaupt glauben?

Er schweifte ab. Die zahlreichen Argumente für und gegen die Existenz Gottes kehrten bei ihm immer zur gleichen Schlußfolgerung zurück. Bis ich eine andere Erklärung dafür finde, wo ich hergekommen bin, entscheide ich mich für die Gottheit. Pascals Wette ist nie widerlegt worden, nämlich: Freilich sollst du glauben, denn wenn du gewinnst (Gott existiert), gewinnst du alles, wenn du verlierst (Gott existiert nicht), verlierst du nichts.

Unter der Voraussetzung, daß Gott existiert, fand Jon auch

das Christentum glaubwürdig: kein anderer religiöser Glaube dieser Erde besaß solch starke geschichtliche und archäologische Zeugnisse. Aber nur wenn die Archäologie und der Glaube nicht dabei waren, getrennte Wege zu gehen.

Die Kleopatra, Flaggschiff der Egyptair, senkte sich durch schnell ziehende Wolken über dem Osten von Long Island, glitt dann sanft auf die Landebahn 31 am JFK Flughafen und rollte zu ihrer vorgegebenen Parkposition am internationalen Terminal. Während das tiefe Dröhnen der Turbinen langsam nachließ, weil ihnen ihre Ration Sprit verweigert wurde, füllte die Stimme des Flugbegleiters die Kabine: »Achtung bitte: Würde Herr Ernst Becker sich bitte identifizieren?«

»Verflucht!« murmelte Jon. Ernst war sein zweiter Name, Becker der Mädchenname seiner Mutter. Die amerikanische Botschaft hatte diesen Namen vorgeschlagen und ihn auch mit einem entsprechenden Paß ausgestattet, damit er ohne erkannt zu werden, Tickets kaufen und problemlos die Grenzen aller beteiligten Staaten passieren konnte. Er hob die Hand. Der Flugbegleiter kam zu ihm hinüber und sagte: »Nehmen Sie bitte Ihr gesamtes Gepäck mit und folgen Sie mir, Herr Becker.«

Jon nahm die Aktenkoffer und seine Kleidertasche, die er in einem der vorderen Schließfächer verstaut hatte und folgte dem Steward zum Ausgang. Dort versperrte ein riesenhafter Typ mit weißem, kurzgeschorenem Haar und rötlicher Haut die Tür.

»Herr Becker«, sagte der Riese, »Ich bin George Tollefson von der Central Intelligence Agency.« Er zeigte ihm seine Ausweise. »Haben Sie auch Gepäck eingecheckt?«

»Nein. Ich habe alles hier.«

»In Ordnung. Dann setzen Sie bitte Ihre Sonnenbrille auf und folgen Sie mir. Hier, lassen Sie mich Ihre Tasche tragen.«

Überzeugt, daß er in der Welt der internationalen Spionage und Verschwörungen hoffnungslos versagen würde, setzte Jon etwas verlegen die Sonnenbrille auf und erlaubte es dem CIA-

Agenten, seine Kleidertasche zu tragen. Als sie einen abgelegenen Durchgang erreichten, hielt Tollefson an und erklärte: »Der Präsident möchte Sie so bald wie möglich sehen, Professor Weber. Das Air Force Two wartet startklar draußen vor diesem Terminal.«

»Aber ich wollte einfach den Flug nach Wash . . .«

»Ja, ja, das wissen wir. Wir haben uns aber erlaubt, im Blick auf die sich entwickelnde Krise Ihre Reservierungen zu stornieren.«

»Unsere Entdeckungen in Israel?«

»Mehr als nur das. Der Präsident wird Sie darüber informieren, da bin ich mir sicher. Erst fliegen wir zum Luftwaffenstützpunkt Andrew. Dann fliegen wir mit einem Hubschrauber zum Weißen Haus.«

Jon musterte den bläulichen Teppich der Ankunftslounge, kratzte sich am Kopf und sagte: »Lassen Sie uns gehen.«

Er hatte ein seltsames Gefühl von déjà vu: Die schlanke 707, die als Air Force One Präsidenten und ihre Begleiter in angenehmstem Luxus transportiert hatte, der dunkelgrüne Hubschrauber, der sich wie ein riesiges Ahornblatt drehend, auf dem Rasen des Weißen Hauses herabließ, die imposante Fassade des Weißen Hauses selbst. Solche Szenen waren aber immer nur über die Abendnachrichten im Fernsehen vermittelt worden. Nun fand er sich aber selbst als Darsteller jener Szenen wieder.

Es war nun schon fast Mitternacht Kairoer Zeit, aber erst später Nachmittag in Washington. Jon sah dank der Ausrüstung an Rasierapparaten im ehemaligen privaten Badezimmer des Präsidenten im Flugzeug nicht mehr wie ein Wilder aus. Er hatte es sogar gewagt, seinen Allerwertesten auf die gepolsterte Klobrille des Präsidenten zu setzen, und dachte dabei, daß dies sein erster Backe-zu-Backe Kontakt mit dem obersten Befehlshaber Amerikas war. Nun sollte aber die eher gesellschaftsfähige Art der Kontaktaufnahme folgen. Die Tür des Hubschraubers öffnete sich.

»Wie? Kein roter Teppich? Keine Marineblaskapelle?« Jon fragte Tollefson, der ihm daraufhin nur einen seltsamen Blick zuwarf. Das CIA war noch nie für seinen Humor bekannt gewesen.

Sie wurden zur westlichen Seite des Gebäudes gebracht, zum Oval Office. Dort angekommen, verabschiedete sich der mürrische Tollefson. Jon wurde nun vom persönlichen Assistenten des Präsidenten hineingeleitet, wo er von dem mächtigsten Mann der Welt persönlich begrüßt wurde.

Präsident Sherwood Bronson war ein Republikaner aus Michigan, der von der Statur her große Ähnlichkeiten mit JFK besaß, in der Amtsführung fast wie Jimmy Carter agierte und ein Medienmeister wie Reagan oder Bush war. Vor allem konnte er den neuen Konservatismus, der die Nation noch begeisterte, erläutern. Sein männlich markantes Aussehen erinnerte so manche Menschen an die Marlboro Werbung, aber ohne Zigaretten und versammeltes Rindvieh. Nachdem er aufgrund seines Versprechens, das Haushaltsdefizit auszugleichen, an die Macht gekommen war, überraschte »Woody« Bronson so manche Experten, als er dieses utopische Ziel nur knapp verfehlte.

»Es ist nett von Ihnen, vorbeizukommen, Professor Weber«, sagte der Präsident und reichte ihm die Hand.

»Nett, daß Sie einen solch ausgeprägten Sinn für Humor haben«, dachte Jon. Statt dessen sagte er aber: »Es ist mir eine Ehre, Sie kennenzulernen, Mr. President.«

»Ich bin mir sicher, daß Sie unseren Staatssekretär, Mr. MacPherson, erkennen werden und auch unseren Verteidigungsminister, Mr. Hammar.«

»Natürlich. Freut mich, Sie kennenzulernen, meine Herren.«

»Setzen Sie sich bitte«, wies ihn der Präsident an. »Verzeihen Sie auch bitte, daß wir Ihre Reisepläne ergänzt haben, Professor Weber, aber wir haben es gerade mit einer ziemlichen Krise zu tun. Scott, wären Sie so nett, Professor Weber zu informieren?«

»Natürlich, Mr. President«, sagte MacPherson. »Kurz nach Ihrer ersten Pressekonferenz in Jerusalem, Dr. Weber, veröffentlichte die *Prawda* einen Leitartikel, der ...«

»*Prawda*!? Haben die nicht schon vor Jahren zugemacht?«

»Natürlich. Das ist die erste Ausgabe von dem was sie *Novaia Prawda* ... Neue Prawda nennen. Hier, vielleicht sollten Sie es besser lesen, bevor wir fortfahren.«

Er gab Jon eine Kopie des Originals, sowie eine englische Übersetzung:

ENDLICH WIRD DER MARXISMUS REHABILITIERT!

»Kommunisten der ganzen Welt dürfen nun die Wahrheit der Worte von Karl Marx, ›Religion ist Opium für das Volk‹, zelebrieren. Die Entdeckung der Knochen des Jesus von Nazareth, die vor zwei Wochen in Jerusalem bekanntgegeben wurde, beweist, daß das Christentum – der irregeleitete Glauben der Mehrheit im dekadenten, konter-revolutionären, kapitalistischen Westen – sich in keiner Weise von der Wahrheit bestätigen läßt. (Die Christen glauben an den Mythos, daß Jesus nach seinem Tod wieder zum Leben auferstand und daß ihnen das Gleiche widerfahren wird).

Während sich die Kirche bemüht, das Elend der Arbeiterklasse mit nebulösen Versprechungen, wie viel besser alles nach dem Tode im ›Himmel‹ sein wird, zu vertuschen, besitzt der Marxismus die Ehrlichkeit, jene Arbeiter zu informieren, daß es keinen Himmel gibt. Deshalb müssen sie sich vereinigen, um ihr Schicksal im Leben zu verbessern, da es ihr einziges Leben ist. Wir haben unsere Fortschritte durch Wahrheit und das kollektive Bemühen erreicht, nicht durch leere Mythen und Versprechungen wie das kapitalistische Christentum.

Aber nun hat die Welt jene Wahrheit erkannt: Der Sozialismus hatte, in Hinsicht auf die Religion, die ganze Zeit recht. Nun haben wir die herrliche Möglichkeit, Genossen, die gegebene Situation zu unserem Vorteil zu nutzen und die Welt für die Wahrheit des Marxismus-Leninismus zurückzugewinnen. ›Proletarier aller Länder, vereinigt euch! Ihr habt nichts zu verlieren, außer euren Ketten!‹ Ebenso wie diese Worte die Schlußworte des Kommunistischen Manifests darstellen, so rufen wir jetzt hinaus: ›Menschen dieser Erde, vereinigt euch! Ihr habt nichts zu verlieren, außer eurem veralteten Aberglauben.‹«

»Wahnsinn!« sagte Jon, nachdem er fertig gelesen hatte. »Das hört sich an wie etwas, das direkt aus dem Kalten Krieg kommt, jedenfalls nicht wie Glasnost, Perestroika und das Neue Rußland. Findet dieser Schrott überhaupt Anklang?«

MacPherson lächelte blaß und antwortete: »Eine Gruppe von alten, unverbesserlichen Kommunisten in Moskau versucht nun, dies zu benutzen, um erst die Kontrolle über Rußland, dann über die ehemaligen Staaten der Sowjetunion und letztendlich über die ganze Welt zu gewinnen. Der russische Botschafter bei den Vereinten Nationen bewegt sich auf ihre Position zu! Er hielt, ein paar Tage nachdem diese Sache erschienen ist, vor der Vollversammlung eine Rede. Die Neutralen, die Afro-Asiaten und der Block aus der Dritten Welt waren sehr beeindruckt. Sie glauben natürlich nicht an den atheistischen Teil dieser Kampagne, spüren aber keine große Liebe zum Christentum, weil sie ihren eigenen Naturreligionen den Vorzug geben. Und nun weht ein neuer Wind in dieser Welt, und zwar ein dem Westen feindlich gesinnter!«

»Das ist aber nicht das neue Rußland!« warf Jon ein. »Das ist einfach nicht Rozomovs Stil!«

»Sie haben recht, es stammt aber auch nicht von ihm. Er macht immer noch einen langen Staatsbesuch in Nordkorea. Es kann aber gut sein, daß man ihn, wenn er zurückkommt, vom Chefsessel hievt. Wenn er zurückkommt. Das alles passierte, während er weg war. Es ist das Werk der Verstimmten und Unverbesserlichen im KGB, beim Militär und der stalinistischen Separatisten im Kreml. Jetzt sind sie auch wesentlich besser organisiert, als noch vor einigen Jahren bei ihrem verpfuschten

Putschversuch gegen Gorbatschow. Gorby haben sie nie verziehen, daß sie Osteuropa verloren haben, und nun versuchen sie verzweifelt, Rama dafür zu verwenden, der Leiche des Kommunismus neues Leben einzuhauchen.«

»Diese schießwütigen Hardliner werden alle Schwächen, alle vermeintlichen Schwächen, die sie im Westen entdecken können, nach Strich und Faden ausnutzen«, fügte der Präsident hinzu. »Diese roten Ratten der alten Garde haben uns vor Jahren bei jeder Gelegenheit eins ausgewischt. Und nun scheinen diese verdammten Neandertaler wieder neues Leben zu genießen.«

Jon fiel es auf, daß Bronson scheinbar bei Richard Nixon eine Schule für Rhetorik besucht hatte. Dann fragte er: »Wie ist die Stimmung hier in den Staaten?«

»Hier haben wir nichts anderes als ein Krise der Moral«, sagte Präsident Bronson. »Die Gemeinden schrumpfen schlagartig, Gottesdienste werden gestört – Menschen werfen den Geistlichen fluchend vor, sie hätten sie irregeleitet – und jeder verdammte Atheist oder Freidenker im Land brüllt aus voller Kehle, ›Wir haben es euch gesagt!‹ Kein Tag vergeht, ohne daß wir eine neue Horrormeldung bekommen. Wie letzten Sonntag: Der Erzbischof von New York zelebriert in der St. Patricks Kathedrale eine Messe. Plötzlich schmeißt ihm ein Gemeindemitglied die Hostie ins Gesicht, schreit: ›Genug von diesem Schauspiel!‹ und läuft hinaus.«

Harold S. Hammar, Verteidigungsminister, schloß sich an: »Wir haben alle unsere persönlichen Horrormeldungen, Dr. Weber. Mein Onkel war Missionar in Mozambique. Er hat zwanzig Jahre dort gearbeitet und erst drei Menschen haben sich bekehrt. Vor einer Woche fand ihn meine Tante an einem Baum im Dschungel hängend. Sein Abschiedsbrief lautete: ›Alles für Jesus, den großen Betrüger! Alles umsonst! Verzeihe mir, Sarah!‹«

Jon biß seine Zähne fest zusammen und schüttelte den Kopf. »Das ist alles so voreilig . . . so unglaublich voreilig!«

»Ja, aber in der Zwischenzeit geht die Kirche – womöglich das Land auch – den Bach hinunter. Erzählen Sie ihm den Rest, Harold.«

Hammar räusperte sich. »Die alte Garde in Moskau scheint mehr zu tun, als sich nur über unsere Krise totzulachen. Einer ihrer Wortführer zitierte Sun Tzu aus dem antiken China, der etwa gesagt hat: ›Das Kämpfen auf dem Schlachtfeld ist blöd. Die höchste Kunst der Kriegsführung ist, überhaupt nicht zu kämpfen, sondern die Kultur des Feindes zu untergraben. Dann, wenn er entmutigt, destabilisiert und verwirrt ist, dann schlägt man zu.‹ Wir sind der Meinung, daß sie, falls sie in Rußland an die Macht kommen, versuchen werden, Sun Tzus Worte gegenüber dem Westen – vor allem in Amerika – in die Tat umzusetzen.«

Jon schüttelte den Kopf. Nie hatte er eine politische Auswirkung der Entdeckungen von Rama erwartet. Dann sagte er: »Nun, meine Herren, ich bin Ihnen dankbar, daß Sie mich auf den neuesten Stand gebracht haben. Aber was hat das alles mit mir zu tun? Was kann ich denn tun?«

Der Präsident war es, der antwortete. »Um die Geschichte kurz zu fassen, Dr. Weber, möchten wir gerne wissen, wie lange die Archäologen und Gelehrten brauchen werden, um in dieser Sache zu Schlußfolgerungen zu kommen. Amerika und die westliche Welt ist auf die Folter gespannt. Persönlich bin ich Methodist, und ich fühle mich, als ob das Herzstück meines Glaubens herausgerissen worden ist. Falls Ihre Entdeckungen sich als wahr erweisen sollten, dann müssen wir einfach versuchen, alles irgendwie wieder aufzubauen. Vielleicht werden die liberalen Theologen ein paar Ideen haben. Haben sie uns nicht schon seit Jahren erzählt, daß es überhaupt keine Auswirkungen auf unseren Glauben haben würde, wenn die Knochen Christi entdeckt werden sollten? Falls Ihre Funde sich als teuflische Fälschungen entpuppen, sollten wir das sobald wie nur menschenmöglich wissen, damit wir zu unserem Tagesgeschäft, eine großartige Nation zu sein, wieder zurückkehren könnten. Im Augenblick herrschen Panik und Unbehagen. Also: Wann werden Sie es wissen?«

Jon seufzte tief und sagte: »Nun, meine Herren, ich schulde es Ihnen ebenfalls, Sie auf den neuesten Stand zu bringen.« Dann gab er Ihnen eine kurze Zusammenfassung aller geplanten Untersuchungen und bis wann mit den Endergebnissen zu rechnen sei. Er legte auch seine zwei Aktenkoffer auf den Schreibtisch des Präsidenten und öffnete die Deckel, um ein paar der Keramikgegenstände zu zeigen und die dafür vorgesehenen Untersuchungen zu erläutern.

Der Präsident und seine zwei Minister starrten die Sachen wortlos an.

»Also sind das die Klumpen, die die Welt auseinanderreißen!« murmelte der Präsident schließlich. »Ich würde diese Nippessachen liebend gern in Stücke schlagen. Professor Weber, kann Ihnen die Regierung irgendwie bei Ihren Untersuchungen helfen? Oder sonstwie?«

Jon dachte einen Augenblick lang nach, dann schüttelte er den Kopf: »Nein, außer wenn Sie es mir in Bezug auf die Abfertigung am Flughafen bei meiner Rückkehr nach Israel leichter machen könnten, sollte die Regierung einen weiten Bogen um uns machen. Sonst wird die Welt den Verdacht schöpfen, daß Sie politischen Einfluß geübt haben.«

»In Ordnung«, sagte der Präsident. »Sie werden die Untersuchungen aber sobald wie möglich in die Wege leiten, nicht wahr?«

»Natürlich.«

Während Sie das Oval Office verließen, faßte der Präsident Jon am Ärmel und bat ihn, noch einen Augenblick zu bleiben. Bronson schloß die Tür hinter sich zu und sagte: »Ich muß irgendwie die Wahrscheinlichkeiten hier besser einschätzen können, damit ich das Staatsschiff durch den Sturm führen kann. Falls es nötig sein sollte. Wie schätzen Sie beim jetzigen Stand Ihrer Untersuchungen die Echtheit Ihrer Dokumente auf einer Skala von eins bis zehn – zehn ist dabei absolut echt – ein?«

Jon runzelte die Stirn, öffnete seine Arme und sagte: »Ich wünschte wirklich, ich könnte diese Frage beantworten, aber ...«

»Kommen Sie schon! Es ist nur für meine Ohren bestimmt! Sie werden nie zitiert!«

»Aber ...«

»Ist es eine neun oder zehn?«

»Nein.«

»Eine acht?«

»Also ... nein.«

»Eine sieben?«

»Kein Kommentar.«

»Ich sehe, daß Sie gelernt haben, die politische Sprache zu sprechen!« lachte Bronson. Dann wurde er wieder ernst und sagte: »Ich hoffe sehr, daß Sie so hart wie nur möglich daran arbeiten, diesen Trick oder diese Fälschung aufzudecken, Dr. Weber. Wie Sie sicherlich wissen, steht so unglaublich viel auf dem Spiel. Sie würden Ihrem Land einen Gefallen tun – einen enormen Dienst erweisen –, wenn Sie den Alptraum beenden könnten und Ihre Entdeckung als ein Nichts entlarven würden. Ich wünsche mir nichts sehnlicher, als daß Sie die Erde dort nie geöffnet hätten!«

»Ja, oftmals habe ich genauso gedacht.«

Der Präsident packte ihn nun verschwörerisch am Ärmel und flüsterte fast: »Dr. Weber, darf ich Sie Jonathan nennen?«

»Selbstverständlich, aber sagen Sie lieber ›Jon‹.«

»In Ordnung, Jon. Wäre es nicht für Sie möglich, könnten Sie es nicht irgendwie einrichten, an ihren Artefakten etwas Falsches zu finden?« Er deutete auf die zwei Aktenkoffer. »Das würde wirklich den gordischen Knoten durchhauen. Die Welt, natürlich die christliche Welt, möchte wirklich an ihren auferstandenen Herrn glauben.«

»Was meinen Sie gerade? Wollen Sie vorschlagen, daß ich die Ergebnisse ... verfälsche?«

»Kommen Sie, Jon, das habe ich nicht gesagt. Sollten Sie sich aber entschließen, das größtmögliche Gewicht auf irgendwelche Schwachstellen in Ihren Beweisen zu legen, so wäre Ihnen die westliche Welt und die gesamte christliche Kirche zu Dank verpflichtet.«

»Ich habe nach Schwachstellen gesucht, das kann ich Ihnen versichern, Mr. President. Ich beabsichtige aber, und das ist mein voller Ernst, absolut ehrlich in der Handhabung der Beweise zu bleiben. Es steht zu viel auf dem Spiel, viel zu viel.«

»Ich weiß . . . ich weiß.« Der Präsident stand nun händeringend da und fing an, im Oval Office auf und ab zu gehen. Dann hielt er an, blickte zu Jon und sagte: »Und doch behauptet man, daß niemand ein Projekt, überhaupt irgend etwas vollkommen neutral, ohne irgendeine Form von Vorliebe anpackt. Ich kann nur hoffen, daß Ihre besondere Form der Vorliebe in die richtige Richtung tendiert.«

»Ohne Zweifel, Mr. President. Wenn dies eine andere Ausgrabung wäre, überhaupt eine andere Entdeckung, dann hätten wir uns nicht die Mühe gemacht, die zusätzlichen Untersuchungen durchzuführen.«

»Warum nicht?«

»Weil die Indizienbeweise, die umgebenden Beweise überwältigend sind. Die keramische Typologie, die Paleographie, die Anthropologie und die Kohlenstoff-Untersuchungen sind überwältigend eindeutig. Wir hätten die Funde wahrscheinlich schon vor langer Zeit als eine glasklare Zehn eingestuft!«

»Mein Gott!«

»Genau.«

Präsident Sherwood Bronson stand nun mit gesenktem Haupt und hängenden Schultern da und starrte einige Augenblicke lang seinen Schreibtisch an. Dann zog er eine Karte heraus und schrieb etwas darauf. »Hier, Jon. Das ist meine Privatnummer. Sie umgeht die Telefonzentrale im Weißen Haus. Rufen Sie mich an, sobald Sie die Untersuchungsergebnisse haben. Werden Sie das für mich tun?«

»Ja, gewiß.«

»Eine unserer Limousinen wird Sie überall hinbringen, wo Sie nur wollen. Schicken Sie uns irgendwelche Rechnungen zu. Äh, ich würde Sie gerne zum Abendessen einladen, aber heute Abend müssen wir zur französischen Botschaft. Ein anderes Mal?«

»Ein anderes Mal. Ich danke Ihnen, Mr. President.«

Kapitel 17

Die Limousine des Weißen Hauses brachte Jon zu der von ihm angegebenen Adresse in Georgetown. Sandy McHugh wollte nichts davon hören, daß Jon in einem Hotel übernachtete. Jon stellte aber eine Bedingung: An diesem Abend, da er mit der Zeitverschiebung zu kämpfen haben würde, sollten sie sich einfach amüsieren und die Margaritas schlürfen, für die Sandy so berühmt war. Vielleicht könnten sie Rama und die Tyrannei, die der Ort auf ihre Leben ausübte, für eine Nacht vergessen. Sandy stimmte dem Plan fröhlich zu – seine Frau und Kinder waren zu Besuch bei seinen Schwiegereltern in Philadelphia. An diesem Abend erzählte er Jon so viele zotige Limericks, daß diesem, schon von der Zeitverschiebung her etwas verblödet, vor Lachen die Tränen in die Augen stiegen.

Am nächsten Morgen widmeten sie sich aber ganz dem Geschäft. McHugh hatte im Smithsonian eine Kommission einberufen, die aus zwanzig der besten Wissenschaftlern der Nation bestand. Er stellte sie alle samt ihrem Spezialgebiet vor. Jon legte nun seine Aktenkoffer auf den großen Konferenztisch aus Mahagoniholz, gab eine Erklärung zu jedem Gegenstand ab und reichte die Aufnahmen herum, damit jeder sie prüfen konnte. In einem Diavortrag stellte er die Ausgrabung in Rama vor, wobei er sich intensiv mit der Höhle und deren Artefakten beschäftigte. Anschließend berichtete er detailliert von den

Kohlenstoff-14-Untersuchungen, die in Israel und Arizona gemacht worden waren. Dann bat er die Spezialisten darum, ihre technischen Fragen zu stellen.

Nach einer kurzen Mittagspause einigten sie sich hinsichtlich der Untersuchungsprozeduren. »Was spezifische Proben anbelangt«, berichtete Sandy der Gruppe, »haben wir uns auf folgende Pläne geeinigt. Lassen Sie mich die Liste nochmals vorlesen, damit wir alle zustimmen können:

Für die *zwei Kruggriffe* mit der Inschrift ›Für Josef‹: Vergrößerungsanalyse der beschrifteten Siegel, um feststellen zu können, ob sie mit antiken oder modernen Werkzeugen gefertigt wurden, gefolgt von optischen Emissionsuntersuchungen und Röntgenfluoreszenz-Spektrometrie, Neutronenaktivierungsanalysen und Thermolumineszenz, um das Brennalter festzustellen.

Die *zwei Öllampen, Unguentarium, den Ölflakon und das Tonsiegel:* das Gleiche wie oben, nur ohne die Beschriftungsanalyse.

Der *Titulus-Papyrus*: Blütenstaubanalyse, Beschaffenheitsanalyse mit Hilfe des Elektronenmikroskops, Pigment-/Tintenanalyse von einem kleinen Teil einer der Buchstaben.

Übrigens: Danke, Jon, daß uns gerade das erlaubt wurde.«

»Hatte ich eine Wahl?« sagte er lächelnd. »Ich bedaure es, aber es mußte getan werden. Sonst hätten es die Kritiker als die große Lücke in unserer Untersuchungsreihe bezeichnet.«

»Genau. Wir haben uns auch darauf geeinigt, eine PIXE-Analyse der Tinte durchzuführen.«

»Was ist das?«

»Particle Induced X-ray Emmision Analyse – eine Röntgen-Emissionsanalyse. Dieses Verfahren ist besonders nützlich, wenn es sich um sehr kleine Proben handelt. Wir haben es, zum Beispiel, verwandt, um Metalloxyde der Tinten in der Gutenberg Bibel zu untersuchen.«

»Fantastisch. Kann man damit auch das Alter feststellen?«

»Leider nein. Die meisten dieser Untersuchungen, mit Ausnahme der Thermolumineszenz, sind nur Analysen. Sie haben aber genauso viele Fälschungen ausfindig gemacht, wie K-14, indem sie Bestandteile festgestellt haben, die zur behaupteten Zeit gar nicht in Gebrauch waren – die berüchtigte Vinland Karte in Yale, zum Beispiel. Also, sollten wir Eisenoxyde in der Tinte oder in den Pigmenten finden, ist der Verdacht, das es eine Fälschung ist, begründet, da zu der Zeit reine Kohlenstofftinten normal waren.«

»Nun, Sie könnten aber auch etwas Kupfer finden«, antwortete Jon. »In den frühen Schriftrollen des Toten Meeres wurde vorerst reine Kohlenstofftinte verwandt. Die späteren weisen aber auch Spuren von Kupfer auf.«

»Daran werden wir denken«, bemerkte Sandy, dann fuhr er mit der Vorlesung des Programms fort:

»Der *Holzhintergrund des Titulus*: das gleiche Verfahren, wie bei dem Pergament.
Die *Grabtücher* und *Mattenstoffe*: das Gleiche, Schwerpunkt Blütenstaubanalyse.
Die *Bronzemünze*: optische Emissionsanalyse und atomare Resorbtionsspektronomie und Neutronen-Aktivierungsanalyse für metallurgische Prüfung und Vergleich mit anderen Bronzemünzen von sicherer Echtheit.
Die vier Pakete mit dem *Schutt*: Sortierung der Materialien, quantitative und qualitative Analyse der Bestandteile, sowie weitere Untersuchungen, sollten sie als nötig eingestuft werden.

Ist damit alles abgedeckt?«

Alle nickten zustimmend.

»Einige dieser Untersuchungen werden natürlich an anderen Orten durchgeführt«, schloß Sandy. »Nachdem wir mit den Keramiken fertig sind, werden wir sie ins Zentrum für angewandte Wissenschaft in der Archäologie der Universität von Pennsylvania bringen. Dort befindet sich nämlich das beste Thermolumineszenz-Labor des Landes.«

Das Symposium des Instituts für Christliche Herkunft tagte im Spätherbst in Cambridge, Massachusetts. Dieses Mal aber stand nur ein Programmpunkt auf der Tagesordnung, nämlich Rama. Jon lieferte einen detaillierten Bericht über die Ausgrabung, einschließlich der Videoaufnahmen, die Cromwell zum Glück gedreht hatte. Dick war selbst auch anwesend. Er versicherte Jon, daß er keine Abzüge des Papyrus in seiner Dunkelkammer hatte herumliegen lassen.

»Sind Sie sich sicher, Dick?« fragte Jon.

»Absolut. Die Dunkelkammer habe ich auch abgeschlossen, bevor ich in die Staaten flog.«

Jon runzelte die Stirn, trommelte mit den Fingern auf das Podium und fragte: »Wer hat alles einen Schlüssel zur Dunkelkammer?«

»Ach, du liebe Zeit! Wahrscheinlich die meisten verantwortlichen Mitarbeiter.«

»Ich habe keinen.«

»Sie sind ja auch der Neue!«

Sie plauderten kurze Zeit und gingen dann zum zweiten Teil über, in dem Jon darüber berichtete, wie die Nation und die Welt auf Rama reagiert hatten. Alle Teilnehmer am Symposium wollten scheinbar gleichzeitig reden, also hörte sie sich Jon der Reihe nach an. Jeder hatte einen farbenfrohen, grausigen oder tragischen Beitrag zum Bild mit dem Titel: ›Krise‹.

»Also sieht das Spektrum einigermaßen so aus«, sagte Jon, als sie fertig waren. Er stand auf und schrieb nach hebräischer Art von rechts nach links auf die Tafel:

Liberale Linke
Volle Akzeptanz ohne Besorgnis

Moderate Linke
Etwas Akzeptanz mit viel Besorgnis

Zentristen (traditionelle Kirchen)
Sehr besorgte Reaktion mit großem Schock

Konservative Rechte (Evangelikale)
Angsterfüllte Ablehnung, aber ebenfalls die Furcht, daß sich Rama als echt erweisen könnte

Ultra-Orthodoxe Rechte (Fundamentalisten)
Entsetzte Ablehnung und offen zur Schau getragene Feindseligkeit.

»Geben Sie mir noch ein paar Beispiele vom extremen, linken Flügel«, bat Jon.

Heinz von Schwendener, der bekannte Gelehrte der neutestamentarischen Wissenschaften aus Yale, antwortete: »Nun, Sie erinnern sich an diese Theologen, die seit einiger Zeit behaupten, daß die Entdeckung der Knochen Jesu sie nicht überraschen würde?«

»Ja.«

»Also, zur Zeit veröffentlichen sie nett formulierte ›Ich hab's euch gesagt‹-Erklärungen in sieben Sprachen. Und natürlich behaupten Ausgeflippte – z.B. Harry Nelson Hunt –, daß Ihre Entdeckung für die Konservativen eigentlich günstig ist.«

»Wie in aller Welt meint er das?«

»Weil es schließlich beweist, daß eine historische Figur namens Jesus tatsächlich existiert hat! Hunt hatte da so seine Zweifel.«

»Das war vorauszusehen. In Ordnung, verehrte Kollegen. Sie haben hinsichtlich der vorherrschenden Theologie berichtet. Geben Sie mir nun ein paar Beispiele von der Basis. Ein paar Anekdoten.«

Jon wünschte sich anschließend, daß er das nie gesagt hätte. Eine scheinbar in der Hölle zusammengebraute Mischung schien mit den Geschichten, die die Symposiumteilnehmer erzählten, förmlich zu explodieren: ein Pastor in einer ländlichen Gegend war so mitgenommen, daß er mitten in seiner Predigt zusammenbrach und starb ... Trappistenmönche, die ein Schweigegelübde abgelegt hatten und nun ihre Desillusionierung hinausschrien ... ein Rückgang der Anmeldungen für Priesterseminare und Bibelschulen von katastrophalen 85 Prozent. Trendbeobachter versprachen sogar, daß sie wahrscheinlich ganz schließen müßten, zusammen mit den Klöstern und Klosterschulen ... Zukunftsbeobachter sagten voraus, daß man leere Kirchen in Gaststätten oder Bars verwandeln würde ... Selbstmorde, geistige und moralische Zusammenbrüche, einen raschen Anstieg der Verbrechensrate und die Reduktion des Christentums in der Welt auf den Status einer Sekte.

»Genug!« Jon warf seine Hände in die Höhe. »Wenn Sie mich fragen, die tragischste Geschichte, die ich heute gehört habe, ist die, daß den Sterbenden die Hoffnung der Wiederauferstehung genau dann entrissen worden ist, als sie sie am nötigsten brauchten. Wir müssen aber fortfahren. Der dritte Teil des Symposiums trägt den elegant formulierten Titel: ›Wie machen wir nun weiter?‹ Wir sind auf Ihre Vorschläge gespannt.«

Was darauf folgte, war die hitzigste Debatte in der Geschichte des ICH. Das Konferenzzimmer bebte förmlich unter den Vorschlägen, Gegenargumenten und engagierten Diskussionen. Am späten Nachmittag jedoch zeichnete sich langsam ein Konsens ab. Der Smithsonian-Testreihe wurde die größte Bedeutung eingeräumt, gleichzeitig arbeiteten die Wissenschaftler einen Eventualitätsplan für die möglichen Ergebnisse aus. Jon begrüßte den Plan herzlich, aber alle Mitglieder mußten versprechen, die Sache vertraulich zu behandeln.

Um die Stimmung etwas aufzuheitern, fragte Jon, kurz bevor er die Versammlung schloß: »Was war die dümmste Reaktion, die Ihnen bislang begegnet ist? Ich meine, etwas wirklich Hirnrissiges?«

Katrina Vandersteen, Professorin der semitischen Paleographie an der John Hopkins Universität, hob ihren Bleistift. »Ich nenne Ihnen den Fall eines gewißen Maharishi Yogananda, Guru einer Kommune in der Nähe von Monterey, Kalifornien. Er behauptet, daß Ihre Ausgrabung die Wahrheit des Hinduismus beweist, Jon!«

»Wie denn das?!«

»Nun, es stimmt doch, oder?« foppte sie mit einem Augenzwinkern. »Wie hört sich denn der Sprechgesang dieser kahlköpfigen Typen in pfirsichfarbenen Gewändern an, die durch die Fußgängerzonen irren? ›Hare Krishna, Hare Krishna, Hare Rama, Hare Rama.‹ Nun, der Maharishi behauptet, daß der Name Ihrer Ausgrabung, die gerade das ›Christentum beerdigt hat‹, Rama lobt, der ja Herr über alles sein soll!«

Das Symposium bebte vor Lachen. Dann standen alle auf, um zu gehen. Plötzlich flog die Tür auf und ein kleiner, schmaler Mann mit spärlichem, weißem Haar stürmte in das Konferenzzimmer, wobei er die Tür wieder fest hinter sich zuschlug. Er schritt auf Jon zu und fixierte ihn mit einem wütenden Blick.

»Guten Tag, Mr. Nickel«, sagte Jon. »Wir sind entzückt, Sie hier unter uns begrüßen zu dürfen!«

Joshua Scruggs Nickel war offensichtlich fürchterlich in Rage. Er öffnete den Mund und brüllte: »Warum wurde ich von dem heutigen Treffen nicht in Kenntnis gesetzt?!«

»Ich hatte vor, Ihnen morgen bei unserer Besprechung ein kurzes Resümee vorzutragen, Mr. Nickel. So, wie ich es auch bei den vorangegangenen Treffen getan habe. Ich wußte nicht, daß Sie bei diesen ganzen technischen Diskussionen gerne dabeigewesen wären.«

»Da haben Sie sich aber mächtig getäuscht! Besonders, wenn unser Glaube auf dem Spiel steht!«

»Nun, Sie wissen aber, daß Sie immer mehr als willkommen sind.«

»Hören Sie mir zu, alle!« unterbrach ihn Nickel. »Ich habe den Geldhahn für dieses Institut aufgedreht, und zwar nicht zu knapp, wie ich mich zu entsinnen glaube: eine Zuwendung von zwei Millionen Dollar! Der Zweck des ICH – zumindest wie ich ihn beurteilt habe – lag darin, noch eingehender die Geschichte davon zu erforschen, wie unser Herr und seine heiligen Apostel die Kirche gründeten, wie er sie aussandte, um die Welt in seinem Namen zu erobern. Sie sollten neue Daten über das Leben und die Lehre Christi in Erfahrung bringen. Eine Zeitlang gelang es Ihnen auch: Ich war mit Ihrem Buch ziemlich zufrieden, Jonathan.«

Nun näherte er sich Jon noch einen Schritt und sagte, seine Worte mit dem Zeigefinger unterstreichend: »Aber jetzt verwerfen Sie alles, was Sie bisher erreicht haben! Anstatt Beweise für die Wahrheit des Christentums zu bringen, haben Sie einen furchtbaren Dolch in das Herzstück unseres Glaubens gebohrt! Als ich zum ersten Mal von Ihren entsetzlichen Entdekkungen erfuhr, wollte ich Ihnen ein Telegramm schicken, Jonathan, konnte aber einfach keine Worte dafür finden. Dies ist eine verräterische und niederträchtige Art, meine Investition in Sie alle zu belohnen. Statt Wahrheit liefern Sie Betrug und Täuschung!«

Der kleine Mann zitterte vor Wut, Tränen stiegen in seine Augen und seine faltige Haut sah cholerisch rot aus. Jon versuchte, ihn zu beruhigen: »Bitte, Mr. Nickel, setzen Sie sich und lassen Sie uns ...«

»Lassen Sie mich aus dem ersten Psalm zitieren, was ich jedenfalls noch für das Wort Gottes halte: ›Wohl dem, der nicht sitzt, wo die Spötter sitzen.‹ Nein, ich werde mich nicht hinsetzen, Jonathan. Und nun lassen Sie mich Ihnen meine Pläne für das ICH erläutern: Mit sofortiger Wirkung werde ich meine jährlichen Zuwendungen in Höhe von 200 000 Dollar, die ich Ihnen bisher zur Verfügung gestellt habe, streichen. Und ich werde mich juristisch beraten lassen, wie ich meinen ursprünglichen Einsatz wieder zurückerhalten kann!«

Eine Vene pochte sichtbar in der Mitte seiner Stirn, und Jon befürchtete, daß er einen Schlaganfall erleiden könnte. »Bitte, Mr. Nickel«, flehte er ihn an: »Können wir das nicht heute beim Abendessen besprechen?«

»Nein, meine Entscheidung ist gefallen. Eigentlich könnte mich nur eine Sache umstimmen.«

»Und die wäre?«

»Wenn Sie sich offiziell dazu bekennen würden, daß Sie getäuscht worden sind, Jonathan. Ich würde erwarten, daß das ICH die ›Funde‹ von Rama als teuflische Fälschungen deklariert, was Sie dann auch mit allen weiteren Nachforschungen beweisen werden.«

»Das ist genau der Punkt, Mr. Nickel«, protestierte Jon. »Gerade haben wir die ausführlichsten Pläne geschmiedet, weitere Nachforschungen hinsichtlich einer möglichen Fälschung zu betreiben.«

»Dennoch vergiften Sie in der Zwischenzeit die Welt mit Beweisen, die jene Fälschungen angeblich als echt bestätigen. Als Entdecker würde ein Wort von Ihnen schon reichen, das alles eine Fälschung sein müsse, um die Welt zu besänftigen und die Kirche zu retten.«

»Das kann ich nicht tun, Mr. Nickel. Das wäre gegen die Prinzipien der Wissenschaft. Und der Ehrlichkeit.«

Nickel starrte Jon einige Momente lang wutentbrannt an, bevor sein Blick über das versammelte Symposium streifte. »Also gut, meine Damen und Herren«, jede einzelne Silbe hatte nun die Schärfe eines Messers. »Hiermit ist meiner Unterstützung des ICH ein Ende gesetzt!« Er wandte sich wutentbrannt um und verließ den Raum.

Fast starr vor Entsetzen saß das Symposium einige Augenblicke da, bis von Schwendener sagte: »Ich schlage vor, daß wir alle von jetzt an unsere Zeit investieren. Und daß wir alle nach Möglichkeiten suchen, alternative Mittel für das ICH zu beschaffen.«

»Hört, hört!« riefen viele. Der Rest der Versammelten applaudierte.

Der Antrag wurde einstimmig angenommen.

Die letzten November- und die ersten Dezembertage gehörten ihm nicht, stellte Jon sehr bald fest. Während er die finanziell bedrohte Arbeit des ICH zu koordinieren versuchte und sich hinsichtlich des Fortschritts der Testreihen mit Sandy McHugh beriet, hatte er noch alle Hände voll damit zu tun,

Antworten auf die Unmengen von Post zu diktieren, die sich im Verlauf seiner Abwesenheit angehäuft hatten. Er konnte aber mit Hilfe seiner Sekretärin, Marylou Kaiser, die einem textverarbeitenden Genie glich, zwanzig verschiedene Briefe im Computer entwerfen, die fast 90 Prozent der Korrespondenz abdeckten, einschließlich der Absage einer Reihe von Vorträgen, die schon in Jons Terminkalender gestanden hatten, bevor Rama einschlug.

Die weitaus schwerste Aufgabe war es aber, die Fernsehleute und die Presse abzuwimmeln. Seitdem ein erfinderischer Schnüffler in die Hügellandschaft westlich von Cambridge gefahren war, um sein Haus in Weston zu überwachen, waren ihm die Journalisten nicht mehr von der Seite gewichen. Wenn es nicht die Medien waren, dann waren es die Spinner. Die Polizei mußte regelmäßig einen Streifenwagen durch seine Gegend schicken, nachdem ein Verrückter einen Speer durch sein Fenster geworfen hatte. Der Mann behauptete, er sei der Prophet Elias und habe den Auftrag, den Antichristen aufzuspießen.

Jon mußte aber eine noch schwerere Aufgabe bewältigen: Überleben ohne Shannon. Sie hatte ihm ein kleines Buch mit Liebesgedichten, die sie für ihn geschrieben hatte, geschickt und diese mit Skizzen ihrer Lieblingsorte in Galiläa geschmückt. Jon, der eher der Prosa zugeneigt war, fand die Verse unsagbar schön und fragte sich, was eigentlich an Poesie dran wäre, daß sie zum Kommunikationsmittel der Liebe schlechthin geworden war. Ein hell leuchtendes Kapitel, das die Überschrift ›Unsere Liebe ist . . .‹ trug, beinhaltete fast schmerzhaft schöne Beschreibungen. Die erste unter ihnen hieß ›Ewigkeit‹. Bei ihrer Definition: ›Ich werde dich lieben, bis Himmel und Erde sich dem Tode zuneigen‹, schossen ihm Tränen in die Augen und nährten nur den dumpfen Schmerz, der ihn ohnehin schon vom Zähneputzen am Morgen bis zum Auskleiden am Abend begleitete. Eigentlich hatte er gemeint, ein voller Terminkalender müßte diese Leere beseitigen, aber nicht einmal der vermochte es. Ohne sich dessen bewußt zu sein, hatte auch er eine eigene Testreihe durchgeführt zur Frage, wie sehr er diesem Mädchen verbunden war. Aber die Ergebnisse lagen schon bald vor. Es war die wahre Liebe und mehr. Doch vermochte die englische Sprache nicht, es in Worten auszudrücken.

Das hatte er ihr auch in leidenschaftlichen Telefongesprächen nach Übersee erzählt. Er hatte sie angefleht, nach Boston zu fliegen, damit sie die Weihnachtsferien gemeinsam verbringen konnten. Weil die Testreihen fast abgeschlossen waren, mußte er in den Staaten bleiben. Obwohl sie seine Bedürfnisse auch teilte, war sie dennoch der Meinung, daß sie ihren Vater, der nach der ganzen Aufregung völlig erschöpft zu sein schien, kaum alleinlassen konnte. »Ich liebe dich mehr, als ich je zum Ausdruck bringen könnte, Liebster«, fügte sie hinzu. »Verbringe Weihnachten mit deinen Eltern in Missouri. Komm danach aber schnell wieder zurück!«

Am ersten Weihnachtstag landete Jons Maschine in Lamberts Field, St. Louis. Dort mietete er dann ein Auto für die neunzig Meilen Fahrt gen Norden nach Hannibal.

Es war 9.30 Uhr, und wenn er den Highway 61 entlangflitzte, würde er es gerade noch schaffen, zum Gottesdienst seines Vaters um 11 Uhr in der St. Johanneskirche zu erscheinen. Sein Besuch wäre eine Überraschung – vielleicht sogar eine unwillkommene? Rama hatte seine klebrigen Finger überall ausgebreitet.

Seine Fahrt wurde von Schneewehen und Schneeregen verzögert, so daß er, als er in der Kirche ankam, in der er getauft und konfirmiert worden war, so unauffällig wie nur möglich in die hinterste Reihe schlich. Die Gemeinde war bereits dabei, die letzte Strophe des Liedes zu singen, auf das die Predigt folgen würde. Jon erinnerte sich daran, daß in seiner Kindheit an Weihnachten und Ostern immer die meisten Menschen in die Kirche kamen. Deshalb erschreckte es ihn, daß die Kirche an diesem Tag halb leer war. Vielleicht hatte es mit dem Schneeregen zu tun. Vielleicht aber auch mit einer gewissen Ausgrabung in Israel.

War diese Figur, die in diesem goldbraunen Talar dort auf der

Kanzel stand, wirklich sein Vater? Zwei Jahre waren verstrichen, seit er ihn zum letzten Mal gesehen hatte, aber Erhard Weber schien um mindestens zehn Jahre gealtert. Das schwarzweiße Haar war mittlerweile nur noch weiß. Das einst völlig rechteckige Gesicht war nun von eingesunkenen Wangen gezeichnet, die Gesichtszüge von einer seltsamen Blässe untermalt. Zum Glück war seine Stimme aber noch die alte, und er begann seine Predigt zwar mit festen Worten, aber auch mit einem traurigen Witzchen:

»Es scheint eher ein fragwürdiges, als ein fröhliches Weihnachten zu sein. Die Welt fragt die Kirche, ob sie vorhat, in diesem Jahr zu feiern. Vor zweitausend Jahre kamen weise Männer aus dem Osten, um den Säugling Jesus anzubeten. Nun haben wir aber ›weise Männer‹ aus dem Westen, die das wahre Herzstück des christlichen Glaubens abstreiten! Nun schweben Zweifel und keine Engel über Bethlehem, während moderne Anhänger des Herodes erneut bemüht sind, das Kind Jesus umzubringen . . .«

Jon rutschte verlegen auf seinem Sitz hin und her. Er fragte sich, wie sein Vater ihn wohl nach dem Gottesdienst begrüßen würde: als Jonathan, Herodes oder gar als Judas? Sein Vater konnte schon immer gut mit Worten umgehen.

Pastor Weber fuhr fort: »Der Text, den ich für heute ausgesucht habe, hört sich vielleicht nicht sehr weihnachtlich an. Ich hoffe aber, daß Sie es trotzdem passend finden – Matthäus 24, Verse 23–24 –, wo Jesus seinen Jüngern erzählt: ›Wenn dann jemand zu euch sagen wird: Siehe, hier ist der Christus! oder da! So sollt ihr's nicht glauben. Denn es werden falsche Christusse und falsche Propheten aufstehen.‹ Ich glaube fest daran, daß sich diese Prophezeiung zur Zeit bewahrheitet, meine Mitgläubigen. Man möchte uns erzählen, daß das, was von Christus übriggeblieben ist, irgendwo in Israel liegt. Aber wir glauben, wie unser Herr uns ermahnt hat, nicht daran!«

Erneut rutschte Jon unbequem auf der hinteren Bank hin und her. Schnell setzte er seine Sonnenbrille auf, damit niemand den ›falschen Propheten‹ in ihrer Mitte erkennen könnte. Plötzlich aber erhellte sich die Stimme des Mannes auf der Kanzel, er lächelte sogar, als er sprach:

»Nein, ich und Trudi werden Weihnachten feiern! Wir werden mit den Engeln singen, lobpreisen mit den Hirten, anbeten mit den weisen Männern! Egal, was mein Sohn oder sonstige Archäologen in Israel meinen gefunden zu haben: Niemals werden sie Christus aus dem Weihnachtsfest entfernen können!«

Der Rest der Predigt war weniger polemisch und eher weihnachtlich. Jon war aber dennoch der Meinung, daß er seinen Vater nicht in die Verlegenheit bringen sollte, indem er nach dem Gottesdienst an der Kirchentür wartete, um ihn zu begrüßen. Sobald sein Vater von der Kanzel heruntergestiegen war, verließ er heimlich die Kirche.

Der Schneeregen hatte aufgehört, und der Himmel hellte sich langsam auf. Mit einer furchtbaren Gegensätzlichkeit verdunkelte sich aber zusehends Jons eigene Stimmung. Er spazierte hinunter zum Ufer des Mississippi. Ein Ort, den er als Kind häufig besucht und geliebt hatte. Er schlenderte einen wackeligen, alten Kai entlang, lehnte sich über einen der Anlegepfosten und starrte das eisige, graue Wasser an, das schäumend gen New Orleans floß. Was hatten er und Jennings dem tiefsten Innern des Kirchenlebens angetan ... und der ganzen Welt. Vielleicht hätten sie doch einen Bulldozer holen und Tonnen von Gestein auf diese Ecke der Ausgrabung schütten sollen, anstatt eine internationale Krise zu verursachen. Sein eigener Vater hatte ihn in der Öffentlichkeit verstoßen: So weit war es also schon gekommen.

Er schaute hinüber zu den hügelförmigen Inseln in der Mitte des Mississippis, die er als Kind so häufig ausgekundschaftet hatte. Das Land von Tom Sawyer, Huckleberry Finn und Mark Twain. Wie hätte sich Sam Clemens über die momentane Krise totgelacht, dachte Jon. Abgesehen von Twains wildem Humor und dem rasiermesserscharfen Verstand, gab es auch diese bittere, antireligiöse Seite an Hannibals berühmtesten Sohn, wie es in ›Briefe von der Erde‹ deutlich wurde.

Vielleicht hatte Mark Twain auch recht, mußte sich Jon heimlich eingestehen. Und nicht nur Twain, sondern alle Vertreter der liberalen Theologie, welche die körperliche Auferstehung Christi verleugnet hatten, seit es David Strauss und Ernst Renan in Deutschland und Frankreich des neunzehnten Jahrhunderts getan hatten. Ja, vielleicht haben die gelehrten Kritiker, allen voran Rudolf Bultmann, die ganze Zeit recht gehabt. Die Auferstehung hat niemals stattgefunden. Allein Vertrauen und Glaube, daß sie stattgefunden hatte, waren wichtig. Und all jene konservativen Gemeinden mit ihren Sonntagsschulen und Bibelstunden und all diese endlosen Predigten waren falsch!

Aber, wenn das wahr sein sollte und wenn Wahrheit tatsächlich befreiend sein sollte, warum verspürte er dann diese Traurigkeit? Und warum fieberte er mit solchem Eifer Sandy McHughs versprochenem Anruf am Montag entgegen? Und wo sollte er jenen Anruf in Empfang nehmen, da er nun nicht mehr vorhatte, seine Eltern zu besuchen?

Jon schlenderte vom Kai weg, hüllte sich tiefer in seinen Schal, um die eisigen Windböen aus dem Norden abzuwehren, und ging schnell zu seinem Mietwagen. Er war erst sechs Meilen auf dem Highway 61 in Richtung St. Louis gefahren, als er zum Lenkrad sprach: »Das ist eine blöde Art, Weihnachten zu feiern!«

Er bremste ab und hielt an. Als er dann schwungvoll wendete, wäre er fast von der Straße abgekommen, schaffte es aber gerade noch rechtzeitig, den Wagen unter Kontrolle zu bekommen, und fuhr wieder Richtung Hannibal zurück: »Schauen wir mal, ob Mutter auch einem Ketzer Weihnachtsgans und Kirschtorte zum Essen geben wird.«

Seine Begrüßungsworte waren natürlich vorauszusehen: »Hallo, Papa. Dein verlorener Sohn ist zurück.« Pastor Erhard Weber war nur für einen Augenblick erschrocken, dann umarmte er Jon heftig. Seine Mutter vergoß ungenierte Tränen der Freude, während sie ihn ebenfalls in die Arme schloß. »Jonathan, mein Jonathan, endlich bist du wieder da.«

»Es tut mir leid, daß wir nicht in engerem Kontakt geblieben sind, Mama. Du kennst die Situation.«

»Natürlich, natürlich!« Sofort sah sie niedergeschlagen aus. Aber schon bald hatte sich diese schmale, langsam ergrauende Frau mit den fast aristokratischen Gesichtszügen und den funkelnden, blauen Augen wieder erholt und tischte ein Festtagsessen auf, wie es Jon seit Jahren vermißt hatte.

Er verbrachte einen Großteil des Nachmittags mit seinem Vater und hörte sich an, wie Amerika auf Rama reagierte. »Jon, du kannst dir nicht vorstellen, was mit unserer geliebten Kirche passiert ist! Pastoren scheiden aus dem Dienst aus, Gemeinden verlassen ihre Pastoren, Bibelschulen schließen. Und die Agnostiker und Atheisten schreien ihre Parolen ›Seht ihr! Wir hatten recht!‹ Der Amerikanische Verein zur Förderung des Atheismus wurde zu neuem Leben erweckt. Und nicht nur zu neuem Leben erweckt: Sie können sich vor Mitgliederanmeldungen kaum noch retten. Und natürlich plustern sich sämtliche liberale Theologen des Landes vor Stolz auf – sogar ganz unten im frommen Süden.«

»Wie reagieren die Juden?« fragte Jon.

»Zurückhaltend. Ich denke aber, daß viele der Meinung sind, daß sich hiermit eine große Gelegenheit für sie aufgetan hat. Sie meinen, daß nicht der Atheismus die richtige Antwort auf diese Krise sei, sondern eher das Judentum.«

»Verständlich! Das kann man ihnen nicht verdenken, obwohl es noch zu voreilig ist.« Wieder tauchte dieses Adjektiv auf. Jon fing langsam an, es zu hassen.

»Rabbi Judah Weiss von der Hebräischen Gesellschaft in Cincinatti machte eine treffende Bemerkung: ›Das Christentum machte sich in dem Augenblick angreifbar, als es behauptete, daß Gott in der Person von Jesus zum Mensch wurde. Das Judentum hat sich in diesen Maßen noch nie bloßgelegt. Nur Gott ist Gott. Sonst niemand.‹«

Jon nickte. »Übrigens, wie gehen die Fernsehprediger damit um?«

»Die Fernsehprediger? Das sind alles Hirnverbrannte! Man würde meinen, daß sie aus den Affären und Skandalen von Jim Bakker oder Jimmy Swaggart gelernt hätten. Aber nein, einer ist schlimmer als der andere.«

»Du meinst, daß sie in Panik geraten? Ausflippen? Ihren Glauben aufgeben?«

Sein Vater lächelte. »Nein, den Glauben geben sie nicht auf, aber sie flippen aus, wie du es sagst. Sie sind nun in ihrer Sensationsmache und in ihrer Art, sich selbst in Szene zu setzen, hysterischer denn je. Ganz sicher werden sie den Glauben ›retten‹, und zwar über die Leiche Jesu.« Plötzlich zuckte er zusammen und flüsterte: »Ich kann nicht glauben, daß ich das gesagt habe.«

»Was sagt Melvin Morris Merton?«

»Du meinst ›Millenium Mel‹? Drei Ms für den Meister? Er ist der schlimmste der ganzen Bande: Weltuntergangsankündigungen ... ›Berührt eure Fernseher, damit wir Hand in Hand beten können!‹ ... ›Bestellt meine Gebetstücher!‹ ... ›Heilt, heilt!‹ ... ›Verkauft, was ihr habt und schickt mir für diese Krise euer Geld!‹ Eigentlich bist du das Beste, was diesem Schurken jemals passieren konnte, Jon! Obwohl, haha«, lächelte er: »Er ist sich ziemlich sicher, daß du entweder der Antichrist oder dessen Stellvertreter bist! Keine Sendung vergeht, ohne daß er die Dämonen in dir und Professor Jennings nicht auszutreiben versucht. Er will sogar in Israel einen Exorzismus an dir durchführen. Auf dem Ölberg natürlich!«

»Tatsächlich? Er ist der Betrüger, der einen Exorzismus nötig hat. Ich würde den Teufel aus diesem widerlichen Schuft herausprügeln, wenn er mich auch nur anfassen würde!«

»Ich denke genauso über jeden Blutegel, der versucht, aus dieser Krise Profit zu schlagen, und davon gibt es viele. Vielleicht siehst du es in Neuengland nicht so sehr, aber seit dem Tag, als sich das Kabelfernsehen im Land ausgebreitet hat, werden wir auf manchen Kanälen nicht mehr nur täglich mit niederem Christentum bombardiert, sondern manche strahlen die entsetzlichen Perversionen der Evangelien tatsächlich 24 Stunden am Tag aus. Im Süden muß man mit der Fernbedienung förmlich kämpfen, um gute, alte, säkulare Programme zu finden. Sonst landet man bei einem solchen Typen wie Elmer Gantrys, die ihre Zuschauer nötigen, Geld für Christus einzuschicken. Oftmals mit einer aufgemotzten Tante an ihrer Seite, die das ebenfalls stumpfsinnige Publikum aufruft, jedes Wort von ihnen zu glauben. Was heißt hier den Namen des Herrn mißbrauchen! Diese Miezen sind darin wahre Meister: ›Gebt großzügig, meine Brüder und Schwestern! Opfert für den Erlöser, und JEEEESSUUSS wird euch segnen!«

Jon war entzückt, seinen Vater in solch guter Stimmung vorzufinden. Offenbar hatten weder Rama noch das Alter seine Geisteskräfte schwächen können. »Wie gehen aber diese Fernsehpiraten mit unserer Ausgrabung um?« fragte Jon.

»Das werde ich dir gleich erzählen. Ich bin mit diesen Räubern noch nicht fertig. Und was sie in diesen Sendungen für Musik ausgeben! Irgendein aufgedunsener Sopran trällert, wie Jesus sie von ihren Schweißausbrüchen erlöst hat! Und diese Verkaufsschlager: ›Lassen Sie mich Ihnen mein letztes Büchlein zuschicken: Jesus erzählte mir, wann die Welt untergehen wird!‹ Was ist nur aus dem Kreuz geworden? Aus einer vernünftigen Predigt? Auch aus Bach und Händel? Als christlicher Prediger schäme ich mich vor der ganzen Welt, wenn das Glaube sein soll!«

»Beruhige dich, Erhard!« rief Jons Mutter aus der Küche. »Deine Predigt hättest du in der Kirche beenden sollen!«

lächelte und rief zurück: »Ich weiß, ich weiß, Trudi. Aber nun zu deiner Frage, Jonathan. Ja, die Schlimmsten unter diesen Fernsehaposteln nutzen diese Krise aus. Und wenn ich es mir so recht überlege, ist Mel Merton gar nicht mal der Schlechteste. Wenn du mich fragst, ist das so ein bärtiger Wahnsinniger aus Alabama, der sich in einen Fummel aus *Krieg der Sterne* kleidet und sein Publikum mit einer gurgelnden, schleppenden Sprache zum Rasen bringt. Er beginnt jede Sendung mit gemalten Bildern von dir und Professor Jennings: ›Hiiieah sind die Welpen des Antichristen!‹ brüllt er. »Waaahrlich treibe ich euch aus, waaahrlich verurteile ich euch, im Naaamen des Vaaaters-‹ dann beschießt er eure Bilder mit solchen Pfeilen – ›und des Sooohnes‹ – noch ein paar Pfeile – ›und des Heeeiligen Geeeeistes!‹ Und das Publikum im Studio flippt aus. Ja, der ist wirklich das Letzte. Mel Merton hat aber bei weitem die größte Anzahl von Anhängern. Das ist auch der Grund, weshalb sie ihn in die Diskussionsrunde für das Special heute abend einladen mußten.«

»Was für ein Special?«

»Die CBS Sondersendung. Das Christentum in der Krise, nennen sie es. CBS hat die 60 Minutensendung heute abgesagt – das tun sie so gut wie nie –, um Platz für ein zweistündiges Special zu schaffen. Die erste Hälfte ist ein Dokumentarfilm über eure Ausgrabung, die zweite Hälfte ist dann eine Diskussionsrunde mit ...«

»Ach, du meinst die mit Marty Marty als Moderator? Ja, jetzt erinnere ich mich. Sie wollten mich auch dabei haben, aber ich war nicht frei. Das ist heute abend?«

»Ja. Sie verbinden es mit Weihnachten, natürlich. CBS hat dafür unglaublich viel geworben. Wahrscheinlich wird die Hälfte des Landes zuschauen.«

Nachdem die Frau des Hauses sein sonntägliches Lieblingsabendessen serviert hatte, setzte sich Jon mit seinen Eltern ins Wohnzimmer, um die Sendung anzuschauen. Dan Rather war Moderator des Dokumentarteils, der sich mit Hintergrundmaterial von der Ausgrabungsstätte in Rama und von Jons erster Pressekonferenz beschäftigte.

»Du siehst aber schön aus, mein Sohn«, schnurrte seine Mutter. »Aber wer ist dieses absolut entzückende Mädchen, das hinter dir sitzt?«

»Das ist Shannon Jennings, die Tochter von Professor Jennings.« Allein ihr Anblick im Fernsehen zwang Jon, tief durchzuatmen. »Ich habe vor, sie zu heiraten.«

»Was?!« schrie sie auf. »Hast du das gehört, Erhard?«

»Sshhh! Ja, ich hab's gehört! Eine großartige Nachricht, Sohn! Aber schaut! Jetzt werden führende Persönlichkeiten interviewt.«

Der Präsident der Vereinigten Staaten, der britische und der kanadische Premierminister und andere westliche Regierungsoberhäupter ermahnten, keine hastigen oder voreiligen Schlüsse aus noch nicht abgeschlossenen Untersuchungen zu ziehen. »Darauf trinke ich!« sagte Jon, als sein Vater ein paar kalte Bierdosen aus dem Kühlschrank brachte.

Führende Persönlichkeiten aus der Welt der Religion wurden nun befragt. Der Papst bestätigte: »Nicht für einen Augenblick dachte ich, denke ich oder werde ich denken, daß die Knochen, die entdeckt wurden, die Knochen Jesu sind!« Der Erzbischof von Canterbury, der Vorsitzende der Evangelischen Kirche in Deutschland, der Chef des Lutherischen Weltbundes drückten sich ähnlich aus, ohne dabei aber die Zukunftsform zu verwenden.

Die Reaktion aus der nicht-westlichen Welt fiel etwas anders aus. Der russische Präsident war etwas diplomatischer als der ursprüngliche – und viel zitierte – Leitartikel der *Neuen Prawda*. Am Schreibtisch sitzend blickte Arkady Rozomov in die CBS Kamera, die in den Kreml gelassen worden war, und sprach durch einen Dolmetscher:

»Ich möchte zum Anlaß Ihres Weihnachtsfestes meine amerikanischen Freunde grüßen. Auch wir haben hinsichtlich Ihrer Probleme, die sich aufgrund der vermeintlichen Entdekkung der Gebeine Christi in Israel entwickelt haben, Mitleid. Wenngleich es uns nicht gegeben ist, uns zu dieser Sache zu äußern, möchten wir Sie dennoch aufforden, sich, wenn nötig, für neue geistliche Richtungen zu öffnen. Lassen Sie die Natur, die Wissenschaft, die Logik und den guten Willen, und nicht möglicherweise irrtümliche Einstellungen zur Vergangenheit, Stützen der Zukunft sein. Lassen Sie uns einen Zusammenschluß bilden zu einer weltweiten Feier von Väterchen Frost und des wunderschönen, neuen Jahres, das er für uns vorbereitet hat. Und so wünsche ich Ihnen allen nicht ›fröhliche Weihnachten‹ sondern ›*S Novim Godom!*‹ – ›Gutes, neues Jahr!‹«

»Gott sei dank hat Rozomov den Machtkampf im Kreml gewonnen!« sagte Jon und hob seine Bierdose, um den Bildschirm zu grüßen. Seine Mutter aber wischte sich mit einem Taschentuch die Tränen aus den Augen. Jon fragte sie nicht, weshalb. Er fragte sich, für wie viele andere Menschen nun das Symbol von Weihnachten nicht mehr die Hirten oder die weisen Männer, die Krippe oder der Stern war – sondern ein Fragezeichen. Und was würde Sandy McHugh am nächsten Tag zu berichten haben?

Die Sendung wurde erst nach einer Stunde von Werbung unterbrochen. IBM strahlte bei dieser Gelegenheit einen sehr geschmackvollen Beitrag aus, obwohl die Hälfte der Amerikaner ihn aufgrund einer Pinkelpause verpaßten.

Und nun richtete sich die Kamera auf das kleine, kahl werdende Genie namens Dr. Martin E. Marty. Man hielt ihn, nach Billy Graham, für den Menschen mit dem größten Einfluß im amerikanischen Christentum. Er las und interpretierte mehr Artikel und Bücher, die sich mit dem momentanen Zustand der Kirche auseinandersetzten, als sonst eine andere Person auf diesem Planeten. Manche behaupteten sogar, daß Gott persönlich Martys Newsletter abonniert hatte, damit er sich auf dem Laufenden halten konnte. Das wurde zwar von Marty immer abgestritten – allerdings etwas schwermütig, meinten manche. Er eröffnete mit seiner piepsenden Tenorstimme die Diskussionsrunde:

»Guten Abend meine Damen und Herren. Wir haben hier eine Diskussionsrunde von Beobachtern der jüngsten Archäologie in Israel, und es tut mir aufrichtig leid, daß Professor Jonathan Weber nicht unter uns sein kann. Ganz zu meiner linken Seite, also auf der äußersten rechten Seite Ihrer Bildschirme, was natürlich zu seiner Theologie paßt, finden Sie Reverend Dr. Melvin M. Merton, Vertreter der Konservativen des modernen Christentums. Neben mir sitzt der Mann, der keine Vorstellung nötig hat, Dr. Billy Graham. Zu meiner rechten Seite, Ihrer linken Seite, sehen Sie den römisch-katholischen Bischof von New York, Hochwürden Patrick O' Neill. Und schließlich Dr. Thomas Aquinas Avery, Professor für systematische Theologie an dem Union Theological Seminary in New York.«

»Oh, großartig!« sagte Jons Vater mit wehmütiger Stimme. »›Thomas, den Zweifler‹ haben sie auch mit im Programm. Er wird ohne Zweifel feiern, was du gefunden hast, Jon, oder gefunden zu haben meinst.«

Marty fuhr fort: »Meine Herren, die Ausgrabungen in der israelischen Stadt Rama sind in den letzen paar Monaten die zentrale Geschichte der Medienlandschaft gewesen. Heute abend möchten wir Sie darum bitten, die möglichen Implikationen dieser Entdeckung zu erläutern, anstatt über deren Echtheit, die ja noch nicht festgestellt worden ist, zu diskutieren. Die Implikationen sind natürlich gänzlich von deren Echtheit abhängig, und wenn sich Rama als Fälschung erweisen sollte, sind wir alle ausgenutzt worden. Die Frage des heutigen Abends lautet aber: Wie wird es sich auf den christlichen Glauben auswirken, wenn sich die Entdeckungen als echt erweisen? Zuerst Dr. Merton.«

Melvin M. Merton – ein Mann mit dunklem Haar, tief herunterhängenden Wangen und großen Fäusten, mit denen er immer auf die Kanzel zu schlagen pflegte, war mit Abstand der geübteste Schauspieler in der Diskussionsrunde. Er lieferte eine bravouröse Vorstellung, griff die Entdeckungen in Israel – und deren Entdecker – mit bissigem Verstand an. Jonathan Weber war für ihn ein weiterer Charles Dawson, der der leichtgläubigen Welt mit seinem Piltdown-Menschen eine Version des »fehlenden Glieds« verhökert hatte. »Der Geist des Antichristen ist zurückgekehrt«, sagte Merton mit feierlicher Stimme. Er fuhr fort:

»Das Buch der Offenbarung erzählt uns, daß der Antichrist

im Tempel des Herrn sitzen wird. Wir haben immer angenommen, daß damit ein zweiter Tempel in Jerusalem gemeint ist. Aber nach langem Studium der Bibel und nach einer Offenbarung von Jesus persönlich, die mir vor einigen Wochen zuteil wurde – eine Offenbarung, die zu heilig ist, um sie Sterblichen zu erzählen – bin ich mir sicher, daß die Worte ›Der Antichrist sitzt im Tempel‹ bedeuten, ›der ultimative Angriff auf Christus findet im Herzstück der Kirche statt‹. Folglich erfüllen diese Archäologen auf direkteste Art und Weise, vorangetrieben von den agnostischen Kirchenführern, das Buch der Offenbarung. Und das bedeutet, daß wir direkt in der Endzeit leben. Oh, ich danke Dir, Jesus, ich danke Dir!«

Merton hob die Arme und brüllte fast am Ende seiner Rede.

»Du hast uns gezeigt, daß du bald kommen wirst, o Herr! Und schick jetzt die Schöpfer dieser Fälschung direkt in die Hölle! Amen! Ich sage Amen!«

»Papa, weißt du, wo ich einen Jogginganzug aus Asbest bekommen kann?« fragte Jon. »Der arme Marty Marty. Wie kann er mit diesem Traumtänzer umgehen, ohne die Beherrschung zu verlieren? Ich wette mit euch hundert zu eins, daß er versucht hat, CBS von der Idee abzubringen, ihn zur Diskussionsrunde einzuladen.«

Marty, der lobenswerte Zurückhaltung demonstrierte, wandte sich nun O'Neill zu, um die römisch-katholische Antwort zu hören.

Patrick O'Neill, ein weise aussehender Weißhaariger, dessen breite Schultern und bulliger Körperbau die Diskussionsrunde klar dominierten, auch wenn er an diesem Abend nicht in das purpurrote Gewand eines Kardinals gehüllt war, begann mit bedächtiger Stimme zu sprechen:

»Während die katholische Kirche in ihrer Meinung mit der von Dr. Merton übereinstimmt, daß jene in Israel entdeckten Knochen nicht die Knochen Jesu sind, stimmt sie dafür aber in fast keinem anderen Punkt mit ihm überein.«

»Großartig! Gib's ihm, O' Neill!« brüllte Jons Vater den

Bildschirm ihres Fernsehers an. Sie lachten alle, als O' Neill fortfuhr, Mertons fanatischen Millennialismus und die Behauptung einer privaten Offenbarung auseinander zu nehmen.

»Können wir wirklich an einen Christus glauben, der ausschließlich zu Melvin Merton spricht? Und was seinen Zeitplan für die Rückkehr Jesu anbelangt, haben Prophezeiungs-Fanatiker seit jeher dieses Spiel gespielt. Bislang liegt ihre Trefferquote bei 0,000. Nun, lassen Sie mich etwas vorhersehen. Während wir uns langsam dem nächsten Jahrtausend nähern, werden fanatische Heerscharen solcher Typen diese hirnlosen Voraussagen machen. Erinnern Sie sich daran, was der frühere Innenminister James Watt einem Kommittee im Kongress erzählte? Amerika müßte sich um seine Ressourcen jenseits des Jahres 2000 nicht kümmern, weil das große Jahrtausend die existierende Welt entweder auslöschen oder völlig verändern würde? Nun, das ist genau die Art von Unverantwortlichkeit, die Ihr gottloses Betonen von Endzeiten bewirkt, Dr. Merton, und Dutzende von Prophezeiungs-Predigern wie Sie!«

Er fixierte Merton einige Augenblicke lang mit einem wütenden Blick und fuhr dann fort, ähnliche Ansichten über Rama von sich zu geben, wie der Papst.

Der Moderator, Marty, der im Verlauf von O'Neills Ausführungen sich kaum ein Lächeln hatte verkneifen können, stellte nun das dritte Mitglied der Diskussionsrunde vor:

»Professor Thomas Aquinas Avery, von dem Union Theological Seminary in New York, studierte unter Rudolf Bultmann. Er hat sich öffentlich dazu bekannt, daß die Entdeckungen von Rama, die er für keine Fälschungen hält, ›in Übereinstimmung mit dem Christentum sind und sogar erwartet wurden‹ ... Professor Avery.«

Avery war ein älterer, wohlhabender Mann aus Boston, mit passendem Akzent und einer vollen, schneeweißen Haarpracht, die die aristokratischen Gesichtszüge umrahmte. Mit einem hochzufriedenen Funkeln in seinen olivgrünen Augen ergriff er das Wort:

»Ungeachtet der Tatsache, daß es Hunderte von verschiedenen Kirchengruppen gibt, sind lediglich zwei grundlegende Arten der Theologie – mit ein paar Abweichungen natürlich – zu verzeichnen. Auf der einen Seite gibt es die konservative, wenn nicht fundamentalistische Theologie. Diese Weltanschauung besteht auf einer wörtlichen Inspiration der Bibel, die als ›gottgegeben‹ oder gar als ›irrtumslos‹ bezeichnet wird. Die andere Möglichkeit ist eine eher wissenschaftliche und logische Ansicht, die sich ehrlich mit offenkundigen Fehlern in der Bibel auseinandergesetzt hat und stets bemüht war, die sehr menschlichen – und nicht göttlichen – Quellen ausfindig zu machen. Quellen, die von den biblischen Autoren verwendet wurden, genauso wie diese die Quellen wiederum bearbeiteten, um sie mit ihren theologischen Zwecken in Einklang zu bringen. Dies beweist natürlich, daß die sogannten ›Wunder‹ der Bibel reine Mythen sind, einschließlich der Behauptung, daß Jesus irgend jemanden vom Tod auferweckt hätte oder daß er selbst vom Tode auferstanden sei. Folglich ist die Entdeckung der Gebeine Christi in Israel für uns überhaupt keine Überraschung. Ganz im Gegenteil, manche von uns haben sogar vorhergesagt, daß sie vielleicht eines Tages gefunden werden würden und daß dies nicht die geringsten Auswirkungen auf das Christentum mit sich bringen würde – vorausgesetzt, daß es richtig verstanden wird.«

»Ach, natürlich nicht, ›Thomas, der Zweifler‹!« brüllte Pastor Erhard Weber den Bildschirm an. »Es widerspricht nur dem wahren Kern des Glaubens, mehr nicht!«

»Ruhe, Liebster!« ermahnte Frau Weber. »Ich möchte hören, wie er diesen Punkt verteidigt, wenn er kann.«

Avery fuhr fort: »Viele meiner Kollegen, mich eingeschlossen, sind etwas verärgert gewesen, daß die Archäologen hinsichtlich der Echtheit ihrer Funde so zurückhaltend gewesen sind. Wären die Knochen samt der anderen Funde von einer x-beliebigen, anderen Person, wären sie schon vor langer Zeit für echt erklärt worden!«

»Nun mal langsam, Avery!« Jon war jetzt an der Reihe, mit dem Bildschirm zu sprechen. Aber Avery schenkte ihm kein Gehör und fuhr fort:

»Viele von Ihnen werden sich fragen, wie ein informiertes und reifes Christentum nicht von diesen Entdeckungen beeinträchtigt werden kann. Was an dem ersten Ostern so wichtig ist, ist nicht die Wiederbelebung einer leblosen Leiche – das war damals so unmöglich, wie es heute auch unmöglich ist, sogar für Experten wie Dr. Mel Merton! Was wichtig ist, ist das Vertrauen und der Glaube, daß wir das Böse und die Angst vor dem Tod erhobenen Hauptes besiegen können, genau wie es Jesus auch tat. Er ging für uns mit gutem Beispiel voran. Indem er edelmütig sich dem Tod stellte, konnte er ihn wahrhaftig ›besiegen‹. Jesus zeigt uns den Weg, genauso wie er uns den Weg zeigt, wie wir ein neues Leben haben können, wenn wir nur seinem Beispiel folgen.«

»So ein Blödsinn«, bemerkte Jons Vater. »Ich hoffe, daß ihn Billy Graham in Stücke reißt.«

Während der Ausführungen von Avery war Grahams Gesicht schon leicht rot angelaufen. Als ihm Marty endlich das Wort erteilte, drückte sich der schlacksige, liebenswürdige Evangelist auf eine gewählte Art und Weise aus, die jedoch schnell an Intensität und Tempo zunahm:

»Ich würde nur gern sehen, wie Professor Avery seine Thesen an einem Sterbenden ausprobiert. ›Das ist das Ende, mein Freund‹, müßte er sagen: ›Sei tapfer! Nimm die harte Linke, wie es auch Jesus tat. Es gibt keine Hoffnung, kein weiteres Leben – das Nichts. Bereite dich auf die Auflösung vor!‹ Vergleichen Sie dieses Bild mit dem Glauben, der dem Christentum stets Kraft verliehen hat: daß Jesus wahrhaftig vom Tode auferstanden ist – körperlich, geschichtlich, tatsächlich, materiell. Das ist die Art von Ostern, von der die frühesten Zeugen berichten und übrigens auch die gesamte christliche Kirche, bis ein paar Theologen in diesem und im letzten Jahrhundert es sich auf einmal anders überlegten.«

»Weiter so, Billy, weiter so!« sagte Pastor Weber. »Laß Paulus klingen!«

Graham hörte scheinbar, denn er fuhr fort: »Die frühesten Schriften des Neuen Testaments entsprangen dem Stift des Paulus, und für ihn war die Sache ganz klar: ›Wenn Christus nicht vom Tode auferstand, dann ist unser Glaube umsonst!‹ Nun, ich habe volles Verständnis dafür, daß eine Person wie Professor Avery die Auferstehung in Zweifel stellt – das ist sein Recht. Ich lehne mich nur gegen die Behauptung auf, daß es sich dabei um historisches Christentum handelt. Das ist es nicht! Der Jesus, den Sie beschreiben, Dr. Avery, ist nur ein Lehrer in einer Reihe von anderen edlen Lehrern wie Sokrates, Aristoteles und den restlichen. Und Ihr sogenanntes ›Christentum‹ ist nichts anderes, als ein ethisches System, aber keine Religion.«

»Gut, Billy!« sagte Frau Weber, die sich nun ihrem Mann im einseitigen Gespräch mit Bildröhren anschloß. »Billy Graham ist es zumindest gelungen, in diesen ganzen Jahren Glauben zu predigen, und zwar ohne den ganzen, zusätzlichen Müll, mit dem wir von so vielen anderen Fernsehevangelisten beschwatzt werden.«

Der Moderator Marty ergriff wieder das Wort: »Danke, meine Herren, für Ihre persönlichen Stellungnahmen. Wir eröffnen nun die Diskussionsrunde . . . Professor Avery.«

Was folgte, gehörte zu den denkwürdigsten Stunden in der Geschichte des Fernsehens, eine Debatte, die sich im Lauf der Zeit in die Reihen der Klassiker eingliedern würde. Nur selten waren die verschiedenen Standpunkte und Denkweisen des Christentums so klar und treffend zum Ausdruck gebracht worden. Avery verteidigte mit großem Können die liberale Theologie. Er stellte die Behauptung auf, daß sich viele Geistliche ihm anschließen würden, aber schwiegen, um ihre Stellen nicht zu verlieren. Er fuhr fort:

»Einer Untersuchung zufolge, glaubt die Hälfte aller Methodistenprediger in Amerika nicht an eine leibhaftige Auferstehung. Ebenfalls ein Drittel der presbyterianischen und episkopalischen Geistlichen. Sehen Sie, es ist wahr, daß Jesus auferstand, aber nur in den Köpfen und Herzen seiner Anhänger. Und sein Leben und Tod haben seither solch radikale Auswirkungen auf die Welt gehabt, daß sein Weg ohne Zweifel wieder auferstanden ist. Und genau das ist es, meiner Meinung nach, worum es bei Ostern geht.«

Die Debatte wurde zunehmend erhitzter. Einstellungen wurden mit spitzen Fangfragen versehen. Zum Glück wurde Merton bei dem Gespräch weitgehend ignoriert, was ihn offensichtlich sehr enttäuschte. Kardinal O' Neill stellte in Zweifel, ob die liberale Theologie tatsächlich einen so großen Einfluß auf das amerikanische Christentum hatte.

Avery antwortete hastig: »Ein Berkley Professor meinte, daß ihm von den neun katholischen und evangelischen Fakultäten, die er kennen würde, keine bekannt sei, in der ein beachtlicher Teil der Fakultät noch an einer leibhaftigen Auferstehung festhielt. Sehen Sie, es hat sich eine riesige Kluft zwischen dem aufgetan, was Theologen und Gelehrte glauben, und dem, was Kirchenführer, Priester und Pastoren ihren Gemeinden lehren. Wären sie mit den ihnen anbefohlenen Menschen ehrlicher umgegangen, würden sie nun nicht so ein großes Leid zu tragen haben!«

Diese Bemerkung wurde im Studio offen beklatscht. Es war aber auch ein ablehnendes Zischen zu hören. Der Schiedsrichter Marty tat sein Bestes, um Ordnung zu bewahren und das Gespräch noch auf der richtigen Bahn zu halten. Danach bat er um abschließende Zusammenfassungen. Avery bekräftigte erneut seine Warnungen, daß die christliche Welt sich besser damit abfinden sollte, was ihr die ›ehrliche Wissenschaft‹ schon seit Jahren erklärte:

»Ein Schöngeist hat es sehr treffend formuliert: ›Wenn eine lange, für wahr geglaubte Vorstellung als falsch bewiesen wird, ist es für den Wissenschaftler ein Triumph, für den Politiker eine Peinlichkeit, aber für den Theologen eine Katastrophe.‹

Geistliche mit unserem Auffassungsvermögen umgehen diese Katastrophe, indem sie die Wahrheit unserer Position erkennen. Nun ist es aber höchste Zeit, daß wir helfen, die Allgemeinheit zu belehren. Jesus kann uns noch sehr viel beibringen. Wir müssen seinem Beispiel nicht den Rücken kehren, bloß weil seine Überreste gefunden wurden. In der Tat beweisen seine Gebeine die historische Figur Jesus mehr denn je!«

Aufgrund dieser einseitigen Meinungen, die als Tatsachen hochgehalten wurden, rutschte Jon in Hannibal erneut auf seinem Stuhl hin und her. Aber auch er konnte sich nicht zurückhalten, sich ein Christentum ohne einen leibhaftig auferstandenen Christus vorzustellen. Was Sandy ihm wohl zu berichten hätte?

Die Sendung war in ihren letzten fünf Minuten, und Billy Graham wurde die Ehre der letzten Zusammenfassung zuteil, wie es sich für die berühmteste, religiöse Persönlichkeit der Nation ja auch schickte. Sein Gesicht war von einem erst kürzlich zu Ende gebrachten Missionseinsatz im Süden noch braungebrannt, und seine blauen Augen sprühten Funken der Überzeugung, als er anfing:

»Obgleich ich nicht behaupten kann, wie unser Herr Dr. Merton hier, die Gabe der Prophezeiung zu besitzen, sage ich dennoch voraus, daß sich Rama als die aufwendigste Fälschung aller Zeiten herausstellen wird. Was aber Professor Averys Bemühungen anbelangt, ein Christentum ohne eine wahre Auferstehung zu predigen, hat es ein führender, jüdischer Gelehrter, Dr. Geza Vermes, am besten formuliert: Diejenigen, die an Bultmanns (und Averys) Theologie festhalten, ›haben ihre Füße vom Boden der Geschichte hochgehoben und ihre Köpfe schweben in den Wolken des Glaubens.‹ Paulus hatte nichts derart Nebulöses im Kopf, als er schrieb: ›Denn ich bin mir gewiß, daß weder Tod noch Leben, weder Engel noch Mächte, noch Gewalten, weder Gegenwärtiges noch Zukünftiges, weder Hohes noch Tiefes, noch eine andere Kreatur‹ - einschließlich gefälschter Entdeckungen, hätte er wahrscheinlich heute hinzugefügt – ›uns scheiden kann von der Liebe Gottes, die in Jesus Christus ist, unserm Herrn‹ – in unserem auferstandenen Herrn, der wahrhaftig den Tod an jenem ersten Ostern besiegt hat und dessen über das Grab hinausreichender Sieg auch unsere Versprechung auf ein ewiges Leben ist!«

Während sein Vater kräftig zu applaudieren begann und seine Mutter ihre Augen trocknete, erlaubte sich Jon, ans Telefon zu gehen, das direkt nach Martin Martys abschließenden Bemerkungen zu klingeln begonnen hatte.

»Bei Pastor Weber.«

»Jonathan?«

»Ja.«

»Hier ist Sandy. Wir haben die Ergebnisse. Können wir reden?«

Kapitel 18

Seit Wochen hatte Jon ungeduldig auf die Testergebnisse von Sandy gewartet. Da er sie nun aber erhalten sollte, hätte er einen letzten Abend der Unwissenheit vorgezogen. Vielleicht hätte er dann ein weiteres Bier mit seinem Vater getrunken und Bachs *Weihnachtsoratorium* im Radio gehört. Das wären angenehme Gegensätze zu Rama gewesen.

»Jon, bist du da? Können wir reden?« ertönte die Stimme erneut durch den Hörer.

»Sicher. Schieß los, Sandy. Ich dachte, daß du morgen anrufen wolltest.«

»Ich wußte nicht, wie lange du morgen da sein würdest. Hast du das Special im Fernsehen gesehen?«

»Ja. Wir haben es gerade ausgeschaltet.«

Am östlichen Ende der Leitung wurde es still.

»Sandy? Bist du noch da?«

»Äh . . . ja. Ich weiß einfach nicht, wie ich damit umgehen soll,

Jon. So unglaublich viel steht auf dem Spiel. Ich meine, wer bin ich – wer sind wir – um über das Schicksal zu entscheiden in . . .«

»Laß mal die Sache mit den ›Werkzeugen des Schicksals‹, Sandy, und gib mir die Ergebnisse.« Jon versuchte, geschäftsmäßig zu klingen, obwohl sein Puls wahrscheinlich im gleichen Tempo wie der von Sandy pochte.

»Bist du dir sicher, daß wir reden können? Die Leitungen sind nicht angezapft?«

»Wohl kaum! Hier draußen in der Pampa benutzen sie gewöhnlich Rauchzeichen.«

»OK. Du wirst alles noch in einem detaillierten Bericht über viele, viele Seiten bekommen – 377, um genau zu sein –, aber eine Zusammenfassung gebe ich dir jetzt.«

»Fein.«

»Also, die zwei ›Josef‹-Kruggriffe weisen Unebenheiten in den Siegelinschriften auf, die eher mit den Beschaffenheitsmerkmalen von antiken, als mit denen von modernen Werkzeugen übereinstimmen. Thermolumineszenz datiert den Zeitpunkt des Brennens des einen Griffes mit den aramäischen Schriftzeichen auf ungefähr 15 n. Chr., bei einer Unsicherheit von 150 Jahren. Der andere, mit den griechischen Schriftzeichen, verließ den Ofen ungefähr zwanzig Jahre später. Natürlich mit dem gleichen Fehlerrahmen.«

Beide paßten somit problemlos in den Zeitrahmen der Echtheit. Sandy fuhr fort: »Wir können dir sagen, welche Art von Ton für die Krüge verwendet wurde, die Temperatur, bei der sie gebrannt wurden und noch viele zusätzliche Daten, aber das alles steht im Bericht.«

»Ja, laß mal jetzt: Gib mir nur die Höhepunkte.«

»In Ordnung, nun machen wir mit dem *Titulus*-Pergament weiter. Wir haben für die Tinte die PIXE-Methode angewandt und fanden keine Metalloxyde. Dann haben wir es chemisch getestet und stellten fest, daß es genau die Art von Tinte aus reinem Kohlenstoff und Gummiarabikum ist, die im ersten Jahrhundert weit verbreitet war.«

»Was ist mit dem Pergament selbst?«

»Die Blütenstaubanalyse war sehr interessant. Wir isolierten davon und auch von den Grabtüchern eine bestimmte Menge Blütenstaub und wandten uns an eine Botanikerin, die sich auf den Nahen Osten spezialisiert hat. Sie erklärte, daß alles mit den Mustern, die für diese Gegend üblich sind, übereinstimmte.«

»Wie nett!« wollte Jon antworten. Er spürte erneut die Ironie, daß Echtheit in der Archäologie normalerweise als erfreulich einzustufen wäre. Außer in diesem Fall, die einzige Ausnahme in den Annalen jener Wissenschaft.

»Die Leichentücher weisen auch Spuren von Aloen auf«, fuhr Sandy fort. »Das war der Beitrag von Nikodemus, dem vierten Evangelium nach zu urteilen.« Es folgte ein langes Schweigen, bis Sandy fortfuhr: »Die zwei Öllampen – Thermolumineszenz datiert die ›herodianische‹ Lampe auf zirka 40 n. Chr. mit dem üblichen Fehlerrahmen und die geschmückte Lampe auf 25 v. Chr. Die war alt. Ein Erbstück von Josef?«

»Wahrscheinlich. Diese Art von Lampe wurde um Christi Geburt zuletzt gefertigt. Also deuten deine Ergebnisse auf Echtheit hin.«

»Nun, weiter mit den zwei Flakons. Beide hatten ähnliche Testergebnisse wie die herodianische Lampe – nicht mehr als zwanzig oder dreißig Jahre Unterschied. Das gleiche gilt für den kleinen Krug.«

»Der kleine Krug? Was ist mit dem Tonpfropfen?«

»Viel konnten wir mit dem Pfropfen nicht anfangen, da er nicht gebrannt war. Die Sache mit der Nero-Münze ist aber ganz anders: keine Frage, sie ist echt. Wir haben eine andere im Smithsonian, und das Verhältnis von Kupfer, Zinn und Silber ist in beiden so gut wie identisch.«

»Was ist mit den Schuttproben in den Päckchen?«

»Erwiesen sich als nicht so wertvoll, wie wir gehofft hatten. Falsches Material haben wir aber auch nicht gefunden, obwohl ich für meinen Teil nach einem Radio oder Mikrochip gesucht habe, das kannst du mir glauben!«

Jon lächelte. Dann war es erneut an beiden Enden der Leitung still. Schließlich sagte Jon: »Ich danke dir, Sandy. Ich werde morgen um die Mittagszeit fliegen. Ich rufe dich an, wenn ich angekommen bin.« Jon berichtete seinen Eltern nicht von dem Gespräch, nachdem er aufgelegt hatte. Warum sollte er ihnen ihr Weihnachten vermiesen?

Jack Anderson, Woodward und Bernstein, Evans und Novak, Andrew Tully, George Will und James Kilpatrick waren die Stars am Himmel des amerikanischen Journalismus. Radford Morrison aber, Journalist der *Washington Post*, war, zumindest seiner eigenen Einschätzung nach, so gut wie alle anderen zusammen. Seine Kolumnen wurden auf der ganzen Welt von Staatsmännern und Gelehrten, Politikern und Experten gelesen. Morrison hatte die Gabe, vor allen anderen die »big story« zu entdecken. Dafür hatte er seine ganz eigene Art des Recherchierens. »Unbenannte Quellen« waren seine einzigen Quellen, meinten Spötter, aber sein Material hatte eine überragende Trefferquote. Sogar sein Briefkopf trug den Spruch: *»Frag nicht nach der Quelle . . . aber natürlich ist sie echt!«*

Überzeugt, daß Rama und dessen Folgen die Geschichte des Jahrhunderts sein würde, war Morrison seit Wochen schon zwischen Washington und Tel Aviv hin und her gependelt, um Material für ein Buch zu sammeln, welches das Buch über die Ausgrabung schlechthin werden sollte. Die Hälfte seiner Mitarbeiter hatte er von Elektronikfirmen und Detektivagenturen abgeworben, die andere Hälfte vom CIA und verwandten Organisationen. Einige seiner besten Enthüllungen hatte er durch die Überwachungsbemühungen von Willard Fenske erhalten, der Mikrochips wie andere Straßenkarten lesen konnte. Er war auch an diesem Weihnachtstag von Morrison für eine besondere Aufgabe auserwählt worden.

Die Mitarbeiter der Ausgrabung hatten es abgelehnt, mit Morrison zusammenzuarbeiten. Sie wollten nicht, daß ihnen Pressevertreter bei der Ausgrabung im Wege stünden. Irgendwie hatte Morrison aber in Erfahrung bringen können, daß die Befunde des Smithsonian Jon um Weihnachten herum mitgeteilt werden sollten. Begeistert wegen der Möglichkeit, sie gleichzeitig zu erfahren, ließ Morrison Jon in der Woche vor Weihnachten in Weston und in Cambridge beschatten. Er ging davon aus, daß Jonathan irgendwann nach Washington fliegen würde, um die Ergebnisse abzuholen. Morrisons Reisevermittler speiste Jons Namen immer wieder in den Computer ein, um herauszufinden, welchen Flug er nehmen würde. Der Bildschirm überraschte sie aber mit Angaben über einen Flug nach St. Louis. Also kam es, daß Willard Fenske beobachtete, wie Jon aus dem Flugzeug in Lambert Field ausstieg. Seine Sonnenbrille diente eher, seine Identität preiszugeben, als sie zu verbergen. Also hatte Fenske, gleich nach Jon, ein Auto gemietet und war ihm bis zur Kirche in Hannibal gefolgt.

Er blieb aber nicht bei Jon, um dem Gottesdienst beizuwohnen. »Offensichtlich will der Goldjunge sein Weihnachtsessen zu Hause genießen, also sollte ich gleich die nötigen Vorkehrungen treffen«, sagte er leise vor sich hin. Er schaute schnell im örtlichen Telefonbuch nach und fuhr dann zum Pfarrhaus. Dort parkte er in einer Gasse gleich hinter dem Haus – natürlich nicht ohne zu vergessen, zwei Zeichen der »Southwestern Bell«-Telefongesellschaft an seinem cremefarbenen Mietwagen zu befestigen. Schnell streifte er die Uniform eines Telefondienstmitarbeiters über und klingelte an der Hintertür. Gut, keine Antwort. Dann blickte er sich um, um sicher zu gehen, daß ihn niemand beobachtete, ging zu den Fenstern des Wohnzimmers und befestigte eine kleine, selbstklebende Wanze an einer der unteren Fensterscheiben. Das gleiche wiederholte er in der Küche. Nun konnten die Fensterscheiben als Mikrofone fungieren und einem Kassettenrekorder, den er bei sich hatte, Informationen liefern.

Dann kletterte er einen Telefonmasten hoch, der über den hinteren Teil des Pfarrhauses ragte. *Mist!* Die Hintertür öffnete sich und eine Frau trat heraus, um den Vögeln ein paar Krümmel zuzuwerfen. Plötzlich schaute sie zu ihm hoch und sprach: »Ach, du liebe Zeit, müssen Sie sogar am Weihnachtsfeiertag arbeiten?«

»Ja, gnädige Frau«, sagte Fenske. »Keine Rast für die Gequälten. Hier stimmt etwas mit der Leitung nicht. Haben Sie Probleme mit Ihrem Telefon gehabt?«

»Ich glaube nicht.«

»Ich werde bald fertig sein. Sollten Sie nicht in der Kirche sein?« witzelte er.

»Ach, ich bin gerade vom Frühgottesdienst zurückgekehrt. Sagen Sie mir, wenn Sie eine Tasse Kaffee oder sonst etwas haben wollen.«

»Das werde ich. Danke, gnädige Frau.«

Fenske ging schnell zum Leitungskasten und verband drei Kabel mit seinem eigenen, tragbaren Telefon. Dann kletterte er den Mast hinunter und wählte die Nummer von Erhard Weber an. Seine freundliche Kaffeeanbieterin antwortete. Er versicherte, daß er es nur testen wollte und daß alles in Ordnung sei. Sie war ihm überaus dankbar dafür.

Fenske fuhr mit dem Wagen in eine andere Straße, ging dann aber wieder zurück zur Gasse. Er zog die Kabelleitung in die Böschung am unteren Teil des Mastes, wo er außer Sichtweite war. Es folgte ein Nachmittag und Abend des gewöhnlichen Belauschens. Als Jon ankam, machte er seinen Kassettenrekorder an. Die zwei Wanzen lieferten ein fast ausstrahlungsfähiges Signal in seine Kopfhörer. Das andere Aufzeichnungsgerät wurde nur eingeschaltet, wenn das Telefon benutzt wurde. Am meisten war er dafür dankbar, daß sich der Haustiergeschmack der Webers, sofern sie überhaupt eines besaßen, sich nicht auf Deutsche Schäferhunde oder Dobermänner erstreckte.

»Es muß eine bessere Art geben, den Lebensunterhalt zu bestreiten«, sagte Fenske mürrisch, während er trotz Thermounterwäsche, Schafsfelljacke und -hose zitternd im Busch saß. »Was für eine Art, Weihnachten zu verbringen!«

Morrsion würde die saftigen Leckerbissen über Rama genießen, die Jon beim Essen sicherlich von sich geben würde. Das Geräusch ihres genußvollen Mampfens war ihm aber bei seinem eigenen knurrenden Magen zu viel. Fenske schaltete die Geräte auf Automatik und fuhr in die Stadt, um ein warmes Essen und ein paar noch wärmere Tassen Tee mit Rum zu genießen. Dann kehrte er auf seinen einsamen Posten zurück und setzte die Kopfhörer wieder auf. Das Abendessen ging gerade im Pfarrhaus mit einer Diskussion über das anstehende Fernsehspecial zu Ende.

»Sehr gut! Ihre Reaktion darauf könnte sich bezahlt machen«, murmelte er leise vor sich hin.

Weniger als eine Stunde später erwies sich seine Vermutung als richtig. Liebevoll nahm er jede Silbe der Reaktionen der drei Webers auf. Er konnte aber seine Begeisterung kaum noch in Schach halten, als Sandy McHugh mit seinem Anruf das Telefon zum Leben erweckte. Er prüfte den Modulationspegel mit einer Taschenlampe, um sicher zu gehen, daß alle heiligen Silben jenes Gespräches aufgenommen wurden. Da er sich eingehend über Rama informiert hatte, lächelte er, als er die Ergebnisse hörte. Er selbst war kein religiöser Mann.

Sobald Jon aufgelegt hatte, schaltete Fenske seine Geräte aus. Er konnte sich sogar zu den Fenstern schleichen, um die Wanzen zu entfernen. Dann fuhr er mit seinem Auto wieder nach Lambert Field, St. Louis, von wo aus er Morrison anrief.

»Fantastisch! Einfach fantastisch!« frohlockte Morrison. »Dafür kriegst du einen besonders dicken Weihnachtsbonus, Willard, mein Junge. Aber nur, wenn du bis zum Frühstück deinen Hintern hierher bewegt hast, damit ich mir die Aufnahmen anhören kann!«

Jon verbrachte den Montagnachmittag und -abend bei Sandy, um sich den dicken, offiziellen Bericht zu Gemüte zu führen. Um 22 Uhr wählte er die Privatnummer an, die ihm der Präsident gegeben hatte, um die Telefonzentrale im Weißen Haus zu umgehen. Es klingelte und klingelte. Offenbar war der Präsident weg.

Um 23 Uhr – 6 Uhr israelische Zeit – rief er Jennings in Ramallah an. Sie hatten schon im Voraus einen Code für Mitteilungen ausgemacht. »Können Sie mich deutlich hören, Austin?« sagte Jon gleich.

»Ja. Kein Problem.«

»In Ordnung, dann. Ich habe die Ergebnisse.«

»Wirklich? Schießen Sie los.«

»Nun, alle Gegenstände wurden innerhalb des nominalen Alters datiert, mit Ausnahme von H und I, deren Alter nicht festzustellen ist.«

Jon hörte nichts vom anderen Ende der Leitung. »Sind Sie da, Austin? Haben Sie mich verstanden?«

»Ja, Jonathan. Mit Ausnahme von H und I alles nominal, sagen Sie?« Er hörte sich etwas abwesend an. Es war aber schließlich sehr früh am Morgen in Israel.

»Das ist richtig, Austin. Wie geht es Shannon?«

»Sie vermißt Sie furchtbar, mein Junge. Ich glaube fast, daß sie verliebt ist. Soll ich sie wecken?«

»Nein. Versichern Sie aber der feinen Dame meine endlose Zuneigung, sobald sie beliebt aufzustehen. Jedenfalls hat der Bericht 377 Seiten, und ich bringe ihn mit, wenn ich übermorgen über die ... äh ... geplante Strecke zurückfliege. Ich schätze, wir werden Phase III starten müssen, wenn ich wieder da bin.«

»In der Tat. Eine andere Möglichkeit sehe ich nicht.«

»Passen Sie auf sich auf, Austin.«

Damit Sandy es verstehen konnte, erklärte er ihm ›die geplante Strecke‹. Er sollte mit Swissair nach Wien fliegen, mit Alia nach Amman in Jordanien und dann nach Israel über die Allenbybrücke fahren. Damit hoffte er, die ganzen Presseleute zu umgehen, die den Flughafen Ben Gurion belagerten. Er brauchte aber eine Viertelstunde, um Phase III zu erklären.

Sandy begrüßte den Plan enthusiastisch. »Das ist wirklich die einzige Möglichkeit, Jonnie, mein Junge.« Es war das erste Mal seit Wochen, daß Sandy Dialekt gesprochen hatte. Jon war erfreut, diese Erinnerung an eine glücklichere und weniger komplizierte Vergangenheit zu hören.

Sein letzter Anruf, schon tief in der Nacht in den Vereinigten Staaten, aber in den frühen Morgenstunden in Rom, galt Kevin Sullivan, so wie er es auch versprochen hatte. Nachdem er die Schwerpunkte der Smithsonian Ergebnisse erfahren hatte, klang Kevin erschüttert, geradezu verzweifelt. Jon versuchte, ihn aufzumuntern. »Langsam, Kumpel! Noch ist es nicht vorbei. Wir müssen noch viel graben. Bitte versichere dies dem Heiligen Vater.«

»Großartig, Jon,« antwortete er sarkastisch. »Du hörst dich an wie ein Decksteward auf der *Titanic*, der bei einem Gefälle von 35 Grad Tee eingießt! Um Himmels Willen, Mann: Glaubst du, daß die Liberalen die ganze Zeit recht gehabt haben? Eine leibhaftige Auferstehung soll wirklich nur ein Mythos sein?«

»Voreilig ist das Schlüsselwort, Kevin.«

»Hast du an diese Möglichkeit nicht zumindest gedacht?«

»Natürlich habe ich das! Und laß mich das beweisen: Es könnte wieder an der Zeit sein, eine eingehende Exegese von Johannes 20, Vers 26 zu machen. Glaub weiter, Kev!«

»Mach weiter, Jon.«

Er wußte, daß Kevin sein Neues Testament in diesem Augenblick aufschlagen würde, um die Stelle zu lesen, wo der auferstandene Jesus nach Ostern seinen Jüngern durch die Wände eines geschlossenen Raumes erschien. Für diese Art der Mobilität brauchte man eben keine Knochen.

Jon schaffte weder die Swissair, noch die Alia Flüge. Auch nicht als sein Pseudonym Ernst Becker. Früh am nächsten Morgen fing Sandys Telefon an, ununterbrochen zu klingeln. Nachdem er abgenommen hatte, schritt Sandy zur Vordertür, um die Morgenausgabe der *Washington Post* zu holen. Mit verschlafenen Augen starrte er auf sein eigenes Gesicht auf der Titelseite neben dem von Jon. Sie waren unter einer großen Schlagzeile zu sehen, die lautete: DIE ARTEFAKTE STAM-

MEN AUS DER ZEIT JESU. Dann kam der Untertitel: »Smithsonian Untersuchungen lassen die Annahme, daß die Knochen Jesu entdeckt worden sind, noch glaubwürdiger erscheinen.« Die Geschichte fing an:

»Nach Informationen einer ›absolut sicheren Quelle‹, die von Radford Morrison und seinen Mitarbeitern aufgespürt wurde, hat Professor Jonathan Weber von der Harvard Universität, der die ursprünglichen Entdeckungen in Israel gemacht hat, eine geheime Reihe von Untersuchungen an den Artefakten eingeleitet, die in der Nähe der Knochen, die angeblich von Jesus stammen sollten, gefunden wurden. Die Untersuchungen wurden im Smithsonian Institut und in anderen Labors unter der Leitung von Dr. Sanford McHugh, durchgeführt. Alle Laboranalysen der Artefakte, insbesondere mit Hilfe der Thermolumineszenz, die eine Datierung ergeben, weisen auf ein Alter hin, das von 25 v. Chr. bis 60 n. Chr. reicht – zu- oder abzüglich eines geringfügigen Fehlerrahmens. Das sind Daten, die sehr gut zur Information des nun berühmten Papyrus passen.«

Sandy klopfte an Jons Tür. »Es ist an der Zeit, aufzustehen, Kumpel« sagte er. »Und frag nicht, was heute morgen die Schlagzeilen macht. Das sind wir!« Er schob die Post unter Jons nun weit aufgerissene Augen und fügte hinzu: »Willkommen in der Hölle!«

Das Telefon klingelte erneut. Sandy wollte den Hörer daneben legen, aber aus irgend einem Grund ging er ran. Dann gab er den Hörer an Jon weiter: »Es ist das Weiße Haus.«

»Hier spricht Sherwood Bronson, Professor Weber«, sagte der Präsident mit etwas pikierter Stimme. »Ich dachte, wir hätten eine Vereinbarung, daß Sie mir Ihre Ergebnisse geben würden, bevor Sie an die Öffentlichkeit gehen.«

»Das haben wir auch, und das habe ich durchaus respektiert, Mr. President. Ich habe erst gestern von den vollen Ergebnissen erfahren und am Abend dann auch versucht, Sie anzurufen. Es meldete sich aber niemand.«

»Wirklich? Ach, ja, natürlich. Ich war mit meiner Frau im Kennedy Center.«

»Ich wollte Ihnen nach Möglichkeit heute einen vollen Bericht geben, aber Mr. Radford Morrison hatte da andere Pläne.«

»Wie zum Teufel hat er von den Untersuchungen und deren Ergebnissen erfahren?«

»Wir haben keine Ahnung. Ein Spitzel beim Smithsonian? Eine Wanze? Wer weiß?«

»Haben sie nicht *irgend etwas* Verdächtiges oder Falsches in den Untersuchungen gefunden?«

»Leider nein. Zumindest noch nicht.«

Es folgte ein langes Schweigen, das schließlich vom Präsidenten gebrochen wurde: »Also, was jetzt? Wollen Sie einfach mit herunterhängenden Armen zusehen, wie der Glaube von einhundertundachtzig Millionen Amerikanern den Bach runtergeht?«

Wie überaus drollig und provinziell, dachte Jon. Was ist mit dem Glauben von zehnmal so vielen Menschen außerhalb der Vereinigten Staaten?

»Nun, das war unfair von mir«, sagte der Präsident. »Wir sind alle sehr angespannt. Ich habe gedacht, eine Gruppe von erstklassigen Psychiatern und Psychologen auszuwählen, um sie mit der Aufgabe zu betrauen, einen Weg zu finden, unseren Bürgern durch diese Krise zu helfen. Halten Sie das für eine gute Idee?«

»Bei allem nötigen Respekt, Mr. President, eigentlich nicht. Ich glaube, daß ich einen besseren Plan habe. Ich werden ihn übermorgen bei einer Pressekonferenz bekanntgeben. Ich hoffe, daß Sie und die Nation es nützlich finden werden.«

»Aha? Gut ... gut. Kann ich Ihnen in der Zwischenzeit irgendwie behilflich sein?«

»Ja, das können Sie. Um unseren Plan durchzuführen, werde ich irgendwo ein abgeschiedenes Büro brauchen – keine Wanzen – und drei oder vier saubere Telefonleitungen. Können Sie das arrangieren? Die Rechnung für Ferngespräche könnte ziemlich beachtlich werden, aber wir würden das Geld zurückerstatten.«

»Abgemacht!« antwortete der Präsident. »Und machen Sie sich keine Sorgen um die Rechnung. Es geht um eine Sache von nationalem Interesse. Sie können, so bald Sie wollen, ein Büro im Blair House beziehen. Und in ungefähr fünfundvierzig Minuten werden die Leitungen für Sie gelegt sein.«

»Ich danke Ihnen, Mr. President!«

Im Blair House angekommen, rief Jon zuerst in Harvard an, wo er seine Sekretärin, Marylou Kaiser, und den ICH-Verwaltungssekretär, Charles Ferris, darum bat, alles stehen und liegen zu lassen, den nächsten Flug nach Washington zu nehmen und Vorkehrungen zu treffen, um über Nacht zu bleiben.

Danach rief er Jennings an. Er ließ die in ihm brodelnde Wut an dem Hörer raus: »Austin, können Sie sich an diese niedere, abgezockte Schlange von Journalist aus den Vereinigten Staaten namens Morrison erinnern? Der Typ, der ein Buch über die Ausgrabung schreiben wollte?«

»Ja, ich glaube, mich an ihn zu erinnern. Er sah aber eher einem Wiesel als einer Schlange ähnlich, oder? Ein Wiesel mit Gelbsucht?«

»Egal! Ja, das ist er! Nun, diese widerliche kleine Ratte hat sich unsere Ergebnisse irgendwie verschafft und sie in der heutigen Ausgabe der *Washington Post* veröffentlicht. Die anderen Medien sind jetzt voll mit der Geschichte. Sie werden in der nächsten *Jerusalem Post* davon lesen. Alles ist jetzt hier in höchster Aufruhr, und ich bitte um Ihre Erlaubnis, Phase III nun bekanntzugeben, anstatt damit zu warten, bis ich wieder in Israel bin.«

»Ja, machen Sie ruhig! Haben Sie aber auch das Einverständnis aller Beteiligten?«

»Daran arbeite ich gerade.«

»Auf geht's, Junge! Da, das ist der Beweis, daß ich auch amerikanisch kann oder?«

»Cheerio, Austin«, sagte Jon. »Ich lege auf.« Zwei konnten dieses Spiel spielen.

Marylou Kaiser und Chuck Ferris kamen erst vier Stunden später an. »Was hat Sie aufgehalten?« fragte Jon. Ein kleines Lächeln zog seine Mundwinkel leicht nach oben. Danach machten sie sich alle mit den Telefonen an die Arbeit. Sie riefen eine lange Liste von Menschen auf verschiedenen Kontinenten an.

Im Verlauf dieses Nachmittags und auch des nächsten Tages, gingen die Anrufe um die Nation und die Welt. In manchen Fällen war es fast wie eine byzantinische Intrige, den gewünschten Ansprechpartner zu erreichen. Manchmal kam der Erfolg aber sehr schnell. Kevin Sullivan, zum Beispiel, war innerhalb von zwei Minuten in der Leitung. Er rief auch eine Stunde später mit der Nachricht an, daß der Papst, trotz seines Entsetzens über die Testergebnisse Phase III von ganzem Herzen zustimmte und Gottes Segen dafür wünschte.

Die unausweichliche Pressekonferenz am 29. Dezember wurde im Großen Ballsaal des Shoreham Hotels gehalten, wo häufig die Amtseinführung von Präsidenten stattfand. Die riesige Halle war randvoll mit Medienvertretern aus aller Welt, sowie mit großen akademischen, religiösen und politischen Figuren, die ihre Urlaubspläne unterbrochen hatten, um für das Ereignis nach Washington zu reisen. Aus diesem Grund war Jonathans Eröffnungsstatement etwas entschuldigend: »Ich bedaure zutiefst, meine Damen und Herren, daß die Festlichkeiten am Jahresende, eine Zeit, die Sie gemeinsam mit Ihren Familien verbringen sollten, von dieser Pressekonferenz unterbrochen worden sind. Auf keinen Fall wären Professor Austin Balfour Jennings, Direktor der Ausgrabungen in Rama, oder ich so gedankenlos gewesen. Aber wenn ein bestimmter Kolumnist, ohne irgendeine Erlaubnis, die Ergebnisse der Untersuchungen veröffentlicht, haben wir keine andere Wahl. Besonders mit Blick auf die zeitweise hysterischen Reaktionen hier und im Ausland. Der Kolumnist sollte auch nicht namenlos bleiben. Egal, wie er an diese Informationen gelangt ist, hat Radford Morrison entweder das Gesetz gebrochen oder den journalistischen Verhaltenskodex, wahrscheinlich aber beides. Seine Behauptungen, daß die Testreihe ›geheim‹ war und, ohne seinen ›investigativen Journalismus‹ wahrscheinlich auch so geblieben wären, sind in jeder Hinsicht *falsch*! Wir hatten schon immer vor, die Befunde zu publizieren, wie wir es jetzt auch tun werden. In diesem Augenblick wird eine Zusammenfassung der Resultate an Sie ausgehändigt. Sollten Sie keine Kopie erhalten, heben Sie bitte Ihre Hand, und ein Assistent wird sich Ihrer annehmen. Sie werden bald die Möglichkeit haben, mir Fragen zu stellen. Zuerst möchte ich Ihnen aber die andere Person vorstellen, die hier mit auf dem Podium sitzt: Dr. Sanford McHugh von den Smithsonian Insitutions.

Nun, ich muß mit Nachdruck betonen, daß, obwohl verschiedene Proben ein Ursprungsalter von ungefähr dem ersten Jahrhundert n. Chr. aufweisen, wir keineswegs die Untersuchungen hinsichtlich der Echtheit der Höhlenentdeckungen in Rama abgebrochen haben. Wir haben uns für ein wesentlich breiteres Programm der Ausgrabung entschieden, das letztlich die gesamte Stadt aus dem ersten Jahrhundert freilegen sollte. Das bildet somit den Anfang dessen, was wir Phase III bei dieser Ausgrabung nennen werden. Phase I – nachträglich so benannt, natürlich – waren die Kampagnen, die von Sir Lloyd Kensington und Austin Balfour Jennings durchgeführt wurden. Phase II war die Entdeckung der Höhle und die darin befindlichen Artefakte, die zu dieser Zeit getestet werden. Phase III betrifft unsere weiterführenden Pläne. Ich werde in meinen abschließenden Bemerkungen diesbezüglich mehr sagen. Nachdem Sie die Zusammenfassung gelesen haben, möchte ich Sie dringend bitten, alle Schlußfolgerungen bis nach Abschluß des gesamten Vorhabens hinauszuschieben. Viele Reaktionen auf Rama haben uns traurig gestimmt, manch andere uns entsetzt. Gerüchte haben Tatsachen ergänzt, was zur Folge hat, daß Schlußfolgerungen mangelhaft durchdacht und auf Sensationsmache ausgerichtet sind. Die Wahrheit leidet. Wenn zwei unmoralisch veranlagte Mitglieder der Presse – ein Mann in Israel, ein Mann hier – sich verantwortungsbewußt verhalten hätten, wäre den Menschen viel Leid erspart geblieben. Leben wurden aufgegeben, wie Sie sicherlich wissen. Also, meine sehr verehrten Damen und Herren der Medien, appelliere ich an Ihre Integrität und an Ihr Verantwortungsbewußtsein. Nun stehe ich Ihren Fragen zur Verfügung.«

»Jeffrey Sheeler, *U.S. News & World Report*. Ich hätte gerne Ihre persönliche Reaktion auf die jüngsten Testergebnisse hinterfragt, Professor Weber. Waren Sie schockiert, daß alle Gegenstände dem ersten Jahrhundert entsprungen sind? Oder nicht sonderlich überrascht?«

»Nicht sonderlich überrascht.«

»Warum nicht?«

»Da die Kohlenstoff-Datierungsuntersuchungen in Arizona auf diesen Zeitrahmen deuteten, wäre es außergewöhnlich, wenn nicht auch alle anderen Gegenstände aus dieser Höhle ähnliche Datierungen hätten ... Ja?«

»Tadaki Arioshi, *Tokyo Shinbun*. Warum ist das dann kein Beweis dafür, daß Ihre Funde echt sind?«

»Artefakte aus dem ersten Jahrhundert, lassen Sie mich das bitte erneut erklären, könnten ›gepflanzt‹, also als Fälschungen eingeschleust worden sein. In diesem Falle wäre der Ausführende nicht so leichtfertig gewesen, Materialien zu verwenden, die nicht durchweg aus dem ersten Jahrhundert stammen. Aus diesem Grund haben mich die Ergebnisse auch nicht überrascht ... Ja?«

»Everett Sinclair. *Toronto Globe and Mail*. Können Sie uns bitte erklären, was Thermolumineszenz bedeutet?«

»Dr. McHugh sollte diese Frage lieber beantworten. Sandy?«

Sandy McHugh kippte das Mikrofon etwas und antwortete: »1664 entdeckte Robert Boyle, daß ein Diamant in einem verdunkelten Raum leicht glühte, wenn er ihn in seinen Händen erwärmte. Das war die erste Demonstration von Thermolumineszenz. Nun, natürlicher Ton weist Spuren von radioaktiven Unreinheiten auf, wie Uran und Thorium, die radioaktive Strahlen emittieren, die sich jedoch im Ton verfangen. Wenn aber der Ton zu Töpferware geformt und gebrannt wird, befreit der Prozeß des Erhitzens die gelagerte Radioaktivität in Form von sichtbarem Licht, daher ›Thermolumineszenz‹. Somit wird keine radioaktive Energie in den Töpferwaren übrig gelassen.«

»Ich, äh, glaube, daß ich es kapiert habe«, antwortete Sinclair. »Aber wie genau ist diese Methode, Dr. McHugh?«

»Sicherlich plus/minus zehn Prozent, wahrscheinlich plus/minus fünf ... Ja?«

»Tom Brokaw, *NBC Nightly News*. Es scheint mir, Dr. McHugh, daß ein Fälscher sich sicher all diese Artefakte aus Quellen des ersten Jahrhunderts ›leihen‹ könnte – Keramik, Pergament und Papyrus. Aber dann gibt es doch eine Sache, die er sich nicht hätte leihen können, und zwar die Schrift – die Tinte. Würden Sie bitte darauf eingehen.«

»Ja. Sie haben recht.«

»Also, was haben Ihre Untersuchungen über die Tinte herausgefunden?«

»Wir haben drei verschiedene Arten von Tinte festgestellt: eine in dem sogenannten ›Josef Papyrus‹, eine zweite in den Randbemerkungen von Nikodemus, und eine dritte auf dem *Titulus*. Nur die letztere Art hat die ausreichende Menge geliefert, die wir für die Analysen brauchten. Aber auch das war zu wenig für Kohlenstoff-Datierungen. Statt dessen war unsere erfolgreichste Untersuchung die PIXE – Particle Induced X-Ray Emission Analyse - die zeigte, daß es sich um eine rein auf Kohlenstoff basierende Tinte handelt, wahrscheinlich aus Ruß oder Farbruß hergestellt. Ein flüssiger Klebstoff wurde beigemischt, um den Kohlenstoff zu stabilisieren: Gummiarabikum. Die anderen zwei Arten von Tinte scheinen vergleichbar zu sein, obwohl die Randbemerkung des Nikodemus eher schwarz-braun ist.«

»War diese Zusammensetzung typisch für Tinten des ersten Jahrhunderts?« fragte Brokaw: »Und kann man das auch für die Farben oder das Farbspektrum einschließlich braun behaupten?«

Sandy blickte zu Jon, der zum Mikrofon zurückkehrte und meinte: »Ja, für diese Zeit war es eine gewöhnliche Zusammensetzung. Und alle drei Farbtöne sind auch im Spektrum dessen, was wir in den Schriftrollen des Toten Meeres gefunden haben.«

Die Fragen gingen noch eineinhalb Stunden weiter. Jon wußte, daß es an der Zeit war, Schluß zu machen, als die Fragen theologischer Art wurden. Doris Dinwiddie durfte die letzte Frage stellen. Sie war eine alternde, wohl beleibte aber sehr belesene Kolumnistin der Hearst Kette. Ihr war es zuzuschreiben, daß mehrere Präsidentschaftskandidaten vorzeitig aus dem Rennen scheiden mußten. Heute war sie wieder typisch provokativ: »Professor Weber, sind Sie nicht auch der Meinung, daß es wirklich an der Zeit wäre, daß Sie alle mit Ihren heldenhaften Bemühungen aufhören, ein sterbendes Christentum zu retten? Niemand auf Gottes Erde hätte das alles fälschen können. Ich meine, Sie haben den eindeutigen Beweis – Sie haben die Knochen von Jesus Christus! Also, wieso geben Sie ihnen – und dem christlichen Glauben nicht einfach eine so anständige Beerdigung wie möglich?«

Ein rauhes Getöse brach los. Einige Menschen im Ballsaal zischten verächtlich. »Ihre Schlußfolgerungen sind voreilig, Fräulein Dinwiddie«, antwortete Jon mit fester Stimme. »Ganz abgesehen von dem Bereich des Christentums, der lediglich an eine geistliche Auferstehung glaubt und somit auch unbeeinflußt bleibt, ist der Mehrheitsglaube an eine leibhaftige Auferstehung an diesem Punkt nicht plötzlich widerlegt. Ich würde es mir zweimal überlegen, bevor ich die Todesglocken für genau die Religion einläuten würde, deren Ursprünge genauso wie beim Judentum wirkliche Menschen in geschichtlich belegte Zusammenhänge involviert, anstatt nur in den nebulösen Legenden der Mythologie verwurzelt zu sein.«

Die bissige Nachrichtenfrau schoß sofort zurück: »Ich frage mich, ob Ihre offensichtliche Vorliebe für das Christentum Sie nicht aus einer Führungsrolle in diesem Unternehmen ausschließen sollte.«

Jon hielt die Wut, die unter seiner Oberfläche in ihm brodelte, zurück und antwortete mit fast sanfter Stimme: »Wenn man beachtet, was wir entdeckt haben, wie hätte, Ihrer Meinung nach, die Welt wohl reagiert, wenn ich eine einseitige Meinung gegen das Christentum vertreten hätte, Fräulein Dinwiddie?«

Einem Augenblick der Stille folgte langer Beifall. Nun war es an der Zeit, seine abschließenden Bemerkungen zu machen. Jon nickte den Assistenten zu und sagte: »Wir werden jetzt eine kurze Abschrift dessen aushändigen, was wir Phase III genannt haben. Zusätzlich zu unserer Bemühung, die Ausgrabungen zu Ende zu bringen, wollen wir einen internationalen Kongreß von Gelehrten einberufen, der die ganze Methodik und die Funde von Rama, angefangen mit den ersten Tagen von Kensington bis zum heutigen Tag, sowie alle Entdeckungen, die von jetzt an ans Tageslicht gebracht werden, beurteilen soll. Die Mitgliedschaft bei diesem Kongreß wird durch Ernennung durch unsere ICH, die Internationale Akademie der Archäologie, die Society of Biblical Literature und die American Academy of Religion sowie ihre britischen Partnerorganisationen entschieden. Die Leiter der christlichen Kirchen werden auch vertreten sein. Das heißt der Papst und auch der orthodoxe Patriarch, sowie alle anderen Kirchenorganisationen mit mindestens fünf Millionen Mitgliedern. Beobachter aus dem Bereich des Judentums, des Islam und der anderen Weltreligionen werden auch willkommen sein. Die fünfte Seite in Ihren Kopien skizziert die Arbeitsteilung in verschiedene Bereiche und Gremien.«

Jon machte danach einige Bemerkungen zu den folgenden Punkten:

I. Wissenschaftlicher Bereich

Gremium	*Aufgaben*
Archäologie:	Prüfung und Beratung hinsichtlich aller bisherigen, gegenwärtigen oder zukünftigen Ausgrabungen in Rama.
Analyse:	Prüfung und Beratung hinsichtlich aller bisherigen, gegenwärtigen oder zukünftigen Untersuchungen der Artefakte und Überreste, sowie aller Objekte, die noch gefunden werden.
Sprachwissenschaften/Paläografie:	Analysierung aller Inschriften im Hebräischen, Aramäischen und Latein hinsichtlich Schrift, Wortschatz, Syntax und Grammatik.

II. Untersuchender Bereich

Untersuchungen:	Ermittlung der Geschichte und Besitzverhältnisse der Rama-Stätte, sowie die Hintergrundgeschichte aller führenden Ausgrabungsmitarbeiter. Prüfung von Fälschungstechniken, die in der Geschichte der Kunst und der Archäologie versucht worden sind.

III. Theologischer Bereich

Altes Testament:	Prüfung der Beerdigungsgewohnheiten, Eschatologie und aller relevanten religiösen/kulturellen Daten.
Zwischentestament:	Ebenfalls.
Neues Testament:	Ebenfalls. Alle drei Gremien müssen eine revidierte Theologie der Auferstehung schaffen für den Fall, daß Rama schließlich für echt erklärt wird.

»Nach Monaten der Prüfung und Überlegung«, fuhr Jon fort, »werden die Befunde in einer monografischen Reihe veröffentlicht, die zweifelsohne weltweit übersetzt werden wird. Nun ist es aber sehr spät, und wir sollten Schluß machen. Ich danke Ihnen für Ihre Geduld, meine Damen und Herren.«

Gerade als Jon und Sandy den leeren Ballsaal verlassen wollten, kam eine schmale Person mit weißer Haarpracht auf sie zu. »Ich habe in Cambridge zu hastig reagiert«, gab Joshua Scruggs Nickel zu. »Ich war damals erschüttert, fürchterlich erschüttert. Ich bin es immer noch. Aber nun habe ich wieder Vertrauen zu Ihnen geschöpft, Jonathan. Ich weiß, daß Sie versuchen, in dieser Sache das Richtige zu tun.«

»Ich danke Ihnen, Mr. Nickel. Das bedeutet mir sehr viel.«

»Werden Sie aber nicht jetzt mit Ihrem Internationalen Kongreß unglaubliche Kosten haben?«

»Ja, in der Tat!«

»Wie wollen Sie ihn finanzieren?«

»Unsere Telefonaktionen der letzten zwei Tage haben uns die Unterstützung und den finanziellen Beistand vieler Kirchenorganisationen und wissenschaftlicher Gesellschaften eingebracht.«

»Nun, auf mich können Sie auch wieder zählen. Mit der doppelten Zuwendung.«

Kapitel 19

Shannon Jennings war fast die einzige Freude, die Jon in den darauffolgenden, hektischen Monaten in Israel genießen konnte. Ihre Liebe, die von den Zeiten der Trennung vorsichtig gestutzt worden war, blühte nun zu vollem Leben auf. Zumindest in den seltenen Augenblicken, in denen sie der nun überfüllten Ausgrabungsstätte, den Fragen der Pressevertreter und den Besprechungen in Jerusalem entfliehen konnten. Die bewachte, elektrische Umzäunung hielt die Neugierigen von Rama fern, trotzdem schwebten mehrmals in der Woche gemietete Hubschrauber über das Gelände, um Fernsehbilder aufzunehmen. Im Innern der Umzäunung war Jennings nun oberster Befehlshaber seiner bis dato größten archäologischen Armee. Die Anzahl seiner Mitarbeiter hatte sich mit den erfahrenen Ausgräbern, die für die Mühen der Phase III dazugestoßen waren, verdreifacht. Jon half Jennings dabei, alles zu koordinieren. Er sprach Memos auf sein Diktiergerät, während er von einem Bereich zum nächsten flitzte. Rama gab nun mit zunehmender Schnelligkeit seine Geheimnisse preis.

Keines dieser Geheimnisse erwies sich aber als »sensationell«. Alle neuen Artefakte konnten ganz unspektakulär den Epochen zugeschrieben werden, zu denen sie auch gehörten, und ein Großteil der Stadt Rama aus dem ersten Jahrhundert würde bald freigelegt sein. Jennings begrüßte aber jede neue Entdeckung wie ein vernarrter Vater. Beinahe huldigend wischte er sie ab, eine weitere Trophäe für seine schon beachtliche Sammlung.

Spezialisten vom Gremium der Archäologen wurden Freikarten gegeben, damit sie die gesamte Ausgrabungsstätte erforschen konnten. Sie stimmten der Methodik und Buchführung auf jeder Linie zu und wählten auch nur sehr wenige Artefakte aus, um sie weiteren Untersuchungen zu unterziehen. Die Proben kamen meistens mit sehr ähnlichen Identifikationen zurück, wie sie von Jennings oder Naomi Sharon schon vorgeschlagen worden waren. »Nun, die gesamte Ausgrabung ist ein wunderbares Fenster zum ersten Jahrhundert«, bemerkte Dr. Walter Rast, Mitglied des Gremiums, der auch jahrelang in Jordanien gegraben hatte. »Aber was würde man denn sonst von Austin Balfour Jennings erwarten?«

Im Blickwinkel der Weltaufmerksamkeit, stand aber natürlich die Ausgrabung im Höhlenbereich, in dem Clive Brampton und Jon die Führung hatten. Im Innern der Grotte brachte ihre Löffel-für-Löffel-Durchsuchung des Bodens nur noch zusätzlichen Staub, Fledermausdung und Höhlenschutt zu Tage.

»Also darf die verfluchte Höhle nun in Frieden ruhen!« seufzte Brampton. »Weiß Gott, sie hat der Welt genug geliefert, womit sie sich herumschlagen muß!«

Mitglieder des Archäologie-Gremiums studierten jeden Zentimeter des steinernen Sarkophags, führten dann eine Analyse aller wissentlich gesichert aus dem ersten Jahrhundert stammenden Sarkophage in Israel durch. Josefs Sarkophag hatte ähnliche Proportionen, obwohl er größer als der Durchschnitt, aber kleiner als das größte Exemplar war. »Deutlich innerhalb des Bereichs der Möglichkeiten«, notierte Jon kopfschüttelnd.

Mitglieder des Paläografie-Gremiums machten Wachsabzüge der Sarkophaginschrift und studierten dann stundenlang Abdrücke davon. Danach begannen sie mit einer breiten Analyse aller aus dem ersten Jahrhundert stammenden Sarkophaginschriften in Israel, um die Größe, den Stil, die Länge, die Zeilen, den durchschnittlichen Winkel und die Einhautiefe zu vergleichen. Computerausdrucke der Ergebnisse zeigten eine verwirrende Vielfalt. »Offensichtlich hat jeder Steinmetz in dieser Gegend sein eigenes Ding gemacht«, bemerkte Dick Cromwell, der in letzter Zeit so viele Grabstätten fotografiert hatte, daß er sich schon langsam selbst wie ein Gespenst vorkam.

Clive und Jon untersuchten danach die offene Höhle, die sich weiter oben in der Klippe befand. »Hier hat sich Josef wahrscheinlich beerdigen lassen – ›in einer anderen Höhle‹«, sagte Brampton: »Wahrscheinlich zusammen mit seiner Familie – wenn das verfluchte Papyrus echt ist. Und ich für meinen Teil halte es für echt. Ich sag's Ihnen, Jon. Das alles sieht mir überhaupt nicht nach einer Fälschung aus. Was denken Sie?«

»Ich muß Ihnen zustimmen, Clive, obwohl das nicht für die Öffentlichkeit gedacht ist. Die Beweislage ist einfach überwältigend. Ich bezweifle aber, daß wir noch sehr viel in dieser Höhle finden werden. Grabräuber müssen sie schon vor Jahrhunderten ausgeräumt haben.«

Er hatte aber nicht recht: sie entdeckten in einem der Lokuli tatsächlich Scherben von mehreren Kochtöpfen, sowie Fragmente einer Beerdigungslampe. Naomi schätzte sie alle auf die Mitte des ersten Jahrhunderts ein, und die weitere Analyse sollte ihr bald auch recht geben. Meistens erwies sich ihre Keramik-Typologie zur Altersfeststellung als ungeheuer präzise, präziser sogar als die Thermolumineszenz.

»Sie ist eine wunderbare Frau, Clive«, sagte ihm Jon eines Tages, als sie gemeinsam zuschauten, wie Naomi Töpferware putzte. Sie trug eine ausgebleichte, abgeschnittene Jeans und ein fast schon spärliches Top, das ihre wunderschönen Konturen kaum zu verbergen vermochte. »Sie ist nicht nur eine unglaublich reizende Frau, sondern gehört auch zu den besten Keramikexpertinnen in ganz Israel. Sie sind ein Glückspilz, wissen Sie das?«

»Ich weiß es! Danke, Jon. Ich bin echt verrückt nach dieser Frau. Und ich möchte sie heiraten.«

»Das sollten Sie auch! Was für eine tolles, archäologisches Team werdet ihr sein!«

Noel Nottingham hatte sich stark verändert. Dem unkomplizierten, gesprächigen, geistvollen Anthropologen war es peinlich, daß er sich bei der Einschätzung des Todesalters der Knochen, die entdeckt worden waren, so vertan hatte. Nun stimmte er aus ganzem Herzem Dr. Itzhak Shomar zu, daß sie mindestens ein Jahrzehnt jünger waren. »Diese Gelenksporen kamen mir so groß vor«, gab er später zu. »Aber natürlich habe ich sie mir durch eine riesige Lupe angesehen!« Damals hatte er noch über seine eigene ›Blödheit‹ lachen können, sorglos wegen der Unwissenheit hinsichtlich der alternativen Identität der Knochen, die er so genau untersucht hatte.

An dem Tag, als er zusammen mit dem Rest der Welt die

Identität erfuhr, erlitt er ein ernstzunehmendes psychisches Trauma. Blaß und zittrig schenkte er sich zu viele Gins ein und verbrachte den Rest der Nacht damit, seine Hände zu waschen, nur um sie dann erneut wieder waschen zu können. Die ganze Zeit murmelte er vor sich hin, während er sich noch bis zum Morgengrauen weiter von dem imaginären Schmutz befreite. Im Verlauf der nächsten Tage kam Nottingham zwar mit der Realität besser zurecht, mußte aber trotzdem noch mehrere Valium nehmen, um die erste Pressekonferenz in Jerusalem überstehen zu können.

Das zwanghafte Händewaschen blieb auch in den nächsten Wochen noch ein Problem. Er empfand es als beinahe unmöglich, an einem Waschbecken vorbeizugehen, ohne sich dem Zwang hinzugeben. Bald fing er an, Handschuhe zu tragen, um die entzündeten, roten Falten in seinen Händen zu verbergen. Jennings mußte Nottingham ein Ultimatum stellen: Such entweder professionelle Hilfe auf oder verlaß die Ausgrabung.

Noel hätte am liebsten die letztere Möglichkeit ergriffen, ging aber schließlich doch zu einem Psychiater nach Jerusalem, der bald das Problem ans Tageslicht brachte: Noel war während seiner Jugend ein guter Anglikaner gewesen, hatte aber später seinen Glauben verloren. Er hatte sich damals aber nicht lange mit der Schuldfrage beschäftigt. Nun dachte er, Jesus sei auf eine bizzare Art und Weise wieder in sein Leben zurückgekehrt, und seine Hände hätten Ihn besudelt. Diese Hände mußten gesäubert, geschrubbt und gereinigt werden. Aber Erkenntnis und Läuterung halfen schließlich, um Noel davon zu befreien, was Jon sein ›Pontius-Pilatus-Syndrom‹ genannt hatte.

Seit der Pressekonferenz in Jerusalem hatten die ultra-orthodoxen Chassidim in periodischen Abständen immer wieder Demonstrationen in Rama veranstaltet. Sie verlangten, daß die menschlichen Überreste wieder begraben werden sollten. Sie schrien, riefen im Sprechchor, warfen Steine und versuchten, eintreffende und abfahrende Fahrzeuge aufzuhalten. Während sich die ausländischen Fernsehteams über ein bißchen ›Action‹ freuten, um ihre trostlose Wache aufzupeppen, gingen die Chassidim den Ausgrabungsmitarbeitern ganz gehörig auf die Nerven.

Einmal kehrte Naomi mit einer schlechten Nachricht von einer Konfrontation zurück: »Sie versuchen, den Namen Ihrer Mutter zu ermitteln, Austin«, sagte sie: »Aber erzählen Sie ihnen den ja nicht!«

»Warum nicht?«

»Als letzten Versuch wollen sie jetzt die mittelalterliche ›Stab des Lichts‹-Zeremonie durchführen, um einen Fluch über Sie zu legen.«

»Steine können weh tun, aber Worte . . .«

»Nein, hören Sie zu: Zuerst lesen sie einen achthundert Jahre alten Text vor, der von der Kabala abgeleitet wurde, dann verbrennen sie schwarze Kerzen, während jemand das Horn eines Bocks bläst. Schließlich beschwören sie den Namen Ihrer Mutter, um Sie zu verfluchen. Es soll bewirken, daß Sie einem schrecklichen Schicksal entgegengehen, so behauptet es ihr Rabbi zumindest. Ich fragte ihn, wie das Schicksal denn aussehen würde, und er meinte: »Es gibt viele Arten zu sterben, manche unangenehmer als andere.«

»Ich zittere, Naomi«, sagte Jennings schelmisch. »Aber lassen Sie uns der Sache ein Ende bereiten. Dann geben wir ihnen eben ihre verfluchte Beerdigung!«

In einer Nacht exhumierten sie heimlich ein Skelett, das zu Kensingtons Zeiten auf dem Friedhof von Rama gefunden worden war, brachten es zum Artefakteschuppen und legten es in einen hölzernen Sarg. Am nächsten Morgen bat Jennings den Anführer der Chassidim in die Ausgrabungsstätte und vereinbarte mit ihm, daß es an der Zeit wäre, den Toten wieder zu Grabe zu tragen, voraugesetzt, daß die Chassidim die Zeremonie geheim abhalten würden.

Am nächsten Tag versammelten sich die Chassidim erneut,

diesmal in ihre besten Kleidern gehüllt, um gemeinsam mit dem Ausgrabungspersonal eine offizielle Beerdigunszeremonie durchzuführen. Der Rabbi hatte zuerst verlangt, daß die Knochen wieder in dem Sarkophag in die Höhle gelegt werden sollten, ging aber schließlich auf den Kompromiß ein, die Überreste in einem von Jennings eigens dafür geschaufelten Grab zu legen. Also passierte es, daß die Knochen doch den Weg in ihr eigenes Grab zurückfanden. Und somit war auch den Demonstrationen ein Ende gesetzt.

Verschiedene Journalisten hatten sich in Leitartikeln der Londoner Presse beschwert, daß Rama zunehmend ›amerikanisiert‹ wurde, obwohl es doch schließlich einen britischen Direktor und Stellvertreter hatte, ganz abgesehen von der Finanzierung. Während dies für Jennings kein Problem bedeutete, stimmten die übrigen Ausgrabungsmitarbeiter dafür, ab diesem Zeitpunkt viele Analysen in englischen Laboren durchführen zu lassen, entsprechendes Material sollte dorthin geschickt werden – so wurde die Universität Oxford für die Kohlenstoffdatierung ausgewählt und Cambridge für Thermolumineszenz. Englische Wissenschaftler wurden aber hauptsächlich aufgrund ihrer internationalen Reputationen und nicht etwa auf das Drängen der Fleet Street in die Gremien geladen. Shannons Idee erwies sich aber als meisterhaft. »Warum betrauen wir sie nicht einfach mit dem gesamten Untersuchungsgremium?«

Jennings überlegte kurz, lächelte und sprach: »Brillant, mein Kind. Einfach brillant. Ist das auch in Ihrem Sinne, Jon?«

»Herrlich! Ein runder Tisch der UNO ist absolut nicht das, was wir für dieses besondere Gremium brauchen!«

Die Briten beriefen Reginald Glastonbury von Scotland Yard als Vorsitzenden des Untersuchungsgremiums und Tom Paddington vom MI5 – dem britischen CIA – als seinen Stellvertreter. Glastonbury war füllig und besaß den zu der Figur passenden, kahlen Kopf. Er war über diese Ernennung besonders erfreut, da er Anhänger der ›Glastonbury Legende‹ war, wonach Josef von Arimathäa mit dem Heiligen Gral nach England segelte, in Glastonbury eine Kapelle baute und schließlich dort in einer Gruft beerdigt wurde. Jennings vermutete, daß es Glastonbury lieber wäre, wenn dies tatsächlich die Gebeine Jesu, und nicht die des Josef von Arimathäa wären, damit seine kostbare Legende noch intakt bleiben könnte!

Tom Paddington hingegen ähnelte Sean Connery in ausreichendem Maße, so daß die Studenten ihn nur James Bond nannten, Glastonbury dagegen titulierten sie mit »der fette Sherlock«. Beide Männer, einschließlich ihrer Assistenten, durften sich auf der Ausgrabungsstätte und auch im Hotel ungezwungen bewegen.

Das Untersuchungsgremium war mit der Aufgabe betraut worden, Informationen über die in die Rama-Affäre verwickelten Personen in Erfahrung zu bringen, irgend welche Schwachstellen oder Fehler zu ermitteln, um mögliche Fälscher zu identifizieren. Die Gremiumsmitglieder hatten gerade eine große Rundreise zum Britischen Museum in London, zum Louvre in Paris, zu den Uffizien in Florenz und zum Prado in Madrid hinter sich. Dort hatten sie die verantwortlichen Mitarbeiter im Blick auf berühmte Kunstfälschungen und Fälschungstechniken befragt. Mit diesen Informationen ausgerüstet, erarbeitete Henri Berthoud verschiedene Szenarien, wie jemand die gegebene Sache möglicherweise hätte fälschen können. Berthoud, ein jugendlich wirkender Experte, der vom Deuxième Bureau in Paris ausgeliehen worden war, hatte eine penibel genau gekämmte Haarpracht mit sauber geschnittenem Bart und Röntgenaugen, die scheinbar alles und jeden durch- anstatt anschauten. Jede Möglichkeit, die Berthoud der Gruppe vortrug, zeugte von einem etwas abartigen Genie.

»Sie wären als Fälscher einsame Klasse, Henri«, meinte Paddington. »Sind Sie sicher, daß Sie es nicht alles fabriziert haben?« Aber die Gremiumsmitglieder konnten immer einen entscheidenden Fehler in Berthouds aufwendigen Ideen finden, der das Ende dieser besonderen Möglichkeiten bedeutete. Mehrere Monate verstrichen, ohne daß sie irgend etwas fanden, was auch nur auf eine Fälschung hindeutete.

Glastonbury rief die Gruppe für die letzte Besprechung im Frühling zusammen. Aus seinem Daumen und seinen Fingern formte er ein Dreieck und sprach: »Jetzt reicht es mit der Suche nach Spuren einer Fälschung. Wir müssen zurückgehen und die Gründe erforschen – wenn solche existieren – und nach Motiven forschen - wenn solche existieren. Der hypothetische Täter muß absolut mit der Materie der Archäologie und der aramäischen Sprache vertraut sein. Und er muß, aus einem uns unbekannten Grund, das Christentum hassen. Ich glaube, daß wir uns in diesen Punkten alle einig sind, oder?«

Die Anwesenden nickten.

»Das wäre wirklich die einzige Erklärung«, sagte Paddington. »Sehen Sie, Fälschungen werden eigentlich in der Regel gegen Entgelt gefertigt, wie zum Beispiel die Tagebücher Hitlers. In diesem Fall muß es allein aus Ideologie gemacht worden sein . . . wiederum natürlich nur, wenn es eine Fälschung ist.«

»Nun«, meinte Glastonbury: »Es ist an der Zeit, daß wir getrennte Wege gehen. Tom und ich haben uns darauf geeinigt, daß er noch eine Weile in Israel bleibt, um Nachforschungen anzustellen, wem in den vergangenen Jahren das Gelände in Rama gehört hat. Ich werde hingegen nach Großbritannien und in die Vereinigten Staaten fliegen, um alle Menschen zu überprüfen, die an der Ausgrabung mitgearbeitet haben. Wir treffen uns im Juli wieder hier. Abgemacht?«

Bevor er Israel verließ, traff sich Glastonbury noch mit Jon und Jennings, um ihnen von seinen Plänen zu berichten. Diese stimmten voll und ganz zu. »Ich habe in meinem Leben nichts zu verbergen«, sagte Jennings augenzwinkernd. »Wie sieht's bei Ihnen aus, Jon?«

»Seien Sie mein Gast, Reginald«, lächelte Jon. »Inoffiziell sieht es immer weniger so aus, als hätten wir es hier mit einer Fälschung zu tun. Sollte es aber der Fall sein, dann hoffe ich, daß

Sie den Täter finden und ihn zur Strecke bringen. Solche Situationen verwandeln auch den schärfsten Verstand in Wackelpudding und können einen Ruf über Nacht zerstören. In den zwanziger Jahren dachte Carl Lindberg, daß die Lincoln Briefe im Atlantic Monthly echt wären – waren sie aber nicht. Mussolinis Sohn Vittorio behauptete, daß die Tagebücher, die angeblich von seinem Vater geschrieben worden waren, echt seien – waren sie aber auch nicht!«

Glastonbury nickte und meinte: »Unser Hugh Tervor-Roper hat auch zuerst gemeint, daß die Hitler Tagebücher echt wären, natürlich waren sie es auch nicht!«

»Das Gegenteil war aber noch schlimmer«, sagte Jennings. »Der berühmte Solomon Zeitlin erklärte, daß die Schriftrollen des Toten Meeres Fälschungen aus dem Mittelalter wären, mein Kollege in Oxford, G. R. Driver ebenfalls! Und – weiß Gott – das waren sie nicht!«

»Wir werden unser Bestes geben, den Schuft zu schnappen, wenn er irgendwo rumläuft, meine Herren«, sagte Glastonbury. »Tschüs!«

Monat für Monat sanken die Zahlen der weltweiten Kirchenbesucher. Manche der eher extremistisch einzustufenden Gruppierungen konnten dagegen einen Zuwachs verzeichnen. Jon hatte dieses Phänomen vorhergesehen. »In Zeiten der Krise« erzählte er dem Personal, »neigen die Menschen dazu, sich politischen wie auch kirchlichen autoritären Führungspersönlichkeiten anzuschließen.«

»Was mich aber stört, sind diese Wahnsinnigen da draußen«, sagte Jennings. »Sie peitschen sich gegenseitig in dem Versuch hoch, der Welt zu beweisen, daß Sie und ich Apostel der Hölle sind, Jon, Kinder Satans, wandelnde Antichristen, die das Zeichen des Tiers tragen! Sie versuchen sogar, die Zahlenwerte ›666‹ in R-A-M-A zu finden!«

Jon nickte. »Leider werden viele von ihnen just an diesem Ostern nach Jerusalem kommen.«

»Warum?« fragte Shannon. »Warum mehr als die gewöhnlichen Pilger in der Karwoche?«

»Weil Ostersonntag nun für den Tag ausgegeben wird, an dem Jesus zurückkommen soll!«

Obwohl Melvin Merton nicht der erste gewesen war, der dies vorgeschlagen hatte, stimmte er der Logik bald zu. Da Gott die Welt nach seinen Berechnungen um 4000 v. Chr. erschaffen hatte und das große Datum 2000 n. Chr. nun vor der Tür stand, hieß das, daß die Welt nun 6000 Jahre alt wäre. Das siebte Jahrtausend wäre folglich der große Sabbat der Jahrtausende. Das Jahrtausend, in dem nach dem Buch der Offenbarung, Jesus zurückkommen würde. Da der Antichrist nun in Erscheinung getreten war, könnte Jesus dann noch lange auf sich warten lassen? Und es gäbe keinen besseren Tag für seine Rückkehr als Ostern und keinen besseren Ort als Jerusalem! Merton ließ eine Pressekonferenz einberufen und veröffentlichte diese Stellungnahme:

»Es würde mich in keinster Weise überraschen, wenn Jesus in der Morgendämmerung des kommenden Ostersonntags vom Ölberg in Jerusalem herabsteigen würde.«

Die Reaktion überraschte sogar Merton. Die Anhänger sämtlicher Endzeitspezialisten buchten jeden verfügbaren Platz in den normalen Flügen der Fluggesellschaften. Dann, als diese erschöpft waren, charterten sie weitere Flugzeuge. Als sich die Heilige Woche langsam näherte, kamen die Pilger in Gruppen von zehn, hundert oder tausend Menschen an. Erneut mußte Bürgermeister Teddy Kollek Hundertschaften von den Israelischen Streitmächten anfordern, um die völlig überforderte Polizei zu unterstützen.

Am Palmsonntag hielten Jon und Shannon vor dem Stephanstor an der östlichen Mauer von Jerusalem an, um die Pilger zu beobachten, die in die Altstadt strömten. Die enge Straße ähnelte einem Wald wehender Palmwedel. Manche der Gruppen trugen große Schilder mit Aufschriften wie: »AM NÄCHSTEN SONNTAG KOMMT ER!«, oder: »DAS IST NICHT JESUS IN RAMA!«

»Du liebe Zeit, Jon, was für ein Zirkus!« bemerkte Shannon.

»Das war wirklich eine Büchse der Pandora, die wir in Rama geöffnet haben.«

»Du willst wohl sagen, die du geöffnet hast! Gib nicht uns auch noch die Schuld!«

»Ach so! Sobald eine Krise kommt, weisen wir anderen die Schuld zu?«

Sie strahlte und plazierte einen weichen Kuß auf seinen Mund.

»Das ist besser!« seufzte er.

»Hey! Schau mal den Aussteiger mit seinem Schild!«

Direkt hinter einem gepflegten Collegestudenten mit Fönfrisur, der ein Schild trug: »UNSER JESUS LEBT! UM DEINEN TUT ES MIR LEID!«, marschierte der vielleicht letzte Vertreter der Hippie-Generation, der noch auf diesem Planeten weilte. Er trug einen langen Bart und war mit einem schmutzigen T-Shirt und einer Jeans bekleidet. In seinen Händen trug er ein Schild, das lediglich ein Fragezeichen zeigte. Kaum war er durch das Tor gegangen, griffen ihn wutentbrannte Pilger an, die das Schild aus seinen Händen rissen und ihn mit Schlägen und Tritten so lange traktierten, bis er zu Boden fiel. Die Polizei griff schnell ein und zog den glücklosen Burschen – benommen und blutend – zum Bürgersteig.

Kaum eine Minute später stolzierte, von einer riesigen Anhängerschaft gefolgt, Dr. Melvin Morris Merton persönlich vorbei. Er sang Hymnen aus voller texanischer Kehle. Dann blickte er zu Jon hinüber, blickte weg, blickte zurück und dieses Mal fiel ihm Shannon auf, die an Jons Seite stand – zwei Gesichter, die er aus weltweit veröffentlichten Aufnahmen nur zu gut kannte. Nun mußte Jon für seine Abneigung gegen Sonnenbrillen bezahlen.

Merton hielt an, hob um Ruhe bittend seine Hände und sagte: »Professor Weber, nehme ich an? Und Shannon Jennings?«

»Laß uns abhauen, Jon!« flüsterte Shannon. Es war aber schon zu spät.

»Dort, meine Freunde«, deutete Merton, »stehen die Urheber des Leides, das die Welt zu ertragen hat, die Betrüger, die behaupten, Jesus entdeckt zu haben! Er ist der Antichrist, der sich Weber nennt, und sie ist die Tochter jenes anderen Teufels namens Jennings!«

Ein unheilverkündendes, böses Brummen erhob sich über die Gruppe seiner Anhänger, und mehrere stürzten sich auf Jon und Shannon.

»Nein, nein, nein!« ermahnte Merton. »Ihr sollt sie nicht verletzen. Sie erfüllen nur die Prophezeiung: Der Antichrist wird sich im Tempel des Herrn offenbaren!«

Es war aber vergebens. All die Monate der Verzweiflung waren bei manchen von Mertons Anhängern nur spärlich von den überschwenglichen Prophezeiungen kompensiert worden. Sie und andere, die niemals daran gezweifelt hatten, wollten nun für Ihren Herrn gegen den Feind in die Schlacht ziehen. Mehr als zwanzig von ihnen brachen aus der Gruppe aus, stürzten durch die Menge und warfen sich auf Jon und Shannon. Shannon wurde gepackt und schreiend durch die Straße gezogen, Jon erwischten sie an den Armen und Beinen. Man hob ihn hoch und trug ihn ihr nach. Nun hatten sie für ihren Umzug etwas Besseres als nur ein Schild. Sie trugen ihre zwei strampelnden Trophäen triumphierend durch das Stephanstor. In einer der ersten Reihen erhob sich eine Sopranstimme mit dem Hallelujah aus Händels *Messias*, und hunderte von Stimmen schlossen sich ihr an.

»Jon! Tu doch was!« schrie Shannon.

Jon trat und schlug wild um sich. »Laßt mich los, ihr fanatischen Idioten!« brüllte er. »Ich bin kein Antichrist! Ihr scheint es aber zu sein!«

Plötzlich wurden sie von einer Gruppe in Khaki gekleideter, israelischer Soldaten umzingelt. Jeder von ihnen trug eine stubsnäsige Uzi-Maschinenpistole.

»Laßt Sie los, sag ich euch!« brüllte Merton verlegen und wütend, weil er die Kontrolle über seine Anhänger verloren hatte. Diese ließen dann widerwillig ihre Gefangenen wieder los.

Die Soldaten trennten Jon und Shannon hermetisch von den Massen ab und marschierten mit ihnen zu einem wartenden Kleinlaster, wo sie alle einstiegen. Dort fanden sie auch den verbeulten Hippie wieder, der zu ihnen hinüber schielte, seinen schmerzenden Schädel massierte und sagte:

»Hey, echt abgehoben, Mann! Das war echt so abgedreht da draußen, stimmt's Bruder?«

»Ja, Kumpel«, sagte Jon. »Das war echt heavy, die Szene, Mann.«

»Wo möchten Sie denn hingefahren werden, Professor Weber?« fragte der Fahrer.

»Unser Auto steht vor dem Rockefeller. Danke.«

Am Karfreitag drängten sich so viele Pilger in die Grabeskirche, daß einige dabei ohnmächtig wurden. An Platzangst leidende Menschen bekamen hysterische Anfälle. Rettungsmannschaften hatten große Mühe, sich durch die von Pilgerscharen überlaufenen Straßen und Gassen des Labyrinths der Altstadt zu schlängeln. Die arabischen Souvenirladenbesitzer verdienten sich dafür aber dumm und duselig und verbreiteten den Witz: »Wie heißt das Lieblingslied der Muslime? Antwort: Welch ein Freund ist unser Jesus!«

Ostern sollte leichter zu bewältigen sein, da die Pilger vorhatten, draußen auf dem Hügel vor den östlichen Mauern von Jerusalem zu feiern. Von dort aus hatte man den besten Blick auf den Ölberg, um den wiederkehrenden Herrn hinabsteigen zu sehen. Ihre Augen leuchteten in freudiger Erwartung, während sie ihre Hymnen sangen. Mit Kerzen in den Händen marschierten sie hinaus zu den Hügeln am östlichen Rand der Altstadt. Alle Menschen sahen mit erwartungsvollen Augen der Dämmerung entgegen.

Jon und Shannon konnten die Szene von ihrem Aussichtspunkt aus verfolgen. Nach einem kurzen Urlaub waren sie für das Osterwochenende nach Jerusalem zurückgekehrt. Dank des Entgegenkommens eines Hotelmanagers hatten sie eine Suite im obersten Stockwerk des auf dem Ölberg gelegenen Seven Arches Hotels. Kurz vor der Morgendämmerung am Ostersonntag, hatte Jon Shannon mit den Worten geweckt: »Laß uns so bald wie möglich nach draußen gehen, Liebste. So etwas werden wir wahrscheinlich nie wieder zu Gesicht bekommen!«

Während sie Brötchen mampften und Kaffee aus einer Thermoskanne tranken, standen sie vor dem Hotel auf der Esplanade. Im Westen bot sich ein unglaubliches Bild. Die andere Seite des weitläufigen Kidrontales konnte man vor lauter Menschen nicht mehr sehen. Etwa eine Viertelmillion, die auf dem Hügel standen, sangen gleichzeitig zehn verschiedene Hymnen in mindestens doppelt soviel Sprachen. Am südlichen Rand versank eine riesige Ansammlung von Charismatikern in Zungengebeten. Die Geräusche aus den einzelnen Kehlen vermischten sich zu einem donnernden Getöse.

Als die Dämmerung anbrach, konnten Jon und Shannon die langen, schlangenähnlichen Spruchbänder sehen, die ausgerollt worden waren. Sie hatten jeweils ungefähr die Länge von dreißig nebeneinander stehenden Menschen: ›WELCOME BACK, LORD!‹, ›WIR HEISSEN DICH WILLKOMMEN, HERR!‹, ›AVE, JESU!‹, ›BONJOUR, SEIGNEUR!‹ und noch ein halbes Dutzend anderer Sprachen zierten die Bänder. Manche, die davon ausgegangen waren, daß Jesus seiner eigenen Sprache den Vorzug geben würde, hatten »MARANA THA« mit rechteckigen, aramäischen Schriftzeichen aufgemalt. Dieses uralte Gebet, wahrscheinlich das erste in der Geschichte der Kirche: »Unser Herr, komme!«

Eine am unteren Rand stehende, winzig erscheinende Figur wußte, wie er die Menge vereinen konnte. Dr. Melvin Merton bestieg das Podium, stellte sich vor die vielen Mikrofone und röhrte: »GUTEN MORGEN! HALLELUJA!« Er zögerte, während die Worte in französisch, deutsch, spanisch, italienisch, griechisch und polnisch übersetzt wurden. Dann fügte Merton auch noch ein lateinisches Wort hinzu: »VIVIT! Er lebt! Er ist auferstanden!«

Scheinbar erübrigte sich hierfür die Übersetzung, da 250 000 Kehlen gemeinsam für fünf Minuten den rhythmischen Sprechgesang des lateinischen Wortes anstimmten: »VI-VIT! VI-VIT! VI-VIT!« Dann wurden die Auferstehungsgeschichten der Evangelien in den verschiedenen Sprachen vorgelesen.

Mertons Osterandacht sollte gerade dann zu Ende gehen, wenn die Sonne über der Spitze des Ölberges erschien, die Zeit, zu der – wie viele Menschen glaubten – auch der Menschensohn in Erscheinung treten würde. Also schloß Merton mit den Worten: »Er ist auferstanden! Er ist wahrhaftig auferstanden! Und er wird zurückkehren! Also komme, Herr Jesus, komme! Marana tha!«

Die Viertelmillionen Pilger rasteten aus: »MARANA-THA! MARANA-THA! MARANA-THA!« Sie fingen in fast frenetischem, hypnotischem Gleichklang an zu schreien. Die Auswirkung war so ansteckend, so überwältigend, daß sogar Zweifler ihre Augen auf die Spitze richteten, um ein mögliches Leuchten des endlich wiederkehrenden Jesus zu erblicken.

Der Sprechgesang setzte sich mit donnernder Intensität fort. Alle Vögel und alle anderen Tiere auf dem Ölberg versteckten sich angsterfüllt. Die Atmosphäre selbst wurde so erwartungsvoll, so drängend, daß Jon und Shannon sich ebenfalls dabei erwischten, wie sie ihre Blicke auf die Spitze des Berges richteten. Jon fragte sich einen Augenblick lang, ob Gott wirklich so ganz anders wäre, ob folglich Merton und seine Anhänger recht und die »normalen« Christen unrecht hätten. Aber lediglich die Sonne der Natur erhellte die Bergspitze.

»Laß uns gehen, Liebste.«

Während sie zum Hotel gingen, bemerkte Shannon: »Ich wünschte, ich hätte Merton aufs Podium folgen können.«

»Ach so? Was hättest du dann der Menge erzählt?«

»Ich hätte einfach Jesus selbst in Hinblick auf seine Rückkehr zitiert: ›Von dieser Stunde und von diesem Tag weiß niemand.‹«

Jon lächelte und sagte: »Ein Student hat Martin Luther einmal gefragt, was er tun würde, wenn er erfahren sollte, daß Jesus am nächsten Tag zurückkommen würde. Der Student hatte erwartet, daß der gute Doktor in jener Nacht Buße tun würde, vielleicht in einem weißen Gewand gekleidet. Luther aber antwortete nur: ›Ich würde einen Apfelbaum pflanzen.‹«

»Was in aller Welt wollte er damit sagen?«

»Nun, der Baum war zufällig für den nächsten Tag geplant, und Christen sollten keinen Lebenswandel haben, der ein ›weißes Gewand‹-Szenario nötig macht.«

Sie lächelte.

An diesem Ostersonntag kehrte Jesus von Nazareth nicht leibhaftig auf die Erde zurück.

Kapitel 20

Unmengen von Briefen, an das Ramapersonal und die wissenschaftlichen Gremien gerichtet, trafen aus aller Welt ein. Manche drängten darauf, Phase III sofort abzubrechen, weil sie offensichtlich in Hinblick auf die »schreiende Echtheit Ihrer Funde« nur eine Zeitverschwendung war. Andere boten Vorschläge hinsichtlich der Untersuchungsverfahren. Wiederum andere stützten sich auf irgendwelche Beweise, die scheinbar von allen übersehen worden sind. Bald hatte Jon einen aus allen Nähten platzenden Ordner, gefüllt mit dieser Art von Briefen, die solche ›Fehler‹ enttarnten wie:

** Aramäisch und Griechisch wären nicht beide auf Josefs Sarkophag. (Falsch: Aus dieser Epoche stammen viele Inschriften dieser Art.)*

* *Das Titulus war lediglich eine bemalte Tafel – es wurde kein Pergament dafür verwendet. (Nichts in den Evangelien schließt aus, daß eine Tafel nicht auch mit Pergament gefertigt werden kann. Die ›Überraschung‹ trug viel eher zur Glaubwürdigkeit bei.)*

* *Das Johannesevangelium erzählt davon, daß die Grabtücher im Grab in Jerusalem zurückgelassen wurden. Wenn Josef die Leiche entfernt hätte, hätte er diese nicht zurückgelassen. (Wenn, was wahrscheinlich erscheint, sie von den Wunden Christi beschmutzt waren, hätte er dies schon getan. Er hätte vielleicht auch die äußeren Umhüllungen zurückgelassen.)*

* *Der Papyrus behauptet einmal, daß Jesus später als 30 n. Chr. gekreuzigt wurde. (In der Tat, das Datum war viel eher 33.)*

* *Josef hätte nicht noch einen Sabbat abgewartet, um Jesus wieder zu beerdigen, wie im Papyrus behauptet wird, und zwar wegen der Leichenzersetzung. (Den Überresten waren Gewürze aufgetragen worden. Eine Reise am Sabbat hätte viel Aufmerksamkeit auf sich gezogen.)*

Weiter ging es mit dem einfachsten, dem Glauben entsprungenen Fehler:

* *Jesus ist vom Tode auferstanden. Wie können dies dann seine Knochen sein?*

Ein weitere, vollgestopfte Akte enthielt Beschwerdebriefe. Die Ältesten einer Reihe von unabhängigen Baptistengemeinden aus dem Süden der Vereinigten Staaten fragten, weshalb kein Vertreter ihrer Organisation – die immerhin mehrere hundert Mitglieder zählte! – nach Jerusalem eingeladen worden war. Afro-asiatische Theologen fühlten sich vernachlässigt. Mehrere Klagen wurden gegen Jennings, Jon und die anderen Mitarbeiter eingereicht, weil sie den Glauben einer Person untergraben hätten, die sich anschließend das Leben genommen hatte. Wie nicht anders zu erwarten, waren manche Briefe besonders bösartig, andere gar ausgesprochen derb. Und das freundliche Begleitschreiben, das den Anmeldeformularen der

Stiftung der Freidenker beilag, reichte kaum aus, um diese zu kompensieren.

Was Jon am meisten betrübte, war ein langer, vertraulicher Brief von Kevin Sullivan: Der Papst hatte ihn mit dem Auftrag einer Schadenseinschätzung in die Vereinigten Staaten geschickt. Sein Bericht war niederschmetternd. Alle Kirchenstatistiken waren dabei, in den Keller zu sacken, von den Besucherzahlen bis zu den Spenden. Sonntagsschulen und Konfirmandenunterrichte leerten sich, während christliche Schulen sogar schließen mußten. Sullivan schrieb:

»Mir war es niemals klar, wie zerbrechlich das öffentliche Feiern der christlichen Religion war. Die Zwischenfälle mehren sich. In Kalifornien wollte Robert Schuller zu einer seiner Predigten in der Crystal Cathedral ansetzen. Er trug noch das selbstsichere Grinsen und versicherte den Gläubigen, daß das ›Denken in Möglichkeiten‹ noch existiere. Plötzlich dröhnte eine donnernde Stimme aus dem Lautsprecher: ›Die Möglichkeit besteht darin, daß das Christentum eine Fälschung ist und Sie ein Betrüger sind!‹ Das wurde in der ganzen Nation ausgestrahlt ... Am gleichen Sonntag, während der Organist in der Riverside Kirche in New York ein Präludium von Bach spielte, nahm jemand eine Axt und schlug damit auf den Blasebalg der Orgel ein. Dadurch tönte ein entsetzliches Geräusch sterbender Musik durch die heiligen Hallen.«

Jon legte den Brief weg und murmelte: »Der verlorene Akkord? Oder das Pfeifen des Todes?«

War es Zufall, daß die herrliche Nachricht am längsten Tag des Jahres eintraf? Die Welt sollte sich an diesen Augenblick erinnern! Am Morgen des 20. Juni saßen Jon und Jennings im Hörsaal der Hebräischen Universität in Jerusalem. Sie wohnten einer Plenarsitzung der Theologischen Gremien bei, als ein Laufbursche den Gang hinunter kam und ihnen einen Brief aushändigte. Er trug das Siegel eines Erzbischofs und war vom lateinischen Patriarchen Jerusalems unterzeichnet.

»Mein sehr verehrter Professor Jennings, mein sehr verehrter Professor Weber,

mit großer Freude möchte ich Ihnen bekannt geben, daß ein über alle Zweifel erhabener Beweis der Falschheit der Höhlenartefakte aus Rama von Pater Claude Montaigne gefunden wurde. Er wird morgen um 14 Uhr in der Empfangshalle des lateinischen Bischofspalastes eine öffentliche Stellungnahme zu den Funden abgeben. Sie und Ihre werten Kollegen an dieser Untersuchung sind herzlich dazu eingeladen.

Ihr ergebener Diener in Christus *Umberto Cervantes*
Archepiscopos Ierusalemi

Jennings wurde kreidebläß und starrte Jon an, der auch erschüttert war, weil er die dümmste Frage seines Lebens stellte: »Was sollen wir tun, Austin?«

»Geben Sie es bekannt, natürlich!«

Jon schritt zum Mikrofon, unterbrach die Besprechung und las den Brief laut vor.

Eine Decke des Schweigens legte sich über den Hörsaal. Dann brach Chaos los.

Am nächsten Nachmittag platzte die Empfangshalle des lateinischen Bischofspalastes, Sitz des Erzbischofs von Jerusalem, vor lauter Wissenschaftlern und Medienvertretern aus allen Nähten. Lampen und Fernsehkameras säumten die äußeren Wände, und jeder Stuhl im Haus, das sich in der Nähe des Jaffa-Tores befand, war seit dreizehn Uhr schon besetzt. Hunderte flehten noch draußen um Erlaubnis, eintreten zu dürfen. Jennings, Brampton, Shannon und Jon hätten sich niemals Zutritt verschaffen können, hätte der Patriarch nicht für Sie in der ersten Reihe Plätze reservieren lassen.

Pünktlich um 14 Uhr schritt Claude Montaigne in die Aula. Der klein geratene Dominikaner wurde erst vom Erzbischof vorgestellt, dann begann er mit einer vorbereiteten Stellungnahme. Seine Hände zitterten ein wenig, als er sein Manuskript auf das Rednerpult des Podiums legte und laut vorlas:

»Mit der größten Freude möchte ich Ihnen bekannt geben, daß der Rama Papyrus eine Fälschung ist. Es wurde von einer gottlosen Person verfaßt, die eine große Beherrschung der aramäischen Sprache besitzt, aber die der Heiligen Christlichen Kirche eine tödliche Wunde zufügen wollte. Möge Gott in seiner Gnade dieser Person für das vergeben, was er getan hat ... weil ich es nicht zu tun vermag.«

Nicht mehr Herr seiner Emotionen, hielt Montaigne für einen Augenblick inne. Dann faßte er sich wieder und las weiter:

»Nach Monaten, in denen ich das Dokument studiert habe, fielen mir allmählich winzige Fehler in Syntax und Grammatik auf, die eine Person mit dem Bildungsniveau eines Josef von Arimathäa nicht gemacht hätte. Die Länge des Dokuments kam mir auch problematisch vor, ebenfalls sein vom Glück allzusehr gesegneter ›Erhaltungszustand‹ und die unwahrscheinlichen, atmosphärischen Bedingungen in der Höhle von Rama, die irgendwie trocken genug waren, um sowohl das sogenannte Titulus, als auch den Papyrus zu ›erhalten‹.

In der Summe handelt es sich hierbei um eine meisterhafte Fälschung, aber dennoch um eine Fälschung. Mein einziges Gebet ist, daß die Welt so bald wie möglich von dieser Täuschung erfährt, damit dem sinnlosen Leiden ein Ende gesetzt werden kann. Die gräßlichen Berichte von der Verzweiflung unter den Gläubigen, von Nervenzusammenbrüchen, Selbstmorden, vom Verlassen der religiösen Berufung und vom Sittenverfall besonders in den westlichen Ländern, müssen ein Ende haben. Ich bitte Sie in dieser edlen Sache, meine sehr verehrten Damen und Herren der Presse, um Ihre tatkräftige Mithilfe.

Ich werde nun versuchen, Ihre Fragen zu beantworten.«

Manche Mitglieder des Pressekorps waren bereits zu den Telefonen nach draußen geeilt, als Jon sich zu Jennings lehnte und flüsterte: »Das soll's gewesen sein?«

Aber Jennings hatte bereits seine Hand gehoben. Der silberhaarige, weise aussehende Mann erkannte ihn, und Jon wurde klar, daß es eigentlich das erste Mal war, daß Montaigne direkt zu ihnen herüber schaute. Ganz anders die Kameramänner: Sie hatten die ganze Zeit ihre mit Zoomlinsen ausgestatteten Fernsehkameras auf sie gerichtet, um die Reaktionen auf jede Silbe des Auftritts von Montaigne festzuhalten.

»Ach, Père Montaigne«, Jennings Stimme stockte. Er räusperte sich und versuchte es nochmals: »Père Montaigne, von welchen ›winzigen Fehlern in Syntax und Grammatik‹ im Dokument reden Sie denn genau? Wir haben einen Kongreß der weltbesten Sprachwissenschaftler damit betraut, das Dokument zu prüfen. Bislang sind keine Fehler entdeckt worden.«

»*D'accord*, Professor Jennings. Ich habe die Fehler anfangs auch nicht bemerkt. Nachdem ich es aber weiter studiert hatte, konnte ich das . . . Ja,«

»Äh, bevor Sie eine weitere Frage beantworten, Père Montaigne«, unterbrach ihn Jennings, »wären Sie bitte so nett, ein paar Beispiele dieser ›Fehler‹ zu liefern?«

Montaigne wurde sehr aufgeregt und seine Hände begannen wieder zu zittern. »Das sind doch viel zu technische Fragen, um sie hier und jetzt zu besprechen. Vielleicht können wir das nachher tun . . . Ja?«

Eine wahre Flut an Fragen folgte nun. Alle wollten wissen, wie man verschiedene andere Aspekte von Rama hätte fälschen können, und Montaigne antwortete mit Szenarien, die denen von Berthoud in vielen Faktoren ähnlich waren.

Montaigne wollte gerade abschließen, als Jennings erneut die Hand hob. »Bitte, Père Montaigne, geben Sie uns etwas, womit wir uns rumschlagen können. Professor Weber und ich hätten gerne eine Ungereimtheit oder einen Fehler im Papyrus gewußt.«

Der spitze, weiße Bart unter dem Kinn des Dominikaners fing an zu zittern, seine Augen füllten sich mit Tränen. »In Ordnung. Ich werde es Ihnen sagen. In der Tat, ich werde sogar noch mehr tun. Ich habe nicht nur die Fälschung entdeckt, sondern . . . *den Fälscher selbst!* Ich werde den Namen des Fälschers nennen.«

Die allgemeinen Geräusche in der Aula senkten sich sofort

zu einer schweren, fast todesähnlichen Stille. Hektisch blickte Montaigne um sich und hielt das Rednerpult mit beiden Händen fest, um deren Zittern zu unterbinden. »Der Fälscher, möge ihm Gott verzeihen – weil ich es nicht kann – der Schuft, der der Kirche und allen anderen dieses Leid zugefügt hat ... ist ... *bin ich selbst!*«

Absolute Stille herrschte. Dann brach das Chaos los. Der lateinische Patriarch hielt seinen Kopf in den Händen, während er sich hin und her wiegte. Jon starrte Jennings und Shannon ungläubig an. Er suchte verzweifelt nach Worten und fand sie dann schließlich: »Unglaublich, Austin! Das würde tatsächlich erklären, weshalb das Aramäische im Papyrus so perfekt ist, nicht wahr? Montaigne ist der einzige, der diese Sache hätte durchbringen können.«

»Unglaublich!« seufzte Jennings kopfschüttelnd.

Unzählige Hände schossen in die Höhe und flehten um Aufmerksamkeit. Schmuel Sanderson von der Presseagentur *AP* schaffte es, zu Wort zu kommen mit der selbstverständlichsten aller Fragen: »Warum haben Sie es getan, Dr. Montaigne? Was waren Ihre Motive?«

»Ganz einfach: Ich habe den Glauben verloren, schon vor Jahren. Ich war der festen Überzeugung, daß die Welt ohne die Fesseln der Religion viel größere Fortschritte machen würde. Sie erinnern sich, was die mittelalterliche Kirche mit Galileo anstellte? Mit subtileren Mitteln hat sie den Fortschritt von Wissenschaft und vom Wissen überhaupt seither verlangsamt. Der Glaube hat den Menschen so blind gemacht, daß sie dachten, daß die Welt erst ein paar tausend Jahre alt sei, anstatt Milliarden. Die Wahrheit der Evolution hat man verworfen. In Amerika, so habe ich erfahren, hat der Druck von Fundamentalisten dazu geführt, daß manche Schulbücher sogar die Existenz von Dinosauriern verleugnen, obwohl ihre großen Knochen überall in den Museen zu bestaunen sind ... Ja?«

»Renée St. Michel, *Figaro*. Aber warum, Père Montaigne, haben Sie Ihre Meinung geändert und alles zugegeben?«

»Ich hatte das Ganze aus rein wissenschaftlichen Gesichtspunkten gesehen. Mir war nicht klar, wieviel ... Leid dadurch ausgelöst werden könnte. Die Reaktion, besonders innerhalb der Kirche, war viel, viel schlimmer, als ich es mir je erträumt hätte. Ich konnte es nicht mehr ertragen.«

Jons Hand schoß in die Höhe. »Père Montaigne, ich werde Ihre Bitte um vertrauliche Behandlung weiterhin respektieren, indem ich es mir verkneifen werde, Details des Gespräches preiszugeben, das wir vor einigen Monaten im Seven Arches Hotel führten. Ich möchte nur, daß Sie es sich wieder ins Gedächtnis rufen, und ...«

»Meinen Sie, als ich versucht habe, den Papyrus für fünfzehn Millionen Dollar zu kaufen? Mir ist es egal, wenn die Öffentlichkeit das weiß. Sie wollen natürlich wissen, weshalb ich den Papyrus mit der Absicht, ihn zu zerstören, kaufen wollte? Lautet so Ihre Frage?«

»In der Tat, ja.«

»Zu der Zeit wollte ich immer noch die ganze Welt täuschen. Das war eine rein psychologische Täuschung, ein Betrug sozusagen. So sollten Sie glauben, daß der Papyrus echt sei. Ich wußte doch, daß Sie ihn niemals verkaufen würden.«

Jon fühlte sich wie ein Fisch, in dessen Mund nicht nur der Angelhaken steckte, sondern an dessen anderem Ende auch noch kräftig gezogen wurde. Der kühne, kleine Geistliche hatte es tatsächlich geschafft, ihn und den Rest der wissenschaftlichen Welt zum Narren zu halten.

Jennings winkte mit der Hand. »Ich mag es nicht, Monsieur Montaigne – so werde ich Sie fortan nennen, da Sie ja Schande über das Priestertum gebracht haben –, daß ich mich wie eine Platte anhöre, die hängengeblieben ist, aber es sind viele Gelehrte heute anwesend. Ich muß also wirklich darauf bestehen, daß Sie uns sagen, in welcher Hinsicht der Papyrus Fehler aufweist. Wenn Sie der Fälscher sind, weshalb haben Sie das heute nicht gleich bekanntgegeben, anstatt das Aramäische anzutadeln?«

»Ich wollte mich selbst vor der Verlegenheit schützen. Aber, wenn Sie es so wollen ... lassen Sie mich die Tatsache der Fälschung unter Beweis stellen. Als ich den Papyrus vor Jahren schrieb, schnitt ich absichtlich einen Teil vom unteren Ende ab - eine Art Schlüssel, um die Fälschung für den Fall zu beweisen, daß ich es mir anders überlege. In dieser goldenen Kiste bewahre ich den Teil auf.« Er hielt sie hoch, damit alle sie sehen konnten. »Ich schlage vor, daß wir alle zusammen zum Rockefeller Museum fahren, um es mit dem Papyrus zu vergleichen, ja?«

Eine lange Kavalkade von Gelehrten, Priestern, Mönchen, Patriarchen, Bischöfen und Journalisten – wie eine Art umgekehrter Karfreitagsumzug – marschierte aus dem lateinischen Bischofspalast und bog in Richtung des Rockefellers nach Osten ab. Jon und Shannon eilten voraus, um Nikos Papadimitriou auf die Belagerung vorzubereiten. Nachdem alle, die es geschafft hatten, sich hereinzudrängen, in der Eingangshalle des Rockefellers standen, ließ Jon Nikos den Papyrus zu einem von Wachmännern umzingelten Tisch bringen. Dann bat er Montaigne zu sich. Dieser öffnete die kleine, goldene Kiste und zog das winzige Papyrusteilchen mit einer wattegepolsterten Pinzette heraus. »Wollen Sie nicht die Glasplatte vom Papyrus entfernen?« fragte er.

»Ja, aber lassen Sie uns zuerst sehen, ob der Teil annähernd passend ist«, sagte Jon. »Legen Sie ihn auf die Oberfläche der Glasplatte, wenn ich bitten darf.«

»In Ordnung.« Montaigne legte den Teil direkt auf einen rechteckigen Abschnitt am unteren Ende des Papyrus.

Jon und Jennings starrten das Teil genau an. Tatsächlich schien es zu passen.

»Gehen Sie bitte einen Schritt zurück«, sagte Jon zu Montaigne. »Ich werde die Platte jetzt entfernen und das Stück Teil einlegen.« Vorsichtig hob er die Glasplatte hoch und schob den Papyrusschnipsel langsam an seinen Platz. Er und Jennings prüften es anschließend aus verschiedenen Blickwinkeln und unter starkem Licht sehr genau mit einer Lupe.

Jon wandte sich zur versammelten Menge um und sagte: »Das Fragment ist ein abgebröckeltes Stück des Papyrus und hat die gleiche Farbe und stoffliche Beschaffenheit wie das hier vorliegende Dokument. Es paßt auch genau. Ich gehe also davon aus, daß Dr. Montaigne in seinem Geständnis die Wahrheit gesagt hat, und daß das ›Josef Papyrus‹ eine Fälschung ist.«

Ein ohrenbetäubendes Geschrei fegte durch die Halle. Die Geistlichen fingen an, Freudentränen zu vergießen und umarmten sich in entrückter Verzückung. Jemand fing an, Gott zu lobpreisen, und alle schlossen sich ihm an:

Lobet den Herren, der uns reich segnet.
Lobet Ihn, alle Kreaturen dieser Erde.
Lobet Ihn in der Höhe, Ihr himmlischen Geschöpfe.
Lobet den Vater, den Sohn und den Heiligen Geist!

Die Medienvertreter stürmten aus dem Rockefeller, Fernsehteams sprangen in ihre wartenden Busse. Die Welt sollte nicht lange auf die bewegende Nachricht warten müssen.

Den Kopf vor Scham gesenkt und mit tränenüberströmten Wangen, wandte sich Claude Montaigne zu den Ausgrabungsmitarbeitern um: »Ich werde es nicht einmal versuchen, Sie um Vergebung zu bitten, *mes amis*, wenngleich ich darum ersuchen möchte. Ich hoffe nur, daß Sie mit der Zeit ... vielleicht sogar eine Antwort finden werden auf das, was ich zu tun gedachte, egal wie sehr ich versagt habe.«

Niemand sprach. Montaigne fuhr fort: »Dürfte ich ... mein Papyrus und den Abschnitt wiederbekommen?«

»Weder das eine noch das andere dürfen Sie haben«, antwortete Jennings mit gleichmäßiger Stimme. »Guten Tag, *Monsieur* Montaigne.«

Der zur Einsicht gebrachte Geistliche verbeugte sich und ging in Begleitung seiner dominikanischen Vorgesetzten weg.

Gerade als sie das Rockefeller verlassen wollten, quälten Jon plötzlich ein paar Gedanken. »Ich frage mich, ob ich mit meiner Äußerung nicht etwas voreilig war, Austin«, sagte er. »Wir haben den Abschnitt nicht sehr wissenschaftlich untersucht oder?«

»Eigentlich nicht.«

Jon runzelte die Stirn und dachte über die sich überschlagenden Ereignisse jenes so unwahrscheinlich erscheinenden Nachmittags nach. Dann wandte er sich um: »An Ihrer Stelle, Nikos, würde ich alle Seiten des Abschnittes unter einem Mikroskop prüfen. Die Lücke im Papyrus ebenfalls. Prüfen Sie, ob es genauso aussieht, wie der Rest der unteren Papyrusseite.«

»Das hatte ich auch auf jeden Fall vor«, sagte Nikos lächelnd. »Ich werde Ihnen die Ergebnisse telefonisch mitteilen ... wahrscheinlich heute noch.«

»Was geht Ihnen durch den Kopf, Jon?« fragte Jennings.

»Nur ein Gedanke. Nikos wird daran wahrscheinlich nichts Falsches finden, aber in dieser Sache haben wir bisher alle Haare fünfmal gespalten, nicht wahr?«

»Das stimmt schon!«

Sobald sie nach Ramallah zurückgekehrt waren, ließ sich Jon von Dick Cromwell die Bilder des Papyrus geben. Jon studierte den scharfen Hochkontrastabzug, der von Wissenschaftlern in der ganzen Welt verwandt worden war. Die rechteckige Lücke war auf der rechten Seite des unteren Endes deutlich sichtbar.

»Seltsam, mir war es bisher nicht aufgefallen«, sagte Shannon. »Nun kann man es überhaut nicht übersehen.«

»Nun, das gesamte untere Ende ist abgebrökelt und ungleichmäßig«, sagte Jennings. »Es gab keinen Grund, weshalb es uns auffallen sollte.«

»Scheint aber Montaignes Geschichte zu belegen, nicht wahr?« sagte Cromwell.

»Dick, ich habe Sie schon mindestens ein Dutzend Mal gefragt, ich weiß«, sagte Jon. »Und Sie haben mir ein Dutzend Mal eine Antwort gegeben – und zwar immer die gleiche. Trotzdem: Wie zum Teufel konnte der Idiot von der Presseagentur ein Bild wie dieses finden, das angeblich offen in Ihrem Labor herumlag?«

»Um Gottes Willen, Jon! Ich hab's Ihnen doch gesagt: Ich habe nichts im Labor liegenlassen! Und bevor ich in die Staaten flog, habe ich es wie einen Hochsicherheitstrakt verriegelt!«

»Meinen Sie, daß Montaigne etwas damit zu tun hatte? Ist er schon in dem Labor gewesen?«

»Das bezweifle ich«, antwortete Jennings. »Seine Arbeit hat er entweder in der École oder im Rockefeller gemacht.«

Der Telefon klingelte und Jon ging ran. »Ja ... Nikos. Was haben Sie?« Für einige Zeit hörte Jon intensiv zu. Dann sagte er: »Gute Arbeit, Nikos. Gute Arbeit! Ich danke Ihnen sehr!« und legte auf.

»Nun?« verlangte Shannon.

»Nikos sagt, daß alle Ecken in der Lücke zwischen dem Teilchen und dem Papyrus Spuren aufweisen, daß sie frisch geschnitten worden sind. Die Ränder sind, im Vergleich zu den anderen Seiten, die unregelmäßig und abgebrökelt sind, sauber und zusammengedrückt.«

»Wäre das aber nicht auch zu erwarten gewesen, da Montaigne zugab, es geschnitten zu haben?« fragte Shannon.

»Nein. Montaigne hat behauptet, es vor Jahren getan zu haben. In dieser Zeit, meint Nikos, wären die Seiten normalerweise noch größer geworden, besonders nach der Befeuchtung.«

»Wann hätte Montaigne es dann herausschneiden können?« fragte Brampton. »Offensichtlich fehlte der Teil schon, als wir den Papyrus fanden.«

Niemand wußte darauf eine Antwort. Jennings trommelte mit den Fingern auf den Tisch. »Stimmt das?« fragte er schließlich. »Wissen wir wirklich, daß der Teil schon fehlte, als wir den Papyrus fanden?«

»Wartet mal!« schrie Jon. »Das ›offizielle‹ Foto ist nicht das früheste Bild. Überhaupt nicht! Dick, wo sind die ersten Bilder, die Sie gemacht haben, als der Papyrus noch zum Teil aufgerollt war? Sie wissen schon, Sie haben es aus vier verschiedenen Blickwinkeln aufgenommen.«

»Nun, sie waren, im Vergleich zu diesem, etwas unscharf, also warf ich sie weg.«

»Verdammt, ich hoffe sehr für Sie, daß Sie einen Witz machen!« fuhr Jon ihn an.

»Natürlich tu ich das«, lachte Cromwell und ging zum Fotolabor. Er kehrte mit dem richtigen Ordner zurück. Jon durchblätterte ihn schnell, an den drei Bildern der Oberkante des Papyrus vorbei, bis er zu denen des unteren Viertels kam.

»Das halte ich im Kopf nicht aus!« rief er. »Schaut her, alle.« Er deutete auf etwas. »Dort. Keine Lücke! Das Teilchen war noch nicht abgeschnitten!«

»Wann also hatte Montaigne Zugang zum Papyrus, um seine schmutzige Arbeit zu verrichten?« fragte Shannon.

»Wir haben ihn stets begleitet«, sagte Jennings kopfschüttelnd. »Weiß Gott, wann er es getan hat.«

»Und . . . wir auch, denke ich«, sagte Jon mit einer sich ständig aufheiternden Miene. »Erinnern Sie sich an den Termin, den wir mit Montaigne im Rockefeller hatten, nachdem wir vom Sinai zurückkamen?«

»Oh! Ja, natürlich! Der Gauner schaute sich den Papyrus klammheimlich und allein an!« sagte Jennings.

»Geht nicht, Leute«, sagte Cromwell. »Ich hatte schon längst davor die offiziellen Bilder gemacht, und sie zeigen, daß das Teil fehlt.«

»Verdammt! Sie haben recht, Dick«, stimmte Jon zu.

Jennings versuchte in der Zwischenzeit, Nikos anzurufen. Aber weder zu Hause noch im Labor ging jemand ans Telefon. »So ein Mist!« fluchte Jennings. »Er ist wahrscheinlich mit seiner Familie übers Wochenende weggefahren.«

Nach einem frustrierenden Samstag und Sonntag, die völlig damit gefüllt waren, die Medien abzuwehren, erreichten sie Papadimitriou schließlich am Montagmorgen. »Wir müssen eine wichtige Frage an Sie richten, Nikos«, sagte Jennings. »Denken Sie bitte zurück an die Zeit, als wir Ihnen den Papyrus zum ersten Mal brachten und an die darauffolgenden Tage. Nun, gab es in dieser Periode eine Zeit, in der Montaigne mit dem Papyrus alleine war?« Jennings legte seine Hand über den Hörer und flüsterte: »Er denkt nach.«

»Wie bitte? ... Sie meinen, daß es beim ersten Mal war, als wir es ihm zeigten? Er tat was? ... Nachdem Jon gegangen war, kam er zurück ins Labor? ... Nun, ich danke Ihnen, Nikos. Damit haben wir die Sache gelöst.«

Die Gegenüberstellung fand in dem privaten Wohnbereich des lateinischen Patriarchen von Jerusalem statt. Anwesend als Zeugen waren die fünf aus Rama, die Direktoren des Albright Instituts, der Britischen Schule der Archäologie und der École Biblique. Außer dem lateinischen Patriarchen selbst und seinem Sekretär waren auch der Abt der Dominikaner in Israel und Claude Montaigne anwesend. Aus Rücksicht auf den lateinischen Patriarchen waren die Medien und die Öffentlichkeit nicht eingeladen worden. Kevin Sullivan wurde als persönlicher Stellvertreter des Papstes jeden Augenblick auf dem Flughafen Ben Gurion erwartet. Die traurige Verpflichtung, Sullivan anzurufen und ihm zu übermitteln, daß die bewiesene Fälschung sich kaum für lange Zeit jener Bezeichnung als würdig erwiesen hat, war an Jon haften geblieben.

Umberto Cervantes, ihr Gastgeber, war eine große Person mit einem offenen Gesicht, elegant gekrönt von einer schneeweißen Haarpracht und smaragdfarbenen Augen. Er war ein aufrichtiger, ehrlicher Mann und ein erfolgreicher Verwalter. Der lateinische Patriarch wußte nicht, weshalb ihm Jennings Gruppe einen weiteren Besuch abstatten wollte. Vielleicht, so meinte er, um weitere Einzelheiten über die Motive des nun in Schande lebenden Dominikaners in Erfahrung zu bringen.

Da der späte Nachmittag nun gekommen war, bestellte der Patriarch Tee für die Gruppe und bat Jennings darum, die Diskussion zu eröffnen. Jennings fing an, unterbrach aber noch einmal, als der Tee eingeschenkt wurde. Kaum waren die Zitronenscheiben und Zuckerwürfel verteilt, ergriff Jennings erneut das Wort, und ließ Cervantes aufhorchen mit der Nachricht, daß Montaigne hinsichtlich des Teilchens gelogen hatte. In diesem Augenblick platzte Kevin Sullivan herein. Nach einer kurzen Begrüßung bekam dieser eine Zusammenfassung des bisherigen Gesprächs. Jon händigte ihnen dann das von Cromwell fotografierte Orignialbild des Papyrus aus, das keine Lücke zeigte, zusammen mit weiteren Bildern, auf denen der Schnitt zu sehen war.

Claude Montaigne blieb in Schweigen gehüllt. Er saß stocksteif auf seinem Stuhl und starrte den orientalischen Teppich des Patriarchen an. Cervantes verlangte eine Antwort von ihm. Er antwortete nicht.

»Ich bitte Sie nochmals, Père Claude, äußern Sie sich zu diesen Vorwürfen! Als Ihr geistlicher Vorgesetzter befehle ich Ihnen, zu antworten.«

Sekunden des Schweigens verstrichen. Schließlich krallte sich Montaigne fest an die Armlehnen seines Stuhls und schaute die Gruppe zum ersten Mal an: *»Oui«*, flüsterte er. Dann mit einer etwas festeren Stimme: »Ich schnitt den Teil erst im Rockefeller Museum ab und nicht schon Jahre davor.«

»Haben Sie auch gelogen, als Sie behauptet haben, den Papyrus gefälscht zu haben?« fuhr der Patriarch mit wachsendem Druck fort.

»Der Papyrus ist sicherlich eine Fälschung«, antwortete er. »Die falschen Nuancen in Grammatik und Syntax, die . . .«

Montaigne fuhr mit einem langen und an Glaubwürdigkeit stetig abnehmenden Monolog fort, der sich mit winzigen Punkten der Grammatik befaßte. Schließlich wurde auch ihm die Hoffnungslosigkeit seiner Situation klar. Er warf die Hände in die Höhe und sprach: »In Ordnung, ich höre auf. Äh . . . wie war Ihre Frage, Euer Exzellenz?«

»Haben Sie gelogen, als Sie behaupteten, den Papyrus gefälscht zu haben?«

»Nun ... ja, *ich* habe ihn nicht gefälscht. Ich habe aber keine Zweifel, daß ...«

»Warum?« brüllte Jon. »Warum haben Sie – einer der weltbesten Sprachwissenschaftler – der alle Vorzüge der Welt der Wissenschaft genossen hat – warum haben Sie beruflichen Selbstmord begangen und sich als Fälscher denunziert? Sie sind in der Gesellschaft der Gelehrten unten durch, Montaigne! Niemand wird sich noch mit Ihren Schriften befassen! Wie konnten Sie das tun?«

Montaigne blieb einige Augenblicke lang still. Dann lächelte er zaghaft und sagte: »Die größte meiner Lügen war die, daß ich meinen Glauben verloren habe. Vor meinem Herrn und in Ihrer Anwesenheit, sage ich, daß ich das nicht getan habe! Und wenn Jesus sein Leben für mich opfern konnte, dann war es das wenigste, was ich tun konnte: Meine Gelehrsamkeit für den Erlöser zu opfern! Ach, welch glückliches Opfer!«

Nun waren die anderen an der Reihe, still zu bleiben. Alle schienen seltsam berührt. Shannon hatte Tränen in den Augen. Jetzt war es an Jon, den orientalischen Teppich zu studieren.

Montaigne fuhr fort: »Die Kirchenglocken in der ganzen Welt läuten, *mes amis!* Jesus ist zurückgekehrt! Die Menschen haben wieder Glauben, Liebe und Hoffnung! Die ersten Berichte erzählen von vollen Kirchen, vollen Kathedralen. Als der Heilige Vater gestern ein *Te Deum* sprach, daß die Fälschung als solches enttarnt worden ist, versammelten sich eine halbe Million Menschen vor der Peterskirche. Werden Sie nun – können Sie – diesen neu gefundenen Glauben aus dem Leben der Menschen reißen? *Können Sie das?*«

Erneut blieben sie eine Antwort schuldig.

»Alles, worum ich bitte, meine Kollegen, ist, daß wir der Welt ihr Christentum zurückgeben, weil es *wahrlich* eine ›Lehre der Hoffnung‹ ist – das einzige, was dieser böswillige Fälscher richtig sagte.«

Das Schweigen schlug Ihnen erneut entgegen, bis der Gastgeber einfach meinte: »Warum ziehen wir uns nicht für eine kurze Zeit zurück, meine Freunde. Ich werde mehr Tee bestellen. Vielleicht treffen wir uns wieder in einer halben Stunde?«

Die fünf aus Rama gingen auf den Balkon mit Blick auf Jerusalem, wo Kevin Sullivan sich Ihnen anschloß. Sie starrten gen Osten über die Dächer und Kuppeln, Glockentürme und Minarette der Altstadt hinweg, hinüber zum sich verdunkelnden Gold der über dem Ölberg untergehenden Sonne.

»War es gestern in Rom genauso, Kevin?« fragte Jon mit leiser Stimme.

»Ja. Ich habe versucht, den Papst mit deinem neuen Einwand zu erreichen, konnte es aber nicht. Die italienischen Gläubigen sind außer sich vor Freude.«

»Denken Sie, daß wir es tatsächlich für jetzt durchgehen lassen sollten?« fragte Jennings. »Unsere Arbeit heimlich fortsetzen? Weg von dem grellen Schein des öffentlichen Interesses?«

»So wäre es jedenfalls einfacher!« stimmte Brampton zu.

»Was denkst du gerade, Jon?« fragte Shannon.

»Ich . . . weiß es nicht. Es wäre der erste falsche Schritt in dieser ganzen, unwahrscheinlichen Affäre.« Während sein Blick über die Altstadt streifte, kam ihm plötzlich und ohne Zusammenhang das Motto von Harvard in den Sinn: VERITAS – Wahrheit. *Aber die Yale Typen kleben immer noch an* LUX ET VERITAS, dachte Jon, *ihr ›Licht und Wahrheit‹. Wahrheit reicht. Licht ohne Wahrheit ist kein Licht.* Kein böswilliger Fälscher war bisher enttarnt worden. Wahrscheinlich war sogar, daß er nicht einmal existierte. Denkbar war seine Existenz allerdings. In der Zwischenzeit aber durfte nichts – unabhängig davon, wie alt, bedeutend, herrlich oder kräftig es sein mag – der Wahrheit im Wege stehen, *niemals*, niemals. Die Wahrheit in der Vergangenheit, in der Gegenwart und in der Zukunft.

Jon wandte sich zu den anderen um: »Unabhängig davon, wie Sie sich entscheiden, ich werde Montaignes Plan nicht zustimmen.«

Während sie wieder hineingingen, spürte Jon einen Arm um seine Schultern. »Ich auch nicht, mein Freund«, sagte Kevin.

»Egal wie weh es tut.« Die anderen stimmten auch zu. Mit Nachdruck.

»Wir sind zu einem einstimmigen Entschluß gekommen, Euer Exzellenz«, sagte Jon, als sie sich wieder versammelten. »Die Wahrheit geht vor. Eine falsche Fälschung zuzugeben, egal wie passend es sein mag, würde es zu einem späteren Zeitpunkt schwieriger machen, eine tatsächliche Fälschung aufzudecken, falls das der Fall sein sollte. Die Wahrheit muß siegen – egal wie hoch der Preis dafür ist. Unsere Kollegen, die verehrten Direktoren der archäologischen Institute Jerusalems, würden nichts anderem zustimmen. Der Vertreter des Papstes wird nichts anderem zustimmen, und . . .«

»Ich auch nicht«, sagte der dominikanische Abt.

»Ich auch nicht«, sagte der lateinische Patriarch. »Bruder Montaigne, wenngleich wir mit Ihren Motiven . . . sympathisieren, können wir die Mittel, die Sie eingesetzt haben, um ihr Ziel zu erreichen, nicht begrüßen. Wir müssen Sie deshalb Ihrer priesterlichen Aufgaben entheben und Sie in die Verantwortlichkeit Ihrer dominikanischen Vorgesetzten übergeben. Bis auf weiteres dürfen Sie unter keinen Umständen predigen, lehren oder Schriften veröffentlichen. Wir werden alle für Sie beten, da bin ich mir sicher.« Dann wandte er sich um und fragte: »Und nun, meine verehrten Professoren, wollen Sie eine öffentliche Stellungnahme für die Presse schreiben? Oder soll ich das tun?«

»Wir wären glücklich, wenn wir Ihnen diese Aufgabe überlassen könnten, Euer Exzellenz«, sagte Jennings.

Es schien wie ein besonders grausamer Streich, den sie mit der Welt gespielt hatten. Überwältigende Erleichterung und überschwengliche Freude an einem Tag, eine Rückkehr zu den Tiefen der Verzweiflung am nächsten.

Frustration, Wut und bittere Ablehnung kochten in verschiedenen Ecken der Erde über. Manche nahmen den leichten, billigen, offensichtlichen Weg, wie Melvin Merton und seine

Anhänger. Noch am Anfang der Woche hatten sie ihn als »den gesegneten Judas, der Buße tat«, gepriesen, am Ende jedoch verfluchten sie ihn als »Fäkalien des Widersachers«. »Seht ihr«, sagte Merton, »man kann keinem dieser Möchtegern-Gelehrten, dieser sogenannten Archäologen Vertrauen schenken. Sie haben alle einen Pakt mit dem Teufel!«

Kurz bevor er nach Rom zurückkehrte, aßen Kevin Sullivan und Jon auf der Dachterasse des Jerusalemer Hilton zu Mittag.

»Wann wird alles zu Ende sein, mein Freund?« fragte Sullivan. »Die Kirche versucht nun seit fast einem Jahr, mit einem Messer an der Kehle zu arbeiten.«

»Bis zum späten Sommer werden die Gremien ihre Arbeit abgeschlossen haben. Es sei denn, daß etwas Neues auftaucht, sonst ist es damit vorbei. Habt ihr an Johannes 20, Vers 26 gearbeitet? Unser neutestamentarisches Gremium hat es schon.«

»Ja, wir auch. Du willst also sagen, daß Rama echt ist? Keine Täuschung?«

»Ich sage nur, daß die Kirche sich gut auf diese Möglichkeit vorbereiten soll.«

»In Ordnung. Die Stelle im Johannesevangelium sagt, daß Jesus seinen Jüngern durch geschlossene Türen erschienen ist, er ging sozusagen durch die Wände. Nun, das sieht zumindest aus wie eine geistliche – statt einer körperlichen – Auferstehung. Vergiß aber nicht, wie sich die Szene fortsetzt: Jesus lud Thomas ein, die Wunden an seinen Händen und Füßen zu berühren.«

»Johannes sagt aber nicht, ob Thomas es tat, obwohl ich eher denke, daß er es tat.«

»Nichts als Haarspalterei! Was ist mit der Paralellerzählung im Lukasevangelium?«

»Ich weiß.« Jon streckte seine Hände aus. »Und Jesus sprach zu ihnen: faßt mich an, denn ein Geist hat nicht Fleisch und nicht Knochen, wie ihr seht, daß ich sie habe.«

»Danach aß er sogar ein Stück vom gekochten Fisch.«

»In Ordnung, Kevin. Da haben wir die zweite Stütze der

Ostererzählung, eine sehr körperliche Auferstehung. Und doch, wo waren seine Knochen, als er durch die Wände ging? Vielleicht hatte Paulus das im Sinn, als er seine herrliche Beschreibung im 1. Korinther 15 schrieb: Gerade wie Samen, der gesät wird, in der Erde gedeiht und zu etwas Größerem wird – einer lebenden Pflanze –, so ist auch die Auferstehung der Toten. Es wird gesät ein natürlicher Leib und wird auferstehen ein geistlicher Leib.«

»Richtig. Wir sind aber davon ausgegangen, daß das neue, herrliche Körper sein werden, genau wie der von Christus. Im gleichen Kapitel schreibt Paulus, daß wir keine leiblosen Geister, sondern geistliche Körper sein werden. Alle Knochen werden verwandelt, nicht zurückgelassen.«

»Ich weiß, ich weiß, Kev. So wurden wir beide unterrichtet. Hah, ich werde nie vergessen, wie ich auf einen Osterartikel reagierte, den ich '79 in der *St. Louis Globe Democrat* las. Vier lokale Geistliche wurden gefragt, wie sie darauf reagieren würden, wenn eine Gruppe von Archäologen mit ›wissenschaftlicher Sicherheit‹ die Knochen Christi entdecken würde.«

»Hört sich irgendwie bekannt an, nicht wahr?« bemerkte Sullivan.

»Und wie! Jedenfalls, der Direktor einer lutherischen Bibelschule gab eine ziemlich orthodoxe Antwort, wich der Frage aber eigentlich aus, weil er meinte, daß so etwas nicht passieren könnte. Ein Methodistenprediger meinte, daß er einiges neu überdenken müßte. Aber ein episkopalischer Rektor sagte, daß die ›Entdeckung der Knochen Christi ihn überhaupt nicht betreffen würde‹. Ich erinnere mich daran, daß mich diese Antwort anwiderte. Der Mann mit dem ich aber am meisten übereinstimmte, war ein katholischer Professor für Neues Testament an der St. Louis Universität. Er sagte, daß er ›völlig verzweifeln würde‹. Nun, das war ehrlich! Also siehst du, wo mein Herz sitzt, Kev. Oder saß.«

»Und nun meinst du, daß wir, wie der Methodist, einiges überdenken sollten?«

»Ich sage, daß wir uns auf *alles* vorbereiten sollten. Sicherlich habt ihr auch katholische Theologen, die dem episkopalischen Rektor beipflichten.«

»Ganz gewiß, sogar in Rom. Ein paar unserer Ultra-Liberalen lächeln schon seit Monaten. Vielleicht ist dir das hier im Heiligen Land nicht ganz klar, Jon, aber ein *grausamer* Kampf braut sich zur Zeit im Vatikan zusammen. Früher waren es nur verschiedene Standpunkte, nun ist es fast Krieg. Die Liberalen flehen den Heiligen Vater an, einer rein geistlichen Auferstehung zuzustimmen, noch bevor ihr eure Ergebnisse hier bekanntgeben werdet, weil manche von ihnen davon ausgehen, daß die Wahrscheinlichkeit, daß es keine Fälschung ist, hundert zu eins steht. Die moderate Mitte und die Konservativen wissen natürlich von diesem Druck. Pedro Kardinal Gonzales hat den Papst ermahnt, standfest zu bleiben.«

»Ermahnt?! Und wie geht es Gottes Wachhund-des-Glaubens? Schnüffelt er immer noch in jeder Ecke der Kirche nach Ketzern?«

Kevin lächelte und sagte: »Nun, Gonzales und sein Heiliges Amt haben die Unterstützung von Augustin Buchbinder, Kardinalstaatssekretär des Vatikan, samt seiner großen Anhängerschaft unter den Geistlichen. Sie dulden überhaupt keine Umstrukturierung des Osterereignisses.«

»Das will niemand. Was ist, wenn es aber keine Alternative gibt?«

»Ich ... ich weiß es nicht.« Er leerte sein zweites Bier, und Jon tat es ihm nach.

»Sobald du alle Berichte der Gremien hast, Jon, kannst du sie mir geben, bevor sie der Öffentlichkeit vorgestellt werden?«

»Ich werde sogar noch mehr tun: Ich werde nach Rom fliegen und sie höchstpersönlich mit dir und dem Papst durchgehen.«

Kapitel 21

Die israelische Regierung stand unter massivem Druck. Die Katastrophe von Rama veränderte das Land derart, daß es sich sogar auf die auf der Westbank lebenden Palästinenser auswirkte. Die Intifada erwachte zu neuem Leben: Araberjungen warfen mit Steinen, es wurden wieder Ausgangssperren verhängt, außerhalb von Bethlehem detonierte eine Bombe in einem Bus, Kibbutzniks verübten Racheanschläge – das gleiche, traurige Drehbuch der Gewalt wurde ein weiteres Mal in Szene gesetzt.

Ob Rama nun dafür verantwortlich war oder nicht, Gideon Ben-Yaakov war weiterhin der Hauptverbindungsoffizier zwischen der Regierung und der Ausgrabung. Es wäre eine Untertreibung zu behaupten, daß seine Beziehung zu Jon gewiße Zeichen der Anspannung zeigte. Der Grund dafür war – natürlich – Shannon. Für seinen Teil versuchte Jon, so gut es ging Gideon aus dem Weg zu gehen, und überließ es Jennings, den Kontakt mit ihm zu pflegen. In den ersten Julitagen liefen sie sich aber dann doch im Schrein des Buches über den Weg, wohin er das Paläografie-Gremium mitgenommen hatte, um das Titulus genauer zu untersuchen. Alle Höhlenartefakte wurden inzwischen dort aufbewahrt. Die Begrüßung, die Gideon und Jonathan austauschten, war geschäftlicher Art und ein wenig frostig.

Als Jon in dieser Nacht nach Ramallah zurückkehrte, begrüßte ihn Clive Brampton mit einer glücklichen Nachricht: »Raten Sie mal, Jon. Naomi hat ›ja‹ gesagt! Wir werden im Oktober heiraten!«

»Herrlich, Clive! Ich freue mich so für euch!«

»Ich habe nur Angst, daß wir mit unseren beiden Geschichten im Hintergrund Töpfe anstatt Kinder zur Welt bringen werden!«

»Wenn ja, werdet ihr aber sicher keine Probleme haben, sie zu datieren!« lachte Jon.

Nach dem Abendessen erzählte er Shannon von der erfreulichen Nachricht und fügte hinzu: »Mir gefallen ihre Pläne wirklich, Liebste. Wie wäre es, wenn wir es zu einem Vierer ergänzen?«

Sie schenkte ihm ein strahlendes Lächeln, antwortete aber nicht.

»Nein, wenn ich es mir recht überlege, will ich unser Glück mit niemandem an diesem zauberhaften Tag teilen.«

»Ich auch nicht«, stimmte sie zu.

»Wann wird es denn sein? Du hast mir immer noch kein klares Ja gegeben, Shannon.«

Sie zog seinen Kopf nach unten und gab ihm einen langen, zärtlichen, prickelnden Kuß. »Das war auch Absicht, Liebster. Ich will, daß du wartest, dich fragst, daß du etwas unsicher bist – der Prinz muß ja schließlich um die Gunst seiner edlen Dame kämpfen. Und sie darf nie als Selbstverständlichkeit angesehen werden.«

»Entzückende Psychologie, Liebste. Aber entsetzlich frustrierend!«

»Super! Laß es uns dabei belassen.«

»Trotz allem: Wie wirkt das Konzept ›Shannon Weber‹ auf dich?«

»Darauf hatte ich schon vor Monaten meine Antwort!«

»Und die wäre . . .«

»Wenn du dir das nicht vorstellen kannst, sollte ich sie vielleicht nochmals überdenken!«

Er umarmte sie und hielt sie einige Augenblicke lang in seiner Seele fest. Manchmal, dachte er, ist eine Umarmung schöner als ein Kuß oder gar als das, was noch folgen kann. »Wann, Shannon?« fragte er schließlich eine weiteres Mal.

»Wenn diese Krise vorbei ist – egal wie sie ausgeht. Bis dahin wirst du furchtbar abgelenkt sein, und ich will dich ganz für mich alleine haben.«

»In Ordnung, Liebste. Das ergibt schon einen Sinn.«

»Außerdem weiß ich gar nicht, welche Art von Hochzeit

ich möchte. Traditionell christlich? Oder nur standesamtlich?«

»Verlierst du den Glauben?«

»Das . . . könnte sein. Wie ist es mit dir, Jon?«

»Mit jedem weiteren Tag wird es zunehmend schwerer, ihn zu behalten.«

Der Vierer fand schließlich doch statt, aber nicht in Form der Hochzeit. Die zwei sehr verliebten Paare unter den Mitarbeitern entdeckten in jenem hektischen Sommer ein seltenes Glück darin, an den Wochenenden zum Mittelmeer zu flüchten. Clive hatte sie alle mit seinem neuen Hobby angesteckt: Meeresarchäologie. Sie luden Taucherausrüstung auf den Landrover und fuhren nach Cäsaräa. Dort sprangen sie in das kristallklare, grüne Wasser und erforschten die mächtigen Befestigungen, die Herodes der Große errichten ließ, um seinen prächtigen Hafen zu umschließen. Bei ihrem letzten Tauchausflug schwammen sie noch bis zur Abenddämmerung im Mittelmeer und entzündeten dann ein Holzfeuer für ihr Picknick am Strand.

»Ich glaube, daß ich hier weiter arbeite, wenn wir in Rama fertig sind«, sagte Clive.

Naomi kicherte und sagte: »Manche Menschen glauben, daß Archäologie nichts anderes ist, als alte, gesprungene Töpfe wieder zusammenzuflicken. Sie sollten uns jetzt sehen!«

»Ich wußte, daß du nicht mal einen halben Tag verbringen kannst, ohne an deine heiligen Keramiken zu denken«, witzelte Clive.

Spielerisch stürzte sie sich auf ihn und verfolgte ihn dann den Strand entlang.

»Sie ist eine sehr schöne Frau«, sagte Shannon. »Ich wünschte, ich hätte ihre Beine. Wie kommt es, daß du dich nicht in sie verliebt hast, Jon?«

»Wer sagt, daß ich es nicht getan habe? Sie wäre der Trostpreis gewesen, wenn du mir einen Korb gegeben hättest!«

Sie ballte ihre Hand zu einer kleinen Faust und schlug ihn auf die Schulter.

»Nun Shannon, es ist nur – laß mich sehen, ob ich's hinkriege – es ist nur, daß ›ich will, daß du dich fragst, daß du etwas unsicher bist . . . daß du mich niemals als eine Selbstverständlichkeit ansiehst‹.«

»Monster!« Sie kniff ihn in den Arm. »Das ist schon in Ordnung. Gideon würde mich sofort zurücknehmen.«

Er lachte und umarmte diese geschmeidige Person und bedeckte ihre glatte, sonnengebräunte Haut mit unzähligen Küssen. Plötzlich weckten der Ort und die Umstände eine schmerzliche Erinnerung. Andrea! Seine geliebte – vergessene? – Andrea. Ein paar der darauffolgenden Küsse waren in Gedenken an sie. Shannon würde es nie erfahren. Er hoffte nur, daß sie ihn irgendwie verstehen und ihm vergeben würde, sollte sie es doch einmal wissen.

Im späten Juli traf sich das Untersuchungsgremium im Vorstandszimmer der auf dem Berg Scopus gelegenen Britischen Schule der Archäologie nördlich von Jerusalem. Da Jennings und Brampton weg waren, um neue Ausgrabungsstätten auszukundschaften, vertrat Jon das Ausgrabungspersonal. Henri Berthoud war wieder ein Paradebeispiel an Kreativität, als er dem Gremium neue Szenarien für Fälschungsmöglichkeiten vorstellte. Seine letzte Bemühung schlug aber fehl, da er der Existenz von menschlichen Überresten aus dem ersten Jahrhundert in der Höhle von Rama keine Erklärung geben konnte – wenn sie nicht echt sein sollten. Er wandte sich zu Jon um und fragte: »Sind nicht antike Knochen sehr selten in Israel?«

»Eigentlich nicht. In Qumran, zum Beispiel, fand de Vaux einen Friedhof etwas östlich der Ausgrabungsstätte. Sie gruben ungefähr vierzig Gräber aus und entdeckten die Knochen von ungefähr dreißig Männern.«

»Ach so?« fragte Glastonbury, mit hochgezogenen Augenbrauen. »Wo sind die Knochen jetzt?«

»Natürlich sind sie alle wieder beerdigt worden.«

»Wissen wir das?«

»Natürlich. So wird immer vorgegangen.« Jon zögerte einen Augenblick, dann fügte er hinzu: »Und unsere Knochen hätten nicht von dort stammen können: keine der in Qumran entdeckten Überreste hatte die für Kreuzigungen typischen Abschürfungen an den Knochen.«

Glastonbury hob seine molligen Hände. »Paddington, was haben Sie hinsichtlich der Geschichte der Ausgrabungsstätte herausgefunden?«

Die an James Bond erinnernde Figur rutschte ein wenig in ihrem Sitz hin und her und antwortete: »Nun, die Besitzverhältnisse der Stätte haben wir bis zum Jahr 1810 zurück verfolgen können. Nur zwei arabische Familien, die duch Eheschließungen zusammenkamen, hatten seit dieser Zeit in verschiedenen Generationen Besitzansprüche auf das Gelände. Kensington konnte es ihnen im Chaos von 1948, nach dem Israelischen Unabhängigkeitskrieg, abkaufen. Hier ist eine Kopie der Eintragung im Grundbuch in Jerusalem.« Er händigte einige Fotokopien aus.

»Dann«, fuhr Paddington fort, »machte ich anhand der Ausgrabungstagebücher von Kensington und Jennings eine Liste des gesamten Ausgrabungspersonals, einschließlich der Araber, die für die Arbeiter zuständig waren. Ich habe so viele wie möglich, die noch in Israel oder Jordanien geblieben sind, befragt. Den Rest der Liste habe ich Ihnen geschickt, Reginald. Ich gehe davon aus, daß Sie sie gefunden haben?«

»Ja, die meisten. Aber fahren Sie fort.«

»Vermutlich habe ich hunderte von Seiten mit Abschriften der Interviews.« Er öffnete einen dicken Ordner. »Soll ich sie vorlesen?«

»Um Himmels Willen, nein!« lächelte Glastonbury. »Sagen Sie uns einfach, wo Sie den Fehler, die geheime, seltsame Ausnahme, den Hinweis gefunden haben. Dann können wir dieses Geheimnis voller Glück lösen – wenn es ein Geheimnis gibt – und nach Hause gehen.«

Paddington schaute mit müdem Blick hoch und sagte: »Ich

habe keines gefunden. Es scheint sich ziemlich mit dem zu dekken, was in den Tagebüchern steht. Die einzigen Ausnahmen sind vermutlich den Schwächen des menschlichen Gedächtnisses zuzuschreiben. Und was haben Sie gefunden, Reginald?«

»Ein klein wenig mehr. Ich befaßte mich ausschließlich mit den führenden Archäologen – die alle Briten waren – mit einer seltsamen Ausnahme: diesem amerikanischen Typ – wie hieß er? Weavil? Weaver? Ach, ja, Weber ... Jonathan Weber!«

Als die Gremiumsmitglieder wie auf Kommando kicherten, sagte Jon: »Soll ich gehen?«

»Nein, bleiben Sie, bleiben Sie! Weil Sie es getan haben, verstehen Sie.« Das Schweigen legte sich wie eine schwere Decke über das Vorstandszimmer. Glastonburys Blick durchdrang Jon, als er fortfuhr: »Ein internationaler Verkaufsschlager war Ihnen nicht genug. Sie mußten einen Zweiten organisieren, in dem Sie beschreiben, wie Sie es alles geschafft haben!« Kein Lächeln umspielte Glastonburys Gesicht.

Mehrere Mitglieder des Gremiums sahen geschockt aus. Jon fing tatsächlich an, unruhig hin und her zu rutschen.

Ein breites Grinsen erstreckte sich über Glastonburys Gesicht, und seine Hängebacken wackelten, während er lachte. »Ich mache doch nur einen Witz, Sie Narren! Es ist ziemlich schlecht um uns bestellt, wenn wir auch noch den Sinn für Humor verloren haben! Nein, Jonathan, mein Flug in die Kolonien, um Ihren Leumund zu überprüfen war ganz umsonst. Sie sind nicht nur fürchterlich beeindruckend, sondern zusätzlich noch so mackellos wie ein Babypopo. Eine etwas anzügliche und seltsam kombinierte aber dennoch durchaus passende Redewendung, finde ich! Nun, ich schweife aber ab.«

»In der Tat, das tun Sie, Reginald,« sagte Paddington. »Ein Zeichen der Altersschwäche. Haben Sie es sich mal überlegt, nach einem Platz im Altersheim zu suchen?«

Der Vorsitzende lächelte. »Ja, das ist wirklich ein Fall, der mich in den Ruhestand treiben könnte! Scotland Yard hat nun einen kompletten Ordner über Lord Kensington, Professor

Jennings, Clive Brampton, Noel Nottingham und ein paar andere englische Archäologen und Gelehrte, die sich zu verschiedenen Zeitpunkten mit Rama befaßt haben. Haben wir Motive gefunden, wollen Sie wissen. Ja, vielleicht, aber nur sehr wackelige. Kensington, wenn Sie das vertraulich behandeln können, war ganz sicher kein puritanischer Moralist, das können Sie mir glauben: Neben seiner Frau und den Kindern in Bristol unterhielt er eine Comtessa in Rom und eine Geliebte in Kairo, um sich zu beschäftigen. Und er war dafür bekannt, sich über die moralischen Zwänge der Kirche zu beschweren. Aber wäre das wirklich genug, um ihn dazu zu treiben, eine Täuschung dieser Größenordnung zu organisieren? Man darf Zweifel hegen.

Nun, Austin Balfour Jennings stammt aus einem anglikanischen Pfarrhaus in Ulster. Beide Elternteile sind Engländer, liebten aber Nordirland und zogen dorthin. Jennings empfand tiefe Bewunderung für seinen Vater, der kurz vor der Pensionierung bei einem Verkehrsunfall ums Leben kam. Er studierte Theologie in Oxford, ließ sich aber von den Sprachwissenschaften und der Archäologie ablenken, Fächer in denen seine Leistungen so brillant waren, daß man ihn bat, sich der Fakultät anzuschließen. Zwischen kurzen Perioden im Klassenzimmer grub er mit Roland de Vaux in Qumran und dann mit Kensington in Rama. Kurz bevor Kensington 1967 starb, traf Jennings ein katholisches Mädchen aus Drogheda an der Ostküste Irlands. Sie heirateten, und ihre Tochter Shannon wurde 1970 geboren. Die Mutter starb, als sie noch ein Kind war, und hinterließ einen für die nächsten Jahre mutlosen und niedergeschlagenen Jennings.«

»Woran starb sie?« fragte Jon. Er kannte Shannons Version, er wollte nur die von Scotland Yard überprüfen.

»An einer Lungenentzündung. Danach leitete Jennings Ausgrabungen in Bethel und in Shiloh, bevor er nach Rama zurückkehrte. Das sind die Höhepunkte. Natürlich haben wir noch mehr Einzelheiten in den Akten.«

»Geben irgendwelche dieser Einzelheiten Jennings ein Motiv?« bohrte Paddington nach. »Vater starb ... Frau starb. Vielleicht war er sauer auf Gott. Sie haben gemeint, daß er niedergeschlagen und mutlos war.«

Jon wurde etwas beunruhigt und sagte: »Das sind ziemlich kleine und unsichere Motive für eine Fälschung in dieser Größenordnung! Jennings ist einfach nicht der Betrügertyp. Ein echter Scharlatan hätte seine Trauer versteckt gehalten: Jennings hat frei und offen darüber gesprochen.«

Glastonbury fuhr fort und öffnete die Akten über Brampton und Nottingham. Beide hatten mit dem Glauben nichts am Hut, waren aber kaum von der militanten Sorte, die es auf das Christentum abgesehen haben. Danach griff er nach den Ordnern der Mitarbeiter, die in der Vergangenheit mit Kensington oder Jennings in Israel gearbeitet hatten. Die Motive in deren Fälle waren schwach oder nicht vorhanden. Ein Name war aber in archäologischen Kreisen sehr wohl bekannt: Gladwin Dunstable vom Institut für Archäologie an der Universität London. Jon kannte ihn als »den britischen Sandy McHugh«.

Nachdem er dessen Lebenslauf vorgestellt hatte, fuhr Glastonbury fort: »Dunstable grub mit Jennings '72 in Shiloh. Natürlich leitet er die großen Analyselabore in London. Welch ein Gedächtnis der Mann hat! Als ich ihn interviewte, konnte er mir noch fast genau sagen, was Jennings jeden Morgen zum Frühstück gegessen hat! Er war es auch, der Jennings zur Kohlenstoffdatierung brachte. Also, als Dunstable am Ende der Saison abreiste und auf dem Weg nach England einen Abstecher nach Italien machte, bat ihn Jennings darum, ihm etwas aus Pompei zu schicken, damit er das neue Weizmann Labor in Rehovot testen könnte, um zu sehen, wie nahe sie an 79 n. Chr. herankommen könnten.«

»Eine clevere Idee«, bemerkte Paddington. »Was hat er geschickt?«

»Ich habe nicht die geringste Ahnung. Jedenfalls war das

der letzte Name auf der Liste, meine Kollegen. Sehen Sie etwas Faules daran? Sehen Sie irgendwelche Motive? Fehler? Hinweise? Irgend etwas?«

Niemand hob den Bleistift. Oder die Hand. Oder auch nur die Augenbraue.

»Also, dann haben Sie alle Ihre Hausaufgaben!« sagte der Vorsitzende. »Wir werden alle Seiten der Unterlagen kopieren, und Sie werden die ganze, feine Arbeit, die Ihre Kollegen geleistet haben, durchlesen. Dann werden wir, bei einer letzten Sitzung im September, die Notizen vergleichen. In der Zwischenzeit versuchen Sie, so viel in Erfahrung zu bringen, wie nur möglich. Egal was.«

Als sie aufstanden, um zu gehen, legte Glastonbury seinen Arm um Jons Schulter und sagte: »Graben Sie schön weiter auf Ihre Art. Wir graben auf unsere Art.«

Jon empfand es schlicht und einfach als einen Spaß, sich beim Mittagessen der Ausgrabungsmitarbeiter mit Naomi Sharon zu unterhalten. Er hoffte sehr, daß alle dafür Verständnis hatten, insbesondere Shannon und Clive. Naomis atemberaubende Schönheit war fast ein Nachteil, weil die meisten Menschen davon ausgingen, daß eine solch attraktive Frau niemals einen brillanten Verstand besitzen könnte, als würden Hirn und Schönheit sich gegenseitig ausschließen. Die Mitarbeiter von Rama wußten es natürlich besser, und Jon hielt oft mit Naomi Rücksprache, da sie über die Grenzen ihres Spezialgebietes hinaus gut belesen war, wenn es um die jüdische Ansicht zu einem besonderen Aspekt der Krise ging.

Eines Mittags, gegen Ende des Sommers, saßen sie etwas abgeschieden von der Gruppe im Essenszelt, als Jon eine etwas überraschende Frage stellte. »Gesetzt den Fall, Naomi, daß unsere Funde sich als absolut authentisch erweisen; zweitens die liberale Auslegung der Auferstehung Christi als rein geistliche Angelegenheit zur Standardauslegung wird, aber dies auf breite Ablehnung stößt und der christliche Glaube sich dem Ende zuneigt. Nun, wenn all dies eintritt: Wie sieht dann die religiöse Zukunft unseres Planeten aus?«

Naomi erstickte fast an der Birne, die sie gerade im Mund hatte. »Nun, Jon«, sagte sie, leicht erholt, »das hört sich an wie die ›Promotionsprüfung mit nur einer Frage‹, die sogar Hillel kaum meistern könnte!«

»Versuch's mal mit Nostradamus. Der konnte in die Zukunft blicken«, sagte Jon blinzelnd.

»Ich hasse es, daß ich es sagen muß, Jon, aber die dritte Möglichkeit ist vielleicht wahrscheinlicher, als dir klar ist. Die meisten Menschen dieser Erde, auch die Gläubigen, sind sehr materielle, sehr bodenständige Typen. Mit Abstraktionen haben sie so ihre Probleme, und sie denken ausschließlich in konkreten Rahmen. Eine rein geistliche Nachwelt könnte den Platonisten – eine winzige Gruppierung – gefallen, würde aber die breiten Massen unberührt lassen. Weißt du eigentlich, was genau euer Christentum in die höchste religiöse Umlaufbahn beförderte?«

»Die Auferstehung?«

»Genau. Die Lehre von ›der Auferstehung der Toten und dem ewigen Leben‹. Keine Eschatologie kann mit eurer Version konkurrieren. Was schließlich wünscht sich ein Sterbender mehr, als die Versicherung, daß das Leben mit dem Tod nicht zu Ende ist, sondern der Anfang von einem besseren Dasein? Und nicht ›besser‹ im abstrakten Sinne. Wenn du die Auferstehung entfernst, verlierst du 80 bis 90 Prozent der Mitglieder.«

Jon nickte. »Ich hatte immer meine Zweifel, daß die einfachen Gläubigen den ›erwachsenen Glauben‹ begrüßen könnten, der vom linken Flügel des Christentums forciert wird. Also sind wir schon weiter als die dritte Hypothese: Die Kirche verliert zwei Drittel ihrer Mitglieder. Wer, wenn überhaupt, sammelt diese Menschen auf?«

»Nun«, sie starrte in ihr Wasserglas, als wäre es eine Kristallkugel. »Ich kann mir vorstellen, daß der Islam einen extremen

Zuwachs zu verzeichnen hätte – nicht weil er die ehemaligen Christen aufsammelt, sondern indem er die noch unentschlossene Dritte Welt für sich gewinnt. Der Islam wird nicht mehr mit dem starken Christentum konkurrieren müssen.« Mehr sagte sie nicht.

»Das ist ein harter Schlag, Naomi. Ich wünschte mir, daß es statt dessen das Judentum hätte sein können. Neben dem Christentum, ist es die einzige Religion, die sich in einer historisch einwandfreien Art und Weise belegen läßt.«

»Das Judentum könnte davon profitieren«, antwortete sie langsam. »Aber nur, wenn es sich selbst am Riemen reißt und von dem Christentum ein bißchen was über Missionsarbeit lernt. Wir haben auch eine Auferstehung, weißt du.«

»Und auch noch ein ganz eigenes Land!«

In diesem Augenblick kam Shannon vorbei und sagte neckisch: »Ich habe euch zwei beobachtet. Du willst mir doch nicht meinen Mann ausspannen, Naomi?«

»Natürlich!« lachte sie. »Wollen das nicht alle Mädchen?«

An diesem Abend schien Shannon aber nicht mehr so harmlos neckisch, als sie fragte: »Was hast du denn heute Nachmittag so intensiv mit Naomi besprochen, Jon?«

Als er es ihr erzählte, schien sie immer noch unzufrieden zu sein. »Ja, ja, Jon!« sagte sie: »Du und diese hinreißende Frau haben die ›geistliche Zukunft‹ der Menschheit besprochen!«

»Das stimmt auch, Shannon! Es war alles ... bedeutungslos.«

»Genau: Eine Deutung auf dich, und los geht's mit ihr!«

Er lächelte, aber sie hatte noch tiefe Falten auf der Stirn.

Worte wurden hin und her geworfen. Das Gespräch erhitzte sich. Stimmen wurden laut. Vorwürfe kamen auf. Emotionen traten anstelle von Logik. Ihre jähzornige, irische Art brauste auf und stachelte sein germanisches Wesen an. In höchstem Maße beleidigt stiefelten sie beide in dieser Nacht zu ihren Zimmern und schlugen die Türen mit voller Wucht hinter sich zu. Es war ein neuer, unwillkommener Meilenstein in ihrer

Beziehung: der erste Streit. Beide verbrachten eine schlechte, ruhelose Nacht.

Etwas an der Schönheit und Nüchternheit des Tageslichtes scheint zu den Problemen des Lebens fast mühelos eine Lösung liefern zu können. Jon und Shannon lagen sich direkt nach dem Frühstück wieder in den Armen und gaben zu, sich wie Schulkinder benommen zu haben.

Das Problem Rama war nicht so leicht zu lösen. Der späte September war gekommen, und Jon hätte nach Harvard zurückkehren sollen, aber die Universität gab ihm die Erlaubnis, weiterhin zu bleiben. Alle Gremien der Phase III, mit Ausnahme der Gremien Archäologie und Untersuchung, hatten ihre Arbeit abgeschlossen. Das erste weil Rama noch nicht ganz freigelegt war, und das zweite, weil Glastonbury sich weigerte, das Handtuch zu werfen. Der internationale, wissenschaftliche Kongreß aber, der sich in Jerusalem zur Beratung traf, war der Meinung, daß die Aufgabe beinahe abgeschlossen war, da die letzten Ausgrabungen, die noch anstanden, gar nicht im Höhlenbereich lagen, und Glastonbury auch nichts Neues zu bieten hatte. Er war einfach eine penible, alte Spürnase, die in der feinsten Tradition von Scotland Yard den Aktendeckel niemals zuschlug, bis der Täter gefaßt worden war. Glastonbury hatte es niemals ernsthaft in Betracht gezogen, daß es keinen Täter geben könnte. Paddington gab dies bei ihrer letzten Besprechung aber beinahe zu, als er ihm eine geruhsame Pensionierung wünschte.

Die Befunde der Phase III wurden in einem dicken, 585 Seiten starken Handbuch zusammengefaßt, das den Inbegriff der gesamten Untersuchungen darstellte. Das gesamte Material würde schließlich in zwölf Bänden veröffentlicht werden. Rama war nun die am penibelsten untersuchte Ausgrabungsstätte in der Geschichte der Archäologie.

Jennings und Jon kehrten nach der abschließenden Beratung des wissenschaftlichen Kongresses in Jerusalem nach Ramallah zurück, die dicken Abschriften des gesamten Berichts im Gepäck. Shannon fragte sie, zu welchem Ergebnis sie gekommen waren: »Das werde ich dir nach dem Abendessen erzählen, meine Liebe«, sagte ihr Vater.

Nach dem Abendessen sagte Jennings aber, daß er zu müde sei. »Warum fragst du nicht Jonathan?«

Jon schlug vor, einen langen Spaziergang zu unternehmen. »Das werde ich dir unterwegs sagen, Liebste.« Dann fügte er hinzu: »Wir können aber nicht lange wegbleiben, weil du mich morgen zum Ben Gurion fahren mußt.«

»Du fliegst nach Rom?«

»Richtig. Ich muß mich mit Kevin Sullivan treffen. Und mit dem Papst. Ich hab's vor langer Zeit versprochen.«

Eine dunkle Sonnenbrille und ein mit bunten Bändern versehener Panamahut verhalfen Jon dazu, die Flughäfen Ben Gurion und Leonardo da Vinci erfolgreich zu durchlaufen. Sullivan holte ihn sofort ab, und sie fuhren die Via Ostiensis entlang nach Rom.

»Danke, daß du keine ›Zusammenfassung der Zusammenfassung‹ verlangst, Kev«, sagte Jon.

»Dafür haben wir später noch genug Zeit.«

»Wie sieht es zur Zeit in der politischen Landschaft des Vatikan aus?«

»Genau wie ich es dir früher erzählt habe, nur jetzt noch verstärkter. Ein liberaler Konsens wächst, daß der Heilige Vater diese ›neue Theologie‹ begrüßen sollte, oder sonst zusehen muß, wie das Schiff der Kirche schlingert und dann untergehen wird.«

»Und was ist mit den Typen von der Ketzerbehörde?«

»Nun, die Radikalen am rechten Flügel fangen an, Drohungen auszusprechen, von denen ich der Meinung war, daß meine Ohren sie niemals zu hören bekommen würden.«

»Zum Beispiel ...«

»Zum Beispiel ... Ich sollte es dir wirklich nicht sagen, Jon. In absoluter Vertraulichkeit, in Ordnung?«

»Was sonst?«

»Nun, Gonzales und Buchbinder haben mit ihren geistlichen Kumpanen geheime Treffen abgehalten. Ich habe es so verstanden, daß sie so viele Gespräche zwischen dem Papst und anderen Theologen, die er empfängt, abhören, wie sie nur können. Und natürlich nehmen sie seine öffentlichen Reden wie mit einer Pinzette auseinander.«

»So weit ist es schon gekommen? Du denkst also, daß sie in seine Wohnung oder in sein Büro Wanzen eingeschleust haben?«

»Ich weiß es nicht, und ich hoffe nicht. Jedenfalls, unter den Geistlichen geht das Wort, sollte sich Benedikt auf die Seite dieser ›neuen Theologie‹ stellen, werden sie versuchen, ihn für *non compos mentis* erklären zu lassen oder ihn nach Castel Gandolfo zu bringen, damit er sich eine lange Zeit erholen kann. Alles ganz heimlich natürlich.«

»Unglaublich! Würden sie damit durchkommen?«

»Wer weiß! Ich glaube, daß es einen furchtbaren Aufschrei aus dem Rest der Kirche geben würde. Man spricht auch als eine weitere Möglichkeit davon, ihn zum Abdanken zu zwingen.«

»Gibt es dafür einen Präzedenzfall?«

»Im elften Jahrhundert nahm Papst Benedikt IX. Geld an, um einem reformerischen Nachfolger Platz zu machen. Und dann gibt es Celestine V., der das Amt im elften Jahrhundert niederlegte, um fortan als Eremit zu leben. Und natürlich Gregor XII., der 1415 abdankte, um dem großen Schisma – die große Spaltung der Kirche - ein Ende zu setzen.«

»Aber noch nie wurde ein Papst dazu gezwungen?«

»Natürlich gibt es auch ein noch groteskeres Gerücht. Es ist das Gerücht, das uns der Teufel alle Jahrhunderte wieder schickt: daß jemand Benedikt durch ... durch einen tätlichen Angriff innerhalb des Vatikans aufhalten könnte.«

»Hört sich an wie die Verschwörungstheorien um die nur einen Monat andauernde Herrschaft von Johannes Paul I.!«

Sullivan hielt vor seiner Wohnung an. »Laß uns hineingehen und uns etwas frisch machen«, sagte er. »Man erwartet uns um 16 Uhr in der päpstlichen Wohnung. Wir haben noch eine gute Stunde.«

»Willkommen, *caro professore*!« sagte Benedict XVI. mit weit geöffneten, zur Umarmung ausgestreckten Armen.

»Ich bin überaus erfreut, Euch wiederzusehen, *Santissimo Padre*!«

»Es muß schon anderthalb Jahre her sein, daß wir uns zum ersten Mal trafen, und es ist in der Zwischenzeit viel passiert, nicht wahr?«

»Das kann man wohl sagen!«

»Ich danke Ihnen, daß Sie uns so häufig hinsichtlich Ihrer Fortschritte informiert haben, *amico mio*. Pater Sullivan war immer sehr hilfreich, Ihre Berichte weiterzugeben.«

Sie lächelten, und erneut überließen sie es Benedikt, die Initiative im Gespräch zu ergreifen.

»Ich bin Ihnen auch dafür dankbar, wie vorsichtig Sie mit den Beweisen in Rama umgegegangen sind, verehrter Professor. Sie haben stets die nicht bewiesene Natur der Entdeckungen betont, und sie sind sehr ... sensibel gewesen, was die mögliche Auswirkung auf die Gläubigen anging. Aber nun sind wir natürlich sehr gespannt darauf, von Ihrem wissenschaftlichen Kongreß zu hören.«

»Die Schlußfolgerungen sind in diesem etwas schweren Buch zusammengefaßt. Ich weiß, daß Sie es, sobald Sie Zeit haben, lesen werden.«

»In der Tat. Vielleicht könnten Sie mir aber von ein paar der wichtigsten Feststellungen berichten?«

»Natürlich. Lassen Sie mich zuerst ...«

»Oder noch besser«, unterbrach ihn der Papst, »da es draußen für Anfang Oktober immer noch sehr schön ist, lassen Sie uns doch einen Spaziergang im Garten machen, und Sie können es mir unterwegs erzählen, ja?«

»Das wäre entzückend«, sagte Jon und blickte wissend zu

Sullivan hinüber, während der Papst ihnen den Weg nach draußen zeigte. Sullivan verstand diese wortlose Bemerkung sofort und zuckte mit den Achseln.

Vielleicht sind sie einfach nur paranoide, wanzen-suchende Typen, dachte Jon, während er unter dem Dach von Pinien- und Zypressenbäumen des Vatikangartens spazierenging. Auf einer kleinen, von den goldenen Strahlen der Sonne durchfluteten Lichtung in der Nähe der Gartenmitte bat sie Benedikt darum, sich auf ein paar rustikale Bänke zu setzen. Er blickte zu Jon hinüber und sagte: »Und nun bin ich sehr gespannt, Ihren Bericht zu hören, mein lieber Freund.«

Das würde die schwierigste Rede seines Lebens werden, wußte Jon. Seine einzige Möglichkeit aber bestand darin, die Wahrheit genau anstatt diplomatisch zu offenbaren. Langsam und schonungslos, aber nicht ohne Emotionen, trug er die endgültigen Schlußfolgerungen vor.

»Das Archäologiegremium lobte die Vorgehensweise der Ausgrabung und erklärte alle Gegenstände für echt. Die keramische Typologie, meinten sie, war ein Musterbeispiel der Genauigkeit. Das Anthropologie-/Pathologiegremium fand keine Zeichen für moderne Eingriffe an den Knochen. Das Analysegremium bestätigte alle Kohlenstoff- und Smithsonian-Untersuchungen, engte sogar in manchen Fällen den Zeitrahmen noch mehr ein. Die sprachwissenschaftlichen/paläografischen Spezialisten fanden keine verdächtigen Besonderheiten im Papyrus, im Pergament oder in den steinernen Inschriften. Sie dachten auch, daß der eine grammatische Fehler im Titulus unter den gegebenen Umständen ganz natürlich wäre.«

Jon unterbrach, damit seine Zuhörer die bittere Nachricht verdauen konnten. Für sie mußte dies nur eine grausame Folge von schockierenden Mitteilungen sein. Der Papst sprach aber mit leiser Stimme: »Fahren Sie fort, mein Freund, fahren Sie fort.«

»Das Untersuchungsgremium hat bislang keine Spuren eines Betrugs, einer Fälschung oder eines falschen Spiels festgestellt, trotz aller hypothetischen Szenarien, die sie durchgespielt haben. Sie haben auch keine glaubwürdige Motivation unter den Ausgrabungsmitarbeitern oder sonstigen Personen für einen solchen Betrug gefunden.«

Erneut zögerte er. Aber als keine Antwort kam, fuhr er fort: »Im theologischen Bereich fanden die Gremien des Alten und Neuen Testaments keine verdächtigen Besonderheiten in der Art der Beerdigung in Rama, auch nicht im Wortlaut des Papyrus. Obwohl ab 60 n. Chr. Ossarien eher gebräuchlich waren als Sarkophage, waren diese immer noch sehr beliebt, besonders unter den Reichen.

Folglich«, faßte Jon nun zusammen, »sieht sich der internationale, wissenschaftliche Kongreß dazu gezwungen, festzustellen, daß die Entdeckungen im Höhlenbereich von Rama dem Anschein nach vollkommen echt sind.«

Die Sonne war hinter den Häusern versunken, und eine frostige Brise pfiff nun durch die Pinienbäume. Die weiße, päpstliche Soutane flatterte ein wenig. Benedikt XVI. blickte hinunter zu den Piniennadeln, die um seine Sandalen herum verstreut auf dem Boden lagen. Schließlich war es Kevin, der mit sehr leiser Stimme sprach: »Die Wissenschaftler stellen also fest, daß die ... heiligen Knochen ...« Seine Stimme stockte, von überwältigenden Emotionen ergriffen. »... Jesu ... tatsächlich entdeckt worden sind?«

Jon nickte langsam. Dann fügte er hinzu: »Die Bücher sind natürlich für alle anderen Beweisstücke, die noch in Zukunft auftauchen könnten, offen.« Dies als Trost anzubieten, erschien selbst Jon als hoffnungslos.

»Und Sie, Jonathan?« fragte der Papst plötzlich. Er benutzte den Vornamen seines Gegenübers zum allerersten Mal. »Glauben Sie auch, daß es die Knochen Jesu sind?«

Während die sich ewig dahinziehenden Sekunden verstrichen, blieb Jon still. Er hatte fast das Gefühl, als würde er beim Jüngsten Gericht vor dem Angesicht Gottes persönlich stehen, um die Frage zu beantworten, von der seine ewige Erlösung abhing. Aber nein, dies hier war kein göttliches Tribunal. Dies hier war lediglich der oberste Geistliche für neunhundert Millionen Menschen. Oder, noch besser, dies hier war lediglich ein Christ, der einen anderen um seine Meinung bat.

»Antworten Sie mir, Jonathan«, forderte der Papst erneut. Dieses Mal sah Jon, daß ihm große Tränen in die lebhaften, braunen Augen stiegen.

»Santissimo Padre«, fing Jon an, dessen Stimme nun auch vor brodelnden Emotionen zu stocken begann: »Mein Herz antwortet auf Eure Frage mit ›nein‹. Aber mein Verstand hat angesichts ... der überwältigenden Beweislage, hat ... hat keine Alternative, als ›ja‹ zu sagen.«

Benedikt stieß einen langen, schmerzerfüllten Seufzer aus, fiel auf die Knie, auf den Teppich aus Piniennadeln, legte seine Ellbogen auf die Bank und senkte den Kopf. Lange Augenblicke blieb er stumm. Schließlich öffnete sich sein Mund, und er flüsterte:

Angelo di Dio,
che si il mio cutode,
illumina e custodisci
reggi e governa me
che ti fui affidato
dalla Pieta celeste.
Amen.

Eine weitere Viertelstunde betete er still vor sich hin.

Jon und Kevin entfernten sich ein wenig, um den Papst mit Gott alleine zu lassen. »Das ist das übliche Kindergebet in Italien«, flüsterte Kevin, seine Augen waren mit Tränen gefüllt. »Das erste Gebet, das Benedict je lernte. Es muß in Piacenza gewesen sein, als es Mama Albergo ihrem kleinen Ricardo beibrachte. Junge amerikanische Katholiken lernen es in der englischen Fassung ebenfalls als ihr erstes Gebet. Ich jedenfalls habe es gelernt:

Engel Gottes, mein Wächter teuer
Der mich umgibt mit Liebesfeuer
Sei an diesem Tag an meiner Seit'
Zu beleuchten, zu wachen
Zu regieren als mein Geleit.
Amen.«

Als Kevin das Wort Amen sprach, stockte seine Stimme, und er lehnte sich gegen einen Baum, versteckte sein Gesicht in seinen Händen und weinte.

Jon schielte durch die Pinienbäume zur großen Kuppel des Petersdoms, die in der Dämmerung golden schimmerte, und flüsterte: »In der Tat, Amen!«

Kapitel 22

In Ben Gurion angekommen, erblickte Jon sie, bevor sie ihn dank seiner dunklen Sonnenbrille und des Panamahutes erkannten. Dieses Mal bestand das Begrüßungskommitee aus zwei entzückend schönen Frauen. Shannon und Naomi sahen aber beide völlig verzweifelt aus. Naomi erblickte ihn, lief in seine wartenden Arme und vergrub ihren Kopf schluchzend an seiner Brust.

»Clive ist *tot*, Jon!« schrie Shannon. Ihre Augen waren vom Weinen immer noch rot.

»Du großer Gott, nein! *Nein!* Was ist passiert?«

»Er ist beim Schwimmen in Cäsaräa ertrunken.«

»Nein! Wann?«

»Vorgestern nacht.«

Jon sackte auf einer Bank zusammen. Er schüttelte den Kopf und biß seine Zähne fest aufeinander, als könnte er das Ereignis mit purer Willenskraft ungeschehen machen. Schließlich stöhnte er auf und sagte: »Ich hole mein Gepäck. Erzählt es mir auf dem Weg – alles.«

Dieses Mal bedeutete die kilometerlange Fahrt zurück nach Ramallah die reinste Verzweifelung. Während Naomi auf dem Rücksitz leise vor sich hin schluchzte, lieferte Shannon die katastrophalen Einzelheiten. »Naomi und ich waren nach Jerusalem gefahren, um ihr ... ihr«, sie brach in Tränen aus: »... ihr Brautkleid einzukaufen! Papa war beim Verleger in Tel Aviv. Also muß sich Clive gelangweilt haben und ist daraufhin mit seiner Tauchausrüstung nach Cäsaräa gefahren. Nach dem Tauchen muß er wohl ein letztes Mal schwimmen gegangen sein – wie wir es immer tun –, da die Ausrüstung wieder im Landrover verstaut war. Er kam niemals zurück. Sie haben den Landrover am Strand gefunden, und seine Leiche wurde ein paar Meilen weiter nördlich beim römischen Aquädukt an Land gespült!«

»*Unmöglich!*« protestierte Jon. »Das kann einfach nicht sein! Clive war ein zu guter Schwimmer.«

»Ja«, schluchzte Naomi vom Rücksitz: »Aber er liebte es ebenfalls, sehr weit rauszuschwimmen. Erinnerst du dich daran, wie du ihm mal zugerufen hast: ›Hey, Clive, wenn du nach Spanien schwimmen willst, dann hast du deinen Paß aber vergessen!‹«

Er lächelte kurz und bitter, dann kehrte er zu seiner Trauer zurück und fragte: »Wann passierte es, sagtest du?«

»Das wissen wir nicht genau«, sagte Shannon: »Wahrscheinlich vorgestern am Nachmittag oder am Abend. Sie haben ihn erst gestern gefunden.«

»Gibt es ... verdächtige Zeichen?«

»Nein. Nichts. Nur ein blödsinniges, idiotisches Ertrinken, das weder eine Erklärung noch einen Grund hat«, sagte Shannon. »Schaut wieder mal so aus, als hätte Gott geschlafen.«

»Ja, er nickt tatsächlich von Zeit zu Zeit ein«, antwortete Jon und entsann sich der Lawine in der Schweiz. Ihm war es in diesem Augenblick egal, ob man seine Bemerkung als Gotteslästerung hätte einstufen können. Plötzlich wurde ihm eine weitere, viel zutreffendere Paralellsituation bewußt. »Also«, sagte er voller Bitterkeit, »das Mittelmeer beraubt uns eines weiteren, großen Archäologen!«

»Ja!« schrie Naomi. »Paul Rapp! Daran habe ich später auch gedacht. Wir haben seine *Keramische Chronologie* benutzt, um die Töpferware, die in Rama gefunden wurde, zu idenifizieren.«

»Was ist mit Paul Rapp?« fragte Shannon.

»Er war vor einigen Jahren dabei, eine neue Ausgrabungsstätte in Zypern zu erforschen, und ging am Strand schwimmen. Er wurde von den Unterströmungen erfaßt und aufs offene Meer hinausgezogen. Wie auch im Falle von Clive war es ein entsetzlicher Verlust für die Archäologie!«

Als sie nach Ramallah zurückkehrten, fanden sie einen von Trauer überwältigten Jennings vor, der fast regungslos den Boden seines Büros anstarrte. Müde hob er den Kopf, als sie eintraten, und sagte mit sanfter Stimme: »Er hatte eine so hervorragende Zukunft vor sich, Jonathan. Eine solch hervorragende Zukunft.«

Jon sackte auf den Stuhl zu seiner Seite. »Warum, Austin? Warum nur?«

Er schüttelte den Kopf. »Diese Frage wurde seit den Tagen Hiobs gestellt, Jon. Wahrscheinlich wird sie bis zum Ende der Welt gestellt.« Er stöhnte auf und vergrub das Gesicht in seinen Händen.

»Manchmal frage ich mich, ob nicht ein Fluch über dieser Ausgrabung liegt«, sagte Shannon. »Rama hat der Welt nichts als Schmerz gebracht. Und nun ist uns Clive ebenfalls weggenommen worden.«

Jennings grunzte voller Trauer. »Wir müssen Naomi so viel Liebe und Unterstützung geben, wie wir nur können.« Er erstickte fast an seinen eigenen Worten, stöhnte dann erneut auf: »Er hätte eine solch hervorragende Zukunft vor sich gehabt.«

Die Beerdigung fand in der St. Georgs Kathedrale in Jerusalem statt. Viele Vertreter aus der Welt der Archäologie waren in der

Gemeinde anwesend. Der Dekan von St. Georg leitete den anglikanischen Gottesdienst, und Jon lieferte die Traueransprache. Auf dem Friedhof las der Dekan am offenen Grab aus dem *Allgemeinen Gebetbuch* vor:

»In der sicheren Hoffnung der Auferstehung und des Ewigen Lebens, durch unseren Herrn Jesus Christus, übergeben wir dem Allmächtigen Herrn unseren Bruder, Clive Farnsworth Brampton; und wir übergeben seine Leiche der Erde, Erde zu Erde, Asche zu Asche, Staub zu Staub.«

Dies war Jons erste Beerdigung seit Rama, und er empfand, daß jene Worte völlig neue Bedeutung angenommen hatten. Silben des angeblich sicheren Trostes im Gebet des Dekans klangen nur noch wie hohle Hoffnungen:

O Herr! der Du durch die herrliche Auferstehung Deines Sohnes, Jesus Christus, den Tod besiegtest, und das Ewige Leben und Unsterblichkeit uns schenktest: Erbarme Dich, daß Deinem Diener, Clive Brampton, der mit Ihm zu neuem Leben erweckt wurde, die Kraft Seiner Gegenwart zuteil werden möge, und daß er in Seiner Herrlichkeit in alle Ewigkeit frohlocken darf.

Während die Trauergäste das Grab langsam verließen, warf Austin Balfour Jennings mit tränenüberströmten Wangen eine vergoldete Kelle in die Grube.

An einem warmen Samstag im Oktober fuhren Shannon und Jon mit Naomi auf einen Tagesausflug zum See Genezareth. Der Ort, an dem die Liebe der zwei zum Leben erweckt und genährt wurde. Naomi spürte es auch. Während sie nach Migdal, am westlichen Ufer des Sees, fuhren, sagte sie: »Warum genießt ihr zwei nicht den Strand hier? Ich möchte lieber diese Hügel hier besteigen und eine Weile allein sein. Sollen wir uns hier gegen siebzehn Uhr wieder treffen?«

»In Ordnung, Naomi.«

Sobald sie außer Sichtweite war, zogen sich Jon und Shannon Badesachen an und flitzten in das Gewässer, das sie »unser See«

nannten. Nachdem sie kurze Zeit geschwommen waren – Shannon ermahnte ihn aus offensichtlichen Gründen eindringlich, nicht zu weit hinauszuschwimmen – legten sie sich auf den Strand und genossen die Nachmittagssonne. Sie blieben einige Minuten lang still. Plötzlich richtete Jon sich auf und starrte über den See zu den Golanhöhen.

»Was ist los, Jon?« fragte sie.

»Aus irgendeinem Grund ist mir gerade dieses dänische Lied eingefallen:

Auf den Fels gebaut, die Kirche stand,
»Gar als die Türme fielen.
Gebröckelt sind die Mauern in jedem Land
Aber noch läuten die Glocken und klingen.«

»Was soll das heißen?«

»Nun, der Fels ist Christus, aber fallende Türme und bröckelnde Mauern geben dem Hymnus eine prophetische Qualität. Rama wird diese Art von Chaos auslösen, wenn unsere Schlußfolgerungen im November der Öffentlichkeit vorgestellt werden. Diese großen Kathedralen und Dome, deren Errichtung Jahrhunderte in Anspruch genommen hat – Notre Dame, Westminster Abbey, der Kölner Dom ist bis heute nicht fertig – Rama wird ihnen die Grundpfeiler wegreißen und ihre Fundamente in die Luft sprengen!«

Er stand auf und ließ einen Stein über das Wasser des Sees springen, und zählte dabei, wie häufig er von der Oberfläche wieder absprang. Dann wandte er sich um und sagte: »Gehen wir jetzt von der Architektur zur Musik, Shannon. Die schönsten Passagen, die ich je gehört habe, sind in der h-moll Messe von Bach zu hören. Das Credo hat gerade mit den Traurigsten aller Töne Jesus am Karfreitag zu Grabe getragen; aber dann folgt das glorreiche ›Et Resurrexit‹, in dem der volle Chor und das Orchester in voller Lautstärkte die herrlichsten Passagen spielen, um den Triumph zu feiern. Die Trompeten spielen Fanfaren, um die Auferstehung Christi zu begrüßen. Man kann dieser herrlichen Musik nicht zuhören, ohne daß einem Tränen in die Augen steigen und einem von Kopf bis Fuß Schauer überlaufen! Nun bezweifle ich, daß ich mich nochmals so bewegt fühlen werde.«

Er setzte sich wieder hin und erblickte die Gesichtszüge der wunderschönen Frau, die ihm zur Seite saß, und korrigierte sich schnell: »Ich meine das mit dem Bewegtsein natürlich rein *musikalisch*.« Dann strich er ihr Haar zur Seite und liebkoste ihre Wange mit sanften Küssen. »Aber du, meine Liebste, bewegst mich in jeder Hinsicht!« flüsterte er, während seine Finger versuchten, auf Entdeckungsreise zu gehen.

Shannon schlug seine Hand weg und schaute sich nervös um, erleichtert, daß sie alleine am Strand waren. *»Männer!«* entrüstete sie sich, während sie aufstand, sich einen Plastikbehälter aus dem Picknickkorb schnappte, ihn mit Seewasser füllte und ihn über Jons ausgestrecktem Körper entleerte. »Da!« schrie sie: »Das sollte dein Feuer auslöschen!«

Jon lachte und nahm sie keusch in seine nassen Arme.

»Männer werden immer sofort erregt«, kicherte sie. »Frauen brauchen dafür etwas länger.«

»Meine Geduld ist endlos, Liebste! Aber da du nun ›kaltes Wasser‹ auf unsere Romanze gekippt hast, laß uns am Strand spazierengehen.«

Während sie Arm in Arm gen Norden gingen, meinte Shannon: »Ich denke, daß es höchste Zeit ist, in Sachen Rama etwas ›Platz zu machen‹. Die Kirche wird ihre Lehre der Auferstehung ein wenig elastischer gestalten müssen. Dann werden die Kirchtürme doch nicht zerbröckeln.«

Jon nickte: »Vielleicht. Paulus verwendet die Bezeichnung geistlich in Bezug auf den auferstandenen Körper – um ihn von der Art Körper, die wir jetzt haben, zu unterscheiden. Unsere jetzigen werden krank, müssen aufs Klo gehen, und so weiter, also hätte ich in dieser Hinsicht keine Probleme mit einer geistlichen Auferstehung – als eine neue Dimension der Realität.«

»Warum stimmst du dieser Interpretation dann nicht einfach zu?«

»Fein. Aber die ›neue Theologie‹ hört dort nicht auf. Es setzt sich mit der Behauptung fort, daß nur ein körperloser Geist oder eine ›Vorstellung‹ von Jesus die Kirche vorangetrieben hat. Die leibhaftige Auferstehung à la Neues Testament fand einfach nicht statt. Es war einfach eine Wunschvorstellung der Jünger, vielleicht eine Art berufliche Rehabilitation für Petrus. Kannst du es nicht vor deinem geistigen Auge sehen, wie er die Jünger am Karfreitag um sich scharte, und ihnen sagte: ›Also Jungs, da haben wir uns echt auf eine Niete eingelassen, Jesus nachzurennen. Aber wenn ihr meinen Plan befolgt, werden sie eines Tages Kirchen nach uns benennen‹.«

»Nein«, lachte sie: »das kauf' ich dir nicht ab.«

»Siehst du, wenn es so gewesen wäre, dann wären die Jünger Genies gewesen, und nicht die Doofen, die sie in den Evangelien zu sein scheinen. Aber ich sage dir, wo ihr Plan gescheitert wäre: in Rom. In der Arena, kurz bevor er auf das Kreuz gehievt wurde, hätte Petrus dann gesagt: ›In Ordnung, Freunde. Es war echt 'ne Party, solange es noch andauerte, aber bei diesem Spaß könnte sich einer von uns weh tun. Ich spiel' ab jetzt den Kronzeugen!«

»Schon wahr. Irgend jemand hat es treffend ausgedrückt: *Aus Mythen kommen keine Märtyrer hervor.*«

»Irgend etwas am Papyrus hat mich schon immer gestört«, sagte Jon. »Okay, Jesus liegt tot in Rama. In der Zwischenzeit finden sie sein leeres Grab in Jerusalem. Warum, in Gottes Namen, hätten sie an etwas anderes als Grabräuber denken sollen? Das hätte das Ende des Christentums bedeuten müssen. Nun, die ›Natur verabscheut ein Vakuum‹, ich ebenfalls. Man baut nicht auf ein Vakuum, auf ein leeres Grab, auf einen Geist, ein Gespenst. Man baut auf *etwas*.«

»Sagen nicht die Kritiker, daß eben dieses ›Etwas‹ das Wunschdenken war, und . . .«

»Ja, und Halluzination, Visionen einer verstorbenen, geliebten Person. Hey, wenn es nur Maria Magdalena gewesen wäre ...« Er hielt an und sagte: »*Wahnsinn!* Mir ist gerade aufgefallen, daß wir an ihrem Strand sitzen!«

»Was? Ach ja, das stimmt: Migdal hieß damals Magdala.«

»Jedenfalls, wenn es nur Maria Magdalena gewesen wäre, hätte ich vielleicht Verdacht geschöpft, daß es Halluzinationen waren.«

»Willst du da die Frauen niedermachen, Jon?«

»Das hier hat nichts mit dem Geschlecht zu tun, Shannon. Ich rede von Zahlen: von einer Person.«

»Ach.«

»Aber, über diese Person hinaus hatten wir skeptische, dickköpfige Leute, wie Thomas oder Saulus von Tarsus, ganz abgesehen von den fünfhundert Personen hier in Galiläa, die Jesus nach Ostern sahen. Diese Menschen erlebten eine unglaubliche Persönlichkeitsveränderung. Warum sind sie nicht einfach abgehauen, nachdem die Behörden in Jerusalem sie auch noch verfolgen wollten, nachdem sie schon ihren Anführer umgebracht hatten? Bis zu dem Zeitpunkt schienen sie sich, gerade nach diesem Muster verhalten zu wollen! Danach wollten sie sich aber gegen die Priester, die Gouverneure, sogar den Kaiser selbst auflehnen! Warum? Sie müssen eine ungeheuer überzeugende Realität in einem auferstandenen Jesus gesehen haben. Ein Geist oder eine Vision oder ein ausgeraubtes Grab hätten nie im Leben dafür ausgereicht!«

Shannon starrte hinaus über das tieferwerdende Azurblau des Sees am späten Nachmittag. »Also. Löse mal das Problem, Jon«, sagte sie. »Für mich sieht Rama absolut echt aus.«

»Ich weiß ... ich weiß ... ich weiß.« Er stand auf und wischte den Sand von seinen Beinen.

»Hier kommt Naomi«, sagte sie.

»Shannon, ich habe nur noch eine Chance. Heute abend muß ich den Bericht ein letztes Mal durchlesen, da er übermorgen dem Verlag zugestellt werden muß. Wenn ich irgend etwas finde, was fehl am Platz erscheint – ein Hinweis, eine Ungereimtheit –, dann schreie ich die Bude zusammen!«

Er fand nichts. Spät, am nächsten Tag, fragte er: »Austin, können Sie sich an die Zeit erinnern, als Sie mit Gladwin Dunstable vom Londoner Institut in Shiloh gruben?«

»Ja.«

»Glastonbury hat ihn befragt, und er meinte, daß Sie ihn einmal darum baten, ob er Ihnen ein bißchen Material für eine Kohlenstoffdatierung aus Pompei zuschicken könnte, damit Sie es in Rehovot testen lassen könnten, um zu sehen, wie nahe sie an 79 n.Chr. herankommen würden?«

»Ach ja, das neue Labor hatte damals ›Probezeit‹, was meine Meinung anbelangte. Das war, lassen Sie mal sehen, '72, glaube ich.«

»Was hat Dunstable geschickt?«

»Ach ... ein bißchen vom Vesuv verbranntes Zeug. Ein kleines Stück von einem Werkzeuggriff, denke ich.«

»Wie gut hat sich das Labor geschlagen?«

»Das Weizmann hat ziemlich gute Arbeit geleistet, glaube ich mich zu entsinnen. Das Institut hat das Material damals auf 50 oder 60 n. Chr. Plus/Minus datiert. Warum fragen Sie?«

»Ich habe gerade Glastonburys Teil des Berichtes gelesen, und ich habe mich daran erinnert. Ich habe in den Büchern nachgeschlagen, aber die Information hat gefehlt.«

»Ach so. Wahrscheinlich zu unbedeutend.«

»Übrigens, ich muß morgen sowieso das Manuskript beim Verleger in Tel Aviv abliefern, warum bringe ich Sie nicht anstelle von Dick Cromwell zum Flughafen?«

»Ein würdiger Plan, Jonathan. Mir tut es leid, gerade jetzt nach Oxford zurückfliegen zu müssen, aber wir haben das Jahrestreffen der Rama Stiftung, und ich muß mich einer Horde von fanatischen Konservativen im Verwaltungsrat stellen. Wenn Sie denken, daß Sie mit J. S. Nickel Schwierigkeiten hatten . . .!«

»Wann kommen Sie zurück?«

»In ungefähr zehn Tagen. Ich muß auch noch ein paar geschäftliche Angelegenheiten bereinigen. Halten Sie bitte die Stellung, während ich weg bin. Machen Sie das?«

Später würde sich Jon nicht mehr erklären können, weshalb er beschloß, den Anruf zu tätigen, aber er tat es. Es war während der Fahrt nach Tel Aviv, daß verschiedene Möglichkeiten in seinem Verstand zu brodeln begannen. Er hielt vor dem Albright Institut in Jerusalem an und schaltete einen Anruf für Dr. Reuben Landau nach Rehovot, der auch dort war. Er fragte, ob im Weizmann noch Berichte über die Kohlenstoffuntersuchungen in den siebziger Jahren existierten. Das taten sie. Jon fragte Landau, ob er so freundlich wäre, ihm weitere Einzelheiten hinsichtlich einer Probe zu geben, die ihm Austin Balfour Jennings, vermutlich im Jahre 1972, zugeschickt hatte. Die Probe wäre vermutlich auf 50–60 n. Chr. datiert gewesen. Landau versprach ihm, nachzuschlagen und ihn zurückzurufen.

Das Telefon klingelte zwanzig Minuten später und Landau berichtete: »Unsere Untersuchungsergebnisse legen wir ab, sowohl nach Jahren, als auch nach Klienten sortiert, Professor Weber. Und ja, das war tatsächlich das erste Mal, daß Professor Jennings unsere Einrichtung beschäftigte. Es war am 10. September '72, und die Ergebnisse waren tatsächlich 50 n. Chr., plus oder minus das übliche Jahrhundert.«

»In Ordnung«, sagte Jon. »Woraus bestand die Probe genau? Was haben Sie untersucht?«

»Lassen Sie mich einen Augenblick nachschauen.«

Jon hörte ein Ächzen, als eine Schublade geöffnet wurde und dann, wie Landau durch die Unterlagen blätterte. Schließlich klang seine Stimme erneut in der Leitung: »Ach ja, hier haben wir es ... drei Gramm Puderkohlenstoff.«

»Das war's? Nichts anderes?«

»Nein.«

Es folgte ein langes Schweigen.

»Professor Weber? Sind Sie noch dran?«

»Ah ... ja, Dr. Landau. Ich muß etwas mißverstanden haben. Ich wäre Ihnen aber sehr zu Dank verpflichtet, wenn Sie diese Angelegenheit vertraulich behandeln würden.«

»Selbstverständlich, selbstverständlich. Lassen Sie mich es wissen, wenn ich Ihnen weiterhin behilflich sein kann.«

»Danke. Das werde ich. Auf Wiederhören.«

Nachdem er aufgelegt hatte, kam sich Jon wie ein erstklassiger Narr vor: Jennings Proben waren einfach unterwegs zerbröselt. Oder man hatte den Werkzeuggriff zermalmen müssen, um die Untersuchung überhaupt durchführen zu können. Jennings zu verdächtigen, mußte man als wildgewordenen Verfolgungswahn abtun. Wenn er sich nicht unter Kontrolle kriegen würde, würde er bald die Leute, die ihm nur einen guten Morgen wünschen wollten, mit den Worten anschnauzen: ›Was hast du damit sagen wollen?‹

Jon verließ das Albright und hatte die Straße fast erreicht, als die gleichen, germanischen Gene in ihm, die ihn gezwungen hatten, den Krug in der Höhle zu finden, ihn erneut zwangen, in das Gebäude zurückzukehren. *Gründlichkeit ist ein grausamer Sklavenführer, dachte Jon. Dieser Sklavenführer* hatte die Welt mit Rama erschüttert. Warum reagierte er überhaupt darauf?

Im Lesezimmer blätterte er durch eine internationale Liste von Wissenschaftlern, fand die Nummer von Gladwin Dunstable am Londoner Institut für Archäologie und rief ihn an. Die internationale Vermittlung sagte ihm, daß die Leitung belegt sei, aber daß sie es nochmals probieren und zurückrufen würde.

Jon hatte kaum die erste Seite der Pariser Ausgabe des *Herald Tribune* gelesen, als das Telefon klingelte, und die Vermittlung ihm mitteilte: »Wir haben Dr. Dunstable in der Leitung, Professor Weber.«

Lediglich ein paar Worte des höflichen Geplänkels und der Identifikation gingen Jons Frage voraus: »Reginald Glastonbury von Scotland Yard teilte uns mit, daß er Sie befragt hat, Dr. Dunstable. Es ging um Ihre Kontakte zu Austin Balfour

Jennings in der Vergangenheit. Ich habe gehört, daß Sie sich an praktisch jede Kleinigkeit erinnern können.«

»Ach, das bezweifle ich sehr«, lachte er. »Aber Jennings ist ein ziemlich bunter Vogel, wissen Sie.«

»Absolut! Was mich aber interessiert, ist eine Erinnerung am Rande. Jennings bat Sie darum, ein bißchen Material aus Pompei zu schicken, damit er die Einrichtungen zur Kohlenstoffdatierung im Weizmann Institut von Rehovot testen könnte.«

»Ja, das war, als ich von der Shiloh Ausgrabung nach Hause fuhr. Im Spätsommer '72, glaube ich.«

»Was haben Sie ihm geschickt?«

»Wissen Sie, das war etwas seltsam. Er schlug vor, daß ich etwas Ruß von einem Backofen in einem erst kürzlich ausgegrabenen Bereich der Pompei Ruinen abkratzen sollte – ihm war es egal aus welchem. Das Material sollte ich ihm in einem bleibekleideten Umschlag schicken. Er verlangte auch eine ziemliche Menge, wie ich mich zu entsinnen meine, da C-14-Untersuchungen in jenen Tagen noch wesentlich größere Proben benötigten. Seltsam, daß ich mich daran erinnern kann. Ich fand aber eine Bäckerei – ich glaube, daß es an der Via di Nola lag – und kratzte dann für ungefähr eine Stunde herum, um das blöde Zeug zu kriegen. Warum fragen Sie?«

»Äh, das werde ich gleich erklären. Wieviel von dem Ruß haben Sie ihm gesandt?«

»Ach, ich glaube dreißig oder vierzig Gramm.«

»Aber was ist mit der größeren Probe – dem Teil eines Werkzeuggriffes, nicht wahr?«

»Ich ... verstehe nicht.«

»Ich meine, was haben Sie ihm, außer dem Ruß, sonst noch geschickt?«

»Also, nichts, mein Lieber. Das war alles.«

»Sind Sie sich da ganz sicher?«

»Ja, natürlich. Die Behörden in Pompei hätten es mir nie erlaubt, etwas anderes außer Landes zu schicken. Ich hatte auch große Mühe, daß sie dem Ruß zustimmten.«

»Ja. Natürlich.«

»Aber wo liegt das Problem? Warum fragen Sie?«

»Ach, eigentlich ist es nichts«, flunkerte er. »Wir veröffentlichen die zusammengefaßten Schlußfolgerungen des Rama-Kongresses, und es gibt noch Dutzende solcher Kleinigkeiten, die noch geklärt werden müssen. Dies hier gilt lediglich als eine Anekdote, um die gründliche Vorgehensweise von Jennings zu demonstrieren.«

»Ach ja. In Ordnung.«

»Ich danke Ihnen für Ihre Hilfe, Dr. Dunstable.«

»Jederzeit, Professor Weber. Auf Wiederhören.«

Jon verließ das Albright Institut und schritt über den im Schatten von Nadelbäumen liegenden Rasen. Er bemühte sich verzweifelt, seine rasenden Gedanken zu zügeln. Hände wringend starrte er die grünen Fensterläden und den gelbbraunen Kalkstein des Albrights an, schüttelte den Kopf und schritt weiter. »Nein, es gibt keine andere Möglichkeit«, überzeugte er sich selbst. »Es ist an der Zeit, Glastonbury anzurufen.«

Linda, die Empfangsdame des Albright, eine reizende, braunhaarige Frau, mit tiefen, braunen Augen und endloser Geduld, wählte die Nummer, die ihr Jon gegeben hatte, und gab ihm den Hörer. Was sie danach hörte, konnte sie nur als Kauderwelsch von einem anderen Planeten verstanden haben.

»Sie meinen, daß Sie versucht haben, mich anzurufen, Reginald? ... Warum?«

Einige Minuten lang sagte Jon nichts, obwohl es Linda kaum entgehen konnte, wie sich seine Augen immer mehr weiteten.

»Oh, nein!« rief er schließlich. »Das könnte der Grund sein ... Um Gottes Willen, nein! ... Nein, was ich zu sagen habe, kann warten, bis ich Sie sehe ... Ja, nein, es gibt keine Frage, ich muß rüberfliegen. Mal sehen ... heute ist Montag. Ich werde versuchen, bis Mittwoch dort zu sein. Spätestens am Donnerstag. Ich werde Sie von Heathrow aus anrufen, vielleicht früher.«

»Aber warten Sie, Reginald. In der Zwischenzeit müssen Sie

sich mit Gladwin Dunstable in Verbindung setzen, ihn zwingen, Stillschweigen zu bewahren, und ihm erklären, wie die Sache langsam aussieht. Dann schicken Sie einen Ihrer Agenten mit ihm nach Napoli. Dort wird Kevin Sullivan aus Rom ihn empfangen. Hier ist Kevins Nummer: 39-6-772-4181 ... Verstanden? ... Sehen Sie, Sie werden Kevin zuerst anrufen müssen, damit er die Einwilligung der Behörden in Pompei erzwingt. Dann wird er nach Napoli fahren, um Dunstable vom Flughafen abzuholen. Sagen Sie Dunstable, er soll noch mehr Ruß vom gleichen Backofen abkratzen, den er 1972 in Pompei benutzt hatte, wenn das irgendwie möglich ist ... Nein! Ich bin nicht wahnsinnig geworden: Das werde ich alles später erklären! Sagen Sie Dunstable, daß er nach Möglichkeit alles genauso tun sollte, wie damals. Er soll eine ähnliche Art von Bürste verwenden und gleich viel Druck ausüben. Dann sagen Sie ihm, daß er dieses Rußpaket, sobald wie nur möglich, nach London bringen muß. Kapiert? ... In Ordnung. Also dann, lesen Sie den gesamten Plan nochmals vor, damit ich weiß, daß Sie alles richtig aufgeschrieben haben.«

Eine längere Pause endete, als Jon sagte: »In Ordnung! Nicht übel, Reginald. Sie könnten auf jeden Fall als Sekretär arbeiten, nachdem Sie sich zu Ruhe gesetzt haben! Bis bald!«

Er gab Linda den Hörer und sagte: »Da, das ergab alles einen Sinn, nicht wahr?«

»Ach ... ja, natürlich, Dr. Weber! Und wo findet die nächste Ausgrabung statt? Auf dem Mars?«

»Gar nicht so falsch! Danke, Linda. Und vergessen Sie nicht, mir die Rechnung zu schicken.

Er verließ das Albright und schaute auf die Uhr. Er sollte noch genug Zeit haben, aber, um Himmels Willen, wie sollte er es überhaupt schaffen? Er mußte zum Schrein des Buches fahren, und eine wissenschaftliche Greueltat vollstrecken. Dagegen würde Montaignes Ausschneiden eines Papyrusteilchens wie ein Kindergartenstreich aussehen! Was könnte passieren? Er überlegte sich die verschiedenen Möglichkeiten:

1. Der Idealfall: Das *Titulus* wird ihm übergeben, und er fliegt, samt davon abgekratzter Tinte, nach London.

2. Die Schreinbehörde verweigert die Freigabe, aber sobald er sich Zugang zum *Titulus* verschafft hat, kratzt er heimlich und ohne aufzufallen, Tinte ab und fliegt damit nach London.

3. Die Behörde entdeckt die ›Greueltat‹ und verhaftet ihn. Er erklärt sein entsetzliches Verhalten, und sie erlaubt es ihm, nach London zu fliegen.

4. Wie oben, außer daß die Behörde nicht überzeugt ist und ihn ins Gefängnis wirft.

»Mit allem, außer der letzten Möglichkeit, kann ich leben,« dachte er. Erneut schritt er über den Rasen des Albright, und schlug mit einer Faust gegen die andere. Seine Gedanken rasten. Nein, es gab noch eine Möglichkeit:

5. Die Behörde ist nicht überzeugt, aber *irgendwie gelingt es ihm, zu entkommen*, und er fliegt nach London.

In diesem Falle würden sie ihn aber jagen. Alle Grenzübergänge wären gesperrt, und Jonathan Weber wäre auf einmal zu Freiwild erklärt worden. Eigentlich wäre es aber ganz simpel, dachte er mit grimmigem Humor. Er müßte nur über die Grenzen jenes, am meisten bewachten Landes der Erde – Israel – entkommen, nachdem man eine Großfahndung nach ihm eingeleitet hatte. Das wäre ein ganzes Stück Arbeit!

Aber hör' mit diesem Blödsinn auf! sagte er sich selbst. Sei statt dessen direkt: Überzeuge die Schreinbehörde. Bitte um Erlaubnis.

Andererseits aber, worum er bat, war in der Welt der Archäologie ohne Beispiel. Sie würden niemals zustimmen. Niemals. Wahrscheinlich würden sie auch den Gründen für seine ungeheuerliche Bitte keinen Glauben schenken. Jon schüttelte grimmig den Kopf. Montaigne hatte seinen gesamten beruflichen Ruf geopfert ... vielleicht würde ihm die gleiche Konsequenz abverlangt werden.

Erneut stand er vor der Fassade des Albright Instituts und fragte sich, ob die sauber gehauenen Kalksteine irgendwie eine

Lösung verbargen. Das taten sie auch. Die Schwesterorganisation des Albright, entsann er sich, war das American Center of Oriental Research in Amman, Jordanien – ACOR – wo Professor Walter Rast zur Zeit die Journale seiner Ausgrabungen des vergangenen Sommers am östlichen Ufer des Toten Meeres bearbeitete. Früher in seiner Karriere hatte Jon auch schon mit Rast gegraben.

»Ich hoffe nur, daß er noch da ist«, sagte Jon, während er erneut in das Albright ging. »Er muß einfach noch da sein!«

Er schritt wieder auf Linda zu. »Ich weiß . . . ich habe Sie seit Ewigkeiten nicht mehr gesehen, aber dieses Mal ist es fast ein Ortsgespräch. Haben Sie eine Direktleitung zum ACOR in Amman?«

»Tut mir leid, Dr. Weber, es ist immer noch international. Ich kann Sie aber verbinden.«

Kurze Zeit später gab Sie ihm, glücklicherweise immer noch lächelnd, den Hörer.

»Guten Tag, ist Professor Rast noch in Amman? . . . Er ist es? Gut! Könnte ich ihn sprechen? . . . Ach, er ist zum Mittagessen gegangen? Ich werde zurückrufen. Danke schön.«

»Ich komme bald zurück«, verspach Jon. Dann ging er zum El Al Reisebüro im Westen von Jerusalem und kaufte sich eine Flugkarte nach London. In der danebenliegenden Drogerie hielt er an und kaufte sich fünf einseitige Rasierklingen. Danach ging er wieder zum Albright und setzte sich mit Rast in Verbindung.

»Grüß dich, alter Junge! Jon Weber . . . Es war großartig, dich bei unserer letzten Klausur wieder zu treffen! . . . In Ordnung, Walt, ich bin in einer ziemlich brenzligen Situation. Zuerst, könntest du in Erfahrung bringen, wann die Flüge am Mittwoch Vormittag von Amman nach London sind, und dann kauf' eine Karte unter dem Namen Ernst Becker. Du erinnerst dich an ihn, oder? Ich habe dir von ihm erzählt, als wir bei der letzten Vollversammlung ein Bier trinken gingen . . . Gut, du hast es. Nun, der nächste Teil ist etwas schwierig, aber es könnte die Lösung von Rama bedeuten. Kannst du dich daran erinnern, wie wir über das Tote Meer geschaut haben, als ich vor langer Zeit bei deiner Ausgrabung ankam? Und was ich von diesem schmalen Zipfel Landes sagte, das Israel fast berührt? ... Du kannst dich erinnern? Gut!«

Jon schaute sich um und senkte seine Stimme: »Äh, es kann sein, daß Becker morgen, spät in der Nacht, vor dem Strand von Masada etwas schwimmen gehen muß. Er wird ... äh ... in östliche Richtung schwimmen, vorbei an den Salzfeldern, nach Kap Costigan. Und er hätte nichts dagegen, wenn du vielleicht mit einer Taschenlampe dort wärst, um ihn in Jordanien zu begrüßen ... Nein, nein, ich habe keinen Zusammenbruch in Rama erlitten ... Ja, ich weiß, daß es gefährlich, sehr gefährlich ist ... Ich habe auch noch alle Tassen im Schrank! Und laß' mich das beweisen: dieser Plan ist nur als letzter Ausweg gedacht, und ich bezweifle, daß ich ihn in Anspruch nehmen muß. Es ist nur für eine Notsituation gedacht. Nun, kannst du bitte morgen, um, sagen wir mal, 17.15 Uhr im ACOR sein? ... Ich werde dir ungefähr zu der Zeit erzählen, ob die Sache steigt oder nicht. Ich werde alles später erklären.«

Erneut schaute sich Jon um, um sicher zu gehen, daß niemand lauschte, aber Linda hatte – Gott sei Dank – ihren Schreibtisch verlassen. Dann fuhr er wieder fort: »Ich weiß, ich weiß, Walt; mögliche Minenfelder, Grenzpatroullien auf der anderen Seite. Wenn wir so verfahren müssen, wirst du in Begleitung sein. Unser Staatsministerium wird sich mit Jordanien ... Sicher, das Weiße Haus sogar ... Ja, Becker wird Tauchausrüstung tragen, er wird am Kanal vorbeischwimmen, zum Ende des Kaps. Obwohl, ich hoffe, daß ich dich hiermit nicht belästigen muß ... In Ordnung. Ich rufe dich morgen Nachmittag um 17.15 Uhr an ... Danke, Walt! Du bist ein Schatz!«

Jon gab Linda, die in der Zwischenzeit zurückgekehrt war, wieder den Hörer. Er lächelte gottverlassen und sagte: »Ich ... äh ... weiß, daß Sie wahnsinnig enttäuscht wären, wenn ich nicht ... einen letzten Anruf schalten würde. Dieses Mal ... ins

Weiße Haus in Washington D. C.« Er gab ihr die Karte mit der Privatnummer des Präsidenten und lächelte. *Wo ist eine Kamera, wenn sie wirklich gebraucht wird?*

Als er das Albright verließ, schaute er auf die Uhr: 14.30. Er hatte noch genug Zeit, als eine Art Generalprobe nach Masada zu fahren. Er fuhr aus Jerusalem heraus und, die Jericho Straße entlang, zum Toten Meer. Dort angekommen, schaute er nochmals auf die Uhr und bog dann nach Süden in die Küstenstraße ein. Er fuhr an Qumran und En Gedi vorbei zum prächtigen, im südwestlichen Eck des Toten Meeres liegenden Felsen, auf dem Herodes eine Festung gebaut hatte: Masada, das Gibraltar Israels. Er hatte für die gesamte Reise von Jerusalem eineinhalb Stunden gebraucht. Glücklicherweise erwischte er die letzte Gondel des Tages, die ihn schnell auf die spektakuläre Reise vom Fuße bis zur Spitze Masadas brachte.

Obwohl er ein Fernglas mitgebracht hatte, brauchte er es kaum. Stattdessen benutzte er das mit Münzen bedienbare, kräftige Fernrohr, das, in günstiger Lage, den Touristen zur Verfügung gestellt war. Eine Münze nach der anderen ins Gerät werfend, schwenkte er seinen Blick über den gesamten Grenzbereich zwischen Israel und Jordanien, am südlichen Ende des Toten Meeres. Weil der Wasserpegel allmählich sank, war die Zunge, die Jordanien Israel ins Gesicht streckte, nun fast zu einer Brücke aus Festland geworden, die nur von einem Kanal unterbrochen wurde. Dort war die Erde aber sehr feucht und mit Treibsand und Stacheldraht eine sehr unwahrscheinliche Route.

Danach musterte er den Küstenbereich bei Masada und fand den Strandkurort, den er aus früheren Reisen noch in Erinnerung hatte. Er schwenkte das Fernrohr nach oben und erblickte sein Ziel in der Nähe des Endes von Kap Costigan in Jordanien. Es sah so aus, als wäre es nur fünf oder sechs Meilen entfernt.

Er ging den kurvenreichen ›Schlangenpfad‹ zurück bis zum Fuße des Felsen Masada. Dann fuhr er zum Kurort an der Küste und unterhielt sich belanglos mit dem für dort zuständigen

Rettungsschwimmer. »Wie ist der Meeresboden hier?« fragte er: »Gibt es hier Leute, die tauchen?«

»Der Boden ist von wahnsinnigen Salzformen übersät«, antwortete der Rettungsschwimmer. »Ein paar Leute tauchen, aber du mußt zusätzliche Gewichte tragen, sonst sinkst du nicht.«

»Richtig, das Wasser ist zu 25 Prozent aus Salz, nicht wahr?«

»Ja«, lachte er. »Ich habe gesehen, wie sie mit einer Standardausrüstung herkommen, und dann, nachdem sie hinein gesprungen sind, wie auf einem Trampolin sofort wieder nach oben schießen.«

»Wie kommt es, daß Sie wie ein Amerikaner sprechen?«

»Ich bin in den Bronx aufgewachsen. Wurde vor fünf Jahren israelischer Staatsbürger.«

»Die Welt ist klein!« lachte Jon. »Ist es irgendwie gefährlich, hier so nah an der Grenze zu schwimmen?«

»Meinen Sie Minen? So was in der Art?«

»Richtig.«

»Nee . . . glaube ich nicht. Vielleicht im Süden, beim Kanal. Aber wenn Sie hier tauchen wollen, schwimmen Sie nicht zu weit raus. Keine Ahnung, was die Jordanier alles haben.«

Jon merkte sich, daß er den wassertauglichen Metalldetektor mitnehmen sollte, den Sie beim Tauchen in Cäsaräa gebraucht hatten, um Münzen zu finden. »Habt ihr hier je Schwierigkeiten gehabt, weil Jordanien so nah ist?«

»Nicht viel. Hier haben wir eine ›Leben und leben lassen‹-Einstellung mit den Arabern.«

»Danke, Kumpel. Machen Sie's gut.«

Auf der Reise, zurück nach Jerusalem, beschloß Jon, daß es machbar wäre. Es war aber auch surrealistisch, der wahnsinnigste Plan, den sich Jon je ausgedacht hatte. Was wäre, wenn er *wirklich* dabei war, den Bezug zur Realität zu verlieren, wie es auch Rast vorsichtig angedeutet hatte? War Rama dabei, ihn um den Verstand zu bringen?

In dieser Nacht log er Shannon zum ersten Mal in ihrer Beziehung an. Er haßte sich selbst dafür. Die einzige Alternative wäre aber, daß sie, wenn man sie gefragt hätte, hinsichtlich seines Aufenthaltsortes in den nächsten paar Tagen, auch hätte lügen müssen. Das wollte er ihr ersparen. Er erzählte ihr, daß er für die nächsten paar Tage zum Verlag nach Tel Aviv fahren mußte, um noch zusätzliche Arbeit am Bericht zu erledigen.

Dick Cromwell bekam von Jon aber nur die absolute Wahrheit zu hören. Sie wurde ihm spät in jener Nacht mit gesenkter Stimmer und bei einer Flasche Sherry in Dicks Zimmer in Ramallah mitgeteilt. Jon mußte traurig zusehen, wie Dicks Miene sich langsam aber drastisch verdunkelte. Er brauchte eine volle, geschlagene Stunde, um mit dieser giftigen Botschaft klar zu kommen.

»Noch haben wir überhaupt keine Beweise, Dick. Es kann gut sein, daß ich dabei bin, den schrecklichsten Fehler meines Lebens zu begehen«, seufzte Jon. »Es ist ein unglaubliches Risiko, aber ich muß es versuchen: Viel zu viel steht bei dieser Sache mittlerweile auf dem Spiel, wie du sicherlich weißt.«

Cromwell schüttelte langsam den Kopf: »Ich kann es einfach nicht fassen, Jon. Aber . . . aber, ich denke, daß ich da mitspielen muß. In Ordnung, morgen werde ich zusätzliche Tauchgewichte bei Divers Unlimited in Jerusalem einkaufen und für mich selbst ein Zimmer in der Jugendherberge von Masada reservieren.«

»Hol' ein paar wasserdichte Beutel, wenn du schon dabei bist.«

»Okay. Wann soll ich dich zum Schrein des Buches fahren?«

»Ich habe um 15.30 Uhr mit dem Direktor einen Termin. Wir sollten nicht später als 14.30 Uhr von Ramallah abfahren.«

Cromwell schüttelte den Kopf. »Bist du sicher, daß du es durchziehen möchtest, Jon?«

»Ich muß es. Ich muß aber vernünftig bleiben. Ich schätze die Chance auf nur eins zu zehn, daß ich auf dem Weg nach London naß werden muß. Ich möchte nur für alle Eventualitäten vorsorgen.«

In dieser Nacht schlief Jon sehr unruhig, er kämpfte gegen die Bettdecke und wälzte sich hin und her. Trotz seiner augenscheinlichen Gefaßtheit, prickelte eine fast seismische Ungewißheit in seinen Gliedmaßen. »Vater, wenn möglich, laß diesen Kelch an mir vorübergehen!« murmelte er, und entdeckte eine neue Sympathie für jene Szene in Gethsemane.

Jede Diskussion über Rama hatte mit den refrainartigen Worten geschlossen: »Wenn wir nur die Schrift – die Tinte selbst, testen könten.« PIXE und chemische Analaysen waren nicht ausreichend gewesen. Er mußte eine größere Probe beschaffen, da es nun mögliche Vergleichswerte geben könnte. Verflucht sei ihre Entscheidung, den israelischen Behörden die Rama Artefakte zu überlassen! Wenn sie noch in Rama gewesen wären, hätte man die Gefahr des morgigen Tages umgehen können.

»Dennoch soll dein Wille, und nicht mein Wille, geschehen.« Wie selten hatte er in den letzten Jahren gebetet, dachte er reuevoll, und dann nur in einer solchen Krisensituation.

Kapitel 23

»Ich denke immer noch, daß ich dich begleiten sollte, Jon«, sagte Cromwell, während sie zum Schrein des Buches in dem im Westen von Jerusalem gelegenen Israelischen Museum fuhren. »Es gibt keinen Grund, warum du alles auf deine Kappe nehmen mußt.«

»Nein. Aber es gibt alle Gründe der Welt, weshalb du hier bleiben solltest. Park da am linken Bordstein neben der Kaplan Street. Halt dich bereit, sofort loszufahren, falls ich angerannt komme. Wenn ich in einer Stunde nicht zurück bin oder wenn die Polizei auftaucht, dann hau ohne mich ab. In diesem Falle mußt du dann Glastonbury in London anrufen und ihm sagen, daß er herkommen soll. Vielleicht kann ich ihm die Probe heimlich durch die Gefängnisgitter zuspielen. Und ruf auch bei Rast an – um 17.15 Uhr –, um ihm zu sagen, daß die Sache abgeblasen worden ist. Kapiert?«

»Gut. Hast du den Umschlag mit der falschen Probe?«

»Ja.«

»Den leeren Plastikbehälter?«

»Ja.«

»Rasierklingen?«

»Ja.«

»Du hast auch die Infrarotkamera, sehe ich. Also, Kumpel, viel Glück!«

»Ich werde mehr als nur Glück brauchen, Dick. Bete lieber!«

Jon stieg aus dem Peugeot aus und ging zum Schrein des Buches. Sein Herz pochte so sehr, daß er es in seinen Fingerspitzen spüren konnte. Er ging die Rampe nach unten und kam zum Büro des Direktors, Dov Sonnenfeld. Er blickte auf die Uhr: 15.33.

Die Sekretärin schaute kurz zu ihm hoch und ging ins Büro, um seine Ankunft zu melden. Hat sie irgend etwas gemerkt? Schon jetzt fing er an, sich wie ein Krimineller zu fühlen.

»Guten Tag, Professor Weber«, sagte Sonnenfeld. »Wie nett von Ihnen, uns zu besuchen!« Der freundliche Direktor, etwas über vierzig Jahre alt, war ein wenig größer als Jon, hatte hellbraunes Haar und eine gesunde, von Sommersprossen übersäte Hautfarbe. In seiner Jugend war er Fußballer gewesen, und Jon hoffte inständig, daß er nicht mehr so schnell laufen konnte, wie er es offensichtlich mal gekonnt hatte.

»Sehr erfreut, Sie zu sehen, Dr. Sonnenfeld. Ich ... äh ... ich komme wegen des Titulus Papyrus aus Rama.«

»Aha! Bevor Sie weiterreden, folgen Sie mir bitte.«

Sonnenfeld führte ihn hinaus ins Museum, vorbei an mit gelbem Licht beleuchteten Vitrinen – »Die Bar-Kochba-Briefe«, erklärte er voller Stolz – hinaus zu einer zentralen Rotunde, wo ein Faksimile des Jesaja Pergaments – der wichtigsten aller Schriftrollen des Toten Meeres – ausgestellt war. Am hinteren

Ende der Kammer stand eine von einem dunklen Stoff bedeckte Vitrine. Sonnenfeld knipste die Innenbeleuchtung an und zog den Stoff zur Seite. »Nun, wie finden Sie das?« fragte er strahlend.

Jons Herz versagte fast. Vom purpurnen Glühen des UV-Lichts beleuchtet, hing dort das Titulus. Alle Teile waren an den ursprünglichen Plätzen, angebracht auf einen Hintergrund aus durchsichtigem Musselin und zwischen zwei Glasplatten. Eine Katastrophe, dachte Jon. Sonnenfeld würde das Pergament kaum freigeben, nachdem sie eine solch aufwendige Vitrine vorbereitet hatten. Und die Alarmanlage, deren Kabeln sich um die äußeren Ränder der verschlossenen Glastüren schlängelten, würden jeden Eingriff von vornherein ausschließen. Es würde ihm nicht gelingen, sich Zugang zum Titulus zu verschaffen.

»Nun, es ist ... eine bemerkenswerte Ausstellung, Dr. Sonnenfeld«, sagte er schließlich mit letzter Kraft. »Ich dachte aber, daß Sie bis Ende November warten würden, bis der Bericht des wissenschaftlichen Kongresses veröffentlicht wurde.«

»Natürlich warten wir. Deshalb ist der Vorhang auch angebracht.« Er zog den Vorhang wieder zu und knipste das Licht aus. »Und genauso wie bei der Jesajarolle dort drüben«, er zeigte mit der Hand darauf, »ist das nicht das Original, sondern nur ein Faksimile. Haben Sie das nicht erkannt?«

Auf einer Woge der Erleichterung schwimmend, schüttelte sich Jon vor Lachen. »Eine famose Arbeit, Dr. Sonnenfeld! Ihre Künstler haben es perfekt hingekriegt: die diagonale Spaltung, sogar die dunklere Tinte im oberen, rechten Eck. Ich gratuliere!«

»Ach, ich danke Ihnen, ich danke Ihnen! Wir haben mit Bedacht UV-Licht verwandt, um es echter aussehen zu lassen. Aber lassen Sie uns in mein Büro zurückkehren.«

Nachdem sie dort angekommen waren, fragte Sonnenfeld: »Nun, wie können wir Ihnen helfen?«

Jon atmete tief ein und begann: »Uns ... uns ist es etwas

peinlich, Dr. Sonnenfeld. Bei unseren Aufnahmen des Titulus haben wir die üblichen Analysenbilder gemacht, aber haben es irgendwie vergessen, Infrarotaufnahmen zu machen. Gerade gestern, als ich das Manuskript des Berichtes zum Verleger brachte, fiel uns diese Nachlässigkeit auf. Wir müssen die Bilder so schnell wie möglich machen und haben uns deswegen gefragt, ob Sie so nett wären, uns das Titulus für ein paar Tage zurückzugeben, damit wir das Versäumte nachholen können.«

»Sicherlich, sicherlich. Da sehe ich kein Problem. Entschuldigen Sie mich einen Augenblick, dann gehe ich es holen.«

Dank dem guten Herrn! Es erwies sich also als wesentlich einfacher, als er es sich vorgestellt hatte. Das Gefühl der Erleichterung war einmalig.

Minuten später kehrte Sonnenfeld zurück, aber ohne die große, gepolsterte Kiste, in der das Titulus dem Schrein übergeben worden war. »Ich habe diese Angelegenheit mit dem Direktor des Israelischen Museums nebenan besprochen – sie tragen hier die Verantwortung in letzter Instanz – und er bestand darauf, daß wir uns zuerst die Einwilligung der Israelischen Behörde für Altertumsforschung einholen. Macht es Ihnen was aus, wenn ich dort anrufe?«

»Natürlich nicht.« Auf Wiedersehen, Erleichterung, Guten Tag, Sorgen. Hoffentlich war der Direktor nicht zu erreichen.

Sonnenfeld erklärte Jons Bitte richtig und überzeugend und wartete dann auf Gideons Antwort. Die wäre, was sonst, negativ, beschloß Jon und bereitete sich innerlich auf den schlimmsten Fall vor.

Sonnenfeld legte seine Hand über den Hörer und vertraute Jon an: »Er sagt, daß es ihm nichts ausmacht. Er muß aber zuerst die Einwilligung des Israelischen Bildungsministeriums holen. Er ruft dort gerade an.«

Gideon scheint also wirklich ein fairer Typ zu sein, dachte Jon. Wenn ich Zeit habe, werde ich mich schämen.

Vier endlose Minuten verstrichen. Dann erwachte Sonnenfeld am Telefon wieder zu neuem Leben. »Ja ... Ja ... Ich verstehe. In Ordnung, herzlichen Dank, Gideon.«

Er legte auf und sagte: »Der Bildungsminister ist heute nicht erreichbar, und ohne ihn kann das Ministerium nicht zustimmen. Ben-Yaakov kann es also auch nicht. Er schlägt einfach vor, daß Sie Ihre Ausrüstung hierher bringen, um die Bilder zu machen.«

»Kein Problem«, sagte Jon. Er öffnete seinen Aktenkoffer und nahm die Kamera heraus. »Ich dachte schon, daß es so kommen könnte, also habe ich einen Infrarotfilm mitgebracht.«

»Wirklich? Hervorragend!«

»Sie haben hier im Labor Infrarotlampen, nicht wahr?«

»Selbstverständlich. Ich werde ein paar in die Arbeitszimmer bei den Archiven bringen. Dort bewahren wir auch das echte Pergament auf.«

Die Teile des sicher zwischen Musselin eingebetteten Titulus wurden aus dem großen, mit einem Befeuchtungsregulator ausgestatteten Tresor genommen und auf den Arbeitstisch gelegt. Sonnenfeld entfernte die obere Seite und half Jon, die Lampen so aufzustellen, daß das Pergament vollständig beleuchtet war. Jon war hauptsächlich an den dunkleren, im rechten, oberen Eck liegenden Buchstaben interessiert: das DAEORVM, ein Teil der lateinischen Bezeichnung für ›der Juden‹. Das waren jene Buchstaben, für die er bereit war, seine berufliche Laufbahn zu opfern.

Falls Sonnenfeld je das Zimmer verlassen würde. Wie eine besorgte Henne, bewunderte der Direktor das Titulus erneut mit liebevollen Blicken, stellte die Lichter um und wich Jon keinen Schritt von der Seite. Aber Jon hielt seine Nerven in Schach und wartete. Er überprüfte seine Uhr, um sicher zu gehen, daß er nicht mehr als die Stunde, die er Cromwell als Wartezeit vorgegeben hatte, brauchte. Er machte Aufnahme für Aufnahme für Aufnahme, bis Sonnenfeld schließlich die heiß ersehnten Worte fallen ließ: »Nun, ich gehe jetzt für eine Weile in mein Büro zurück. Rufen Sie mich, wenn Sie fertig sind.«

Jon konnte sein Herz fast auf der Zunge fühlen, während er schnell den Aktenkoffer öffnete und die Rasierklingen und die zwei Plastikbehälter herausnahm. Ein Plastikbehälter war mit zermahlenem Graphit gefüllt – eine als Ablenkung gedachte Fälschung, die er abgeben würde, falls er erwischt werden sollte –, der andere war steril und leer und wartete gierig darauf, gefüllt zu werden. Er beugte sich vor, blickte ein letztes Mal um sich, griff dann nach einer Rasierklinge und fing an, die Buchstaben des ›DAEORVM‹ abzukratzen. Das schwärzliche Zeug ließ er unter jedem Buchstaben liegen. Es löste sich zwar nicht in den Mengen, die er erhofft hatte, aber vielleicht würde es ausreichen.

Das D war nun gelöscht, nur ein grauer Fleck blieb davon übrig. Das A folgte. Das E erwies sich aus unerklärlichen Gründen als problematischer und gab nur etwa die Hälfte seines Materials preis. Egal. Er fuhr mit dem O fort, das bereitwillig nachgab, wie auch das R und das V.

Er hörte Schritte im Gang. Jon blieb, über das Titulus gebeugt, regungslos stehen, damit niemand sehen konnte, was er tat. Die Schritte gingen an der Tür vorbei. Er hätte vor Erleichterung ein Te Deum singen können. Noch einen Buchstaben, und ich habe es geschafft, sagte er zu sich selbst. Und was für ein herrlicher Buchstabe: Ein M ist drei I's Wert, wenn es darum geht, winzige Mengen von womöglich gefälschtem Kohlenstoff zu liefern. Seine Hände hatten sich geschickt an die Aufgabe gewöhnt, und mit nur acht eleganten Striche schaffte er es, den Großteil des M auzuradieren.

Danach machte er – ohne seine dunkle, puder-ähnliche Beute zu berühren – kleine Falten in das Pergament und ließ das abgekratzte Material in den leeren Behälter gleiten. Er schraubte den Verschluß fest zu. Geschafft! Den Behälter versteckte er in einem um seinen Hals hängenden Beutel. Geschafft! Jetzt mußte er nur noch das Musselin wieder auf das Pergament legen und das Ganze liebevoll in den Tresor zurücktransportieren. Er hatte sich gemerkt, in welcher Schublade es gewesen war. Mit ein bißchen Glück, würde Sonnenfeld es nicht überprüfen. Und bis morgen wäre er in London.

Er blickte ein letztes Mal das Titulus an. Vom »DAEORVM« war nur ein halbes E übriggeblieben. Der Rest bestand aus grauen, schattenhaften Umrissen der ursprünglichen Buchstaben. Entweder war es ein Erfolg – oder die bedauernswerteste Fehleinschätzung in der Geschichte der Archäologie. Wenn sich Rama als echt erweisen sollte, hatte er soeben eines der großartigsten, antiken Dokumente verschandelt, das im Lauf der Geschichte überlebt hatte.

Aber warum war das E nicht kooperativer? Vielleicht würde ein letzter Versuch den Erfolg bringen. Er griff nach der Rasierklinge und fing an, erneut zu kratzen. Just als er das tat, öffnete sich urplötzlich die Tür, Sonnenfeld betrat das Zimmer. Lächelnd sagte er: »Gerade ist mir eingefallen, Professor Weber, daß Sie noch bessere – was tun Sie denn da?« Er beugte sich über das Pergament, der Ausdruck von Entsetzen stand ihm im Gesicht geschrieben: »Was ... was ist mit dem letzten Teil der lateinischen Zeile passiert? Sie ... Sie haben eine Rasierklinge benutzt? ... Sie haben die Zeile abgekratzt? *Elohim Shebashamiam!!* Ich kann es nicht fassen!«

»Lassen Sie mich versuchen, es Ihnen zu erklären, Dr. Sonnenfeld.«

Der Direktor aber lief aus dem Zimmer und schrie auf Hebräisch: »Wache! Wache! Kommen Sie sofort her!«

»Aber wirklich, Dr. Sonnenfeld, dafür besteht wirklich kein ...«

»Greifen Sie sich den Mann und verhindern Sie, daß er das Zimmer verläßt!« Sonnenfeld deutete auf Jon. »Ich muß mit der Israelischen Behörde für Altertumsforschung sprechen!«

»Lassen Sie mich mit Ben-Yaakov reden, nachdem Sie mit ihm gesprochen haben!« rief Jon dem hinauseilenden Sonnenfeld nach.

Der erschütterte Direktor kehrte einige Augenblicke später zurück und wies die Wachen an: »Bringen Sie ihn in mein

Büro.« Die Museumspolizisten hielten Jon mit eisernem Griff an beiden Oberarmen fest und marschierten mit ihm zu Sonnenfelds Büro. Der Direktor griff nach dem Hörer und sagte: »Wir haben ihn jetzt hier ... Wie bitte? ... Oh! Ja, natürlich.« Er legte den Hörer beiseite und sagte: »Geben Sie mir die Pulvertinte, die Sie abgekratzt haben.« Jon gab ihm mit einer langsamen Bewegung den falschen Behälter. Wenn sie das untersuchen, wäre das Ergebnis der Datierung 1990 n. Chr.! dachte er, während er verzweifelt das Gefühl des Ärgers und der Beschämung zu bekämpfen versuchte.

»Hier ... er möchte mit Ihnen reden.« Sonnenfeld gab ihm den Hörer.

»Ja, Gideon«, sagte Jon schwerfällig. »Ich weiß, daß das, was ich getan habe, beispielslos ist, aber es gibt eine Erklärung dafür ... Ja, ja, natürlich werde ich es Ihnen erklären. Aber es ist so unglaublich delikat, daß ich es nur Ihnen persönlich erzählen kann. Darf ich bitte den anderen sagen, daß sie das Zimmer verlassen sollten? ... Ich gebe Ihnen nochmals Dr. Sonnenfeld.« Er gab ihm den Hörer.

Der Direktor hörte zu, nickte und gab Jon erneut den Hörer. Mit einem Zeichen gab er den Museumspolizisten die Anweisung, ihm zu folgen, und sie verließen alle das Büro. Dann erzählte Jon Gideon von der ominösen Information, die er von Dunstable und Glastonbury erhalten hatte, sowie von seinen Plänen, das abgekratzte Material des Titulus mit dem Ruß aus Pompei zu vergleichen.

»Nein«, schloß er, »die Hinweise sind noch kein Beweis, und vielleicht ist es nicht einmal ein Indiz, aber zum ersten Mal haben wir ein starkes Motiv entdeckt. Es ist unser erster und einziger Hinweis, Gideon, und ich mußte einfach die Gelegenheit am Schopf packen.«

»Ich glaube, daß Sie aus Nichts ein riesiges Geschrei machen, Jonathan«, antwortete Gideon. »Jennings hat es einfach vergessen, da bin ich mir sicher. Das ist so, als würde man behaupten, daß ... Herzogin Kathleen Kenyon eine Prostituierte war!«

»Aber die Motive, Gideon! Ich muß nach London fliegen, um von Paddington und Glastonbury mehr darüber zu erfahren. Wir müssen auch das abgekratzte Material vom Titulus vergleichen. Es ist etwa wie vier oder fünf zischende Zündschnüre: sie könnten alle zu einem gemeinsamen, explosiven Schuß führen.«

»Oder zu einer lahmen Verpuffung, zu einem Blindgänger! Es tut mir leid, aber Sie brauchen einen Psychiater, Jonathan. Ich hasse es, es Ihnen sagen zu müssen, aber ich denke, daß Sie zu weit gegangen sind. Ich weiß, wie anstrengend die Sache mit Rama ist, aber . . .«

»Geben Sie mir einfach die nächsten zwei, drei Tage Zeit, Gideon. Danach können Sie mit mir anstellen, was Sie wollen: Sperren Sie mich ein und schmeißen Sie den Schlüssel weg, wenn Ihnen danach ist. Nachdem ich aus London zurückgekehrt bin, komme ich auf direktem Weg zu Ihnen ins Büro, um zu berichten, was passiert ist. Wenn ich unrecht hatte, dann können Sie die Handschellen anlegen.«

»Zuerst, Jonathan, können Sie die Sache mit London vergessen! Wagen Sie ja nicht, das Land zu verlassen. Der Bildungsminister . . . der Premierminister würde mich vierteilen, wenn ich Sie nach der Greueltat, die Sie verübt haben, gehen ließe. Und übrigens sollten Sie wissen, daß meine Entscheidung hier absolut nicht aus persönlichen Motiven erfolgt, obwohl Sie das vielleicht gerade denken.«

»Das denke ich nicht, Gideon«, sagte Jon, obwohl er es tatsächlich tat. Shannons Bild schwebte wieder dominierend vor seinem inneren Auge. »Sie sind ein Mann von mehr Größe, um das zu tun.«

»Ich müßte so entscheiden, sogar wenn Sie mein eigener Bruder wären, Jonathan. Glastonbury soll mit seinem Beutel voll Ruß hierher fliegen, und Sie können beide Proben in Rehovot testen.«

»Das Weizmann ist eine vorzügliche Einrichtung, Gideon, besitzt aber nicht die nötigen Geräte, um eine solch kleine Probe wie die, die ich vom Titulus abgekratzt habe, zu testen!«

»Ich bin mir sicher, daß es durchaus die Geräte hat, Jonathan.«

»Hat es nicht. Für diese Proben brauchen wir einen Tandembeschleuniger.«

»Meine Geduld wird bald erschöpft sein, Jonathan. Ich sollte eigentlich die Polizei anrufen, um Sie für die böswillige Zerstörung nationaler Schätze – eine Tat, die wirklich jenseits jeglicher Vergebung liegt – verhaften zu lassen, aber doch ...«

»Gideon, ich flehe Sie an: Geben Sie mir einfach achtundvierzig Stunden außer Landes, und ...«

»Halten Sie den Mund!« brüllte Gideon: »Ich biete Ihnen zwei Optionen. Eins: Sie haben vierundzwanzig Stunden, um die Untersuchungen mit Landau in Rehovot zu organisieren. Oder zwei: Ich sehe Sie auf dem Polizeirevier wieder.«

»In Ordnung, Gideon, in Ordnung. Aber bitte ... bitte behandeln Sie die Sache vorerst absolut vertraulich. Und sagen Sie Sonnenfeld und seinen Wachmännern, daß sie es auch geheim halten sollen.«

»Schwören Sie, daß Sie die Tests in Rehovot machen lassen werden?«

»Ich ... ich schwöre es, Gideon«, seufzte Jonathan. In Gedanken fuhr er fort: ›Sicher, ich schwöre es, ein klein wenig vom abgekratzten Material dorthin zu bringen – eines Tages.‹

»In Ordnung, Jonathan. Denken Sie aber nichtmal daran, Israel zu verlassen. Ich werde die Grenzbeamten in Ben Gurion, Ashdod, Haifa, der Allenby Brücke, an all unseren Flughäfen und Grenzübergängen alarmieren. Nun geben Sie mir Sonnenfeld.«

Jon klopfte an der Tür, um Sonnenfeld wieder hereinzubitten. Dieser betrat das Zimmer und nahm Gideons Sonderanweisungen entgegen. Nachdem er aufgelegt hatte, blickte er zu Jon und sagte: »In Ordnung. Sie können gehen. Weshalb, weiß ich nicht. Für mich sind Sie nichts als ein gewöhnlicher Krimineller!«

»Das kann ich gut verstehen, Dr. Sonnenfeld. Guten Tag!«

»Das haben Sie vergessen.« Er gab Jon den falschen Behälter wieder zurück.

»Oh. Natürlich. Danke.«

Auf dem Weg nach draußen warf er ihn in einen Mülleimer. Dann blickte er auf seine Uhr und zuckte zusammen: achtundfünfzig Minuten waren verstrichen! Er rannte nach draußen und winkte einem überaus erleichterten Dick Cromwell zu, der den Motor des Peugeots gerade angeworfen hatte.

»Großartig!« sagte Dick. »Dachte mir schon, daß ich dich das nächste Mal in einem Polizeiwagen sehen würde. Welche Version war's denn?«

»Keine derjenigen, die wir uns ausgedacht hatten! Wahrscheinlich würden wir sie 5B nennen. Jedenfalls sieht es so aus, als müßte ich auf dem Weg nach London naß werden.«

Cromwell senkte den Kopf. Dann schüttelte er ihn von einer Seite zur anderen.

Sie erreichten das Albright eine Viertelstunde, bevor es schließen sollte. »Tag, Linda«, sagte Jon. »Darf ich Ihnen Dick Cromwell vorstellen. Die gute Nachricht ist, daß er das Telefon nicht benutzen muß. Die schlechte Nachricht ist, daß ich es sehr wohl brauche.«

»Der Tag ist bisher so eintönig gewesen, Professor Weber. Ich bin so froh, daß Sie gekommen sind, um das zu ändern. Wo soll's diesmal hingehen? Wieder ins Weiße Haus?«

Er nickte und sprach: »Sie können ausgesprochen gut Gedanken lesen, meine Liebe!«

»Ich hoffte eigentlich, daß es der Buckingham Palast wäre.«

»Das nächste Mal!«

Dick Cromwell dachte, daß sie ihn auf den Arm nehmen wollten. Jons Miene war aber toternst, als ihm Linda den Hörer gab. Jon sprach: »Präsident Bronson? ... Ja, hier ist Ernst Becker im Gelobten Land. Ich befürchte, daß wir uns den aufgehenden Mond anschauen müssen ... Ich weiß, ich weiß ... das habe ich alles schon nachgeprüft. Es ist machbar ... O ja, Paul Revere ist sehr verläßlich. Er braucht aber Hilfe ... Richtig ... In Ordnung ... Das werde ich. Und danke, Mr. President.«

»Worum ging das denn?« verlangte Cromwell.

»Komm mit nach draußen. Bin gleich zurück, Linda.«

»Ich rechne fest damit.«

»Ich wäre Ihnen ewig dankbar, wenn Sie bis ungefähr 17.15 Uhr an Ihrem Schreibtisch bleiben könnten, Linda.«

»Nur, wenn Sie mir dies alles eines Tages erklären.«

»Das werde ich. Versprochen.«

Draußen angekommen, sagte Jon. »Wir warten einfach bis 17.15 Uhr. Ich habe Rast versprochen, ihn dann anzurufen.«

»Was hat diese Ernst Becker-Sache zu bedeuten?«

»Auf diesen Namen ist mein anderer Paß ausgestellt. Ich habe vergessen, dir davon zu erzählen.«

»Ach, ich glaube, daß ich es kapiert habe. Der ›aufgehende Mond‹ ist der Osten – Jordanien.«

»Richtig.«

»Wer ist aber Paul Revere?«

»Rast, naturlich. Weißt du: ›Einmal auf dem Land, zweimal auf dem See.‹ Rast wird um Mitternacht seine Taschenlampe vom Kap Costigan zwei Mal periodisch aufblinken lassen, um zu signalisieren, wo er ist.«

»Und die ›Hilfe‹?«

»Der Präsident läßt MacPherson, den Außenminister, seinem jordanischen Gegenstück grünes Licht geben, damit ihre Grenzpolizei Rast hilft, die Minenfelder zu umgehen. Das habe ich bereits gestern in die Wege geleitet. Wir haben es aber nur unter Vorbehalt gemacht, bis wir wußten, ob ich tatsächlich diesen Plan durchführen muß.«

»Großartig! Jetzt mußt du nur noch vermeiden, daß du dich auf dem Weg durchs Wasser in die Luft jagen läßt.«

»Also, gleich morgen früh rufst du bei Landau in Rehovot an, um einen Termin zwischen ihm und mir für den späten Nachmittag auszumachen. Das ist nur für den Fall, daß sich

Gideon mit ihm in Verbindung setzt. Später am Tag rufst du dann Landau erneut an und sagst ihm, daß ich aufgehalten worden bin. Sollten er oder Gideon am nächsten Tag anrufen, dann hast du nicht die blasseste Ahnung, wo ich stecke. Kapiert? Du hast gedacht, daß ich vom Verleger in Tel Aviv aus auf direktem Wege zu ihm fahren würde. Das ist, damit Shannon keinen Verdacht schöpft. Wenn ich in London ankomme, werde ich sie anrufen, um zu sagen, daß ich in Ordnung bin, obwohl ich nicht sagen werde, wo ich bin. Sie soll nichts wissen, verstehst du?«

»Ja. Ja, natürlich.«

»In Ordnung, jetzt ist es 17.13 Uhr. Es ist an der Zeit, Rast anzurufen.«

Sie gingen wieder hinein, und Jon sagte: »Es schmerzt mich, es Ihnen sagen zu müssen, Linda, aber das ist jetzt wirklich der letzte Anruf.«

»Bricht mir das Herz, Dr. Weber. Wohin jetzt? In den Kreml?«

»Nicht dieses Mal. ACOR in Amman.«

Dieses Mal fuhren sie nicht mit dem Peugeot, sondern mit dem Landrover. Hier transportierten sie im hinteren Teil ihre ganz eigene Ausgrabung. Die unterste Schicht bestand aus der Taucherausrüstung, die obere aus Kameras, Stativen und verschiedenen anderen, zur Fotoausrüstung gehörenden Gegenstände. Es gab aber auch eine ganz tiefe Grundgestein-Schicht. Dort sollte Jon hineinkriechen, wenn sie sich einem möglichen Kontrollpunkt näherten. Man konnte nur über die Ladeklappe dorthin gelangen. Aber Cromwell hatte dort im Innern des Kofferraumes zwei geheime Riegel angebracht, die, wenn sie zugeschoben waren, allen Bemühungen, die Klappe von außen zu öffnen, trotzen würden.

Während sie hinunter zum Toten Meer fuhren, das 1300 Meter unter dem Meeresspiegel lag und somit der tiefste Punkt der Erde war, verlängerten sich aufgrund der frühen Dämmerungsstunden schon die Schatten. Der erste Kontrollpunkt lag ungefähr drei Kilometer vor ihnen.

»Fahr lieber rechts ran, Dick«, sagte Jon.

Sobald die Straße frei war, öffnete Jon die Ladeklappe, kroch in die Luke, wo normalerweise das Ersatzrad gelagert wurde, und rollte sich in Fötusstellung zusammen. Der Kontrollpunkt war nicht besetzt, und Cromwell bog nach Süden in die Küstenstraße ein. Jon kämpfte sich im hinteren Teil des Wagens nach oben, um sich von seiner verkrampften Stellung zu erholen, und sagte: »Öffne mal die Fenster, Dick. Ich ersticke schon fast.«

»In Ordnung. Alles klar so weit, Jon. Es ist wenig Verkehr auf der Straße.«

Eine halbe Stunde verstrich. Sie tauschten nur spärlich Worte aus. Bedeutungsloses Geplänkel vermochte es kaum, die Anspannung, von der sie beide ergriffen waren, zu mindern. Die letzten zwei Tage waren ihm wie ein langer, entsetzlicher Traum vorgekommen, aus dem er sich nicht lösen konnte, indem er einfach nur aufwachte, dachte Jon. Würde es ihm je gelingen, das unvergleichlich schauderhafte Gefühl der Beschämung abzuschütteln, das er im Schrein verspürt hatte? Aber angesichts der Gefahren, die ihm noch bevorstanden, könnte sich schließlich jene Episode als die leichteste Übung erweisen!

»Wir sind schon längst an Qumran vorbei und nähern uns jetzt En Gedi, Jon.«

»Ich sollte mich dann lieber wieder hinlegen. Es gibt einen Kontrollpunkt hier in der Nähe.«

»Verriegelst du die Ladeklappe?«

»Worauf du dich verlassen kannst.«

Direkt nach einer Kurve hinter einem der Berge vor der Küste erreichten sie ihren ersten besetzten Kontrollpunkt. Die Tore schlossen sich über der Straße. »Jetzt geht's los«, warnte Dick.

Der Landrover hielt mit quietschenden Bremsen an. Ein Soldat der israelischen Streitkräfte, sein Barett schief aufgesetzt und die Maschinenpistole über die Schulter gehängt, lehnte sich gegen das Fenster und bat Dick um Identifikation. Dieser überreichte ihm seine Papiere. Der Soldat prüfte die von seiner Taschenlampe beleuchteten Papiere mit minutiöser Genauigkeit. »Wo fahren Sie hin?« fragte er.

»Nach Masada. Ich muß morgen früh ein paar Bilder schießen.«

Ein weiterer Soldat verließ die Wachhütte, schielte in den hinteren Teil, und beleuchtete die Fotoausrüstung mit einer Taschenlampe. »Würden Sie bitte aussteigen?« bat er.

»Sicher.« Dick öffnete die Tür, stieg aus und streckte sich lässig.

Die zwei Grenzsoldaten wühlten ein bißchen in der Fotoausrüstung und baten ihn dann, die Ladeklappe zu öffnen.

»Ich wünschte mir, daß ich das könnte! Irgendwie ist das Schloß kaputt, und ich habe die Klappe seit einigen Wochen nicht mehr öffnen können. Wollte das Schloß eigentlich die ganze Zeit schon reparieren lassen. Ich lade alles durch die Hintertüren ein.«

Einer der Soldaten zog mehrere Male an der Ladeklappe. Jon hielt den Atem an, während auf die beiden Riegel Druck ausgeübt wurde.

»Wo übernachten Sie heute abend?« fragte der erste Soldat wieder.

»In der Jugendherberge von Masada. Woanders kann man dort nicht übernachten«, fügte Cromwell kurz lachend hinzu.

Der Soldat stellte sein Funksprechgerät an und sagte etwas auf Hebräisch. Dick verstand nichts, aber Jon hörte, wie er seinen Stützpunkt ansprach und jemanden darum bat, in der Jugendherberge von Masada anzurufen, um festzustellen ob es dort unter dem Namen Cromwell eine Reservierung gab. Während sie auf die Antwort warteten, fragte Dick: »Was ist hier das Problem, meine Herren?«

»Nichts. Hier ist ein Grenzbereich, und wir müssen jeden kontrollieren, besonders nachts.«

»Aha.«

»Wir haben auch einen besonderen Grenzalarm aus Jerusalem erhalten. Kennen Sie zufällig einen ...« Er zögerte, blickte zu seinem Notizblock hinunter und fuhr fort. »Kennen Sie einen Jonathan E. Weber?«

»Nein.«

Das Funksprechgerät prasselte und erwachte zum Leben. *»Ken ... ken ... ken«*, antwortete der Soldat. Dann wandte er sich zu Cromwell um und sagte: »Sie können weiterfahren.«

Cromwell schwamm nun auf einer Woge der Erleichterung, als er den Rover anließ und weiter Richtung Masada fuhr. »Du kannst jetzt rauskriechen, Jonathan!« sagte er. »Das heißt, nur ein bißchen. Ich glaube, daß wir es schaffen werden!«

In Masada angekommen, meldete sich Cromwell in der Jugendherberge und schleppte ein paar Sachen für die Nacht in sein Zimmer. Jon öffnete die an der Ladeklappe angebrachten Riegel und befreite sich aus seinem engen Kokon. Sie trugen den Taucheranzug in das Zimmer und ließen die Luftflaschen und Gewichte im Land Rover.

Jon schaute auf die Uhr und sagte: »In Ordnung, Dick. Jetzt ist es 20.45 Uhr. Wir haben abnehmenden Mond. Er geht gegen 22.00 Uhr auf, und ich möchte davor schon naß werden. Nun, die Stelle ist ganz in der Nähe von dem Kurort, den ich gestern besucht habe. Geh und frag den Manager, ob man hier schwimmen darf, und wenn nicht, wo dann.«

Kurze Zeit später kehrte Cromwell zurück: »Man benutzt hier einfach einen Durchgang, hinunter zum Meer, einen knappen Kilometer südlich vom Kurort. Keine Gebühr. Und hör dir das mal an: Es gibt sogar einen Wadiweg, der zum Strand führt. Er wird dafür benutzt, Boote ins Wasser zu befördern.«

»Super! Ich hatte nicht damit gerechnet, daß es so leicht wäre.«

»Jemand da oben mag dich, Jonathan!«

»In Ordnung. Ich ziehe mir jetzt den Taucheranzug an.«

Eine halbe Stunde später stiegen sie in den Landrover und

fuhren das Wadi hinunter zum Strand. Musik ertönte vom Kurort, und eine Reihe von gelben Lichtern im Norden zeigte auch deren Ursprung. »Eine nette Ablenkung«, bemerkte Jon, während er die Tür aufmachte und sich darauf vorbereitete, seine Schwimmflossen anzuziehen.

»Okay, jetzt gehen wir die Checkliste noch ein letztes Mal durch«, sagte Cromwell. »Ernst Beckers Paß im wasserdichten Beutel?«

»Ja.«

»Den zweiten falschen Behälter im Beutel des wasserdichten Gürtels?«

»Ja. Wie blöd von mir, den ersten wegzuschmeißen!«

»Niemand hat je gesagt, daß du perfekt wärst. Den richtigen Behälter im wasserdichten Beutel, der um deinen Hals hängt.«

»Ja.«

»Was tust du, wenn man dich aus dem Wasser holt, dich auszieht und dich durchsucht?«

»Bevor sie mich aus dem Wasser holen, nehme ich den echten Behälter und ...«

»Ja?« Dick grinste von einem Ohr bis zum anderen.

»Ich nehme den echten Behälter und stecke ihn mir ... äh ... ich tu's dorthin, wo die Sonne selten scheint«, grinste Jon.

»In der Liste steht: Noteinführung in den hinteren Teil des Verdauungstraktes.«

»Da sehe ich keinen Unterschied.«

»Unterwasser-Metalldetektor?«

»Ja.«

»Siebzig Pfund schwere Zusatzgewichte an den Schultern, am Gürtel und an den Beinen?«

»Ja.«

»Bist du dir sicher, daß das ausreicht, um den Auftrieb des Toten Meeres auszugleichen?«

»Sollte schon sein. Ich möchte nur gerade unter der Oberfläche schwimmen – nicht tiefer –, da ich mich von Zeit zu Zeit neu orientieren muß.«

»Okay. Lies 'mal den Druck in beiden Lufttanks ab.«

»Genug für neunzig Minuten. Das sollte ausreichen, um in jordanisches Gewässer zu gelangen.«

»In Ordnung. Taschenlampe?«

»Ja.«

»Jordanische Dinare, israelische Schekel, britsche Pfund, amerikanische Dollar, Kreditkarte im wasserdichten Beutel?«

»Ja.«

»Das war's, Jon. Es ist 22.10 Uhr. Wird Zeit, dich auf die Socken zu machen.«

»In Ordnung, Dick. Vergiß nicht, morgen ein paar Bilder in Masada zu schießen und fahr dann zurück nach Ramallah. Rast wird dich dort gegen 13 Uhr anrufen. Wenn ich sicher angekommen und nach London abgeflogen bin, sagte er: ›Der Highspeed-Film, den Sie bestellt haben, ist angekommen.‹ Wenn nicht, wird ein Code nicht nötig sein. In dem Fall wird er dir klar sagen müssen, was passiert ist, und was du tun mußt, um mir den Hintern zu retten - falls er noch gerettet werden kann.«

»Ich bete darum, daß es die erste Alternative sein wird. Nun, vergiß deine Orientierungspunkte nicht: Wonach du suchen mußt, ist der Punkt, wo Kap Costigan auf der anderen Seite des Toten Meeres eine Linie mit den Hügeln bildet, über denen der Mond aufsteigt.«

»Das sind die Berge von Moab.«

»Und wenn dein Metalldetektor anfängt zu pfeifen, dann halte um Gottes Willen an, bis du mit deiner Taschenlampe sehen kannst, was vor dir liegt.«

»Ja, richtig. Dick, ich möchte hier nicht sentimental werden, aber ... wenn mir etwas zustoßen sollte, dann erzähle Shannon, weshalb ich das hier tun mußte, warum ich es vor ihr verborgen habe und daß meine letzten Gedanken bei ihr waren. Sie ist das Beste, was mir in meinem Leben begegnet ist ... Und dann mußt du den Kreuzzug mit Glastonbury fortführen, um alles zu beweisen, so oder so. Versprochen?«

»Ich verspreche es, Jon. Paß bitte auf dich auf.«

Jon watete in das Wasser hinaus. Sein Blick suchte intensiv die Fläche, die vor ihm lag, ab. Dick stieg aus dem Rover aus und sicherte nach hinten. Glücklicherweise schien es keine Zeugen zu geben.

Eine Viertelstunde später fing ein abnehmender Mond an, über den Horizont der im Osten liegenden Hügeln zu spähen. Jon war einige Hundert Meter vom Ufer entfernt und kam ziemlich rasch voran, obwohl er im fahlen Licht des Mondes noch beunruhigend deutlich sichtbar war, wie Cromwell bestürzt feststellte. Warum schwamm er denn nicht tiefer!?

Dick hörte quietschende Bremsen hinter sich. Er wandte sich sofort um und sah, daß nun ein israelischer Jeep neben dem Rover parkte. Ein Grenzsoldat mit weißem Helm stieg aus. »Was machen Sie hier?« verlangte er erst auf Hebräisch, dann in Englisch, die zweite Sprache Israels.

Cromwell zuckte innerlich zusammen, sagte aber ganz ruhig: »Ich genieße einfach den aufgehenden Mond. Ich hoffe daß hier . . . kein Sperrbezirk ist.«

Als er gebeten wurde, sich auszuweisen, stellte sich Cromwell mit dem Gesicht zum Wasser, damit der Soldat mit dem Rücken zum Meer stehen mußte, während er die Papiere studierte. »Schwimm weiter, Jon«, schrie er innerlich: »Und schwimm leise.«

Absichtlich brauchte er eine lange Zeit, fischte in verschiedenen Taschen herum, bis er schließlich seinen Paß fand und ihn dem Israeli gab. Gerade in diesem Augenblick ertönte entsetzlich laute Rockmusik von dem im Norden liegenden Kurort. Cromwell, der Bach liebte und Rockmusik verabscheute, war für diese pulsierende Nicht-Musik dankbar, die mühelos das leise Geräusch des Plantschens im Toten Meer übertönte.

»Wo wohnen Sie?« fragte der Grenzsoldat.

»Da oben in der Jugendherberge. Ich wollte mir gerade diese Einrichtungen hier anschauen, falls ich irgendwann mein eigenes Boot mitbringen sollte.«

»Ich dachte, Sie wollten den Mond genießen.«

Cromwell lachte: »Sowohl als auch! Die beiden Sachen schließen sich ja nicht gegenseitig aus oder?«

»In Ordnung. Sollten Sie aber je mit dem Boot hier rausfahren, seien Sie vorsichtig. Wir haben in der Nähe der internationalen Grenze dort drüben Minen gelegt.« Er deutete auf eine Stelle, die ungemütlich nah bei jener Stelle lag, wo Jon gerade schwamm.

»Das werde ich ganz sicher bedenken. Vielen Dank für die Warnung.«

Jon machte den Rover an, folgte dem Jeep vom Ufer weg, und parkte dann vor der Herberge. Die nächsten zwei Stunden würde er damit verbringen, das Meer mit einem Fernglas zu beobachten. Er hoffte inständig, nicht das grelle Aufleuchten einer Explosion zu sehen, die seine Augen schneller erreichen würde als das Geräusch.

Jon schwamm durch das vom Mondlicht beleuchtete Wasser. Sehr bald aber bemerkte er seine schwere Fehleinschätzung: Er hatte sich nicht ausreichend mit Gewichten eingedeckt, um den Auftrieb des Toten Meeres auszugleichen. Egal wie sehr er sich abmühte, immer wieder tauchte er sofort an der Oberfläche auf. Sein mit dem Taucheranzug bekleideter Rücken war somit über dem salzhaltigen Wasser deutlich sichtbar. Er schwamm weiter. Welche andere Möglichkeit hatte er sonst?

Nun war er auf Höhe des Kanals. Er blickte zurück und sah entsetzt die Scheinwerfer eines israelischen Geländewagens. Sofort hielt er an und lag wie tot im Wasser. Sollte ein Scheinwerfer auf das Meer gerichtet werden, könnte es das Ende seiner Mission bedeuten. Ihm blieb nichts anderes übrig, als zu warten, bis sich die Sache von selbst entschied. Aber das Getöse von Rockmusik und der Blick auf sich zurückziehende Lichter ermutigten ihn, und er schwamm weiter mit dem vollen Antrieb seiner Schwimmflossen.

Dann fiel ihm der zweite, möglicherweise katastrophale Fehler auf: Die Musik sollte er gar nicht hören können, statt dessen sollte er das Summen des Metalldetektors in den Ohren haben. Schnell schaltete er das Gerät ein, fand die richtige Einstellung und schwamm weiter. Die Sonde des Metalldetektors war an einem Schultergurt befestigt und tastete somit den Weg vor ihm ab.

Eine halbe Stunde verstrich. Jon schwamm weiter in Richtung des aufgehenden Halbmondes und erreichte dann die auf der Wasseroberfläche treibenden Salzfelder. Er hatte nun ungefähr die Hälfte der Strecke bis zu seinem Ziel hinter sich. Das Summen des Detektors blieb gleichmäßig, es gab keine Schwankungen, die auf eine Mine schließen ließen. Er hatte sich einen bestimmten Rhythmus zugelegt, etwa zwanzig Schwimmzüge pro Minute. Das salzhaltige, fast sirupähnliche Wasser des Toten Meeres ließ nur einen solch langsamen Rhythmus und somit eine sehr langsame Fortbewegung zu. Mehrere gespenstische Salzberge trieben auf dem Wasser und versperrten ihm zeitweilig den Weg. Jon mußte wiederholt die Richtung ändern, um sie zu umschwimmen.

Es muß fast Mitternacht sein, rechnete er sich aus. Rast hatte gesagt, daß er in der Geisterstunde mit den Lichtsignalen beginnen würde. Jons Blick streifte den östlichen Horizont, aber er sah nichts. Nun mußte er das jordanische Hohheitsgebiet erreicht haben, dachte er, das durchaus vermint sein könnte. Er drehte den Lautstärkeregler des Metaldetektors weiter auf. Immer noch erspähte er kein Licht vom Ufer.

Seine Beine fingen langsam an zu schmerzen. Ein Spaß war es sicherlich nicht. Er brauchte dringend ein Ziel vor Augen, etwas worauf er hoffen und zuschwimmen könnte. Er hätte Rast sagen sollen, daß er das Licht bereits um 23.30 Uhr einschalten sollte. Natürlich gab es auch eine andere Möglichkeit: Der Plan war fehlgeschlagen, und Rast befand sich gar nicht am Strand.

Hatte er da nicht gerade einen winzigen Lichtpunkt gesehen? In dreißig Sekunden würde er es wissen, die Aufleuchtfrequenz, die sie ausgemacht hatten. »Eintausendeins, eintausendzwei, eintausenddrei . . .«, zählte er, bis er achtundzwanzig erreicht hatte. Klar und deutlich sah er dann das herrliche, zweimalige Aufleuchten einer Taschenlampe, etwas links von der Richtung, in die er gerade schwamm. Dreißig Sekunden später wiederholte sich die wunderbare Sequenz. Wie vereinbart machte er seine Taschenlampe an, die Antwort: dreimal an und wieder aus. Kontakt!

Er brauchte immer noch fast eine Stunde, um die letzte Etappe zum Ufer zu schaffen. Aber nun erschien es ihm als Leichtigkeit. Das Ende war in Sicht, und somit hatte er gesiegt.

»Hey, Walt!« sagte Jon, sobald seine Füße die Kieselsteine des Ufers berührten. »Ich hoffe, daß man hier bald einen Fährdienst einrichtet!«

»Willkommen in Jordanien, du alte Wasserratte!«

Zwei Offiziere der Königlichen Armee von Jordanien standen neben Rast. Der Ranghöchste gab Jon die Hand und sagte: »Die Regierung des haschemitischen Königreichs heißt Sie herzlich willkommen, Professor Weber – das heißt ›Becker‹!«

»Ich danke Ihnen! Sehr nett von Ihnen, diesen Empfang vorzubereiten, meine Herren!«

»Ach, das war äußerst wichtig. Sonst wären Sie sicher in unseren Minenfeldern zerfetzt worden, wenn sich Allah nicht Ihrer erbarmt hätte! Kommen Sie, ich zeige ihnen den Weg.«

Jons dritter Fehler war es, daß er keine Kleidung zum Wechseln organisiert hatte. Tauchanzüge sind in Passagierflugzeugen eher unpassend. Glücklicherweise hatte Rast fast die gleiche Größe, so daß er einen Anzug von ihm ausleihen konnte.

Sein vierter Fehler ließ sich gar nicht vermeiden: Kein Ernst Becker war je nach Jordanien gereist – zumindest war kein jordanischer Einreisestempel in seinem Paß –, also, wie sollte er durch die Paßkontrolle gelangen, wenn er das Land verlassen wollte? Da aber Jordaniens Außenminister ihn früh am nächsten Morgen persönlich am Königin Alia Flughafen in Amman verabschiedete, waren die Zollbeamten mehr als kooperativ.

Kapitel 24

Glastonbury eilte mit Jon durch den Zoll am Londoner Flughafen Heathrow, und sie rasten in einem mit dem Wappen von Scotland Yard gezierten Dienstjaguar die M-4 nach London entlang. Sandy McHugh war schon mit einer früheren Maschine von Washington eingeflogen und stieß nun im London Institute of Archeology in Bloomsbury zu ihnen. Gladwin Dunstable und Tom Paddington waren auch schon da und warteten auf seine Ankunft. Freundliche Begrüßungen wurden um den Konferenztisch ausgetauscht. Danach wandte sich Jon zu Dunstable um und sagte: »Verzeihen Sie bitte unsere plötzliche Einmischung in Ihre Arbeitspläne!«

»Nicht der Rede wert. Bin froh, daß ich ihnen helfen kann«, sagte der gesund aussehende, schlacksige Archäologe mit der blonden Haarpracht. Seine hageren Gesichtszüge erweichten sich zu einem warmen Lächeln.

»Haben Sie es geschafft, den Backofen in Pompei zu finden und uns eine Probe mitzubringen?«

»Das habe ich. Es war eine ziemliche Leistung – die Behörden dort waren mehr als perplex – aber da haben wir es.« Er griff in seinen Aktenkoffer und legte ein Plastikpäckchen auf den Tisch. »Ich habe aber eine Frage an Sie, Professor Weber: Warum in aller Welt wollten Sie, daß ich das tue? Natürlich habe ich schon eine gewiße Vorahnung, aber Reginald meinte, daß Sie mich noch voll einweihen würden.«

Jon erklärte die Gedankengänge, die ihn dazu getrieben hatten, den Anschlag auf das Titulus zu verüben, und er schloß mit den Worten: »Da nur ein Bruchteil des Rußes, den Sie Jennings aus Pompei geschickt haben, im Weizmann getestet wurde, könnte der Rest womöglich dafür verwendet worden sein, die Tinte für den Papyrus und das Titulus herzustellen. Aufgrund der Tatsache, daß der Ruß aus Pompei sich nicht später als auf 79 n. Chr. datieren lassen konnte, hätte er durchaus als vorzügliche Basis für die Pigmentierung dienen können. Also dachte ich, daß eine C-14-Untersuchung des Materials, das vom Titulus abgekratzt wurde, mit einer Untersuchung dessen, was Sie vom gleichen Ofen gewonnen haben, verglichen werden könnte. Identische oder sehr ähnliche Ergebnisse könnten wohl zur endgültigen Schlußfolgerung führen.«

Daß seine Zuhörer geschlossen die Stirn runzeln würden, war nicht gerade die Reaktion, die Jon erwartet hatte. Schließlich brach Dunstable das Schweigen. »Nun, lassen Sie uns mal sehen, welche Menge Sie uns mitgebracht haben.«

Jon holte den durchsichtigen Behälter aus dem um seinen Hals hängenden Beutel und stellte ihn vor Dunstable und McHugh auf den Tisch. Sie hoben ihn auf und starrten ihn gebannt an.

»Vorsicht, meine Herren«, sagte Jon. »Das mag übertrieben klingen, aber die geistliche Zukunft der westlichen Welt könnte von dem bißchen Pulver in dem Behälter abhängen!«

Sandy wiegte voller Bedenken den Kopf und sagte: »Vielleicht haben wir hier genug für eine C-14-Untersuchung, Jon. Aber was soll das denn beweisen, auch wenn die Ergebnisse sich ähneln? Es könnte auch ein reiner Zufall sein.«

»Wie meinst du das?«

Dunstable, der sich nun der Argumentation anschloß, sagte: »Gesetzt den Fall, Professor Weber, daß Rama vollkommen authentisch ist. Ihr abgekratztes Material könnte durchaus ein ähnliches altersmäßiges Ergebnis haben wie mein Ruß – und trotzdem immer noch aus einer vollkommen anderen Quelle stammen.«

Jon erkannte augenblicklich die Wahrheit. Er fing an, sich unglaublich dämlich vorzukommen, wie ein Idiot, der verzweifelt der falschen Vorstellung nachgerannt war und sowohl über sich als auch über seinen Berufsstand Schande gebracht hatte. Er sprang auf und schritt im Zimmer umher, schlug dabei mit der rechten Faust gegen seine linke Handfläche. Sein kräftezehrendes Abenteuer, kleine Mengen eines Materials zu beschaffen, das sich letztlich als völlig nutzlos erweisen könnte, steigerte das Gefühl der Sinnlosigkeit.

Er versuchte verzweifelt, die richtigen Worte zu finden: »Mit anderen Worten, meine Herren, waren diese ganzen, entsetzlichen Bemühungen mit ziemlich hoher Wahrscheinlichkeit völlig wertlos? Ich riskiere mein Leben und sicherlich auch meinen Ruf, und es soll alles umsonst gewesen sein? Haben Sie denn nicht die Möglichkeit, irgendeine Art der vergleichenden Untersuchung zu machen? Irgendeine andere Untersuchung, chemisch oder wie auch immer?«

McHugh kritzelte etwas auf seinen Notizblock, hielt dann inne, blickte zu Dunstable und lächelte. Der Direktor nickte und sagte: »Ja, es gibt andere analysierende Verfahren, und die wären in diesem Fall sowieso wesentlich dienlicher als Kohlenstoff.«

»Ja, in der Tat, Jon«, sagte Sandy. »Ich denke, daß wir zuerst eine vergleichende Analyse mit dem Mikroskop und danach die PIXE machen sollten. Haben Sie hier die nötigen Einrichtungen für die Particle Induced X-Ray Emmission Analysis, Dr. Dunstable?«

»Die haben wir. Und ich stimme zu. Also, wenn Sie damit einverstanden sind, Professor Weber, werde ich veranlassen, daß unser bester Mann, George Lawton, die zwei Proben einem optischen Vergleich unterzieht. Machen Sie sich keine Sorgen: Ich werde ihm sagen, daß sie beide von der Magna Carta stammen und daß jedes Körnchen erhalten bleiben muß. Nach diesem Verfahren, schlage ich vor, daß wir beide Proben mit dem Elektronenmikroskop scannen und dann mit der PIXE fortfahren, vielleicht dann auch noch die ESCA.«

»ESCA?« hakte Jon nach.

»Elektronenspektroskopie für Chemische Analysen. Es bestimmt ein paar Aspekte, die von der PIXE nicht abgedeckt werden. Stimmen Sie zu, meine Herren?«

Sandy zeigte mit dem Daumen nach oben und sah Jon an.

»Super! Hervorragend!« sagte Jon auf einer Welle von Erleichterung schwimmend.

Dunstable verließ mit den Proben das Zimmer und kehrte

kurze Zeit später wieder zurück. »Während das gemacht wird, sagen Sie mir bitte, weshalb Sie ausgerechnet Austin Balfour Jennings verdächtigen, Professor Weber. In der Welt der Archäologie ist das fast so, als würde man behaupten, Ihr großer William Foxwell Albright wäre ein Schuft und ein Betrüger.«

»Das weiß ich. Ich kann nicht mal anfangen, den Schmerz zu beschreiben, den ich förmlich in meinen Knochen spüre, wenn ich mir diese Vorstellung nur vor Augen führe. Aber was ist mit dem verkohlten Werkzeuggriff, den Sie ihm nie geschickt haben? Und die Menge an Ruß, die nie im Weizmann ankam?«

»Dünn, sehr dünn, Professor Weber. Es könnte sich dabei nur um eine falsche Erinnerung von Jennings handeln. Und das Weizmann hat wahrscheinlich die Menge von Ruß vorgegeben, die er schicken sollte.«

»Das ist mir durchaus bewußt. Ich hätte dies alles auch nie gemacht, wäre es nicht aufgrund der neuen Information gewesen, die Tom Paddington und der MI5 entdeckt haben. Sehen Sie, damit hatten wir dann schließllich auch ein Motiv. Mr. Glastonbury hat mir die Details telefonisch durchgegeben, während ich noch in Jerusalem war. Warum erzählen Sie es ihm nicht, Reginald? Oder Sie, Tom?«

Glastonbury zeigte mit den Handflächen auf Paddington, der daraufhin antwortete: »Auch wenn es mir wahrlich widerstrebt, es zuzugeben, hat Reginald eigentlich die Hauptarbeit geleistet. Er fand zum Beispiel heraus, daß Jennings, als junger Mann in Oxford, nicht nur eine besondere Begabung für Sprachwissenschaften hatte, sondern auch förmlich ein Genie der aramäischen Sprache war. Sein Lehrer, Professor Giles Weatherby, warf eines Tages seine Hände in die Höhe und sagte: ›Genug! Ich kann Sie nicht mehr unterrichten, Austin. Statt dessen ist es höchste Zeit, daß Sie mich unterrichten!‹ Nun, das fanden wir etwas seltsam, besonders angesichts der Tatsache, daß Jennings immer forderte, daß Dr. Weber die Übersetzungen in Israel machte.«

»Nun, vielleicht hat er in der Zwischenzeit sein Aramäisch vernachlässigt«, protestierte Dunstable. »Schließlich liegt das schon Jahre zurück.«

»Das mag sein«, sagte Paddington. »Aber dann hat sich die Königin in diese Affäre eingemischt. Als Oberhaupt der Kirche von England war sie zutiefst besorgt, was Rama für den christlichen Glauben bedeutete, besonders weil die Ausgrabung unter britischer Flagge stand. Reginald und ich wurden in den Buckingham Palast gerufen und mußten Sie über alle Details unterrichten, die wir bis dato gesammelt hatten. Anschließend bat sie uns darum, sämtliche Möglichkeiten von Scotland Yard und MI5 voll auszuschöpfen. Also beriefen wir eine kleine Armee von Agenten zusammen, die in Oxford und Nordirland daran arbeiteten, die Lücken in Jennings Akte zu füllen.«

»Wirklich?« fragte Dunstable. »Was fanden Sie heraus?«

»Zuerst nur wenig, mit Ausnahme der üblichen Biografie von Jennings, die wir ja bereits kannten. Aber dann entdeckten wir Dinge aus seinem Privatleben, die, wie wir meinen, zum ersten Mal ein Motiv vermuten lassen. Während seiner Zeit als Dozent in Oxford verliebte er sich in eine Studentin namens Colleen Donnegal, die aus Drogheda an der Ostküste Irlands stammte. Offensichtlich war sie ein äußerst charmantes Mädel, ähnlich wie Shannon, Dr. Weber ... Jedenfalls erwiderte sie seine Zuneigung, aber schloß eine weiterführende Romanze aus.«

»Warum?« fragte Sandy McHugh. »Weil er Anglikaner und sie Katholikin war?«

»Das war nur ein Teil davon. Sehen Sie, Fräulein Donnegal war Novizin im Kloster der Schwestern von Salome in Monaghan – das ist in der Nähe der Grenze zu Nordirland. Und sie hatte bereits den ersten Eid abgelegt, die Braut Christi und nicht die Braut von Jennings zu werden. Das Kloster hatte ihr das Stipendium gegeben, Hebräisch in Oxford zu studieren. Sie sollte zurückkehren und im Kloster unterrichten. Sie kehrte tatsächlich zurück, was Jennings aber das Herz brach. Er schrieb ihr Briefe, die aber nie beantwortet wurden. Später erst erfuhr er, daß sie diese nie bekommen hatte.

An jenem Weihnachten, rechnete sich Jennings damals aus, war es ihr womöglich gestattet worden, die Ferien mit ihrer Familie in Drogheda zu verleben. Also lauerte er ihr dort auf. Er behielt recht. Am zweiten Weihnachtsfeiertag beobachtete er, wie sie das Haus verließ, und er stellte sie zur Rede. Sie war vor Freude ganz überwältigt und natürlich unglaublich sauer auf das Kloster, daß ihre Briefe einbehalten worden sind. Um die Geschichte zu einem Ende zu bringen: Sie kehrte heim, um ihre Sachen zu packen, als wollte sie zum Kloster zurückgehen. Statt dessen brannte sie mit Jennings nach England durch.«

»Nun, das ist alles ziemlich romantisch«, sagte Dunstable. »Aber kaum ein Motiv für ...«

»Die Geschichte geht weiter«, sagte Paddington. »Mehrere Jahre lang lebten sie glücklich in Oxford, obwohl Frau Jennings sich immer noch schuldig fühlte wegen der Art und Weise, wie sie damals das Kloster verlassen hatte. Sie hielt auch entschlossen an dem katholischen Glauben fest.«

»Ja, das habe ich auch in Erfahrung bringen können«, sagte Glastonbury. »Ihr Psychiater in Oxford war äußerst hilfreich. Aber fahren Sie fort, Tom ...«

»Kurz nachdem Shannon zur Welt kam, erlitt sie eine lang anhaltende, postnatale Depression. Sie dachte, die einzige Möglichkeit, die ihrer Ansicht nach für die Krankheit verantwortlichen Gewissensbisse wegen des gebrochenen Eides zu überwinden, sei ein Friedensschluß mit dem Orden. Sie schrieb der Äbtissin einen Brief und bat sie um Vergebung. Die Mutter Oberin erteilte ihr daraufhin schriftlich die Absolution, schlug aber vor, daß sie für eine Woche der Meditation ins Kloster zurückkehren sollte. Danach würde sie von ihrem Eid gelöst werden. Jennings flehte sie an, nicht zu fahren, aber der Psychiater stimmte zu, weil es vielleicht die beste Therapie für sie wäre. Sie ließ Shannon bei ihrem Mann und reiste nach Monaghan ab.«

»Mir wird langsam schlecht«, sagte McHugh. »Ich glaube, ich habe eine Ahnung, wie die Geschichte endet.«

»Sie haben recht: Die Äbtissin entpuppte sich als noch weiter rechts gesinnt als Torquemada und die Spanische Inquisition. Eine Novizin hatte sie noch nie ›verloren‹, und sie war auch überhaupt nicht gewillt, jetzt den ersten Fall zuzulassen. Sie wollte Colleen Jennings sehr wohl von einem Gelübde befreien: von dem Ehegelübde. Die Ehe besaß keine Gültigkeit, argumentierte sie, da sie nicht innerhalb der Kirche vollzogen worden war. Als Colleen protestierte, ließ die Äbtissin ihrem Nachmittagstee Laudanum beifügen. Colleen fing an, Visionen zu haben, blieb deshalb im Kloster bis man sie eines Tages mit einem Gürtel um den Hals erhängt in ihrer Zelle fand.«

Allgemeines Entsetzen machte sich in der Gruppe breit, während Paddington fortfuhr: »Jennings war natürlich außer sich. Er nahm sich ein ganzes Semester von Oxford frei, um die Wahrheit aufzuspüren. Diese erfuhr er schließlich von einer der Köchinnen im Kloster. Dann erstattete er Anzeige gegen die Äbtissin. Die irischen Gerichte ließen aber zu, daß der Fall nach Kirchenrecht entschieden wurde, und das klerikale Gericht wies die Anklage ›aus Mangel an Beweisen‹ zurück. Die katholische Kirchenführung von Irland hat sich auch mächtig eingemischt, weil sie der Meinung war, sie müsse einen Skandal von diesen Ausmaßen vertuschen.

Nun hätte es nur noch geholfen, wenn man Jennings festgebunden hätte. Bei ein paar Gläsern Bier in einer Kneipe in seiner Heimatstadt Armagh, erzählte er die grauenhafte Geschichte ein paar Menschen, die mit ihm am Tisch saßen. Diese entpuppten sich später als militante Protestanten. In einer Nacht schlich sich diese Gruppe ohne sein Wissen über die Grenze – Monaghan liegt nicht weit von Armagh – und fackelte das Kloster ab. Sie hinterließen einen Zettel, nach dem diese Tat ein Racheakt ›für die Entführung und Tötung von Colleen Jennings‹ wäre. Zwei alte Nonnen kamen in den Flammen ums Leben.«

»O nein!« sagte Sandy. »Und jetzt mischte sich natürlich die IRA ein, heiß darauf, auch Rache zu üben!«

»Genau. Eine Woche später schlich ein Killerkommando der IRA ebenfalls über die Grenze, griff Jennings Haus in Armagh an und tötete seine Mutter und seinen jüngeren Bruder. Und löschte somit die Familie aus – nur Austin Balfour überlebte.«

»Um Himmels Willen!« rief Dunstable. »Tatsächlich sehe ich hier langsam ein Motiv. Was ist aber aus der bösen Mutter Oberin geworden?«

»Die Kirche schob sie in den Ruhestand ab«, sagte Glastonbury. »Aber Jennings sah das wohl nicht als ausreichende Genugtuung dafür an, daß er alle außer Shannon verloren hatte.«

»Unglaublich!« sagte Jon. »Shannon hat mir nichts von allem erzählt. Sie sagte, daß ihre Mutter an einer seltenen Art von Lungenentzündung gestorben ist.«

»Shannon wußte – weiß – nichts von diesen grausamen Morden«, sagte Glastonbury.

»›Lungenentzündung‹ hieß die Geschichte, die Jennings ihr erzählte. Er wollte wohl nicht, daß sie aufgrund der wahren Geschichte leiden mußte.«

»Wann ist das alles passiert?« fragte Dunstable. »Und warum haben wir nichts davon erfahren?«

»1970, ein paar Monate nachdem Shannon zur Welt kam. Warum Sie nichts davon gehört haben? Jennings war zu jener Zeit kein Prominenter, und der Vorfall bereicherte nur die Statistiken jener blutigen Grenze. Offensichtlich hat er es niemals in seinen späteren Interviews erwähnt. Wahrscheinlich löschte er die Geschichte aus seinen Erinnerungen oder plante seine eigene, teuflische Rache.«

»Lassen Sie uns zusammenfassen«, sagte Dunstable: »Jennings wurde von den irischen Katholiken übel zugesetzt. Sie töteten seine Frau, seine Mutter und seinen Bruder. Und nun will er Rache an ihnen üben, indem er den aramäischen Brief schrieb, wozu er als sprachwissenschaftliches Genie offensichtlich in der Lage war. Danach fälschte er alles andere, was er als

Archäologe auch problemlos hätte tun können ... ist das richtig?«

»Dies sind auch meine Schlußfolgerungen gewesen«, sagte Jon.

»Unsere ebenfalls.«

»Hört sich für mich logisch an«, stimmte Sandy McHugh zu.

»Nun, ich neige dazu, ebenfalls zuzustimmen«, sagte Dunstable. »Ich entdecke aber zwei ernsthafte Probleme in diesen Gedankengängen. Erstens: Ich könnte einen maßlosen Haß seinerseits auf den Katholizismus verstehen, aber Rama richtet sich gegen das gesamte Christentum, nicht nur gegen den Katholizismus. Zweitens: Er war lange Zeit vor den Tragödien von 1970 Meister der aramäischen Sprache, nicht wahr?«

Ein tiefes Schweigen breitete sich im Zimmer aus, das erst gebrochen wurde, als Dunstable fortfuhr: »Also frage ich mich, ob wir nicht hier ... zu einer monströsen Fehleinschätzung kommen, indem wir den Charakter von einem der größten Archäologen unserer Zeit in Zweifel ziehen, einem Mann, der schon weitaus mehr gelitten hat, als uns je bewußt war.«

Erneut unterbrach ein Schweigen das Gespräch.

»Nun«, gab Glastonbury zu. »Diese Äußerungen ergeben einen Sinn, Gladwin. Es ist durchaus möglich, daß wir hiermit doch auf das falsche Pferd setzen.«

»Wir neigen so häufig dazu, den ›Täter‹ finden zu wollen«, sagte Paddington, »daß es uns so gut wie nie einfällt, daß es in so einem Fall vielleicht gar keinen ›Schuldigen‹ gibt und daß die Funde schlicht und ergreifend echt sind.«

Jon kam sich langsam wie eine verräterische Ratte oder noch schlimmer vor. Er hätte dort sein müssen, in Dunstables Ecke. Er hätte Jennings, wo es nur ging, verteidigen müssen. Und doch schien er statt dessen wie ein Judas, den Angriff zu dirigieren.

Die Tür zum Konferenzzimmer öffnete sich, und Dr. George Lawton betrat den Raum. Er war ein klein geratener

Mann in einem weißen Laborkittel, dessen überlange Strähnen seines braunen Haares vorsichtig über seinen kahlen Kopf gekämmt worden waren. »Verzeihen Sie, meine Herren«, sagte er: »Aber wir haben die ersten Ergebnisse unserer vergleichenden Untersuchung.«

»Berichten Sie bitte«, wies Dunstable ihn an.

»Wir untersuchten die zwei Proben mit Standardmikroskopen, benutzten dabei verschiedene Lichtquellen und Diffraktionen, und entdeckten einige gravierende Unterschiede: Das Kohlenstoffgranulat in der Probe aus Pompei ist von ziemlich durchgehender Beschaffenheit, während die Weber-Probe im Kohlenstoff verschiedene Granulationsgrößen aufweist sowie eine Mischung mit Kollagenfasern.«

Jon versuchte, den Fall noch zu retten: »Wenn aber mein Kohlenstoff als Tintenpigmentierung gedacht war und mit einem Bindemittel vermischt wurde, würde man dann nicht verschiedene Granulationen erwarten? Und die Kollagenfaser muß vom Pergament stammen.«

»In der Tat, Dr. Weber, die Unterschiedlichkeiten lassen sich problemlos erklären, ich wollte lediglich auf die Unterschiede hinweisen. Nun, was die Ähnlichkeiten der Proben anbelangt, finden wir nur zwei: Eine ist nicht von besonderer Bedeutung, befürchte ich. Ich beziehe mich auf die Farbe des Kohlenstoffs: beide Proben scheinen eine außerordentliche ›Schwärze‹ aufzuweisen, könnte man sagen.«

»Pah!« erwiderte Dunstable. »Schwarz ist schwarz. Kohlenstoff ist Kohlenstoff.«

»Ohne Zweifel«, antwortete Lawton. »Obwohl geringfügige Farbunterschiede bei Kohlenstoff möglich sind. Die zweite Parallelität ist interessanter: Wir haben Spuren einer harten, grobkörnigen Substanz entdeckt, die kein Kohlenstoff ist. Sie war, wie der granulare Kohlenstoff, schwarz gefärbt aber viel härter.«

»Was in aller Welt ist es?« fragte Dunstable.

»Wir haben uns bemüht, mehrere Körner zu reinigen – ohne

großen Erfolg –, obwohl wir beobachteten, wie eine leichte, zinoberrote Tönung zum Vorschein kam.«

Jons Miene hellte sich plötzlich auf, und er schlug mit der Faust auf den Tisch: »Keramik! Könnte es sich um Tonpartikel handeln, Dr. Lawton? Bedenken Sie die Quelle, meine Herren: haben wir tatsächlich in beiden Proben Teile vom Ofen in Pompei?«

»Aber natürlich«, sagte Glastonbury, der immer zuerst das Wort ergriff ... oder als zweiter, sollte ihm wider Erwarten jemand zuvorgekommen sein. »Gegen eine Keramikoberfläche zu streifen, hätte diese Partikel lösen können, nicht wahr, Gladwin?«

»Schon möglich. Warum sollten diese Partikel aber auch in Professor Webers Probe vorhanden sein?«

»Nun, ich bezweifle, daß Jenni ...« Sandy McHugh hielt inne und versuchte, objektiv zu bleiben. »Ich bezweifle stark, daß der Täter seine Tinte durch Sieb oder Filter gegossen hat.«

»Es wäre schon möglich«, antwortete Dunstable: »Oder auch nicht. Aber es lohnt sich sicherlich, dieser Sache nachzugehen. Ich schlage vor, daß Sie die Partikel vom Kohlenstoff isolieren, George. Putzen Sie sie so gut es geht, und dann lassen Sie uns mal sehen.«

»Natürlich. Entschuldigen Sie mich, meine Herren.«

Nachdem Lawton das Labor verlassen hatte, richtete sich Jon plötzlich in seinem Stuhl auf und sagte: »Mir ist gerade etwas eingefallen, und ich hoffe, daß es nicht zu spät ist: Gestern, um diese Zeit, gab mir Gideon Ben-Yaakov vierundzwanzig Stunden, um die Untersuchungen in Rehovot zu organisieren. Falls er es nachprüft, wird er eine Niete ziehen, und wenn er diese Sache publik macht, dann könnte alles verloren sein. Darf ich Ihr Telefon benutzen, Dr. Dunstable?«

»Natürlich.«

»Scotland Yard wird die Kosten für den Anruf übernehmen«, sagte Glastonbury. »Hier, benutzen Sie diese Vorwahl. Somit werden uns die Kosten direkt zugeschrieben.«

»Und wenn er sich wenig kooperativ zeigt«, sagte Paddington, »wird sich der MI5 mit dem Mossad in Israel in Verbindung setzen und versuchen, ihm die Sache etwas näher zu bringen.«

Die internationale Vermittlung hatte innerhalb von zwei Minunten die Israelische Behörde für Altertumsforschung in der Leitung, aber eine Sekretärin dort erklärte, daß Ben-Yaakov verreist sei. Jon verhandelte flehend mit ihr, bis sie ihm seine Privatnummer gab, die er danach anwählte. Das Telefon klingelte und klingelte. Keine Antwort.

»Bitte, lieber Gott«, seufzte Jon, »laß nicht zu, daß er mit dieser Sache an die Öffentlichkeit gegangen ist!«

»Laßt es uns in zehn Minuten erneut probieren«, seufzte Glastonbury: »Und dann immer in weiteren Abständen von zehn Minuten.«

In der Zeit zwischen den Anrufen bemühten sie sich um angemessenes, höfliches Geplauder, aber die Stimmung der Beteiligten, die um den Konferenztisch saßen, war von ungefähr so viel frohlockender Sorglosigkeit wie eine spiritistische Sitzung. Lawtons mögliche Entdeckungen trugen zur Spannung bei, die offensichtliche Unmöglichkeit, Ben-Yaakov zu erreichen, gab ihnen den Rest. Sein Privattelefon klingelte stur weiter.

Etwas später öffnete sich erneut die Tür, und Lawton schlug vor, daß die Gruppe ihm den Gang entlang zu seinem Labor folgen sollte. Nachdem sich alle dort versammelt hatten, sagte er: »Wir haben den Nicht-Kohlenstoff von dem Rest des Materials getrennt und ihn so gut wie nur möglich geputzt. Das Mikroskop auf der linken Seite enthält die Probe aus Pompei, folglich beinhaltet das rechte die Weber-Probe. Sehen Sie es sich selbst an, meine Herren!«

Als er durch die Linse des linken Mikroskops spähte, sah Jon ein stark beleuchtetes Feld, das von zackigen Felsen aus Schwarz, Dunkelbraun und Umbrarot umgeben war. Dann ging er zum rechten Mikroskop, und sagte: »Diese Felsen – oder Partikel eher – sehen so aus, als könnten sie von der gleichen Charge stammen, obwohl die Farbe der Pompei Partikel heller ist!«

Jeder der Anwesenden schielte der Reihe nach durch die zwei Mikroskope und mußte zustimmen. Außer Glastonbury, der den Kopf schüttelte und meinte: »Sie sehen sich in meinen Augen nicht sehr ähnlich. Tut mir leid, Jonathan. Ihre sind viel dunkler.«

»Genau das, was wir von Partikeln erwarten würden, die in eine Kohlenstoffpigmentierung eingetaucht worden sind«, sagte Lawton.

»Oh! Natürlich!« seufzte Glastonbury. »Wie dumm von mir!«

»Nein, nur noch ein weiteres Zeichen, daß Sie sich langsam den anderen Ruheständlern anschließen sollten, Reginald«, sagte Paddington mit freundlicher Miene.

»Ich wußte, daß Sie das sagen würden, Tom. Sie sind so schrecklich leicht zu durchschauen!«

»Gute Arbeit, George«, sagte Dunstable. »Fahren Sie bitte mit den weiteren Analysen fort.«

»Wann etwa werden Sie die Ergebnisse bekommen?« fragte Jon.

»Ich denke, daß etwa zwei Tage dafür ausreichen müßten. Und ich würde Ihre besonderen Fachkenntnisse bei der Auswertung unserer Analysenreihe durchaus begrüßen, Dr. McHugh.«

Jon rechnete schnell. Jennings sollte bis dahin noch nicht nach Israel zurückgekehrt sein. »In Ordnung«, sagte er. »Und vielen Dank, Dr. Lawton.«

Das Telefon klingelte. Die Vermittlung sagte: »Ich habe Dr. Ben-Yaakov in der Leitung.«

Jon nahm den Hörer, legte seine Hand über das Mundstück und sagte: »Beten Sie für mich, meine Herren!« Dann sprach er: »Hallo, Gideon. Hier ist Jon Weber in London ... Ja, in London ... Ja, ich weiß, daß Sie mir gesagt haben, daß ich das Land nicht verlassen sollte, aber ich mußte es einfach ... Wie ich aus Israel ausreisen konnte? Das erzähle ich Ihnen später. Nun, bis zum Wochenende bin ich wieder da, und ich werde mich sofort am Montag in Ihrem Büro melden, in Ordnung? Die Ergebnisse werden wir erst in zwei Tagen haben, aber die vorläufigen Ergebnisse scheinen darauf hinzudeuten, daß beide Proben von der gleichen Quelle kommen ... Das ist richtig. Verstehen Sie jetzt, weshalb es so wichtig war, daß Sie die Sache nicht öffentlich werden ließen? ... Was!? Wenn Sie das tun, dann erfährt Jennings davon! Dann werden wir zu Lebzeiten keine schlüssigen Beweise haben, wahrscheinlich nie! ... Hören Sie mal zu, Gideon, mir ist es zur Zeit egal, welche Gesetze ich gebrochen habe: Sie können mich, sobald wir uns sehen, ins Kittchen werfen, aber lassen Sie nicht zu, daß es publik wird. Nun, ich mach es Ihnen nicht zum Vorwurf, daß Sie in dieser Sache zum Premierminister gegangen sind, aber bitte rufen Sie ihn sofort an, nachdem wir aufgelegt haben, und flehen Sie ihn an, die Sache vertraulich zu behandeln, zumindest für die kommende Woche. Können Sie das? ... Fantastisch, Gideon! Ich stehe in Ihrer Schuld ... Ja, das ist ein Versprechen! Tschüs!«

Dann schaute er zu den anderen hoch und sagte: »Nun, der Mossad wird nun doch nicht nötig sein! Nein, das nehme ich zurück: Tom, könnten Sie mit dem Mossad klären, daß ich am Flughafen durchgelassen werde? Ich werde dort unter dem Namen Ernst Becker und ohne Ausreisestempel in meinem Paß ankommen.«

»Abgemacht«, sagte Paddington und schrieb sich selbst eine Notiz.

»Ich hoffe, daß es Ihnen nichts ausmacht, wenn ich für die nächsten zwei Tage in Ihrem Labor bleibe, Dr. Dunstable«, sagte Jon. »Ich könnte mich einfach unmöglich irgendwo anders aufhalten.«

»Sie sind mehr als willkommen, Dr. Weber«, antwortete er. »Wir werden die Untersuchungen gleich morgen früh wieder aufnehmen.«

»Ich werde Sie zu Claridges fahren, Jonathan«, sagte Glastonbury. »Wir haben für Sie und Dr. McHugh eine Suite reservieren lassen.«

Kaum hatten sie ausgepackt, als Jon plötzlich meinte: »Verflucht! Ich habe vergessen, Shannon anzurufen.« Er wählte direkt durch und bekam sie ziemlich schnell in die Leitung. Jon flunkerte und sagte, daß er bei der Revisionsarbeit in Tel Aviv aufgehalten worden sei und daß er in ein paar Tagen zurückkehren würde.

»Aber Jon, wo wohnst du in Tel Aviv? Ich habe beim Verlag angerufen, und sie schienen überhaupt nicht zu wissen, daß du in der Stadt bist.«

Er versuchte verzweifelt, ihrer Frage auszuweichen. »Warum hast du mich angerufen?«

»Ich war einsam. Ich wollte dir nur sagen, daß ich dich liebe.«

Tränen stiegen in Jons Augen. Auf Wiedersehen, Lügen, Guten Tag, Wahrheit, auch wenn es ihn teuer zu stehen kommen würde. »Liebste«, gestand er: »Ich bin ... gar nicht in Tel Aviv. Ich bin nicht mal in Israel.«

»Wo bist du denn?«

»Ich kann es jetzt nicht erklären, Shannon. Alles, worum ich dich anflehen kann, ist, daß du Vertrauen zu mir hast. Ich verspreche, daß ich alles sehr bald erklären werde.«

»Bist du irgendwie in Schwierigkeiten, Jon? Ist irgend etwas los?«

»Nein. Mit mir ist alles in Ordnung. Versuch bitte einfach, an mich zu glauben und dir keine Sorgen zu machen, okay?«

In der Leitung blieb es eine lange Zeit still.

»Bitte, Shannon. Du wirst es sehr bald verstehen.«

»Also in Ordnung, aber ...«

»Erzähl mir, Liebste, hat dein Vater dich aus England angerufen?«

»Nein. Ich erwarte, daß er heute noch anruft.«

»In Ordnung. Nun, das ist jetzt sehr wichtig. Falls er nach

mir fragt oder mit mir sprechen möchte, sag einfach, daß du nicht weißt, wo ich zur Zeit bin, in Ordnung?«

»Ist etwas mit Papa los?«

»Nein, nein, nein«, lachte er. »Ich habe einfach eine kleine Überraschung für ihn, mehr nicht. Nun, kannst du ein großes Mädchen sein und Mama spielen?«

»Also wirklich! So etwas Herablassendes habe ich . . .«

»Ich mach doch nur Witze, mein kleiner irischer Feuerteufel! Und ich bitte dich auch nicht darum, zu lügen, weil du wirklich nicht weißt, wo ich bin, nicht wahr?«

»Doch, das weiß ich«, murmelte sie mit sanfter Stimme: »Genau hier in meinem Herz.«

»Und genau dort, Liebste, möchte ich den Rest meines Lebens verbringen. Ich sehe dich bald!«

Am nächsten Morgen setzten sie die Testreihen im Archäologischen Institut fort. Dunstable hatte alle anderen anstehenden Untersuchungen verschoben, damit die vergleichenden Analysen der Proben zwar mit penibler Vorsicht aber auch mit voller Geschwindigkeit fortgesetzt werden konnten.

»Die Elektronenmikroskopie zeigt, daß die Nicht-Kohlenstoff Partikel in beiden Proben tatsächlich Keramik sind«, meldete Lawton. »Wir haben in beiden Proben den Kohlenstoff von der Keramik getrennt. Jetzt werden wir alle Proben mit PIXE und ESCA analysieren.«

In den nächsten Stunden gingen Jon und Sandy von Bildschirm zu Bildschirm. Starke Verbindungen zwischen der ›Pompei Keramik‹ und der ›Titulus Keramik‹ wurden allmählich deutlich.

»Es sieht so aus, als hätte sich deine kleine Schwimmleistung tatsächlich gelohnt!« meinte Sandy.

»Dein entsetzlicher Dialekt dringt wieder durch, Sandy. Das ist ein besseres Zeichen, als all diese Untersuchungen!«

Spät, am nächsten Tag, trafen sie sich alle wieder im Konferenzzimmer des Instituts. Gladwin Dunstable faßte die Ergebnisse zusammen. »Wie Sie wissen, meine Herren, haben sich die Kohlenstoffe im Vergleich als ähnlich erwiesen, obgleich es leichte Unterschiede gibt, die sich dadurch erklären, daß eine Probe in Tinte verwendet worden war. Ich bin auch froh, Ihnen mitteilen zu können, daß noch eine ausreichende Menge übriggeblieben ist, um eine TBMS-Untersuchung in Oxford durchzuführen.«

»Großartig!« sagte Jon.

»Der Vergleich der Keramik war außerordentlich bemerkenswert. PIXE identifizierte drei Spurenlemente, die in beiden Proben in fast identischer Zusammensetzung vorhanden sind.« Er händigte Kopien einer Tabelle aus und sagte: »Dies veranschaulicht die genauen verhältnismäßigen Anteile von Strontium, Rubidium und Blei in der jeweiligen Probe.«

Glastonbury studierte die Darstellung. »Die Verhältnismäßigkeiten fallen auf jeden Fall in den gleichen Bereich, nicht wahr? Was bedeuten die Zahlen?«

»Das sind Mikrogramm pro Gramm – die Einheit bedeutet ein Millionstel eines Grammes. Jede Zahl bildet den Mittelwert von drei Untersuchungen.«

»Sieht fast aus wie zwei Fingerabdrücke des gleichen Stoffes«, sagte Paddington.

»Ein durchaus treffender Vergleich, Tom«, kicherte Glastonbury, »wenn man bedenkt, wie Sie Ihre Brötchen verdienen. Nun, was denken Sie, Jonathan? Sie sind bis jetzt ziemlich ruhig geblieben.«

»Nun«, antwortete Jon zögernd. »Die große Frage lautet nun: Wäre das Labor bereit, zu beglaubigen, daß diese zwei Proben von der gleichen Quelle stammen? Wenn ja, sind unsere Probleme gelöst. Wenn nicht . . .« Er stockte und streckte ratlos seine Hände aus.

Lawton runzelte die Stirn und blickte zum Fenster hinaus: »Nun, meiner Ansicht nach stammen sie tatsächlich aus einer gemeinsamen Quelle. Aber wenn ich vor Gericht aussagen müßte, glaube ich kaum, daß meine Stimme den Fall stützen könnte.«

»Warum nicht?« fragte Jon.

»Ruß von keramischen Oberflächen war in antiken Zeiten ein alltäglicher Rohstoff für die Herstellung von Tinte?«

»Aber mit identischen Tonpartikeln?«

»Können wir letztlich beweisen, daß sie identisch sind? Vielleicht. Vielleicht aber auch nicht.«

»Den Zufallsfaktor dürfen wir auch nicht übersehen«, sagte Paddington. »Obwohl ich nicht Henri Berthoud bin, versuchen Sie trotzdem mal diesem Szenario zu folgen: Es ist denkbar, daß in Pompei Tinte aus einer ähnlichen, keramischen Quelle für Ruß hergestellt und nach Palästina exportiert wurde. Vielleicht benutzte Pilatus diese Tinte, um das Titulus zu schreiben, dann sind wir zurück in dem Bereich der Echtheit.«

»Ich verstehe«, sagte Jon. »Man könnte auch argumentieren, schätze ich, daß eine andere Person, nicht Jennings, den Ruß in die Finger bekam und die Arbeit dann fälschte.«

»Sie waren da, Gladwin«, lachte Glastonbury. »Vielleicht haben Sie es getan!«

Dunstable lachte, hielt seine Hände hoch und sagte: »Ich gestehe, ich war's!«

Jon schüttelte den Kopf, atmete tief ein und sagte: »Nun, ich befürchtete, daß es soweit kommen würde. Es gibt also nur eine Lösung zu unserem Rätsel, meine Herren.

Ich denke, daß ich die Wahrheit aus Jennings ›rauskitzeln‹ muß, damit die Welt nicht für ewige Zeiten in Ungewißheit gelassen wird. Sonst werden wir wissenschaftliche Erklärungen haben, daß Rama echt ist, und auf der anderen Seite so viele seltsame Behauptungen einer möglichen Fälschung, daß das Kennedy-Attentat im Vergleich dazu wie ein über alle Zweifel erhabenes Axiom aussehen wird! Sehen Sie, wenn unsere Laborbeweise sich nicht belegen lassen, dann kann der letzte Beweis nur im Kopf von Austin Balfour Jennings zu suchen sein.«

»Stimmt!« sagte Glastonbury. »Aber wie wollen Sie die Wahrheit aus ihm rauskitzeln?«

»Indem ich ihn privat damit konfrontiere und ihn davon überzeuge, daß ich seinen Plan langsam durchschaue, aber daß ich meine Verdachtsmomente noch mit niemandem geteilt habe. Ich muß mich angreifbar machen. In diesem Fall könnte er versuchen, mir etwas anzutun, und sich damit selbst belasten. Dann hätten wir die Wahrheit.«

»Und wenn er unschuldig ist?« fragte Dunstable.

»Dann kann ich ihn nur händeringend darum bitten, mir zu verzeihen, daß mein Verstand so durcheinander gebracht worden ist, daß sich der Student gegen den eigenen Lehrer auflehnt. Vielleicht würde er mir auch eines Tages verzeihen.«

Sie bedachten alle den Plan, während Jon fortfuhr: »Sehen Sie, der Schock auf die christliche Welt ist von solch brutalen Ausmaßen gewesen, daß ich starke Zweifel hege, winzige Keramikpartikel könnten alles vom Tisch fegen. Also meine ich, daß unsere einzige Chance in einer direkten Konfrontation mit Jennings liegt, in deren Verlauf es mir irgendwie gelingt, ihn dazu zu bringen, sich zu versprechen oder die Wahrheit zuzugeben.«

»Wenn er der Meinung ist, daß nur Sie allein davon wissen«, sagte Glastonbury, »könnte es sehr gefährlich für Sie werden, Jonathan.«

»Ich weiß«, seufzte er. »Vielleicht funktioniert es auch gar nicht. Oder Jennings könnte sehr wohl unschuldig sein. Aber kennen Sie einen anderen Weg, es herauszufinden?«

Niemand antwortete.

Glastonbury verabschiedete sich von ›Ernst Becker‹ am Flughafen. »Ich bin froh, daß Sie nachgegeben haben und unseren Leuten erlaubten, Ihr Aussehen zu verändern, Jonathan. Der Panamahut und die Brille haben es einfach nicht mehr gebracht. Der Vollbart sieht wirklich distinguiert aus – fast so gut wie Beckers neues Paßfoto! Ab jetzt fliegen Sie immer mit Bart und als Bekker, wenn Sie verdeckt nach Israel reisen müssen.«

»Ich hoffe, daß es nicht mehr lange nötig sein wird. Ich bin einfach nicht der Typ für diese Spionagespäßchen.«

»Nun, Paddington hat dafür gesorgt, daß Sie am Ben Gurion vom Mossad empfangen werden. Die werden Sie durch den Zoll bringen und dann nach Jerusalem fahren.«

»Gut, ich habe bei meiner Abreise mein Auto nicht direkt am Flughafen gelassen, wie Sie sich sicher erinnern können! Nachdem ich mit Ben-Yaakov Frieden geschlossen habe, lasse ich mich von ihm nach Ramallah fahren. Ich sollte gerade rechtzeitig ankommen, um Jennings bei seiner Rückkehr aus Oxford zu begrüßen.«

»Hoffen wir nur, daß er nicht in der Zwischenzeit schon zurückgekommen ist! Der Mossad-Verbindungsmann von MI5 heißt Dov Yorkin. Sieht aus wie eine jüdische Ausgabe von Paddington. Er wird Sie am Ben Gurion abholen und ist auch Ihr Kontaktmann, falls Sie strategische Hilfe benötigen. Oder im Fall von körperlicher Gefahr. Sie sollten mit ihm auf der Reise nach Jerusalem ein paar Szenarien durchgehen, meinen Sie nicht auch?«

»In Ordnung.«

»Und wo soll ich Sie anrufen, um Ihnen die Ergebnisse von Dunstables Untersuchungen in Oxford durchzugeben – sicherlich nicht in Ramallah?«

»Nein. Hinterlassen Sie lieber eine Nachricht im Albright Institut von Jerusalem. Dort habe ich eine Sekretärin namens Linda adoptiert!«

»Gute Reise, Jon. Ich muß zum Buckingham Palast, um die Königin auf dem Laufenden zu halten. Genießen Sie den Flug!«

Jon setzte sich auf seinem Sitz zurecht. Das Triebwerk am rechten Flügel begann sein lauter werdendes Heulen. Der Flugbegleiter hatte gerade die Kabinentür zugemacht, als er dem im Cockpit sitzenden Piloten zurief: »Wir bekommen noch einen Nachzügler«, und die Tür wieder öffnete. Gleich darauf erschien eine große Figur mit gebieterisch kahlem Kopf. »Der Zug aus Oxford hatte Verspätung«, erklärte die Person und entschuldigte sich für die Verzögerung.

»Nicht der Rede wert, Professor Jennings«, sagte der Flugbegleiter. »Ich bringe Sie zu Ihrem Platz.«

Jon zuckte voller Entsetzen zurück und schob die Times hoch bis vor sein Gesicht. Der Sitz neben ihm war leer! »Bitte, Gott«, betete er leise, »wenn du überhaupt Interesse an dieser Affäre hast . . .«

Aber nein. Der Flugbegleiter blieb neben ihm stehen und sagte: »Hier ist Ihr Sitz, Sir.«

Jennings wollte sich gerade hinsetzen, überlegte es sich dann aber anders: »Sagen Sie mal, hätten Sie wohl etwas dagegen, wenn ich mich in diese Reihe von leeren Plätzen setze? Ich habe etwas Arbeit mit, die ich ausbreiten muß.«

»Kein Problem, Sir.«

Jon hätte Händels *Halleluja* singen können. Wie eine göttliche Vorsehung erschien ihm nun Glastonburys Sorge um seine Erscheinung. Trotzdem hätte Jennings wahrscheinlich nach nur zehn Minuten des Fluges seine nun stark behaarte Fassade überlistet und ihn erkannt. Jon setzte sich unter Decken und Kissen tief in seinen Sitz zurück und dankte Gott dafür, daß es ein Nachtflug war.

Am Ben Gurion wartete Jon, bis Jennings das Flugzeug verlassen hatte. Von jetzt an mußte er hinter ihm bleiben. Vor der Paßkontrolle sah er Dick Cromwell, der auf der anderen Seite wartete, um Jennings abzuholen. Er dankte Glastonbury erneut für seinen Bart. Während er hinter den Reihen von eintreffenden Passagieren stand, spürte er, daß jemand auf seine Schulter klopfte.

»Dov Yorkin, Mossad.«

»Hoch erfreut, Sie kennenzulernen, Herr Yorkin«, sagte Jon. »Jonathan Weber.«

»Nein«, lächelte Yorkin. »Ernst Becker.«

»'Tschuldigung! Glauben Sie, daß Sie uns nach Ramallah fahren könnten, bevor die dort ankommen?« er deutete auf Jennings und Cromwell.

»Kein Problem«, lachte Yorkin. »Ich kenne eine Abkürzung.«

»Sie werden auch Gideon Ben-Yaakov erklären müssen, weshalb ich ihn heute nicht sprechen konnte.«

»Kein Problem.«

Yorkin und ein Assistent brachten ihn schleunigst aus dem Flughafengebäude und setzten ihn in einen wartenden Mercedes. Mit Blaulicht fraßen sie förmlich die Kilometer Richtung Jerusalem auf, umfuhren dann aber die Stadt und bogen mit quietschenden Reifen in eine kurvenreiche Straße durch die Hügellandschaft Judäas ein. Gerade als Jon hinsichtlich Yorkins Route die ersten Zweifel kamen, traf der Mercedes mit heulendem Motor in Ramallah ein, und er wurde vor der Tür des Hotels abgesetzt.

Bevor Cromwell und Jennings im Landrover ankamen, hatte er sogar noch Zeit, in Shannons offene Arme zu fallen und sie inständig darum zu bitten, seine Abwesenheit geheimzuhalten.

Kapitel 25

»Also, Austin, wie erging es Ihnen in Oxford?« fragte Jon am nächsten Tag beim Frühstück. »Sie sind früher zurück als geplant.«

»Wir konnten die Tagesordnung schneller abwickeln, als wir es ursprünglich erwartet haben. Aber das Treffen der Rama Stiftung war kein Zuckerschlecken, daß kann ich Ihnen sagen. Mehrere große Geldgeber beenden ihre Hilfe. Dennoch«, lächelte er, »es haben sich auch ein paar Neue gemeldet. Die Britische Vereinigung der Freidenker möchte uns 10000 Pfund jährlich zur Verfügung stellen!«

»Das ist logisch!« kicherte Shannon.

»Was haben Sie angestellt, solange ich weg war, Jonathan? Haben Sie ein Problem in der Beweislage gefunden, das wir bisher übersehen hatten?«

»Genau das«, wollte Jon sagen. Statt dessen antwortete er: »Nein, ich mußte ziemlich viel Zeit in Tel Aviv verbringen, um das Manuskript des Berichtes zu bearbeiten.«

»Ist irgendwas damit nicht in Ordnung?«

»Nein, nur die Fußnoten in sieben Sprachen.« Er warf Shannon einen Blick zu und hoffte, daß sie sein Vertrauen nicht enttäuschen würde, auch nicht gegenüber ihrem Vater. Sie starrte ihn mit kühlen, saphirblauen Augen an und schwieg. Cromwell, voller Erleichterung, daß Jonathan seine mühevolle Reise nach London überstanden hatte, war selbstverständlich kein Problem.

»Dann auf zur Ausgrabung«, sagte Jennings. »Ich fühlte mich in England wie ein Fisch an Land. Ich schätze, daß ich in meiner wahren Natur eigentlich nur ein Archäologe für die Schmutzarbeit bin. Nicht mehr, nicht weniger.«

Sie fuhren nach Rama. Voller Trauer erkannte Jon, daß es ihr letzter, normaler Tag auf der Ausgrabung sein würde. Er würde Jennings spät in dieser Nacht zu Rede stellen.

Lange nach dem Abendessen und kurz bevor sich Jennings normalerweise zur Ruhe legte, klopfte Jon an dessen Tür und sagte: »Austin, ich habe ein Problem. Würde es Ihnen etwas ausmachen, zu mir ins Zimmer zu kommen, um es bei einem Glas Sherry zu besprechen?«

»Nicht im geringsten. Ich werde bald da sein.«

Die Flasche und die Gläser standen schon parat. Jon schritt nervös im Zimmer umher. Ein prickelndes Gefühl des Grauens wegen der unangenehmen Aufgabe, die nun vor ihm lag, durchzog seinen Körper. Er streckte seine Hand aus. Sie zitterte sogar. In den nächsten Minuten würde er seinem Lehrer, seinem Mentor, seinem Freund und seinem wahrscheinlich zukünftigen Schwiegervater eine schwerwiegende Schuld vorwerfen. Im Verlauf dessen würde er ihn belügen, betrügen und einfangen müssen, um die psychologische Falle zuschnappen zu lassen. Und das alles im vollen Bewußtsein, daß genau jene Falle zuschnappen könnte, ohne etwas zu fangen. Wie auf Kommando beliebte genau in diesem Augenblick Ramallahs Lieblingsschakal, sein Jaulen anzustimmen. Dieses Mal kam das Geräusch aus den Abgründen hinter dem Hotel.

Es klopfte an der Tür.

»Kommen Sie herein, Austin.«

Er goß für sie beide einen Sherry ein. Schwungvoll vertiefte sich Jon in höfliches Geplänkel, wich dabei dem eigentlichen, entsetzlichen Sinn ihrer Unterredung aus. Sie spekulierten darüber, wie die Welt auf ihren Bericht reagieren würde. Sie tauschten Pläne für den kommenden Winter aus. Sie plauderten weiter bei einem zweiten Glas Sherry.

Langsam goß Jon ein drittes Glas ein – er hatte vor, so oft nachzuschenken, wie Jennings nur zu trinken vermochte – und begab sich dann auf seine bittere Reise. »Hier ist ... äh ... mein Problem, Austin«, seufzte er und starrte in die schwarze Nacht zur anderen Seite seines Fensters. »In all diesen vergangenen Monaten hieß unser Spiel: ›Finde den Fehler, die Lücke, den Makel, das eine Beweisstück, das nicht mit den anderen übereinstimmt.‹ Wenn es sich nicht um die Knochen Jesu handelt, dann habe ich womöglich den Fehler gefunden.«

»Wirklich? Spitze, Jonathan! Was in aller Welt ist es?«

»Erinnern Sie sich daran, daß ich Sie gefragt hab, was Ihnen Gladwin Dunstable aus Pompei schickte, damit Sie das Kohlenstofflabor in Rehovot testen könnten?«

»Ja.«

»Nun, Sie haben mir gesagte, daß es ein Stück von einem verkohlten, hölzernen Werkzeuggriff gewesen wäre. Bitte vergeben Sie mir, Austin, aber ich habe Dunstable angerufen, um mehr Einzelheiten über diese Episode zu erfahren. Und er erzählte mir, daß ein Griff überhaupt nichts damit zu tun gehabt hätte. Statt dessen schickte er Ihnen ein Paket mit Ruß, den er von einem Backofen in Pompei abgekratzt hatte.«

»Ach, du liebe Zeit, das war es auch, natürlich. Wie blöd von mir, daß ich es vergessen habe! Ach ja, ich erinnere mich jetzt daran: Ich bat ihn darum, etwas aus Holz zu schicken. Er meinte jedoch, daß die Behörden in Pompei nur etwas wie Ruß zulassen würden.«

»Dunstable sagte mir aber, daß Sie die Rußprobe vorgegeben haben. Und eine ziemliche Menge davon auch.«

Jennings Augen verengten sich. »Unwahrscheinlich«, schüttelte er den Kopf. »Vielleicht kann sich Dunstable nicht mehr richtig erinnern. Aber warum haben Sie sich für etwas so derart Unwichtiges wie das, was mir Dunstable womöglich aus Pompei geschickt haben könnte, interessiert?«

»Nun, erinnern Sie sich daran, wie Henri Berthoud uns sämtliche Möglichkeiten einer Fälschung veranschaulicht hat. Der Tag, an dem wir alle paranoid wurden und uns gegenseitig verdächtigten?«

»In der Tat, ja«, lachte Jennings. »Ich verdächtigte Sie, Sie verdächtigten Clive, Clive verdächtigte mich und so weiter. Ich denke, daß nur Shannon davon ausgenommen war, weil sie einfach zu jung ist!«

»Nun, wir haben alle die theoretische Möglichkeit erkannt, daß auch ein Mitglied des Personals der Täter sein könnte. Kurz darauf, als Montaigne dann seine Pressekonferenz abhielt und behauptete, der Papyrus würde grammatische Fehler enthalten, waren Sie es – was auch etwas untypisch war –, der ihn fortlaufend hinsichtlich der Frage der Grammatik unter Druck setzte. Sozusagen, um einen Fehler zu entdecken. Damals fiel es mir nicht auf, aber Ihr Auftritt an jenem Tag blieb mir im Gedächtnis hängen. Es paßte nämlich perfekt zu der Rolle des eigentlichen Täters.«

Jennings lächelte: »Kommen Sie, Jonathan! Mir gefiel nicht, wie vage Montaigne sich an jenem Tag ausdrückte, Ihnen etwa? Ich wollte ihn nur festnageln. Ich erinnere mich aber auch daran, daß Sie die Frage beim lateinischen Patriarchen wieder auf den Tisch brachten und Montaigne enttarnten.«

»Das weiß ich. Mein Verdacht wuchs aber, als ich erfuhr, daß Sie nur drei Gramm von dem Ruß zur Untersuchung nach Rehovot schickten.«

»Wollen Sie sagen, daß Sie im Weizmann angerufen haben, um das nachprüfen zu lassen?«

»Genau.«

Jennings Mund blieb offen stehen. »Um Himmels Willen!« rief er. »Sie verdächtigen mich wirklich, nicht wahr, Jonathan? Schauen Sie, das alles liegt nun etliche Jahre zurück. Also, was soll's, wenn ich nicht das gesamte Material eingeschickt habe? Ich gab ihnen einfach die Menge, die benötigt wurde.«

Erneut füllte Jon die Gläser mit Sherry. Ihm fiel auf – und Jennings entging es wahrscheinlich auch nicht – wie die Flasche im Gleichtakt mit seiner Hand zitterte.

»In Ordnung, Austin«, fuhr er fort. »Was haben Sie denn mit dem Rest des Rußes gemacht? Dreißig oder vierzig Gramm davon?«

»Ach, du gütiger Gott, Jonathan! Ich benutzte es, um mein Gesicht für die Rolle des Othello zu schwärzen! Wie soll ich mich daran erinnern können, was ich mit dem Zeugs gemacht habe? Vor so langer Zeit?«

»Dann werde ich es Ihnen erzählen: Sie vermischten das Ruß vorsichtig mit Gummiarabikum und Wasser. Dann verwendeten Sie die Tinte dafür, das Titulus Pergament und, vielleicht mit einer anderen Rezeptur, den Papyrus zu schreiben.«

Jennings brach in schallendes Gelächter aus. »Ziemlich gut, Jonathan. Jetzt haben Sie den Witz weit genug getrieben. Es ist aber schon spät, und ich muß ins Bett.« Ihm fiel auf, daß kein Lächeln Jonathans Gesicht zierte.

»Ich meine es ernst, Austin. Todernst.«

»Dann sind Sie auch noch ein Narr!«

»Sehen Sie, das Wasser würde verdunsten und somit keinen Einfluß auf die Kohlenstoffdatierung haben – wenn es so weit käme, der Großteil des Gummiklebstoffs ebenfalls. Das, was vom Material also übrig blieb – die Kohlenstoffrückstände –, würde sich somit herrlich auf etwa 79 n. Chr. datieren lassen – für Ihre Zwecke einfach perfekt. Jede Analyse der Tinte würde auf absolute Echtheit hinweisen.«

»Ich stelle fest, daß Ihnen der Druck ein bißchen über den Kopf wächst, Jonathan!« sagte Jennings mit sich verdunkelnder Miene. »Ich werde nicht einmal anfangen, Ihre Motive als undankbarer Mensch, als Schuft, als schlangenartiger Student, der sich in der Hand des Lehrers festbeißt, zu untersuchen!«

»Seien Sie sich bitte dessen bewußt, daß dies die schmerzlichste, entsetzlichste, schwierigste Aufgabe ist, die ich je in meinem Leben zu bewältigen hatte, Austin! Das reißt mich auseinander.«

Diese Worte schienen Jennings ein wenig zu besänftigen. »Nun, das Ganze hat uns alle erschüttert. Falls Ihre unmögliche Hypothese doch wahr wäre: Warum hätte ich denn so etwas tun sollen?«

»Das weiß ich nicht«, log Jon. »Ich werde aber den Vorschlag machen, daß Glastonburys Gremium Ihre Vergangenheit äußerst genau unter die Lupe nimmt. Mit ziemlicher Wahrscheinlichkeit wird sich dort auch ein Motiv finden lassen.«

»Sie wollen sagen, daß Sie Glastonbury von Ihren wilden Spekulationen noch nichts erzählt haben?«

»Nein.« Gut, er biß an.

»Oder sonst jemandem?«

Besser. Er ließ sich jetzt auf den Köder ein.

»Nein. Ich wollte die Sache erstmal mit Ihnen besprechen.«

Jennings dachte einige Augenblicke lang nach und nahm dann einen langen Schluck von seinem Sherry. Dann stellte er sein Glas auf den Tisch und sagte: »Fahren wir also mit Ihrem wahnwitzigen Szenario fort. Wie könnten Sie es denn je beweisen, daß ich getan habe, was Sie behaupten?«

»Darüber habe ich lange nachgedacht. Ich habe vor, die

dunkle Tinte des Titulus – Sie wissen, die ›DAEORVM‹ Buchstaben in der Ecke – abzukratzen, um es mit einer ähnlichen Farbrußprobe aus Pompei zu vergleichen, falls sich Dunstable an die Stelle erinnern kann, wo er den Ruß beim ersten Mal abgekratzt hat. Erweisen sich die Rußproben als identisch, sind Sie der Täter.«

Jennings lachte wieder. »Sie sind ein Träumer, Jonathan. Das ist wirklich ein toller Plan, das kann man wohl sagen. Und ich finde auf Anhieb auch nur ungefähr siebzehn Sachen, die damit nicht in Ordnung sind.«

»Zum Beispiel?«

»Zum Beispiel, daß die Behörde vom Schrein des Buches niemals zustimmen würde, daß Sie eines ihrer Artefakte beschädigen.«

»Ich denke schon, daß sie kooperieren würden, sobald sie den Grund dafür wüßten. Auch ihnen wäre bewußt, daß es das Rätsel von Rama lösen könnte.«

»Unwahrscheinlich. Haben Sie es mit ihnen besprochen?«

»Nein. Natürlich nicht.«

»Das zweite Problem ist die Probe selbst. Sie würden niemals eine für Kohlenstoffuntersuchungen ausreichende Menge abkratzen können.«

»Es gibt auch noch andere Untersuchungen: Spektronomie oder Partikelanalyse.«

»Und Dunstabel hätte natürlich keine Probleme, den Ofen wiederzufinden?« Er lächelte süffisant.

»Er hat ein gutes Gedächtnis, so weit ich weiß.«

»Haben Sie es mit ihm besprochen?«

»Natürlich nicht.«

Abrupt stand Jennings auf und schritt im Zimmer umher. Dann hielt er an und sagte: »Wissen Sie, Jonathan, vielleicht haben wir beide einfach ein bißchen zu viel getrunken. Mein benebelter Verstand kann es einfach nicht fassen, daß dieses Gespräch stattfindet. Sie denken wirklich, daß ich das getan habe? Alles?«

Jon nickte traurig und müde.

»Das ist einfach zu bizarr, um es in Worte zu fassen. Eigentlich sollte ich es als Kompliment ansehen, mein Lieber. Ich kann nicht mal genug Aramäisch, um so etwas zu schaffen.«

»Ich weiß, da liegt ein Problem.« Erneut flüchtete sich Jon in Halbwahrheiten. »Wer weiß aber? Vielleicht könnten Glastonbury und Paddington auch das untersuchen. Sehr viel wissen wir nicht über Ihre Studententage in Oxford.«

»Haben Sie es ihnen denn schon vorgeschlagen?«

»Selbstverständlich nicht, Austin! Das Mindeste, was man von mir erwarten kann, ist doch, daß ich Ihnen und nur Ihnen allein meine private Hypothese zuerst vortragen werde.«

»Wann beabsichtigen Sie diese spektakuläre Spekulation umzusetzen?«

»Ich werde die Schreinbehörde morgen früh um Erlaubnis bitten, das Titulus abzukratzen.«

»Fein!« sagte Jennings. »Ich werde Sie begleiten. Also, gute Nacht, Jonathan. Ich sehe Sie morgen früh.«

Er stand auf, stiefelte aus dem Zimmer und schlug die Tür mit voller Wucht hinter sich zu.

Jon saß am Tisch. Von Grund auf vernichtet. Die bisherigen Antworten, die Jennings gegeben hatte, hatten so gut zu seiner Hypothese gepaßt. Warum war die letzte Bemerkung dann so unpassend?

An Schlaf war in jener Nacht nicht zu denken.

Beim Frühstück bat ihn Jennings an einen separaten Tisch, damit sie unter sich wären. »Nun, Jonathan«, fing er an, »hatten wir wirklich gestern abend diese seltsame Unterhaltung? Oder war es nur ein Alptraum?«

»Sie fand statt.« Jon konnte Jennings nur mit Mühe in die Augen sehen.

»Nun, Ihre ... widerlichen Suggestionen hatten wenigstens eine gute Auswirkung auf mich: Ich kehrte zu meinen Unterlagen von der Ausgrabung in Shiloh zurück. Ich verbrachte die

Hälfte der Nacht damit, meine Papiere aus dieser Zeit zu lesen. Einschließlich meines Schriftwechsels mit Gladwin Dunstable, und vielleicht habe ich etwas entdeckt. Gladwin Dunstable, wie es sich herausgestellt hat, sollte unser Hauptverdächtiger sein.«

»Wie bitte?«

»Alles wird langsam klarer. Bedenken Sie, daß dies alles vor Jahren passierte. Nun aber erinnere ich mich daran, daß Dunstable sich furchtbar für Piltdown und andere Fälschungen interessierte. Und er liebte es, mich wegen der größten Fälschungen in der Geschichte der Archäologie auszufragen. Ich kann mich noch schwach daran erinnern, wie er einmal nach ein paar Runden Scotch, spät in einer Nacht vorgeschlagen hat, wie man möglicherweise ein Papyrus mit einer frischen Charge ›antiker‹ Tinte fälschen könnte.«

»Warum in aller Welt haben Sie Glastonburys Gremium nichts davon erzählt?«

»Ich habe mich damals nicht mehr daran erinnert. Erst als ich in der Nacht meine Papiere durchsah, fiel es mir wieder ein.«

»Aber, was für ein Motiv könnte Dunstable haben, die Fälschung zu fertigen?«

»Wie soll ich das wissen?« Jennings zuckte mit den Achseln. »Nun, außer ... wissen Sie, er war Präsident der VBF ...«

»Was ist das?«

»Die Vereinigung Britischer Freidenker. Jedenfalls, als ...«

»Warten Sie mal, Austin«, sagte Jon und nahm hastig einen Schluck von seinem Kaffee. »Lassen Sie mich das erstmal verdauen.« Er starrte aus dem Fenster und versuchte verzweifelt, diese neue Information einzuordnen. Wenn Dunstable tatsächlich der Täter sein sollte, warum hatte er Jennings in London dann so vehement verteidigt? Er hätte seine Spuren besser verwischen können, wenn er zugelassen hätte, daß Jennings verdächtigt wurde. Aber der Gedanke war falsch, fiel ihm plötzlich auf! Wenn Dunstable tatsächlich der Fälscher sein sollte, würde er seine Fälschung decken wollen. Ihm wäre es folglich lieb, wenn niemand unter Verdacht stünde. Ungefähr so hatte er sich auch in London verhalten.

Jon blickte wieder zu Jennings und sagte: »Es tut mir leid, Austin! Es ist möglich, daß ich einen kolossalen Fehler gemacht habe. Fahren Sie bitte fort.«

»Jedenfalls, an freien Tagen machten Dunstable und ich einige Vermessungen am Toten Meer. Südlich von Qumran, auf dem Weg zum Wadi Murabba'at, entdeckten wir zufällig einen zu einer Höhle führenden Schacht. Wir kletterten hinein und entdeckten eine Grube, die augenscheinlich im ersten Jahrhundert als Grabstätte benutzt worden war. Aber hier ist es, was mich so fasziniert hat. Am Schädel eines dort befindlichen Skeletts hing noch ein Strähnchen seines dunklen Haares. Genau wie bei unseren Gebeinen.«

»Das ist wirklich eine Möglichkeit, Austin! Warum haben Sie die Grabstätte aber niemals ausgegraben?«

»Sie gehörte uns nicht. Ich wollte später mal dort graben, konnte das Land aber nie kaufen.«

Jennings leerte schnell eine weitere Tasse Kaffee und starrte hinüber zu den Hügeln vor dem Speisesaal. »Ich werde nicht ruhen, bis ich diese Stätte ausgekundschaftet habe, um zu sehen, ob vielleicht das Skelett nun fehlt. Wollen Sie mitfahren, Jonathan?«

»Absolut.«

Jon kannte mittlerweile jede Kurve der Straße zwischen Jerusalem und Jericho. Dies war seine dritte Reise innerhalb von zehn Tagen. Bis Mitte des Vormittags hatten sie das Tote Meer erreicht. Jennings saß am Steuer des Landrovers und bog nun nach Süden in die Küstenstraße ein. Ungefähr fünf Kilometer hinter Qumran fuhr er eine Wüstenstraße aus Schotter Richtung Westen, bis sie zu einer mächtigen Klippenwand kamen und nicht mehr weiterfahren konnten.

Jennings studierte die Karte, nickte und sagte: »Ja, das müßte es sein, denke ich. Lassen Sie uns unsere Rucksäcke holen, Jonathan. Wir müssen von jetzt an zu Fuß gehen. Mit etwas Glück werden wir noch vor der Hitze des Nachmittags wieder weg sein.«

Sie setzten die Rucksäcke auf. Jon folgte Jennings einen steilen Weg entlang, der im Zickzackkurs um die halb rosa, halb orangefarbenen Klippen nach oben führte. Zwanzig Minuten später hielt Jennings an und blickte erneut auf seine Karte. »Ja, hier ist es«, sagte er: »Hier müssen wir den Weg verlassen, folgen Sie mir.«

Jennings führte ihn nun über ein rauhes, von großen Felsblöcken übersätes Terrain. »Sind Sie noch in Ordnung, Jonathan?« rief er nach hinten.

»Klar doch! Es war aber wirklich ein Wunder, daß Sie die Grabstätte in dieser Wildnis gefunden haben!«

»Nun, ich muß zugeben, daß ein freundlicher Beduine uns geholfen hat. Aha! Sie muß gerade auf der anderen Seite von diesem Hügelkamm sein, in der dahinterliegenden Senke.«

Vorsichtig kletterten sie noch zehn Minuten weiter und erreichten schließlich eine abfallende Mulde am Fuß einer rauhen Klippe aus Granit, die über ihre Köpfe steil gen Himmel ragte. Vor der Klippenwand deutete Jennings auf eine kleine Öffnung. »Das muß es sein«, sagte er.

Er ging hinüber und zog Büsche und mehrere Steine beiseite, um das Loch zu vergrößern. Dann öffnete er seinen Rucksack und nahm eine Strickleiter und eine Brechstange, die zum Teil auch als Meterstab diente, heraus. Als er sich an den Abgrund der Öffnung hinkniete, sagte er: »Hier Jonathan, richten Sie Ihre Taschenlampe in das Innere.«

Jon richtete den Strahl seiner Taschenlampe darauf und rief voller Überraschung: »Wow! Das ist ein ziemlicher Schacht!«

»Deshalb habe ich auch die Leiter mitgebracht.« Jennings befestigte die Strickleiter an der Eisenstange, die er dann quer über das Grundgestein der Öffnung legte. »Jetzt haben wir es«, sagte er. »Die hält über fünfhundert Pfund aus. Klettern Sie hinein, während ich die Taschenlampe für Sie halte. Ich folge Ihnen dann, während Sie mir den Weg leuchten.«

Vorsichtig zog Jon probeweise an der Leiter und kletterte dann in den Schacht hinein. Nach etwa fünf Metern rief er nach oben: »In Ordnung, ich bin unten angekommen, Austin.«

»Gut, ich werfe die Taschenlampe hinein. Richten Sie den Strahl dann auf mich.«

Jennings ließ die Taschenlampe fallen. Jon ließ die Leiter los, um sie zu fangen. In diesem Augenblick zog Jennings die Strickleiter so heftig hoch, daß Jon sie nun nicht mehr erreichen konnte.

»Was machen Sie da, Austin?« rief Jon.

Von der Oberfläche kam keine Antwort. Jon ließ seine Taschenlampe über den gesamten Boden streifen. »Hier sehe ich keine Beerdigungsgrube«, sagte er. »Wo soll sie denn sein?«

»Es gibt keine, Jonathan« antwortete Jennings mit leiser Stimme.

»Was wollen Sie damit sagen?«

»Bedauerlicherweise muß ich Ihnen mitteilen, daß diese gesamte Geschichte mit Dunstable die reinste Fiktion war. Er hatte mit Rama rein gar nichts zu tun. Ich mußte Sie einfach ... äh ... irgendwie herlocken.«

Jon wurde es plötzlich übel. Er ließ aber nicht zu, daß seine Stimme zitterte. »Und Sie hatten natürlich um so mehr mit Rama zu tun, nicht wahr?«

»Recht haben Sie, mein guter Freund. Von Anfang bis zum Ende, ich war es – und nur ich allein.«

Jons Herz pochte wie wild, er spürte das Pulsieren in seinen Schläfen. »In Ordnung, Austin«, rief er nach oben. »Ich habe zwei Fragen, und ich wette, daß Sie sie kennen.«

»Lassen Sie mich raten: Wie habe ich es getan? Und warum habe ich es getan? Habe ich recht?«

»Das sind genau die zwei!«

»Nun, lassen Sie mich auf die Erste eingehen: Ich fing mit

einer absolut authentischen, archäologischen Ausgrabungsstätte an. Alles in Rama, mit Ausnahme der Höhlenfunde, ist echt ... ach ja, und auch noch die zwei ›Josef-Kruggriffe‹. Sie waren übrigens fürchterlich schwer anzufertigen. Ich übte das Gravieren von Inschriften in Keramiken mit einem Bohrer, bis ich weit genug war, die Arbeit an authentischen, unbeschrifteten Kruggriffen aus dem ersten Jahrhundert zu schaffen. Nachdem ich den Bohrer benutzt hatte, vollendete ich natürlich die Arbeit mit primitiven Wekzeugen, damit Ihre Leute nur ›antike‹ Fertigungskunst finden würden. Dann ließ ich die Inschriften ›altern‹, indem ich sie für kurze Zeit mit Schablonen der Buchstaben brannte. Die Thermolumineszenzuntersuchung wurde natürlich nicht in der Nähe der Buchstaben gemacht.«

»Äußerst gerissen, Austin. Wann aber haben Sie das alles gemacht?«

»Ach, ich hatte zwei lange Jahre Zeit, um den Höhlenbereich zu ›salzen‹: 1972 und 1973. Ich war in der Nähe, in Shiloh, verbrachte aber die meisten Wochenenden in Rama – allein, versteht sich. Kensington war offizieller Beauftragter der Rama-Stiftung aus Oxford – und ich sein Stellvertreter. Also hatte ich keine Mühe, nach eigenem Belieben die Stätte zu betreten und wieder zu verlassen. Wie Sie sich vermutlich erinnern können, gab es in diesen Jahren keine Ausgrabungen in Rama.«

»Wie stießen Sie auf die Höhle?«

»Nun, ursprünglich war sie, wie die obere Höhle auch, offen. Ich holte mit einem Laster einen Sarkophag aus dem ersten Jahrhundert, machte die Inschrift und begrub ihn.«

»Wie schafften Sie es aber, daß die Inschrift scheinbar eine ähnliche Alterspatina besaß wie der Rest des Sarkophags?«

»Aha! Keine leichte Aufgabe, das kann ich Ihnen versichern! Man kann aber eine Patina im Kalkstein erzeugen, indem man ihn mit salzhaltiger Erde, angereichert mit Eisensalz, bedeckt, ihn danach Sauerstoff aussetzt und ihn schließlich wieder bedeckt. Diesen Vorgang wiederholt man in zyklischen Abständen. Ich machte das mit dem Inneren der gehauenen Buchstaben, bis die Farbe mit der von dem Rest des Sarkophags übereinstimmte. Zuerst aber mußte ich ein entsprechendes Skelett hineinlegen, nicht wahr?«

»Richtig.«

»Nun, es ist keine schwere Aufgabe, in Israel Gebeine aus dem ersten Jahrhundert zu finden. Letzten Endes verwandte ich welche, die ich in einer Grabstätte in Qumran fand, als ich unter de Vaux grub.«

»Warum haben Sie nicht einfach eines aus dem Friedhof in Rama genommen?«

»Das habe ich versucht, glauben Sie's mir. Ich konnte aber kein männliches Skelett im richtigen Alter finden. Die Qumran Knochen kamen dem Ziel aber schon wesentlich näher. Die Grabtücher habe ich aber aus dem Friedhof in Rama geholt ... aus einem herodianischen Grab.«

»Was ist mit den ›Spuren der Kreuzigung‹?«

»Aha! Ich legte einfach eine römische Speerspitze auf den Brustkorb, schnitt dessen Form mit einem Skalpell aus und schliff sie dann ab. Das gleiche habe ich auch mit den restlichen Abschürfungen gemacht. Danach mußte ich natürlich eine Möglichkeit finden, die Kalkablagerungen hinzuzufügen. Während meines Studiums war ich sehr gut in Chemie.«

»Die Keramikgegenstände waren auch kein Probelm, richtig?«

»Töpferware zu beschaffen, war das geringste meiner Probleme. Ich hätte eine gesamte Sammlung aus dem ersten Jahrhundert beschaffen können. Das gleiche gilt für die Münze und die anderen Entdeckungen im Innern und außerhalb des Sarkophags.«

»Und das Titulus Pergament?«

»Sie hatten mit Ihrer Vermutung hinsichtlich des Rußes aus Pompei auf der ganzen Linie recht, Jonathan. Ich gratuliere! Wir hatten nach den Qumran Ausgrabungen ein paar Pergamentfetzen übrig, die ich klauen konnte. Dann mischte ich mir ein bißchen Tinte zusammen, schrieb das Titulus – ziemlich brillant, wenn ich es so sagen darf – und machte mit Absicht den ›Fehler‹, den Sie entdeckten. Verlieh er dem Ganzen nicht eine herrliche Glaubwürdigkeit?«

»Ohne Zweifel. Und die verschiedenen Farbtöne erweckten den Anschein einer zufälligen Erhaltung. Was war aber mit dem Papyrus selbst? Wie konnten Sie es scha ...«

»Der Papyrus selbst stammt von einer der weniger wichtigen Schriftrollen des Toten Meeres, die am Schluß eine lächerlich lange, unbeschriftete Lücke hatte, also gebrauchte ich einen Teil davon. Ich mußte mir verkneifen, Ihnen zu sagen: ›Machen Sie sich nicht die Mühe, den Papyrus einer C-14-Untersuchung zu unterziehen! Jemand mit dem nötigen Genie, das Aramäische zu schreiben, wäre nicht so blöd, das falsche Papier zu verwenden!‹ Schließlich aber haben Sie es selbst erkannt, glaube ich.«

Die unwirkliche Unterhaltung setzte sich fort. Jon rief seine Fragen zur Öffnung hoch. Jennings schien geradezu entzückt zu sein, sein großartiges – wenn auch makaberes – Geheimnis endlich preisgeben zu können.

»Was ist aber mit der unglaublich akkuraten, aramäischen Sprache im ersten Brief von Josef?«

»Nun, ich danke Ihnen, Jonathan. Erneut haben Sie die Wahrheit geahnt. Ich konnte weitaus mehr Aramäisch, als allen klar war. Nun, es steht gar nicht zur Debatte: Ich kann mehr Aramäisch als alle anderen Menschen dieser Erde ... und sicherlich mehr als dieser Narr Montaigne, der von meinen sogenannten ›grammatischen Fehlern‹ faselte. Ich weiß, da haben Sie mich fast entlarvt. Ich habe mich wirklich verraten, daß ich ihn da angegriffen habe, nicht wahr?«

»Ihre Persönlichkeit schien sich in der Tat etwas zu verändern, Austin. Das stimmt wirklich. Aber wie haben Sie es geschafft, daß die Handschrift von Nikodemus der des Josefs so ganz und gar unähnlich war?«

»Ich schrieb sie mit meiner linken Hand. Den Brief von Josef wiederum mit der rechten.«

»Nun, auch wenn Ihr ganzes Vorhaben teuflisch war, Austin, ich muß wirklich sagen, daß der Papyrus ein echtes Meisterwerk ist. Ich glaube fest daran, hätte Josef so einen Brief wirklich geschrieben, daß er Ihre Vokabeln und Ihre Syntax benutzt hätte.«

»Es verlangte auch das Äußerste von mir ab, Jonathan. Ich habe fast ein Jahr lang an dem Papyrus gearbeitet. Und die Schrift ist ein ländlicher Dialekt aus dem ersten Jahrhundert, wissen Sie. Ich verlor aber fast die Geduld, als Sie und Montaigne so lange brauchten, um diese letzten Sätze zu übertragen. Ich wollte Ihnen fast die armseligen Bemerkungen ins Ohr flüstern!«

»Ihr Glanzstück, denke ich, aber war, anstelle von einem anderen Bereich in Rama die Höhle zu benutzen.«

»Oh, das mußte ich tun, Jonathan! Wenn ich alles in einem von Clive Bramptons fünf Quadratmeter großen Bereichen getan hätte, wären ihm die Veränderungen in der Schichtstruktur aufgefallen, und er hätte die Fälschung entlarvt. So konnte ich die Höhle ›salzen‹ und einen Laster voll mit Bergerde herbringen, um den Höhleneingang zu bedecken. Dann kamen die Winterregen und drückten es auf natürliche Weise fest.«

»Was wäre aber gewesen, wenn ich die Höhle nicht entdeckt hätte?«

»Ich hätte Sie näher und näher ›rangebracht‹, bis Sie es entdeckt hätten. Wie sich aber herausstellte, hätten Sie nicht kooperativer sein können.«

»Sie waren es auch, der die Tür zur Dunkelkammer offen und das Bild des Papyrus frei rumliegen ließen?«

»Natürlich! Es war ein brenzliges Problem, zu entscheiden, wie ich die Welt am besten davon in Kenntnis setzen könnte. Aber Gideon und sein herumschnüffelnder Vetter boten eine solch glückliche Lösung an!«

Jon blieb einige Augenblicke lang still. Dann sagte er: »Nun, Austin, ich muß Ihnen gratulieren, auch wenn es in einem etwas perversen Sinne gemeint ist. Sie haben die ganze Welt wirklich an der Nase herumgeführt.«

»Ja. Das muß ich zugeben: Es ist mir alles ziemlich gut geglückt, denke ich.«

Die Offenbarungen, die Jon von Jennings zu hören bekommen hatte, hatten ihn so in ihren morbiden Bann gezogen, daß er sich nur spärlich Gedanken darüber machte, wie er dieser lebensbedrohlichen Gefahr entfliehen könnte. Nun mußte er aber eine schnelle Lösung für sich suchen, wie es ihm mit steigender Verzweiflung klar wurde. Was hatte Jennings vor? Ihn hier lassen? Ihn töten? Wenn ja, wie? Mit einer Pistole? Mit einem Felsen? Oder, was auch möglich wäre, wollte er ihn bekehren?

Zuerst mußte er aber Antwort auf seine zweite Frage finden. »In Ordnung, Austin«, rief er dem kahlen Riesen zu, der ihn von der Öffnung des Schachtes aus beobachtete: »Nun erzählen Sie mir, weshalb Sie es getan haben.«

»Nun, mein lieber Junge, die Antwort ist ziemlich lang«, seufzte er. »Sehen Sie, als ich zur Schule ging, war ich ein sehr überzeugter und entschlossener Christ. Ich bewunderte meinen Vater, der Pastor war, sehr. Was für ein begabter Prediger er war! Er inspirierte mich, Theologie zu studieren, um Pastor zu werden. Also fuhr ich nach Oxford, um genau das zu tun. Im ersten Jahr kehrte ich für die Osterferien heim. Am Morgen des Ostersamstag stand er draußen vor dem Haus am Rande des Rasens und reparierte gerade den Briefkasten, der an der Straße stand, da irgendein Auto ihn beschädigt hatte. Wenn er nur mit dem Gesicht in die andere Richtung gestanden hätte, wäre er davongekommen. Ein Fahrer, der in der Nacht zuvor wohl zu viel getrunken hatte, war am Steuer eingeschlafen, kam von der Straße ab und erfaßte meinen Vater mit seinem Auto, tötete ihn aber nicht ganz. Nachdem er Höllenqualen erlitten hatte, verstarb er am Ostersonntag.«

»Wie entsetzlich! Tragisch! Aber ... was hat das mit meiner Frage zu tun?«

»Eigentlich alles. Nach diesem Ereignis zerbrach mein Glaube an eine beschützende Gottheit. Ein winziger Hauch von göttlicher Einmischung hätte ausgereicht, um meinen Vater zu retten, daß man es nichtmal für ein Wunder gehalten hätte! Gott hätte den Fahrer den Bruchteil einer Sekunde später oder früher einschlafen lassen müssen. Dann wäre das Auto ganz harmlos über den Rasen gefahren. Niemand wäre verletzt gewesen, außer vielleicht der besoffene Fahrer. Eine göttliche Einmischung fand aber nicht statt – offensichtlich. Hätte Gott existiert, hätte die Einmischung stattgefunden. Ergo, es gibt keinen Gott.«

»Das ist keine eindeutige Schlußfolgerung, Austin.«

»Damals dachte ich das schon. Eigentlich denke ich immer noch so. Zurück in Oxford brach ich mein Theologiestudium sofort ab. Von meinem jugendlichen Idealismus ergriffen, beschloß ich, daß ich mein Leben der großartigen Aufgabe widmen wollte, die Welt von jeglicher Art des religiösen Aberglaubens zu befreien. Ich erarbeitete den allgemeinen Rahmenplan für Rama, als ich neunzehn Jahre alt war. Also fing ich an, Griechisch und Aramäisch zu meistern, als wären sie meine Muttersprachen.

Ach, ja . . . Ich habe einmal eine Abkürzung versucht, die viel weniger Aufwand benötigte als Rama. Nachdem ich in die Fakultät aufgenommen worden war, forschte ich eine Zeitlang in Rom. Mir wurde dadurch der Zugang zum *Codex Vaticanus* gewährt. Während niemand zuschaute, nahm ich eine von mir erfundene, auf Zitronensäure basierende Mischung und fügte dem Markusevangelium eine letzte Zeile hinzu. Sie besagte in etwa, daß die Leiche Christi gestohlen worden war.« Jennings lachte leise, fuhr dann aber fort: »Die Zitronensäure war natürlich unsichtbar, da es ja so aussehen sollte, als ob die Kirche jene Zeile gelöscht hätte.«

»Noch ein gelöstes Problem!« wollte Jon schreien, fragte aber zuerst: »Und was ist aus Ihrer . . . Jungfernfahrt in die Welt der Fälschungen geworden?«

»Ach, scheinbar war die Sache zu raffiniert, schätze ich. Offenbar haben die Trottel im Vatikan es noch nicht unter UV-Licht untersucht.«

Es lag Jon auf der Zungenspitze, es ihm zu sagen. Warum sollte er diesem Schuft aber jene Zufriedenheit gönnen? Statt dessen sagte er: »Irgend etwas ergibt keinen Sinn, Austin: Wenn Sie gegen jede Art des religiösen Aberglaubens sind, warum haben Sie dann gezielt das Christentum angegriffen?«

»Weil es das übermächtigste Glaubenssystem auf der ganzen Welt und in der ganzen Geschichte ist. Wenn man den Grundstein entfernt, werden die übrigen Religionen mit der Zeit auch zerfallen. Das Christentum ist gleichzeitig aber auch wegen Jesus und seiner angeblichen ›Auferstehung‹ die angreifbarste aller Religionen. Sehen Sie, kein Rama könnte das Judentum oder den Islam widerlegen.«

»Was ist mit der ›neuen Theologie‹ einer geistlichen Auferstehung?«

»Sie wird lediglich die Intellektuellen befriedigen. Wenn man Ostern und die körperliche Auferstehung wegnimmt, ist das Christentum dem Untergang geweiht.«

»Das war's? Ihr Vater wird bei einem Unfall getötet, also veräppeln Sie die ganze Welt?«

»Nein. Es gibt noch viel mehr, und das hat ziemlich viel mit dem Mädchen zu tun, das Sie lieben ...«

Jennings fuhr mit der Geschichte fort, die Jon schon von Glastonbury erfahren hatte. Er ließ ihn aber ausreden, damit er möglicherweise neue Einzelheiten erfahren konnte.

Während er die Geschichte erzählte, zitterte und stockte Jennings Stimme, besonders in den Abschnitten, die von seiner geliebten Frau handelten.

»Und da haben Sie es«, schloß er. »Diese erbärmliche Äbtissin nimmt meine Colleen als Gefangene, betäubt sie mit Laudanum und tötet sie – alles im Namen des Herrn –, und sie wird von der Kirche nur gerügt! Danach ermordet die IRA meine Mutter und meinen Bruder, anschließend fackeln sie unser Haus ab – alles im Namen des Herrn! Religiöser Fanatismus muß einfach aufgehalten werden, Jonathan, egal wieviel Leid damit verursacht wird. Sehen Sie, die heutige Generation ist die einzige, die davon berührt werden wird. In der gottfreien Welt der Zukunft wird es keine Schmerzen mehr geben.«

»Sie haben mein herzlichstes Beileid für all diese Horrorgeschichten, Austin. Ich frage mich nur, wie Sie ein private Tragödie wie die Ihre nehmen und für alle aufbauschen können, so daß die ganze Welt mit Ihnen leidet.«

»Das Leid wird nur von kurzer Zeit sein . . . aber zum Guten dienen. Es ist vergleichbar mit dem Gebären eines Kindes: der Schmerz verflüchtigt sich beim Anblick eines neuen Lebens. Die Welt muß erwachsen werden, Jonathan. Religion ist eine veraltete Stütze der Vergangenheit, und die Kirche stand jedem Fortschritt im Wege – schon seit den Tagen Galileos. Und erzählen Sie mir nicht, daß die Kirche aus Fehlern der Vergangenheit gelernt hat: Wenn man sieht, wie ein moderner Papst wie Johannes Paul II. Geburtenkontrolle in Ländern wie Indien, einem Land, das vor Menschen aus allen Nähten platzt, verschmäht, dann weiß man einfach, daß Religion einem Selbstmord nahekommt. Ich helfe lediglich mit, die Religion zu dem Grab zu tragen, das sie sich verdient hat.«

»Ich glaube, daß Johannes Paul II. einfach nicht recht hatte, Austin. Aber der Sache mit der Religion gegen die Wissenschaft, der verleihen Sie zuviel Gewicht. Das moderne Christentum steht keiner Wissenschaft, die mir geläufig ist, im Wege. Statt dessen hat man diese großen, übergreifenden Annäherungen, wie zum Beispiel bei der ›Urknalltheorie‹ oder dem linearen Universum, die sehr gut zum ersten Buch Mose passen.«

»Das mag sein, mein Lieber, aber Sie haben mit eigenen Ohren das Todesröcheln des Christentums gehört, als diese Massen von Millenialisten nach Jerusalem pilgerten und sich von ihren Propheten des Jüngsten Tages in einen Rauschzustand versetzen ließen. Das zeigt, wie sehr die Religion dem Verstand schadet, und jeder, der noch einigermaßen klar denken kann, sollte sich mir anschließen, um sie zu zerstören! Und was ist mit den Charismatischen Kongressen, mit diesen Menschen, die sich anmaßen zu behaupten, daß Gott sich übernatürlich einmischt, um ihre Zungen auf eine himmlische Art und Weise zu bewegen? Was, bitte schön, hört man denn? Kauderwelsch, Jonathan, Kauderwelsch – Wortsalat! Wenn es tatsächlich hinter diesem Phänomen einen Gott gäbe, soll er doch was Sinnvolles sagen. Vielleicht eine Formel, um Krebs zu besiegen, oder wie man Gefahren aus dem Weg gehen könnte. Ein Wort in dem Ohr jenes niederländischen Piloten – ›Stop!‹ – hätte verhindert, daß diese zwei Flugzeuge vor einigen Jahren auf den Kanarischen Inseln kollidiert wären, und hätte somit Hunderte von Leben gerettet.«

»Dafür haben wir keine Argumente, Austin. Dies sind Randgruppen der Kirche. Aus dem breiten Spektrum des Weltchristentums nehmen Sie einen winzigen Prozentsatz heraus und behaupten, daß dieser alle vertritt. Das ist so, als würde man behaupten, daß alle Juden dieser Erde sich schwarz anziehen und Pelzmützen tragen, wie die Chassidim.«

»Ich behaupte nur, daß Religion die Mutter des Fanatismus ist. Religion und Wahnsinn sind in den Köpfen der Menschen direkte Nachbarn – und diese Tatsache hat verheerende Auswirkungen. Ein Busfahrer in Spanien, dessen Fahrt in Fatima beginnt, macht anscheinend die Augen zu, nimmt seine Hände vom Steuer und fährt zwanzig Meilen durch die Nacht als Bewährungsprobe seines Glaubens! Manche Gläubige auf den Philippinen lassen sich am Karfreitag an Kreuzen festnageln! Oder eine polnische Frau empfängt die blutige Stigmatisierung an den Händen und Füßen, wie die Wunden Christi!«

»Jede Institution dieser Erde hat ihre Horrorgeschichten, Austin, aber in Amerika . . .«

»Nicht in Amerika? Ihr habt dort die Sektenhauptstadt der Welt! Ich meine nicht einen Jim Jones, der achthundert seiner verblödeten Anhänger nach Guyana locken kann, damit sie Cola mit Zyanidgeschmack schlürfen, oder diese ›Made in Amerika‹-Religionen wie die Zeugen Jehovas oder die Mormonen, oder was sonst noch alles. Ich meine eure Wunderheiler, die jegliche Art von wissenschaftlicher Medizin ablehnen und Menschen ohne Antibiotika oder Insulin krepieren lassen – alles im Namen des Herrn! Und was ist mit den vielgerühmten etablierten oder evangelikalen Kirchen? Dort hat man einen Zerfall bei beiden Flügeln: die Liberalen haben sogar schon den bloßen Anschein des Evangeliums verlassen – alles für den sozialen Aktivismus und die Politik. Aber die neuen religiösen Rechten stehen ihnen da in nichts nach – aber natürlich ohne ihr Evangelium zu verlassen. Statt dessen stopfen sie es in die Mäuler der wartenden Massen mit ihrer unverschämten Ausbeutung des Fernsehens und der Medien.«

Während Jennings noch weiter wütete, bedachte Jon seine prekäre Situation. Der Schacht war allem Anschein nach eine alte Zisterne, und offenbar waren die Wände zu glatt, um irgendwo mit den Händen oder den Füßen Halt zu finden. Er hatte also keine Möglichkeit, ohne Leiter herauszukommen. Wenn der Schacht nur ein klein wenig enger gewesen wäre, hätte er sich vielleicht nach oben stemmen können, mit einem Fuß an jeder Seite. Ihm wurde klar, daß er ein verfluchter Idiot, ein blöder Schwachkopf gewesen war, Jennings hierher zu folgen, ohne sich zuerst mit Dov Yorkin in Verbindung zu setzen. Statt dessen war er von der Möglichkeit, die Wahrheit endlich herauszubekommen, derart geblendet gewesen, daß er alle Vorsicht in den Wind geschlagen hatte. Nun mußte er alles auf eine einzige, entscheidende Karte setzen, die er sehr bald ausspielen würde.

Er blickte nach oben und sah, daß Jennings Gesicht immer noch über die Öffnung ragte. Er hatte aufgehört zu reden, wartete offenbar, auf irgendeine Antwort. Jon nahme das Gespräch, so gut er konnte, wieder auf. »Nun, Austin, Sie scheinen wirklich hinsichtlich der amerikanischen Religion gut informiert zu sein.«

»Ja, ich habe einen fetten Ordner, voll mit euren Eigenheiten!«

»Aber wieder werfen Sie alle Christen in einen Topf, und das ist weder fair noch logisch.«

»Schauen Sie doch von der Gegenwart weg in die Vergangenheit, Jonathan! Was ist die Geschichte der Kirche, außer einer gottlosen Historie von Unterdrückung und Glaubenskriegen: Christen aus Venedig plündern Christen in Konstantinopel; die Spanische Inquisition verbrennt Ketzer und Juden auf dem Scheiterhaufen; katholische Armeen gegen protestantische Armeen um 1500; französische Protestanten werden niedergemetzelt; Hexenprozeße von Jeanne d'Arc bis nach Salem, Massachusetts; und noch Tausende anderer, grausamer Ereignisse in der Geschichte – alles im Namen des Herrn! Und was tun sich Katholiken und Protestanten bis zum heutigen Tag in diesem Sumpf des religiösen Fanatismus namens Irland gegenseitig an? Können Sie es nicht sehen, daß das, was ich tue, die größte Geste der Menschlichkeit ist, die ich der Welt bescheren könnte?«

»Nein, das kann ich nicht, Austin! Ich wäre der erste, der nicht zugibt, daß die Kirche kaum eine makellose Weste hat – da stimme ich Ihnen gerne zu! – Das geschieht aber aufgrund dieser bösen Sache namens ›Sünde‹, die jegliche gesellschaftliche Institution unterwandert, die Kirche mit eingeschlossen, also wenn ...«

»Ach bitte, Jonathan, ersparen Sie mir Ihre Predigt, ja?«

»Lassen Sie mich ausreden! Ich sage nur, daß es unfair ist, der Kirche für alle Gewalttaten dieser Erde die Schuld in die Schuhe zu schieben. Die Geschichte wäre ohne das Christentum sogar noch viel blutiger gewesen. Es waren die Christen, die im Mittelalter auf Tage des Friedens bestanden haben, Krankenhäuser bauten, um die Verwundeten zu versorgen, sich schlichtend in Streitfragen einmischten, um den Frieden zu bewahren, Waisenhäuser bauten, Obdachlosenheime und ...«

»Ja, ja, ja ... ich weiß, daß es auch geringfügige, positive Elemente gegeben hat, aber ...«

»Das ist es, Austin, Sie haben die positiven Elemente völlig außen vor gelassen! Sie haben komplett vergessen, wie jene Kirche die Kultur im finsteren Mittelalter im Alleingang am

Leben erhalten hat. Sie brachten den barbarischen Eindringlingen aus Rom die Zivilisation bei, kopierten Manuskripte in den Bibliotheken der Klöster, damit wir so etwas Großartiges haben würden wie Bücher, die noch aus der Zeit vor Gutenberg stammen. Da stehen Sie nun, einer der weltbesten Sprachwissenschaftler, und schlagen die Hand weg, die Sie ernährt hat!«

»Nun, warten Sie mal, Jonathan ...«

»Nein, es ist sogar noch schlimmer, Austin: Sie versuchen, jene Hand sogar ganz abzuhacken! Haben Sie vergessen, daß das Christentum die alma mater der westlichen Zivilisation ist, die ›Brotgebende Mutter‹, die Schulen baute und Universitäten erfand? Daß ihre Laufbahn wesentlich besser ist, als nur die, an die Sie sich erinnern. Das Christentum stand hinter vielen der größten Errungenschaften der letzten zwei Jahrtausende, von den Basiliken und Kathedralen in der Architektur, Leonardo und Michelangelo in der Kunst bis hin zu Johann Sebastian Bach in der Musik. Die Kirche hat einige der größten Denker gefördert, die zur Auflärung der Welt je beigetragen haben: Augustinus, Thomas von Aquin, Dante, Luther, Shakespeare, Milton, Newton ...«

»Wir weichen vom eigentlichen Punkt ab, Jonathan«, unterbrach Jennings. »Ich will gar nicht bestreiten, daß die Kirche ein paar würdige Errungenschaften aufzuweisen hat. Vielleicht war es sogar in jenen Zeiten besser, das Christentum zu haben, als es nicht zu haben. Ich sage aber, daß wir uns dem Ende des zwanzigsten Jahrhunderts nähern – die Welt muß ›erwachsen‹ werden. Es ist endlich an der Zeit, die Märchen beiseite zu legen oder sie zumindest als die Fantasien zu betrachten, die sie auch sind. Wir sind in diesem Universum allein, Jonathan, allein. Es gibt keinen Gott. Und je schneller die Menschheit diese Tatsache akzeptiert, desto verantwortungsbewußter werden wir uns entwickeln – entwickeln müssen. Anstatt uns auf das ›Große-auf-uns-wartende-Jenseits‹ zu verlassen, ist es höchste Zeit, daß wir die Welt mit unseren eigenen Bemühungen verbessern, und zwar jetzt – nicht in irgendeiner mythischen Ewigkeit. Und nicht, indem wir uns auf eine Art übernatürliche Hilfeleistung verlassen, die niemals kommen wird, niemals kommen kann.«

»Dessen sind Sie sich so sicher?«

»Ja, das bin ich: Kein *deus ex machina*, da es von vornherein keinen *deus* gibt! Das Böse beweist es. Wenn eine Katastrophe sich ereignet, sind es nicht die großen Statistiken, die mich bewegen – nicht die drei- oder viertausend Menschen, die 1980 bei dem Erdbeben in Italien ums Leben kamen –, sondern die fünfundzwanzig Leichen der Kinder, die aus den Trümmern einer östlich von Neapel liegenden Kirche geborgen wurden, nachdem die Mauern bei der Abendmesse eingestürzt sind. Es ist nicht mal so, daß Gott gegen die Katholiken ist: Gott existiert nicht! Je früher wir diese Tatsache begreifen, desto besser.«

»Die Existenz des Bösen widerlegt keinesfalls die Existenz Gottes, Austin. Ganz im Gegenteil, das Christentum bietet eine Lösung, ein Heilmittel für das Böse an. Ihre Weltanschauung hingegen bietet nicht die geringste Lösung. Und die gottlose Welt der Zukunft, die Sie sich vorstellen, wird kein Paradies sein, lassen Sie mich das sagen. Wahrscheinlich wird sie stärkere Ähnlichkeit mit der Hölle selbst haben! Und übrigens, was ist überhaupt aus Ihrer Vorstellung von Wahrheit geworden? Wie konnte auch noch der dunkelste Winkel Ihres Gewissens diese teuflische Fälschung billigen? Wie könnten Sie nach Rama mit sich selbst leben?«

»Oh, das habe ich mit Leichtigkeit gelöst: Die Knochen Jesu sind tatsächlich irgendwo da draußen, Jonathan. Wir haben sie einfach noch nicht gefunden, werden es wahrscheinlich auch nie tun. Deshalb mußte ich die Beweise liefern.«

»Und was ist, wenn Ihre Einschätzung schlicht und einfach falsch ist? Dann hätten Sie sich schuldig gemacht, den Glauben aus Millionen Herzen gerissen zu haben, ganz abgesehen von den Selbstmorden, den Nervenzusammenbrüchen und den anderen Katastrophen, die bereits jetzt schon auf Ihr Konto gehen! Nun werfen Sie die Strickleiter herunter, damit ich nach oben klettern kann. Wir setzen dann unsere Unterhaltung bei der Fahrt zurück nach Ramallah fort.«

»Es tut mir leid, Jonathan. Das kann ich wirklich nicht tun.«

»Warum nicht?«

»Nun, Sie wissen jetzt, wie Rama zustande kam. Die Welt aber nicht. So einfach ist das.«

»Was wollen Sie denn tun? Mich für den Rest meines Lebens hier einschließen? Lebensmittel aus einem Hubschrauber abwerfen?«

»Nein. Das werde ich Ihnen nicht antun, Jonathan.«

»Also?«

Es blieb eine lange Zeit still. Dann antwortete Jennings mit sehr sanfter Stimme: »Ich ... es erfüllt mich mit endloser Trauer, daß Sie es sein mußten, Jonathan. Jetzt, nachdem ich Sie kennen und schätzen gelernt habe. Ich wünschte mir, daß ich statt dessen von Schwendener aus Yale geholt hätte. Ich wollte Sie aus vollstem Herzen in der Familie willkommen heißen. Ich weiß, daß Shannon wie erschlagen sein wird. Aber der Zweck, Jonathan, der Zweck ist von höchster Bedeutung.«

»Also lassen Sie mich hier, bis ich den Hungertod erleide?«

»Darüber habe ich nachgedacht. Aber Qumran ist ganz in der Nähe. Und es ist zumindest möglich, daß jemand, der auf der Straße dort unten vorbei geht, Sie schreien hört und Ihnen zu Hilfe kommen könnte. Außerdem würde ich nicht wollen, daß Sie leiden.«

»Sie wollen mich also töten!«

Es folgte ein langes Schweigen. Schließlich sagte Jennings: »Propangas tötet wirklich schmerzlos, Jonathan. Es hat nur einen leichten Geruch. Clive Brampton hatte scheinbar überhaupt keine Probleme damit.«

Jon erstarrte vor Entsetzen. »Was haben Sie gesagt? Sie haben Clive getötet?«

»Ich mußte es tun, Jonathan, obwohl ich ihn gleichermaßen sehr bewundert habe. Clive hatte hinsichtlich der Erdschichten vor der Höhle in Rama Verdacht geschöpft. Eines Tages fand ich ihn in meinem Büro und sah, wie er in dem Manuskript von Kensingtons erstem Bericht blätterte. Diese Spürnase hatte einen Vermerk hinsichtlich zweier offener Höhlen im nordwestlichen Bereich der Ausgrabungsstätte gefunden. Natürlich hatte ich das für die veröffentlichte Ausgabe in eine Höhlenöffnung umgeändert und alle Vermerke hinsichtlich der zweiten Öffnung gelöscht. Brampton hat es mitbekommen. Wir hatten eine ziemlich häßliche Szene, also lockte ich ihn hinaus, auch zu dieser Zisterne. Bedauerlicherweise mußte Propangas die Sache entscheiden. Er hat mich für kurze Zeit verflucht, aber dann verschied er. Eigentlich ziemlich friedlich.«

Vor Abscheu wutentbrannt, kämpfte Jon um Fassung. »Wie haben Sie es erreicht, daß es so aussah, als wäre Clive ertrunken?«

»Nun, nachdem er gestorben war, zog ich ihn herauf und gab ihm eine Mund zu Mund Beatmung, damit der Rest des Propangases aus seinen Lungen verschwand. Anschließend fuhr ich mit seiner Leiche nach Cäsaräa. Bevor ich ihn ins Mittelmeer ablud, führte ich einen Katheter in seinen Hals und füllte seine Lungen mit Seewasser. Dann ruderte ich in einem Dinghi von der Küste weg und warf seine Leiche über Bord. Was hätte es sonst sein können, außer daß er zufällig ertrunken war?«

»Warum haben Sie ihn nicht einfach hier gelassen?«

»Sein Verschwinden wäre viel zu verdächtig gewesen.«

Jon dachte einen Augenblick lang nach, dann fragte er: »Was haben Sie denn vor, mit . . . meiner Leiche anzustellen?«

»Ihre Leiche werde ich einfach hier lassen, denke ich. Falls Sie in ein paar Monaten oder Jahren entdeckt werden sollten, wird es wie ein tragischer Unfall aussehen. Man wird natürlich annehmen müssen, Sie wären in einen versteckten Schacht gefallen.«

Ein kaltes Gefühl der Angst braute sich in Jon zusammen. Er sagte: »Sie wollen die Welt von der Echtheit von Rama überzeugen. Wird es nicht einen enormen Verdacht geben, wenn einer der beiden mit den Untersuchungen betrauten Menschen einfach verschwindet?«

Jennings blieb einige Augenblicke lang still. »Wissen Sie, eigentlich haben Sie recht, Jonathan. Mmmmhh ... Also ... statt dessen werde ich nach Jerusalem zurückfahren, die Polizei anrufen und sagen, daß wir uns irgendwie aus den Augen verloren haben. Anschließend werden wir eine Großfahndung nach Ihnen einleiten. Irgendwann wird man Sie finden, und dann wird es kein Rätsel um eine vermißte Leiche geben. Ich werde natürlich schon längst den Propangaskanister wieder aus dem Schacht entfernt haben, bevor Sie gefunden werden.«

»Sie sind wahnsinnig, Austin! Das ist Ihnen doch klar, oder? Sie sind ein verdammter Psychopath! Eine Wahnsinniger!«

»Nein, Jonathan. Meine Logik ist glasklar. Wir müssen alle Opfer bringen, um den Zweck zu erfüllen. Der Zweck bedeutet alles! Ich opfere mein Leben dafür. Ich befürchte aber, daß Ihnen ein ähnliches Los zuteil geworden ist.«

Jon wurde klar, daß es nun an der Zeit war, höchste Zeit sogar, seinen letzten Trumpf auszuspielen. Er mußte preisgeben, daß nicht nur er von dem Komplott wußte. Diese Tatsche, hatte er sich ausgerechnet, wäre seine ultimative Lebensversicherung gegen die Gefahr.

»Austin, ich befürchte, daß ich Ihnen etwas mitteilen muß«, rief Jon nach oben: »Nicht Sie haben mich eingefangen, sondern ich Sie.«

»Und wie ist das zu verstehen, mein lieber Junge?«

»Ich habe Sie angelogen, als ich Ihnen gesagt habe, daß ich dies hier nicht mit Gideon, Glastonbury oder Dunstable besprochen hätte. Sie wissen es alle. Sehen Sie, die einzige Möglichkeit für mich, die Wahrheit aus Ihnen herauszukitzeln, war, Sie in dem Glauben zu lassen, daß nur ich davon wußte. Als Sie aber in England waren, war ich ebenfalls dort! Sehen Sie, ich habe bereits die Proben vom Titulus abgekratzt, genauso wie ich es Ihnen angedroht habe, und dieses Material haben wir dann mit einer frischen Probe, die Dunstable aus Pompei geholt hat, verglichen. Sie passen, Austin. Spuren von Keramikpartikeln aus dem Backofen sind in beiden Proben vorhanden und verraten die Sache! Sie haben genau das gleiche Verhältnis der drei Spurenelemente – Strontium, Rubidium und Blei!«

Jennings blieb einige Augenblicke lang still. Dann fing er an zu lachen: »Und wie, sagen Sie es mir, haben Sie die Schreinbehörde dazu überredet, Ihnen die Erlaubnis zu geben, das Titulus abzukratzen? Und wie, sagen Sie es mir bitte, konnte Dunstable ein weiteres Päckchen mit Ruß liefern?«

»Im Schrein kratzte ich zuerst die Probe ab und erzählte es erst danach. Ich hatte ein entsetzliches Telefongespräch mit Gideon. Er warnte mich, Israel nicht zu verlassen. Also mußte ich die Probe außer Landes schmuggeln. Ich schwamm über die Meeresenge im Toten Meer, von Masada nach Kap Costigan in Jordanien. Dort wurde ich von Walt Rast und zwei Beamten aus Jordanien empfangen, die mich zu einem Flugzeug nach London brachten. In der Zwischenzeit ist Dunstable erneut nach Pompei gereist, fand den gleichen Backofen und schürfte die Stelle ab, die neben jener lag, die er früher schon abgeschürft hatte. Wir verglichen die Proben im ...«

Jennings lachte nun schallend: »Oh, Jonathan, Sie sind so kreativ! Charles Dickens hätte einiges von Ihnen lernen können! Das Titulus angreifen? Schwimmen über das Toten Meer? Ich weiß, ich weiß, ein Wal schluckte Sie und spuckte Sie am anderen Ufer wieder aus, nicht wahr? Dann wurden Sie von kleinen, grünen Männchen schleunigst nach Amman gebracht, oder?«

»Nein, Austin, es ist wirklich passiert!«

Jon spürte selbst, während er jene Geschichte erzählte, daß sie nicht besonders glaubwürdig klang. Er fuhr aber unbeirrt fort.

»Hören Sie mal zu, Austin, ich erzähle die Wahrheit. Wir testeten das Material zwei Tage lang im Labor von Dunstabel und kamen zum Ergebnis, daß beide Proben von der gleichen Quelle stammten. In der Zwischenzeit hatte Paddington Ihre

Tragödie in Irland in Erfahrung bringen können, da die Königin dem MI5 und Scotland Yard den Auftrag gegeben hatte, alle Kräfte einzusetzen, so daß er . . .«

»Ach ja, aber natürlich! Nun werden wir alle einen fürstlichen Empfang bei der Königin im Buckingham Palast haben! Oho! Oho-ho-ho!« kicherte Jennings halb erstickt von einem Lachanfall. »Nun spielen wir Jonathan im Wunderland! War es nicht Samuel Johnson, der sagte: ›Verlassen Sie sich darauf, Sir; wenn ein Mann weiß, daß er im nächsten Augenblick erhängt werden soll, konzentriert er auf wunderbare Weise seine Gedanken‹? Ein ähnliches Schicksal scheint Sie auch so kreativ gemacht zu haben, Jonathan. Aber ich glaube kein Wort davon! Fahren Sie jetzt fort. Ich werde gleich wieder bei Ihnen sein.«

Jennings Kopf verschwand von der Öffnung, und Jon sah nur noch das Kobaltblau des Himmels. Verzweifelt beleuchtete er mit seiner Taschenlampe die Wände und den Boden des Schachtes. Es schien sich um eine natürliche Zisterne zu handeln, die, während der Regenzeit von Beduinen benutzt wurde, da er im unteren Drittel des Schachts eine Wassermarke sah und der Boden zu seinen Füßen mit grünem Schleim bedeckt war. Es war auch das beste natürliche Gefängnis und die beste Exekutionskammer, die Jennings je hätte finden können. Er kämpfte verzweifelt dagegen an, daß die dumpfe, eiskalte Angst, die seine Gliedmaßen schon taub werden ließ, ihn auch der Klarheit seiner Gedanken berauben könnte. Von Panik ergriffen suchte er nach einer Fluchtmöglichkeit. Die Situation erschien ganz und gar unwirklich. Das alles konnte sich nicht tatsächlich ereignen, redete er sich ein, obwohl sein Magen sich vor Panik zusammenkrampfte.

Erneut ragte Jennings kahler Kopf über die Öffnung. »Lassen Sie mich Ihnen erklären, wie Propangas funktioniert, Jonathan«, sagte er, während er an einem weißen Kanister, den er zum Rand des Schachts geschleppt hatte, ein Seil befestigte. »Das hier ist so viel besser als Zyanidgas, weil man es in jedem Geschäft für Campingartikel kaufen kann, da es zum Kochen auf Gasbrennern benutzt wird. Es stinkt auch nicht so sehr wie Zyanidgas und ist auch in der Handhabung nicht so gefährlich. Eigentlich ist es überhaupt kein Giftgas. Aber es ist schwerer als Luft und verdrängt somit den Sauerstoff. Es wird sich langsam im unteren Teil des Schachts aufbauen, und Sie werden an Sauerstoffmangel sterben.«

»Wo haben Sie den Kanister her? Ich habe nicht bemerkt, daß Sie ihn mitgebracht haben.«

»Natürlich nicht. Nach dem Tod von Clive ließ ich ihn wieder auffüllen und versteckte ihn hier zwischen den Felsen, falls ich ihn ein zweites Mal brauchen sollte. Sehen Sie, ich habe für alle nur denkbaren Eventualitäten vorgesorgt. Aus diesen Gründen mußte ich die ganzen Jahre alleine arbeiten. Stellen Sie sich vor! Ich schätze, daß man es als perfektes Verbrechen bezeichnen könnte, wenn es nicht darum ginge, die Welt von den Ketten ihres wertlosen Glaubens zu befreien, was ja überhaupt kein Verbrechen ist!«

»Es ist keinesfalls das ›perfekte Verbrechen‹, Austin!« rief Jon. »Es ist hoffnungslos mangelhaft! Ist Ihnen klar, wie viele Menschen jetzt wissen, was Sie getan haben? Neun oder zehn, mindestens! In Israel sind das Gideon Ben-Yaakov, Dick Cromwell – er war's, der mich mit dem Auto zum Toten Meer gebracht hat – und Dov Yorkin vom Mossad. In Jordanien weiß es Walter Rast. Und in England sind Glastonbury, Paddington, Dunstable, Sandy McHugh und auch andere, die Königin eingeschlossen, eingeweiht.«

»Und was ist mit Ihrem Weißen Haus und Präsident Bronson?« lachte Jennings höhnisch.

»Der Präsident und das Außenministerium wissen es zum Teil: Sie haben es in die Wege geleitet, daß Jordanien kooperierte, als ich über das Tote Meer schwamm.«

»Und wie ist es mit den Vereinten Nationen?« spottete Jennings. »Ein guter Versuch, Jonathan!«

»Sie sind ein Narr, Austin! Ich erzähle Ihnen die Wahrheit!

Wenn Sie erneut einen Mord verüben, dann werden Sie alles nur noch schlimmer für sich selbst machen!«

Jennings schenkte ihm keine Beachtung und sagte: »Ich drehe den Hahn jetzt voll auf, Jonathan. Es soll ja nicht lange dauern. Wenn Sie die Reise schnell hinter sich bringen wollen, dann legen Sie sich einfach auf den Boden der Zisterne. Wenn Sie unbedingt noch letzte Gedanken haben müssen, dann bleiben Sie stehen.«

»Ich war im gleichen Flugzeug auf der Rückreise nach England, Austin! Und ich kann es Ihnen beweisen: Sie kamen zu spät, die Tür mußte extra für Sie wieder geöffnet werden! Ich war in Tarnung und trug einen Vollbart!«

Jennings blieb einige Augenblicke lang still. Dann lachte er und rief nach unten. »Ich hätte Ihnen fast geglaubt, Jonathan! Aber das haben Sie offensichtlich von Dick Cromwell erfahren, weil ich ihm das als Erstes erzählte, als ich in Ben Gurion ankam.«

»Nein, Austin! Ich war da! Das ist die verfluchte Wahrheit!«

»Halten Sie die Klappe und werden Sie nicht langweilig!« schnauzte Jennings. »Machen Sie es nicht schwieriger, als es sein muß!«

Jon hörte nun ein grauenerregendes Zischen und sah, wie Jennings, das Seil durch die Finger gleiten lassend, den Kanister herabließ. Sein Gesicht war eine schreckliche Maske der Entschlossenheit.

Erneut rief Jennings nach unten: »Ich möchte, daß Sie etwas wissen. Ich bedaure es zutiefst, Sie als Freund, Kollegen und Schwiegersohn zu verlieren, Jonathan. Und ich werde Ihnen den Respekt zollen, daß ich nicht hier stehe und zusehe, wie Sie sterben. Ich glaube nicht, daß ich damit umgehen könnte. Nachdem ich den Kanister festgebunden habe, fahre ich zurück nach Qumran, um jemanden zu fragen, ob Sie gesehen worden sind. Ich muß mir natürlich ein Alibi verschaffen.«

Ein unsichtbarer Strahl aus Gas pfiff aus dem Hahn. Der Kanister befand sich eineinhalb Meter über Jons Kopf, als Jennings das Seil an dem Brecheisen festband.

»Hören Sie auf, Austin!« brüllte Jon. »Sie werden nie damit durchkommen! Das werden Sie schon sehen!«

Jennings schüttelte traurig den Kopf und murmelte: »Warum sagen Sie alle das Gleiche?« Er blickte einige Augenblicke lang zu Jon hinunter, nickte und sprach: »Auf Wiedersehen, Jonathan!« Dann stand er auf, hob seinen Rucksack auf die Schulter, ignorierte Jons Schreie und ging den Bergweg entlang zum Landrover.

Am späten Nachmittag, nachdem er pflichtbewußt im Touristencafé und in dem Geschenkartikelladen in Qumran nach Jon gefragt hatte, kehrte Jennings zur Zisterne zurück. Dieses Mal nahm er eine tragbare Luftpumpe mit. Es raubte ihm den Atem, eine zwölf Volt Autobatterie den steilen Weg hochzuschleppen, aber sie mußte den Strom für den letzten Teil seines peniblen Plans erzeugen.

Er beugte sich über die Öffnung und richtete seine Taschenlampe in den Schacht. Jon lag ausgestreckt auf dem moosbedeckten Boden. Seine Beine lagen krampfartig steif da, aber in einer Position, als würde er gehen. Seine Arme waren tief in den grünen Schleim eingetaucht. Kein Atmen, keine Bewegung des Brustkorbes war zu sehen. Er war tot.

Jennings zog den Propangaskanister nach oben aus dem Schacht heraus. Dann ließ er einen dehnbaren Plastikschlauch fast bis zum Boden fallen und schloß die Batterie an die Luftpumpe an. Der Motor erwachte knurrend zum Leben, saugte das Propangas aus der Zisterne und verteilte es dann in der Luft. Im Verlauf der halben Stunde, in der, nach seinen Berechnungen, die Pumpe laufen mußte, fabrizierte Jennings vorsichtig die Umstände des ›Unfalls‹, die zu Jons Tod geführt hatten. Mit einer Ausgrabungsschaufel grub er neben der Öffnung tiefe Rutschspuren. Dort war der arme Mann offensichtlich ausgerutscht und in den Schacht gefallen. Er vergrößerte die Öffnung auch etwas, damit ein fallendes Opfer leicht hindurch rutschen könnte. Mehrere Felsbrocken lagen geschickt am Rande, wo er sich womöglich den Kopf angeschlagen hatte. Um ihm die passende Wunde zu bescheren, nahm Jennings einen großen Stein, zielte auf Jons Kopf, am unteren Ende des Schachtes, und ließ ihn dann fallen. Er richtete den Lichtstrahl auf die Leiche, und sah, daß der Stein eine Wunde in den hinteren Teil von Jons Schädel gerissen hatte. »Gut gemacht«, lobte er sich.

Vierzig Minuten waren verstrichen. Er schaltete die Pumpe aus und packte seine Sachen zusammen. Bevor er den Ort verließ, musterte er noch einmal mit äußerster Vorsicht die gesamte Stelle, um ganz sicher zu gehen, daß er nichts zurückgelassen hatte.

Ein letztes Mal kehrte er zum Abgrund der Öffnung zurück und blickte nach unten: »Ruhe in Frieden, Jonathan«, sagte er: »Schenke ihm, o Herr, ewigen Frieden, und möge er stets vom Lichte Deiner Herrlichkeit beleuchtet sein.«

Er setzte den Rucksack auf die Schultern und trug in zwei Etappen Batterie, Luftpumpe, Kanister und die übrigen Werkzeuge zum Landrover zurück. Wider Erwarten quälte ihn ein kleines, ethisches Problem. Warum hatte er im Gebet über Jons Leiche die traditionellen Worte der anglikanischen Liturgie verwendet? Ach ja, tröstete er sich, er hatte es bestimmt nur für Jon getan, der ja immer noch gläubig gewesen war. Er selbst war über diesen Blödsinn erhaben.

Kapitel 26

Jennings traf erst abends in Ramallah ein. Er schien äußerst nervös zu sein, als er Dick Cromwell und Shannon fragte, ob Jon in der Zwischenzeit zurückgekehrt sei. Nein, antworteten sie. Er nahm dann den Hörer des Telefons ab und rief die Polizei in Jerusalem an, um Jon als vermißt zu melden.

Am nächsten Vormittag leiteten die Behörden eine massive Großfahndung am westlichen Ufer des Toten Meeres ein. Mehrere Hubschrauber der israelischen Streitkräfte schwebten über der Klippe auf der anderen Seite von Qumran und blieben per Funk mit den Suchtrupps am Boden in Verbindung. Jennings, Shannon und Dick führten den zentralen Suchtrupp an. Jennings brachte sie zu der Stelle, wo er und Jon eine Vermessung durchgeführt hatten, bevor Jon mit den Worten weggegangen war: »Ich will kurz diese Klippe hochklettern, um die andere Seite zu sehen.«

Aber auch das Absuchen der anderen Seite brachte keinen Erfolg. Die Mühen des ersten Tages lieferten überhaupt keine Hinweise. Jennings hatte die Suche mit Absicht zwei Kilometer zu weit im Norden angefangen. Shannon war außer sich vor Angst: »Ich werde sterben, wenn ihm etwas zugestoßen ist, Papa«, weinte sie: »Ich werde einfach sterben!«

»Komm, komm.« Er streichelte ihr Haar. »Mach dir keine Sorgen, mein Kind. Ich bin mir sicher, daß wir ihn finden werden.«

Cromwell fühlte sich geradezu hin und her gerissen. Sollte er schweigen oder Jennings einfach als das Monster enttarnen, das er zu sein schien? Es kam ihm aber fast so vor, als würde Jon ihn persönlich anflehen, ihre Deckung noch nicht auffliegen zu lassen. Als Gideon Ben-Yaakov und Dov Yorkin in Qumran ankamen, hatte er alle Hände voll zu tun, sie abzufangen und davon zu überzeugen, daß sie mitspielen mußten. »Sie müssen es einfach tun!« flüsterte er, damit Jennings nichts hörte. »Es ist genau, wie Jon es gewollt hätte.«

»Ich meine, daß wir ihn auf der Stelle verhaften sollten«, sagte Gideon. »Er hat uns schon lange genug an der Nase herumgeführt.«

»Wenn Sie das tun, werden wir Jon vielleicht niemals finden!«

»Er hat recht«, gab Yorkin zu.

»Noch einen Tag, dann ist aber Schluß«, willigte Gideon ein. »Morgen bei Sonnenuntergang werden wir die Verhaftung durchführen.«

Bis zum Mittagessen am nächsten Tag, hatten sie nichts gefunden: »Vielleicht sollten wir es etwas weiter im Süden versuchen«, schlug Jennings vor. Eine Einheit der israelischen Streitkräfte war ihm aber schon zuvorgekommen und suchte genau den Bergkamm ab, der zur Zisterne führte. Zwanzig Minuten später knisterten alle Funkgeräte mit der Nachricht: »Wir haben ihn gefunden!«

Die Suchtrupps trafen nach und nach bei der Stelle ein. Als Jennings Gruppe ankam, fragte Dick Cromwell den befehlshabenden Offizier: »Wo ist er?«

Der Offizier deutete auf den Schacht.

»Warum haben Sie ihn noch nicht herausgezogen?«

»Weil er tot ist. Wir wollten ihn nicht bewegen, solange der Fotograf noch nicht da ist.«

Shannon schrie auf, vergrub ihren Kopf an der Brust ihres Vaters und schluchzte krampfartig. In der Zwischenzeit kletterte der Fotograf aus einem Hubschrauber und begann mit seiner Arbeit.

»Geben Sie mir eine Leine«, befahl der Offizier, nachdem der Fotograf fertig war. Er befestigte die Leine fest um seine Arme und um seinen Brustkorb. »Nun lassen Sie mich herab – aber langsam. Ich werde ihn auf gleichem Weg zuerst hinaufschicken.«

Sechs Soldaten stemmten ihre Füße fest in die Erde am Rand des Schachtes und ließen die Leine langsam nach unten. Das pure Entsetzen hing in der Luft. Shannon weinte hemmungslos, während alle anderen in stiller und nüchterner Trauer herumstanden. Gideon schüttelte den Kopf und klopfte ungeduldig mit dem Fuß auf den Boden. Dick ballte seine Hände zu Fäusten, jeden Augenblick bereit, Jennings einen gewaltigen

Kinnhaken zu verpassen. Jennings selbst täuschte Fassungslosigkeit und Trauer vor.

»In Ordnung, zieht ihn hoch!« ertönte eine Stimme aus der Grube. »Aber langsam, langsam.«

Die sechs Soldaten zogen im Gleichklang. Nach einer schier endlosen Zeit des Wartens erschien Jons blutüberströmter Kopf am Rand der Öffnung. Seine Augen waren weit aufgerissen, was das Grauen nur noch steigerte. Sie entfernten das Seil von seinen Schultern. Plötzlich hob die Leiche den rechten Arm leicht an, deutete auf Jennings und sagte mit schwerer Zunge: »Verhaften Sie ihn ... Mörder von Brampton ... von mir auch ... fast.«

Shannon schrie erneut auf und brach dann zusammen. Sofort kümmerte sich einer der Soldaten um sie. Jennings stand da, fast wie zur Salzsäule erstarrt, seine Haut zuerst weiß und dann aschfahl. Cromwell rannte auf Jon zu und brüllte: »Wasser! Gebt ihm Wasser!«

Sie hielten Jon einen Kanister an die Lippen. Zuerst schlürfte er nur langsam daran, aber dann nahm er in großen Schlucken die lebenspendende Flüssigkeit in sich auf. Ein Sanitäter wischte mit steriler Watte den Schmutz aus der Wunde am Hinterkopf, dann verband er sie.

In der Zwischenzeit schritt Yorkin auf Jennings zu und sagte: »Sie sind verhaftet. Strecken Sie Ihre Hände aus, Sir.« Entkräftet folgte Jennings der Anweisung. Yorkins Handschellen schlossen sich um die Handgelenke.

Die Soldaten legten eine Trage neben Jon auf den Boden: »Nein, geben Sie mir ... etwas Zeit«, protestierte er. »Ich denke, daß ich gehen kann.«

»Leg dich sofort da drauf!« befahl Cromwell. »Gratuliere, du verdammter Narr! Was soll das denn sein, eine Art Auferstehung?«

»So was ähnliches. Erzähl ich dir später.«

Jon wurde zunächst in das Gasthaus in Qumran gebracht.

Gideon Ben-Yaakov bat die dort befindlichen Touristen, wegen eines Notfalls das Gebäude zu verlassen. In dem von einer Klimaanlage auf eine angenehme Temperatur gekühlten Raum fragte Gideon: »Möchten Sie ein kaltes Bier, Jon?«

Jon hielt drei Finger hoch. Sofort stellte Ben-Yaakov drei Flaschen eiskaltes Maccabee Bier vor ihm auf den Tisch. Jon schenkte dem Glas keine Beachtung und trank die erste Flasche fast in einem Zug leer. Er war bereits bei der zweiten, als Ben-Yaakov plötzlich klar wurde, daß Bier wohl kaum das ideale Getränk für einen Mann war, der seit zwei Tagen keine Flüssigkeit und keine Nahrung mehr zu sich genommen hatte. »In Ihrem Zustand könnten Sie schnell bedudelt sein, Jon«, sagte er, nahm dem Amerikaner die Flaschen weg und ersetzte sie duch einen großen Krug mit kristallklarem Wasser. Jon leerte zwei weitere Gläser, ohne ein Wort zu sagen.

Jennings wurde im hinteren Teil des Raumes von zwei Soldaten mit Maschinenpistolen bewacht. Sein angeschwollenes Gesicht war stur auf den Boden gerichtet. Shannon starrte ihn mit wilden und verzweifelten Blicken an. Ein zerfressendes Gemisch von Emotionen brodelte in ihr; endlose Dankbarkeit, daß Jon noch am Leben war, Sorgen um seine Verletzungen, aber Entsetzen, weil ihr eigener Vater irgendwie in diese Sache verwickelt war.

Jon goß sich ein weiteres Glas ein und sagte schließlich: »Wie kann ich Ihnen je dafür danken, daß Sie mich gefunden und mein Leben gerettet haben?«

Alle Anwesenden applaudierten und riefen Beifall.

»Sieht so aus, als hättest du dir selbst das Leben gerettet, Jon!« sagte Cromwell. »Nun, erzähl uns, was passiert ist.«

Jon erzählte die Geschichte mit allen Einzelheiten und bemerkte voller Trauer, wie Shannon ihren Vater von Zeit zu Zeit schockiert und dann mit blankem Ekel anstarrte.

»Also ließ mich Jennings mit diesem ... grauenhaften Kanister voller Propangas zurück, der zischend über meinem Kopf außer Reichweite hing«, berichtete er. »Ich fing an, das eklige

Zeug zu riechen. Ich versuchte, so hoch wie nur möglich zu springen, berührte aber nur leicht den unteren Teil des Kanisters. Ich zog mein Hemd aus und schlug danach. Der Kanister fing aber nur an, zischend von einer Seite zu anderen zu schwingen.

Dann fiel mir zum Glück ein, wofür Propangas normalerweise verwendet wird: zum Kochen beim Camping. Großartig! Wenn ich das Zeug nur anzünden könnte, würde es verbrennen, anstatt mich zu vergasen. Zu diesem Zeitpunkt hätte ich alles dafür geopfert, Streichhölzer bei mir zu haben. Aber ich bin ja Nichtraucher. Ich wußte auch, daß ich mich beeilen mußte, sonst würde das Anzünden des Gases eine gewaltige Explosion verursachen und aus der Zisterne einen gähnenden Krater machen. Alles was ich bei mir hatte, war meine Taschenlampe. Wenn ich ein Kabel gehabt hätte, hätte ich mit den Batterien einen Funken erzeugen können. Aber ich hatte natürlich auch kein Kabel. Ich öffnete die Taschenlampe und zog die Batterien trotzdem heraus. Ich hatte mir eine andere Möglichkeit ausgedacht, einen Funken zu erzeugen. Ich nahm die offene Kante der Taschenlampe, und schlug sie gegen ein paar Felsnasen an der Seite der Zisterne. Nichts.« Er zögerte und trank mit hastigen Schlucken ein weiteres Glas mit eiskaltem Wasser.

»Wenn du die Geschichte nicht endlich zu Ende erzählst«, mahnte Cromwell, »dann nehmen wir dir den Krug weg.«

»In Ordnung«, lächelte Jon. »Bis zu diesem Zeitpunkt war das Gas etwa bis zu meinem Brustkorb angestiegen. Langsam fühlte ich mich schwindelig, unsicher auf den Beinen, verwirrt. Ich blickte nach oben und betete. Ich meine, daß ich gesagt habe: Gott, nun liegt es in deinen Händen. Sollte ich sterben, gibt es auch andere, die diese Fälschung wahrscheinlich entlarven können. Sie haben aber nicht alle Fakten, und der Glaube wird tödlich verletzt sein. *Also laß den dunklen Stein dort drüben bitte ein Feuerstein sein, und laß ihn einen Funken erzeugen. Um Christi Willen – tu es!«*

»Du lieber Gott!« rief Gideon aus. »Was ist dann passiert?«

»Nun, der liebe Gott meldete sich. Ich wandte mich zur Wand der Zisterne um, ging in die Hocke, um mich vor der erwarteten Explosion zu schützen, schloß die Augen, und fing an, mit der offenen Kante der Taschenlampe auf diesen Stein, der wie ein Feuerstein aussah, einzuschlagen. Der erste Schlag brachte nichts. Der zweite auch nicht. Der dritte ebenfalls nicht. Ich gab fast die Hoffnung auf. Aber dann dachte ich, daß das Gas vielleicht noch nicht so weit nach oben gestiegen war. Also wartete ich eine Weile, bis ich es erneut versuchte. Nichts! Ich schlug wieder zu. Dann gab es einen kolossalen Knall, begleitet von brennendem Licht und glühender Hitze. Mein Hemd brannte. Ich wandte mich sofort um und schlug das Hemd gegen die Wand der Zisterne, bis das Feuer erlosch. Ich konnte meine versengten Haare riechen. Danach bin ich fast ohnmächtig geworden, weil die Explosion auch einen Großteil des Sauerstoffs aufgebraucht hatte. Aber Gott sei Dank ist die schwerste Luft der Erde am Toten Meer zu finden, und bald konnte ich wieder atmen. Ich blickte nach oben und sah diese ... diese wunderschöne, blaue Flamme, die aus dem Gashahn des Kanisters brannte!«

Gelächter und noch mehr Beifall fegte durch das Zimmer.

»Also hatte ich dieses Problem schon bewältigt«, fuhr Jon fort. »Meine nächste Sorge galt der Frage, was passieren würde, wenn Jennings zurückkehrt und die Flamme sieht. Dann hätte er Zyanidgas genommen, dessen bin ich mir sicher. Oder mich gesteinigt. Das Warten war die Hölle, das kann ich Ihnen sagen. Aber endlich brannte die Flamme aus. Das war der schönste Anblick seit dem Sonnenuntergang über dem Mittelmeer!

Dann mußte ich mich tot stellen, natürlich. Ich legte mich ausgestreckt auf den Boden der Zisterne, nur Minuten bevor Jennings zurückkehrte. Er benutzte einen Kompressor, um das, was er für Propangas hielt, aus der Zisterne zu saugen, während ich mich natürlich überhaupt nicht bewegen durfte. Schließlich segnete er mich im Namen der Kirche. *Du ver-*

dammter Heuchler, Austin!« schrie Jon durchs Zimmer. »Und dann ging er.«

»Was ist aber mit Ihrer Kopfwunde?« hakte Yorkin nach.

»Ach, das hätte ich beinahe vergessen: Jennings ließ einen riesigen Felsbrocken auf mich herunterfallen. Glücklicherweise streifte er mich nur, als er auf dem Boden landete, sonst hätte mich das schließlich doch noch getötet.«

»Was ist mit dem Mord an Clive Brampton?« fragte Yorkin.

Während Jon das Vergasen und vorgetäuschte Ertrinken beschrieb, sah er angewidertes Entsetzen in den Gesichtern von Shannon und Cromwell. Voller Ekel konnten sie Jennings nicht einmal mehr anschauen.

Schließlich fragte Gideon: »Könnten Sie uns vielleicht erzählen, wie Jennings die Funde in Rama gefälscht hat?«

Jon schüttelte den Kopf. »Die Geschichte ist zu lang. Ich bin noch zu schwach. Ich werde es Ihnen morgen in Jerusalem erzählen, in Ordnung?«

»Ja. Ja, natürlich!«

»Ich habe aber noch eine Bitte, wenn es Ihnen nichts ausmacht«, sagte Jon, der sichtbar immer erschöpfter wurde. »Die Welt hat natürlich einen Anspruch darauf, die Wahrheit zu erfahren. Aber bitte, bitte, laßt uns ihnen die Wahrheit so überlegt wie nur möglich mitteilen. Sonst öffnen wir nur eine weitere Büchse der Pandora, die ihre Gerüchte über die gesamte Welt ausbreitet.«

»Ja, das ist sehr wichtig«, stimmte Gideon zu. Dann stand er auf und sagte: »Im Namen der israelischen Regierung muß ich von Ihnen allen verlangen, daß Sie absolutes Stillschweigen bewahren, bis der Sachverhalt in der nahen Zukunft offiziell aufgeklärt werden wird. Haben Sie das alle gut verstanden?«

Alle zeigten sich einverstanden.

Als sie aufstanden, um zu gehen, meinte Jon zu Ben-Yaakov: »Sie sind echt ein verdammt toller Typ, Gideon. Es tut mir leid, daß ich Ihnen das Leben so schwer gemacht habe.«

»Nein, es ist genau anders herum, Jonathan«, lächelte er.

»Vergeben Sie mir, daß ich Sie für einen Wandalen, einen Schmuggler, einen Gesetzlosen und einen Wahnsinnigen gehalten habe!«

»Was hätten Sie sonst noch von mir denken können?«

In den nächsten zwei Tagen schien das gesamte Land Israel vor Geschäftigkeit förmlich zu summen. Während Jon sich erholte, bat die Israelische Behörde für Altertumsforschung die Weltmedien darum, Abgesandte zu einer, wie es hieß, abschließenden Pressekonferenz hinsichtlich der Ramaausgrabung zu schicken, die in vier Tagen in Jerusalem stattfinden sollte. Im Gefängnis wurde Jennings in der Zwischenzeit von einer Reihe von Psychiatern untersucht und für fähig befunden, sich vor Gericht zu verantworten – auch wenn eine Neurose diagnostiziert wurde, die sich in Zusammenhang mit religiösen Äußerungen offenbarte. Cromwell rief beim Verlag in Jerusalem an, um die Veröffentlichung des abschließenden Berichts zu stoppen. Shannon war verzweifelt und verschlossen, zutiefst geschockt und verwirrt über das, was ihr Vater getan hatte. Offenbar begrub dieser Schock sogar die Freude darüber, daß Jon gerettet worden war. Naomi legte frische Blumen auf das Grab von Clive Brampton und versprach dabei, daß sie, wenn sie es könnte, Austin Balfour Jennings persönlich umbringen würde.

Die letzte und endgültige Pressekonferenz, die im Zusammenhang mit Rama je abgehalten werden sollte, fand am letzten Donnerstag im November statt. Zufällig war es in den Vereinigten Staaten der Thanksgiving Day, das Erntedankfest. Der mit 3500 Sitzen bestückte Hauptsaal im National Convention Center im Westen von Jerusalem war bis auf den letzten Platz besetzt. Unzählige Mikrofone ragten vor dem Podium auf, die meisten Durchgänge waren von Fernsehkameras zugestellt. Der Chef der Jerusalemer Feuerwehr bekam fast einen Herzinfarkt angesichts der zugestellten Fluchtwege.

Drei Männer saßen am grünen Tisch des Podiums: Gideon,

Jon und Austin Balfour Jennings, hinter dem zwei uniformierte Polizeibeamte standen. Um 10.05 Uhr eröffnete Gideon die Pressekonferenz. »Ich heiße Sie im Namen der Israelischen Behörde für Altertumsforschung herzlich willkommen. Dies wird die letzte Pressekonferenz in Zusammenhang mit den Ausgrabungen von Rama sein. Wir sind in der Lage, Ihnen heute hocherfreut mitzuteilen, daß alle dazugehörigen Unklarheiten nun aus der Welt geschafft worden sind. Lassen Sie mich vorab darauf hinweisen, daß fast alle archäologischen Gegenstände und Artefakte in Rama absolut authentisch sind, und nicht aufgrund der Fälschung, die im Höhlenbereich festgestellt wurde, in Zweifel gezogen werden dürfen.«

Ein unglaubliches Getöse füllte den Saal. Gideon klopfte auf den Tisch und bat um Ruhe. Dann fuhr er fort: »Was offensichtlich die größte Fälschung in der Weltgeschichte ist, wurde von Professor Austin Balfour Jennings, der ganz rechts sitzt, initiiert. Dieser Betrug wurde schließlich entdeckt, größtenteils dank der entschlossenen Bemühungen von Professor Jonathan E. Weber, der in der Mitte sitzt.« Er erzählte nun von dem Anschlag, den Jon am Toten Meer überlebt hatte. Dann sagte er: »Professor Weber, vielleicht wären Sie so freundlich, der Welt zu erzählen, was im Höhlenbereich eine Fälschung und was echt ist.«

Jon beugte sich zu seinem Mikrofon vor und sprach: »Bald werden wir Ihnen eine ausführliche Zusammenfassung unserer Befunde aushändigen. Zunächst will ich aber kurz die Ergebnisse referieren.« Er gab dann eine Zusammenfassung der Fälschungen, die Jennings angefertigt hatte und schloß mit den Worten: »Schließlich bedeckte er die Öffnung zur Höhle mit hiesigen Oberflächenmaterialien. Der Regen von beinahe einem Vierteljahrhundert tat dann den Rest, die Fläche wie unberührte Erde aussehen zu lassen.«

Die meisten Blicke im Saal waren fest auf Jennings gerichtet. Der saß still vor seinem Mikrofon, das Kinn auf seine linke Handfläche gestützt, und zeigte keine offensichtlichen Emotionen. Er starrte lediglich mit leeren Blicken die gegenüberliegende Wand des Saales an.

»Womöglich fragen Sie sich«, fuhr Jon fort, »weshalb Dr. Jennings hier auf dem Podium sitzt. Schließlich wird er nicht nur des Betruges, sondern auch des Mordes verdächtigt. Nach eigener Aussage brachte er unseren hervorragenden Kollegen, Dr. Clive Brampton, um.«

Donnerndes Geschrei brach los. Erneut mußte Gideon um Ruhe bitten. Jon nahm seine Ansprache wieder auf: »Dr. Jennings hat uns von seinem zutiefst empfundenen Bedauern für seine Taten erzählt. Ich kann Ihnen versichern, daß keine strafmildernden Abmachungen getroffen wurden. Er hat sich auch freiwillig bereit erklärt, die restlichen Einzelheiten zu liefern, so ausführlich er es zu tun vermag, damit die Welt ein für allemal die Wahrheit erfährt. Somit bauen wir der Gefahr vor, daß wir uns noch in den nächsten Jahrhunderten mit Theorien und vagen Vermutungen herumplagen müssen. Also, Professor Jennings, Sie haben das Wort: Was können Sie uns zusätzlich erklären, auch in Zusammenhang mit Ihren Motiven?«

Jennings blieb einige Augenblicke lang still. Dann schüttelte er langsam den Kopf und sprach in das eingeschaltete Saalmikrofon. »Ich ... ich schaffe es nicht, Jonathan. Ich ... ich wollte es wirklich tun, wissen Sie. Das war eine hervorragende Idee von Ihnen, das Ertrinken von Clive als Teil unseres Planes zu verwenden, auch die Behauptung, daß ich einen Mordversuch verübt haben soll, während Sie sich in dieser Grube am Toten Meer versteckt hielten. Es würde so gut passen, wenn ich der Öffentlichkeit gestehen würde, alles gefälscht zu haben! Sehen Sie, ich würde fast alles tun, um die Wahrheit von Rama zu vertuschen. Wie Père Montaigne war ich fast bereit, meine berufliche Laufbahn für Jesus zu opfern und zu behaupten, daß ich alles tat. Aber aus diesem genialen Plan von Ihnen gehen Sie unversehrt hervor, während ich den Preis dafür bezahlen muß: lebenslängliche Haft für einen angeblichen Mord! Es ist nicht fair, Jonathan, und ich werde mit diesem Spiel nicht weiter fortfahren.«

Er wandte sich wieder dem Publikum zu und sprach: »Rama ist keine Fälschung, meine Damen und Herren. Alle dort befindlichen Gegenstände sind echt! Die Gebeine Jesu sind entdeckt worden, muß ich mit tiefem Bedauern bekanntgeben. Aber die Wahrheit muß siegen!«

Die Hölle brach im Saal los. Mehrere Journalisten sprinteten zu den Telefonen.

»Schalten Sie das Mikrofon von diesem Wahnsinnigen ab«, zischte Gideon einem Techniker zu.

»Wer immer den Saal jetzt verläßt, ist ein Narr!« brüllte Jon. »Das war nur der letzte, verzweifelte Versuch einer arglistigen Täuschung seitens eines zwanghaften Lügners! Wir waren töricht genug, seinen Beteuerungen des Bedauerns unseren Glauben zu schenken. Zum wiederholten Male versucht er, uns zum Narren zu halten!«

Während sich allmählich wieder Ruhe im Saal ausbreitete, bedachte Jon den Schaden, der von der dämonischen Genialität dieses Mannes angerichtet worden war. Ihm wurde klar, daß der einzige *materielle* Beweis, der existierte, die Kohlenstoff- und Keramikrückstände waren, die bei Dunstable waren. Er hatte angerufen, um zu sagen, daß weitere Analysen in Oxford »beinahe identische« Mengen von C-14 in beiden Proben festgestellt hatten ... immer das »beinahe«. Jon wußte, daß damit jene Fanatiker, die sich an der Vernichtung von Religion ergötzten, jene dem Wahnsinn verwandten Köpfe und jene Anhänger von Verschwörungstheorien in den kommenden Jahrhunderten einen Reichsparteitag der ganz besonderen Art abhalten würden. Vielleicht würden jetzt sogar die Gläubigen nie mehr die endgültige Gewißheit besitzen. Sie könnten ab jetzt nur noch »beinahe« sicher sein, daß die gefundenen Knochen nicht die des Jesus von Nazareth waren.

Jon blickte zu Jennings hinüber. Der starrte weiterhin stur nach vorne, nun aber zogen sich die Enden seines vollen Mundes zu einem kleinen Lächeln nach oben. Eine unglaubliche Stille hatte sich im Saal ausgebreitet. Gerade wollte Jon zu einem Vortrag über Keramikrückstände ansetzen, als ihm plötzlich eine bessere Idee kam – eine viel bessere! Er stürzte auf seinen Aktenkoffer zu. »Ich dachte nie, meine Damen und Herren, daß es so weit kommen würde«, sprach er mit fester Stimme: »Ich weiß noch nicht einmal, ob es funktioniert. Aber als ich in der Zisterne lag und Jennings über mir wütete, war ich immerhin noch so geistesgegenwärtig, mein kleines Diktiergerät einzuschalten, das ich immer bei mir trage, um persönliche Notizen zu machen. Ich habe keine Ahnung, ob die Batterien frisch genug waren, aber versuchen wir es.«

Er versuchte, die Kassette zurückzuspulen, aber die Knöpfe drehten sich kaum. »O Gott«, flüsterte er. »Hoffentlich habe ich überhaupt etwas aufs Band bekommen!«

Schmuel Sanderson, der Schreiberling für die Presseagentur in Jerusalem, der als erster für die Veröffentlichung der Funde gesorgt hatte, sprang hoch zum Podium. »Ich schulde Ihnen noch etwas, Professor Weber«, sagte er. »Ich habe das gleiche Diktiergerät. Hier ... versuchen Sie es mit meinem. Ich habe heute frische Batterien eingelegt.«

Jon dankte ihm, wechselte die Kassette und spulte sie zurück. Dann drückte er auf Play und hielt das Gerät zum Mikrofon. Die Worte: »Muß bei Linda im Albright nachfragen ...« füllten die Lautsprecher in der Halle. Er drückte auf Stop und gab etwas verlegen zu: »Das war ein Memo, nicht die richtige Stelle.« Dann drückte er einige Augenblicke lang auf Forward und schließlich wieder auf Play.

Erneut ertönte Jons Stimme: »Und Sie hatten natürlich um so mehr mit Rama zu tun, nicht wahr?«

Jennings Antwort war laut und deutlich im ganzen Saal zu hören: »Recht haben Sie, mein guter Freund. Vom Anfang bis zum Ende, ich war es und nur ich allein.«

Jon hatte es auf Band, wie er bald feststellen durfte, er hatte alles! In den nächsten fünfzehn Minuten saßen die Anwesenden erstaunt schweigend in der Halle, während das entsetzliche Drama vor ihren Ohren seinen Lauf nahm.

Am Ende nahm Jon die Kassette heraus und gab Sanderson den Rekorder zurück. Dann zog er seine verbrauchten Batterien aus dem eigenen Diktiergerät und stellte sie vor sich auf den grünen Tisch. »Ich danke euch, Kumpels«, sagte er zu den zwei Batterien. »Ihr habt bis in den Tod gekämpft. Aber schließlich habt ihr dabei auch ein Stück der Zivilisation gerettet. Die guten, alten Zinkalkalibatterien!«

Kapitel 27

Chaos brach im Saal aus. Die Anwesenden fielen über die Assistenten her, die den Bericht aushändigen sollten. Telefonleitungen, Telex, Fax, Radio, Kurzwellenfunk, Fernsehsatelliten und die Post, die aus Israel kam, waren voll bis zum Anschlag mit Berichten über die Enttarnung von Rama, die noch Tage danach die Schlagzeilen der Welt füllten.

OSTERN ZU THANKSGIVING! titelte die *Chicago Tribune*. Sobald die Nachricht bekannt wurde, fingen die Kirchenglocken auf der ganzen Welt an, zu läuten. Der folgende Sonntag – der erste Advent – war der Anfang eines neuen Kirchenjahres. Geistliche auf der ganzen Welt bemerkten bald diesen glücklichen Zufall, während sie sich bemühten, vor übervollen Kirchen zu predigen. Häufig waren aber die Hirten und ihre Schäfchen so von Emotionen überwältigt, daß sie statt dessen nur beteten und Hymnen sangen. Der lange, schier endlose Alptraum der Ungewißheit war nun endgültig vorbei, und die Auferstehung der Auferstehung war ein Grund für globale Freudenausbrüche.

Während die christliche Welt in den darauffolgenden Monaten feierte, litt Jonathan Weber. Es war nicht der Abschluß der Ausgrabungen in Rama – die waren sowieso vorbei – auch nicht die Dutzende von Manuskripten für nun fast nutzlose, aber hochwissenschaftliche Wälzer, die von der »wahrscheinlichen Echtheit« zeugten. Nein das alles war es nicht, was ihn quälte, sondern die Frau, der er seine Verdächtigungen gegenüber ihrem Vater *nicht* anvertraut hatte. In den Wochen nach der Verhaftung ihres Vaters wurde Shannon geradezu von der Flutwelle des Grauens, die so urplötzlich auf ihr Leben gekommen war, fortgerissen. In einer einzigen Stunde hatte sie die entsetzlichen Einzelheiten, die den Tod ihrer Mutter umgaben, erfahren und mußte die Tatsache zur Kenntnis nehmen, daß der Vater, den sie liebte und über alle Maßen bewunderte, ein beispielloser Lügner, Betrüger und Schuft war, der einen ihrer besten Freunde ermordet hatte, um seine vom Wahnsinn erfüllten Pläne durchzusetzen; daß die Verbrechen ihres Vaters Millionen von unschuldigen Menschen berührt hatten; und daß der Mann, den sie von ganzem Herzen liebte, ihr die Wahrheit vorenthalten hatte, dann eines qualvollen Todes gestorben war und schließlich aber wieder ins Leben zurückkehrte. Die menschliche Psyche vermag es nur, ein bestimmtes Maß an Qualen zu erleiden.

Die israelischen Gerichte, die über den Fall Jennings zu entscheiden hatten, zeigten Verständnis für ihre Situation. Sowohl die Anklage als auch die Verteidigung bemühten sich, so weit es nur juristisch möglich war, Shannon zu verschonen. Jon mußte einen Großteil dessen tragen, da er als Hauptzeuge befragt wurde. Die Weltöffentlichkeit hatte seit den Verhandlungen gegen Adolf Eichmann keine israelische Gerichtsverhandlung mehr mit solcher Intensität verfolgt. Die Anklage hatte darauf bestanden, daß das Sondergesetz, das für den Fall Eichmann von der Knesset verabschiedet worden war, um die Todesstrafe zuzulassen, ebenfalls für Austin Balfour Jennings gelten sollte, da er ihrer Ansicht nach ein »Verbrechen gegen die Menschheit« verübt hatte. Obwohl diese Ansicht breite Zustimmung in der Öffentlichkeit fand, kam Jennings mit lebenslänglicher Haft davon. In seiner Zelle vertiefte er sich in sprachwissenschaftliche Studien und schrieb ein Wörterbuch der ländlichen Dialekte der aramäischen Sprache, dem er die Widmung gab: »Im Gedenken an Clive F. Brampton.« Die Welt der Gelehrten war erfreut und nahm es als Wiedergutmachung für das Verbrechen auf, obwohl sich manche Kritiker fragten, ob Jennings nicht gerade dabei war, die Werkzeuge für einen anderen Fälscher im einundzwanzigsten Jahrhundert vorzubereiten!

Am Tag, nachdem das Strafmaß in Sachen Jennings verkündet worden war, kehrte Jon nach Ramallah zurück und fand in einem verschlossenen Umschlag einen Brief vor, der unter der Tür seines Schlafzimmers durchgeschoben worden war.

Jonathan!
Endlich kann ich die Dinge ein bißchen besser einordnen. Und ich kann zumindest versuchen, Deine Beweggründe zu verstehen, mir die Wahrheit über Papa vorzuenthalten. Du hattest in der Annahme unrecht, daß es schwer wäre für eine Tochter, eine solche Vertraulichkeit vor ihrem geliebten Vater zu verbergen. Habe ich nicht in Zusammenhang mit Deiner Abwesenheit geschwiegen, als mein Vater aus England zurückkam – weil mich der Mann, den ich liebte, darum bat? Und das nicht aufgrund der Überraschung, die Du für ihn vorbereitet hattest. Wirklich eine gelungene Überraschung!

Ich will nicht billigen, was Papa getan hat. Er hat für Generationen Schande über den Namen Jennings gebracht. Du warst liebevoll und ritterlich, als Du Dich bereiterklärt hast, das »kleine Problem zu lösen«, indem ich durch eine Ehe meinen Namen ändere. Aber wenn ein Mann und eine Frau sich hingeben, dann sollten sie sich vertrauen können. Das hast Du nicht zu tun vermocht.

Ich möchte ein neues Leben auf eigenen Füßen anfangen, Jon. Bis Du diesen Brief gelesen hast, habe ich Israel bereits verlassen und werde nie wieder dieses Land betreten. Für mich ist es nun, ohne Zweifel, das Unheilige Land. Ich kehre nicht nach Oxford zurück, also versuch bitte nicht, mich dort oder sonstwo zu finden. Ich habe Dich geliebt, Jon ... mehr als das Leben selbst. Ich schätze, daß ich mich immer an unsere Liebe erinnern werde, aber ich liebe Dich nicht mehr.

Lebe Wohl! Shannon.

Die Reihe von Telefonanrufen, die Jon in von Panik erfüllter Eile bei den Fluggesellschaften in Ben Gurion tätigte, erwiesen sich als nutzlos. Shannons Flugzeug würde wohl schon landen, aber wo? In England?

Der Schock war heftig und brutal. Er saß am Schreibtisch in seinem Schlafzimmer und las Shannons Brief immer wieder, als wenn sich bei nochmaliger Lektüre etwas daran ändern würde. Große Tränen stiegen ihm in die Augen. Hätte in diesem Augenblick vor seinem Fenster ein Schakal geheult, hätte er das Tier wahrscheinlich mit bloßen Händen erwürgt.

Die darauffolgenden Wochen und Monate waren von Einsamkeit und Schmerz geprägt. Der einzige Hoffnungsschimmer war sein von Erfolg gekrönter Versuch, der Presse zu entkommen. Jede zweite Zeitschrift dieser Welt, so schien es, wollte die »persönliche Geschichte« ergattern, wie er angefangen hatte, Jennings zu verdächtigen, und wie er ihn letztlich entlarvt hatte.

Jon versteckte sich eine Zeitlang in Galiläa, bis er es nicht mehr aushielt. Jedes Mal, wenn sein Blick über das blaue Wasser des See Genezareth streifte, spürte er einen weiteren schmerzlichen Dolchstoß der Erinnerung, und dann blieb nur noch Trauer. Shannon war allgegenwärtig: an den Stränden, hinter dem Wasserfall von Panias, in einem ruhig auf dem Wasser dahintreibenden Segelboot, im herrlichen Hotel von Tiberias. Die Liebe – so schien es ihm – fordert stets auf grausame Art und Weise eine ausgleichende Gerechtigkeit: was sie an Freude und Ekstase gab, verlangte sie an gebrochenen Herzen und schmerzvoller Trauer wieder zurück.

Cromwell, der ihm half, die Ausgrabung zu Ende zu bringen, war sein einziger Vertrauter. Dick hielt es für durchaus möglich, daß Shannon es sich anders überlegen würde, aber der Psychiater in Jerusalem, der auch Noel Nottingham behandelt hatte, deutete an, daß das Trauma, welches sie erlitten hatte, durchaus alle ihre bisherigen emotionalen Bindungen aus dem Gleichgewicht werfen könnte.

»*La donna e mobile*«, sagte Jon beim Versuch, es philosophisch zu umschreiben. Er erinnerte sich noch viel zu stark an seine große Liebe aus Universitätszeiten, die eines Tages einfach aus seinem Leben geschlichen war, ohne ihm davor noch einen Abschiedskuß zu geben. Sollte sich die Geschichte wiederholen?

Auch wenn ihm bewußt war, daß es nur weitere Qualen der Trauer bedeuten würde, öffnete Jon das Büchlein mit den Liebesgedichten, die Shannon ihm vor Monaten gegeben hatte, und las sie immer wieder. Sein Lieblingsgedicht konnte er noch auswendig:

Ich sehne mich danach aufzuwachen
im Schutz und in der Ruhe
deiner starken beschützenden Arme
Ich warte auf den Tag
an dem wir in Vollkommenheit eins werden
und unsere Seelen sich bis in alle Ewigkeit berühren

»Bis in alle Ewigkeit?« flüsterte er, als ihn eine neue Welle der Traurigkeit überkam.

Ich atme für dich
und lebe weil du lebst
mehr denn ich je für möglich hielt
Ich will dein Herz als Gefangenen
und es dort in meinem Gefängnis
im Innern meiner Seele für immer halten

»Dauert die Ewigkeit denn nur so eine kurze Zeit?« fragte er das leere Zimmer.

Kurz vor Weihnachten rief er Glastonbury an mit der Bitte, Shannon ausfindig zu machen. Es fiel Glastonbury überraschend schwer, diese Aufgabe zu erfüllen, aber schließlich fand er sie doch. Sie wohnte nun in Drogheda, in Irland, wo Shannon offensichtlich versuchte, ihre Wurzeln zu entdecken. Jon wollte sofort hinfliegen, aber Glastonbury gab ihm den weisen Rat, es nicht zu tun. »Sie braucht Zeit, um sich zu erholen, Jonathan«, sagte er. »Wenn Sie zu schnell auf der Bildfläche auftauchen, dann werden Sie sämtliche Chancen, sie je zurückzugewinnen, zunichte machen.«

Im darauffolgenden Frühling, als die letzte Feld- und Papierarbeit erledigt worden war, umarmte Jon Achmed Sa'ad und Ibrahim zum letzten Mal. Er bat sie, die arabischen Arbeiter von seiner Dankbarkeit zu unterrichten, daß sie so fleißig gearbeitet hatten. Cromwell war schon eine Woche zuvor in die Staaten geflogen. Im Verlauf seines letzten Vormittags in Jerusalem verabschiedete sich Jon von Nikos Papadimitriou am Rockefeller und sogar von Claude Montaigne an der École Biblique.

»Sehen Sie«, sagte der kleine Franzose: »Ich sagte Ihnen, daß es eine Fälschung war, oder?« Seine Augen funkelten voller Freude.

»Vous avez raison, mon cher Père!« gab Jon zu. Er umarmte ihn und sagte ihm Lebe wohl.

Die Idee, Jennings ein letztes Mal im Gefängnis zu besuchen, verwarf er. Eines Tages, vielleicht.

Als letzte offizielle Tat war er Zeuge der Wiederbeerdigung der christus-ähnlichen Überreste auf dem Friedhof von Qumran, an der Stelle, an der Jennings sie damals entnommen hatte. Sein letzter Besuch galt aber dem Grab von Clive Brampton.

Gideon Ben-Yaakov und Naomi Sharon brachten ihn zum Flughafen Ben Gurion. »Ich danke Ihnen, Gideon«, sagte Jon.

»Danke, daß Sie so ein Goldschatz waren, den ganzen Beleidigungen zum Trotz, die ich Ihnen entgegen geschleudert habe!«

»Nein! Dank Ihren Bemühungen im Sinne der Archäologie, Jon, sollten wir in Zukunft besser gewappnet sein, mit Fälschungen umzugehen. Wir haben einiges gelernt.«

Naomi warf ihre Arme um Jons Hals und weinte. Es waren aber Tränen der Freude. »Erzähl's ihm, Gideon«, quietschte sie.

Gideon strahlte und sagte: »Naomi hat meinem Heiratsantrag zugestimmt.«

Jon explodierte förmlich vor Überraschung. »Das freut mich unglaublich für euch beide! Nun, das ist ein Bund, der im Himmel geschlossen wurde! Möget ihr eine ganze Armee von Ausgräbern in die Welt setzen!«

»In diesem Sommer noch heiraten wir!« rief Naomi. »Wenn du zur Hochzeit zurückkommst, dann wirst du Trauzeuge, Jonathan. Nicht wahr, Gideon?«

»Ja, natürlich!«

Es war der schönste Abschied, den er hätte bekommen können, dachte Jon, während seine Maschine abhob und in die Staaten flog. Sein Forschungsurlaub war nun vorbei. Mit zwei Jahren war es auch ein außerordentlich langer gewesen.

Ostern lag in diesem Jahr spät. Es war das erste Fest der Auferstehung seit der Entlarvung von Rama. Die Christen auf der ganzen Welt schickten sich an, das fröhlichste Fest aller Zeiten zu feiern.

»Shannon sucht ihre Wurzeln«, dachte Jon. »Ich sollte vielleicht auch zu meinen zurückkehren.« Er erinnerte sich daran, wie er Weihnachten vor fast sechzehn Monaten seine Eltern überrascht hatte. Dieses Mal würde er es zu Ostern tun.

Déjà vu. Die gleiche Maschine brachte ihn nach St. Louis, die gleiche Autobahn nach Hannibal. Dieses Mal aber war sie nicht von Schnee und Eis sondern von herrlichstem Grün gesäumt, in dem wilde Blumen wucherten. Der Gottesdienst platzte vor fröhlichen Kirchenbesuchern aus allen Nähten. Jon setzte seine Sonnenbrille wieder auf und versteckte sich neben einigen jungen Eltern mit quengelnden Kindern in der hintersten Reihe.

Dieses Mal hatte die Person, die die Treppe zur Kanzel hinaufstieg, wieder ihren straffen, aufrechten Gang und ein Lächeln im Gesicht. Sein Vater lieferte auch die wahrscheinlich beste Predigt seines Lebens, obwohl er stets bemüht war, seinen Sohn nicht zu oft zu erwähnen und nicht mit zuviel Stolz.

Am Ende der Predigt geriet Pastor Erhard Weber fast ins Schwärmen:

»Warum hat Gott zugelassen, daß etwas wie Rama stattfindet? könnten Sie sehr wohl fragen. Da ich aber für den Allmächtigen nicht beratend tätig bin, kann ich es eigentlich nicht sagen. Aber das alte Sprichwort: ›Du wirst erst dann etwas wirklich schätzen, wenn es dir weggenommen wird‹ trifft hier in vollem Umfang zu. Christen in der ganzen Welt, die um Haaresbreite das wahre Herzstück ihres Glaubens verloren hätten, geben sich dem hin wie nie zuvor. Wir sehen eine neue Lebendigkeit in allen Konfessionen. Eine Welle der Anbetung ergießt sich über das ganze Land, nicht nur am Ostersonntag. Wir sehen auch eine große Bewegung, die nun in allen Bereichen der Kirche nach geistlicher Einheit strebt. Gerade letzte Woche hat Papst Benedikt XVI. all jene Gelehrten und Kirchenführer, die so hart in Jerusalem gearbeitet haben, eingeladen, nach Rom zu kommen, um Pläne für ein großes, ökumenisches Konzil – Vatikanum III – auszuarbeiten, dessen Ziel es sein wird, eine größere Einheit im Christentum zu erreichen.

Und so sehen wir erneut, daß Gott die menschlichen Pläne, dem Bösen zu dienen, genommen und sie in einen Segen umgewandelt hat. An diesem Ostern haben wir wieder einen Erlöser – nicht einen Betrüger. Wir haben die Versicherung des Lebens nach dem Tod – nicht nur der Auflösung und des Staubes. Wir haben die Auferstehung von den Toten und das ewige Leben! Amen!«

»Amen!« antwortete die Gemeinde in einer für Lutheraner sehr untypischen Weise. Sein Vater schloß die Bibel und stieg von der Kanzel herab. Plötzlich aber kehrte er zurück, lächelte und rief: *»Er ist auferstanden!*

»Er ist wahrhaftig auferstanden!« erwiderte die Gemeinde. Es war die klassische Antwort des Ostens.

Obwohl er solche Sätze unzähligemal seit seiner Kindheit gehört hatte, hatten sie nie zuvor ein solches Gewicht für Jonathan Weber, wie in diesem Augenblick.

Seine Augen waren zu voll mit Tränen, um eine Person zu erkennen, die von der anderen Seite der Kirche auf ihn zu kam und sich auf die schon fast volle Bank neben ihn setzte. »Warum nimmst du nicht diese blöde Brille ab, Jon, und läßt die Menschen einen von Gottes größten Helden sehen«, flüsterte sie. »Oder soll ich einen anderen darum bitten, mich deinen Eltern vorzustellen?«

Shannon hatte nie zuvor so schön ausgesehen. Sie leuchtete förmlich im neuen Frühling, im neuen Ostern ihrer beiden Leben. Jon preßte sie fest an sich, fast im Rausch und durchflutet von einem überwältigenden Gefühl der vollkommenen Freude. Die Frage, wie es dazu kam, daß sie da war, konnte später gestellt werden. In diesem Augenblick hatte sich der Himmel auf die Erde herabgelassen.

»So ein Benehmen – und das auch noch in der Kirche!« flüsterte jemand. Der Rest der Gemeinde aber sang bereits mit triumphierenden Stimmen die letzte Hymne:

Sein' Raub der Tod mußt geben her,
das Leben siegt' und ward ihm Herr,
zerstöret ist nun all sein Macht.
Christ hat das Leben wiederbracht.
Halleluja.

Jennifer Rees-Larcombe

Im Netz der Spinne

288 Seiten, ABCteam, geb., mit einem Vorwort von Adrian Plass, Bestell-Nr. 111 542

Manchmal ist gerade das völlig »Normale« außergewöhnlich spannend, aufregend und unterhaltsam. Wie hier: Laburnum Terrace ist eine ganz gewöhnliche Straße in einem ganz gewöhnlichen Ort südlich von London. Mit normalen Menschen in durchaus nicht außergewöhnlichen Lebensumständen. Mit Ausgeflippten und Spießbürgern, Jungen und Alten, Christen und Nichtchristen.

Ein Jahr lang begleitet der Leser das Leben dieser Straße und ihrer Bewohner – und hat schon bald das Gefühl, die Leute persönlich zu kennen.

Daß genau nach einem Jahr eine Katastrophe hereinbrechen wird, weiß nur der Leser . . .

Ein außergewöhnlicher Lesegenuß – spannend, aufregend und unterhaltsam.

Anne de Graaf

Brot der Tränen

304 Seiten, ABCteam, geb., Bestell-Nr. 111 574

Mitte Januar '45. Die Rote Armee tritt zu ihrer entscheidenden Offensive gegen Deutschland an. Millionen Menschen machen sich auf den Weg in den Westen, um den Greueln der aufgeputschten Soldaten zu entgehen. Auch die zwanzigjährige Deutsche Hanna flieht aus Krakau, ihrer Heimatstadt. Sie läßt alles zurück. Vor allem ihren polnischen Ehemann Tadeusz, der den Krieg bisher als Zwangsarbeiter in dem Betrieb ihres Vaters überstanden hat. Heldenhaft hatte sich Johann Müller immer wieder vor seine polnischen Arbeiter gestellt und jüdische Mitbürger dem Zugriff der SS-Schergen entzogen. Nun ist er auf die Hilfe seines Schwiegersohns angewiesen. Gemeinsam erleben und bestehen sie das Chaos des Zusammenbruchs, geraten in Todesgefahr, überleben – nicht zuletzt dank ihres starken Glaubens.

Die Geschichte ihres Lebens, der Liebe von Hanna und Tadeusz, die Geschichte des Krieges und der Nachkriegszeit, von Soldaten und Agenten, aufrechten und gemeinen Deutschen erzählt dieser spannende Roman der holländischen Autorin Anne de Graaf. Es ist auch die Geschichte des mutigen Eintretens eines Deutschen für verfolgte Juden und Polen, von Glaubenserfahrungen, die mitten in Grauen und Zerstörung neues Leben und Liebe wachsen lassen.

Die Erzählung basiert auf geschichtlichen Tatsachen; Orte, Personen und Ereignisse wurden auf Wunsch der beteiligten Familien stark verfremdet.

Empfohlen von Stiftung Lesen 1995

Arno Schleyer

König der Radfahrer

240 Seiten, ABCteam, geb., Bestell-Nr. 111 581

»König der Radfahrer« ist nicht gerade ein Kompliment – es sei denn Eddy Merckx, Bernard Hinault oder Miguel Indurain werden so benannt. Ansonsten denkt wohl jeder an den goldenen Lenker, der dem verliehen wird, der am besten nach oben buckeln und nach unten treten kann.

Als der Held des Romans aber von einem journalistischen Schreiberling so bezeichnet wird, da hält er selbst an diesem Titel fest, zuerst zwar mehr scherzhaft, später aber mit zunehmendem Ernst und sogar Überzeugung.

Der so abfällig Bezeichnete ist Sohn eines Industriellen und unermeßlich reich. So reich, daß er auf einem Archipel den Traum von einem perfekten Staat verwirklichen kann, voller Humanität und Orientierung an den Bedürfnissen der dort lebenden Menschen. Es dauert lange, bis er begreift, daß er letztlich nur sich selbst mag, während er andere nur wie Nutztiere schätzt, jedenfalls soweit sie ihm dienlich sind. Er muß sich als »Radfahrer« bekennen, als einer, der vor sich selbst buckelt, während er die tiefsten Bedürfnisse anderer, nämlich um ihrer selbst willen geliebt zu werden, mit Füßen tritt.

Der ungewöhnliche Roman des Arztes Dr. Arno Schleyer beschreibt einfühlsam und kenntnisreich die seelische Entwicklung des verwöhnten Jünglings, der erst als reifer Mann erkennt, wo seine Defizite – auch seine geistlichen – liegen. Entstanden ist ein spannendes Buch, dessen handelnde Personen für die verwöhnte, aber doch unzufriedene und suchende westliche Gesellschaft stehen.